ADIEU VOLODIA

SIMONE SIGNORET

ADIEU VOLODIA

roman

FRANCE LOISIRS
123, boulevard de Grenelle, Paris

Édition du Club France Loisirs, Paris,
avec l'autorisation de la Librairie Arthème Fayard

ISBN 2-7242-2562-7

PREMIÈRE PARTIE

On a assassiné Petlioura

Ils n'avaient pas de folklore de première rencontre. Ils ne s'étaient jamais rencontrés, puisqu'ils s'étaient toujours connus. Simplement, elle était arrivée un peu plus tard que lui, mais c'est à bord de la poussette de Maurice, qui trottait déjà, que Zaza avait fait sa première sortie en ville sous le soleil de son premier printemps parisien de petite fille juive polonaise.

Il était Guttman, Maurice, né d'Élie et de Sonia Guttman, eux-mêmes natifs des environs de Jitomir, Ukraine, un matin de décembre 1919, au deuxième étage à gauche d'un immeuble de trois étages situé au 58 de la rue de la Mare, dans le XXe arrondissement de Paris.

Elle était Elsa, née de Stépan et d'Olga Roginski, eux-mêmes natifs des environs de Lublin, Pologne, une nuit de mars 1921, au deuxième étage à droite d'un immeuble de trois étages situé au 58 de la rue de la Mare, dans le XXe arrondissement de Paris.

Enfant juif d'Ukraine, enfant juive de Pologne, ensemble ils avaient cessé de l'être un soir de juillet 1925, quand Messieurs Guttman et Roginski étaient rentrés à la maison avec leurs papiers de naturalisation si dévotement espérés.

Les larmes aux yeux, les deux hommes les avaient sortis de leur poche et les avaient présentés à Mesdames Guttman et Roginski qui étaient tombées dans les bras l'une de l'autre en sanglotant.

Les papiers étaient précieusement serrés dans deux

porte-cartes en peau de porc miel, fabriqués personnellement par Monsieur Guttman, ouvrier maroquinier dans un atelier qui fournissait Lancel, de l'Opéra, et Bond Street, du faubourg Saint-Honoré.

Les porte-cartes étaient passés de main en main au cours d'une petite fête improvisée à laquelle s'étaient joints les Lowenthal, du troisième droite, Isidore Barsky, du troisième gauche, et les Stern, du premier droite.

Les Lowenthal et Isidore Barsky avaient comparé les documents tout neufs aux leurs qu'ils avaient eu la chance d'obtenir cinq années plus tôt. Il faut dire qu'eux-mêmes étaient beaucoup plus âgés. Ils étaient arrivés autour de 1905, et pendant « *Vierzen*-Dix-Huit », leur existence d'apatrides n'avait pas été des plus faciles.

Seuls les Stern, du premier, ne s'étaient jamais souciés de naturalisation. Ils étaient juifs et religieux, accessoirement polonais, et le restaient.

Beaucoup de *tchaï* pour les dames, un peu de vodka pour les messieurs (carrément trop pour Isidore Barsky) avaient coulé ce soir-là dans les deux petits logements du second dont les portes d'entrée étaient toujours ouvertes sur le palier commun, tandis que Maurice et Zaza étaient descendus, comme tous les soirs d'été, rejoindre la bande des enfants du quartier.

Hors de chez eux, Élie Guttman et Stépan Roginski se débrouillaient en français, depuis le temps qu'ils étaient là. Surtout Élie : dès son arrivée, il avait trouvé de l'embauche chez Mercier Frères, artisans maroquiniers ; dans son atelier, les cinq autres compagnons étaient français.

Pour Stépan, c'était plus difficile. Son embauche, il l'avait obtenue avant même d'arriver en France. C'est son frère, Janek Roginski, patron artisan fourreur installé à Paris rue d'Aboukir, qui l'avait fait venir de Pologne. Là, tout le monde parlait un peu tout, surtout yiddish, sauf Janek qui parlait français et qu'on appelait à présent Monsieur Jean.

Monsieur Jean était marié à Nicole Zedkin qu'on appelait Madame Jean, les rares fois où elle passait encore par l'atelier. Il était l'associé de Roger Ziegler, qu'on appelait Monsieur Ziegler, lui-même marié à Liliane Leblanc, qu'on n'appelait pas du tout, vu qu'on ne l'avait jamais vue rue d'Aboukir.

Roginski-Ziegler étaient associés à l'enseigne de « Fémina-Prestige ». Fémina-Prestige était spécialisé dans la confection dames-fillettes garnie fourrure.

La confection dames-fillettes garnie fourrure, ça demande des finitions. Un soir, Stépan avait rapporté à la maison quelques collets blancs, prêts à poser sur des manteaux-fillettes. Ils étaient en lapin façon hermine et il s'agissait de leur coudre des yeux de part et d'autre de leurs minuscules museaux. Il avait pensé qu'Olga, sa femme, ferait ça très bien, et il avait pensé juste. Olga avait appelé Sonia, la femme d'Élie, pour lui montrer les petites bêtes et leurs petits yeux, et c'est ainsi que Mesdames Roginski et Guttman, à partir de 1923, étaient devenues finisseuses à domicile, d'abord occasionnelles, quand il y avait le coup de feu chez Fémina-Prestige, puis, peu à peu, professionnelles à temps plein.

Les toilettes de coton noir nouées aux quatre coins arrivaient pleines le matin et repartaient pleines le soir. Pleines, selon les saisons, et aussi au gré des modes qui changeaient, de renards morts auxquels Sonia et Olga avaient rendu la vue, de cravates de taupe auxquelles elles avaient cousu des chaînettes et de grosses agrafes recouvertes de simili-soie.

Une fois, une seule, dans l'une des deux toilettes, elles avaient trouvé une cape de vraie zibeline et de la doublure de taffetas mordoré qu'elles avaient à coudre. Ce jour-là, elles s'extasièrent. La cape repartit doublée. Elles devaient ignorer longtemps à qui elle était destinée.

Quoi qu'il en soit, finisseuses à domicile elles étaient. Ça disait bien ce que ça voulait dire : elles restaient tout le temps à la maison et ne parlaient jamais qu'entre elles et en yiddish.

Une fois rentrés chez eux, Messieurs Roginski et Guttman, qui se débrouillaient en français à l'extérieur, reprenaient le yiddish auquel Mesdames Guttman et Roginski répondaient en yiddish, et les enfants de plus en plus souvent en français. Puis vint le temps où les enfants, non contents de répondre en français, cessèrent aussi de poser des questions en yiddish. Les pères faisaient effort pour se montrer à la hauteur des questions. Les mères soupiraient, éliminées des discussions intéressantes, prenaient leur revanche lors des rougeoles et des coqueluches que Maurice et Zaza leur firent ensemble, bien entendu.

Sonia Guttman et Olga Roginski ne pouvaient accomplir de progrès en français. Surtout Olga, la plus jeune. Sonia le parlait un peu, mais incomparablement moins bien que Madame Lowenthal, du troisième droite, qui était la plus vieille.

Dès son arrivée en France, Sonia Guttman avait pris l'habitude d'appeler Madame Lowenthal à son aide quand le receveur du gaz venait relever le compteur, par exemple, ou quand Maurice, encore au berceau, était trop enrhumé pour qu'elle allât faire elle-même les courses.

Peu à peu, Maurice enrhumé ou pas, l'habitude s'était installée : c'était Madame Lowenthal qui se chargeait des achats rue de la Mare et rue des Pyrénées où sa lourde silhouette était à la fois populaire et redoutée.

Madame Lowenthal savait ce qu'elle voulait, et surtout ce qu'elle ne voulait pas. Ce n'était pas à elle qu'on pouvait refiler une laitue un peu flétrie ou un poulet sans gésier.

Pour simplifier les choses, Madame Lowenthal faisait ses courses en gros, suivant sa seule inspiration. On mangeait donc chez les Guttman ce qu'on mangeait chez les Lowenthal, et, par extension, quand les Roginski arrivèrent dans l'immeuble, on mangea également chez les Roginski ce qu'on mangeait chez les Guttman et chez les Lowenthal. Seuls variaient les degrés de cuisson, les condiments et les sauces que

Madame Lowenthal laissait à l'invention ou à la mémoire culinaire d'Olga et de Sonia qui devaient abandonner leurs rêves secrets de poissons ou d'escalopes farcis quand Madame Lowenthal leur rapportait le bœuf du jour.

Il arrivait aussi qu'on mangeât vraiment, précisément, au grain de paprika près, exactement le même plat chez les Lowenthal, les Guttman et les Roginski. C'étaient les jours où Madame Lowenthal s'était réveillée « ruban bleu », comme elle disait, et se mettait en cuisine. Elle ne donnait jamais de préavis et c'étaient des marmites remplies de spécialités de son pays — Madame Lowenthal était d'origine hongroise — qui apparaissaient dans les petits logements du second en lieu et place des denrées brutes. « Vous me goûterez ça », disait-elle avant de s'éclipser comme un ami qui vient déposer un gâteau d'anniversaire pour un repas de famille auquel on ne l'a pas convié.

Sonia et Olga vivaient un peu sous la terreur du régime imposé par Madame Lowenthal que son ancienneté dans le quartier et sa qualité de citoyenne française autorisaient à se montrer un peu autoritaire. Elles regardaient leurs enfants grandir et calculaient que, bientôt, ils seraient en âge d'aller leur faire les commissions...

Mais, ce soir-là, le soir de la naturalisation, elles ne calculaient rien du tout. Elles souriaient. Tout le monde souriait. Même Madame Lowenthal, et surtout Monsieur Lowenthal. Mais Monsieur Lowenthal ne cessait jamais de sourire. Ça lui évitait de parler. On ne savait pas très bien s'il parlait le français, le yiddish ou le hongrois, les occasions de s'exprimer lui étant trop chichement allouées par sa maîtresse femme, et peu recommandées sur son lieu de travail. Monsieur Lowenthal était polisseur de diamants.

Quant aux Stern, du premier, si mélancoliques d'habitude, aidés par le peu de vodka qu'Isidore Barsky les avait obligés à boire, ils s'étaient mis à chantonner. Malheureusement, leur mélopée en hébreu avait quelque peu attristé l'assistance, jusqu'au moment où le Prince avait fait son entrée.

Le prince Andreï Alexiévitch Gromoff était une sorte de pièce rapportée dans cette assemblée. Les raisons qui l'avaient incité à ne pas rejoindre son régiment impérial en 1905 n'avaient rien de commun avec celles qui avaient poussé les locataires de l'immeuble à s'expatrier. Elles avaient plus à faire avec les tapis verts des casinos qu'avec les convulsions de l'Histoire mondiale. Après de fabuleux bancos et de catastrophiques banqueroutes, il était présentement artisan-chauffeur de taxi, résident de l'hôtel de la Gare, au 42 rue de la Mare, et partenaire aux cartes d'Isidore Barsky avec lequel il entonna immédiatement *Je sais que vous êtes jolie* en s'accompagnant de sa guitare qu'il avait pris soin d'apporter.

Seuls manquaient à la fête les Bonnet, du premier gauche, face aux Stern. Sans être vraiment xénophobes, ils n'aimaient pas beaucoup les étrangers. Sans être carrément antisémites, ils n'aimaient pas beaucoup les Juifs. Sans être absolument chauvins, ils détestaient les nouveaux Français, plus particulièrement ceux d'origine juive. Ils s'étaient donc abstenus. Au demeurant, Monsieur Bonnet, employé au service du cadastre de la Mairie du XXe arrondissement, aimait à se coucher tôt. Il était gazé de la guerre. Comme les fenêtres du second étaient grandes ouvertes, les bruits de la célébration le dérangeaient sans doute : Monsieur Bonnet avait toussé davantage et plus bruyamment qu'à l'ordinaire. Mais ça n'avait guère troublé les jumeaux Bonnet, Charles et Lucien, qui s'en étaient allés rejoindre Maurice, Zaza et les autres dans la maison en démolition du 21 de la rue Henri-Chevreau, où se déroulait depuis dix jours une fabuleuse chasse au trésor.

C'est peu après cette chaleureuse soirée, où même la vieille Madame Lutz avait quitté sa loge pour faire une courte apparition, qu'un incident apparemment bénin avait déclenché une cascade d'événements tout à fait imprévisibles.

Un soir qu'une fois de plus il avait retrouvé dans son assiette du goulasch à la koloszvar, qu'il détestait, Élie Guttman s'était mis en colère et avait tapé sur la table. Levant les yeux au ciel, c'est-à-dire en direction du troisième, il avait hurlé qu'il n'avait pas quitté son village, traversé la moitié de l'Europe, franchi quatre frontières à pied ni choisi la France comme patrie pour souffrir à domicile sous la botte d'une *véritable Petlioura*...

Il avait répété le mot par trois fois.

Après quoi, devant sa femme et son fils consternés, il avait vidé sa portion de goulasch à la koloszvar dans la boîte à ordures. Et Sonia avait pleuré.

« Petlioura » n'était pas tombé dans l'oreille d'un sourd. Maurice avait trouvé le mot, répété plusieurs fois, extrêmement rigolo, mais comme ça criait beaucoup dans la cuisine, il n'avait, sur le moment, osé poser aucune question.

Le lendemain matin, cependant, il raconta à Zaza qu'il y avait une *Pète-Loura* dans la maison. Il ne pouvait lui dire qui c'était, mais une Pète-Loura, c'était une sorte de Carabosse très méchante et qui sentait mauvais.

Le soir même, comme sa mère lui refusait une deuxième banane, Zaza la menaça d'aller chercher Pète-Loura, et le scandale éclata au second étage à la fin d'un dîner jusque-là fort paisible.

Quand Olga vint frapper à la porte de ses voisins de palier en appelant très fort « Madame Guttman ! Madame Guttman ! », avant même d'ouvrir, Sonia savait déjà que quelque chose allait de travers. Elles qui se tutoyaient en yiddish et se donnaient des « Petite Olga » et des « Sonia, mon pigeon », n'usaient du Madame Guttman et du Madame Roginski, suivis du *vous* français, que dans leurs rarissimes moments de désaccord. La présence de Stépan, le visage grave, aux côtés de sa femme, confirma ses craintes. On expédia Maurice jouer avec Zaza de l'autre côté du palier et les quatre Guttman et Roginski s'assirent autour de la table de cuisine. C'est Stépan qui prit la parole.

Il y avait des salauds dans le quartier qui préparaient des malheurs, c'était sûr : la petite avait prononcé le nom de Simon Vassiliévitch Petlioura et, malgré le serment qu'ils s'étaient fait mutuellement tous les quatre, on ne pouvait laisser passer ça, il fallait agir, et vite.

Le serment, il était simple, simpliste même. Il datait de la rencontre des deux jeunes couples. C'était Sonia qui le leur avait fait prêter au terme d'une belle journée de mars, leur premier dimanche de voisinage au cours duquel ils s'étaient raconté beaucoup d'histoires de leurs vies d'avant. Elles se ressemblaient tellement et ils s'en étonnaient si peu ! Ils se tenaient tous quatre dans la cuisine des Guttman, la fenêtre était ouverte sur la rue de la Mare où il ne se passait jamais rien le dimanche. C'était si calme, si paisiblement rassurant, si provincialement parisien que, tout à coup, Sonia, qui n'était pas hardie de nature, avait levé le verre à liqueur à demi plein de vodka qu'Élie lui avait servi, ainsi qu'à Olga, tandis qu'il s'en était servi à lui-même un plein verre, ainsi qu'à Stépan, et elle s'était lancée dans un petit discours à mi-voix :

— Jurons, avait-elle dit.

Et ils avaient juré.

Ils seraient de jeunes parents amnésiques, en tout cas devant leurs enfants. Elle avait dit ça en désignant la chambre où dormait déjà Maurice dans son petit lit de fer, et puis elle avait touché le ventre d'Olga. Puisqu'on était en France, on allait oublier ; en tout cas, on ferait semblant. Ils ne ressembleraient pas à leurs parents ni à leurs grands-parents qui leur avaient ressassé, à la lueur terrifiante des bougies de suif, les détails des pogromes de leur temps, les comparant avec ceux de la veille auxquels ils venaient d'échapper et qui les laissaient encore tremblants dans l'attente du prochain qui survenait toujours. A leurs enfants, ils raconteraient des histoires qui commenceraient par « Il était une fois... », et non par « La dernière fois... », qui ne voulait jamais dire que celle-là était bien la dernière, mais que c'était celle de la fois d'avant celle d'hier, en attendant celle de demain.

— Voilà !

Confuse, Sonia avait mis son visage dans ses mains.

Il y avait eu un bref moment de silence, puis tous quatre s'étaient levés et avaient scellé leur pacte en s'embrassant lèvres closes sur la bouche, et ils avaient tenu parole, et ce, depuis cinq ans.

Ils avaient eu bien du mérite, cernés comme ils l'étaient par les Stern et les Lowenthal, sans parler de la plupart des habitants de la rue de la Mare qui aimaient bien, eux aussi, égrener leurs souvenirs de jeunesse.

Quand elles sentaient venir le danger, Sonia et Olga s'arrangeaient pour éloigner les enfants comme on sait si bien le faire dans les bonnes familles françaises au moment où l'incorrigible oncle-polisson-célibataire-endurci donne de la voix au dessert en annonçant : « Et celle de la première communiante, vous la connaissez ? »

Il n'y avait pas de premières communiantes, mais beaucoup de jeunes filles violées, beaucoup de sang, beaucoup de hurlements humains mêlés aux hennissements des chevaux, énormément d'incendies, des coups de pied, des coups de fouet, des cinglements de cravache, des éclats de sabres et des cantates de gémissements dans ces souvenirs de jeunesse-là. Il y avait aussi des noms de chefs de bande, des noms redoutés qui s'étaient transmis depuis la nuit des temps. Ils avaient des consonances différentes suivant qu'ils avaient fait déferler leurs hordes saoules dans telle ou telle partie de l'Europe centrale. Pour un Gilles de Rais et une Bête du Gévaudan, points de repère des terreurs enfantines françaises, on comptait des dizaines et des dizaines de noms cosaques, tatars, polonais, hongrois ou ukrainiens qui revenaient sans cesse dans ces souvenirs de jeunesse-là.

Les hasards de l'Histoire voulaient qu'à l'aide de leur mémoire toute fraîche encore, Élie, Sonia, Stépan et Olga pussent pointer du doigt le même nom, celui de leur bourreau commun : Simon Vassiliévitch Petlioura, l'ataman qui, après avoir massacré des milliers de ses concitoyens ukrainiens entre 1918 et 1920, s'en était allé, devant l'avance de l'Armée rouge, massacrer des milliers de Polonais, plus particulièrement dans la région de Lublin.

En fait, c'était surtout pour fuir Petlioura que les Guttman avaient fui l'Ukraine, et c'était surtout pour fuir Petlioura que les Roginski avaient fui la Pologne. Et ça, on ne l'avait jamais raconté aux enfants.

Et voici que Zaza avait parlé de Petlioura ! Or, si elle connaissait le nom, c'est qu'elle l'avait déjà entendu. Et si elle l'avait entendu, ça ne pouvait être que dans la rue. Et si quelqu'un l'avait prononcé dans la rue, c'est qu'il y avait du pogrome dans l'air de Paris. Et, pourquoi pas, Petlioura lui-même dans Paris, arrivé nuitamment dans le quartier ?

Stépan avait lâché ça d'un seul tenant, s'adressant tout à la fois à Sonia, à Olga et à Élie. Il ne comprit pas d'abord pourquoi, dès les premiers mots, dès le « Simon Vassiliévitch P... », le visage d'Élie s'était crispé comme sous l'effet d'une grande douleur, jusqu'à ce qu'éclatât enfin le rire le plus joyeusement tonitruant qui eût jamais retenti au 58 de la rue de la Mare.

Comme Sonia avait mis un peu plus de temps qu'Élie à faire le rapprochement entre le goulasch de la veille et l'imminence d'un pogrome, elle se laissa à son tour emporter par un fou rire qui gagna peu à peu Olga, tandis que Stépan, toujours grave, attendait des explications.

Elles lui furent fournies entre deux hoquets. Il saisit alors tout le burlesque de la situation et rejoignit les autres dans un rire d'autant plus énorme qu'il sentait s'éloigner de ses entrailles la vieille terreur qu'il pensait avoir à jamais oubliée.

Une fois calmés, ils s'épongèrent les yeux en se repassant le torchon propre qui servait à faire briller les verres. Élie admit qu'il avait un peu exagéré, Madame Lowenthal ne méritait quand même pas ça. « J'ai *tigé*..., j'ai *tigé* », ajoutait-il à son mea culpa en yiddish. Il pensait dire « attigé », que Maurice avait ramené de l'école la semaine d'avant. Puis ils décidèrent qu'il fallait parler aux enfants. C'est Sonia qui s'en chargea. Elle n'eut pas à les appeler sur le palier, ils arrivaient déjà en courant, histoire de voir ce qui se passait de si drôle du côté des parents.

Papa avait dit une bêtise, hier soir, quand il était en colère. Il avait prononcé un mot qu'il ne fallait jamais, jamais répéter. C'était un mot grossier, enfin, c'était le nom de quelqu'un de très méchant, et Madame Lowenthal était une dame très-très gentille. Jamais, jamais il ne fallait dire ce mot devant elle, ni devant personne. C'était le nom de quelqu'un de très méchant et qui n'existait pas, enfin qui n'existait plus. Voilà ! C'était clair, non ? Franchement, non, pensèrent-ils, mais ils promirent qu'ils ne le feraient plus, et s'en retournèrent apparemment à leurs jeux.

Apparemment seulement.

Ils eurent un long conciliabule à voix basse.

D'abord, Zaza reprocha à Maurice de ne pas lui avoir dit que la Pète-Loura de l'immeuble était la mère Lowenthal. Maurice l'admit, un peu honteux.

Ensuite, ils décidèrent qu'il fallait lui trouver un autre nom si on ne voulait pas prendre de fessées. Mais un nom qu'ils seraient seuls à comprendre, un secret, quoi.

Ils cherchèrent. L'idée de Pèt-Pèt les effleura un moment, les fit se tordre de rire. Puis ils trouvèrent le code un peu trop transparent.

Bien entendu, de Pèt-Pèt, ils glissèrent tout naturellement à Prout-Prout, qui les fit se tordre encore plus. Ils l'essayèrent un bon moment.

Et, tout à coup, Zaza trouva *Pouett-Pouett* ! Ça les combla.

Il y avait de quoi ! Ils pouvaient même le chanter et avec eux la France entière qui le chantait déjà. A cette différence près qu'eux, quand ils fredonneraient

Elle me fait Pouett-Pouett,
je lui fais Pouett-Pouett,
on se fait Pouett-Pouett
et puis ça va...,

en croisant la mère Lowenthal dans l'escalier, ils seraient bien les seuls dans tout le pays à savoir exactement ce qu'ils disaient.

Ils s'étaient inventé un double secret. Quand leurs parents les envoyèrent au lit, ils étaient dans le ravissement.

Un que le ravissement de Maurice et de Zaza aurait bien étonné, c'était cet homme seul qui, à la même heure, payait son sixième cognac au zinc du café-tabac du Ve arrondissement dont il était l'habitué depuis quelque temps. Comme il sortait, le patron lui dit : « Bonsoir, Monsieur Boris. » Et l'ataman Simon Vassiliévitch Petlioura rentra se coucher d'un pas tranquille au 7 de la rue Thénard, dans le petit hôtel pour étudiants au troisième étage duquel il se cachait depuis 1921, à dix minutes à vol de moineau de la rue de la Mare.

Si le serment des parents sortit consolidé de l'affaire, le secret des enfants ne tarda pas à s'éventer.

Dès le surlendemain, « *Elle me fait Pouett-Pouett* » se fredonnait et se sifflotait beaucoup rue de la Mare, à l'heure où les enfants allaient chercher le pain frais et croisaient justement Madame Lowenthal et ses cabas. C'est-à-dire après l'école et avant le déjeuner.

Comme ce n'était pas Maurice qui avait trahi, ce ne pouvait être que Zaza.

Elle admit qu'elle avait vendu la moitié du secret, autrement dit les paroles et la musique à se fredonner en cas de rencontre avec Madame Lowenthal. Oui, ça, elle l'avait dit à la récré à Myriam Goldberg. Mais, après tout, fit-elle remarquer à Maurice, c'était elle et pas lui qui avait trouvé « Pouett-Pouett ». Quant à l'origine et au cheminement de l'affaire, au passage de Pète-Loura à Pèt-Pèt et de Pèt-Pèt à Prout-Prout, jusqu'à la formule définitivement arrêtée de Pouett-Pouett, non, elle pouvait le jurer, elle n'en avait rien dévoilé à cette idiote de Myriam Goldberg.

Et c'était vrai.

Et il y avait une raison majeure à la discrétion de Zaza, une raison qui n'avait rien à voir avec l'éveil mental de Myriam Goldberg : Zaza avait tout simplement oublié le premier maillon de la chaîne.

Pas Maurice, qui n'avait rien oublié de cette soirée. Ni le visage grave de Stépan, ni son éviction à lui de la cuisine, ni la grande plage de chuchotements perçus de l'autre côté du palier, ni les énormes éclats de rire qui leur avaient succédé, et surtout pas le visage de sa mère quand elle leur avait délivré ce discours désordonné, contradictoire, menaçant, suppliant et censuré tout à la fois.

Censuré surtout. Sa mère n'avait pas prononcé une fois ce nom qu'elle leur défendait de prononcer. Alors, même en se tordant de rire un peu plus tard avec Zaza lors de leur quête commune d'un bon petit nom de remplacement, il avait, sans le lui dire à elle, et peut-être sans le savoir lui-même, planté dans sa mémoire les trois syllabes interdites.

Interdites par les parents qui ne leur avaient pas dit la vérité, il le savait. Il s'était senti bafoué et exclu. Exclu de façon aussi mystérieuse qu'une nuit où, réveillé dans son lit de fer qu'on lui dépliait maintenant tous les soirs dans la salle à manger-atelier de finitions, depuis qu'il ne dormait plus dans la chambre de ses parents, il avait entendu à travers la cloison sa mère et son père se parler et soupirer ensemble avec des voix très rauques qu'il ne leur avait jamais connues en plein jour. Au matin, il ne leur avait pas posé de questions, mais il en avait parlé avec Zaza qui avait prétendu que chez elle, des fois, sa mère avait l'air de pleurer, son père aussi, qu'ils avaient l'air d'avoir mal, qu'ils se taisaient d'un coup, qu'ils riaient, tout cela on ne savait pourquoi, en accompagnant l'information d'un geste de l'index vissé à sa tempe droite qui en disait plus long que tous commentaires. Il ne lui en avait jamais reparlé, mais n'avait pas davantage oublié.

Les mois s'écoulèrent et, avec eux, la vogue du *Pouett-Pouett* au passage de la mère Lowenthal.

Maurice, lui, s'en était tout de suite lassé, sans doute parce que, seul détenteur des vrais secrets des origines de ce rite, il répugnait à le voir célébré par des perroquets non initiés. Zaza, pour faire comme lui, cessa donc à son tour de fredonner la rengaine, et elle alla même jusqu'à reprocher à Myriam Goldberg de se moquer de Madame Lowenthal qui-était-une-dame-très-très-gentille.

Myriam Goldberg, qui admirait beaucoup Zaza Roginski à cause de sa grande intimité avec Mosché Guttman — c'est comme ça que sa grand-mère Madame Goldberg, du 48 rue de la Mare, faisait référence à Maurice —, fit passer le message de la grande-grande gentillesse de Madame Lowenthal à Jeannot et à Sami Nüssbaum, du 32, qui le répercutèrent chez les Novack, du 29, et chez les Benedetti, de la rue des Pyrénées. Les jumeaux Bonnet, qui avaient un temps siffloté comme tout le monde sans avoir été mis dans quelque confidence que ce fût, cessèrent donc de siffloter avec tout le monde sans qu'on leur eût fait passer la bonne nouvelle de la grande-grande gentillesse de Madame Lowenthal que Monsieur Bonnet n'appelait d'ailleurs jamais autrement que la « youpine du troisième », sans doute pour mieux la distinguer des autres locataires de la maison.

La maison dans laquelle il allait y avoir du nouveau, ou plutôt des nouveaux.

Au printemps de 1926, les Clément emménagèrent à Pâques dans la loge entièrement remise à neuf qu'avait occupée quarante ans durant la vieille Madame Lutz.

Atteinte par la vraie limite d'âge — elle avait soixante-dix-huit ans —, Madame Lutz avait été remerciée par la Providence Urbaine, propriétaire d'une bonne partie de la rue de la Mare. Avec beaucoup d'urbanité — on ne peut guère trouver meilleur mot — la Providence avait pris à ses frais le rapatriement de la vieille dame dans son village natal de Lorraine « qu'elle allait avoir la joie de retrouver, bienheureusement redevenu français », comme l'avait souligné Monsieur Bonnet dans le compliment d'adieu qu'il avait tenu à écrire seul et à prononcer lui-même au nom de ceux qu'il appelait les « *occupants* de l'immeuble ».

Une petite cérémonie s'était tenue dans la salle à manger-chambre à coucher des Bonnet, et il faut dire que les prémices et le déroulement de la fête avaient été entièrement conçus par Monsieur Bonnet qui, ne désirant pas entrer en relation directe avec les « occupants », avait fait les choses très administrativement. Prenant sur ses heures de travail, il avait rédigé à la plume une convocation qu'il avait ensuite prié sa collègue, Mademoiselle Bourron, d'avoir l'obligeance de taper à la machine sur papier à en-tête de la Mairie du XXe arrondissement, agrémenté du tampon « Service du Cadastre ». Le texte en était le suivant :

Paris, le 13 avril 1926

Cette bonne Madame Lutz nous quitte ! Je vous propose de lui exprimer nos regrets les plus sincères. La réunion aura lieu le 19 avril courant à 19 heures précises chez Monsieur et Madame Bonnet, au premier étage gauche, ceci afin d'éviter les étages à ses pauvres jambes. L'appartement étant petit, comme vous le savez, les enfants ne sont pas conviés.

Eugène Bonnet
(Médaillé militaire)

P.S. — Madame Bonnet acceptant de se charger de la collation, la participation aux frais sera calculée au prorata ultérieurement. Merci !

Monsieur Bonnet avait simplement paraphé le post-scriptum. Les cinq convocations avaient été glissées dans cinq enveloppes à en-tête de la Mairie du XXe arrondissement sur lesquelles Mademoiselle Bourron avait tapé les noms de familles dont Monsieur Bonnet lui avait dressé la liste.

Aux Roginski, elle avait fait sauter leur N. Ça faisait Rogiski, mais, très habilement, elle avait su réparer sa bévue en coinçant un petit *n* entre le I et le S. Ça donnait au patronyme de Stépan, d'Olga et de Zaza un petit air étranglé par le milieu.

Monsieur Bonnet avait collé les enveloppes, les avait tamponnées au dos « Service du Cadastre », et, arrivé au 58 de la rue de la Mare, les avait remises à Madame Lutz en la priant de monter son courrier aux locataires.

Si l'arrivée des enveloppes bises blasonnées et tamponnées les avaient laissés perplexes et vaguement inquiets avant leur ouverture, la lecture de l'invitation, en revanche, avait ravi les Lowenthal, Isidore Barsky, les Roginski et les Guttman, qui s'étaient regroupés dès dix-huit heures cinquante-cinq chez les Stern du premier droite, afin de faire ensemble leur entrée chez les Bonnet dont ils allaient franchir le seuil pour la première fois.

Monsieur Bonnet ouvrit et, soucieux de ne pas perdre de temps en mots de bienvenue trop familiers, leur asséna un « Bonjour » sonore, les dénombra rapidement du regard et déclara : « Parfait ! puisque nous sommes au complet, je vais chercher la reine de la fête » — et il se précipita dans l'escalier.

C'est Madame Bonnet qui les fit entrer d'un geste à la fois affable et charitable, accompagné d'un « Par ici, Messieurs-Dames » adressé à la cantonade. Les neuf occupants de l'immeuble s'introduisirent à la queue leu leu dans un chuchotis de vagues bonjours, merci, bien aimable... qui mourut de lui-même pour laisser place à un silence tragique. Madame Lowenthal le brisa en faisant remarquer que la pièce avait l'air plus grande que sa propre salle à manger.

Tout le monde se jeta sur l'occasion offerte si judicieusement par Madame Lowenthal pour acquiescer à son propos.

Madame Bonnet fournit alors l'explication ; en prévision de la petite foule, Monsieur Bonnet avait remisé les chaises dans la chambre des enfants et poussé la table, habituellement au centre de la pièce, devant la cheminée, afin qu'elle-même pût y dresser un buffet pour le lunch. Elle s'excusa de ne pouvoir les faire asseoir et, désignant un énorme canapé garni de deux coussins représentant un pierrot et une pierrette à collerette de satin noir — dont Isidore Barsky, en bon rabatteur de brocante, decela d'emblée qu'il dissimulait un lit pliant à deux places —, elle ajouta en souriant : « Seule notre bonne Madame Lutz aura droit aux coussins. Noblesse oblige ! » Les occupants rirent poliment et le silence se réinstalla.

Sonia et Olga avaient perdu des mots, mais elles avaient compris que, chez les Bonnet, les enfants avaient leur propre chambre, et ça les avait troublées.

Madame Bonnet rompit à son tour le silence : « J'espère que mon petit, enfin *notre* petit lunch sera à votre convenance, Messieurs-Dames. Monsieur Bonnet tenait beaucoup à la quiche. Je n'ai pas osé me lancer et j'ai fait faire celle-là *Au Blé d'or de Quimper* », dit-elle tout sourire.

Tout le monde admit que *Le Blé d'or de Quimper* était un très bon traiteur-pâtissier-boulanger, y compris les Stern qui, ayant aperçu des morceaux de jambon, visibles sous les renflements jaunes et bruns de la fine croûte lorraine, avaient déjà décidé de n'y point toucher.

— Voilà pour le salé, reprit Madame Bonnet. Maintenant, pour le sucré, toujours de chez *Le Blé d'or de Quimper,* nous avons les galettes bretonnes, quelques religieuses et des éclairs, chocolat et café. Ne connaissant pas vos goûts, j'ai panaché.

Elle était si bénévolante dans ses commentaires qu'ils étaient sur le point de dire : « Merci, c'est trop. C'est vraiment trop », lorsqu'ils se rappelèrent à temps qu'ils n'étaient pas seulement invités, mais tout aussi invitants. Ils se bornèrent, ou plutôt Élie Guttman se borna à la féliciter sur son choix et à la remercier pour la peine qu'elle avait prise.

« De rien », répondit-elle, ajoutant que toute cette préparation lui avait tout de même demandé quelques heures de travail, mais qu'après tout c'était bien normal, « quand on est né dans le quartier comme Monsieur Bonnet et moi-même ». Elle enchaîna en leur désignant les deux bouteilles de champagne Julien Damoy et les trois bouteilles de cidre bouché de Normandie au milieu desquelles était placé un bouquet de fleurs des champs artistement sélectionnées pour faire un joli ensemble bleu, blanc, rouge.

On en était là lorsque Monsieur Bonnet fit son entrée, poussant devant lui une Madame Lutz ébahie et essoufflée. Madame Bonnet donna le signal des applaudissements. Elle assit d'autorité Madame Lutz sur le divan-canapé-lit, et la vieille Lorraine, coincée entre les deux coussins, fondit en larmes en hoquetant : *« Mein Gott, mein Gott ! »*

Madame Lutz, catholique et native d'un bourg qui s'appelait Kirchenberg, avait fait de gros efforts pendant quarante ans pour maîtriser la langue française, mais, dans les moments d'émotion, son patois reprenait le dessus.

Au fil du temps, elle en avait rarement usé devant les Bonnet, mais s'en était beaucoup servi avec les autres. Après tout, son patois de chrétienne n'était pas tellement éloigné de leur patois de Juifs. Hoquetés dans sa loge ou dans les étages, ses *Mein Gott* auraient suscité des flots de tendresse en yiddish, mais là, chez les Bonnet, seuls quelques soupirs bouches fermées, accompagnés de lents hochements de tête, leur succédèrent, et c'est Monsieur Bonnet qui prit la parole pour lui dire son compliment dont la péroraison était justement la référence historique aux retrouvailles de Madame Lutz avec son « petit village bienheureusement redevenu français ».

La phrase fut prononcée avec un mouvement circulaire de la tête qui indiquait qu'elle était destinée à la cantonade plutôt qu'à la bonne Lorraine, et elle s'acheva dans une brève quinte de toux qui était un rappel de la contribution personnelle de Monsieur Bonnet à la réannexion de Kirchenberg. Sa petite quinte, si familière aux oreilles des occupants de l'immeuble, ne dura qu'un instant, et Monsieur Bonnet termina par une jolie image, celle de Madame Lutz entourée de la chaleur des siens :

« Et quand vous écouterez tinter la clochette de la petite église de *Quirchambert*, n'oubliez pas vos amis d'ici qui, à la même heure, entendent sonner le bourdon de Notre-Dame. »

Raccourci saisissant qui, compte tenu des distances, transporta l'assistance.

Pour abréger les premières salves d'applaudissements, il fit sauter le bouchon des deux bouteilles de champagne Julien Damoy.

Vingt minutes plus tard, la cérémonie était finie. Il restait une demi-bouteille de cidre bouché de Normandie, des débris de quiche lorraine, trois éclairs, dont deux au café, et deux religieuses au chocolat.

Comme tout le monde regagnait l'escalier dans un gentil brouhaha de remerciements, Madame Bonnet rattrapa Sonia, qui était la dernière à franchir le seuil, et lui tendit le plateau de carton qui avait servi de base à la pyramide de papier d'emballage du *Blé d'or de Quimper.* Il contenait un assortiment de moitiés d'éclairs et de religieuses dont les crèmes débordaient quelque peu de leurs carapaces glacées.

— Pour le dessert des enfants, dit-elle. J'ai partagé entre les vôtres et les nôtres. Pour nos petits comptes, j'ai gardé les factures, nous verrons ça demain.

Le lendemain, tout alla très vite. A huit heures, Isidore Barsky et Madame Lowenthal descendirent dans la loge de Madame Lutz. Habillée, prête, un cabas de toile cirée sur les genoux, elle attendait, assise sur une chaise à côté de sa malle de moleskine cerclée de bois que Stépan et Élie avaient renforcée par une grosse corde, la veille au soir, après la fête chez les Bonnet. Elle attendait, les yeux fixés sur le parquet très propre, parce qu'elle avait tenu à le javéliser encore une fois, comme elle l'avait fait tous les matins depuis quarante ans.

A huit heures cinq, le taxi d'Andreï Gromoff s'était arrêté devant le 58 rue de la Mare. Le prince Andreï Alexiévitch s'était emparé d'une des poignées de cuir fauve, tandis qu'Isidore Barsky empoignait l'autre. A eux deux, ils avaient arrimé la malle sur le toit du taxi.

Madame Lowenthal prit le bras de Madame Lutz qui, sans un regard pour son buffet, ni pour ses quatre chaises, pour son lit, pour ses murs, quitta la loge. Elles montèrent à l'arrière du taxi tandis qu'aux fenêtres du second et du premier, Sonia, Olga, Madame Bonnet et Madame Stern disaient au revoir chacune à sa façon.

A huit heures trente, Monsieur Nüssbaum et Manolo, son associé des Puces de Clignancourt, vinrent avec une voiture à bras charger le mobilier que Monsieur Barsky leur avait conseillé de racheter à Madame Lutz.

A neuf heures dix, une équipe composée de deux peintres et d'un plombier, envoyée par la Providence Urbaine, attaquait le chantier en chantant *O Sole mio.*

A neuf heures quarante-sept, à la Gare de l'Est, s'ébranlait le train qui ramenait Madame Lutz finir ce qui lui restait d'années — pour ne pas dire de semaines — à l'ombre du clocher de Kirchenberg où plus personne ne la connaissait.

Sur le quai, Isidore Barsky, Madame Lowenthal et Andreï Alexiévitch Gromoff agitaient leurs mouchoirs. S'ils avaient les larmes aux yeux, c'est parce qu'ils avaient bien aimé Madame Lutz, mais aussi parce que, des années auparavant, les uns après les autres et pour des raisons diverses, un train les avait un jour amenés, eux aussi, sous les immenses verrières de la grande Gare de l'Est. A Paris, France.

A dix heures quinze, quand Gromoff et Barsky déposèrent Madame Lowenthal rue de la Mare, ça chantait *Santa Lucia* et de grands lambeaux de papier mural couleur bronze jonchaient déjà le parquet javélisé. Tous deux se dirigèrent alors vers une destination qui, pour être inconnue de la plupart, n'en était pas moins légendaire dans le quartier : le champ de courses de Vincennes.

A dix-huit heures, le deux-pièces-cuisine de la loge était enduit. Le lendemain dimanche à dix-neuf heures, l'équipe-éclair de la Providence Urbaine, sans doute largement gratifiée, avait fini de retapisser l'ensemble d'un papier d'apprêt blanc cassé.

Dans la cuisine, autour de l'évier de pierre blonde et polie, cinq petits carreaux de faïence flambant neufs avaient été encastrés au milieu des vieux. Ils représentaient des bateaux bleu marine sur fond blanc et juraient quelque peu à côté des moulins mauves sur fond ivoire qui étaient bien tout ce qu'il restait du passage de Madame Lutz dans la capitale.

Zaza, Maurice, les jumeaux Bonnet, Jeannot et Sami Nüssbaum, Coco et Lulu Novack, Myriam Goldberg, et surtout Bruno et Gino Benedetti, de la rue des Pyrénées, avaient suivi les progrès de cette métamorphose-marathon accomplie en quarante-huit heures par la fabuleuse équipe transalpine qui avait supporté avec bonne humeur leurs incessantes intrusions.

Quand tout fut terminé, on vit apparaître la longue silhouette noire de celui qu'à tort la rue de la Mare appelait le Proprio. Aristide Cloutier n'était qu'un des modestes salariés de la Providence Urbaine qui en employait deux cent cinquante.

Il inspecta les lieux, sembla extrêmement satisfait, sortit une bouteille de vin rouge et quatre verres à moutarde de sa sacoche à soufflets et trinqua très démocratiquement avec les ouvriers.

D'un geste, il dispersa les enfants massés dans les encadrements des fenêtres ouvertes, prenant quand même le temps de leur dire :

— Demain, vous rencontrerez ici deux nouveaux amis, une fille et un garçon.

Si les garçons de la rue de la Mare avaient en commun leurs jeux, leurs courses au trésor, leurs rengaines éphémères, leurs cours de récréation, le même proprio, et, mis à part les jumeaux Bonnet, des parents à accent, des cuisines d'où s'échappaient les mêmes vapeurs, le même docteur Kauffman, et, les jumeaux Bonnet à nouveau compris, le même Monsieur Florian, l'admirable Monsieur Florian qui ne butait jamais sur les noms étrangers et qui, dans la mémoire d'eux tous, resterait à jamais comme leur irremplaçable premier maître, c'est avec Zaza et Zaza seule que Maurice avait jusqu'alors partagé ce que les adultes appellent pompeusement leur vie intérieure.

Leurs terreurs nocturnes racontées au matin, leurs premiers étonnements sur la naissance, la mort et le sexe, les fleurs et les saisons, et la lune, et la neige, et l'argent, et la grosse bulle de savon qui crève tout de suite tandis que la suivante, toute chétive, s'envole par la fenêtre et qu'on est sûr qu'elle est allée rejoindre le ballon rouge qu'on a lâché l'autre jour aux Buttes, pour voir... et les pourquoi on n'a pas de grand-mère comme Myriam Goldberg, et pourquoi Monsieur et Madame Stern ne font même pas la cuisine le samedi, et qu'est-ce que c'est le *caté,* et pourquoi le rabbin ne vient jamais chez nous, et qu'est-ce que c'est qu'un rabbin ? et pourquoi elle a un gros ventre, la grande sœur des Novack ? Tous ces constats, toutes ces interrogations personnelles, toutes ces questions posées aux adultes, leurs réponses et leurs non-réponses, leurs omissions et leurs parce que, c'est avec Zaza qu'il les avait partagés comme il avait partagé sa coqueluche, sa poussette et ses langes. Et même s'il lui était arrivé à elle de trahir des secrets partagés, c'est avec elle, malgré tout, qu'il avait d'abord essayé de les partager.

A bientôt sept ans, Maurice était un enfant unique qui avait une petite sœur de cinq ans et des copains de son âge, et lui seul entendit vraiment comme il le fallait la phrase magique d'Aristide Cloutier. Demain, dans un petit palais éblouissant de blancheur, apparaîtraient une fille et un garçon venus rencontrer un ami.

C'est par la Gare de Lyon que la famille Clément, très tôt matin, fit son entrée dans Paris. Ils étaient savoyards. Jeannette, ménagère, avait vingt-sept ans. Félix Clément, facteur, en avait vingt-huit et sa nomination dans le XXe arrondissement de Paris constituait un bel avancement. Robert allait sur ses huit ans et Josette en avait six.

A leur descente du train, Aristide Cloutier, qui les avait tout de suite identifiés dans la foule des voyageurs grâce à la fiche signalétique qui avait accompagné leurs pourparlers d'engagement par la Providence Urbaine, fut heureux de constater qu'ils étaient tous quatre bien bâtis, hâlés, réservés et souriants. Organisés aussi : pas de petits paquets, pas de valises, des sacs à dos. Les meubles avaient été expédiés et enregistrés depuis quarante-huit heures, la Compagnie du P.L.M. les livrerait aux premières heures de la matinée. Aristide Cloutier leur donna leur première leçon de métro, et, à sept heures trente, ils pénétraient dans le logement — c'est ainsi que Monsieur Cloutier avait été invité à appeler désormais la loge, du fait que Félix était facteur et non pas concierge. Il n'en commença pas moins à leur énumérer la liste de leurs tâches de concierges, mais Félix l'interrompit pour la compléter de lui-même. Il savait exactement ce que Jeannette aurait à faire, ce qu'il ferait en dehors de ses heures de travail aux P.T.T., et il savait fort bien aussi à quelles astreintes ni l'un ni l'autre n'étaient tenus. Apparemment, ils avaient bien étudié le problème, bien pesé le pour et le contre avant d'accepter cette offre qui avait surtout pour avantage de leur fournir un logement à Paris sans bourse délier. Il souriait, avait un débit lent et un accent des montagnes. Jeannette souriait et ne disait rien. Les enfants souriaient et regardaient leur père. Monsieur Cloutier crut comprendre que l'entretien était terminé quand il vit Jeannette dénouer le cordon de son sac à dos et en sortir, sans avoir à chercher, un thermos qu'elle alla poser sur l'évier dans la cuisine en disant : « Venez, les enfants ! » Il ouvrit alors sa propre sacoche à soufflets et en sortit un dossier vert sur lequel était écrit en grosses rondes noires : « La Mare, Immeuble n° 58. » Il produisit une pièce à en-tête de la Providence Urbaine où s'échelonnaient les noms des locataires, suivis du numéro des étages et de leur disposition par paliers. Il la tendit à Félix qui en entama la lecture. Il voulut amorcer quelque remarque sur la difficulté qu'il y a à déchiffrer certaines orthographes, mais, une fois de plus, Félix l'interrompit en souriant :

— Je suis facteur, Monsieur, j'ai l'habitude des noms de famille.

— Eh bien, je vous laisse, dit Monsieur Cloutier.

— C'est ça, fit Félix en ouvrant la porte vitrée.

Aristide Cloutier, un peu frustré de ne pas avoir pu donner le meilleur de son habituel paternalisme, généralement si bien reçu ailleurs, lança à ces quatre Savoyards qui mettaient les pieds à Paris pour la première fois :

— A la semaine prochaine, je passerai voir comment vous vous en sortez.

Et il s'en fut. Jeannette ouvrit toutes les fenêtres. Ça sentait vraiment la peinture.

Leur arrivée avait été si discrète, le déchargement et l'emménagement de leur mobilier et des deux grosses caisses de linge et de vaisselle tellement rapides, silencieux et confondus avec les bruits familiers du petit jour, que personne dans les étages n'avait pris vraiment conscience de la nouvelle présence des Clément dans la maison. Élie, Stépan, Monsieur Lowenthal et Monsieur Stern étaient partis au travail dès sept heures, comme tous les matins. Comme tous les matins, Barsky dormait encore. Mesdames Stern et Lowenthal s'affairaient à leur ménage. Madame Bonnet faisait déjeuner ses jumeaux, Sonia faisait déjeuner Maurice et Olga faisait déjeuner Zaza, sans les presser puisqu'on était en vacances de Pâques.

C'est donc Monsieur Bonnet, qui partait, lui, tous les matins à huit heures trente, parce qu'il s'obligeait pour ses bronches à redescendre à pied et en toute saison la rue des Pyrénées jusqu'à la place Gambetta, qui fut le premier à frapper au carreau de la porte vitrée et à donner le coup d'envoi aux nouvelles fonctions de Jeannette Clément. Il frappa, entrouvrit la porte et, dans la foulée, annonça :

— Bonnet ! Premier gauche. Bonjour, veuillez remettre ces plis aux intéressés. Bonne journée !

Félix était déjà parti se présenter à ses chefs. Jeannette était au milieu de ses deux caisses ouvertes. Elle eut à peine le temps d'entr'apercevoir Monsieur Bonnet qui avait déjà refermé la porte, et elle se retrouva avec cinq enveloppes à la main. Elles étaient bleu ciel, calligraphiées en mauve, portaient les noms de la liste que Monsieur Cloutier avait laissée à Félix et que celui-ci avait punaisée à côté de la porte. Tous les noms, sauf celui des Bonnet. En bas à droite, elles étaient ornées d'un *E.V.* qui la laissa songeuse.

C'est Robert qu'elle chargea de monter les lettres dans les trois étages qu'elle n'avait pas encore le courage d'affronter.

Robert prit sa petite sœur Josette par la main et tous deux s'en allèrent frapper aux portes de ces inconnus auxquels ils apportaient les résultats scrupuleusement calculés, au prorata et au centime près, avec copie des factures du *Blé d'or de Quimper* et de la maison Julien Damoy, de la participation de chacun aux frais de la cérémonie d'adieux à Madame Lutz.

Chez les Guttman, c'est Maurice qui leur ouvrit.

A dix heures, Josette faisait la troisième à la marelle avec Zaza et Myriam Goldberg, Robert jouait au ballon-prisonnier dans le terrain vague qui s'étendait maintenant à la place de la maison définitivement démolie, au 10 de la rue Henri-Chevreau. Sur le grand mur aveugle de la maison mitoyenne, on avait peint un portrait géant du Docteur Pierre, illustre créateur de pâte dentifrice : Robert prit sa première leçon de réclame. A midi, des rideaux blancs, crochetés et amidonnés, garnissaient les trois fenêtres et la porte vitrée de la loge.

La neige, le petit bois, deux grands-pères et deux grands-mères, un oncle Charles, des tantes Marie, Germaine, Louise, des cousines et des cousins, des refuges qui sentent le bois de pin, des cheminées garnies de grosses bûches, un facteur qui fait sa tournée à skis, le fart, la confiture de mûres, des Anglais tombés dans une crevasse, des œufs gobés crus, un loup, un jour, abattu par les hommes du village, le ruisseau gelé qu'on traverse à pied, l'avalanche de l'année dernière, la lampe-tempête, le lait caillé, les galoches, les repas de noces, les campeurs allemands qui se baignent tout nus, les chaussettes tricotées par l'arrière-grand-mère, les « moines » pour chauffer le lit, l'énorme pain rond pour la semaine, la neige qui glace, les crampons sous les galoches, la tempête de neige, l'herbe qui réapparaît, les vaches et les moutons, la peau de mouton sous la pèlerine, le poêle de faïence dans la classe, la poste dans la mairie et la maison avec la poste, et l'école dans la mairie aussi, mais de l'autre côté de la poste, et la classe où on n'était que neuf...

Robert Clément, pour Maurice qui commençait à lire les livres que Monsieur Florian lui prêtait, c'étaient à la fois Jack London et Charles Nodier qui entraient dans sa maison et dans sa vie. Il écoutait, il écoutait la voix chantante et l'accent nouveau, et les mots inconnus, ces moines qui n'étaient pas des curés, ces crevasses qui n'étaient pas des engelures, ce loup qui n'était pas de La Fontaine, et ce fard qui n'était pas la poudre de riz ni le rouge à lèvres de la sœur des Novack. Il écoutait, puisque lui-même n'avait rien à raconter. Tout ce qu'il aurait eu à dire était là sur place, entre la rue des Pyrénées et la rue Henri-Chevreau, et dans les trois étages de la maison.

Maurice ne quittait plus Robert qui s'étonnait de ses étonnements, et s'étonnait encore plus d'être celui qui enseigne, dans cette grande ville qui lui avait fait si peur jusqu'à son entrée dans l'équipe de ballon-prisonnier, trois heures après son arrivée à Paris.

Côté filles, c'était l'inverse. Il faut du bitume pour dessiner à la craie le Ciel et l'Enfer d'une marelle. D'entrée de jeu, Zaza avait confisqué Josette et, presque simultanément, répudié Myriam Goldberg. La disgrâce se fit sentir au début de l'après-midi, quand Zaza pria Josette seule de monter « voir travailler nos mamans », en lâchant distraitement à Myriam Goldberg : « Toi, t'es déjà venue et ça ferait trop de monde. »

Alors la petite montagnarde découvrit l'univers des portes ouvertes sur le palier du second, Olga et Sonia réunies dans la salle à manger Roginski, les bobines de toutes les couleurs et les petites chutes de satinette grise et bleu marine des doublures de manteaux dames-fillettes ; le grand carré de coton noir dans lequel s'empilaient déjà, bien pliés, six manteaux-fillettes de grosse ratine bleu-noir à boutons dorés, alors qu'il faisait si chaud dehors, tandis que ceux qui restaient à finir gisaient en vrac aux pieds d'Olga et de Sonia qui se partageaient à tour de rôle boutons et ourlets.

Les mamans avaient des accents comme elle n'en avait jamais entendu et Olga lui fit cadeau d'un œil de renard dépareillé qu'elle sortit d'une boîte de réglisse Florent où elle conservait, parmi les épingles à tête noire, un fragment de tulle blanc et une dent de lait de Zaza.

Du côté des parents Clément, les choses allèrent moins vite. Félix apprenait les rues et desservait une autre portion de l'arrondissement. Jeannette, qui s'était fait un monde de sa nouvelle situation au milieu de tous ces vieux Parisiens, les trouva fort gentils et tout à fait compréhensifs vis-à-vis d'une « étrangère ». Au début, elle tomba bien entendu sous la coupe de Madame Lowenthal, qui n'eut de cesse de lui faire prendre le relais de Sonia et d'Olga. Jeannette le prit, mais dans un sens contraire aux vœux de l'Intendante en retraite. Elle tint compte des recommandations et oukases que Madame Lowenthal distribuait en faveur ou à l'encontre des commerçants qu'elle lui désigna au cours d'un voyage initiatique dans les rues de la Mare et des Pyrénées — périple qu'elles firent dès le lendemain de l'arrivée des Clément et au cours duquel il n'est pas inintéressant de noter que le *Blé d'or de Quimper* fut dénoncé comme « magasin de voleurs ». Très vite, cependant, Jeannette fit son tri elle-même et, l'ayant fait, elle aussi confia à Robert des petites listes qui, s'il n'avait pas à les traduire comme Maurice traduisait celles de Sonia et d'Olga, menaient les deux garçons en quête des mêmes emplettes — paprika, cumin et cornichons Malossol en moins pour Robert.

Ils prirent vite l'habitude de laisser les filles. C'était bien la première fois que ça leur arrivait. Aux filles aussi, d'ailleurs.

Le matin du 26 mai 1926 — mais ils ne vérifièrent la date exacte que bien des années plus tard —, Maurice et Robert s'en allaient aux commissions. Passant devant chez l'Auvergnat, il sembla à Maurice qu'on s'agitait beaucoup à l'intérieur autour de Barsky, mais Barsky au bistrot à cette heure, il n'y avait là rien que de normal. En revanche, au coin de la rue des Cascades, Messieurs Nüssbaum, Goldberg et Katz discutaient gravement, et ça, c'était tout à fait anormal. A dix heures du matin, en général, ceux-là travaillaient.

Seul ou avec Zaza, Maurice se serait avancé pour écouter la conversation en yiddish, mais, avec Robert, il n'osa pas et ils continuèrent à remonter la rue.

Comme ils atteignaient la rue des Pyrénées, ils entendirent une voix qui scandait des mots qu'ils restèrent d'abord sans comprendre ; sauf l'espèce de refrain qui revenait sans cesse : « Demandez *Le Matin* ! ». En s'approchant de la bouche du métro, ils entendirent le reste : « Assassinat politique en plein Paris ! Demandez *Le Matin* ! Règlement de comptes entre étrangers ! Demandez *Le Matin* ! Un Russe blanc assassiné à Paris ! Demandez *Le Matin* ! Un exalté se venge ! Demandez *Le Matin* ! »

Le crieur était enroué et débordé. Des paquets de journaux posés à même le trottoir étaient encore ficelés et un papier bleu sale, fripé, cachait les titres de première page. Il y avait devant lui, déficelée sur un pliant, une pile qui diminuait à vue d'œil. Il encaissait la monnaie d'une main qu'il plongeait dans la sacoche qu'il portait en bandoulière. De l'autre main, il tenait serré contre sa poitrine l'exemplaire sur lequel la nouvelle du jour s'étalait en gros.

Maurice cessa d'entendre les bruits de la rue, le cliquetis de la monnaie, les aboiements du crieur. Dans un silence cotonneux qui n'entourait que lui dans cette foule, il déchiffra le nom qui, pour lui seul, scintillait comme l'éclair d'un poignard au milieu de la phrase de titre : « HIER SOIR À PARIS, L'ATAMAN *PETLIOURA* ASSASSINÉ PAR UN COMPATRIOTE ». Quand il réentendit les bruits de la rue, les pièces de monnaie qui tombaient, les aboiements du crieur, il perçut aussi la voix de Robert qui s'enquérait : « Qu'est-ce que tu as ? », mais il ne répondit pas.

Il ne répondit pas, parce que ce qui s'entrechoquait dans sa tête était indicible, incommunicable à qui que ce fût. C'était un mélange de notions si diverses qu'il était incapable d'en faire le tri par ordre d'importance, et ce n'est que bien des années plus tard — en fait, ce jour où Robert et lui recherchèrent la date exacte de l'exécution de Petlioura par Samuel Schwartzbard — qu'il sut enfin raconter à son ami, avec le recul de la mémoire et des mots d'homme, cette seconde qu'ils avaient vécue ensemble et on ne peut plus séparément.

Il se la rappelait si bien qu'il alla même jusqu'à dire à Robert :

— Quand tu m'as demandé ce que j'avais, j'ai failli te répondre : Je le connais.

Et c'était vrai. Et c'était peut-être bien ça, d'abord, le grand choc qu'il avait reçu à la lecture du nom interdit et censuré par Sonia. Dans ce « Je le connais » refoulé, remplacé par le silence, entrait une sorte de fierté d'être impliqué personnellement dans un fait divers sanglant, pour la seule raison qu'il savait le nom de la victime avant qu'elle ne devînt célèbre d'un seul coup et pour tout le monde. Dans le même temps, il y avait la découverte du *i* manquant, de Pète-Loura à Petlioura. L'incongruité de l'invention de Pouett-Pouett ne devait le choquer que plus tard.

Mais ce qui dominait surtout dans ce chaos d'impressions, c'est que sa mère avait menti. Petlioura, ça existait. La preuve, on l'avait tué.

Ce matin-là, il ne répondit pas à Robert. Ils allèrent faire les commissions, il n'acheta pas le journal. Chez les Guttman et les Roginski, c'étaient Élie et Stépan qui rapportaient parfois et à tour de rôle un quotidien à la maison, le soir, en rentrant du travail.

Devant chez eux, il dit à Robert qu'il revenait tout de suite et grimpa avec son cabas jusqu'au second. Tout au long du chemin, il avait cherché dans sa tête la bonne phrase à lancer à Sonia, à la fois percutante et culpabilisante. Il n'avait pas trouvé. Il hésitait entre le style « Malheureuse ! Tu es perdue, je sais tout ! », qu'il avait vu sous une illustration représentant une femme en pleurs devant un homme qui brandissait une lettre, et celui, plus sobre, de « Le pape est mort », que Monsieur Florian leur avait lu avant les vacances de Noël.

Quand il entra dans la cuisine, Sonia était en train de passer la serpillière sur le carreau. Elle était à genoux et de dos. Il eut le temps de dire : « Il y a Petlioura qui... » Sur le *qui,* un grand coup de serpillière humide et torsadée lui cingla les mollets, juste à bonne hauteur pour Sonia qui s'était retournée, furieuse, en l'entendant prononcer le nom prohibé, sans lui laisser le temps de s'expliquer. Une grosse voix familière se fit alors entendre sur le palier. Il quitta la cuisine en courant et dévala l'escalier. Devant les fenêtres de la loge, Robert regardait les filles sauter à la corde. Josette et Myriam Goldberg — de nouveau rentrée en grâce — tenaient les deux poignées et, au milieu, Zaza faisait vinaigre.

Chez Mercier Frères, le crime du jour avait été commenté en début de matinée, quand les cinq compagnons maroquiniers étaient arrivés l'un après l'autre à l'atelier, mais ni plus ni moins que ceux de la semaine ou des mois précédents. Un peu moins même, les protagonistes du drame leur étant à tous doublement étrangers. Seul Levesque avait lu la manchette du journal, les autres n'avaient fait qu'entendre les crieurs. De sa lecture, Levesque avait surtout retenu que ça s'était passé rue Racine. Il accueillit Dubos, qui habitait Cour de Rohan, par un « Alors, on zigouille dans ton coin ? — Comme s'ils ne pouvaient pas faire ça chez eux ! » avait répondu Dubos. Élie Guttman était arrivé peu après, alors qu'ils parlaient déjà d'autre chose. Il avait lu le journal et fut soulagé de n'avoir pas à expliquer des choses dont, apparemment, les autres n'étaient pas curieux. Ils ne l'avaient d'ailleurs jamais été et Élie leur en était reconnaissant. Du jour où il était entré chez Mercier Frères, il les avait habitués à son travail silencieux, à ses questions de vocabulaire ou à ses demandes d'explication quand il voulait rire avec eux d'un bon mot dont le sens lui avait échappé. Ils ne l'appelaient pas Élie, ni Guttman, mais *Lilitch,* seule référence affectueuse à ses lointaines origines — peut-être inconsciemment aussi à Vladimir Illich dont la destinée fulgurante n'était pourtant pas le souci majeur des ouvriers de Mercier Frères : les frères Mercier ne donnaient jamais l'occasion de faire vibrer en eux la corde révolutionnaire.

C'était, comme on dit, de bons patrons. Ils avaient de qui tenir. Au milieu du siècle passé, le grand-père Fabien Mercier « avait quitté Cahors à pied, en sabots et en roulant son tonneau. Et comme son tonneau et lui étaient arrivés indemnes à Paris, ça prouvait deux choses : que le grand-père Fabien était courageux et son tonneau résistant. » Même avec son français balbutiant, Élie pouvait réciter cette phrase par cœur et sans faute, tant il l'avait entendue de fois dans la bouche de Paul Mercier. Des tonneaux, Fabien était très vite passé aux malles de bois, puis des malles de bois aux malles de cuir. Son fils Adrien avait repris les malles de cuir, quitté l'échoppe de la rue Papin et s'était installé avec un ouvrier et un apprenti au premier étage d'un vieil hôtel particulier qui faisait presque le coin de la rue Blondel et de la rue Saint-Martin. Des malles de cuir, il était passé aux valises, aux nécessaires de toilette et aux sacs de dames.

Les fils d'Adrien, Paul et Julien, étaient devenus Mercier Frères. Ils avaient six ouvriers spécialisés et ne touchaient plus eux-mêmes au cuir. Et si, dans le vaste atelier situé sur le palier à droite, ça sentait les peaux de toutes les bêtes de l'univers, le suint et la colle, dans le bureau de Paul Mercier, sur le palier de gauche, ça embaumait le poivrier et le santal. A côté de l'imposante table de travail et des deux fauteuils d'acajou, sur la moquette rouge foncé, reposait une malle de bois clair à ferrures de cuivre. Comme elle était ouverte, on pouvait voir l'intérieur d'un brun rosé, et les deux odeurs mêlées parlaient de courses lointaines. La malle, exécutée sur commande par l'ancêtre et sans doute oubliée ou restée impayée par quelque capitaine de vaisseau de la Marine impériale, distrait ou mort en mer, était là pour rappeler aux selliers des Beaux Quartiers qui venaient traiter leurs commandes chez Mercier Frères qu'avant de jouer du Waterman à plume rentrante, on avait travaillé de ses mains dans la famille Mercier.

On voyait rarement Julien Mercier. Il s'occupait des

achats de peaux à travers la France et même l'Europe. Mais, chaque fois qu'il passait par Paris, il commençait par s'enfermer quelques heures avec son frère dans le bureau, puis, en fin d'après-midi, on le voyait débarquer dans l'atelier, trois bouteilles de cahors à la main — il y avait une réserve toujours renouvelée dans la cave du vieil hôtel. Il venait trinquer avec les compagnons. Il palpait les grandes peaux pendues à des clous, prenait en main un nouveau modèle en voie d'achèvement, examinait les croquis des commandes, buvait un dernier coup et déclarait gravement : « Et maintenant, j'emmène Popol au cirque. » Ce qui déclenchait un énorme éclat de rire dans tout l'atelier.

La première fois qu'il avait entendu la plaisanterie de Monsieur Julien, Élie avait ri avec tout le monde, pour faire comme tout le monde. Le mois suivant, après le départ de Monsieur Julien, il s'enhardit à demander des explications. C'est Dédé Meunier qui s'en chargea. Non, Monsieur Julien n'emmenait pas son frère aîné à Médrano. Monsieur Julien, une fois descendu, allait monter... avec une pute à laquelle il était habitué, rue Blondel, et qu'il ne manquait jamais d'honorer après avoir fait les comptes avec son frère. C'était comme ça, elle était bien brave et tout le monde trouvait ça gentil.

Élie avait souri en hochant la tête poliment, mais, en vérité, il avait été choqué. Il n'avait jamais tout à fait oublié le sourire de connivence du flic qui lui avait indiqué le chemin de la rue Blondel, après avoir déchiffré le papier que lui avait tendu ce jeune homme, étranger et muet, le matin où il était venu se présenter pour la première fois chez Mercier Frères. Il n'avait jamais oublié non plus sa surprise, en sortant à six heures du soir, le même jour, à retrouver cette même rue, si honnête le matin, transformée en marché à bétail humain à la nuit tombée. Il s'y était fait ; il les connaissait, à force, les filles du début de la rue, et il leur souriait en passant, mais il s'était bien juré de ne jamais laisser Sonia venir le chercher au travail, comme elle le lui avait proposé au début. Il n'était jamais « monté ». En revanche, il avait cru voir un soir Barsky en conversation galante, un peu plus haut dans la rue, et ça l'avait bouleversé : jamais il n'en avait parlé à qui que ce fût, rue de la Mare, sauf à Stépan, bien sûr, mais Stépan travaillait rue d'Aboukir...

Les Mercier étaient donc, comme on dit, de bons patrons. Ils avaient de qui tenir : le grand-père Fabien avait été communard et le père Adrien dreyfusard. Julien, qui ne fréquentait pas que les bordels au cours de ses voyages, avait appris à connaître le monde et les étrangers. Il n'était pas xénophobe, et Paul et lui avaient beaucoup aidé à la naturalisation conjointe des Guttman et des Roginski, priant leur cousin Martial Mercier, député socialiste du Lot, d'appuyer les démarches.

Et comme Paul Mercier était un bon patron et qu'il avait lu le journal, il passa la tête ce matin-là dans l'atelier et lança un « Ça va, Guttman ? » qui disait assez à Élie que son employeur avait mesuré à sa juste valeur l'importance que pouvait revêtir pour lui le fait divers du jour. Un peu plus tard, voyant son copain soucieux, Dédé Meunier avait voulu le faire sourire :

— Alors, comme ça, on s'entretue chez les Popoff ? Qu'est-ce que t'en as à foutre ? Tu l'es plus, Popoff, t'es franssouski, maintenant ! avait-il dit à Élie en lui bourrant affectueusement les côtes.

Chez Fémina-Prestige, ça parlait tellement et tellement fort qu'on ne s'entendait plus lorsque Stépan arriva rue d'Aboukir. Il avait quitté Élie à la sortie du métro Strasbourg-Saint-Denis, n'avait pas prêté l'oreille aux crieurs, ne s'était pas arrêté à un kiosque comme Élie, bref, il apprit la nouvelle par petits morceaux, à force de poser des questions précises aux huit fourreurs qui en étaient déjà, eux, aux conclusions virtuelles du réquisitoire du procès qui serait fait à Samuel Schwartzbard.

Dans un premier temps, Stépan ne retint qu'une

chose du chaos de commentaires et d'explications, et ce n'était pas le nom de Samuel Schwartzbard, qu'il entendit à peine. Non, la chose terrifiante et folle, inimaginable et pourtant imaginée par lui-même quelques mois plus tôt, c'était la matérialisation de la présence de Petlioura dans la ville de Paris, dont Zaza avait bel et bien été l'annonciatrice innocente. Guttman l'avait alors pris pour un fou et, pour le calmer, avait inventé cette grotesque histoire de goulasch Lowenthal, mais c'était clair : si la petite avait parlé, c'est qu'il n'y a jamais de fumée sans feu. Il remuait tout ça dans sa tête et, après s'être fait répéter le nom du tueur, il commença à se demander si le dénommé Schwartzbard n'était pas ce cousin des Novack, un jeune homme brun à l'œil brillant, qu'il avait vu un jour sortir très agité de chez l'Auvergnat et courir sans raison apparente pour disparaître dans la rue Henri-Chevreau. De là à penser que l'exécution de Petlioura avait été conçue dans sa propre rue, l'embryon de projet murmuré par Coco et Lulu Novack, colporté et répété à Sami et Jeannot Nüssbaum, et recueilli enfin par Zaza, il n'y avait qu'un pas que la tête fiévreuse de Stépan franchit sans effort. Et la grande peur de l'année précédente le reprit. Car si Petlioura avait pu passer en France, les autres, tous les autres étaient là aussi et allaient sortir de l'ombre. Voilà ce qu'il se disait en enfilant sa blouse de travail, tout seul dans son coin.

Coupeurs et fourreurs faisaient de plus en plus de bruit et repoussaient insolemment l'instant où il leur faudrait s'emparer des gros ciseaux, des lames de rasoir, des petits marteaux et des clous minuscules qui les attendaient sur les grandes tables de leur atelier. Monsieur Jean apparut. Il cria par deux fois : « Silence ! » en français, et, dans le silence presque aussitôt rétabli, il articula un « Et maintenant, au boulot ! », qui tomba très sec et en yiddish. Il remonta dans les bureaux qu'il partageait avec Roger Ziegler à l'étage au-dessus et, une demi-heure plus tard, Mademoiselle Anita, la secrétaire de direction de Fémina-Prestige, vint murmurer à l'oreille de Stépan que Monsieur Jean le demandait. Stépan se leva, la suivit. C'était si inhabituel que l'atelier tout entier le regarda partir comme font les élèves d'une classe quand le surveillant vient chercher l'un d'eux pour l'amener chez le proviseur.

Il était de notoriété publique que Stépan, s'il était le propre frère de Janek Roginski, dit Monsieur Jean, n'entretenait aucun rapport familial avec les patrons. Les deux plus anciens dans la maison se rappelaient fort bien l'arrivée de Stépan dans l'atelier, un jour de février ou de mars 1921. Roginski venait de s'associer à Ziegler. C'était encore l'époque où la superbe tête blond vénitien de Madame Jean venait se pencher sur les comptes en fin de mois. Ce matin-là, Mademoiselle Anita avait poussé un jeune homme rougissant dans l'atelier. Monsieur Jean suivait et il avait fait un petit discours, mi-français, mi-yiddish, pour dire qu'il amenait un nouveau qui s'appelait Roginski mais qu'on appellerait Stépan, qu'il espérait qu'il ferait un bon fourreur, que, s'il ne l'était pas, il se ferait engueuler et, au besoin, foutre à la porte. Stépan était un bon fourreur, il n'avait pas été foutu à la porte, on ne l'appelait jamais Roginski, on n'avait jamais vu Madame Jean lui adresser la parole, et jamais non plus on n'avait vu Stépan monter chez Monsieur Jean.

Quand Janek avait fait venir Stépan en France, c'était pour obéir à deux motifs : un urgent besoin de main-d'œuvre spécialisée, allié à l'accomplissement tardif d'une promesse qu'il avait faite, dans la nuit d'un village polonais, à un petit frère de onze ans qui sanglotait de le voir partir.

Contre l'avis de sa femme, en dépit des colères de sa femme, surmontant les bouderies de sa femme, Janek avait fini par envoyer la lettre d'embauche et l'argent du voyage à Stépan.

Voyant qu'elle n'avait pas gagné contre ceux qu'elle appelait les « Pollacks du Shtetl », Nicole Roginski avait pris les devants. Elle avait chargé Mademoiselle Anita de trouver un logement aussi modeste qu'il serait éloigné de Neuilly-sur-Seine où les Roginski venaient d'emménager. Mademoiselle Anita s'était adressée à la Providence Urbaine et avait elle-même conclu l'affaire après être allée en personne visiter la rue de la Mare. Quand Janek avait annoncé à sa femme la date de l'arrivée de son frère et l'avait suppliée de venir avec lui Gare de l'Est, elle avait refusé et prié Mademoiselle Anita de bien vouloir assister Monsieur Jean pour ce qu'elle avait plaisamment qualifié de comité d'accueil.

Ce matin-là, il avait quitté l'appartement de la rue Charles-Laffitte en claquant la porte. Il avait laissé Nicole superbe, flamboyante et parfumée, tartinant son toast de marmelade d'oranges assortie à la dentelle de son déshabillé de satin saumon. Il avait retrouvé Mademoiselle Anita qui avait déjà acheté les tickets de quai. Et c'est aux côtés de cette créature modeste, vêtue de gris, au chignon terne noué sur la nuque, qu'il vit débarquer d'un wagon de troisième un jeune homme souriant, botté et casquetté de cuir. D'une main, il tenait un gros ballot de couleur grenat, de l'autre, la main d'une femme-enfant dont on voyait à peine le visage, sous son fichu de coton blanc, et énormément le ventre qui ballonnait sous une jupe de drap noir.

Les bottes, la casquette, le ballot lie-de-vin, le gros ventre de la gamine, la poussière et l'odeur du train sur les vêtements, la gratitude et la timidité craintives dans les yeux de ces étrangers, disaient assez qu'ils sortaient d'un petit enfer quotidien dont Janek réalisa immédiatement qu'il ne voulait pour rien au monde connaître les détails. Et c'est en pensant : « La garce, elle avait raison », qu'il embrassa son frère et sa belle-sœur qui, prenant Mademoiselle Anita pour leur propre belle-sœur, l'avaient déjà serrée sur leur cœur. Le malentendu fut rapidement dissipé. Mademoiselle Anita était fort contente de la méprise, mais Janek expliqua que, sa femme étant souffrante, c'était sa secrétaire qui allait leur indiquer le chemin de leur domicile parisien. Il les lâcha devant le métro et prit un taxi pour la rue d'Aboukir.

Les années avaient passé. Olga n'avait jamais rencontré Nicole. Nicole et Janek n'avaient jamais vu Zaza.

Janek se tenait debout derrière son bureau sur lequel, parmi des échantillons de tissus, des bordereaux et un sous-main de cuir, trônait un cadre d'argent dont Stépan ne voyait que l'envers. Mademoiselle Anita referma la porte derrière elle et la voix hurlante de Monsieur Jean posa à Stépan une question dont Mademoiselle Anita, qui ne comprenait toujours pas le yiddish, saisit pourtant qu'elle n'était guère aimable. Traduit, ça donnait :

— Qu'est-ce que c'est que ce petit con qui vient foutre la merde en venant descendre ce vieux con en plein Paris ?

Stépan ne répondit pas. Janek enchaîna :

— Non seulement il vient foutre la merde dans ce pays, mais, par-dessus le marché, il fout la merde chez moi. Et c'est pas fini ! Tu peux dire à tes copains de l'atelier qu'ils ont intérêt à ne pas se faire remarquer, parce que pour peu que ce petit connard d'Ukrainien soit entré clandestinement rien que pour descendre un autre connard d'Ukrainien qui soit lui aussi rentré clandestinement, d'ici une heure, y aura des flics plein la rue d'Aboukir, et ils vont pas rigoler avec les contrôles. Moi non plus, d'ailleurs ; vous êtes pas tous en règle, en bas !

Stépan allait lui répondre qu'il était français depuis un an, mais Janek ne lui en laissa pas le temps.

— S'il y a des poires comme moi qui se sont démerdées pour donner à manger à des connards qui n'ont pas été foutus de se démerder chez eux, c'est pas pour qu'un feignant d'Ukrainien vienne casser le boulot en faisant l'intéressant parce qu'il a déniché un connard de Cosaque dont personne ne se souvenait même plus !

— Ta gueule, Janek ! Ferme ta gueule ou je te tue ! articula Stépan et il éclata en sanglots.

Stupéfait, Janek contempla son petit frère qui pleurait et qui, peu à peu, se mit à parler.

Toutes les images lui revenaient. Il disait enfin ce qu'il avait sur le cœur depuis tellement, tellement longtemps que ça datait presque de ses onze ans.

C'était désordonné, ça parlait tout à la fois des parents, de la peur, de l'attente au Shtetl, d'avant Petlioura et de pendant Petlioura, du bonheur avec Olga, de l'incroyable bonheur de la lettre arrivée de Paris, du ventre d'Olga aussi gros que le gros ballot vite fait pour partir, et de cet incroyable malheur à l'arrivée, et de Mademoiselle Anita et du premier métro, et du ventre d'Olga que Sonia avait touché si tendrement quand ils s'étaient juré tous quatre qu'ils ne raconteraient pas l'horreur aux enfants mais qu'ils continueraient à se la raconter entre eux, parce qu'il était impossible de l'oublier et que ce connard de Cosaque dont lui, Janek, ne se rappelait pas le nom, qui s'appelait Pet-li-ou-ra — il martelait les syllabes qu'il répéta par trois fois —, aurait pu être le même qui lui aurait coupé les couilles, à lui Janek, s'il n'était pas parti assez tôt du pays, et vive Schwartzbard qui les vengeait tous, ceux d'en bas dans l'atelier, les grands-parents, les gens de la rue de la Mare où Janek n'avait jamais voulu mettre les pieds et où Olga et Sonia se crevaient à mettre des merdes de faux yeux à ses saloperies de putains de renards argentés, que ça sentait encore la fourrure en rentrant chez lui, tout ça pour faire des sous à Fémina-Prestige qui ne méritait pas que Schwartzbard les venge, eux, ni lui Janek, ni sa salope de femme !

Sa salope de femme ! Sa salope de femme ! Il criait. Il avait fait le tour du bureau et désignait du doigt Nicole qui souriait dans son cadre d'argent.

Il reprit sa place à l'atelier. Il allait mieux. Curieusement, il n'avait plus peur, mais il avait hâte de rentrer à la maison.

Janek était resté un long moment immobile après que Stépan eut quitté le bureau en claquant la porte. Puis il avait ouvert la fenêtre et contemplé longuement la rue d'Aboukir, gaie et ensoleillée. Il avait ensuite refermé la fenêtre et s'était assis à son bureau. Il n'avait pas appelé Mademoiselle Anita, n'avait pas cherché à savoir si Roger Ziegler était arrivé. Il avait les deux mains posées sur son sous-main bordé de cuir noir, dans les quatre coins duquel Mademoiselle Anita glissait tous les matins une nouvelle feuille rose d'un papier buvard portant le nom et l'adresse de sa firme. Depuis quelque temps, on voyait des hommes-sandwichs, sur les Grands Boulevards, qui, le jeudi, distribuaient ces buvards aux enfants. C'était une idée de Nicole. Une bonne idée. Il considéra un instant le visage aimable de sa femme. La salope, avait dit l'autre en claquant la porte. Lui aussi avait souvent claqué la porte. Mais cette salope, cette garce, il l'aimait et il lui devait tout.

« Mon père avait quitté Saint-Pétersbourg parce que Lucien Guitry l'avait enlevé comme on enlève une danseuse... » C'était là une des phrases favorites de Nicole Judith Victoria Anna Zedkin, épouse Roginski. Cette phrase, elle avait déjà commencé à la placer du temps du petit magasin de la rue Pierre-Demours, dans le XVIIe arrondissement, quand son père avait le dos tourné et qu'elle faisait patienter la cliente en attendant Janek qui préparait l'essayage du manteau de taupe ou de ventre de petit-gris dans l'arrière-boutique.

Maintenant que le père Zedkin était mort, la rue Pierre-Demours vendue, la rue d'Aboukir prospère, l'association Roginski-Fourrure-Ziegler-Confection florissante, les occasions de conter l'étonnante odyssée de feu Piotr Zedkin ne lui manquaient plus. Elle les saisissait avec beaucoup de charme et d'astuce dans les moments où la conversation piétinait, au cours de ces dîners d'affaires que Ziegler et Roginski organisaient pour les acheteurs de province, ou quand Augustin Leblanc, bonnetier à Troyes, bailleur de fonds de Fémina-Prestige et papa de Liliane Ziegler, traitait les deux jeunes couples chez Lucas Carton.

Mais, depuis cette année 1926, avec le nouvel appartement de cinq pièces à Neuilly, la bonne à tout faire en tablier de femme de chambre, elle pouvait recevoir et, en hôtesse accomplie, se devait d'animer ses dîners. Elle le faisait avec des souvenirs de famille qui devenaient de plus en plus grands-russiens au fur et à mesure que les aides de camp et les dames d'honneur des infortunés Romanov déferlaient sur Paris et se répandaient dans les maisons. Comme ils et elles se répandaient aussi chez les revendeurs de fourrure, d'argenterie et de bijoux, Nicole Roginski avait mis la main sur quelques occasions de zibelines sibériennes encore très valides et d'objets d'art signés Fabergé. Les zibelines se faisaient démonter rue d'Aboukir, les Fabergé rapatrier à Neuilly.

Aussi, depuis peu, quand les Roginski recevaient à dîner, était-ce autour d'une table ronde nappée de broderie blanche dont le centre s'ornait d'un gros œuf fait d'émaux couleur champagne et qui semblait suspendu en l'air, lisse et hermétique, tant les trois griffes d'or fin qui le supportaient étaient discrètes. Encore plus discret était le petit cabochon de rubis non taillé, dissimulé sous la base de l'œuf et qui en commandait l'ouverture en quatre tranches égales, à la façon d'une orange. Nicole attendait que tout le monde fût assis et, du même geste routinier qu'on a pour ôter son rond de serviette, elle appuyait sur le rubis. Le grand œuf s'ouvrait aussi lentement que s'égrenaient trois notes de clavecin, et il révélait son secret sous la forme de petits ramequins bleu nuit, totalement anachroniques. Ils ne contenaient que le sel, le poivre et les moutardes. Tout le monde faisait « Oh ! », Nicole enregistrait modestement l'émerveillement général :

— Une vieille chose du temps de Papa..., mais les assaisonnements, c'est une idée à moi, disait-elle.

Et, tout naturellement, elle enchaînait sur Saint-Pétersbourg, Lucien Guitry et la rue de la Paix.

Selon Nicole Judith Victoria Anna, Piotr Zedkin avait été le meilleur tailleur-fourreur de toutes les Russies. Il avait si bien séduit Lucien Guitry par la coupe de ses longues pelisses de ville et le tombé de ses cols de scène qu'au moment de quitter pour toujours le Grand Théâtre de Saint-Pétersbourg, le grand artiste avait sollicité du Tsar la faveur insigne de ramener en France celui qu'il appelait le « Rodin de la fourrure ».

La discussion avec le souverain avait été chaude, et personne à la Cour ne désirant voir s'envoler l'oiseau rare, la réponse à cette supplique avait tardé à venir. Alors Lucien Guitry, par une de ces foucades dont il était coutumier, s'était nuitamment présenté au domicile de Piotr, l'avait sorti du lit, habillé et littéralement projeté sur le siège arrière d'une troïka où dormait un enfant, puis, fouette cocher, le temps de descendre au galop la Perspective Nevski, ils étaient dans le train qui s'ébranlait déjà. L'enfant s'était réveillé sur les genoux de Piotr. Bien entendu, c'était le petit Sacha.

A Paris, comme une traînée de poudre, la rumeur s'était colportée que Lucien Guitry avait ramené un génie de son long séjour dans la ville des Nuits Blanches. On intriguait pour s'arracher Piotr. Piotr, un peu lassé d'habiller toujours le même gabarit et fatigué des caprices du grand artiste, avait finalement rompu et donné sa préférence au vieux Charles Frédéric Worth qui lui ouvrait ses prestigieux salons capitonnés de la rue de la Paix.

A ce moment du récit, Nicole Judith Victoria Anna Roginski égrenait la théorie des noms de toutes les grandes de ce monde et du demi-monde sur les épaules desquelles notre Rodin avait fait tomber en cascades, chinchillas, visons, hermines, petit-gris, breitschwanz, léopards, astrakans, panthères, loutres, opossums, ragondins et, bien entendu, les zibelines. Ça la menait jusqu'en 1894, date à laquelle elle situait approximativement l'installation à son compte de Piotr Zedkin au « Palais de l'Hermine ».

A partir de là, la chronologie commençait à se brouiller, la topographie de Paris devenait plus imprécise. On n'était plus rue de la Paix, mais on n'en était pas loin, et puis, à certain moment qui n'était jamais daté, elle-même entrait en scène. Elle était née. Elle se décrivait déjà grandelette dans les salons d'essayage de Papa. De sa « pauvre Maman », « qui était si belle », elle disait très peu de choses, mais toujours en effleurant avec émotion un bracelet d'or en forme de serpent qu'elle portait enroulé au-dessus du coude et dont la tête plate et triangulaire était pourvue de deux petits yeux d'émeraude. Tout le monde comprenait que si l'œuf venait de Papa, le bracelet venait de Maman. Elle terminait souvent par l'amusante anecdote qui expliquait trois de ses prénoms (elle censurait Judith).

Nicole, si français — voyez Molière —, avait été choisi parce que Piotr, toujours très attaché à sa terre natale, avait cru ainsi donner à sa fille le féminin de Nicolas. Victoria était un hommage à la famille Worth, elle-même fort attachée à son Albion natale, et Anna, c'était à nouveau la steppe, les forêts de bouleaux, Karénine, et — bien entendu et surtout — sa pauvre Maman : « Anna, Aniouta, Aniouchka, comme disait Papa et comme me le dit encore parfois mon grand Slave de mari... »

Le coup du Slave de mari était une dernière touche qui noyait le poisson des origines véritables de ce Monsieur Jean dont l'accent, pour des non-connaisseurs, pouvait évoquer les fastes du Palais d'Hiver aussi bien que les ruelles bourbeuses du Shtetl de la périphérie de Lublin.

Et pour bien signifier que le repas commençait à présent pour de bon, elle roucoulait un « Douchka, si tu nous servais du vin. Au diable ces vieilles histoires ! ».

L'auditoire, qui se composait généralement de deux ou trois représentants de commerce d'Elbeuf, de Lyon ou de Tourcoing, accompagnés de leurs dames, encore tout ébloui, se tournait vers le grand Slave en tendant les verres de cristal taillé, et la petite bonne entrait — alors qu'on attendait des tziganes.

... Janek contemplait le visage admirable de sa femme sur cette photo vieille de dix ans. Elle était sépia, mais il pouvait y lire le cuivre des cheveux épais, interminables, qui se répandaient sur l'oreiller blanc, les yeux verts qui se fermaient quand la bouche rouge prononçait ces mots yiddish qu'il lui apprenait en faisant l'amour, la nuit, chuchotant pour ne pas éveiller le père quand ils se cachaient encore, ou bien le matin, et de nouveau l'après-midi, et encore la nuit. La bouche rouge qui soupirait dans une langue qu'elle se refusait à parler en dehors du lit. Du lit, de cette chambre un peu obscure, parce qu'elle était à mi-étage, et où traînait encore une odeur de pomme, de citron et de laurier, tellement à demeure dans les murs de ce qui avait si longtemps été un magasin de primeurs, avant de devenir le « Palais de l'Hermine », qu'elle se mariait intimement à celle des fourrures et au Vétiver qui les conservait.

Et le grand rire du père quand il avait compris. Et la leçon, de sa belle voix basse. La leçon débarrassée du vieux puritanisme juif abandonné depuis si longtemps, gorgée d'une luxure glanée dans les légendes d'alcôve du Second Empire et cependant chargée encore des voluptueux souvenirs de l'adolescence.

— La Païva ! Mon cher, c'est la Païva que je te donne. Prends-la ! Elle est belle, menteuse et garce, comme la Païva. Aime-la bien ! Baise-la bien ! Comme nous savons le faire chez nous. Apprends-lui, apprends-lui bien, et tu la garderas. Rends-la jalouse, mais ne la trompe pas ! Je t'aime, Janek ! Merci, Janek ! Prétentieuse comme elle est, elle aurait été faire ça avec le fils du libraire de l'avenue Niel ! Heureusement, tu es venu ! Merci : tu m'as sauvé des libraires, et toi tu t'es sauvé de l'ennui. Nous allons bien nous amuser tous les trois, mon fils !

La joie, le bonheur, les rires à trois pendant toutes ces années de complicité avec le père, de passion avec la fille, et d'apprentissage de la France, ou plus exactement d'un infime morceau de France, paisible, petit-bourgeois et boutiquier...

« Belle, garce et menteuse », avait dit le Vieux avec tendresse et fierté. Belle, tout le monde le voyait. Garce, il l'avait entendue l'être une fois, et d'une manière qui l'avait glacé, quand elle avait chassé du magasin un cousin germain de sa mère, la pauvre Anna, venu tout droit de la Gare de l'Est à la rue Pierre-Demours, comme le voulait la coutume quand on avait quitté le Shtetl. Elle l'avait chassé en yiddisch, sans lui laisser le temps de demander le verre d'eau auquel a droit l'émigrant. C'était tout au début de leur histoire d'amour. Il n'avait pas encore émergé de l'arrière-boutique que le cousin était déjà dans la rue. Ce qui l'avait frappé le plus, dans cet incident fugitif, ç'avait été d'entendre la belle voix de Nicole proférer des mots grossiers dans cette langue qu'elle n'utilisait avec lui que dans le plaisir et la tendresse. Elle avait rougi quand il avait demandé qui était l'homme qui s'éloignait. « Un voleur de poules », avait-elle répondu en français.

Menteuse... Ça oui, et tous les jours que la vie fait. Et fière de l'être.

Mensonges gratuits, infantiles, inoffensifs, mais toujours liés à quelque actualité, ils faisaient éclater de rire le père Zedkin à table, quand elle les leur servait. C'était le temps des « La baronne de Rothschild est venue demander le prix du manchon qui est en vitrine », « La Bande à Bonnot a attaqué la confiserie de Mademoiselle Grandval, c'est moi qui l'ai ranimée », « Madame Guynemer va nous commander un manteau fourré pour son fils », « La locataire du troisième est la sœur de Mata-Hari »...

Mensonges utiles et payants, quand il fut dans son régiment d'engagés volontaires et qu'elle venait le rejoindre, déguisée en infirmière de la Croix-Rouge dans un uniforme que lui avait taillé le père Zedkin.

Le père Zedkin, mort trop tôt pour entendre raconter l'ahurissant roman-feuilleton qui prétendait retracer les grandes heures d'une vie qui n'avait pas été la sienne et qui, cependant, s'avérait le seul mensonge de sa Païva qui eût payé, payait encore et paierait longtemps, pour la seule raison justement que le héros principal n'était plus là pour gifler sa fille et la faire taire.

Il y avait songé, Janek, à la bonne paire de claques, la première fois qu'il avait surpris sa femme en fine conteuse de légendes imbuvables. Puis, à sa grande stupéfaction, il avait vu l'auditoire conquis et ses propres affaires se concrétiser.

Michel Strogoff et Marie Barskirtcheff, les troïkas, les balalaïkas et les Douchka plaisaient. Plaisaient d'autant plus que si la Révolution d'Octobre venait d'ébranler le monde pendant dix jours, elle servait en même temps singulièrement les desseins de Nicole en brouillant toutes les pistes généalogiques, géographiques et confessionnelles.

Alors il n'avait pas giflé sa femme et, depuis lors, il la laissait raconter. Il ne l'écoutait plus, il jouait le grand Slave, mais, à certains moments, il avait quand même mal au cœur pour le vieux Samuel Zedkin, qui n'avait jamais été Piotr, pas plus qu'elle n'était Victoria, la Païva de ce père qui voulait qu'on l'appelât Nicole et que lui-même appelait toujours Judith, et jamais Anna.

Il avait mal au cœur, parce que l'histoire vraie de la véritable évasion de Russie du jeune Samuel Zedkin, caché dans des ballots de peaux d'ours à la foire à la fourrure de Saint-Pétersbourg, voyageur clandestin à travers tant de frontières avant d'atteindre enfin Paris, était cent fois plus belle que le rapt attribué à Chanteclerc.

Il avait mal au cœur en pensant au vieux complice qu'il avait tant aimé et qui détestait si profondément tous les Nicolas, Premier, Second, Quatorzième, au même titre que les Ivan le Terrible, les Pierre le Grand et toutes ces Grande Catherine de toutes les Russies qui les avaient toujours asservis, frappés et souvent assassinés, lui et les siens, mais qui, au lieu d'en parler, préférait lui apprendre à chanter *Les Petits Pavés* de Paul Delmet.

Il avait mal au cœur, mais laissait dire. Il servait le vin en souriant. Il regardait le grand œuf de Fabergé et le bracelet-serpent qui dardait ses yeux cruels au-dessus du coude blanc et satiné de sa femme. Il les avait payés trop cher à ce type, cet Isidore qui venait toujours lui proposer des lots avec son copain chauffeur de taxi, un vrai Russe, celui-là. Ils débarquaient quand les ateliers étaient fermés et que cette idiote d'Anita était déjà partie. Ils l'avaient eu pour Fabergé, mais Fabergé aussi, ça « payait » ; et puis, les zibelines remontées en cape du soir doublée à la main de taffetas mordoré, commandée par Augustin Leblanc en cachette de sa fille Liliane et de son gendre Roger Ziegler, et livrée à une demoiselle Maddy Varga, artiste lyrique, 24, rue Pergolèse... ça avait bien remboursé !

Barsky n'avait jamais osé avouer à Stépan et à Olga qu'il faisait des affaires avec Monsieur et Madame Jean, de Fémina-Prestige. Gromoff non plus.

Ça s'était fait par hasard et par Gromoff, un jour que celui-ci avait chargé dans son taxi une très belle femme que l'accent du prince Andreï avait rendue loquace et qui lui avait confié, à travers la vitre, son penchant pour les exilés, le goût qu'elle avait de leur venir en aide s'ils désiraient se défaire de certains souvenirs personnels.

Il avait déposé la femme à Neuilly dans une rue très tranquille, à deux pas du bois de Boulogne.

En lui payant sa course, qu'elle avait pudiquement majorée d'un pourboire royal, la jeune femme avait murmuré : « Passez le message à vos amis, j'habite ici. Madame Jean, troisième face à gauche. *Dosvidania !* », et elle s'était engouffrée sous une épaisse porte cochère en chêne massif.

Pendant deux heures, ç'avait senti si bon dans le taxi que les passagers successifs avaient félicité le chauffeur.

Gromoff avait noté l'adresse et passé, comme avait dit la dame, le message à son ami Barsky. Barsky avait immédiatement flairé la pigeonne et, à eux deux, entre les Puces de Clignancourt et les abords de la salle Drouot que fréquentait Barsky, les sorties des boîtes de nuit et les grands hôtels où maraudait Gromoff, les pelouses des champs de courses qu'ils piétinaient ensemble, ils avaient très rapidement trouvé de quoi alimenter la charitabilité russophile de l'inconnue parfumée de Neuilly-sur-Seine.

Un samovar de cuivre, une bague de grenats et une tabatière de lapis-lazuli constituaient le premier lot. Il était suffisamment modeste pour évoquer dans quelle détresse devait se trouver celui ou celle qui en était réduit à s'en séparer.

Ils s'étaient présentés à Neuilly où une petite bonne apeurée leur avait conseillé, à travers la porte entrebâillée, de s'adresser rue d'Aboukir où travaillait Monsieur.

Ils allaient remonter dans le taxi quand Gromoff aperçut sa mystérieuse cliente qui rentrait chez elle. Elle était bouleversée qu'il ne l'eût pas oubliée. Il présenta Monsieur Isidore, un ami, qui l'avait aidé dans ses recherches. La dame essaya la bague de grenats, s'extasia sur le lapis-lazuli de la tabatière, soupesa le samovar, et l'affaire se fit sur le trottoir de la rue Charles-Laffitte, sans marchandage. Gromoff et Barsky avaient visé très bas pour les prix, estimant qu'une première affaire, si on la veut suivie d'une seconde, doit toujours se négocier à perte. La dame, enchantée de les avoir arnaqués, les quitta en leur conseillant d'orienter leurs recherches vers des objets plus conséquents. Ce qu'ils firent dès le soir même en allant boire un coup dans un cabaret de Montmartre dont Gromoff connaissait le portier.

Le jour où ils mirent la main sur la grande houppelande de zibeline, c'est Madame Jean elle-même qui, sans les faire entrer dans l'appartement, leur conseilla sur le pas de la porte d'aller montrer la chose — que Barsky déployait sur le palier en soupirant : « Une pièce de musée, une pièce de musée, Madame » — à son mari qui s'y connaissait mieux qu'elle.

Ce n'est qu'une fois dans l'escalier de la rue d'Aboukir, devant la porte du premier étage, en découvrant la plaque de Fémina-Prestige, que Barsky et Gromoff avaient réalisé qu'ils étaient chez le frère de Stépan. Ils étaient redescendus promptement, s'étaient installés dans le bistrot d'en face, avaient attendu la sortie des ateliers, puis étaient remontés.

En sortant une demi-heure plus tard, affaire conclue avec cet homme dur, dans le beau visage duquel on retrouvait cependant trace des traits charmants et désarmés de Stépan, ils avaient eu un peu honte. Puis ils avaient beaucoup bu, et décidé de garder secrètes leurs relations d'affaires. Depuis deux ans, ils retournaient rue d'Aboukir de temps à autre, toujours aux heures convenables.

Et, malgré les remords qui s'emparaient d'eux, certains soirs, à voir Olga et Sonia se désespérer de n'en avoir pas terminé avant le passage du triporteur qui allait venir prendre livraison de la maudite toilette de coton noir, d'une drôle de façon, ils trouvaient succulent d'être, à eux deux, le seul trait d'union clandestin à relier leur rue de la Mare à la rue Charles-Laffitte, à Neuilly.

Sonia était encore agenouillée sur son carreau humide, la serpillière vengeresse à la main, quand, pétrifiée, elle entendit à nouveau le nom abominable et prohibé, mais, cette fois, dans une sorte de gémissement sourd et incantatoire : « Petlioura, ce chacal !... Petlioura, cette hyène puante !... Petlioura... Dieu a voulu ça !... » Sonia releva les yeux ; Madame Lowenthal se tenait, monumentale et essoufflée, dans l'encadrement de la porte de la cuisine, et, derrière elle, Olga faisait signe à Sonia de ne pas s'affoler. Mais Sonia s'affolait déjà quand Madame Lowenthal, ayant repris son souffle, termina son imprécation : « Dieu a voulu ça... Il est crevé ! »

Madame Lowenthal s'attendait à bien des réactions de la part de ses deux voisines qu'elle avait toujours considérées comme de jeunes écervelées, mais certainement pas à cet inexplicable, impardonnable et inextinguible fou rire qui les avait immédiatement saisies ensemble. L'une s'était pliée en deux au point de toucher de son front la bassine d'eau grisâtre placée devant ses genoux ; l'autre, appuyée contre le chambranle de la porte, avait enfoui sa tête au creux de son bras replié. Madame Lowenthal ne voyait plus que deux nuques et deux dos secoués spasmodiquement. Elles ne riaient pas tout haut, elles hoquetaient à voix basse. Ça tenait de la quinte de toux et du gros chagrin. Puis elles reprenaient leur respiration en de longues plaintes sonores qui annonçaient une nouvelle vague de hoquets de plus en plus étouffés, apparemment douloureux.

Surprise d'abord, puis indignée, enfin outrageusement blessée, Madame Lowenthal amorçait sa sortie quand Olga la retint en bafouillant :

— Nous allons vous expliquer, Madame Lowenthal...

A l'idée de l'impossible explication suggérée si légèrement par Olga, Sonia, qui s'était relevée, se rebaissa pour attraper sa bassine qu'elle vida dans l'évier en articulant non sans peine :

— On s'excuse, mais c'est nerveux. Asseyez-vous dans la salle à manger, Madame Lowenthal, je vais faire un peu de thé. Olga ! Fais asseoir Madame Lowenthal.

Madame Lowenthal, s'asseyant lourdement à la table, ne put s'empêcher de faire un rapide inventaire des victuailles empilées dans le sac à provisions que Maurice avait abandonné dans sa fuite. C'était un rappel si direct des menus d'antan qu'elle ne contrôlait plus, et par conséquent du maudit goulasch, qu'Olga repartit dans la cuisine assouvir un nouvel accès de rire qu'elle communiqua aussitôt à Sonia qui venait à peine de calmer le sien.

Une heure plus tard, Madame Lowenthal était toujours là. Elle buvait son cinquième verre de thé, après avoir prié Sonia de refaire bouillir un peu d'eau, elle croquait son dixième morceau de sucre et abordait une nouvelle description détaillée d'un des innombrables pogromes qu'elle tenait en réserve dans sa mémoire. De Petlioura, il n'était plus question depuis belle lurette. Son cas avait été réglé. Il était crevé, ce chacal ? Parfait ! Bravo ! Mais, toute réflexion faite, il n'avait pas été le pire. Par exemple, quand sa mère à elle, Madame Lowenthal, avait huit ans... Et, à partir de là, s'était déroulée la liste interminable des tortionnaires locaux, souvent désignés par leurs prénoms suivis de surnoms attachés à leurs sadismes personnels : « l'Éventreur », « le Sodomiseur », « l'Éborgneur », « l'Émasculateur », « le Noyeur », et même celui d'une femme, « la Flagelleuse », et des dates, et des noms de villages, et des noms de cousins aveugles pour la vie ou manchots de la main droite, de bébés brûlés vifs et de vierges écartelées.

Cette fin de matinée dans la petite salle à manger ensoleillée se transformait en l'une de ces veillées lugubres et sanguinolentes dont Sonia et Olga s'étaient pourtant juré qu'il ne s'en tiendrait jamais chez elles. On ne pouvait plus faire taire Madame Lowenthal : visiblement, annoncer la mort de l'ataman n'avait été que l'alibi qu'elle s'était fourni à elle-même pour pouvoir enfin se raconter à ces ingrates ignorantes qui lui en avaient toujours refusé le droit.

Sonia et Olga, les yeux encore rougis de larmes de rire, la laissaient parler et tremblaient à l'idée de voir entrer les enfants, surtout à tel ou tel moment où Madame Lowenthal s'attachait aux détails physiologiques d'un nouveau viol qui, lui ayant échappé, lui revenait tout à coup en mémoire.

Jamais, dans leurs récits les plus effrayants, ni leurs mères ni leurs grands-mères ne s'étaient livrées à cette débauche verbale à laquelle succombait Madame Lowenthal pour raconter l'ignoble. Elle le faisait avec des mots dont, souvent, Sonia ignorait même la signification et que la vieille dame explicitait avec minutie et gestes à l'appui dès qu'elle s'apercevait qu'elle n'avait pas été comprise comme elle le souhaitait.

Alors, à l'horreur que leur inspiraient les viols en eux-mêmes, s'ajoutait l'horreur de constater l'évidente jubilation qu'éprouvait Madame Lowenthal à les illustrer. Et, peu à peu, parce que trop, c'est trop, Olga et Sonia commencèrent à ressentir les premières douleurs d'un nouveau fou rire en gestation. Elles venaient en effet, ensemble et sans s'être concertées, de penser très fort et concrètement aux nuits du toujours souriant Monsieur Lowenthal.

C'est l'entrée feutrée de Madame Stern qui les sauva d'une seconde catastrophe. Madame Stern, timide et réservée, n'avait pas pour habitude de quitter son premier droite et d'envahir ses voisines. Elle était montée parce qu'elle avait une question à poser. La seule question, pensait-elle, qu'on pouvait alors se poser. Elle n'avait saisi que des bribes de la rumeur de la rue à travers sa fenêtre ouverte, et elle voulait simplement savoir : « Qui est donc celui qui a eu le courage de tuer la Bête et d'offenser Dieu ? »

Madame Lowenthal n'en savait rien. Ni Olga, ni Sonia, qui réalisèrent du même coup à quel point Madame Lowenthal les avait dévoyées de la seule préoccupation qui aurait logiquement dû être la leur.

Ah, la salade,
On la mangera
Avec de l'huile
et du vinai-ai-ai-greu !...

Zaza sautait très haut, les deux autres comptaient en faisant tourner la corde à toute vitesse. Ça cinglait. Un ! Deux ! Trois ! Quatre ! Puis elles reprenaient le lent balancement latéral :

Ah, la salade,
On la mangera...

— Elles sont bêtes, décida Maurice sans regarder Robert qui regardait les filles.

Il avait une énorme envie de pleurer, mais il aurait fallu trouver un coin pour pleurer tout seul. Il n'avait personne à qui raconter. Raconter quoi, au juste ? Que ses mollets le brûlaient après le coup de serpillière humide ? C'était bien plus compliqué que ça. Si compliqué qu'il n'arrivait pas lui-même à démêler l'écheveau de raisons qu'il avait d'être aussi malheureux. Malheureux de ne rien comprendre et d'être complètement incompris. Malheureux et blessé d'avoir été traité comme un galopin désobéissant au moment où il s'apprêtait à délivrer un message grave qui allait enfin lui permettre d'entendre une vraie vérité, grave elle aussi, dont il avait toujours soupçonné qu'on la lui cachait justement pour de graves raisons.

Il regardait Zaza. Il la détestait de sautiller en un moment où, ensemble, ils auraient dû partager cette nouvelle extraordinaire que Pouett-Pouett n'avait jamais été la mère Lowenthal, et qu'ils étaient tous deux mêlés à un crime de grandes personnes. Mais Zaza sautillait et, de toute façon, elle avait oublié jusqu'au nom générique de ce secret qu'elle avait d'ailleurs divulgué.

Il ne regardait pas Robert, parce qu'il avait peur que Robert ne vît qu'il avait envie de pleurer, et parce qu'il cherchait désespérément dans sa tête comment lui raconter, à lui, cette longue histoire commencée il y avait désormais si longtemps, des mois avant l'arrivée des Clément. Il ne trouvait pas. Et, d'une façon confuse — ça aussi lui donnait envie de pleurer —, il pensait qu'en fin de compte, elle ne regardait pas Robert, cette vieille et longue histoire. Elle était *à eux*. Qui, eux ? *Nous*. Nous ?

La rue était vide.

Devant chez l'Auvergnat, il n'y avait plus personne. Et, de toute façon, ce n'était pas de la bouche de n'importe quel adulte qu'il voulait entendre la vérité.

Puisque sa mère n'était bonne qu'à mentir et à taper, il attendrait son père et Stépan. Il attendrait le soir.

— Si on prenait notre déjeuner et qu'on aille le manger dans le terrain ? proposa Robert.

— D'accord, mais sans les filles, répondit Maurice qui revenait de loin.

Le reste de la journée fut surprenant à plus d'un titre.

D'abord, sans rien dire à Zaza qui n'avait pas entendu la proposition de pique-nique, il grimpa chez lui, traversa la salle à manger sans dire bonjour à la mère Lowenthal ni à Madame Stern, alla droit au garde-manger de la cuisine, cassa en deux le gros morceau de gruyère de la semaine, préleva deux oranges dans le compotier trônant sur la petite table, repassa dans la salle à manger pour se couper un grand bout de la baguette posée sur le dessus du cabas maintenant affaissé aux pieds de Madame Lowenthal. A Sonia qui lui demandait ce qu'il lui prenait, il répondit :

— Je mange pas là, Madame Clément nous a permis.

Et, sur cette semi-vérité, il sortit en claquant très fort la porte qu'on ne fermait jamais dans la journée.

Il retrouva Robert dans la loge. Jeannette Clément avait effectivement permis. Elle était en train de visser un gobelet de fer-blanc sur le goulot d'une drôle de grosse bouteille peinte en rouge. Elle prit le morceau de gruyère des mains de Maurice, lui dit : « Lave-toi les mains », et, pendant qu'il contemplait les petits bateaux tout neufs de l'évier de Madame Lutz, elle enveloppa le fromage dans un papier plié en quatre de la crémerie Blanchot qu'elle avait sorti du tiroir du buffet où Maurice eut le temps d'apercevoir des tas d'autres papiers de toutes couleurs, des bouts de ficelle et des rubans soigneusement enroulés.

Un autre paquet de la crémerie Blanchot était déjà prêt sur la table, à côté de deux pommes. Robert tenait un grand sac de toile marron foncé, largement ouvert, duquel pendait un cordonnet de coton blanc et deux courroies de cuir beige qui traînaient par terre. Madame Clément y plaça les deux paquets, les deux oranges de Maurice, les deux pommes, puis elle sortit un torchon propre à carreaux blancs et bleus du placard du buffet, et un gros pain entamé du garde-manger. Elle en coupa deux épaisses tranches qu'elle mit dans le torchon avec le grand morceau de baguette de Maurice et roula le tout bien soigneusement. « Tu me le rapporteras », dit-elle à Robert en fourrant le torchon dans le sac. Elle y joignit la grosse bouteille après avoir vérifié que le bouchon-gobelet de fer-blanc ne fuyait pas. « Ne me la cassez pas, ça coûte cher », dit-elle encore.

Elle noua le cordonnet de coton blanc, ce qui donnait au sac marron une allure de jupon, et rabattit une sorte de capuchon plat, carré, bordé de cuir beige, qui se terminait par une languette également de cuir beige et percée de trous. Elle la fixa comme une ceinture à une boucle de cuivre et dit : « Tourne-toi, Maurice », en lui amarrant les deux grandes courroies aux épaules.

— En route, mauvaise troupe, et amusez-vous bien ! lança-t-elle en leur ouvrant la porte de l'aventure.

Ils passèrent devant les filles en disant « Salut ! ». Maurice avait glissé ses deux pouces sous les courroies, à hauteur de ses aisselles. Le sac aux trois quarts vide brinquebalait sur ses fesses mais pouvait sembler pesant tant la démarche du porteur était devenue lourde et cadencée.

Zaza s'arrêta de tourner la corde, ce qui fit trébucher Myriam Goldberg qui, à son tour, venait d'être autorisée à faire vinaigre. Les trois filles regardèrent Maurice et Robert entrer dans la rue Henri-Chevreau et, en les voyant s'enfoncer dans la prairie jaunâtre du terrain vague, Zaza porta son index à sa tempe droite, comme à son habitude.

Ils ne décidèrent pas immédiatement de l'endroit où bivouaquer.

— Faut voir, dit Robert, on défera le sac quand on sera sûr.

Ce no man's land qu'ils connaissaient si bien pour y jouer jour après jour à douze ou treize, que Maurice avait d'abord connu maison debout, maison désossée, maison anéantie, avait revêtu, sous la lumière et dans le silence de l'heure de midi, tous les charmes et les mystères d'une clairière découverte par des explorateurs auxquels aucune carte ne l'eût signalée.

Finalement, ils trouvèrent exactement ce qu'ils souhaitaient. C'était tout au fond du terrain, au pied du portrait géant du Docteur Pierre, un coin rempli de trous qu'ils évitaient d'habitude pour ne pas tomber en jouant au ballon.

Deux marches de pierre, dernier vestige d'un escalier qui avait mené à des caves désormais comblées et cimentées, leur semblèrent miraculeusement agencées pour allier le champêtre au confort moderne.

— Là, on sera bien. Ça nous fait une table, un banc et un plancher. On n'aura pas le cul dans l'herbe et on pourra surveiller, dit Robert.

Maurice déposa son sac.

Une fois assis sur la deuxième marche, ils étaient dans une petite tranchée confortable, la première leur offrant un dossier. Ils étaient aussi à bord d'une voiture de course, et un peu dans un sous-marin.

La serviette à carreaux servit de nappe. Ils l'avaient soigneusement étalée sur la première marche et y avaient disposé les deux paquets Blanchot, une orange, une pomme, une tranche de gros pain, la moitié du morceau de baguette et la grosse bouteille peinte en rouge qui avait du mal à tenir sur le granit usé. Ils avaient fait tous ces gestes assis sur la seconde marche, le sac ouvert à leurs pieds, ce qui les avait forcés à beaucoup de déhanchements. A présent tout était au point, ils pouvaient se mettre à table, à ceci près que la table se trouvait dans leur dos.

— C'est mieux à cause des fourmis, avait expliqué Robert quand ils avaient étudié le problème. Avec l'herbe, on n'est jamais sûr.

Ils commencèrent par les deux moitiés d'une escalope panée froide que Jeannette Clément leur avait mises dans le paquet Blanchot, chacune placée entre deux feuilles de laitue. Robert coucha sa demi-escalope sur sa tranche de gros pain et Maurice ouvrit son morceau de baguette pour y glisser la sienne.

— Ça me fait une tartine à sept étages, dit Maurice. La tienne n'en a que cinq. » Et il compta : « La croûte, la mie, la salade, la croûte de viande, la viande, re-la croûte de viande, re-la salade, re-la mie, re-la croûte. Non, neuf étages », se ravisa-t-il.

— Ça s'appelle pas de la croûte de viande, rectifia Robert, c'est de la chapelure. Ça se fait avec une bouteille qu'on roule sur du vieux pain.

Mais la première grande découverte, pour Maurice, ce fut le goût de réglisse de l'eau vaguement dorée que Robert lui versa dans le gobelet de fer-blanc.

— C'est du coco avec de l'eau que ma mère a fait couler longtemps, c'est pour ça qu'elle est fraîche, si c'était de l'eau chaude, dans dix heures elle serait encore bouillante. C'est à cause de la doublure de la bouteille.

La doublure de la bouteille fut l'autre découverte magique de Maurice. Non seulement pour ses vertus, mais pour son aspect qui ressemblait à celui des boules que Monsieur Florian leur faisait suspendre à l'arbre de Noël.

— C'est pareil, les thermomètres aussi, quand t'as la fièvre. C'est du mercure, c'est pour ça que c'est fragile, expliqua Robert en se versant soigneusement à boire.

Avec le goût du coco, ils n'avaient nulle envie de gruyère, mais d'oranges.

Robert remit dans le sac la pomme qu'il avait sortie, le paquet Blanchot-fromage, le papier Blanchot-escalopes bien replié en quatre, il sortit la deuxième orange et renoua le cordonnet de coton blanc. Ils laissèrent la nappe et la bouteille.

— Comme ça, quand on aura encore faim, tout sera prêt, dit Robert.

— Oui, c'est mieux, acquiesça Maurice qui trouvait que Robert était décidément un formidable organisateur.

Comme Maurice allait mordre dans la pelure pour entamer l'écorce de son orange, Robert lui dit : « Pas comme ça. Attends », et il sortit d'une petite poche que Maurice n'avait pas remarquée, sur le côté du sac, un couteau à huit lames comme personne n'en avait jamais possédé dans la rue de la Mare. Il était bistre et portait, incrustée, une croix d'argent.

— Faudra pas le dire, c'est celui de mon père, dit Robert.

Ils partagèrent leurs oranges, dont l'une était sanguine. Et, pour la première fois, ils regardèrent vraiment le Docteur Pierre comme ils ne l'avaient jamais fait, immobiles et silencieux.

Son toupet frisé commençait au cinquième étage du

mur aveugle et, placés comme ils l'étaient tous deux, ils auraient pu toucher le troisième bouton de son gilet de brocart si ledit gilet, qui commençait à hauteur du premier étage, avait encore été visible. Il ne l'était plus : il avait disparu sous les couches de plâtre crasseux et d'affiches superposées qui le maculaient.

En revanche, le visage précieux du jeune muscadin de la protection dentaire était comme neuf à force de résider si près du ciel.

Pourtant, à y regarder de plus près — ce que faisaient Maurice et Robert depuis un moment avec une intensité croissante — on pouvait discerner çà et là, dans ces traits apparemment parfaits, quelques fâcheuses irrégularités dues aux inégalités du matériau sur lequel on les avait peints. Vu comme ça, on aurait dit un puzzle juste fini, quand on a le nez dessus et qu'on y distingue les marbrures tracées par l'emboîtement des pièces.

— Oh !... Regarde, dit brusquement Maurice, il a une fenêtre dans l'œil.

Dans le silence alentour, on entendit un petit bruit éloigné et quelque chose bougea dans l'œil droit du Docteur Pierre. Très haut, au quatrième étage, une main avait ouvert une lucarne badigeonnée de bleu.

Ils se mirent alors à chercher les autres fenêtres. Il y en avait quatre. Une noire dans les cheveux, une bleue dans l'œil, une rose sur le menton, une grise dans l'épaule.

— Ça doit être leurs cabinets, dit Robert.

Rien que l'idée qu'on pouvait faire pipi et caca et crever l'œil du marchand de dentifrice à son gré les enchanta.

Ils eurent un peu peur, aussi. Un bonhomme qu'ils n'avaient jamais vu dans le quartier apparut tout à coup, fit quelques pas dans le terrain, lorgna vers le fond, les aperçut, nichés dans leur campement, les contempla un moment, immobile, puis leur adressa un grand coup de chapeau et repartit dans la rue Henri-Chevreau, son long manteau flottant derrière lui.

— C'est peut-être l'assassin, dit Maurice.

— Quel assassin ? demanda Robert.

— Celui du journal.

— Quel journal ?

— Ça fait rien, dit Maurice. Tiens, voilà les autres. On va leur montrer les cabinets dans l'œil.

Le ballon, shooté de loin, passa très près de la bouteille thermos. Robert l'ôta prestement de la marche de pierre, plia la nappe et fourra le tout dans son sac alors que les Novack, les Nüssbaum, les Benedetti et les jumeaux Bonnet déferlaient dans leur direction en poussant des cris de barbares.

— Il y a pas de raison qu'on leur montre, ils avaient qu'à trouver tout seuls, décida Maurice en se ravisant.

Quand le satyre s'était approché de Zaza, Josette et Myriam Goldberg, il n'avait pas remarqué la silhouette de Jeannette Clément derrière les rideaux blancs de la loge. Elle l'avait à l'œil depuis un moment qu'il croisait sur le trottoir d'en face, visiblement absorbé par les petites culottes qui apparaissaient et disparaissaient au gré des sautillements des gamines. Aussi, quand il s'était brusquement décidé à traverser la rue dans son grand manteau qu'il commençait à déboutonner, Jeannette était déjà sur le pas de la porte d'entrée. Elle lui adressa un « Vous cherchez quelque chose, Monsieur ? » qui parut si insolite aux filles, qui ne l'avaient pas vu arriver, qu'elles le suivirent des yeux avec curiosité tandis qu'il s'éloignait à grandes enjambées.

— Qui c'était, Maman ? demanda Josette.

— Un sale type. Si jamais il repasse par ici, tu viendras me chercher, Josette.

— Alors, lui, c'est pas une, c'est *un* Pouett-Pouett ? dit Zaza, ce qui fit s'esclaffer Myriam Goldberg.

Zaza enchaîna :

— Pourquoi ils sont allés manger sans nous ?

— Parce qu'ils sont grands, dit Josette.

— Tu veux manger avec Josette ? proposa Madame Clément. Et toi, Myriam, tu veux manger avec Josette et Zaza ?

Myriam Goldberg avait consulté Zaza du regard pour quêter sa permission de répondre.

— Sa grand-mère voudra jamais, répondit Zaza.

— Eh bien, elle va aller lui demander quand même, dit Madame Clément. Et toi, Zaza, va demander à ta maman, je vous ferai du pain perdu.

Madame Lowenthal était en train de dire à Sonia Guttman qu'elle se préparait de bien mauvais jours avec son fils si elle le laissait se comporter avec la grossièreté dont elle venait d'être témoin. Sonia, qui déjà n'avait pu trouver de justification à son premier fou rire, non plus qu'à l'amorce du second, n'en trouva pas davantage pour justifier sa faiblesse vis-à-vis de Maurice qu'elle avait si injustement châtié, justement par la faute de Madame Lowenthal sans le goulasch de qui rien ne serait arrivé.

Madame Stern était partie comme elle était venue et Olga Roginski, épuisée par les débordements verbaux de Madame Lowenthal, rompue par les envies de rire refrénées, profondément remuée aussi parce que la question de Madame Stern touchant l'identité de l'assassin l'avait fait très fort penser à Stépan, regardait du côté de la toilette noire qu'elles n'avaient pas encore dénouée et se disait qu'à ce train-là, ni elle ni Sonia n'abattraient leur journée de travail.

C'est alors que Zaza entra en trombe :

— Je mange pas là ! On est invitées par Madame Clément. On va manger du pain pourri et on a vu un sale type.

— Décidément, de mieux en mieux ! soupira Madame Lowenthal. Vous n'avez pas fini d'en voir, mes pauvres petites...

Et elle les quitta enfin.

Sensiblement à la même heure que celle qu'avait choisie Stépan pour hurler « Salope ! » en pointant sa photo, Victoria Judith Nicole Anna Roginski en personne, plus belle encore que sur sa photo, avait l'oreille agréablement caressée par des appels qui se chevauchaient gaiement :

— Ah ! Qu'elle est belle ! Qu'elle est belle ! Qu'elle est belle ma mirabelle ! Approchez, ma petite dame, vous pouvez toucher, c'est tout du frais. Mes pommes sont aussi fermes que les vôtres, et je m'y connais...

Elle promenait son beau visage couronné de trois tresses mousseuses piquées de quelques épingles d'écaille, qui lui donnaient un charme étrangement démodé, démenti il est vrai par la bouche violemment maquillée et par l'ensemble de jersey sport, couleur pain brûlé, décolleté en V et dont la jupe s'arrêtait bien au-dessus du genou. L'opulence de sa chevelure excusait l'absence du chapeau-cloche qui aurait dû normalement parer sa tête plutôt que sa main gantée. Elle avait une façon de le tenir en évidence qui prouvait un respect des convenances malheureusement contrarié par une nature trop généreuse.

Elle répondait à certains appels, en négligeait d'autres, et, quand elle décidait d'un achat, de sa main droite dégantée elle le plaçait dans le panier d'osier d'Armelle dont la coiffe empesée et le long manteau noir faisaient un joli contraste avec sa flamboyance à elle.

Depuis que Monsieur et Madame Jean avaient emménagé rue Charles-Laffitte, Nicole s'était empressée de se conformer aux usages en vigueur dans l'immeuble.

Le 22 rue Charles-Laffitte était une maison de quatre étages, trop vieille pour posséder un ascenseur, mais suffisamment ancienne pour s'honorer d'un vaste escalier recouvert d'un tapis cloué rouge foncé, tringlé de cuivre, bordé d'un motif moutarde soutaché de noir, lui-même protégé d'une toile bise du rez-de-chaussée à l'entresol.

Un escalier de service prenait naissance dans la cour. Il desservait les portes des cuisines et aboutissait finalement aux chambres de bonnes prises dans le grenier du toit d'ardoise et dont les vasistas d'aération n'étaient visibles que de l'immeuble opposé, celui dit du fond pour le distinguer de celui dit de face.

La plupart des locataires côté face résidaient là depuis longtemps. On croisait souvent leurs grands enfants dans l'escalier. Ceux-ci se rangeaient toujours très poliment du côté du mur, et un jeune homme en uniforme de Saint-Cyrien avait même un matin monté le filet à provisions de Nicole jusqu'au troisième gauche, après l'avoir saluée en la rencontrant à l'entresol.

Ça ne s'était plus jamais reproduit depuis qu'elle avait pris Armelle à son service.

Armelle et Gildaise étaient sœurs, toutes deux originaires de Ploemeur, dans le Morbihan.

C'est Madame Le Gentil qui avait procuré Armelle à Nicole. Joëlle Le Gentil, Édouard, son mari, ingénieur dans une société de pneus dont la maison mère était établie à Clermont-Ferrand, habitaient le deuxième face gauche. Madame Le Gentil était née dans l'immeuble et avait repris la jouissance de l'appartement de ses parents quand ces derniers s'étaient retirés dans leur petit manoir d'Arzon (canton de Vannes, Morbihan).

Tout au début de leur installation, elle avait un jour sonné à la porte des Jean et, après que Nicole l'eut fait entrer dans le salon encore presque vide, mais déjà moquetté de carreaux blancs et noirs, elle lui avait proposé :

— J'ai une Bretonne que je fais venir directement de sa ferme. Elle a une sœur, la voulez-vous ? Si vous dites oui, elles pourraient partager la chambre qui va avec votre appartement, ce qui m'éviterait de mettre dehors un jeune employé de mon mari auquel je sous-loue la mienne. Voilà : je ne vous promets pas une camériste, mais la Bretonne est honnête, et, du moment qu'on va la chercher à son train avant qu'elle ne se fasse séduire par les souteneurs de la Gare Montparnasse, et pourvu qu'on la tienne en laisse pendant la fête de Neuilly, je pense que vous n'aurez qu'à vous louer de cette acquisition.

C'est ainsi que Gildaise et Armelle Baud, respectivement âgées de dix-huit et vingt ans, étaient entrées au service des Le Gentil et des Jean et dormaient pelotonnées dans un seul petit lit du cinquième du 22 rue Charles-Laffitte.

Et voilà pourquoi personne n'avait plus à transbahuter les provisions de Nicole. A l'exemple de Joëlle Le Gentil, elle les faisait porter par Armelle qui les montait en grimpant l'escalier de service après avoir dit : « A tout à l'heure, Madame », tandis que Nicole empruntait le grand escalier pour retrouver Armelle, déjà rendue au troisième et qui lui ouvrait la porte.

Parfois, il arrivait même qu'Armelle portât les deux paniers à provisions, celui de Nicole et celui de Joëlle, quand elles avaient décidé de faire ensemble ce qu'elles appelaient leur razzia dans les souks. C'était une expression que Joëlle tenait de son frère qui faisait son service dans les spahis à Senlis.

Les deux voisines s'étaient vite liées d'amitié, d'autant plus aisément qu'elles avaient eu à accomplir de conserve le dressage de Gildaise et d'Armelle. Joëlle en connaissait les règles. Depuis l'enfance, elle avait une grande expérience de la Bretonne, et même la connaissance de certains mots de breton appris au manoir d'Arzon. Elle les avait inculqués à Nicole qui savait à quel moment les placer. Un gentil *Kénavo* — dont elle ignorait au demeurant le sens — compensait une grosse vaisselle ou un bouton à recoudre en plein lavage de carreaux.

C'est aussi Joëlle qui avait su régler d'emblée le problème qui s'était posé dès l'arrivée des demoiselles Baud, concernant la messe du dimanche. Après un ménage succinct, elles iraient à dix heures à l'église Saint-Jean, au bout de l'avenue de Neuilly, du côté du pont. C'était un peu loin, mais ça les promènerait :

— Je ne sais pas pour vous, mais Édouard et moi nous pratiquons très peu. Quand nous pratiquons, nous nous rendons à l'église Saint-Pierre, avenue du Roule. Elles seraient gênées de nous y rencontrer. Quant à la distance, vous verrez qu'elles ne la trouveront pas trop fatigante quand les romanichels auront envahi l'avenue de la Porte-Maillot à Puteaux.

Nicole l'avait trouvée un peu obsédée par les périls attachés à l'arrivée des forains, mais Joëlle ayant déjà perdu trois bonnes à cause des chevaux de bois, de la guimauve et de « Thérésina, la femme de cent kilos », elle se mettait à sa place.

En revanche, elle avait trouvé très délicate la façon dont sa voisine ne l'avait pas questionnée sur ses pratiques religieuses personnelles et, en passant les consignes d'heure et de lieu du culte hebdomadaire à Armelle, elle avait pu feindre d'en être l'organisatrice.

Leur intimité grandissait mais se limitait à leurs deux seules personnes. Les hommes ne se connaissaient pas, sauf de vue. Ils se saluaient dans l'escalier mais ne s'étaient jamais parlé.

Joëlle Le Gentil n'avait adressé la parole à Janek qu'une fois, un soir qu'il était rentré tôt et qu'elle s'était excusée d'être encore là. Elle ne s'était attardée que pour admirer l'œuf de Fabergé que Nicole avait devant elle rechargé de sel, poivre et moutardes. Armelle s'était vu notifier l'interdiction formelle de jamais toucher à l'œuf du père de Madame.

Janek avait murmuré un bonsoir de sa belle voix de basse, lui avait baisé la main et avait quitté en hâte la salle à manger.

— Je vous enverrai Gildaise dès sa vaisselle finie, avait dit Joëlle en laissant Nicole à ses préparatifs ; les soirs de dîners donnés par l'une ou par l'autre, elles se prêtaient volontiers l'une ou l'autre sœur.

Jamais encore ils n'avaient dîné les uns chez les autres. C'était une de ces choses qui se feraient sans doute un jour, ou plutôt un soir. Nicole était sans impatience : elle était heureuse comme elle ne l'avait jamais été.

Elle était en train d'acquérir tout ce qu'elle avait toujours désiré, en même temps qu'elle était débarrassée de tout ce qu'elle avait toujours détesté, autrement dit de la mémoire des autres.

Il n'y avait plus personne alentour pour se rappeler la laideur souffreteuse de sa pauvre Polonaise de mère, analphabète et craintive, qu'elle redoutait tant de trouver à la porte de l'école primaire de la rue Saint-Ferdinand quand elle était toute petite, et dont la mort discrète l'avait tellement soulagée alors qu'elle-même avait quatorze ans.

Plus personne pour se rappeler comme, âgée de six ans, elle s'était réfugiée en sanglotant dans la boutique du boulanger, le jour où la Ligue des Patriotes était venue casser à coups de cannes les carreaux de la petite vitrine du Palais de l'Hermine.

Plus personne pour se rappeler l'arrivée de Janek comme simple ouvrier de son père.

Plus personne pour se rappeler les années où, les papiers de Janek n'arrivant pas de Pologne, elle était la maîtresse de l'ouvrier et lui l'amant de la jeune patronne, à la réprobation muette de tout le voisinage, d'autant plus choqué que le père Zedkin s'en réjouissait si ouvertement.

Plus personne pour lui dire : « Bonjour, Judith, comment ça va le commerce ? »

Plus personne non plus, c'est vrai, pour lui dire :

« On l'aimait bien », en parlant du mort. C'était peut-être la seule chose qui lui manquait un peu, parce que ce mort qui avait été si beau, si fort, si gai, lui manquait terriblement. Elle le ressuscitait à sa façon, à travers les contes extraordinaires d'une vie qui n'avait pas été la sienne, et, dans ses grands moments d'inspiration, elle en arrivait à entendre au loin ce fracassant rire d'homme qui avait toujours salué ses petits et gros mensonges de fille.

On l'eût bien surprise en lui parlant de trahison. Les vraies images, elle ne les trahissait pas. Elle les gardait pour elle. C'étaient celles que nul ne pouvait se rappeler, ni par conséquent lui rappeler. Elles étaient impartageables.

Jamais plus personne, nulle part, pour se rappeler une petite pièce encombrée de la rue du Roi-de-Sicile où son père coud et sa mère pleure tandis qu'elle joue par terre avec une poupée de chiffon.

Jamais plus personne pour se rappeler le passage du seuil de la vieille boutique de fruits et légumes, rue Pierre-Demours, sa main de petite fille de quatre ans dans celle de son père le jour où il avait lu « Cédons fonds de commerce » à haute voix, pour elle, avant d'entrer demander le prix.

Et elle seule savait, en promenant sa beauté et sa petite esclave bretonne à travers le marché de Neuilly, pourquoi l'odeur maraîchère mettait sur son visage un sourire aussi attendri.

Mais elle seule aussi savait pourquoi elle ne dépassait jamais la station Sablons en faisant si joyeusement sa razzia sur l'avenue de Neuilly. Un grand danger la menaçait au-delà de cette frontière. Elle l'avait frôlé un matin, alors qu'elle avait inconsidérément suivi Joëlle Le Gentil qui tenait absolument à lui présenter l'étal de Charlot, le Roi de l'Occasion. Il ne s'agissait pas d'occasions de pommes de terre de Hollande ou de poissons de la Méditerranée, mais de chaussures, de sacs à main, de ceintures et de lingerie fine, toujours griffées, et doublement : griffées parce qu'elles portaient toutes la marque d'un grand faiseur, et griffées au sens propre du mot, autrement dit imperceptiblement éraflées. Trop éraflées pour séjourner rue de la Paix, mais étonnamment luxueuses pour faire ainsi le trottoir avenue de Neuilly, bien disposées sur une bâche à même le sol.

Heureusement pour Nicole, Charlot était bruyant et voyant, même de loin. C'est enturbanné d'une culotte de dame en peau d'ange rose, dont la dentelle lui retombait sur les yeux, qu'il haranguait sa clientèle exclusivement féminine. Débordé par les acheteuses et aveuglé par les volants de chantilly, Charlot n'avait pas reconnu Nicole qui, avec épouvante, venait d'identifier le cousin de la pauvre Anna dont elle ne s'était jamais demandé ce qu'il avait pu devenir après qu'elle l'eut chassé si brutalement du Palais de l'Hermine, il y avait maintenant si longtemps.

Jamais elle n'avait plus traversé la frontière. A Joëlle qui s'étonnait de la trouver si peu friande des occasions offertes par Charlot, elle avait répondu, en ajustant le bracelet qui serpentait au-dessus de son coude, qu'elle détestait les marchandises de seconde main.

C'était du tout premier choix qui s'amoncelait ce matin-là dans le panier d'Armelle. Le dîner qu'offrait Nicole le soir même était particulier et excitait son imagination de maîtresse de maison autant que son penchant pour le romanesque et l'intrigue.

Ce soir-là, elle ouvrait sa maison aux amours clandestines d'Augustin Leblanc, bonnetier à Troyes, sexagénaire, jusque-là époux irréprochable de Marie-Jeanne, mère de Liliane Ziegler. En commandant en cachette à Janek la confection d'une cape de zibeline que Nicole s'était chargée de déposer elle-même, par précaution, au nom de Mademoiselle Maddy Varga, artiste lyrique, 24, rue Pergolèse, Augustin Leblanc avait mis le doigt dans l'engrenage maudit de la complicité.

C'est bouleversé de bonheur et bourrelé de remords qu'il avait accepté l'invitation chuchotée par Nicole devant le vestiaire de chez Lucas Carton, au sortir du sempiternel dîner mensuel qu'offrait aux Ziegler-Roginski un Augustin Leblanc soudain rajeuni dans sa mise, mais curieusement absent dans ses propos d'actionnaire de Fémina-Prestige.

— Nous ne serons que tous les deux pour vous recevoir tous les deux, avait précisé Nicole à voix à peine audible.

Et, depuis lors, elle bouillait d'impatience à l'idée de connaître enfin ce rossignol frileux dont Augustin Leblanc lui avait confié qu'elle était timide, de Saint-Étienne, et n'avait que vingt-deux ans.

Elle ne pensait plus à rien d'autre en poussant la grosse porte de chêne de sa maison. Aussi ne prêta-t-elle aucune attention aux propos qu'échangeaient dans le hall la concierge, Madame Lamblin, et Madame Vanesse, du premier face droit. Il lui sembla qu'elles parlaient de quelque malheureux aristocrate étranger assassiné par un voyou. Comme Nicole s'engageait dans l'escalier, elle entendit un nom : il ne lui disait rien, et, de toute façon, elle détestait les faits divers.

Parvenue au troisième palier, deux pensées la firent sourire : celle de voir arriver Mademoiselle Maddy Varga enzibelinée à la veille du mois de juin ; et celle d'une jeune maîtresse de son père qui était si folle de lui qu'elle apportait des violettes à leurs rendez-vous galants, violettes que le père Zedkin rapatriait au magasin et lui offrait à elle, Judith, dans un petit verre qu'il posait en riant sur la caisse.

Stépan était si pressé de rentrer qu'il n'avait pas attendu Élie sur le quai à Strasbourg-Saint-Denis, comme il le faisait généralement. En descendant la rue de la Mare, il fut soulagé de l'apercevoir de loin, assis sur une des chaises que sortait l'Auvergnat quand il faisait beau et qu'il y avait foule dans son bistrot.

Il n'était pas dans les habitudes de Stépan ni d'Élie de s'arrêter le soir au café. Ils rentraient toujours directement à la maison. Ils préféraient le petit verre de vodka polonaise que leur versaient à l'occasion Sonia ou Olga, dans l'une ou l'autre de leurs cuisines, au vin blanc-villages et à l'Amer-Picon que l'Auvergnat servait à ses clients et auxquels ils ne s'étaient jamais vraiment faits. Ils y goûtaient cependant volontiers tous les dimanches matin, rituellement, en revenant des bains-douches de la rue des Pyrénées. Ils aimaient l'Amer-Picon le dimanche parce que son goût était associé au silence inhabituel de leur rue et à l'odeur fraîche de leur peau bien brossée.

Il n'était pas non plus dans les habitudes de Monsieur Stern de traîner au bistrot, ni dans celles de Benedetti père de quitter la rue des Pyrénées. C'était pourtant bien eux que Stépan reconnut, assis sur les deux chaises, en compagnie d'Élie qui lui faisait signe de venir les rejoindre.

Autour d'eux, debout sur la chaussée ou devant le comptoir du bistrot dont la porte était grande ouverte, Nüssbaum, Katz, Goldberg, le père Lowenthal, Novack et quelques types qu'il n'avait jamais vus dans le quartier, écoutaient en silence Benedetti leur parler à mi-voix.

En s'approchant, Stépan put contempler le tableau vivant que composait cette réunion de villageois et le trouva on ne peut plus paisible, comparé à l'agitation désordonnée et criarde qu'il avait eue à subir toute la journée rue d'Aboukir. D'abord avant, puis après la terrible scène avec Janek.

Il était fatigué. Fatigué par les cris des autres, fatigué d'avoir crié. Vidé il était, et il accepta volontiers la moitié de chaise que lui offrait Élie et l'Amer-Picon que lui tendait l'Auvergnat. Il écouta l'Italien.

Celui-ci racontait qu'en Amérique, il y avait deux types qui se trouvaient en prison depuis six ans, condamnés à la chaise électrique. Deux Italiens, et tous les Italiens du monde se mettaient ensemble — sauf Mussolini, bien sûr, mais, dans le monde entier, ça faisait du monde — pour empêcher qu'on les tue. Alors il fallait que tous les Juifs du monde se mettent ensemble pour protéger ce *Chouassebarre,* et empêcher que les Français le guillotinent.

Monsieur Stern, qui connaissait très bien l'histoire des deux Italiens d'Amérique, lui répondit que ça n'avait aucun rapport. Les Italiens d'Amérique avaient été condamnés sans preuve. Schwartzbard avait tué. Il avait tué un monstre, mais il avait tué. On n'avait pas besoin de preuves. C'est lui qui les avait données. Il avait tué et ce n'était même pas à la justice française qu'il devait des comptes, c'était à Dieu.

Monsieur Stern ne parlait pas plus fort que Benedetti. Il avait un sourire très triste pour condamner, mais sa condamnation était irrévocable. Il en avait puisé la certitude auprès du rabbi Blau avec lequel il avait passé l'après-midi, comme tous les jours, puisqu'il l'aidait à déchiffrer des textes sacrés qui leur venaient d'un envoyé d'une tribu abyssine. Et comme il fermait les yeux pour donner plus de solennité à sa condamnation, il ne pouvait pas voir la colère, le chagrin et l'indignation que ses paroles orthodoxes faisaient monter au visage de ceux qui les entendaient.

— Vous êtes encore pire que mon salaud de frère, dit Stépan en yiddish et à voix haute. Et, sans fournir d'autre explication, il détourna la tête vers l'intérieur du bistrot. C'est à ce moment-là seulement qu'il découvrit Maurice qui écoutait, tapi contre le comptoir, un verre de limonade à la main.

— Il m'attendait à la sortie du métro, dit Élie comme pour excuser la présence de son garçon au comptoir.

Du fond obscur du bistrot surgissaient comme deux dragons qu'on a réveillés la silhouette titubante de Barsky, suivi de Gromoff.

Monsieur Stern, qui n'avait pas consommé, s'était levé, il dit bonsoir de la main, dans un geste d'indulgence attristée commun à ceux qui savent qu'ils ont raison contre tous.

Benedetti, qui n'avait pas saisi le sens de la courte répartie de Stépan, comprit cependant qu'il était de trop, surtout au moment où Barsky s'écroulait sur la chaise laissée libre par Monsieur Stern. Il remercia Élie pour le verre et se leva à son tour. Stépan prit sa chaise. Élie pouvait lire dans le regard de son ami qu'il regrettait déjà d'avoir évoqué devant tout le monde ce frère dont il ne parlait jamais qu'à lui et que personne de la rue ne connaissait.

Gromoff s'assit sur la marche du seuil. Nüssbaum et tous les autres se dispersèrent. Barsky n'avait pratiquement pas quitté le bistrot de toute la journée. Ils n'avaient pas envie de l'entendre radoter.

— Où est Zaza ? demanda Stépan à Maurice en voyant s'éloigner Novack.

— Elles sont en train de jouer à se déguiser avec Josette et Myriam, répondit Maurice en haussant les épaules.

— En tsarine ? Comme sa tante ? rigola Barsky en regardant Gromoff, lequel regarda ses chaussures.

Il y eut un silence.

— Vous êtes soûl, Monsieur Barsky, dit Élie qui

lisait maintenant la stupéfaction dans l'œil de Stépan. Vous êtes soûl, alors ne parlez pas des gens que vous ne connaissez pas.

— Moi, je suis soûl, d'accord ! Mais pas Gromoff. Demandez-lui, au prince Andreï Alexiévitch, si la femme de son salaud de frère se déguise en tsarine ou en grande-duchesse Pavlova. Tu verras si on ne les connaît pas ! reprit Barsky en riant carrément.

Gromoff eut le même geste que Zaza pour indiquer que Barsky ne savait plus ce qu'il disait.

— Ne me prends pas pour un con, Gromoff ! dit Barsky qui avait surpris le geste. Pas aujourd'hui. Aujourd'hui, on dit tout. Dis-lui, à Roginski, qu'on les connaît. Lui. Elle. Le Bois de Boulogne. Et même la petite bonne avec son chapeau en broderie. Son grand escalier tapissé, ses cheveux rouges, son parfum, ses *Dosvidania* ! Et combien ils nous ont donné, depuis deux ans qu'on les fournit. Tu sais ce qu'elle nous demande, maintenant ? Des icônes !... Oui, mon vieux, des icônes pour aller avec son œuf mécanique qu'on lui a fait payer ce que son mari te paie pour six mois de boulot. Et encore, j'ose pas tout te dire, parce que je ne suis pas sûr, mais le grand manteau, le grand manteau de fourrure, hein, Gromoff ? Je me demande si c'est pas chez Petlioura que tu l'as trouvé...

Il s'étranglait de rire.

— Ah non, pas ça ! s'écria Gromoff qui n'avait rien dit jusque-là. Pas ça, Isidore ! Pas toi. Ils m'ont assez emmerdé toute la journée, mes clients, à me demander si Petlioura était pas mon cousin. C'est drôle : ils parlaient jamais de Schwartzbard, jamais ! Non ! Petlioura, Petlioura toute la journée ! Le dernier, quand il commençait avec son « Vous deviez le connaître, cet ataman... », je me suis retourné et je lui ai dit : « Vous pensez ! Je suis le frère de Schwartzbard... » Ça lui a fait peur et il a plus rien dit.

— Change pas de conversation ! fit Barsky en lançant un clin d'œil qu'il voulait complice à Stépan qui ne le lui rendit pas. Celui-ci était pâle, grave et muet.

— Rentrons à la maison, dit Élie, déjà debout. Viens, Maurice. Allons-y, Stépan.

En les regardant s'éloigner tous trois, le petit entre les deux hommes, Barsky se demanda s'il avait eu raison de parler. Gromoff pensait que non.

Une centaine de mètres séparaient l'Auvergnat de la maison. Maurice marchait entre son père et Stépan qui se regardaient sans se parler ni lui parler. Encore quelques pas et il serait trop tard. Il se disait qu'il n'avait vraiment pas de chance.

Quand il avait brusquement décidé de quitter les autres, dans le terrain vague, pour aller seul attendre son père à la station Pyrénées, il avait un objectif bien précis. Poser une question et obtenir une réponse. Être écouté et compris. Écouter et comprendre. S'il n'avait rien su tirer de sa mère, c'est parce qu'il avait dû mal préparer sa question. Il avait bien préparé celle qu'il allait poser à son père.

Il en répétait la version définitive en guettant l'apparition d'Élie, en haut des escaliers du métro : juste au même endroit où il avait lu, le matin, la nouvelle extraordinaire de la mort de quelqu'un dont il fallait bien maintenant qu'on lui explique pourquoi on lui avait dit qu'il n'existait pas après lui avoir fait croire qu'il était Madame Lowenthal qui, elle, n'était pas morte.

De « Qui c'est, Petlioura ? », il était passé à « Qui c'était, Petlioura ? », pour arrêter irrévocablement son choix sur « Qui c'était, le Petlioura qui est mort ? ».

Ça, c'était clair.

Son père lui souriait, tête levée, surpris de le découvrir en haut des marches, quand un « *Ciao* Guttman ! » avait retenti derrière Maurice, et c'est avec Monsieur Benedetti que son père avait parlé en descendant la rue jusque chez l'Auvergnat. Et chez l'Auvergnat, il avait tout entendu. Et s'il n'avait pas tout compris, il avait compris que c'étaient des questions par milliers qu'il avait désormais à poser. À son père, à Stépan, au monde entier. Et il ne savait absolument pas par laquelle commencer.

Ils étaient presque devant la porte. Élie prit la main de Maurice et lui dit en se penchant :

— Tu ne dis rien, mon fils ? Ça va ?

— J'ai mal à la gorge, répondit Maurice sans regarder son père.

Il avait tellement envie de pleurer que c'était vrai. Mais il fut aussi courageux qu'il l'avait été le matin devant Robert. Ils entrèrent dans la maison, main dans la main. Élie trouva celle de Maurice très chaude, il le dit à Sonia en arrivant au second étage.

— Il a 39o5, dit Sonia en secouant le thermomètre et en remontant les draps du grand lit de leur chambre où elle avait couché Maurice.

— Montre-moi, Maman, dit Maurice en tendant la main vers le thermomètre.

— C'est trop fragile et ça coûte cher, répondit Sonia. Je vais te faire un jus de citron chaud avec du sucre et de l'aspirine.

Elle alla demander un citron à Olga. Stépan était dans la cuisine et parlait tout bas. Zaza était dans la salle à manger.

— C'est bien fait pour lui. Ils ont mangé des cochonneries dans le terrain, fit Zaza en apprenant que Maurice avait de la fièvre.

— On reviendra quand il se sera endormi, dit Sonia à Stépan.

L'oreiller sentait les cheveux de sa mère. Son père, assis au bord du grand lit, lui tenait la main. Maurice avait fermé les yeux. Il n'avait plus du tout mal à la gorge, mais pensait qu'il était trop tard pour le dire. Il avait seulement un peu mal un peu partout, comme quand on est tombé, mais il était si bien dans le grand lit que c'était presque agréable. Son père et sa mère parlaient tout bas puis sortirent de la chambre sur la pointe des pieds.

Maurice eut l'impression délicieuse de les avoir punis. Et, pour les punir encore plus, il décida de ne penser qu'à ses propres secrets, à ceux qu'il partageait désormais avec Robert. S'il n'avait pas été aussi dolent, il aurait haussé les épaules de pitié pour sa mère qui croyait en savoir plus long que lui sur le mercure.

Il repassa dans sa tête toutes les découvertes de ce midi, sourit à l'idée d'aller demain épier l'œil de verre du Docteur Pierre et chassa l'image de l'homme au grand manteau. Et c'est en pensant au goût du coco qui aurait fait un bon mélange avec le citron qu'il s'assoupit.

Élie le mit dans son petit lit en rentrant de chez les Roginski.

Il se réveilla sans fièvre et partit pour l'école, comme tous les matins, avec Robert. Juste avant d'entrer dans la cour, Robert se tapa le front de sa paume ouverte :

— J'allais oublier... C'était un salaud, tu sais, l'assassiné d'hier. Il paraît qu'il vous aurait tous tués : toi, ton père, ta mère, Zaza, ses parents, Sammi, Jeannot... Tous, quoi. C'est mon père qui nous a expliqué, hier soir. Il était tout content qu'il soit mort.

— Et vous, il vous aurait tués ? demanda Maurice.

— Ben non... Puisqu'on n'est pas juifs, nous. Allez, grouille, ça sonne ! dit Robert.

Derrière la vitre de sa classe, Monsieur Florian observait tous ces petits hommes qui couraient pour être à l'heure. A tous il avait appris les Gaulois, Jeanne d'Arc et Henri IV, et Ravaillac aussi, forcément. Aujourd'hui, quelques-uns d'entre eux lui demanderaient peut-être de leur apprendre Schwartzbard.

Il était prêt. Mais ce ne serait pas facile.

Ravaillac était le mauvais, parce qu'Henri IV était le bon. Schwartzbard était le bon parce que Petlioura était le mauvais, et la Saint-Barthélemy se perdait dans la nuit des temps, qui était déjà le temps des pogromes.

Mais les pogromes n'étaient pas au programme de l'Histoire de France.

Et voilà ce qui, depuis la veille, troublait le cœur de Monsieur Florian qui avait charge de leurs âmes autant que de leur savoir.

Il sortit dans la cour et les fit mettre en rang. En frappant dans ses mains, il se demandait encore s'il lui revenait de leur transmettre une histoire qui n'était qu'à eux et dont ils étaient les petits rescapés.

Il s'en voulait de ne pas être allé poser la question à leurs pères qu'il avait vus de loin tenir conseil sur les deux trottoirs de la rue de la Mare.

Il s'en voulut d'autant plus quand Guttman baissa la tête en ôtant son béret pour passer devant lui. Il n'avait vraiment pas l'air dans son assiette.

DEUXIÈME PARTIE

Masques et Bergamasques

Mademoiselle Maddy Varga ne s'était révélée ni aussi timide que l'avait annoncé Augustin Leblanc, ni aussi sosotte que l'avait supposé Nicole Roginski au cours de cette soirée si lointaine de 1926 dont elles feignaient l'une et l'autre d'avoir oublié qu'elle était celle de leur première rencontre.

— Ça se perd dans la nuit des temps, répondaient-elles volontiers aux curieux qui voulaient savoir comment s'étaient connues Victoria Jean et Madeleine Varga, les deux inséparables directrices de « Masques et Bergamasques » qui occupait tout le premier étage d'un immeuble Directoire, dans la petite allée Chateaubriand, située au 11, rue Chateaubriand, dans le VIIIe arrondissement.

Ça se perdait dans la nuit des temps... sauf pour Armelle Baud à laquelle il arrivait encore de frémir en évoquant avec sa sœur Gildaise le soir terrible « où Monsieur avait voulu casser l'œuf du père de Madame en criant comme Papa quand il rentre soûl à la ferme ».

Car c'était bien ainsi que les choses avaient commencé ce soir-là, rue Charles-Laffitte, alors qu'Armelle et sa patronne mettaient la dernière main à l'agencement de la table qui s'apprêtait à accueillir le rossignol de Saint-Étienne et son mécène troyen.

Janek, rentré très tôt, encore gonflé de chagrin après la rage de Stépan, s'était annoncé par un violent claquement de la porte d'entrée. Il avait fait irruption dans la salle à manger, et, vociférant des mots qu'Armelle prenait pour du russe, il avait empoigné le Fabergé que Nicole avait rattrapé de justesse. Elle avait renvoyé Armelle dans sa cuisine et, criant plus fort que lui, l'avait prié de s'expliquer.

Nicole admit que, surchargée de travail ménager, elle n'avait pas ouvert *L'Écho de Paris* dont l'exemplaire du jour était effectivement resté en souffrance sur la console de l'entrée. Elle défit la bande d'abonnement et crut reconnaître dans le nom de l'ancien dictateur de l'Ukraine celui qu'elle avait perçu distraitement le matin même, en montant les escaliers. Elle parcourut l'article, haussa les épaules et classa l'affaire par un commentaire disant à peu de chose près que c'est toujours par les mêmes que le scandale arrive.

Puis, après avoir conseillé à Janek de prendre un bain et de se changer, elle avait pressé sur le petit rubis pour vérifier que le mécanisme Fabergé n'avait en rien souffert, avait été soulagée de constater que les ramequins ne s'étaient pas brisés, avait soigneusement essuyé les moutardes répandues et rassemblé le sel et le poivre dans le creux de sa main, puis s'était mise en devoir de renouveler son stock d'épices.

Elle coupa trois roses dans le gros bouquet qui garnissait le piano à queue du salon, les disposa au milieu de la table et rangea dans le buffet l'œuf impérial, décrétant brusquement que moins on le verrait, mieux on se porterait un soir où l'actualité risquait de faire dangereusement déraper la conversation du côté des Cosaques et des pogromes.

Puis elle s'en était allée gratter à la porte de la salle de bains et, dans la buée parfumée, avait embrassé le front courroucé et la bouche de Janek. Elle lui avait murmuré pour consigne d'orienter les propos de table en direction de la guerre du Rif et du rebelle Abd el Krim, dont le maréchal Pétain venait d'exiger la reddition au nom du gouvernement français. Elle eut même un vague regret, qu'elle garda pour elle : celui de se priver de l'apparition du frère de Joëlle, qui dînait chez sa sœur et qui aurait fait si bien au salon dans son uniforme de spahi. « Ce serait trop cavalier », se dit-elle tout bas, ce qui la fit rire tout haut. Le rapprochement du mot cavalier avec celui de fantasia, qui émaillait fréquemment les récits du jeune homme, la mit tout à coup de bonne humeur.

— Qu'est-ce qu'il y a de si drôle ? s'enquit Janek en enfilant son peignoir-éponge.

— Je pensais à Papa, répondit-elle en lui frottant le dos.

— C'est sûrement pas vrai, fit Janek, et pourtant ce serait le jour ou jamais.

Augustin Leblanc et Mademoiselle Maddy Varga sonnèrent à vingt heures tapantes.

Elle n'était pas enzibelinée. Elle se défit d'un léger manteau trois-quarts de surah bleu marine bordé du même piqué blanc que sa robe. Nicole eut le temps de lire la griffe, sans vraie surprise car elle avait identifié la coupe. Mais on ne sait jamais, avec les copieurs... Non, si la gamine arrivait bien de Saint-Étienne, elle n'avait pas perdu son temps et avait dû passer directement des « Dames de France » à Paul Poiret.

Elle était brune aux yeux marron, coiffée à la Spinelly, avec une frange et deux mèches habilement coupées pour revenir en demi-accroche-cœur sur chaque oreille, et la petite pointe bien taillée dans la nuque lui donnait de dos la grâce d'un adolescent.

— Merci de nous recevoir, Parrain et moi, dit-elle d'entrée de jeu d'une voix bien placée dans le grave qui conférait à la phrase apparemment banale une saveur de passion clandestine et de complicité.

Nicole aurait pu laisser l'œuf, la tiare de la tsarine, et même une étoile de David et un chandelier à sept branches sur les différents meubles de l'appartement, elle aurait pu mettre sur le phono le disque de Sidi Brahim et déployer le fanion de la Légion étrangère sur le mur de la salle à manger, rien n'aurait su distraire Mademoiselle Maddy Varga — pas plus qu'Augustin

Leblanc qui l'écoutait, ravi et muet de béatitude — des deux seuls sujets qui retenaient son attention : sa passion pour les arts lyriques et dramatiques et l'attachement, qu'elle affichait filial, pour son grisonnant bienfaiteur.

Elle le vouvoyait. Énumérait les spectacles qu'ils avaient vus ensemble, ce qui faisait découvrir à Nicole et à Janek les cadences culturelles, jusque-là ignorées d'eux, auxquelles était soumis le vieux provincial dont ils auraient juré qu'il ne connaissait des nuits parisiennes que les salons Lucas Carton et le hall de l'hôtel Terminus.

Et elle parla de Saint-Étienne. De son père mort à la guerre. Qui avait commencé à onze ans dans les mines. De sa mère, ouvrière dans une petite fabrique de chaînes de vélo. « Mais ça, c'est fini maintenant, depuis six mois... » De la chorale du patronage de la mine où le curé lui donnait toujours les solos à chanter. De la place qu'elle aurait pu occuper à la fabrique de chaînes de vélo. « Mais j'ai eu une occasion et je suis partie pour Paris... » Elle annonça qu'elle s'appelait en réalité Madeleine Vargougnan, mais que ça faisait trop Bergougnan pour monter sur les planches. Puis elle demanda l'heure et décida qu'il lui fallait rentrer. Elle passait une audition le lendemain aux Capucines.

Elle embrassa Nicole dans l'entrée, serra la main de Janek et déclara en enfilant son trois-quarts de chez Paul Poiret :

— Moi qui suis si seule à Paris quand Parrain n'est pas là, je sais maintenant que je me suis trouvé une famille.

Elle poussa Augustin Leblanc sur le palier.

— Allez, Parrain, allons-y. Vous me raccompagnerez à pied jusqu'à ma porte, ça vous fera maigrir, lui souffla-t-elle suffisamment fort pour être entendue.

— Quelle énergie ! dit Janek quand Nicole eut refermé.

Nicole ne répondit pas et retourna dans le salon où Janek la suivit.

— Si ça se trouve, elle ne couche même pas avec lui, épilogua Janek en finissant le cognac qui restait dans son verre.

Nicole alla chercher dans le placard à liqueurs la bouteille de vodka qu'elle s'était abstenue de servir de toute la soirée. Elle s'en versa une petite rasade.

— Elle fait bien mieux que ça... Et si elle ne passe pas par son lit, elle sait très bien où elle va... Et elle y va à grands pas. Mais moi, elle me plaît bien, Mademoiselle Vargougnan, conclut-elle en avalant d'un coup sec son petit dé de vodka polonaise.

Chère Famille, tu m'as porté bonheur. Je suis engagée aux Capucines. Parrain et moi nous vous disons merci.

Maddy.

Ce texte était soigneusement calligraphié en pleins et en déliés sur la collerette de papier dentelle qui entourait un joli bouquet romantique. Le bouquet était bien en vue sur le paillasson quand Armelle, répondant à un discret coup de sonnette, avait ouvert la porte derrière laquelle elle n'avait trouvé personne.

C'était le lendemain vers trois heures de l'après-midi. Nicole était au salon avec Joëlle Le Gentil qui lui parlait du cousin de sa mère, lequel venait d'être nommé Procureur de la République à Lorient, quand Armelle frappa.

— Notre Armelle et notre Gildaise savent bien qui c'est. Vous vous rappelez nos cousins Henriot, Armelle ?

— Oh oui, dit Armelle en rougissant. Il n'y avait plus la personne, Madame, annonça-t-elle en tendant le bouquet à Nicole.

Nicole déchiffra le message en faisant tourner lentement la dentelle de papier, et la conversation de Joëlle Le Gentil lui parut tout à coup d'une fadeur insupportable.

Elle avait beau l'ignorer encore, Joëlle avait fait son temps, elle venait d'être remplacée. La fille de prolos stéphanois, ambitieuse et maligne, charmante, honnête et vénale à la fois, venait de détrôner l'insipide héritière de hobereaux celtes, la dresseuse de Bretonnes, l'épouse de l'ingénieur et la sœur du spahi. Avec Madeleine Vargougnan, c'était l'Aventure qui venait de faire son entrée à Neuilly. Sa rentrée plutôt, après une relâche pour cause d'apprentissage bourgeois.

Nicole faisait tournoyer le petit faisceau de tiges entre ses doigts, mais si rapidement que Joëlle ne pouvait rien lire de ce message qu'elle soupçonnait être de la plume d'un galant. Comme elle était trop bien élevée pour poser des questions, elle attendait la confidence tout en retraçant par le menu la carrière magistrale du Procureur Henriot.

En face d'elle, la Païva, qui ne l'écoutait plus, souriait comme savait sourire Samuel Zedkin quand il disait à Janek : « Tu m'as sauvé des libraires, tu vas voir comme on va bien s'amuser tous les trois ! »

Les routes de l'Aventure proposée à la curiosité gourmande de Nicole se dessinaient plutôt comme les sentiers d'un petit terrain broussailleux et marécageux à la fois.

Le rôle de Chef d'expédition que venait de lui conférer Maddy Varga en la nommant Mère de famille morganatique consista surtout, dans un premier temps, à combler les ornières, repérer et baliser les sables mouvants, poser des collets, veiller à ce qu'aucun mégot mal éteint ne vînt mettre le feu à ce petit maquis de mensonges. Mensonges indispensables au maintien de l'équilibre des associations Roginski-Ziegler, Ziegler-Leblanc, Leblanc-Varga, Varga-Roginski, dont dépendait désormais — elle était seule à le savoir — l'existence de la maison Fémina-Prestige.

Et l'imagination de Nicole, si longtemps mise au service d'un passé fallacieux, retrouvait toute la vigueur qu'insuffle l'invention quotidienne du mensonge au coup par coup. Non seulement il lui fallait mentir à Liliane Ziegler, qui trouvait son père bien fatigué et avait trouvé sa mère bien triste dans sa maison de Troyes ; à Roger Ziegler, qui ne trouvait jamais son beau-père au Terminus ; mais aussi à Augustin Leblanc quand il n'avait pas trouvé Maddy rue Pergolèse.

Malheureusement, à la même époque, il lui avait également fallu mentir à Maddy, et c'était bien le seul mensonge qui lui avait coûté.

Visiblement perdue sur la scène des Capucines dans un petit rôle de bergère Louis XVI qui chantait *Il pleut, il pleut, Bergère* à une Marie-Antoinette très décolletée et parfaitement sûre d'elle, Maddy Varga, actrice, était décevante. Nicole n'avait rien retrouvé de ce mélange d'aplomb, d'innocence et de perversité enfantine qui faisait tout le charme de Madeleine Vargougnan à la ville.

Mandée et mandatée par Augustin Leblanc qui n'osait encore se montrer dans les coulisses des théâtres, Nicole — sans Janek qui, lui, ne voulait pas encore se compromettre aussi ouvertement vis-à-vis des Ziegler — Nicole seule, donc, était venue assister à la dernière répétition de *L'Autrichienne et le Serrurier* (adaptation française de la comédie chantante américaine de Clarck et Simpson qui avait triomphé à Broadway sous son titre original, *The merry Mary Antonnett*). Il était convenu entre Augustin Leblanc et Nicole qu'elle l'appellerait à Troyes, le plus tard possible dans la nuit, afin de ne pas éveiller les soupçons de Madame Leblanc qui s'endormait vers dix heures. Le mot de passe, emprunté au vocabulaire de la bonneterie, était « Soie perlée » en cas de triomphe, « Coton métis » en cas de demi-succès. L'éventualité d'un fiasco n'avait pas même été évoquée.

C'est un quatuor vocal qui répondit « Entrez ! » quand Nicole frappa à la porte que lui avait indiquée le concierge du théâtre. Maddy Varga partageait une loge minuscule avec trois gamines en qui Nicole eut du mal à reconnaître les altières dames de cour qu'elle avait en revanche jugées bien convaincantes, quant à elles, dans leurs saynètes. Débarrassées de leurs monumentales coiffures poudrées et de leurs fastueuses robes à panier, encore outrageusement maquillées, la tête enserrée dans le bas de soie noir qui avait servi de base aux dizaines d'épingles neige destinées à consolider leurs perruques, elles avaient l'air, dans leurs blouses de cotonnade, d'écolières qui se changent à la fin d'un bal costumé où elles ont joué les pierrettes. Elles dirent « Bonjour, Madame » avec, au fond de leurs yeux charbonneux, un sourire interrogateur et désarmé.

Maddy était la seule à porter un élégant kimono de soie chinoise. Elle ne souriait pas, et c'est la peur panique que Nicole pouvait lire dans son regard déjà démaquillé.

— Bravo ! dit Nicole à la cantonade.

Une gigantesque corbeille de fleurs, disproportionnée avec l'exiguïté de la loge et l'insignifiance du rôle de la bergère, encombrait la portion de la tablette de maquillage devant laquelle Maddy se tenait assise. Ce monument faisait paraître encore plus touchants les trois petits bouquets que les dames de cour avaient mis à rafraîchir près d'elles dans des verres à dents.

— Vraiment bravo ! répéta Nicole.

— Merci beaucoup, Madame, dirent les trois filles.

— Merci, Nicole, murmura Maddy, retrouvant le beau contralto qui l'avait si tragiquement abandonnée dans *Il pleut, il pleut, Bergère*.

Nicole eut le temps de voir, pendue à un cintre, la cape de zibeline. Elle dit :

— Eh bien, Mesdemoiselles, je vous laisse. Merci pour cette bonne soirée, et encore bravo !

Et elle s'enfuit.

Au téléphone, elle improvisa un mélange de coton perlé métissé de soie naturelle : ça ne voulait rien dire du tout, mais ça rassura Augustin Leblanc qui devait veiller à côté de son téléphone tant il répondit rapidement à la préposée des P.T.T. du central de Troyes, peu habituée à transmettre des appels aussi tardifs à l'abonné 122.

L'Autrichienne et le Serrurier se joua deux semaines.

Il y eut d'autres auditions, d'autres petits rôles, d'autres corbeilles de fleurs, d'autres déceptions, et d'autres bravos mensongers de la part de Nicole qui, elle s'en étonnait elle-même, ne lui causaient aucun plaisir à proférer.

Jusqu'au jour heureux où, la lucidité l'emportant sur l'amour immodéré autant que sincère qu'elle portait à l'art dramatique, ou peut-être même à cause de cet amour, Maddy Varga décida d'abandonner la carrière et, du même coup, délivra Nicole de ses obligations de mensonges charitables.

Maddy avait pris sa décision après la lecture des critiques consacrées à ce qui devait rester comme sa dernière prestation. Elle avait eu assez d'humour et de courage pour relire à haute voix la plus cruelle à Nicole :

— « ... Quant à Mademoiselle Maddy Varga, on nous avait annoncé Jeanne d'Arc et Antigone... C'est la Madelon que nous reçûmes. Nous la retournons donc à l'envoyeur ! »

— C'est méchant, avait dit Nicole.

— C'est méchant, mais c'est drôlement vrai, avait répondu Maddy. Je vais passer à autre chose et mon Tintin, il va casquer. Au moins, ça servira aux copines et aux copains.

Et c'est de ce jour-là de l'année 1930 qu'avait germé entre Nicole et Maddy l'embryon de ce qui allait devenir la société « Masques et Bergamasques ».

Il y avait déjà longtemps qu'Augustin Leblanc était passé de l'état de « mon Parrain » à celui de « mon Tintin » ou de « Tintin » tout court, quand ce n'était pas à celui de « ce vieux con de Tintin » dans les confidences que Maddy faisait à Nicole. Celles-ci étaient de toute sorte, et avaient souvent compliqué la programmation des mensonges. Car Maddy était aussi sentimentale à ses heures... qui duraient parfois des semaines.

Il y avait eu quelques jeunes premiers fantaisistes, un joueur de guitare espagnol, un chef machiniste de Bagnolet et deux excursions-éclair dans une clinique de Lausanne. Et, en dernier, justement dans le spectacle chant-et-mort-du-cygne-de-Saint-Étienne, il y avait eu un décorateur-costumier.

Ils étaient tous jeunes, beaux, gentils, désintéressés et amoureux. Amoureux et prévenus.

Prévenus qu'il y avait « Tintin ». Qu'elle aimait beaucoup Tintin, qu'il ne fallait jamais faire de peine à Tintin, qu'elle ne quitterait jamais Tintin.

Alors eux la quittaient. Elle était malheureuse, et puis ça passait. Ça passait plus ou moins vite.

Avec le décorateur-costumier, ça durait.

De son côté, à force de fréquenter les loges, puis les coulisses, et aussi les bistrots avoisinant les théâtres dans lesquels Maddy, si elle n'était jamais réengagée, conservait cependant des amitiés chaleureuses, Nicole s'était familiarisée avec ce monde où l'on savait jouer, chanter, danser, rire et pleurer, et mentir comme chez les enfants.

Et elle avait enfin trouvé une justification à ce qui, en son temps, l'avait mystérieusement poussée à choisir Sa Majesté Lucien Guitry plutôt que Son Excellence l'Ambassadeur de France auprès du Tsar pour ramener Piotr Zedkin à Paris.

Si elle s'était bien amusée en découvrant le monde des enfants, elle n'avait pas perdu son temps pour autant, car elle avait également découvert celui des adultes dont dépendait le sort des enfants. Ils avaient aussi leurs loges dans les coulisses des théâtres et elles étaient souvent situées au même étage que celles des enfants. Mais, alors que les enfants ne faisaient que passer dans les leurs, au gré des succès ou des échecs, eux les conservaient. D'ailleurs, ils n'appelaient pas leurs loges des loges, ils appelaient ça des « bureaux ». Et eux n'étaient pas des enfants.

Et comme Nicole n'était pas non plus une enfant, elle eut tôt fait d'apprendre les mécanismes qui faisaient qu'un spectacle se montait ou ne se montait pas, et parfois même s'arrêtait en cours de montage, auquel cas c'était toujours la même phrase désolée qui claquait aux oreilles des victimes :

— On arrête, les enfants, *mon* commanditaire *nous* a lâchés... *Mes* fournisseurs ne marchent plus.

Le titre de Commanditaire, derrière lequel se cachaient d'invisibles créatures dont on savait rarement de quelles sources lointaines et tarissables ils tiraient les fonds qu'ils promettaient, baillaient ou ne baillaient plus, n'avait jamais tenté Nicole. En revanche, celui de « Fournisseur », compris dans le sens noble de « Fournisseur du Roy », « Fournisseur appointé près la Cour », « Fournisseur exclusif », trimbalait avec soi un romantisme artisanal qui lui plaisait beaucoup.

C'est donc en passant par la porte des fournisseurs que Nicole avait fait sa première apparition officielle au sein de la grande famille du spectacle, peu avant que Maddy Varga ne se fût justement décidée à lui faire ses adieux.

Le jeune amant-décorateur-costumier avait beaucoup aidé à la chose.

L'action des *Dépossédés* — c'était le titre du drame dans lequel Maddy Varga allait s'illustrer une dernière fois — se passait dans un luxueux château rhénan. Alex Grandi, le nouvel amant, poussé par sa passion naissante, avait dessiné pour Maddy une toilette du soir dont la réalisation exigeait un tel métrage de tulle pailleté et de soie brodée main que la direction du théâtre avait reculé devant le prix de revient. C'est alors que Nicole était intervenue. Elle se chargeait des fournitures, de la façon et des finitions. Gratuitement.

Elle avait fait passer la nouvelle à Maddy, qui la fit passer à Alex Grandi, qui la communiqua à la direction qui fut enchantée, félicita la jeune artiste d'avoir d'aussi prestigieuses relations et demanda à rencontrer cette incomparable partenaire bénévole.

Et pour la première fois de sa vie, Nicole se retrouva assise en face d'un directeur de théâtre qui lui offrit le porto sur un coin de bureau aussi encombré de factures et de bordereaux que celui de Janek. Seules les affiches défraîchies punaisées aux murs lui rappelaient qu'elle n'était pas rue d'Aboukir.

Oui, effectivement, elle offrait le costume. Et très volontiers. Elle adorait la pièce ! Elle offrait même, pour un prix de location dérisoire, juste bon à couvrir les frais d'assurance, un très bel accessoire qui parachèverait l'opulence et la désinvolture indispensables au personnage interprété par Mademoiselle Maddy Varga, laquelle avait à évoluer au deuxième acte sous les voûtes humides de la grande salle du château rhénan. Une cape en zibeline véritable dont l'héroïne pourrait se débarrasser après sa seconde réplique pour mieux révéler aux spectateurs la somptuosité de sa robe du soir... En échange, elle n'avait qu'une prière à formuler. Bien modeste.

Et elle sortit de son sac un petit papier sur lequel elle avait préparé un texte dont l'inspiration découlait directement de l'opération papier-buvard/homme-sandwich qui avait si bien profité à l'affaire Roginski-Ziegler. Elle le lut au directeur :

> *« La toilette et la cape de zibeline portées au deuxième acte par Mademoiselle Maddy Varga sont des créations exclusives de Fémina-Prestige. »*

Le directeur accepta, ravi de s'en tirer à si bon compte. Nicole Roginski et Fémina-Prestige étaient en passe de changer de raison sociale.

La cape de zibeline aussi. Le rôle modeste qu'elle tenait tous les soirs au deuxième acte des *Dépossédés* l'avait sortie de l'oubli et de la housse naphtalinée où sa propriétaire l'avait maintenue depuis des années. Nicole et Maddy se partagèrent équitablement son salaire d'accessoire qui figurait sur les bordereaux du théâtre sous la rubrique « Location Fémina-Prestige », alors que la robe pailletée était portée dans la colonne « Contrepartie Publicité ».

Sonia et Olga aussi étaient en train de changer de condition sociale et ne le savaient pas encore.

Des milliers de confetti d'or, d'argent et de pourpre avaient un jour envahi le deuxième étage de la rue de la Mare. On en trouvait partout : dans les rainures du parquet, dans les draps des lits pliants des enfants, dans les escaliers et jusque dans les cheveux de Josette Clément.

Elles avaient eu à les coudre un à un suivant des arabesques dessinées en pointillés de différentes couleurs sur du tulle gris tourterelle qui leur avait été livré puis repris en pièces détachées. Ensuite les pièces détachées leur étaient revenues, attachées, pour la finition. Une fois habilement assemblés, ces morceaux de tulle, disparates et ternes avant qu'elles ne les eussent rendus scintillants, faisaient une robe comme elles n'en avaient jamais vu, sauf dans les illustrés que leur donnait à feuilleter Monsieur Katz pendant qu'il coupait les cheveux de Zaza et de Maurice.

Elles avaient posé des boutons-pression minuscules, cousu des ourlets et surfilé des volants avec du fil arachnéen, et la robe était repartie, finie. Comme repartaient finis, tous les jours, les manteaux-Fillettes et leurs boutons dorés et les tailleurs-Dames à collets-fourrure qu'elles ne revoyaient jamais plus, sauf dans les journaux en période de réclame. Là, sur des pages entières, s'échelonnaient les silhouettes filiformes de femmes et d'enfants incroyablement distinguées, hautaines, sur lesquelles on avait dessiné des modèles que

Sonia et Olga reconnaissaient parfois et dont le prix les laissait perplexes.

Ce n'est pas dessinée sur du vulgaire papier journal, mais couchée pleine page sur un luxueux papier glacé qu'elles retrouvèrent leur robe environ trois mois après qu'elle se fut envolée de la rue de la Mare, quand Barsky et Gromoff, s'étant présentés chez Sonia à midi, lui tendirent la photo d'une très belle jeune femme.

La veille au soir, le prince Andreï avait trouvé dans son taxi un programme oublié sur la banquette arrière par un client qu'il avait chargé au Café de la Paix et conduit dans le XVIe arrondissement. Curieux de la valeur de tout objet, il l'avait feuilleté, et, ayant conservé le souvenir des paillettes sauteuses qui s'étaient naguère abattues sur l'immeuble comme des puces, il avait cru reconnaître, disait-il, la robe qui avait demandé tant de travail aux deux jeunes femmes. Plus *ça*, avait ajouté Barsky en regardant Olga qui venait d'apparaître. *Ça*, c'était une sorte de grand animal à fourrure que la jeune femme, brune et espiègle, photographiée en pied par Piaz, laissait traîner par terre d'une main nonchalante.

« Créations exclusives de chez Fémina-Prestige », murmura Barsky, pensant qu'elles ne sauraient peut-être pas lire ce qui s'étalait sous la photographie de Maddy Varga au deuxième acte des *Dépossédés*.

Barsky et Gromoff leur firent cadeau du programme et, assez contents de leur démarche humanitaire, les abandonnèrent à leurs pensées.

L'envie d'aller voir de leurs yeux comment chatoyaient sous les feux d'une salle de spectacle leur jeune robe et la déjà vénérable doublure mordorée de leur inoubliable cape, les effleura un moment. Elles la chassèrent d'emblée, comme on chasse quelque idée de folle équipée en pays exotique. Elles n'avaient plus voyagé depuis leur arrivée sous les verrières de la Gare de l'Est.

Sonia découpa la photo du programme et, parce qu'elle voulait en partager la propriété avec Olga, elles décidèrent de la placer dans le *Cadre des Nôtres*.

Le Cadre des Nôtres était un grand sous-verre rectangulaire bordé de quatre fines baguettes d'acajou foncé, qui occupait le centre du dessus de cheminée dans la salle à manger des Roginski. C'étaient Élie et Sonia Guttman qui l'avaient offert à Stépan et Olga après la naissance de Zaza.

C'était la version moderne de l'Album de Famille. On n'avait plus à feuilleter. En se penchant un peu sur les photos qui s'étaient accumulées sous le grand verre, d'abord dans l'ordre, puis dans le désordre, on pouvait reconnaître Zaza dans sa poussette, poussée par Maurice ; Sonia, Olga et Stépan devant la maison ; Olga et Stépan en mariés de campagne ; Élie, Zaza et Maurice à la terrasse de l'Auvergnat ; Zaza sur les genoux d'Élie ; Maurice et Robert le jour des Prix avec Monsieur Florian ; Zaza toute seule, avec un joli col de dentelle ; Madame Lutz et la mère Lowenthal à la fenêtre de la loge ; Félix et Jeannette devant la porte ; et quelques inconnus que seuls les parents étaient à même de reconnaître.

Au fil des années, en les serrant un peu, quitte à les superposer, Olga et Sonia avaient toujours trouvé moyen de faire entrer une nouvelle image dans le Cadre des Nôtres.

Il s'appelait « des Nôtres » parce que c'était la traduction du joli mot, plus slave que yiddish, qui désigne « la famille », et si les Nôtres se trouvaient chez Olga plutôt que chez Sonia, c'est parce qu'elles travaillaient plus souvent chez Olga que chez Sonia.

Maddy Varga entra donc dans le cercle de famille. Elles la contemplaient parfois, puis l'oublièrent, et elles se remirent à ourler de la satinette, à coudre des faux yeux aux peaux de lapin et à poser des boutons de corozo sur des poignets de manches dépourvus de boutonnières.

Jusqu'au jour où elles découvrirent dans les deux grandes toilettes de coton noir des pièces de crépon blanc cassé qu'on les priait — par un petit mot épinglé portant la mention « très urgent » soulignée trois fois —

de bien vouloir couper selon les mesures indiquées, assembler selon un croquis joint, et garnir dans le bas, aux emmanchures et aux encolures, du galon doré dont elles trouveraient le métrage nécessaire enroulé sur deux grosses bobines de bois placées au fond de chaque paquetage. Le petit mot, écrit à la main, était signé : Illisible. C'est Jeannette Clément qui déchiffra pour elles ce long message.

Elles avaient beau n'avoir jamais fait de croisières en Grèce, n'avoir jamais non plus visité le musée du Louvre, le croquis leur disait assez qu'on leur demandait de confectionner le même genre de costume que portaient les personnages illustrant le livre d'Histoire ancienne dans lequel Maurice apprenait ses leçons.

Elles taillèrent donc un premier péplum et, au moment de galonner, elles s'arrêtèrent de travailler.

Quand le triporteur repassa dans la soirée, c'est une lettre qu'il trouva dans la loge des Clément en lieu et place des deux toilettes qu'il venait chercher.

Elles l'avaient concoctée dans leur tête pendant toute la journée. C'est avec l'aide de Jeannette Clément qu'elles en avaient tracé les grandes lignes, que Félix Clément avait mises en forme. Maurice l'avait recopiée sur une feuille à rayures Sieyès et glissée dans une enveloppe adressée au Chef du Personnel, Maison Fémina-Prestige (par porteur) :

> Messieurs,
> Engagées comme « finisseuses », nous avons pendant de longues années travaillé pour votre maison aux tarifs que vous savez.
> Votre dernier envoi exige un travail de couturières. Nous avons déjà exécuté des travaux de ce genre pour vous, vous le savez... Nous sommes prêtes à le refaire, mais à d'autres conditions que celles allouées par votre Maison à la catégorie « finisseuses ».
> Recevez, Messieurs, nos salutations distinguées.

C'était signé Sonia Guttman, très lisible ; et Olga Roginski, à peine lisible.

Le lendemain, le triporteur revint avec une lettre tapée à la machine sur du papier dont l'en-tête « Masques et Bergamasques, Costumes d'époque et Créations » était gravé entre deux masques de Mardi gras. C'est Zaza qui la leur déchiffra :

> Mesdames,
> Comme vous le constatez, notre Maison s'est agrandie.
> Madame Victoria Jean vient de créer un nouveau département dans notre Société.
> Elle en a confié la Direction artistique à Monsieur Alexandre Grandi, décorateur-costumier de grand talent, pour lequel vous avez déjà travaillé.
> C'est sur son insistance que nous vous avons choisies pour exécuter la commande des tuniques grecques dont vous possédez le matériel et les maquettes et qui sont attendues de façon très urgente.
> Bien entendu, votre salaire sera calculé sur de nouvelles bases. Seuls des impératifs de temps nous ont empêchés à ce jour d'aborder ce sujet avec vous.
> Bon travail !

C'était signé : Pour la Direction, illisible.

Très fières de leur promotion, Olga et Sonia se mirent donc joyeusement au travail, et le soir, elles montrèrent la lettre à en-tête à Stépan et Élie après leur avoir confessé qu'elle était une réponse à une lettre écrite par elles, sans le leur dire à eux, mais dont elles avaient gardé le brouillon.

Alors, à leur tour, ils furent très fiers d'elles. Surtout Stépan qui demanda à relire la lettre à en-tête. Il ricana au passage concernant « Madame Victoria Jean » et comprit à retardement pourquoi, depuis quelque temps, il croisait si souvent dans les escaliers de la rue d'Aboukir sa belle-sœur détestée, toujours en compagnie d'un grand brun sympathique. Ça devait être l'Alexandre Grandi. Il relut à haute voix le dernier paragraphe, dit : « Faudra voir », et restitua la lettre à Sonia qui la rangea avec les quittances de loyer.

Le surlendemain, à la place des champions de triporteur anonymes, indifférents et interchangeables qui, pendant tant d'années, avaient déposé puis repris les toilettes de coton noir, c'est un jeune et beau grand brun qui se présenta en fin de journée au deuxième étage de la rue de la Mare.

— Bonjour Sonia, bonjour Olga, dit le grand brun en leur tendant les deux mains et en souriant. C'est pour moi que vous allez travailler maintenant. Je m'appelle Alex, vous me faites un petit café et je vous explique.

Et il avait expliqué. Il attendait d'elles le même beau travail que celui qu'elles avaient accompli sur cette robe à paillettes, que des comme elles, il n'y en avait plus beaucoup parce que c'était un métier qui se perdait. Il leur avait calculé le tarif auquel il était juste qu'elles fussent payées. Les tuniques, c'était une petite commande comme ça, pour lancer la maison ; les commandes, après, n'arrêteraient plus. Il allait leur acheter un mannequin, et aussi une vraie cafetière italienne, parce qu'il serait là souvent. Puis il avait regardé la photo de Maddy dans le Cadre des Nôtres et avait dit : « Elle est belle, hein ? » Sonia et Olga n'avaient pas eu le temps de demander s'il parlait de la robe ou de la fille, il était parti en leur lançant : « A demain. »

Le lendemain, il était revenu avec un mannequin, des petits fours, un paquet de café moulu « Corcelet » et un drôle de cylindre d'aluminium avec une poignée d'ébonite noire. Il avait placé le mannequin dans la salle à manger de Sonia et fait la démonstration du maniement de la cafetière italienne dans la cuisine d'Olga. Et il était reparti, laissant derrière lui cet arôme encore inconnu la veille chez ces buveuses de thé, et ce tronc rembourré que Maurice et Zaza appelèrent « la Bonne Femme ».

Et trois jours avaient passé sans nouvelle aucune. Sonia et Olga, désœuvrées pour la première fois de leur vie, contemplaient le mannequin, commençaient à se demander si elles n'avaient pas eu affaire à un escroc, et, sans se le dire, se prirent à regretter leurs fastidieuses mais ponctuelles toilettes quotidiennes.

Le quatrième jour, vers neuf heures du matin, Alex réapparut, les bras chargés de rouleaux de satin et de velours de toutes les couleurs. D'une valise, il sortit de la toile à bâtir, des multitudes de petits sacs de perles, et trois dessins.

Olga mit l'eau du café à bouillir pendant que Sonia aidait Alex à punaiser les dessins sur les fleurettes du papier mural de sa salle à manger. Et l'aventure commença.

Ni Stépan, ni Élie, ni Maurice ne la suivirent vraiment. En revanche, Zaza rameuta tous les jours Josette et Myriam vers quatre heures pour voir comment s'habillait progressivement la Bonne Femme.

Dix jours plus tard, les trois somptueuses robes de courtisanes, compagnes de débauche de Laurent de Médicis, quittaient la rue de la Mare dans les bras d'Alex.

Avant de les enlever, il avait soigneusement écrit à l'encre de Chine « Masques et Bergamasques — Sonia-Olga, 3/9/1932 » sur trois petits morceaux d'extra-fort blanc. Sonia et Olga les avaient solidement cousus sur les rubans de taille, comme des mères marquant le trousseau de l'enfant qu'elles envoient pour la première fois en pension.

— Bientôt, si ça marche, on aura de vraies griffes qu'on nous tissera exprès pour nous, vous verrez, les filles, avait dit Alex en descendant les escaliers, laissant à Sonia et Olga le soin d'élucider les mystères de son vocabulaire.

Comme ça marchait, une deuxième « Bonne Femme » fut placée cette fois dans la salle à manger Roginski. Et les griffes se révélèrent étiquettes.

Puis, un soir, en rentrant du lycée, c'est une vraie bonne femme que Maurice trouva dans la salle à manger. Elle était en train de se déshabiller devant Olga, sa mère, et Alex.

Alors, comme ni lui ni Zaza ne trouvaient plus, en rentrant chez eux, les coins de table où faire leurs devoirs comme ils les avaient toujours trouvés depuis leurs premiers jours d'école, ils prirent l'habitude d'aller travailler dans la loge des Clément : Maurice avec Robert, Zaza avec Josette, sous la placide surveillance de Jeannette qui en profitait pour réapprendre avec les filles ce qu'elle avait oublié, ou pour apprendre ce qu'elle n'avait jamais su avec les garçons, maintenant en quatrième A au lycée Voltaire.

Oh mon incomparable, mon abominable, irremplaçable salope adorée ! pensait Janek en lui-même et en yiddish tandis que Nicole guidait la main de la vieille dame à laquelle elle venait de tendre une pelle à gâteau ouvragée.

— C'est à notre Marraine que revient l'honneur de souffler notre première bougie et de nous distribuer les parts de notre gâteau, avait-elle dit au moment où le serveur de « La Cascade » du Bois de Boulogne avait posé sur la table un énorme moka au chocolat.

Le glaçage s'ornait de deux masques en pâte d'amandes, l'un souriant, l'autre triste, et un coulis de vanille et de fraise évoquait les silhouettes dansantes des habitants de Bergame sous un 29 juillet 1933 en massepain. Un cierge brûlait au centre. « A la russe », avait annoncé Nicole.

Madame Augustin Leblanc souffla et les neuf convives applaudirent.

C'était pour ainsi dire le baisser de rideau d'une comédie qui s'était répétée pendant des mois, qui venait d'être jouée et dont le succès paraissait désormais assuré.

Auteur et metteur en scène heureux, Nicole Judith Victoria Anna souriait à son mari et au reste de la troupe. Elle avait sur le visage cette indulgente reconnaissance des créateurs qui en savent beaucoup plus long sur les finalités de leur œuvre que les acteurs qui se bornent à bien jouer les personnages qu'on leur a confiés.

Dans l'œuvre de Nicole, il y avait du Marivaux, du Feydeau et de l'Alexandre Dumas père, et si Janek, au lieu de rêvasser en yiddish, avait pensé en français, il aurait pu tout aussi bien soupirer : « Bien joué, Marguerite ! »

Invités à commémorer la première réunion plénière de fondation légale de la maison Masques et Bergamasques, se trouvaient réunis autour de la table :

Son président d'honneur, Augustin Leblanc, accompagné de son épouse.

Son administrateur, Roger Ziegler, accompagné de son épouse.

Sa directrice-adjointe, Maddy Varga.

Son directeur artistique, Alexandre Grandi.

Son conseiller juridique, Maître Dubâteau-Ripoix, accompagné de son épouse.

Et sa directrice, Victoria Jean, accompagnée de son époux.

Les ressorts dramatiques qui avaient rendu possible ce paisible dîner de têtes, encore inimaginable quelques années auparavant, étaient pourtant des plus simples. Ils reposaient sur le classique système de la méprise.

Autour de la table, Nicole, Janek et Maddy mis à part, tout un chacun se méprenait sur tout le monde.

Augustin Leblanc, par exemple, qui trouvait du génie à sa jeune maîtresse dans la courageuse façon qu'elle avait trouvée, pour donner le change, d'afficher une intimité équivoque avec le jeune Alexandre Grandi dont lui, Augustin, avait toutes les raisons de penser qu'il était en fait l'amant de Nicole. N'était-ce pas elle qui le lui avait présenté ?

Alexandre Grandi à qui Maddy, pour le garder plus longtemps que les autres, n'avait jamais révélé qu'elle avait Tintin dans sa vie et qui se demandait si Augustin n'était pas le vieil amant très riche de Nicole.

Liliane Ziegler, elle, se demandait si Maddy n'était pas la maîtresse de Janek, ce qui aurait expliqué ce programme de théâtre qui lui était tombé sous les yeux, avec cette publicité dont ni elle ni Roger n'avaient été informés.

Maître Dubâteau-Ripoix, nouveau venu amené par Roger Ziegler, penchait pour une liaison Liliane Ziegler-Janek Roginski, tellement il les trouvait silencieux l'un et l'autre.

Quant à la vieille Madame Augustin Leblanc, extraite de Troyes pour la soirée à la demande expresse de Nicole, elle trouvait tout ce monde parisien très gentil et très gai, surtout Maddy et Alex qu'elle appelait « notre jeune couple » et dont elle n'avait cessé de faire remarquer à Augustin, tout au long du repas, à quel point ils étaient bien assortis.

Au moment des adieux sur le perron, Madame Augustin Leblanc, émoustillée par deux coupes de champagne, laissa déborder son entrain et lança une invitation générale :

— Venez tous me voir à Troyes, dit-elle, les nids d'amour ne manquent pas dans cette grande maison où mon vieil ours jaloux me séquestre.

Augustin Leblanc dut la pousser dans l'Hotchkiss de Ziegler. Maddy proposa à Alexandre Grandi de le ramener dans sa petite Talbot, les Dubâteau-Ripoix avaient leur chauffeur qui ouvrait déjà la porte de la Panhard à l'intention de Nicole quand, avec une désinvolture charmante encore qu'un peu appuyée, celle-ci déclara :

— Nous allons rentrer à pied, ça nous fera maigrir.

Ce qui fit rire Maddy et se retourner Augustin Leblanc au moment où celui-ci se disposait à s'asseoir à côté de son gendre qui venait de mettre le moteur en marche.

Janek et Nicole traversèrent l'avenue des Acacias et s'engagèrent dans une petite allée très sombre. Ils ne parlaient pas. Doucement, Nicole prit la main de Janek. Il la serra, s'arrêta de marcher, regarda un moment autour de lui, puis il entraîna Nicole dans la profondeur du bois où il lui fit brutalement et tendrement l'amour, comme on savait le faire chez lui à la campagne, en été.

— Merde ! J'allais oublier la pauvre Joëlle, dit Nicole en voyant la lumière encore si tardivement allumée au second étage, dans le salon des Le Gentil.

Joëlle Le Gentil avait progressivement glissé dans la catégorie jusque-là réservée à la « pauvre Anna ». Non qu'elle ne fût plus vivante, mais compte tenu du fait qu'elle ne comptait plus. Ou plutôt qu'elle comptait désormais pour du beurre. Ou, mieux encore, qu'elle ne comptait plus que pour le beurre, étant donné le rôle d'intendante préposée aux achats alimentaires que Nicole lui avait dévolu en raison de ses propres et nouvelles occupations artistiques.

La pauvre Joëlle avait pris pour marques d'amitié et de confiance insigne ce que Nicole lui avait d'autant plus volontiers abandonné que les razzias sur le marché de Neuilly avaient tout à fait cessé de l'amuser. Et c'est donc elle seule, suivie des deux sœurs Baud, qui achetait en grande quantité, au gré de sa fantaisie, de quoi cuisiner au beurre dans les foyers des second et troisième étages. Comme en d'autres lieux, il n'était pas rare qu'on mangeât ainsi chez les Roginski-Jean ce qu'on mangeait le même jour chez les Le Gentil...

En retour, sans aller jusqu'à lui donner du *Kénavo* comme à Armelle, Nicole savait la cajoler par des « Chérie, merci, avec tout ce que j'ai à faire, je ne sais comment je m'en tirerais si je ne vous avais pas... », qu'elle lui lançait en la croisant dans l'escalier au moment où Joëlle revenait du marché, moment qui correspondait justement à celui où Nicole partait pour l'allée Chateaubriand.

Autant dire qu'elles ne se voyaient ni ne se parlaient plus guère, conditions idéales pour que Joëlle Le Gentil restât dans l'ignorance des sentiments d'indifférence totale que Nicole lui portait à présent.

Pourtant, ce matin-là, elles s'étaient vues et les deux fenêtres éclairées comme des phares en mer bretonne dans la nuit de Neuilly venaient de le rappeler à

Nicole, tandis que Janek retirait les brindilles restées accrochées à ses tresses un peu défaites.

Ce matin-là, la pauvre Joëlle était venue sonner très tôt chez sa voisine et, avec une familiarité de collégienne, elle s'était installée au pied du lit de Nicole, avait grignoté ses toasts et partagé son thé. Elle avait une requête à formuler :

— Vous vous souvenez certainement du Procureur Henriot, mon cousin, enfin le cousin de ma mère, dont je vous ai parlé si souvent ?

— Bien entendu, avait répondu Nicole à qui ça ne disait rien du tout et qui ne pensait qu'à son dîner du soir commandé à « La Cascade ».

— Bon, alors, je n'y vais pas par quatre chemins. Ce que je vais vous demander est un peu cavalier... Nous attendons chez nous mon cousin Michel, enfin, mon petit-cousin Michel, le fils du Procureur, de passage à Paris après un long voyage d'étude en Allemagne...

— Il fait ses études de droit en Allemagne ? s'enquit Nicole.

— Non... Un voyage d'étude dans les centres d'élevage. D'élevage de renards. Il adore les animaux.

— Des renards allemands ? fit Nicole avec un sourire, pensant à feu Samuel Zedkin.

— Ça, vous m'en demandez trop : vous savez, la fourrure et moi... En tout cas, allemands ou pas, tout ce que je sais, c'est qu'ils sont argentés... Mon cousin Michel est un garçon très timide. Il a toujours vécu dans le Morbihan, il lui a fallu un grand courage pour entreprendre ce périple. Je me demandais si votre mari ne pourrait pas lui donner quelques conseils... Pour des débouchés, puisqu'il va maintenant se lancer dans son propre élevage, sur la très belle propriété qu'il possède à Loch-en-Guidel, un site merveilleux, des hectares de lande face à l'Océan...

— Il va souffrir, le pauvre, s'il aime les animaux ! dit Nicole qui commençait à s'amuser. Tous ces renardeaux argentés élevés au biberon pour devenir des cols, des manchons, des parements... Quelle tristesse !

— Je suppose qu'il n'abattra pas lui-même, répondit Joëlle. Mais, encore une fois, ça n'est pas mon affaire, n'est-ce pas ? Moi, je cherche surtout à faire plaisir à son père, le Procureur, qui est un homme de grand cœur et qui s'inquiète de l'avenir de son fils... Alors, à la fortune du pot, venez dîner ce soir avec votre mari ? Ils parleront boutique.

— Dîner ce soir est impossible, nous sommes pris, mais nous passerons après prendre un verre, avait promis Nicole à qui le mot « boutique » n'avait plu que modérément.

Elle avait promis, puis elle avait oublié. Elle venait de s'en souvenir. Il était clair qu'on veillait au second étage parce qu'on les espérait encore.

— On ne restera que cinq minutes, dit-elle à Janek qui n'avait pas la moindre envie de finir cette soirée-là de cette façon-là.

A peine entrée dans le salon des Le Gentil, Nicole réalisa à quel désastre Janek et elle avaient échappé en n'étant pas libres pour dîner.

Le fils du Procureur, affalé sur une bergère, ne se leva pas. Il tendit à chacun une main molle et moite qu'il laissa retomber sur ses genoux. Il ne les regarda pas davantage. Il avait la tête penchée en avant, une longue mèche noire échappée d'un front déjà dégarni lui barrait l'œil droit et venait se confondre avec la moustache rare qui recouvrait sa lèvre supérieure, sous laquelle il y avait comme un vide qui se perdait dans un faux col empesé et beigeasse.

Contrairement à l'impression qu'on a souvent, lorsqu'on apparaît tardivement au sein d'un cercle familial, d'être l'intrus dans une conversation depuis longtemps engagée, Nicole et Janek éprouvèrent l'étrange sensation de ne rien interrompre du tout, si ce n'est le silence qui, à l'évidence, pesait depuis des heures déjà sur l'infortuné trio que formaient les Le Gentil et leur cousin Michel, échoué dans la bergère Louis XV. Avec son corps de grand mollusque et sa tête de requin à moustaches, il faisait penser à ces monstres marins que la grande marée dépose parfois sur les grèves où ils pourrissent en attendant que la mer reprenne ce qui reste de leur carcasse, pour le déposer ailleurs.

— Nous avons été retardés... Pardon de venir si tard, dit Nicole.

— Nous ne vous espérions plus, avoua Joëlle en leur tendant deux petits verres de la bouteille de vodka fantaisie qu'Édouard Le Gentil venait de déboucher à leur seule intention.

— Notre cousin est encore bien fatigué par son voyage, enchaîna Édouard Le Gentil. Hein, Michel, fatigant l'Allemagne ?

Michel Henriot n'entendait pas, il regardait fixement le tapis.

— Et vous avez vu quoi, en Allemagne ? s'enquit Janek qui voulait en finir rapidement et attaquer le sujet pour lequel on l'avait apparemment convoqué.

Michel Henriot n'entendait toujours pas.

— Monsieur Jean te demande ce que tu as fait et vu en Allemagne, Michel », dit très fort Joëlle dont la voix un peu haut perchée trahissait tous les désarrois, surtout celui d'avoir été assez faible pour inviter ce cousin, et assez bête pour convier des étrangers à contempler le crétin de la famille. « Alors, dis-nous... Qu'est-ce que tu as vu en Allemagne ?

Le requin releva la tête. Il avait des yeux très bleus, très globuleux et très innocents.

— J'ai vu... J'ai vu des renards, des chiens-loups et des Juifs, fit-il avec un bon sourire triste.

— Gros bêta, tu dis des sottises, le gronda Joëlle.

— C'est pas vrai... J'ai vu des Juifs qui faisaient les chiens... Ils étaient rigolos, répéta Michel Henriot.

Édouard Le Gentil esquissa un signe d'impuissance en direction de Nicole et de Janek qui burent d'un trait leur verre de mauvaise vodka, murmurèrent « Il se fait tard » et suivirent la pauvre Joëlle jusqu'à la porte d'entrée. Elle était au bord des larmes.

— Je ne l'avais pas revu depuis cinq ans, chuchotat-elle, sa timidité maladive ne s'est pas arrangée... C'est terrible. En tout cas, merci d'être venus.

Certains qu'elle écoutait derrière sa porte, ils montèrent jusque chez eux en silence.

— Moi, des cousins comme ça, je les cache ! s'exclama Nicole en versant pour Janek et pour elle-même deux bonnes rasades de vraie vodka.

— Un type qui va parfaire son éducation en Allemagne en ce moment ! Tu aurais dû te méfier, dit Janek. Ou c'est un salaud, ou c'est un fou.

— Pourquoi ? Tu ne vas pas encore tout mélanger : les renards argentés et la politique...

— Je dis et je répète qu'un type qui choisit d'aller passer des mois en Allemagne l'année où Hitler a gagné les élections ne peut qu'être un salaud ou un fou, ou les deux à la fois. Ou un salaud qui joue au fou. Parce que ce qu'il a vu dans la rue, il ne l'a pas inventé. Hitler, il a des types bottés qui fouettent les Juifs comme des chiens.

Ce n'était pas la première fois que Janek parlait d'Hitler devant Nicole. Ça finissait toujours mal.

— Garde ce genre de conversations pour ton frère, dit-elle en regrettant déjà de l'avoir dit.

— Je n'ai pas de conversations avec mon frère, et tu le sais très bien », grogna-t-il avec amertume. Et il se dirigea vers la salle de bains.

Quel dommage, pensait Nicole, c'était pourtant une bonne et belle soirée. Et, comme elle s'en voulait, elle en voulut par-dessus tout à Joëlle Le Gentil.

Ils se couchèrent en silence. Dans l'obscurité, Nicole se rapprocha de Janek.

— Tu n'as jamais rien compris, lui dit-elle à l'oreille. Ce n'est pas que je les déteste, mais les Juifs pauvres me font peur.

— Alors, c'est un Rothschild qu'il fallait prendre dans ton lit, souffla Janek en yiddish, si près de sa bouche que la petite phrase chantante s'acheva dans le baiser qu'elle lui donnait déjà.

— Sûrement pas, entendit-il confusément comme elle se glissait sur lui.

Et ils se firent l'amour comme ils savaient le faire, subtilement et savamment, depuis tant d'hivers, de printemps, d'automnes et d'étés.

Le lendemain matin, Armelle Baud avait les yeux rouges et une griffure sur le nez. Elle refusa de dire pourquoi elle avait pleuré, prétendit que le chat du cinquième rôdait souvent la nuit, et s'en retourna dans sa cuisine.

Nicole ignorait qu'il y eût un chat au cinquième, comme elle ignorait d'ailleurs tout ce qui vivait là-haut.

Elle y était montée une fois, il y avait bien longtemps, le jour où, en compagnie de Joëlle, elle avait installé les deux sœurs Baud dans leur commune chambrette. Elle se rappelait, avant de reprendre l'escalier de service, avoir tourné le robinet de cuivre d'une petite fontaine en zinc placée sur le palier, avoir constaté avec satisfaction que l'eau arrivait bien, et, au son, avoir localisé des cabinets qu'elle imaginait à la turque, qui devaient se trouver tout au bout d'un très long corridor.

Elle compta sur ses doigts. Il devait bien y avoir sept ou huit ans de ça.

Il avait fallu les yeux rougis d'Armelle et cette griffure suspecte pour que lui revînt tout à coup la plaisanterie macabre qu'avait faite Maddy, en se tordant de rire, quelques semaines auparavant. Elles étaient dans les escaliers. En passant devant la porte des Le Gentil, elles avaient perçu la voix de Joëlle qui grondait sévèrement Gildaise, laquelle sanglotait. Elles s'étaient arrêtées une seconde et avaient repris leur montée. Sur la troisième marche, Maddy avait violemment essuyé ses pieds sur le tapis cloué et avait lâché :

— La prochaine fois, dans cet escalier, on marchera dans de la cervelle de patronne si ta voisine et toi continuez à faire vivre vos Bécassines comme les sœurs Papin.

En assassinant sauvagement, le 2 février 1933, leurs deux patronnes au Mans, les deux sœurs Papin avaient acquis une célébrité qui laissait loin derrière celle que s'était légalement octroyée Adolf Hitler le mois précédent en prenant le pouvoir à Berlin.

Depuis cette soirée tragique du 2 février, tout ce que la France comptait de vrais ou de faux criminologues, sociologues, psychologues, érotologues, plus quelques poètes surréalistes, avait quelque chose de nouveau à dire sur le cas de Léa et Christine Papin qui, après les avoir frappées à mort, avaient ensuite choisi d'essaimer dans l'escalier de leur joli pavillon les yeux et la cervelle, le scalp et les dents des dames Lancelin auxquelles elles n'avaient osé avouer que si les plombs avaient sauté, c'est parce que Léa Papin avait mal branché le nouveau fer à repasser électrique...

Il y avait, c'est vrai, de quoi s'interroger. On ne s'en privait pas. On s'en privait d'autant moins que la nature des rapports unissant les deux jeunes sœurs fournissait aux curieux des bouffées de phantasmes extrêmement lucratifs pour ceux qui les commentaient dans certaine presse.

Chez les dames Lancelin, en effet, les sœurs Papin, depuis sept ans qu'elles étaient en service, avaient toujours dormi dans la même chambre et couché dans le même lit...

— C'est bien un chat qui vous a griffée cette nuit, Armelle ? interrogea Nicole en entrant dans la cuisine.

— Oui, Madame, répondit Armelle, tête baissée au-dessus de l'évier.

— Il a alors dû griffer aussi Gildaise, s'il s'est faufilé dans votre chambre ?

— Ben non, pourquoi ? Gildaise, elle...

La phrase s'arrêta net. Elle en avait trop dit ou pas assez. Elle eut un imperceptible haussement d'épaules comme pour souligner une évidence.

— Gildaise, elle... quoi ? fit doucement Nicole.

Il y eut un long silence. Armelle avait les mains dans la bassine d'émail bleu où trempaient les deux tasses et les deux soucoupes du petit déjeuner des patrons. Sans les essuyer, elle plaqua ses deux paumes sur ses yeux et se mit à secouer lentement la tête de droite et de gauche, sans un mot, puis tout son corps se balança d'un pied sur l'autre au rythme d'un gémissement sourd qui s'acheva dans l'explosion d'un énorme sanglot.

— Maintenant, il faut tout me dire, Armelle, ordonna Nicole qui, de fait, s'attendait désormais à tout.

Et la double confession commença.

Il y avait des années déjà que Gildaise ne couchait plus dans le même lit que sa sœur. Elle dormait avec Monsieur Lucas, le chauffeur de la camionnette de l'usine de pneus du mari de Mademoiselle Joëlle, dans la chambre que Mademoiselle Joëlle lui sous-louait. Voilà pourquoi un chat ne pouvait griffer Gildaise et Armelle en même temps.

Quant au chat, puisque Madame voulait tout savoir, il n'y en avait pas au cinquième. Il n'y en avait jamais eu. Seulement, hier, au cinquième, il y avait eu le cousin de Mademoiselle Joëlle. Et Armelle déboutonna sa blouse à carreaux. Ses épaules, ses avant-bras et la naissance de ses seins étaient zébrés de fines balafres noirâtres et ponctués de pinçons mauves qui commençaient à virer au jaune soufre.

— Je le savais quand j'ai su qu'il arrivait hier. Il faisait déjà ça aux filles quand il était petit et qu'il venait avec ses parents en visite au manoir, chez les parents à Mademoiselle Joëlle. Et pas qu'aux filles, aux bêtes aussi. C'est avec ses ongles qu'il fait ça, et avec ses doigts qui ont l'air si mous...

Elle pleurait moins et son ton était celui de l'information :

— Hier soir, il en a profité que Monsieur et Madame mangeaient pas là, que j'étais dans la cuisine à Gildaise, que j'ai monté de bonne heure, et il m'a suivie dans l'escalier, que ça pouvait être sept heures. Il est même pas rentré dans ma chambre, ça, ça l'intéresse pas. Les cruautés, dans sa nature à lui, ça lui plaît devant les portes où c'est que des gens peuvent arriver tout d'un coup.

A la fois horrifiée et soulagée, Nicole jura sur sainte Anne d'Auray qu'elle ne dirait rien à Mademoiselle Joëlle, pour Gildaise et Monsieur Lucas.

Pour le cousin Michel, elle ne pouvait rien promettre. On verrait. On verrait plus tard. De toute façon, il avait déjà repris son train pour le Morbihan.

Elle mit de l'arnica sur les petites plaies et embrassa les deux joues brûlantes de sa servante dont la sensualité sommeillait encore, puisque ni l'inconduite de sa sœur, ni les fêtes de Neuilly qui s'étaient succédé à deux pas depuis tant d'années, n'avaient encore réussi à l'éveiller.

Comme elle l'avait dit à Armelle, elle remit à plus tard le rapport qu'elle se promettait quand même de servir un jour ou l'autre à Joëlle Le Gentil sur les surprenantes pratiques auxquelles se livrait le fils de son très honoré cousin, Procureur de la République à Lorient.

Ça pourra toujours servir, se disait-elle, au cas où sa manie de discrimination sociale pousserait la pauvre Joëlle à user malencontreusement et une fois de trop du mot « boutique »... On verrait bien. Plus tard.

Avec ce qu'on vit très peu de temps après, il parut tout à fait superfétatoire à Nicole de venir ajouter à l'affliction qui s'abattit sur le second étage gauche et face de l'immeuble de la rue Charles-Laffitte.

Les sœurs Papin étaient détrônées. La presse entière ne parlait plus que du tueur de la lande.

Mais alors que les sœurs Papin avaient eu l'élémentaire correction de signer leur forfait en se recouchant sagement dans leur petit lit pour y attendre la police, le tueur de la lande avait, comme on dit au bord de la mer, mené les autorités en bateau. Et son épopée avait pris dans la presse la forme d'un feuilleton à suivre.

C'est un jeune veuf inconsolable, au centre d'une poignée de volontaires armés de fusils, en partance pour une battue, qu'on vit d'abord à la Une des journaux : « Je retrouverai celui qui a saccagé mon bonheur », disait la légende inscrite sous la photo qui, pour Nicole, ce matin-là, tint lieu de double faire-part. Celui du mariage et celui du veuvage du cousin Michel.

Une autre photo, plus grande celle-là, prise le jour des noces du veuf, illustrait le « bonheur saccagé par le geste infâme d'un ignoble rôdeur ».

C'est Armelle que Nicole chargea d'identifier pour elle les hommes en jaquette et en habit, les femmes en robe longue et les petites demoiselles d'honneur en dentelles que le Nadar local avait placés, suivant leur mérite, autour d'un grand voile de tulle qui faisait comme une mare neigeuse aux pieds de la jeune épousée.

Armelle pointait les notables et citait les noms du Gotha morbihannais. Nicole découvrit enfin les visages des parents de Joëlle et reconnut à peine celui du frère, l'ancien spahi. Dégagé de ses obligations militaires et du même coup privé de son képi bleu ciel à croissant d'or et de son burnous surbrodé, il avait vraiment l'air d'un calicot. Le père du jeune marié, en revanche, portait son habit de cérémonie avec l'aisance d'un homme accoutumé à la toge et à l'hermine.

Nicole déposa chez la concierge une carte à l'intention des Le Gentil : « ... prennent part à la douleur qui frappe votre famille ».

Le lendemain, la battue n'ayant rien donné, le rôdeur rôdait toujours et l'on pouvait voir à la Une le veuf et son père conduire le deuil à la tête d'un long cortège. On enterrait le bonheur saccagé dans un cimetière de granit.

Deux jours plus tard, le tueur de la lande de Loch-en-Guidel était identifié.

On apprenait que c'était le veuf qui avait lui-même abattu de six coups de carabine sa jeune femme de dix-neuf ans, épousée six mois plus tôt par le truchement de petites annonces matrimoniales qui la signalaient comme dotée de deux cent cinquante mille francs.

On apprenait aussi que ses longs voiles de mariée dissimulaient une paralysie de la hanche, et sa couronne de fleurs d'oranger la cicatrice d'une trépanation ratée, séquelles d'une méchante chute qui l'avait rendue immariable à jamais.

Et on apprenait surtout qu'un mois avant sa disparition, une assurance-accident de huit cent mille francs avait été contractée sur la tête fêlée de la jeune handicapée. Avec clause d'assassinat.

C'est une bévue du Procureur, imputable sans doute à son goût de l'ordre et au sens de la discipline inhérent à sa fonction, qui avait soulevé ce gros lièvre à l'instant même où la battue s'organisait pour débusquer l'infâme rôdeur.

Un télégramme signé du Procureur, provenant de la Magistrature de Lorient et réclamant la prime due à son fils, était arrivé au siège de la Compagnie d'assurances alors que la jeune morte était encore tiède. La Compagnie, tatillonne comme toutes les compagnies d'assurances, avait demandé à prendre son temps, dans le même temps qu'elle communiquait le télégramme à un autre bureau du Parquet de Lorient.

La dernière photo à paraître sur l'affaire du tueur de la lande le montrait souriant à l'objectif du Baby-Kodak de sa victime. Il était botté, casquetté, un fouet à la main, au milieu de ses renards argentés et de ses chiens-loups, face à l'Océan. Au premier plan, on discernait des barbelés destinés à empêcher les fauves de s'enfuir, et, dans le fond, bien alignés, les petits baraquements de bois qui leur tenaient lieu de niches.

Nicole jugea inutile de laisser traîner ce document sous les yeux de Janek. Elle le mit donc à la poubelle. Armelle l'en ressortit et découpa la photo.

Au second étage, on se terrait.

Selon Armelle, qui le tenait de Gildaise, Mademoiselle Joëlle restait prostrée au fond de son lit. Et, toujours selon Armelle qui le tenait toujours de Gildaise, laquelle le tenait de Monsieur Lucas, à l'usine, le mari à Mademoiselle Joëlle n'était pas à prendre avec des fourchettes.

Comme la pauvre Joëlle ne sortait plus, le ravitaillement s'en ressentit et Nicole résolut de frapper un grand coup. L'image est juste, puisqu'elle s'en fut cogner à la petite porte de la cuisine, plutôt que de sonner à la grande que Gildaise avait reçu l'ordre de n'ouvrir à personne.

Quand Nicole vint la trouver dans sa chambre, la cousine de l'assassin était méconnaissable. A son tour, elle s'assit familièrement au pied du lit et prodigua les banalités réconfortantes qu'on sert à ceux qui souffrent. D'une voix douce, elle enfilait les phrases : « Courage... Ressaisissez-vous... C'est un mauvais moment à passer. On n'est pas responsable des siens... Dans toutes les familles, il y a toujours un oncle ou un cousin qui... » Elle en était là quand, par une fulgurante association d'idées, elle réalisa que de toutes les banalités qu'elle avait débitées, la plus valide et la seule constructive était bien celle qu'elle venait de proférer. Alors, avec une brutale bonhomie, elle fit voler les draps froissés et la couverture.

— Vous allez vous secouer, vous laver, vous habiller, filer au marché et me rendre un grand service. Allez donc voir ce que propose votre ami Charlot, et achetez-moi tout son lot. Chaussures, sacs, dessous, ceintures. Je prends tout. Nous manquons de matériel, à « Masques ». Allez, debout ! Au travail pour ma boutique !

Et c'est ainsi que la pauvre Joëlle, devenue acheteuse bénévole pour le compte de « Masques et Bergamasques », fut aussi, un temps, la meilleure cliente du cousin pauvre de la « pauvre Anna ».

Puis Charlot cessa de la voir devant son grand étalage sur lequel, il faut le reconnaître, les belles occasions étaient de plus en plus clairsemées.

Puis, un jour, on cessa de voir Charlot sur le marché

de Neuilly. C'est l'étal d'un maraîcher d'Argenteuil qui vint occuper son emplacement.

Nicole, ardente adepte du système « directement du producteur au consommateur », avait supprimé les intermédiaires. Elle se fournissait désormais dans les grandes maisons qui, très sensibles à l'intérêt que portait à leurs rossignols griffés une autre grande maison en plein essor, faisaient à « Masques et Bergamasques, Costumes d'époque — Créations-Locations » des conditions aussi confraternelles qu'imbattables.

« On se retrouve chez *Masques* » était une phrase qu'on entendait de plus en plus souvent dans les coulisses et dans les bistrots avoisinant les théâtres, en période de répétitions.

Chez « Masques », on confectionnait, on louait, on reprenait, on ne vendait jamais.

Pour chaque nouveau spectacle, les costumes séjournaient sur le dos des acteurs aux mesures desquels on les avait taillés, et, ponctuellement, une fois donnée la dernière représentation, ils rentraient à la maison où, soigneusement nettoyés, ils venaient grossir le stock.

Chez « Masques », on pouvait maintenant trouver de quoi habiller des Bourgeois de Calais, des Alceste, des Garçonnes joueuses de golf, des sainte Blandine, des sapeurs-pompiers, des Madame Bonacieux, des violonistes tziganes, des Agrippine, des Mimi Pinson, des ramoneurs et des sœurs de Saint-Vincent-de-Paul.

Chez « Masques », on coupait d'abord sur mesure, puis on retouchait beaucoup. On montait, démontait et remontait énormément et, bien souvent, on retrouvait les rubans verts du Misanthrope sur le cabriolet d'une grisette et la bure d'une petite sœur des pauvres dans les culottes d'un sapeur-pompier.

Chez « Masques et Bergamasques », tout se créait, se recréait, rien ne se perdait.

Mais, pour ceux qui venaient chez « Masques » reconnaître tout à coup sur un nouveau costume, pour un nouveau rôle, le fragment d'étoffe, le bout de dentelle, ou les deux ou trois boutons ciselés déjà portés dans d'autres rôles, c'était comme retrouver les fragments de lettres d'une vieille histoire d'amour, et ça, ça les charmait.

Tout les charmait d'ailleurs quand ils venaient chez « Masques » et, en tout premier, le seul fait d'y venir. Car s'ils y venaient, c'est qu'on les y envoyait, et si on les y envoyait se faire tailler ou retailler un costume à leurs mesures à eux, c'était le signe irréfutable que c'était bien eux qu'on avait définitivement engagés.

Alors, très vieux ou très jeunes, le jour où ils venaient se faire déguiser comme des enfants, ils avaient le sourire de ceux qui savent que, pour un temps en tout cas, leur avenir est assuré. Ça les rendait gais.

Charmés et gais, ils l'étaient dès qu'ils s'engageaient dans la délicieuse petite allée Chateaubriand qui avait l'air d'avoir été tracée dans des jardins pour servir de décor à des bals travestis. Le charme se prolongeait dans les escaliers qui sentaient bon la cire et qui menaient au premier étage, où il se prolongeait encore dans les salons qu'avait aménagés Alex Grandi avec le goût dont il était pourvu et l'astuce dont Victoria Jean débordait.

Sur un parquet marqueté et qui grinçait un peu, les méridiennes, les poufs, les crapauds de velours capitonné, les petites chaises fluettes à colonnettes dorées, les psychés aux glaces biseautées, raflées dans la vente aux enchères d'un mobilier Napoléon III à Versailles, accueillaient les artistes.

Sur les murs, des portraits de leurs grands aînés leur donnaient à penser que ceux-là aussi s'étaient déjà préparés dans le même sanctuaire à leurs prestigieuses créations. « Je ne veux que les morts, pour ne pas faire de jaloux », avait exigé Victoria Jean. C'étaient donc Talma, Mademoiselle Mars, Frédéric Lemaître, Mademoiselle Georges, Réjane, la Grande Sarah, et, bien entendu, Lucien Guitry qui proposaient leurs encourageants exemples aux plus jeunes, ou ravivaient d'amères rancœurs chez les plus anciens.

Sous le portrait de Lucien Guitry, une petite console ovale servait de socle à un globe de pendule sous lequel Victoria Jean avait placé l'œuf de Fabergé dont les fonctions de salière-poivrier-moutardier étaient désormais sans objet rue Charles-Laffitte.

La relique reposait là, hermétique et énigmatique, livrée à la curiosité des visiteurs. Les plus érudits se rappelaient les sept années de triomphe remportées par Guitry à la cour du dernier Tsar et expliquaient aux ignorants la provenance et l'origine de cet impérial cadeau qu'ils jugeaient mieux à sa place parmi les saltimbanques que dans un quelconque musée.

Victoria Jean laissait parler les érudits. Elle attendait l'apparition d'une tête d'affiche pour se donner la peine de sortir l'œuf de dessous son globe, appuyer sur le petit rubis et mettre en marche le précieux mécanisme. Accompagnée par les notes acidulées de clavecin, l'éclosion de l'œuf, maintenant évidé, faisait naître des murmures admiratifs auprès desquels les bruyantes exclamations qui saluaient jadis l'exhibition des assaisonnements résonnaient dans la mémoire de Nicole Roginski comme autant de cris de charretiers.

Cette petite cérémonie ne s'était déroulée qu'une ou deux fois. Les têtes d'affiche étaient encore rares chez « Masques ». Elles y viendraient sûrement, plus tard. Pour l'heure, c'étaient surtout les seconds rôles, les silhouettes et les figurants qui défilaient allée Chateaubriand.

Ils étaient accueillis par Ginette. Ginette avait été une des trois dames d'honneur de la reine Marie-Antoinette dans *L'Autrichienne et le Serrurier,* la plus prometteuse des trois. Et puis les années avaient passé, elle n'était jamais sortie du rang. Lassée de jouer les utilités, elle avait un jour fondu en larmes en essayant chez « Masques » la robe de soubrette 1900 qu'elle était supposée porter dans une autre de ces créations fugaces et muettes qui la rendaient si triste. Si désespérément triste qu'elle se bourrait de pâtisseries. Alors, l'impossibilité d'agrafer le corsage baleiné, ajoutée au chagrin de ne jamais décrocher un vrai rôle, avait eu raison de ses nerfs.

C'est ce jour-là que Maddy lui avait proposé d'entrer à « Masques ». Elle rendit le rôle de la Soubrette, accepta celui de la Bonne Hôtesse. Elle avait enfin trouvé un emploi stable. Et depuis lors, sans amertume, avec beaucoup de bonne humeur et la sagesse de ceux qui sont passés par là, elle savait partager les espoirs, les angoisses et les déceptions de ses anciens compagnons de travail.

C'était elle aussi qui accueillait les metteurs en scène et les dessinateurs de costumes quand ils accompagnaient leurs grands enfants au moment de choisir parmi le stock. A ce moment-là, elle avait la sensation succulente d'être devenue leur égale. Elle n'était plus celle qu'on pouvait remercier, elle était celle à qui on disait « Merci, Ginette ».

Elle vivait en plus petit ce que Maddy Varga vivait en grand. A celle-ci, les mêmes qui naguère l'auditionnaient pour souvent ne pas la prendre dans leurs spectacles, donnaient à présent du « Chère Maddy », quand ce n'était pas du « Chère Madame ».

Maddy Varga n'entrait en scène que pour le sur-mesure, et toujours suivie de Mademoiselle Agnès. Mademoiselle Agnès était une autre vieille connaissance de Maddy, du temps qu'elle s'habillait chez Paul Poiret. Quand Mademoiselle Agnès était passée chez Molyneux, Maddy l'avait suivie, et quand elle avait quitté Molyneux, Maddy l'avait à nouveau suivie chez Jeanne Lanvin que Maddy lui avait finalement fait quitter pour la suivre, elle, chez « Masques ».

Mademoiselle Agnès était une vraie première d'atelier et se faisait payer en conséquence. Elle ne souriait jamais, si ce n'est avec une ironie compassée, à certains moments, toujours les mêmes d'ailleurs. Elle ajustait, épinglait, débâtissait en silence, tandis que Maddy meublait. Jusqu'à ce que d'une voix terne, elle dise : « Maintenant, vous pouvez appeler Madame Victoria Jean. »

Nicole apparaissait alors. Après un bref bonjour un peu rauque, qui impressionnait beaucoup les actrices débutantes, elle contemplait longuement le costume en hochant pensivement la tête. Marquant un petit temps silencieux, elle tendait ensuite la main vers Mademoiselle Agnès et murmurait : « Ma craie, s'il vous plaît. » Mademoiselle Agnès lui présentait une galette rectangulaire de craie mauve qu'elle sortait de sa poche de coutil noir. Victoria Jean traçait alors sans hésiter deux ou trois lignes droites et parfois quelques croix de Saint-André bien lisibles à quelques millimètres des faufilures blanches qui bâtissaient coutures et boutonnages.

— Est-ce que cela ne nous parle pas mieux ainsi, Mademoiselle Agnès ? disait-elle gravement en rendant la craie.

— Beaucoup mieux, faisait Mademoiselle Agnès en plaçant son sourire sur ses lèvres et la craie mauve dans sa poche, tandis que Victoria Jean disparaissait.

— C'est presque rien, et pourtant ça change tout, concluait alors Maddy.

Mademoiselle Agnès n'acquiesçait ni ne désapprouvait. En silence, elle déshabillait l'artiste et disparaissait à son tour, le costume inachevé soigneusement replié sur son avant-bras.

Dans les coulisses, deux arpètes l'attendaient. Leur travail consistait surtout à effacer immédiatement toute trace de craie mauve, les fausses retouches ne devant en aucun cas être confondues avec les vraies par les couturières des « Ateliers Masques et Bergamasques » auxquelles on les renvoyait après leur passage-transit allée Chateaubriand. Ces ateliers périphériques, il y en avait trois-quatre dans Paris. La maison faisait travailler beaucoup de gens qu'on ne voyait jamais dans la maison.

On n'y voyait plus guère Alex, non plus. Ce décor qu'il avait pourtant imaginé et aménagé avec amour avait cessé de l'amuser. Ses amours aussi, au demeurant. Ça datait du jour où il avait compris le vrai rôle de

Tintin dans la vie de Maddy. Ça n'avait été une tragédie ni pour l'un ni pour l'autre, encore moins pour Augustin Leblanc qui n'eut à subir aucun contrecoup de la rupture d'une liaison dont il avait tout ignoré.

Alex était devenu le meilleur copain de Maddy et le complice amusé de Nicole. C'est lui-même qui lui avait enseigné le coup de la craie mauve, qu'il tenait d'un type rigolo rencontré un soir au restaurant « Cheramy », rue Jacob — il s'appelait Prater ou Prévert mais tout le monde l'appelait Jacques. Nicole s'en était emparé, et tout le monde s'y retrouvait. Surtout Alex, que ça déchargeait de ses fonctions de directeur artistique-superviseur-essayeur pour des costumes qu'il n'avait pas dessinés lui-même.

Quant aux stocks et à leur carrière, il s'en désintéressait complètement. « Je ne suis ni gardien de musée, ni vendeur au *Cor de chasse* », avait-il déclaré à la dernière réunion de la société.

Pour les costumes qu'il dessinait lui-même, aux capitons de velours, aux portraits des grands défunts, à l'œuf de Fabergé, à la compétence maussade de Mademoiselle Agnès et à l'élégance du VIIIe arrondissement, il préférait les salles à manger mal équipées de la rue de la Mare où il retrouvait les sourires de Sonia et d'Olga et son café toujours prêt dans l'une ou l'autre des cuisines Guttman et Roginski.

AVIS TENANT LIEU D'INVITATION

Les Bonnet vous quittent ! Ils vous convient à venir partager une dernière coupe d'adieu, le samedi 29 juin 1934 à 19 heures précises, chez eux au premier étage à droite.

Eugène Bonnet
(Chef de Service du Cadastre
à la Mairie de Saint-Mandé)

Si le style de Monsieur Bonnet n'avait guère changé, la méthode employée pour faire passer son amical message s'était résolument modernisée. Mettant les vieux usages au rebut, il avait fait les choses « à l'américaine », ainsi qu'il l'avait lui-même expliqué à Jeannette Clément en la priant ce matin-là, vers huit heures, de bien vouloir afficher son texte dactylographié sur la porte vitrée de sa loge. « Ça vous concerne vous aussi, bien entendu », avait-il ajouté finement, et, fidèle à son habitude, il avait disparu sans attendre de réponse.

Madame Lowenthal fut la première lectrice de l'avis-invitation quand elle descendit de chez elle pour aller faire ses commissions. Sa surprise fut telle que, sans hésiter, elle reprit le chemin des escaliers. Elle hésita une seconde au premier étage, devant la porte de Madame Stern, mais son instinct lui disant qu'il était plus urgent de porter d'abord la stupéfiante nouvelle chez Sonia et Olga, elle poursuivit son ascension, sûre que, cette fois, l'importance du message justifierait son intrusion.

Il faut dire que la dernière fois qu'elle avait frappé chez ses voisines — c'était chez Olga —, les choses s'étaient mal passées. Les trouvant occupées à confectionner des robes de paysannes hongroises, elle s'était légitimement crue autorisée à apporter quelques suggestions glanées dans les souvenirs personnels qu'elle gardait de sa Puszta natale. Ç'avait plu un moment, jusqu'au moment où ç'avait franchement déplu. Surtout à ce grand mal élevé d'Alex dont elle ne se rappelait jamais le nom de famille et qui était tout le temps fourré là maintenant. Il l'avait écoutée en souriant, sans rien dire, puis, en douceur, il l'avait prise par le bras, reconduite à la porte, baisée sur le front, et lui avait dit : « Chère Madame Lowenthal, vous êtes une délicieuse emmerdeuse, alors, soyez encore plus délicieuse, allez donc emmerder quelqu'un d'autre et laissez-nous travailler, mes petites amies et moi. » Et il avait refermé la porte.

C'étaient les mots « petites amies » qui avaient surtout choqué Madame Lowenthal. Elle connaissait suffisamment les subtiles ambiguïtés de la langue française pour avoir tiré de l'incident les conclusions qui s'imposaient.

Elle était donc restée depuis lors sur la réserve, se contentant de sourire un peu tristement à Élie Guttman et Stépan Roginski quand elle croisait dans l'escalier ces deux maris aveugles.

Mais, après tout, c'étaient leurs affaires, et s'il y avait une chose que Madame Lowenthal détestait, c'était bien de se mêler de la vie des gens. Et pourtant ! Il y aurait eu beaucoup à dire ! Dieu sait si elle n'était pas comme les Stern, avec leurs prières et leur rabbi, mais quand même... Jamais un Kippour ou un Roshashana, pas de circoncision, de Bar-Mitsva, rien, jamais rien de juif, c'était trop ! Sans compter la façon dont les enfants étaient élevés... si on peut appeler ça élever des enfants qui, déjà tout petits, faisaient la loi, chantonnaient et ricanaient stupidement pour rien, et qui, maintenant qu'ils étaient grands, faute de place chez eux, passaient leur vie chez ces concierges auxquels, personnellement, elle n'avait jamais tout à fait pardonné d'avoir pris la place de Madame Lutz...

L'image fugitive de Madame Lutz, reine de la fête d'adieu chez les Bonnet, lui rappela les raisons qui l'avaient poussée à remonter dans les étages. La stupéfiante nouvelle qu'elle venait apporter n'était pas tant celle du départ des Bonnet, ni celle du fabuleux avancement hiérarchique qui métamorphosait cet employé de bureau à la Mairie du XXe en chef de service à l'hôtel de ville de Saint-Mandé. Non ! La stupéfiante nouvelle était celle du pardon-Bonnet.

Monsieur Bonnet, c'était clair, ne leur en voulait plus du coup de crosse qu'il avait reçu d'un garde mobile, place de la Concorde, en février dernier. Dans la nuit du 6 au 7, pour être plus précis.

La cicatrisation avait été longue et difficile, non seulement sur le crâne de Monsieur Bonnet, mais dans sa tête et dans son cœur. Il l'avait fait durement sentir dans l'immeuble, et Madame Lowenthal n'avait pu lui donner complètement tort. Aussi avait-elle formellement interdit à Monsieur Lowenthal d'aller traîner chez l'Auvergnat où l'affaire Stavisky et ses retombées étaient largement commentées tous les soirs. Avant février, pendant février, et après février.

Madame Lowenthal se sentait trop française pour ne pas condamner les escrocs d'origine étrangère, et trop juive hongroise pour ne pas mépriser les escrocs juifs russes. C'était un peu compliqué, mais c'était comme ça qu'elle pensait. Elle frappa chez les Guttman.

Du long monologue de Madame Lowenthal, Sonia Guttman ne retint qu'une chose : son début. Si les Bonnet partaient, le premier gauche devenait vacant. C'était bien ça, et ça seulement, la stupéfiante nouvelle qui se mit à briller à la façon d'une réclame qui s'allume et qui s'éteint, et, comme prise de panique à l'idée que quelqu'un d'autre pourrait, avant elle et Olga, s'emparer de cet espace qui leur manquait si cruellement pour travailler sans gâcher la vie de leurs maris et de leurs enfants, Sonia cessa d'écouter Madame Lowenthal, la laissa sur le palier, tapa à la porte d'Olga, et, ensemble, elles se précipitèrent chez Jeannette Clément, seule représentante officielle de la Providence Urbaine à laquelle elles pouvaient sur-le-champ présenter leur candidature.

Madame Lowenthal, à court d'interlocutrices, se rabattit sur Madame Stern.

Madame Stern, très discrète, et trop distraite pour s'informer, avait toujours cru que le pansement de son voisin de palier était imputable à un accident de la circulation. Elle ne saisit donc pas d'emblée la portée du « pardon-Bonnet » telle que Madame Lowenthal la lui exposait. En revanche, son tempérament peu enclin à l'optimisme la poussa à émettre deux remarques touchant l'avenir hasardeux qui s'ouvrait à tout l'immeuble : « C'est quand l'aveugle vient remplacer le borgne qu'on sait ce qu'on a perdu », et « Trois pies qui te volent valent moins que la poule qui pondait mal ».

Madame Lowenthal, découragée de n'être comprise de personne, décida de remettre ses courses à plus tard. Elle remonta chez elle au troisième, laissa sa porte ouverte et guetta le réveil de Barsky qui, elle le savait, serait tardif.

Entre-temps, au rez-de-chaussée, Jeannette Clément, bien placée, si l'on peut dire, pour savoir qu'elle n'avait aucun pouvoir, hormis celui de transmettre à Aristide Cloutier, qui n'en avait aucun non plus, conseillait à Sonia et à Olga d'écrire sans tarder au siège de la Providence Urbaine. Devant le désarroi qui figea les traits d'Olga et de Sonia à l'annonce qu'il leur fallait rédiger une lettre, elle proposa d'attendre le soir :

— Félix vous fera ça très bien, dit-elle. Mais les lettres qu'on envoie à la Providence — ajouta-t-elle — on sait toujours quand elles partent, on ne sait jamais quand elles arrivent. Ni même si elles arrivent, ni qui les lit, ni même si on les lit là-haut...

Et, en disant « là-haut », on aurait cru qu'elle parlait du sommet du mont Blanc.

Sonia et Olga remontèrent chez elles. Contemplèrent une seconde la porte des Bonnet dont la serrure semblait les narguer et leur dire « Trouvez la clef... », comme sur les dessins-devinettes, toujours insolubles pour elles et qui n'étaient que jeux d'enfants pour Maurice et Zaza.

Comme pour la seule autre lettre qu'elles eussent jamais expédiée de leur vie, elles brouillonnaient dans leurs têtes. Et elles se demandaient maintenant si Félix Clément était bien l'homme de la situation pour cette lettre-ci.

Fallait-il adopter le style « ayant droit » plutôt que celui de la supplique ? Elles connaissaient suffisamment Félix pour avoir un peu peur de son ton comminatoire. S'il avait admirablement fonctionné pour réclamer un dû, rien ne prouvait qu'il fonctionnerait aussi bien pour obtenir une faveur... Et puis, les Bonnet n'étaient pas juifs, la Providence souhaiterait peut-être qu'un autre goy vienne remplacer le goy sortant ?

— Et le loyer ? dit tout à coup Olga.

Elles se lancèrent dans des calculs d'où il ressortit qu'en partageant également le nouveau loyer entre les deux ménages, avec ce qu'elles gagnaient, à présent, on y arriverait... Et c'est alors aussi qu'elles réalisèrent qu'elles étaient en train de tabler sur un avenir nouveau sans même en avoir parlé avec leurs maris.

C'était la seconde fois que ça leur arrivait. Elles se sentirent un peu coupables et décidèrent qu'elles ne feraient pas comme la fois précédente. Elles attendraient le retour d'Élie et de Stépan avant d'envoyer la lettre qui n'était pas encore écrite, par celui dont elles n'étaient pas sûres qu'il sût l'écrire, à des gens dont elles pensaient qu'ils ne la liraient peut-être pas.

Elles se mirent au travail. Cette fois, c'étaient deux costumes « Winterhalter », disait le croquis. Elles ne connaissaient pas ce Winterhalter, mais elles ne lui faisaient pas leurs compliments. Depuis deux jours, elles se battaient avec des crinolines qui rendaient les mannequins si encombrants qu'elles avaient dû les remiser dans leurs cuisines pour déplier les lits des enfants.

Elles entendirent un camion se ranger devant la maison. A l'étage au-dessous, on roulait des meubles. Le déménagement Bonnet commençait déjà pour le plus gros. Alors, elles se reprirent à rêver à ce vide qui s'organisait sous leurs pieds et qu'elles sauraient si bien combler si seulement on leur en donnait l'autorisation.

— Le Croix-de-Feu déserte, à ce qu'il paraît ! dit Alex qu'elles n'avaient pas entendu entrer.

Dans le bruissement du taffetas qu'elles ajustaient sur la crinoline d'Olga, il eut du mal à saisir les vraies raisons de la fièvre qui paraissait les agiter. Elles, si calmes d'habitude, parlaient fort et se coupaient la parole pour mieux lui exposer une situation initialement très simple et à laquelle il finissait par ne plus rien comprendre du tout.

— Silence ! commanda-t-il. On reprend tout depuis le début. L'appartement du dessous est libre, c'est bien ça ? Vous avez besoin de place pour travailler pour moi, c'est bien ça ? Le proprio, c'est la divine Providence, c'est encore ça ?... Il y a bien le téléphone chez Vercingétorix ?... Vous pouvez mettre l'eau pour le café, je reviens tout de suite !

Un quart d'heure plus tard, Alex était de retour.

— Affaire réglée, dit-il sobrement en mettant son sucre dans son café. Le petit navire a fait sonner la cloche de brume, la Providence est avec nous !

Sonia et Olga avaient toujours beaucoup de mal à comprendre le langage d'Alex. Ce matin-là plus que jamais. Et pas plus qu'elles n'avaient compris que Vercingétorix était l'Auvergnat, elles ne comprirent que le petit navire était Maître Dubâteau-Ripoix, dont l'existence même leur était inconnue.

En revanche, elles saisirent parfaitement que l'appartement des Bonnet était à elles.

Muettes, elles regardaient cet homme qui buvait tranquillement son café. Elles le regardaient comme on regarde ces grands voyageurs auxquels on ne demande même pas d'où ils viennent, tellement c'est loin et tellement on est sûr qu'on n'y ira jamais. Ces ailleurs peuplés de téléphones, de sémaphores, de feux verts et de souterrains. Des univers où n'ont plus cours les numéros d'attente aux guichets, les formulaires à remplir en trois exemplaires, les écrivez-on-vous-répondra, les il-vous-manque-une-pièce-revenez, les votre-autorisation-expire-demain, les parlez-plus-clairement-Madame-je-ne-vous-comprends-pas, les « ...gins-ki ? avec un I ou un Y ? »

— Allez, les châtelaines, au travail ! dit Alex qui avait fini son café.

Il leur dispensa quelques conseils pour les corsages de linon et les boléros de velours à broder d'arabesques dorées et, quand il les quitta, elles étaient encore comme deux somnambules.

Peu après, Jeannette Clément, tout essoufflée, vint leur annoncer qu'Aristide Cloutier sortait de la loge, qu'il s'était déplacé spécialement pour lui donner instruction de répondre négativement à tout demandeur pour le premier gauche devenu vacant. Ordre de la Direction générale... qui avait sûrement des protégés.

Alors Sonia et Olga la rassurèrent et lui annoncèrent la grande nouvelle.

— Ah bon ! Alors, c'est vous, les protégées ? Eh ben !... dit-elle avec un grand sourire.

— C'est nous... Enfin, c'est notre atelier, répondit Sonia qui était bien trop fine pour ne pas avoir entrevu dans le sourire de Jeannette une imperceptible lueur de réprobation incrédule.

— Comme ça, ça évitera à Félix de faire la lettre au Bon Dieu... J'aime autant, dit-elle.

Il y eut un petit silence. Puis elle les embrassa l'une et l'autre.

— Ça va vous changer la vie, c'est bien, ajouta-t-elle en se sauvant.

« ... Et puisque le fardeau de ma nouvelle charge m'entraîne malheureusement loin d'ici, c'est le cœur un peu lourd que Madame Bonnet et moi-même, nous vous abandonnons. C'est un destin surprenant qui nous avait réunis sous le même toit, comme le pollen que butine l'abeille, de-ci, de-là, et qu'elle rapporte à la ruche. Comme les abeilles, nous avions nous aussi notre reine. Elle nous a quittés il y a bien longtemps pour sa chère Lorraine, mais elle n'a jamais quitté notre cœur, comme le prouve la présence au centre de cette table de sa friandise favorite. C'est donc à elle que je lèverai mon verre, à elle et à la France, que de grands malheurs menacent à nouveau. Au 58 de la rue de la Mare, nous n'avons pas tous les mêmes remèdes pour soigner notre grande malade, mon cher Pays qui est aussi maintenant le vôtre. Ne l'oubliez pas... Bonne chance à vous tous ! »

Monsieur Bonnet replia le papier sur lequel il venait de lire son speech, le mit dans sa poche et saisit la seule coupe pleine qui restait sur la table pour trinquer avec ses invités qui avaient déjà les leurs à la main.

Les « Santé... » chuchotés, les petits chocs des coupes les unes contre les autres résonnaient comme dans une cathédrale dans l'appartement entièrement vidé.

Le buffet était dressé sur une planche et deux tréteaux que Monsieur Bonnet avait empruntés au concierge de la mairie du XXe et que Madame Bonnet avait recouverts d'un drap. Elle y avait disposé quelques bleuets, trois marguerites et deux coquelicots qui s'étiolaient déjà. Les coupes aussi venaient de la mairie — elles étaient blasonnées —, les quatre bouteilles de champagne étaient de chez Julien Damoy et la quiche lorraine du *Blé d'or de Quimper.* Il y avait donc à boire et à manger.

Presque autant que dans le discours de Bonnet, comme devait le dire plus tard Félix Clément que Jeannette avait dû supplier pour qu'il accepte de l'accompagner à la cérémonie d'adieux et à la solennelle remise des clefs. Il était venu, avait vu, avait entendu et avait bu. Et rien n'avait échappé à son analyse.

Le discours de Bonnet était une provocation patriotarde, paternaliste et réactionnaire. Bonnet aurait mérité qu'on lui portât la contradiction ; malheureusement, ni le lieu ni l'heure n'étaient propices à une prise de parole, et Félix l'avait regretté. Il n'en avait pas moins trinqué avec Eugène Bonnet, sans toutefois lui prodiguer le moindre regret de le voir quitter l'immeuble.

Élie et Stépan, eux, avaient entendu un autre discours. Celui d'un Français à d'autres Français. Ils avaient même cru saisir une allusion directe au péril nazi dans les prophéties de Bonnet. Après tout, Hitler l'Allemand était tout à la fois l'ennemi des Juifs et des Bonnet, disaient-ils, contrairement à Félix qui soutenait que Bonnet n'avait plus qu'un seul ennemi : la gauche, et par conséquent l'Union soviétique.

Madame Lowenthal avait vibré à l'évocation de sa vieille amie Madame Lutz et avait perdu la fin du discours dont Monsieur Lowenthal, lui, n'avait rien à dire.

Les Stern non plus n'avaient rien à dire, sauf ce qu'ils se diraient entre eux, et ça ne concernait que la quiche à laquelle, huit ans après, ils avaient encore réussi à échapper.

Barsky, depuis qu'il avait lu l'avis-invitation, n'avait cessé de répéter le même quolibet : « On va partager la *dernière coupe*... qui ne sera jamais que la deuxième en huit ans. Ou alors, c'est celle du condamné à mort qu'il veut dire ! » Et c'est dans cet état d'esprit qu'il avait abordé la cérémonie et écouté le discours. Il avait repris deux fois de la quiche — « puisque Monsieur et Madame Stern ont leurs brûlures d'estomac... » — et bu trois verres.

Quant à Sonia et Olga, elles n'avaient absolument

pas écouté le discours. C'est avec un sourire affable mais des regards d'arpenteurs qu'elles avaient assisté à la cérémonie qui leur avait paru interminable. Elles s'étaient retenues pour ne pas bouger du cercle qui s'était formé autour des Bonnet, devant le buffet, alors qu'elles mouraient d'envie de circuler dans tout cet espace démeublé et dont les proportions, si familières pourtant, leur semblaient avoir décuplé, ou, mieux encore, retrouvé leurs vraies dimensions.

Ces vraies dimensions qui les avaient tellement enchantées quand, l'une après l'autre, elles les avaient découvertes des années auparavant. A présent, tandis qu'elles agençaient déjà cet espace dans leurs têtes pour l'avenir, elles se revoyaient toutes jeunes, débarquant de la Gare de l'Est et déposant pour la première fois leurs ballots d'émigrantes au même endroit exactement.

Les enfants de l'immeuble n'avaient pas été conviés. De toute façon, il y avait bien longtemps déjà que les jumeaux Bonnet avaient fait leurs adieux personnels au quartier. Ça datait de la sélection Florian, qui avait disloqué la communauté enfantine de la rue de la Mare à la fin de l'année scolaire 1930.

Avec tact, charité et fermeté, Monsieur Florian avait convoqué séparément les parents d'élèves pour leur communiquer le résultat de ses réflexions sur l'orientation à donner à leurs enfants.

Maurice, Robert et Sami Nüssbaum étaient tous trois reconnus bons pour l'entrée en sixième au lycée Voltaire comme boursiers ; les autres pour le maintien à l'école de la rue Henri-Chevreau ou l'envoi en apprentissage. Monsieur Bonnet avait préféré pour ses garçons la pension à Meaux où résidait sa sœur célibataire, comptable-adjointe à la S.N.C.F.

On avait parfois revu les jumeaux dans leurs uniformes à boutons dorés, mais c'étaient généralement les Bonnet qui se déplaçaient pour les sortir le dimanche. Ils prenaient le train, bénéficiant d'un tarif réduit.

— Nous préférons y aller. Il y a un très bon restaurant à Meaux, des grandes et belles avenues, ça les change de la rue où nous n'aimions pas qu'ils traînent, et puis ça nous promène, avait confié un jour Madame Bonnet à Jeannette Clément qui s'étonnait de ne jamais voir les jumeaux à Paris.

« Ils doivent bien se marrer tous les cinq avec la tante, le dimanche, à Meaux ! » avait dit Robert à Maurice qui voyaient mal Élie et Sonia venant l'attendre à la porte d'une prison pour l'emmener déjeuner au restaurant. C'était une image si saugrenue qu'il éprouva le besoin d'en communiquer la drôlerie à Zaza. Il y avait longtemps qu'ils n'avaient pas partagé le même fou rire ; si longtemps qu'ensemble et sans se concerter, ils se mirent à fredonner *Elle me fait Pouett-Pouett...*

Le soir du départ des Bonnet, ils se firent raconter le discours, le champagne et la quiche, et descendirent tous deux avec Sonia et Olga dans ce qui allait devenir le domaine exclusif de leurs mères. Un peu intimidés par le professionnalisme avec lequel les deux femmes décidaient de la place des grandes tables, des mannequins, de la planche à repasser, des miroirs, de la machine à coudre dont Alex avait parlé, du rideau qu'il faudrait tendre pour ménager une petite cabine d'essayage, ils se sentirent vaguement dépossédés de leurs mères et comme exclus d'un monde qu'ils avaient de tout temps partagé avec elles.

— Je pourrais pas avoir mon lit pliant dans un coin ? demanda Maurice. Ça ferait de la place là-haut, et moi ça m'arrangerait pour travailler le soir avec Robert.

— Et moi alors ? fit Zaza.

— Pour ce que vous foutez dans ta classe, toi et tes copines, t'as pas vraiment besoin d'un endroit pour faire des heures supplémentaires après dîner, lança Maurice en remontant retrouver son père et Stépan.

Il sentit qu'il interrompait une conversation qui ne le regardait pas. Il y était question d'un certain Volodia.

— Qui c'est, Volodia ? interrogea Maurice.

— Rien. C'est très vieux, tout ça... C'est à cause de

ce que Félix racontait tout à l'heure... Alors, tu disais que tu prends ton lit et que tu vas faire le jeune homme à l'étage au-dessous ? Qu'est-ce qu'elle en pense, ta mère ?

— Elle m'a répondu, c'est pour ça que je t'en parle à toi, pour que vous en parliez tous les deux, dit Maurice.

— Tiens, c'est nouveau ça ! Hein, Stépan ? Voilà qu'on nous parle, maintenant ! Si ça continue, on va peut-être même nous demander notre avis ? plaisanta Élie.

Il y avait un tout petit peu de vrai et une bonne part de faux dans ce simulacre d'amertume.

Débordés par les initiatives de leurs femmes, Élie et Stépan étaient débordants d'admiration pour leur énergie. En particulier pour celle qu'elles avaient déployée afin de rendre à leurs maris la quiétude qui était la leur autrefois, quand, sortant de leurs ateliers, ils retrouvaient une vraie maison, et non pas un autre atelier. Pendant toutes leurs années de finisseuses, Sonia et Olga s'étaient toujours arrangées pour nouer les quatre coins des toilettes noires et faire disparaître les rognures de tissu et les poils de fourrure bien avant d'entendre les pas de Stépan et d'Élie dans l'escalier. Ils l'avaient toujours remarqué. N'en avaient cependant jamais rien dit.

Depuis qu'elles étaient devenues déguiseuses, comme disait Stépan, malgré tous leurs efforts, elles ne parvenaient plus à dissimuler complètement les traces de leurs travaux en cours, et depuis l'emménagement des deux mannequins, elles n'essayaient même plus. Élie et Stépan ne pouvaient pas ne pas le remarquer, n'en avaient cependant jamais rien dit non plus, mais il leur était arrivé de rentrer, puis de repartir pour aller boire un verre chez l'Auvergnat, en attendant...

Désormais, comme par enchantement, tout allait rentrer dans l'ordre grâce à elles. Elles étaient formidables, vraiment formidables, mais ils auraient tout de même bien aimé avoir été les premiers à apprendre le départ et le remplacement des Bonnet... Comme ça, pour le principe. Au demeurant, ça non plus, ils ne le leur avaient pas dit.

— Eh bien, nous en parlerons, Maman et moi, et nous te dirons demain, pour ton lit, reprit Élie d'un air grave.

Il regardait Maurice, auquel il n'avait pas dit non plus qu'il n'en revenait pas d'avoir un fils qui parlait grec, latin et anglais, en sus du français qu'il avait tant de mal à parler lui-même. Un fils qui serait bachelier, comme avait dû le lui épeler Maurice quand il lui avait expliqué que ce n'était pas une profession, comme maroquinier par exemple. Pour rire, Maurice leur avait alors fait croire pendant tout un dîner que, pour devenir bachelier, il lui faudrait rédiger deux jours durant des devoirs à n'en pas finir, mais ça, c'était pas le pire : le pire, c'était qu'on devait les rédiger sur une espèce de bateau plat, sans cabine, qui faisait la navette entre les deux rives d'un fleuve immense, jusqu'à ce qu'on eût fini d'écrire. Ils n'avaient pas ri autant qu'il l'avait espéré. Ils ne l'avaient pas tout à fait cru non plus quand il leur avait dit que ça n'était pas vrai.

Tout était devenu mystérieux et souvent incompréhensible depuis que Maurice n'allait plus en classe chez Florian.

Ç'avait commencé au moment du passage de la sixième à la cinquième. « Alors tu recules ? — Non, j'avance », avait expliqué Maurice. « C'est le monde renversé ! » avait dit Élie aux copains, chez Mercier-Frères. Depuis lors, tous les ans, ils l'interrogeaient régulièrement : « Alors, Lilitch, ton fiston, il est toujours pas rendu au sous-sol ? — Il y arrive, il y arrive, avait répondu Élie ce matin-là, il passe en seconde... »

— En somme, tu veux que je dise à Maman que pour mieux monter en seconde, il faut que tu descendes au premier, c'est ça ? dit Élie, tout content d'avoir composé en français ce jeu de mots qui fit beaucoup rire Stépan.

— T'as tout compris, Papa ! s'exclama Maurice en embrassant son père.

L'idée de faire au premier un dortoir-pliant à l'intention de Maurice et de Robert n'émanait pas des Clément. C'est Sonia qui y avait pensé.

— Comme ça, à vous aussi, ça va changer la vie », avait-elle dit à Jeannette qui, bien trop fine elle aussi pour ne pas saisir l'allusion, avait accepté de grand cœur : Robert et Josette dans la même chambre, même avec un paravent, ça devenait difficile.

Les deux lits trouvèrent leur place dans ce qui avait été pendant si longtemps la chambre des jumeaux Bonnet et que Sonia et Olga appelaient maintenant le salon de déshabillage. Ils la trouvèrent si bien qu'on décida qu'on ne les replierait plus. Leur fonction de lits-cages était révolue. Finis les ressorts et les roulettes, toujours visibles sous l'épais tapis de table qui les recouvrait ; oublié, leur aspect rebutant de gros caissons rectangulaires, encombrants, inutilisables et trop souvent utilisés comme supports fortuits à des objets qu'il fallait toujours en retirer le soir ; terminées, les symphonies de grincements qui accompagnaient leur déploiement nocturne.

Dépliés et coquettement revêtus de toile orange, ils servaient maintenant dans la journée de divans. La toile orange était la même que celle dont Sonia et Olga s'étaient servies pour confectionner les rideaux d'une petite cabine aménagée dans un angle de la chambre. C'était derrière ces rideaux que les femmes se déshabillaient, et c'était sur ces divans qu'elles s'asseyaient à demi nues en attendant les essayages.

La nuit venue, les divans redevenaient lits. Des lits d'adolescents.

Bien que la fenêtre restât ouverte, les parfums et les odeurs laissés derrière elles par ces femmes inconnues étaient tenaces, mais c'étaient surtout ces rideaux orange, tirés devant l'étroit miroir en pied, qui excitaient l'imagination de Maurice et de Robert. Ils ne se communiquèrent jamais leur trouble. Pour le dissimuler, ils disaient : « Ça cocotte la cocotte », puis éteignaient leurs lampes.

C'étaient deux petites lampes pourvues de pinces qui s'adaptaient aux pages des livres qu'ils lisaient avant de s'endormir. Elles étaient chapeautées comme des champignons, une en rouge, l'autre en jaune. Cadeau de Jeannette, c'étaient des lampes pour chambre d'enfants, elles leur servaient pour lire des livres d'hommes avant de trouver leur sommeil de puceaux éperdument solitaires.

C'est là qu'ils passèrent toutes leurs nuits à partir de la Seconde. Ils dînaient chez leurs parents et se retrouvaient au premier où Sami Nüssbaum venait les rejoindre au moment des grandes révisions.

Indifférents à ce qui se préparait sur les deux grandes tables, à ce qui habillait à demi les mannequins et à ce qui tombait des cintres pendus à une grande tringle, ils traversaient l'atelier sans même l'éclairer et s'installaient à la petite table de la cuisine désaffectée où, sous la lumière d'une lampe à contrepoids dont ils faisaient descendre au maximum l'abat-jour d'opaline ondulée, ils travaillaient jusqu'au coucher.

Avec son unique casserole pendue à un clou sur le mur fraîchement ripoliné, son réchaud à un feu, juste bon à faire bouillir l'eau d'un thé ou d'un café, avec les livres de latin, de grec, d'anglais, de maths, rangés sur l'étagère qui avait si longtemps supporté les grosses boîtes à sel, à sucre, à chicorée et à cacao, l'endroit revêtait à présent l'apparence d'un austère laboratoire de chimie, l'évier celle d'un bac stérilisé.

Mais, le matin, comme ils avaient des réveils de gamins, le laboratoire se transformait en bains-douches. En riant très fort, ils s'aspergeaient d'eau froide, éclaboussaient énormément, tout en évitant de diriger le jet caoutchouté vers leurs livres. Avant de partir, ils épongeaient le carrelage et rangeaient soigneusement leur brosse à dents, leur dentifrice et leur serviette dans le garde-manger grillagé qui leur tenait lieu de placard de toilette. Ils retapaient en hâte leurs lits qui redevenaient meubles de salon. Maurice montait prendre son petit déjeuner, Robert descendait prendre le sien, après quoi tous deux partaient ensemble pour le lycée.

Sami les attendait au coin de l'impasse et de la rue de la Mare, et tous trois descendaient jusqu'au lycée Voltaire, à pied quand il faisait beau, en métro quand il pleuvait. Il leur arrivait souvent de croiser Monsieur Florian qui se dirigeait vers leur ancienne école. Ils s'étonnaient un peu de le rencontrer de si bonne heure, mais l'idée ne les effleura jamais que le vieux maître trichait avec son propre horaire pour le seul plaisir de les voir partir, gais et sérieux à la fois, vers ce puits intarissable auquel ils s'abreuvaient chaque jour : l'instruction secondaire, laïque et républicaine pour laquelle il les avait désignés. En travaillant bien au lycée Voltaire, Maurice, Robert et Sami prolongeaient les rêves pédagogiques de Monsieur Florian auquel son statut d'aîné de famille nombreuse auprès d'une mère veuve avait jadis interdit l'accès aux facultés. Alors, il faisait semblant de les rencontrer par hasard, ses oiseaux échappés du nid de la rue Henri-Chevreau, qu'il suivait de loin et surveillait de près.

Ils travaillaient bien, ils travaillaient même très bien et avaient bien du mérite, en ces années-là où tous les alibis étaient offerts aux lycéens pour faire passer leçons et devoirs après la politique. Elle était là, la politique, presque quotidiennement présente dans toutes les rues cernant l'immense lycée. Elle entrait dans les classes à travers les vitres fermées. Les cris, les slogans alternés, repris, couverts par les sifflets des gardes mobiles, les lambeaux d'*Internationale* et de *Marseillaise* couvraient parfois les voix des professeurs et crevaient les légendaires silences des salles d'études. Elle était là sur la chaussée aux heures de sortie qui étaient aussi celles des premiers regroupements pour les grands cortèges. Elle bouchait les entrées du métro, faisait déserter les terrasses des cafés, tirer les rideaux de fer.

Si, en d'autres quartiers de Paris, les adolescents des grandes classes faisaient de la politique, à Voltaire, de la onzième à la Philo, il fallait faire avec. On appelait ça de la politique : en fait, c'était de l'Histoire de France, mais personne ne le savait encore.

Elle s'écrivait sous leurs yeux, résonnait à leurs oreilles, elle était si voyante et si bruyante qu'on l'affublait de mots simples : défilés, élan populaire, bagarres, pagaille et tintamarre, suivant la politique qu'on faisait ou ne faisait pas.

A Voltaire, on en faisait un peu comme partout, mais moins que partout ailleurs : le Camelot du Roi était rare, Maurice, Robert et Sami s'étaient battus une fois à la sortie, comme tout le monde, mais n'avaient pas pour autant rejoint les Faucons Rouges.

L'Histoire de France de tous les jours les dérangeait pour se concentrer sur celles du passé. Toutes celles du passé.

Le père Florian avait choisi l'image du puits, ils préféraient celle des sources. On les leur avait fait découvrir et, depuis lors, c'est avec bonheur qu'ils en descendaient le cours, s'émerveillaient des pentes vertigineuses qui les transformaient en rapides, des affluents qui venaient les grossir, des écluses qui les retenaient et régularisaient leurs caprices.

Le mot grec déformé qui devient mot latin et deviendra mot français, Ésope, Plaute et La Fontaine, les Ides de Mars dans Mallet et Isaac, et *Julius Caesar* avec Shakespeare, Galilée et Jules Verne, Romulus et Mowgli, Perceval et Parsifal, les mêmes mots gravés dans le granit breton et dans celui de Cornouailles, l'enfant grec et l'enfant bara, l'île de Pâques et Carnac, le Jeu de Paume et le tennis, des Iphigénies en Aulide, en Tauride, en grec, en Racine et le petit banc cassé d'un savetier un brin malhonnête qu'on ne veut plus voir au marché de Windsor en 1603, ce *bankrupt* devenu « banqueroute » pour les grands fraudeurs malhonnêtes des temps modernes, en Goethe, le colonialisme et « Y a bon Banania », Catilina et Stavisky, les tam-tams d'Afrique et la batterie du Hot-Club — telles étaient les rencontres qu'ils faisaient tous les jours depuis qu'on leur avait livré les clefs de ce grand territoire qu'on appelle culture et qu'ils appelaient, eux, le bahut.

Ils n'étaient pas austères, jouaient avec des yoyos, explosaient de fous rires et disaient des gros mots et des cochonneries, ils n'étaient pas pédants, ne se prenaient pas au sérieux, mais faisaient très sérieusement ce qu'on leur demandait de faire.

C'est au bahut qu'ils passaient leurs journées, puisqu'ils y déjeunaient aussi. Rentrés rue de la Mare, ils y dînaient en famille. Au rez-de-chaussée comme au second, les parents s'informaient.

— Tu as bien appris, aujourd'hui ? demandait Élie.

— Où vous en êtes en Histoire ? demandait Félix.

Leurs réponses étaient évasives. La tête encore pleine de leurs découvertes de la journée, ils tentaient parfois de les faire partager, mais ça devenait de plus en plus difficile. Alors ils se taisaient et laissaient parler leurs pères.

Leurs pères parlaient du présent. Félix des P.T.T., Élie de chez Mercier, et bien entendu de politique. De la politique dont on avait parlé aux P.T.T. et chez Mercier Frères.

Aux P.T.T., tout le monde voyait l'avenir en rouge, sauf le chef de Félix qui le voyait bleu blanc rouge et qui voulait la France aux Français.

Chez Mercier Frères, les compagnons le voyaient surtout dans les beiges, les cuivres, les fauves et les noirs des grandes peaux dans lesquelles ils coupaient des accessoires de grand luxe, et c'est avec une moqueuse affection qu'ils regardaient leur patron se payer le luxe de descendre dans la rue pour fustiger des factieux qui ne les dérangeaient guère, défendre des revendications qui n'étaient pas les leurs et réclamer pour eux une liberté dont lui-même ne les avait au grand jamais frustrés.

— On ira défiler avec vous, Monsieur Paul, disait Meunier, mais c'est bien pour vous faire plaisir. Hein, Lilitch ?

Lilitch y allait donc, il y entraînait Stépan, mais ils avaient beaucoup de mal à attraper le rythme des slogans et n'étaient pas sûrs d'être à leur place parmi tous ces petits-fils de Communards qui s'étonnaient souvent de leurs accents.

Voilà ce qui se racontait à table au cours de cette année-là. En bas, Jeannette approuvait Félix et Josette s'ennuyait. En haut, Sonia et Olga se faisaient expliquer et Zaza s'ennuyait.

Maurice et Robert écoutaient, se taisaient, disaient bonsoir, embrassaient et s'échappaient.

Ils étaient toujours chez Papa-Maman, mais n'y étaient plus du tout.

Les filles, en revanche, y étaient de plus en plus, et plus particulièrement « chez Maman ».

Si Zaza et Josette s'ennuyaient à table, au cours complémentaire de la rue de la Mare, elles se morfondaient ferme. Elles n'avaient jamais eu de Monsieur Florian pour se pencher sur leurs berceaux d'écolières, et c'est une Mademoiselle Delacroix qui leur faisait maintenant la classe.

Mademoiselle Delacroix n'était pas une dénicheuse de vocations culturelles. N'ayant elle-même aucun penchant pour la culture, elle ne voyait pas la nécessité de recruter pour ce qu'elle considérait comme des couveuses à ratées. Mademoiselle Delacroix était un spécimen rarissime d'institutrice accidentelle. C'était une « malgré elle ».

Veuve avant ses noces d'un fiancé mort au champ d'honneur et jamais remplacé, elle était devenue fonctionnaire de l'Enseignement public parce qu'elle avait un Brevet supérieur et que, dans son milieu, avec un Brevet supérieur et un physique ingrat, on ne devenait pas vendeuse de magasin, quand bien même on en avait envie. Vendeuse de magasin, elle aurait sans doute fait des rencontres et peut-être même trouvé le remplaçant du seul homme qui lui eût jamais dit : « Je vous aime. »

Institutrice d'école de filles, Mademoiselle Delacroix n'avait jamais rencontré personne, et elle avait raté sa vie. Elle attribuait ce ratage à la guerre, à son milieu social et à son Brevet supérieur.

Elle s'ennuyait à dispenser des leçons ennuyeuses qui ne débordaient jamais les frontières du strict programme. Consciencieuse, elle exigeait de ses élèves une orthographe parfaite, des par-cœur sans faute en géographie, histoire et récitation, et des calculs mentaux véloces. Elle n'était ni sévère ni permissive. Elle était indifférente et ponctuelle avec des gamines qu'elle ne connaissait pas. Elle n'avait pas le goût de les connaître, et de toute façon n'en avait jamais le temps. Mademoiselle Delacroix était souvent mutée.

Et voilà pourquoi, en cette année scolaire 1934-1935, tandis que Maurice et Robert caracolaient dans les grands espaces que leur ouvraient leurs profs de seconde à Voltaire, Josette et Zaza pataugeaient dans les marécages de l'ennui que leur prodiguait Mademoiselle Delacroix, de passage rue de la Mare.

Josette et Zaza s'ennuyaient donc à heures fixes, mais, dès le carillon de la cloche libératrice, elles couraient vers l'atelier du premier étage et, là, elles s'amusaient énormément.

Elles s'amusaient et apprenaient beaucoup.

Contrairement aux garçons qui ne prenaient possession de l'endroit que la nuit venue, quand rien ne s'y déroulait plus, c'est dans la journée que les filles occupaient ce terrain où il se passait tant de choses, jamais évoquées le soir à table, mais dont très peu échappait à leur curiosité d'adolescentes de treize ans. Surtout depuis la mise en chantier de *La Lune est nue*.

La Lune est nue était une revue à grand spectacle que montait à grands frais un concurrent de « Tabarin ». L'argument de l'œuvre s'énonçait clairement dans son titre.

« Nous avons décroché la Lune », avait annoncé Alex le jour où « Masques » avait été choisi pour faire les costumes qui sauraient déshabiller artistiquement des artistes auxquels et auxquelles on demandait aussi de savoir chanter, parler et danser.

Les moins nus et les moins nues essayaient allée Chateaubriand. Les plus nues, rue de la Mare.

Elles étaient quatre. Quatre superbes « phases de la Lune », indiquait l'inscription sous les croquis qu'Alex avait tendus à Olga et Sonia et qu'elles avaient contemplés en rougissant.

A première vue, en effet, les croquis représentaient quatre corps de femmes entièrement nus, ombrés par endroits dans tous les dégradés du gris le plus argent jusqu'au bleu le plus noir. Sonia et Olga ne comprirent pas d'emblée ce qu'elles auraient à coudre, ni sur quoi le coudre une fois qu'elles auraient compris ce que c'était.

— Sur des maillots chair très chers, expliqua Alex. Comme on ne peut pas coudre des paillettes sur leurs peaux de danseuses nues, on leur en fera une deuxième qui leur ira comme un gant. Elles seront habillées des pieds à la tête et auront l'air encore plus toutes nues... Rigolo, non ?

Rigolo, les paillettes ? Ni Olga ni Sonia n'auraient vraiment choisi ce mot-là.

— Ça va être difficile, mais ce sera joli, admit Olga.

— Surtout, ce sera long, fit remarquer Sonia.

— Nous avons deux mois, précisa Alex.

Pour la première fois, elles n'épinglèrent pas les croquis au mur. Elles les placèrent dans le carton à dessins qui servait autrefois à Maurice pour serrer ses cartes de géographie.

Les quatre phases de la Lune s'appelaient Lucienne, Magali, Albertine et Yvette. Elles arrivaient tous les jours entre 14 h 30 et 15 heures, sans maquillage et un peu fatiguées. Elles avaient dansé la veille au soir, fait de la danse le matin.

C'étaient de très grandes filles, exactement de la même taille. Elles avaient des seins menus, des fesses rondes accrochées très haut, des cuisses interminables. Elles avaient entre dix-sept et dix-neuf ans, des visages et des rires d'enfants, et même un enfant. L'enfant était celui de Magali. Il avait quatre mois, elle l'amenait avec elle, il se prénommait Bruno et ne pleurait presque jamais.

Elles appelaient Olga « Madame Olga », Sonia « Madame Sonia », et Alex, quand il passait, « Monsieur Grandi ».

De leurs grands sacs de toile, elles sortaient des peignoirs-éponges blancs, très propres, mais indélébilement ocrés aux revers du col et des manches, et des escarpins lamés dont les talons leur donnaient dix centimètres de plus. Derrière le rideau orange, elles se déshabillaient complètement, chaussaient leurs échasses et revêtaient leurs peignoirs. Elles ne se promenaient jamais toutes nues en attendant les essayages.

A 16 heures et 7 minutes, Zaza apparaissait. Presque toujours avec Josette, parfois avec Myriam Goldberg.

— On vient aider, annonçait Zaza sur le ton de la connivence clandestine.

Personne à l'école ne savait que ces quatre filles immenses, vêtues de lainages gris et bleu marine, dont l'une portait un bébé dans les bras et qu'on rencontrait souvent dans le quartier, étaient en fait des « danseuses nues » ; personne à l'école ni dans la maison : Sonia et Olga avaient fait jurer aux filles de garder le secret. Elles le gardaient. Et, en le gardant, elles avaient la sensation délicieuse d'être devenues complices. Surtout Zaza.

C'était la première fois qu'elle était complice de sa mère dans quelque chose dont sa mère ne lui expliquait pas vraiment pourquoi il fallait le garder secret.

Olga ne l'expliquait pas à Zaza parce qu'elle avait du mal à se l'expliquer à elle-même. Comme elle avait du mal à s'en expliquer avec Sonia, sa seule et vraie complice dans l'exécution d'un travail qu'elles jugeaient l'une et l'autre tout à fait répréhensible, mais qu'elles accomplissaient cependant avec une conscience et un génie inventif qui les surprenaient d'abord et les choquaient après coup.

Gainées dans leurs secondes peaux soyeuses, laiteuses et transparentes, Lucienne, Magali, Albertine et Yvette se succédaient devant le grand miroir en pied de l'atelier.

La confection des maillots avait été longue et minutieuse. Elle constituait, si l'on peut dire, la phase n° 1 de l'opération « Phases de la Lune ». Josette et Zaza l'avaient suivie après avoir demandé et obtenu la permission.

— T'en verras pas plus que dans ta glace le matin, ma cocotte ! avait dit Lucienne qu'on appelait Lulu et qui était la plus bavarde.

Le jour où les quatre maillots avaient été terminés, elles s'étaient placées devant la glace en se donnant la main. On aurait dit quatre statues de marbre dans un jardin. C'était très beau, et l'arrivée d'Alex n'avait choqué personne.

— Nous, on aurait bien dansé comme ça, mais il paraît que comme ça, ça fait venir personne. Alors, allons-y pour les cochoncetés ! avait dit Lulu ce soir-là en se rhabillant, ce qui avait fait glousser ses copines.

— Nous parlerons plutôt d'*érotisme,* avait rectifié Alex.

— C'est kif-kif, s'était obstinée Lulu à travers le rideau orange.

Ce bref échange n'avait pas échappé à Zaza ni à Josette, en train de mettre son burnous à Bruno tandis que Magali se rhabillait à son tour.

— C'est quoi, des cochoncetés ? avait demandé Olga à Zaza quand tout le monde était parti.

— Des cochonnailles, avait répondu Zaza avec assurance. Jambon, saucisson, boudin quoi !

Mais Josette et elle avaient cherché dans le dictionnaire cet autre mot, celui d'Alex, le seul qu'elles eussent vraiment retenu et qu'elles n'avaient jamais encore entendu de leur vie.

Elles cherchèrent à « H » à cause de *héros,* et parce que les mots compliqués commencent souvent par « H », et finalement trouvèrent à « E » une explication qui les força à chercher à « P » la définition de « pathologique ». Leur enquête devenait triste et ennuyeuse, et le mystère demeurait tout aussi épais.

Elles décidèrent alors de comprendre par elles-mêmes avec l'aide de Lulu, de Magali, de Titine et de Vévette, dont elles apprenaient tous les jours quelque chose de nouveau à travers des bavardages à mi-voix et à bâtons rompus autour du panier à linge où on installait Bruno, entre les deux divans du salon de déshabillage.

Les informations qu'apportaient ces chuchotements concernaient immanquablement celle qui était devant la glace, prisonnière de Sonia et d'Olga. Ça racontait par exemple que : Magali n'avait pas de mari et Bruno, pas de papa ; que les jours où elles avaient leurs ragnagnas, ça les gênait un peu pour danser, mais qu'elles étaient bien contentes parce que ça voulait dire qu'elles s'étaient pas fait attraper ce mois-là ; que Vévette avait encore les yeux rouges parce qu'elle tombait toujours amoureuse de celui-qui-fallait-pas ; que la mère de Magali était une peau de vache qui voulait pas s'occuper de Bruno ; que, pour avoir de beaux seins, il fallait les asperger tous les matins d'eau glacée, même à leur âge à elles, il fallait commencer de bonne heure, dès que ça commençait à pousser ; qu'Albertine faisait la danseuse pour faire plaisir à sa mère qui aurait voulu être étoile à l'Opéra ; que Lulu apprenait l'anglais dans sa loge au Casino parce qu'elle voulait aller en Amérique, au Radio-City il paraît qu'il y a que là qu'on lève la jambe en cadence ; que Lulu était une cinglée de la danse, c'était le grand écart qui l'avait dépucelée avant même qu'elle ait eu un amoureux et que d'ailleurs, les amoureux, ça l'intéressait pas tellement, Lulu ; au reste, quand on voit ce qui était arrivé à Magali, et à Maryse donc ! Mais ça, Maryse, si elle s'était pas fait trafiquer à deux mois avec sa sonde à lapine — deux mois, c'est le pire : c'est trois semaines ou trois mois et demi qu'il faut —, Maryse, elle avait trop attendu ou pas assez, c'est de ça qu'elle était morte, pas de la sonde en soi, c'est encore ce qu'il y a de mieux, la sonde à lapine, ou alors le lait bouillant avec beaucoup de safran, ou les bains de pieds très chauds, mais au tout début, huit-dix jours. Elle en a pris, Magali, ça lui a rien fait. C'est comme ça qu'il a été là, Bruno, il est trognon comme bébé, mais quand même ! Tout ça pour une histoire de cul qui a même pas duré quatre jours, et avec un type qui aimait même pas les femmes. D'ailleurs, c'est pour ça qu'elle lui a pas dit, à Ricardo, parce que pour le môme, c'est mieux de ne pas avoir de père que d'avoir un père qu'est une tante. N'empêche qu'il était beau, Ricardo. Où ils sont maintenant ? Ils font la saison d'hiver au Palladium, à Londres... A Londres ? Il doit être content, Ricardo, c'est tout chochotte et compagnie à Londres. Il risque pas de faire des Bruno, à Londres, Ricardo ! Qu'est-ce qu'il lui ressemble déjà, Bruno, que Magali, au début, avait essayé de le nourrir, mais que ça lui faisait un sein plus gros que l'autre et qu'elle avait pleuré en lui donnant son premier biberon. A propos de biberon, ça va être l'heure...

C'était l'heure du biberon, mais c'était surtout l'heure de Zaza et de Josette, la seule qui justifiât leur phrase d'entrée. Enfin elles pouvaient *aider*.

Elles se répartissaient les tâches à tour de rôle. Quand c'était Zaza qui extrayait du grand sac de Magali le biberon tout prêt, emmailloté dans une couche propre, c'était Josette qui en sortait la pointe de coton blanc doublée d'un cœur en tissu-éponge, puis la boîte de talc, et pendant que Zaza faisait réchauffer le lait au bain-marie dans l'unique casserole de la cuisine-laboratoire, Josette changeait Bruno sur le divan-lit de Robert.

— Tu lui sèches bien son petit popotin et son petit escargot, ma cocotte, disait Lulu. Faut pas qu'il nous le gerce, son petit escargot, hein mon Bruno, c'est qu'il en aura besoin pour plus tard, de son petit sucre d'orge d'amour, hein mon trognon...

Bruno souriait aux anges tandis que Josette, se servant de la boîte de talc comme d'une salière géante, saupoudrait les fesses et le sexe de l'innocent angelot.

La pause-biberon n'interrompait en rien l'affairement de Sonia et d'Olga qui, revêtues de leurs blouses de travail boutonnées jusqu'au cou, abordaient maintenant la phase nº 2 de l'opération *La Lune est nue.*

La phase dite des « cochoncetés », selon Lulu.

Celle-ci consistait dans la présentation d'abord, dans le faufilage ensuite, des motifs faits de paillettes d'argent, de grappes de perles fines, de gouttelettes de strass et de pointes de jais, destinés à effacer des ombres naturelles mais prohibées. Or, sans doute éperonnée par les auteurs et le producteur de *La Lune est nue,* l'imagination d'Alex avait galopé. Au lieu d'aller au plus simple, genre cache-sexe et soutien-gorge surbrodés — pour appeler les choses par leurs noms —, il avait dessiné des oiseaux de nuit en plein vol, des serpents enchevêtrés, des fleurs carnivores et des papillons cloués qui, appliqués comme il fallait, là où il fallait, soulignaient de la façon la plus éclatante, la plus suggestive et la plus équivoque ce qu'ils étaient supposés dissimuler.

Chaque phase de la Lune avait son motif central, et chaque motif ses ramifications : ses éclairs d'orage, ses gouttes de pluie, ses étoiles filantes, et jusqu'à son rayon de soleil pour soir d'éclipse. Les ramifications restaient à broder des chevilles à la nuque de ces grandes filles patientes qui s'étonnaient des rougeurs qui empourpraient le visage d'Olga et de Sonia quand l'une ou l'autre plaçait d'instinct une larme de strass ou un grain de beauté de jais sur telle partie de leur corps à laquelle Alex lui-même n'avait point songé.

— Eh ben, Madame Olga, on est coquine aujourd'hui, avait entendu Zaza alors qu'elle sortait de la cuisine, essayant sur son avant-bras la température du biberon de Bruno.

Le jour où la dernière paillette fut irrévocablement fixée sur le bout mauve du sein de Vévette, toutes quatre fondirent en larmes. Lulu ouvrit son grand sac, en sortit trois bouteilles de Veuve Cliquot et une grosse boîte de chocolats de la Marquise de Sévigné.

— De notre part à toutes, Madame Olga, Madame Sonia. Et vous, les cocottes, on n'a pas été juives, on a vu grand, il y en aura pour tout le monde. Allez, à la nôtre et merci !

De tout cela, Maurice et Robert n'avaient rien partagé.

Parmi ces traces odorantes qui traînaient encore malgré la fenêtre ouverte, sur lesquelles ils ne pouvaient mettre de visage, la plus tenace était l'arôme de violette qui parfumait le talc de Bruno.

Il mit beaucoup de temps à se dissiper.

Du temps des Bonnet, le premier gauche s'appelait le « premier gauche ». Après leur départ, et en dépit de la carte « Masques et Bergamasques » punaisée sur la porte, personne dans l'immeuble n'appela jamais le premier gauche autrement que « chez Bonnet ».

Sonia et Olga descendaient « chez Bonnet », remontaient de « chez Bonnet », Jeannette Clément envoyait les clientes « chez Bonnet », les garçons dormaient « chez Bonnet », les filles traînaient « chez Bonnet », Madame Lowenthal sonnait — on avait conservé la coûteuse installation commandée par une élégante languette de cuivre encastrée dans une plaquette de marbre noir et qui avait si souvent tenté Maurice et Zaza au passage — Madame Lowenthal, donc, sonnait « chez Bonnet », au lieu de frapper ou d'entrer sans prévenir comme elle avait toujours fait au second ; mais pour sonner « chez Bonnet », elle choisissait le moment où elle ne tomberait pas sur Alex : elle connaissait ses horaires.

Barsky de même. Et parce qu'il les connaissait, contrairement à Madame Lowenthal, c'est quand il croyait trouver Alex qu'il sonnait « chez Bonnet ». Il avait son idée. Il avait aussi ses raisons, et elles n'étaient pas toujours aussi intéressées ou cupides qu'on aurait pu le penser. A ses yeux, elles étaient même résolument morales.

Rue d'Aboukir, Gromoff et lui avaient été éconduits depuis longtemps par Mademoiselle Anita qui leur avait fait savoir qu'on n'était plus amateur d'occasions. Seul, un jour, il avait poussé une petite pointe de reconnaissance allée Chateaubriand. Il s'était annoncé : « Monsieur Isidore ». Ginette l'avait fait attendre dans le joli vestibule, sous le portrait de Lucien Guitry, devant l'œuf de Fabergé. Elle était revenue trois minutes plus tard : « Désolée, Madame Victoria Jean est très occupée, c'est à quel sujet ? »

Réduit au rôle de spectateur muet des métamorphoses dont il se sentait confusément l'un des pères spirituels, Barsky s'attristait. « C'est pas juste », disait-il à Gromoff. Et il reprenait le déroulement chronologique des événements, depuis la première balade de la belle-sœur de Neuilly dans le taxi du Prince jusqu'à l'apposition de la carte « Masques et Bergamasques » sur la porte de chez Bonnet. On les retrouvait l'un et l'autre tout au long de la chaîne, et Barsky entendait qu'on le reconnût, lui, comme un maillon de cette chaîne-là. Ça, c'était pour la morale.

Quant à l'idée qui lui était venue, c'était moins complexe.

A force de se baguenauder du côté des champs de courses de Vincennes, Gromoff et lui s'étaient fait copains avec des lads qui entraînaient les chevaux à trotter tôt matin sur un grand terrain, à Saint-Maurice. En face du terrain, il y avait un bistrot et, à côté du bistrot, l'entrée principale des studios de cinéma Paramount-France. Comme le concierge des studios fréquentait le bistrot, Barsky et Gromoff se virent un jour conviés à entrer, autrement dit à franchir le grand portail et à se balader dans les allées cimentées. « Ne vous risquez pas sur les plateaux, vous vous feriez vider », leur avait dit le concierge avant de regagner son élégant pavillon comme le gardien d'un château.

Guidés par l'instinct, ils se retrouvèrent devant le bar-restaurant dominant un joli bassin entouré de gazon, au cœur de cette enceinte magique. C'est là que, sans distinction de classe, des machinos aux plus célèbres acteurs, tous ceux qui « travaillent dans le cinéma », comme on dit, se retrouvaient à l'heure des repas ou pendant les pauses. Ils se connaissaient, se reconnaissaient, ou s'adoptaient sans se connaître, puisqu'ils étaient tous citoyens d'une même petite ville.

La première fois qu'ils firent irruption dans le bar, Barsky et Gromoff ne s'étaient point sentis dépaysés. Ça parlait russe au comptoir. La conversation roulait entre un homme et une femme fort bien conservés pour leurs âges déjà moyens, sous les yeux d'une barmaid indifférente à leurs propos qu'elle ne comprenait pas.

— Elle est insupportable, ce matin ! Si ça continue, je la plaque, elle et ses poches sous les yeux, disait l'homme en russe.

La femme soupirait en hochant la tête.

— Quelque chose qui ne va pas ? demanda suavement Barsky en russe.

Le ton qu'il avait employé pouvait être confondu avec celui d'un producteur, d'un régisseur, d'un scénariste, d'un monteur, d'un acteur, voire d'un figurant, qui propose son aide à un membre de sa famille professionnelle, en aucun cas avec celui d'un visiteur occasionnel.

— Ça fait cinq ans qu'elle l'emmerde tous les matins... Madame se trouve pas assez jeune en projection ! C'est pourtant pas sa faute à lui si elle est plus vieille tous les jours d'un jour de plus, dit la femme en prenant Barsky et Gromoff à témoins de l'évidence de son propos.

— Elles sont terribles ! lâcha Barsky à tout hasard, et il proposa une tournée de réconfort.

— Moi, ça me coupe l'appétit, mais elle, ça la retient pas de bouffer et de picoler comme quatre, dit l'homme en trinquant.

Du menton, il leur désigna la personne incriminée, dont Barsky reconnut alors le profil célèbre, penché sur un plateau de fromages, de l'autre côté de la porte vitrée qui séparait le bar du restaurant. Le temps d'avaler sa salive, Barsky reprit :

— Elle est difficile, tout le monde sait ça... Mais quel talent elle a !

— Elle a surtout un bon maquilleur et une bonne habilleuse, s'esclaffa la femme.

— Tout le monde sait ça aussi, elle la première... A la vôtre, mes amis ! dit Barsky qui venait enfin de comprendre à qui il avait affaire. Et pour les costumes ? Elle est tout aussi dure ? enchaîna-t-il d'un air compatissant.

— Jamais contente... Ça va jamais..., soupira la femme en trinquant à son tour. Enfin, c'est quand même un beau métier qu'on a, hein ? admit-elle en guise de conclusion.

— Et pour toi, ça marche ? s'enquit poliment Fédor Boulansky. Je sais qu'on a travaillé ensemble, mais je ne sais plus sur quel film...

— C'était pas sur *L'Épreuve* ? A Joinville ? suggéra Tania Boulanska.

— Non, répondit résolument Barsky après avoir fait mine de chercher dans sa mémoire. Non, c'était pas à Joinville, c'était ailleurs...

Un jeune homme essoufflé, la mine préoccupée, fit irruption dans le bar.

— Elle a fini de bouffer ? demanda-t-il à Tania.

— Va le lui demander, répondit Fédor. Pourquoi ? Vous êtes déjà prêts ?

— Presque, fit le jeune homme en se dirigeant vers le restaurant, l'air encore plus soucieux.

— Il faut encore que je la raccorde, dit Fédor d'un ton las en descendant de son tabouret.

— Et moi que je la rhabille, soupira Tania en descendant du sien.

— A bientôt ! dirent-ils ensemble à Barsky et à Gromoff.

— A bientôt ! répondirent ceux-ci, et le prince Andréï baisa la main de Tania Boulanska.

— Comment ils s'appellent, déjà ? J'ai complètement oublié leurs noms..., demanda Barsky à la barmaid après leur départ.

— Ben, c'est Féfé et Tata Boubou ! dit-elle comme si ça tombait sous le sens. Et vous, c'est comment ?

— Ben, Isidore ! répondit Barsky sur le même ton. Bon travail, Madame ! enchaîna-t-il à l'intention de la célèbre actrice qui sortait en coup de vent du restaurant, suivie du jeune homme maintenant souriant et détendu.

— Merci, merci... A tout à l'heure, Adrienne ! entendit-on dans le grincement de la porte que le jeune homme ouvrait devant la star.

Barsky et Gromoff reprirent un verre.

— A quoi tu joues ? murmura tout bas Gromoff en russe.

— A m'amuser, répondit Barsky. Combien on vous doit, Adrienne ?

Adrienne poussa les fiches devant Barsky. Il laissa un substantiel pourboire.

— Merci, Monsieur Isidore, à demain, murmura Adrienne avec un sourire avenant.

Comme ils se dirigeaient vers le taxi de Gromoff, un petit rouquin qui débouchait en courant des studios demanda s'il pouvait partager la course au moins jusqu'à Paris.

— Volontiers, fit Barsky en s'asseyant avec lui à l'arrière. Chauffeur, vous arrêterez Monsieur au château de Vincennes, lança-t-il à Gromoff.

— A votre service, mon prince, répondit Gromoff en français. Toujours à ton service, mon couillon ! répéta-t-il en russe.

— Ça marche ? demanda Barsky au petit rouquin après un moment de flottement.

— Ça marcherait mieux si on était pas déjà midi, qu'on soye pas en Seine-et-Marne et que ma camionnette soye pas en panne ! Parce que trouver une Vierge de la Guadeloupe avant quatre heures dans les environs de Joinville-le-Pont... à la tienne ! Une Vierge de la Guadeloupe, qu'on la verra même pas dans le décor au milieu de tous les pompons et fanfreluches qui z'ont accrochés partout... Déjà qu'on a du mal à reconnaître les acteurs dans tout ce fouillis-fouilla... S'ils me l'avaient dit hier, seulement !... C'est toujours la même chose, tout au dernier moment. Pourtant, des vierges et des saintes, j'en ai plein le magasin d'accessoires ; des Sainte Anne, des Vierges noires, des Bernadette Soubirou, des Thérèse de Lisieux, des Jeanne d'Arc, mais de la Guadeloupéenne, j'ai pas... Et si je la trouve pas, pour le coup, c'est pas un chapeau que je vais porter, c'est un grand sombrero !

Il était sincèrement désespéré.

— Faudrait essayer les Puces, suggéra Barsky. Mais celles de Clignancourt : chez Nüssbaum, tu connais ?

— Je vais toujours à Saint-Ouen, répondit le rouquin.

— Essayons Nüssbaum, dit Barsky. Chauffeur, à Clignancourt, je vous prie.

— *Pajalsta,* maugréa Gromoff.

— Essayons, acquiesça le rouquin. Mais je paye toute la course, hein ! C'est pour la production. Elle va leur coûter chaud, leur pucelle des Iles... Si on la trouve !

Ils la trouvèrent.

Pas chez Nüssbaum ; mais, chez Nüssbaum, Manolo se souvint qu'il en avait vu passer une sur le marché, cinq ou six mois auparavant. Il les conduisit chez la mère Dupraz. La mère Dupraz se rappelait fort bien la Vierge de la Guadeloupe qu'elle avait trouvée beaucoup trop chère. Ça devait être Loeb qui l'avait achetée. Loeb l'avait effectivement achetée et l'avait tout de suite revendue à un habitué qui faisait collection d'objets du culte. Loeb compulsa un cahier qu'il conservait dans une sacoche d'encaisseur de la Banque de France, et trouva l'adresse de son collectionneur :

— Je peux l'appeler et lui dire que vous êtes pas des voleurs, si vous voulez.

Loeb, Barsky, le rouquin et Gromoff allèrent tous quatre au bistrot. Loeb appela du comptoir.

— Il vous attend, il adore le cinéma.

A 14 h 30, Barsky et le rouquin sonnaient à la porte de Monsieur di Bello, quai Voltaire.

A 14 h 40, Monsieur di Bello échangeait sa Vierge de la Guadeloupe contre un reçu signé Pierrot Mérange, ensemblier, lui garantissant qu'elle lui serait restituée intacte le surlendemain. Il aurait aimé préciser qu'elle n'était pas originaire des Iles, comme on pouvait le penser, mais c'était trop long. Isidore et Pierrot étaient déjà dans l'escalier.

A 15 h 35, le taxi du Prince s'arrêtait pour la seconde fois de la journée devant les studios de Saint-Maurice. La petite Vierge fleurie était à l'heure. Barsky, lui, était l'homme du jour.

Tout au long de cette course au trésor qu'il avait d'abord prise pour un divertissement surtout destiné à faire rire Gromoff, Barsky avait senti monter chez Pierrot une excitation passionnée qu'il n'avait jusqu'alors jamais rencontrée que parmi les joueurs de poker et les parieurs de champs de courses. Elle l'avait à son tour gagné. Il l'avait reconnue et s'en étonnait. Il s'étonnait qu'elle pût être aussi une compagne de travail.

— C'est grâce à mon copain Isidore que je vous l'ai trouvée, votre petite Madone exotique, Monsieur, avait dit Pierrot en présentant Barsky au metteur en scène qui félicitait son ensemblier.

Ça se passait sur le plateau « A ». Féfé et Tata Boubou s'approchèrent pour le féliciter en russe, et la star lui dit « Merci, merci » de loin.

Barsky reprit sa place habituelle aux côtés de Gromoff et ils roulèrent un bon moment en silence à travers le bois de Vincennes.

— On s'est bien amusés, hein, Andréï ?

— T'es comme un type qui joue au casino pour la première fois et qui gagne... Faut pas y retourner, conseilla Gromoff.

Barsky ne répondit rien.

Y retourner ?... Il ne pensait plus qu'à ça : y retourner avant que les autres ne l'aient oublié.

Il y retourna donc, sans Gromoff, pour le seul plaisir d'entendre Adrienne lui donner du « Bonjour Monsieur Isidore », et Pierrot Mérange du « Salut mon pote ». Figure désormais familière, on parlait devant lui, au bar ou dans les allées cimentées. Nul ne se demandait ce qu'il faisait là, chacun le croyant pourvu d'un poste officiel sur une autre production que la sienne propre.

Le miracle de la Vierge de la Guadeloupe ne se répétant pas, Barsky avait attendu. Et c'est en bavardant avec Tania Boulanska, qui se plaignait de boutons mal cousus sur un costume livré le matin même, que la lumière avait jailli.

— Les gens ne savent plus travailler, avait ronchonné l'habilleuse.

— Ça dépend lesquels. Moi j'en connais qui savent encore..., avait dit Barsky.

— Tu ferais bien de nous les envoyer, parce que pour le prochain film, ceux-là, nous n'en voulons plus.

Le « nous » de Tania Boulanska avait quelque chose de royal qui annonçait une décision irrévocable.

— Je verrai ce que je peux faire, avait dit Barsky.

Il n'avait pas essayé de savoir qui étaient « ceux-là » dont on ne voulait plus. Il lui suffisait de savoir qu'on n'en voulait plus.

— Et c'est quoi, le prochain film ? demanda-t-il avec détachement.

— Ça, je ne sais pas encore. Prions Dieu qu'il y en ait seulement un prochain, sait-on jamais ! — et Tania avait enchaîné sur les premières mesures d'une vieille chanson russe dont les paroles disaient à peu près : « Comme l'oiseau sur la branche, je vagabonde au gré des vents... »

Ce fatalisme désabusé avait ébranlé Barsky. Il eut brusquement la vision désolante de ce lieu déserté par des gens qu'il connaissait et qui le connaissaient, et que viendraient bientôt repeupler des inconnus qui n'auraient pas vécu sa journée triomphale.

Il se dit qu'il fallait faire vite s'il voulait être celui qui amènerait le Cinéma rue de la Mare avant que le Cinéma ne découvre l'allée Chateaubriand.

Et c'était ça qu'il voulait dire à Alex Grandi.

Ça tombait bien : Alex venait justement de rompre définitivement avec « Masques et Bergamasques ».

C'est dans sa grande et belle maison de Troyes, où elle avait vainement attendu ces Parisiens si gais qui n'étaient jamais venus la voir, que s'était doucement éteinte en plein sommeil la pauvre Madame Augustin Leblanc.

La soudaine disparition de cette vieille dame, dont la charmante apparition ne s'était matérialisée qu'une seule fois, au sein de la société « Masques et Bergamasques », sous la forme d'une marraine de passage à qui l'on fait l'obole de laisser couper le gâteau, venait cependant d'en ébranler les structures de fond en comble.

En effet, contrairement à ce qu'on avait cru si longtemps à propos du financement de la société, ce n'était pas Tintin qui avait casqué : c'était Madame Tintin.

C'est sous cette forme un peu abrupte que Nicole avait résumé à l'intention de Maddy le contenu de la conversation qu'elle venait d'avoir avec Maître Dubâteau-Ripoix, lequel l'avait appelée de Troyes. Le juriste avait accompagné Liliane et Roger Ziegler devant lesquels on venait d'ouvrir le testament de la défunte qu'on inhumerait le lendemain.

Après quelques considérations sur la peine cruelle qui les frappait tous à « Masques », Maître Dubâteau-Ripoix avait tenu à rappeler qu'il était non seulement le conseiller juridique de la Maison, mais, avant tout, le conseil de la famille Ziegler-Leblanc, et par conséquent celui des héritiers. En l'occurrence, celui de Liliane Ziegler, désormais propriétaire pour moitié de l'affaire, avec son père, seul autre héritier de Madame Leblanc. « Mais nous aurons tout le temps de parler de ça demain, couvrez-vous bien, la cathédrale sera glaciale... », avait-il conseillé avant de raccrocher.

Maddy était justement en plein essayage quand Nicole vint lui faire le résumé de la nouvelle situation. Mademoiselle Agnès lui avait rapidement bricolé une tenue noire dont la sobriété seyait à une amie de la famille, mais dont l'élégance préservait d'être confondue avec un membre de la famille.

— Les voiles, ce sera pour plus tard..., dit Nicole en regardant dans le miroir et droit dans les yeux de Maddy.

En s'entendant prononcer cette phrase insolite qu'elle n'avait pas préméditée et qui lui avait échappé, Nicole eût été bien incapable de dire si elle avait voulu parler des voiles d'une mariée ou de ceux d'une veuve à venir.

Maddy n'avait pas répondu. Mais Mademoiselle Agnès avait souri avec un hochement de tête qui révélait à la fois la subtilité de son entendement et l'enracinement profond des complicités et secrets qui liaient entre elles ces trois femmes quand elles se croyaient seules.

Elles ne l'étaient pas. Alex, qui était passé prendre sa feuille de route pour le pèlerinage à Troyes, comme il avait dit, se trouvait encore dans les parages alors que tout le monde le pensait parti. Il avait tout vu et tout entendu. Il se montra.

— Couvrez-vous bien, mon petit Alex, il paraît qu'il fera très froid là-bas, demain, dit Nicole, plus Victoria Jean que jamais.

Alex ne répondit pas sur-le-champ. Il les considéra toutes trois : Maddy, qu'il avait beaucoup aimée, Nicole, qui l'avait bien amusé, et Mademoiselle Agnès qu'il avait toujours trouvée mortellement ennuyeuse. A chacune il aurait pu dire quelque chose : quelque chose de tendre, de drôle ou de méchant. Il ne pouvait plus les dissocier. C'était un groupe, une secte, une organisation qu'il avait devant lui. Une petite armée qui se préparait pour un assaut. Il ne voulait plus rien avoir à faire avec ces gens-là, se dit-il en cherchant par quelle formule annoncer son départ. Et lui, si brillant d'habitude, se refusa le luxe de l'humour.

— Je ne prendrai pas froid, car je n'irai pas. Je vous quitte, Mesdames, je ne fais plus partie de la Maison.

En passant par le vestibule, il prit le temps de recentrer l'œuf de Fabergé sous le globe légèrement déporté vers la gauche : « Toi, je te regretterai », dit-il affectueusement à l'œuf.

Puis il franchit le seuil de « Masques et Bergamasques » dont il referma doucement la porte derrière lui.

Entre les stations George-V et Pyrénées, Alex fit le bilan des années sur lesquelles il venait de refermer la porte. Le bilan professionnel : il se résumait en un seul mot dont les trois syllabes se mariaient parfaitement aux différents rythmes suggérés par le roulement du wagon. De fait, le mot « conneries » s'adaptait à toutes les cadences : martelé, en saccades, lors des pointes de vitesse, ou étiré en soupirs pendant les lentes ouvertures des portes aux arrêts.

Des conneries, rien que des conneries depuis cette connerie des *Dépossédés* qui lui avait fait mettre le doigt dans l'engrenage de la connerie. Et son bras y était passé.

Il s'était fourvoyé, il s'était dévoyé. Fourvoyé dans les perles, les dentelles, les broderies et les tuyautés, les fanfreluches et les plumes, les brandebourgs et les brocarts ; dévoyé avec des opérettes stupides, des paysanneries folkloriques, de fausses grandes pièces, des mélos bourgeois et des revues porno-cosmographiques comme cette prétentieuse ineptie, cette cucuterie lunaire qui avait si bien marché qu'elle se jouait maintenant à Londres.

« Mon royaume pour un cheval, disait l'autre con. Je

dirai, moi : tous mes succès bidons pour un bide, mais avec Pitoëff ; des guipures encore, mais pour Tchékov ; des crinolines peut-être, mais chez Baty ; des femmes à poil, pourquoi pas, mais pour Aristophane !... »

Voilà comment pensait Alex en regardant les gens monter et descendre comme il ne les avait plus regardés depuis bien longtemps. Depuis cette connerie des *Dépossédés*, en fait ! Il se prit à rire tout seul en se représentant une bonne femme montant à la station suivante dans la fameuse robe à paillettes et traînant la zibeline après elle comme un gros toutou.

C'était ça, la connerie : il avait perdu l'habitude de regarder ses contemporains, parce que les contemporains qu'on lui donnait à habiller ne prenaient jamais le métro, ne faisaient jamais le ménage, ni le marché, ni vraiment l'amour, ni des heures de bureau, ni des enfants pas désirés. Les contemporains qu'il avait eu à déguiser n'étaient les contemporains de personne. C'étaient des gravures de mode auxquelles il ne manquait pas un bouton de smoking.

L'image du bouton lui plut bien. Il se mit à recenser les détails vestimentaires de ses contemporains retrovés. Il y avait des bas de manches élimés et ébarbés aux ciseaux, beaucoup plus agressifs que ceux qu'on avait soigneusement gansés dans un coloris approchant, les clips aux oreilles, plus le collier, plus la bague assortis, une alliance en or rouge, large, épaisse, bombée et comme fondue dans la graisse d'un vieil annulaire, le tweed avachi, suprêmement élégant, et le prince-de-galles flambant neuf et cartonneux, le nœud de cravate tout fait monté sur papillon de celluloïd, le pardessus retourné, le bas de soie remmaillé, et celui qui file, et celui qui filait déjà hier, la maille arrêtée avec du vernis à ongles hier incolore, mais carrément crasseux aujourd'hui, le stoppage garanti invisible, les semelles de crêpe couleur de miel et leurs petits sœurs pauvres en réglisse Woodmil, le faux « Burberry's » de chez Fashionable, la gaine que celle-ci va tirer sur ses fesses quand elle va se lever, les socquettes de fil blanc immaculées, bien tirées, trop bien tirées, au point que le mollet fait bourrelet au-dessus de l'élastique, des lacets dépareillés, un col d'astrakan tellement usé à la pliure que le cuir noir et chauve a l'air encaustiqué, une veste de tailleur récupérée dans un veston d'homme, un joli chemisier blanc sous un cardigan vert-bouteille tricoté main avec une jupe de jersey gris, un béret basque bleu-marine qui laisse voir une barrette dans les cheveux sur le côté droit ; et bien entendu des boutons : des boutons prêts à lâcher, des boutons devenus trop petits pour des boutonnières éclatées, deux boutons de nacre recousus en croix au lieu de l'être en parallèle, comme leurs jumeaux, et surtout un bouton — un grand et gros bouton de bakélite pistache en forme de losange taillé diamant, trop lourd pour la soie artificielle du paletot noir qu'il est censé fermer à la taille et qui brimbale à chaque secousse comme le pendentif du maharadjah dans *Le Tour du Monde en quatre-vingts jours*.

Alex faillit rater son changement à Châtelet.

Il y avait bien longtemps, aussi, qu'il n'avait pris le métro. Depuis cette connerie des *Dépossédés*, en fait !

Il y avait eu la petite Talbot de Maddy, dans les débuts, puis la période des taxis, enfin la Citroën-maison. La Citroën-Masques, avec Lucas son chauffeur, un peu livreur, un peu frotteur de parquets, un peu réparateur de plombs qui sautent. Un peu trop bavard, Lucas, mais gentil, enfin pas méchant ! Sûrement un peu pourri, lui aussi : encore une recrue de Nicole, Lucas ! complètement phagocyté par Madame Victoria, Lucas ! Savoir si c'est lui qui va désormais balader la nouvelle patronne les jours de conseil d'administration : la triste, falote, ennuyeuse Liliane Ziegler, née Leblanc, l'espiègle Lily ! Sacré Lucas ! Lui qui ne prend jamais la peine de soulever sa gappette à carreaux...

Tiens, il n'avait pas remarqué de casquettes dans le wagon. Ou il n'avait pas bien regardé, ou ce n'était pas la bonne heure pour les casquettes. Il en compta pourtant quatre dans l'interminable couloir des correspondances. Il marchait lentement, à grands pas. De longs pas de promeneur.

Il mit des sous dans la sébile d'un mendiant qui chantait *Ramona,* les yeux clos derrière des verres bleu-marine cerclés d'acier. Il prit tout son temps pour extraire les sous de sa poche, se baisser vers la sébile, écouter quelques mesures, tout photographier dans sa tête. Tout : des brodequins de fantassin au feutre cabossé, mité, gondolé, noir-verdi, mordoré-moisi, en passant par le pantalon de chef de rayon de grand magasin rayé blanc-sale sur gris-rat d'égout, et le blazer croisé-six-boutons à même la peau, sans boutons, serré à la taille sous un ceinturon de scout de France.

Il s'éloigna en sifflotant *Ramona.* Il y avait bien longtemps aussi qu'il n'avait entendu *Ramona.* Ça datait des Beaux-Arts. D'avant les conneries, quoi !

Avant de s'engager dans l'escalier qui descendait sur le quai, il s'arrêta et faillit retourner sur ses pas pour vérifier ce que ses yeux venaient de voir. Et puis il se dit que l'aveugle n'était peut-être pas si aveugle que ça et qu'il risquait de le blesser en revenant le regarder sous le nez.

Il se dit aussi qu'on ne l'avait pas attendu pour tourner *Boudu sauvé des eaux.* Malheureusement. On ne l'avait pas attendu non plus pour tourner *L'Atalante.* Sans lui, la noce noire courant sur les rochers ! Sans lui, la robe de satin blanc désarmante de faux chic, et le voile de tulle blanc bouleversant d'être trop court et trop long à la fois ! Sans lui, et à jamais ! Il était mort, maintenant, le type qui avait fait *L'Atalante.* Il venait juste de mourir sans l'attendre.

« Il pouvait pas savoir que je viendrais », murmura tout bas Alex en descendant l'escalier et en franchissant de justesse le portillon.

Ayant liquidé son passé à la faveur du changement Châtelet, il ne restait plus à Alex qu'à construire l'avenir entre Châtelet et Pyrénées. Plus particulièrement l'avenir immédiat, à savoir : ce qu'il allait raconter à Sonia et à Olga et comment il allait le raconter.

C'est tout naturellement qu'après avoir refermé la porte de l'allée Chateaubriand, il avait pris un ticket de métro à destination de la rue de la Mare. Pas machinalement : naturellement, comme on rentre vite à la maison annoncer une bonne nouvelle.

Mais, à présent, à quelques verstes de la station Pyrénées, il commençait à se demander si la nouvelle qu'il apportait serait reçue aussi excellemment qu'il l'escomptait par ses deux bien-aimées stakhanovistes de la paillette.

« Elles vont rien comprendre, ces pauvres chéries, si je leur assène ma vérité. Il faudrait que je la leur enveloppe », se disait-il.

Il les aimait de tout son cœur, aujourd'hui plus que jamais ; et lui qui les voyait pourtant presque tous les jours, s'attendrissait à l'idée de les retrouver tout à l'heure. Il allait rencontrer leurs beaux regards bleus crédules, puérils, toujours un peu interrogateurs et si appliqués à comprendre. A tout comprendre : le travail à faire comme les mots nouveaux. Et dans ces regards-là, il ne voulait pas lire la peur, comme c'était arrivé une ou deux fois déjà. Ni le désarroi ni l'angoisse du lendemain, ni l'amertume de le voir mépriser ces travaux d'hier qu'il répudiait aujourd'hui.

Sa vérité à lui, elle n'était pas bonne à leur dire à elles. Il leur en fallait une autre, vraie aussi, mais plus simple et rassurante. Il cherchait la formule. Le temps pressait, il descendait à la prochaine. Il la trouva.

« Je leur ai rendu mon tablier, mais pas le vôtre. Moi je les quitte, mais vous me gardez. Et je vous garde. Et vous les gardez, et ils vous gardent. Et vous n'allez plus arrêter, tellement ça va vous faire de travail en plus ! »

Voilà ! Voilà ce qu'il allait leur dire. Il sauta en marche tellement il avait hâte d'arriver.

Il n'avait oublié qu'une chose, Alex, mais il avait des excuses, puisque c'était la chose dont personne ne parlait jamais. Dont personne n'avait jamais parlé. Personne, hormis la vieille Anita, une fois, une seule, il y avait des années de ça, quand il lui avait demandé où se cachaient et qui étaient ces mystérieuses façonneuses de Fémina-Prestige qui avaient si parfaitement réussi la robe de Maddy. Elle avait rougi et laissé échapper comme un secret que Madame Olga était la belle-sœur de Madame Jean, « mais ce ne sont pas nos affaires... ». Ça l'avait si peu frappé à l'époque, son cœur et sa tête étaient si pleins d'amour et de projets qu'il avait à peine écouté Anita et n'avait retenu que l'adresse de ces deux femmes et leurs prénoms assemblés.

Sonia-Olga, Onia-Solga, comme il les appelait parfois pour les faire rire, n'avaient jamais mentionné la maison pour laquelle elles travaillaient autrement que par son étiquette commerciale ou sous le vocable banal de « les Patrons ». Il se rappelait vaguement que l'une d'elles était vaguement parente de Victoria, mais il aurait été incapable de dire si c'était Sonia ou Olga. Et quand il croisait Stépan, c'est au mari d'Olga, au père de Zaza et à l'ami d'Élie qu'il souriait et disait bonjour, pas au frère de Janek.

Voilà ce qu'il avait oublié, Alex, tandis qu'il descendait la rue de la Mare en sifflotant *Ramona* et en répétant dans sa tête le petit discours qu'il venait de mettre au point.

Et c'est en pensant à l'allure qu'aurait le lendemain l'énorme couronne mortuaire barrée d'un MASQUES ET BERGAMASQUES imprimé doré sur fond de moire violette, qu'il dépunaisa la carte sur la porte de « chez Bonnet ».

Il avait toujours détesté cette enseigne, qui était une idée de Maddy. Il avait eu toutes les peines du monde à lui faire admettre qu'elle n'était pas empruntée à Baudelaire : elle l'avait mal pris, et, avant le fatal « C'est pas parce que je suis fille de mineur... » qu'il voyait poindre dans son regard, il l'avait serrée dans ses bras, avait juré qu'il ne lui disait que la vérité, ils avaient fait l'amour et on avait conservé l'enseigne : ça lui faisait tellement plaisir, à Maddy.

A présent, avec le recul et tout ce qu'il savait, lui venait la pensée que c'était probablement une trouvaille de la pauvre Madame Leblanc ; qu'un jour, relisant le pauvre Lélian sous les frondaisons de son parc solitaire et ensoleillé de Troyes, elle l'avait notée, puis soufflée à Augustin Leblanc qui l'avait rapportée à Paris.

« Bas les Masques ! » murmura-t-il, un peu frustré de ne faire rire que lui, tandis qu'il déchirait la carte en petits morceaux qu'il éparpilla au fond de sa poche. Puis il frappa ses trois coups habituels à la porte maintenant dépourvue de toute raison sociale.

C'est quand Alex les eut priées en souriant de retirer la photo de Maddy du Cadre des Nôtres que Sonia et Olga commencèrent à se poser des questions.

Le Cadre des Nôtres était descendu lui aussi, comme le reste, « chez Bonnet ». Personne ne le regardait jamais, mais, lui absent, il aurait manqué quelque chose au décor de leur travail quotidien. Comme naguère au second, il trônait donc là, au centre de la cheminée. Sonia et Olga avaient bien souvent manipulé les quatre petits fermoirs de cuivre fixant le fond du cadre aux baguettes d'acajou du sous-verre. L'opération était minutieuse, elle s'accomplissait un peu comme une cérémonie. Quand on démontait le Cadre des Nôtres, c'était toujours pour y introduire un nouveau souvenir précieux, jamais pour en exclure un ancien dévalorisé.

Elles n'avaient pas de souvenirs dévalorisés.

Ce qu'Alex appelait la photo de Maddy, elles l'avaient, quant à elles, toujours appelée la photo de la belle robe, et ne l'avaient jamais nommée autrement du temps où elles la regardaient encore. Il y avait beau temps que cela ne leur était plus arrivé, mais en la considérant à nouveau, puisqu'on les y forçait, elles ne voyaient pas en quoi elle avait perdu les vertus qui l'avaient autrefois désignée pour figurer dans le Cadre des Nôtres.

Mais, comme Alex avait tellement l'air d'y tenir, pour

lui faire plaisir, elles retirèrent l'image qu'Olga rangea dans le tiroir de la machine à coudre.

Il y avait maintenant comme un trou blanc à gauche du cadre. Un grand vide rectangulaire qu'il fallait combler. Elles le firent en redisposant toutes les autres images qui glissaient comme des cartes sous les doigts d'une voyante. Certaines réapparurent de sous d'autres qui les recouvraient complètement ou à demi, mais depuis si longtemps qu'on les avait oubliées.

— Qui c'est, celui-là ? demanda Alex en se penchant sur la photo d'un homme qui tendait la main vers l'objectif sans parvenir à dissimuler un visage souriant et balafré.

— C'est Volodia, dit Sonia après une légère hésitation. Un cousin, précisa-t-elle en ajustant les fermoirs de cuivre du cadre qu'elle rapporta sur la cheminée.

— Vous me faites un petit café et je vous explique, fit alors Alex, comme la toute première fois qu'il était venu.

Elles se taisaient. Il avait parlé un bon moment, avait bu deux tasses de café. Elles avaient eu du mal à suivre ce qu'il disait : d'abord cette histoire de tablier qu'il rendait, qu'elles-mêmes ne rendaient pas : il n'était pas cordonnier, Alex, elles n'étaient pas cuisinières !... Ensuite, ces « Je les quitte, ils vous gardent, on se quitte, on ne se garde pas mais on reste ensemble... » C'était vraiment trop compliqué.

Elles avaient bien senti qu'il se passait quelque chose de grave quand il avait insisté pour faire disparaître la photo de leur belle robe, comme pour effacer le souvenir et la preuve de ce qu'elles savaient faire. De ce qu'elles avaient su faire avant même que ce ne fût devenu leur vrai métier. Si cétait fini, il fallait le dire. Mais pas faire ça, parce que ça n'était pas gentil. Et il devait être lui-même bien malheureux pour se montrer aussi peu gentil.

Il attendait qu'elles disent quelque chose. Elles ne

disaient rien. Olga se leva. Elle alla vérifier un détail qu'elle avait cru remarquer fugitivement tout à l'heure, quand elle avait ouvert la porte.

— Il a même déjà enlevé la carte ! fit-elle tout bas en yiddish à Sonia, sans la regarder, en se rasseyant à la petite table de la cuisine où ils avaient tous trois pris place.

— Si vous parlez derrière mon dos, on ne va pas se comprendre, reprocha Alex en souriant.

— On n'aura plus à se comprendre, Alex, maintenant qu'*elle* nous a fait redescendre finisseuses, dit Olga en le dévisageant.

Ce n'était pas la peur ni le désarroi tant redoutés qu'il lisait dans ce regard. C'était la tristesse résignée de quelqu'un qui n'est pas vraiment surpris par l'arrivée du malheur, juste un peu étonné que l'heure ait sonné un peu plus tôt que prévu.

— Qui ça, *elle* ? et pourquoi, *redescendre finisseuses* ? demanda Alex qui n'y comprenait rien du tout, sauf qu'il commençait à comprendre qu'elles-mêmes n'avaient rien compris.

Olga ne se donna pas la peine de répondre.

— Qui donc, *elle* ? qu'est-ce que ça veut dire ? répéta doucement Alex.

— Vous savez bien, répondit Sonia qui n'avait jusque-là rien dit.

— Non, Sonia, je ne sais pas, s'impatienta Alex.

Sonia regarda Olga. Olga regardait la table.

— Alors ? fit Alex.

Il y eut encore un bref silence, puis Sonia se décida :

— Elle... c'est eux... Enfin, c'est sa femme, la femme du frère de Stépan. C'est elle qui nous fait redescendre finisseuses, comme au commencement... A la *cave* du départ, quoi !

Et, pour mieux se faire entendre, Sonia avait refait les gestes et retrouvé les intonations de Maurice et de Zaza, certains jeudis pluvieux, quand ils étaient petits et qu'ils se disputaient âprement la première place autour de jeux dont les règles lui échappaient totalement.

— C'est ça : dans la *cave* du départ... comme à l'arrivée ! dit Olga qui avait relevé la tête pour acquiescer.

Alors, à leur grande surprise, Alex éclata de rire. Elles eurent la patience d'attendre qu'il se fût calmé, ce qui prit quelques secondes, puis Olga lui demanda avec beaucoup de dignité ce qu'il y avait de si drôle dans ce qui venait de leur arriver ; ou bien était-ce ce qu'elles venaient de dire ? Elles disaient comme elles savaient...

— Tout ! répondit-il en sortant un mouchoir de sa poche pour s'éponger les yeux.

Trois fragments de la carte déchirée atterrirent sans bruit sur le carrelage. Sonia les ramassa et reconstitua un morceau du puzzle dans le creux de sa main.

— Et ça ?... Ça aussi, c'est drôle ? dit-elle en les lui mettant sous le nez.

— Et la belle image de notre première robe de déguiseuses qu'on nous force à enlever pour bien nous remettre finisseuses à Fémina-Prestige, c'est drôle aussi ?

Olga avait parlé si fort que les veines de son cou s'étaient gonflées.

— Au secours, je me noie ! A moi la terre, les murs m'abandonnent ! Saint-Malentendu, priez pour moi ! hurla Alex.

C'était la première fois qu'elles l'entendaient crier. Elles étaient abasourdies. Il y eut un silence de plomb tandis qu'Alex les regardait l'une après l'autre.

— Bon, alors voilà ! On reprend tout au début... Je vais vous expliquer...

Il avait retrouvé son sourire de tous les jours.

— Vous expliquer, mais, pour une fois, s'il vous plaît, Alex, expliquez-nous avec des mots qu'on comprend, pas avec des tabliers de cuisinières comme tout à l'heure, qu'on n'a rien compris ! dit Olga en allant remplir la casserole d'eau pour du café frais, avant même qu'il l'eût demandé.

— Je vais expliquer sans tablier. Mais auparavant, vous, vous allez m'expliquer comment on fait pour être « finisseuses au commencement dans la cave du départ de l'arrivée », hein ?

Il avait si bien imité leur accent qu'elles éclatèrent de rire à leur tour. Puis Olga se rassit après avoir déposé la petite cafetière sur la table. Et, à l'intention d'Alex, elle raconta l'arrivée.

L'arrivée sous les grandes verrières de la Gare de l'Est.

Elle raconta aussi le départ, avant l'arrivée.

Et elle raconta aussi avant le départ.

Et elle raconta Petlioura en Pologne.

Alors Sonia raconta Petlioura en Ukraine.

Et Sonia raconta son arrivée à elle, avant celle d'Olga, sous les grandes verrières de la Gare de l'Est.

Alors Alex pénétra dans un monde qui lui était encore plus étranger que celui avec lequel il avait renoué au cours de sa balade de tout à l'heure dans le métro. Un monde qu'il n'avait pas oublié, celui-là : il avait toujours ignoré qu'il existait.

Puis Olga raconta de nouveau le débarquement sous les grandes verrières, le ballot si sale, son ventre si gros, la poussière, la casquette de Stépan, la panique de Janek, la gentillesse d'Anita, et l'absence de Nicole.

Et la naissance de Zaza, et l'absence de Nicole.

Et les premiers faux yeux de belette, et la cape de zibeline, et la mort de Petlioura, et la colère de Stépan, et la belle robe, et leur lettre, et toujours l'absence de Nicole, et l'absence de Victoria Jean, à présent.

Et plus Olga parlait de l'absence de cette absente, plus Nicole-Victoria grandissait ainsi en importance, et plus Alex réalisait que l'ombre de l'inconnue n'avait jamais cessé de hanter cette maison dans laquelle elle n'était pourtant jamais venue.

Invisible, elle était là depuis le premier jour, immense et toute-puissante, c'est elle qui faisait rouler les dés qui font avancer ou bien renvoient à la case départ ceux auxquels on ne pardonnait pas d'être venus. Et encore moins de venir d'où ils venaient

C'était ça, la grande révélation pour Alex. Et tandis qu'Olga évoquait son ombre redoutée, inexorable, il revoyait le visage affolé de la vraie Nicole telle qu'il l'avait quittée il y avait à peine une heure. Nicole, dans le miroir, entre ses deux complices, prise la main dans le sac et giflée par sa démission à lui. Nicole aux abois, menacée par le méchant testament, en grand danger de se retrouver elle-même dans *la cave du départ*.

Et la disproportion entre cette fourmi besogneuse et la lionne omnipotente que décrivait Olga était telle qu'il éclata de rire à nouveau, et Olga s'arrêta de parler.

— Quel âge elle a, Zaza, maintenant ? demanda Alex.

— Treize ans et demi, dirent ensemble Olga et Sonia.

— Alors, ça fait treize ans et demi que ça dure ! Incroyable ! s'exclama Alex.

— Quoi donc ? interrogea Olga.

— Qu'au bout de treize ans et demi, vous n'ayez pas encore compris que sans vous et votre travail, elle ne serait rien, Madame Nicole Victoria Jean, RIEN, vous m'entendez ? Sans vous, sans moi, elle n'est plus rien ! Moi, elle m'a perdu, et vous allez voir comment elle va se raccrocher à vous. Sans vous, ils sont foutus, à « Masques », tandis que vous, vous existez sans « Masques » ! C'est pour ça que j'ai déchiré la carte sur la porte. Vous êtes libres, vous comprenez ce que ça veut dire ? Libres, libres de dire oui, libres de dire non ! Vous êtes chez vous, « chez Bonnet », et vous travaillez pour qui vous voulez. Voilà ce que je voulais vous expliquer. Maintenant, pour l'autre histoire, celle de la photo : ce n'est pas la belle robe que je ne voulais plus voir, c'est la belle dame — enfin, la belle tête de la dame. Et ça, je ne peux pas vous l'expliquer, ce serait trop long, trop compliqué, et pas tellement gai.

— C'est à cause d'elle que vous les quittez ? risqua Sonia.

— Un peu, mais pas seulement..., fit Alex.

On sonna à la porte. Elles se regardèrent et Sonia se leva pour aller ouvrir.

Alex reconnut la voix du chauffeur Lucas. Sonia revint, une enveloppe à la main, et Alex entendit redémarrer le moteur de la Citroën.

— Qu'est-ce que je vous disais ! Elles ont fait vite ! s'esclaffa Alex.

Mais son sourire tomba à plat. C'était quand même la peur qu'il lisait dans les yeux de Sonia et d'Olga. Malgré tout ce qu'il venait de leur dire, elles avaient peur. D'une peur si intense qu'elle le gagna.

Sonia gardait l'enveloppe entre les mains sans l'ouvrir. Il la lui prit, la décacheta, parcourut la lettre en hâte et, sans rien laisser deviner de sa jubilation profonde, il les pria d'une voix grave de s'installer confortablement sur leurs chaises. Il prit son temps puis entama sa lecture comme on lit un conte à des enfants.

> Mesdames,
>
> La Direction est heureuse de vous informer que, suite à un remaniement administratif, notre Maison est enfin en mesure de vous proposer le contrat d'exclusivité (en qualité de coupeuses-couturières-brodeuses) qu'elle souhaitait depuis longtemps soumettre à votre approbation.
>
> D'autre part, nous profitons de la présente pour porter à votre connaissance que Monsieur Alexandre Grandi ne faisant plus partie de la Maison, ce n'est plus à lui que vous aurez à faire dans l'avenir.
>
> Mais, comme par le passé, « Masques et Bergamasques » reste, plus que jamais, une grande famille.
>
> Bon travail !
>
> signé : Pour la Direction,
> illisible.

Elles regardaient Alex qui avait posé la main sur son cœur pour déclamer les dernières lignes.

— Pourquoi ils nous parlent de la famille, tout d'un coup ? dit Olga au bout d'un moment. C'est bien la première fois...

— Mais ils ne vous parlent pas du tout de la famille, Olga ! Ils vous parlent de la Grande Famille... Quand ça va mal chez eux, les patrons parlent toujours de la Grande Famille à leurs employés, à tous leurs employés, même à ceux qui sont de la famille, la vraie...

Parce que la vraie famille, ça n'a rien à voir avec la Grande Famille. Vous, on ne vous veut pas dans la famille, mais on a besoin de vous dans la Grande Famille. Moi, je ne suis pas de la famille, et j'ai quitté la Grande Famille. Alors Madame Illisible vous écrit au nom de la Grande Famille pour que je ne vous emmène pas dans une autre, vous qui êtes de ma vraie famille, bien que je ne fasse pas partie de votre famille. C'est pas sorcier à comprendre, tout de même !

Il avait commencé sa tirade d'une voix lente, puis, au fur et à mesure qu'il voyait l'incompréhension grandir dans les yeux d'Olga et de Sonia, son débit s'était accéléré, jusqu'à ce qu'il y reconnût enfin la lueur qu'il aimait tant : celle du rire qui s'annonce.

— Vous êtes content ? On n'a rien compris, dit Sonia en essayant de retenir son rire.

— 'bsolument rien ! fit Olga en laissant sourdre le sien.

— Bon, alors j'explique..., soupira Alex.

— Ah non ! Non !

Enfin, ensemble, elles éclatèrent de rire.

Nul d'entre eux n'avait entendu le bruit de la clef dans la serrure.

— Eh ben, c'est plus rigolo ici qu'à l'école ! » lança Zaza en pénétrant dans l'atelier, suivie de Barsky qui avait profité de l'ouverture de la porte à laquelle il hésitait à sonner depuis un bon quart d'heure. La disparition de la carte « Masques et Bergamasques » l'avait arrêté dans son élan. Il pressentait de grands bouleversements et, le cœur battant, se demandait s'il n'arrivait pas trop tard.

— Alors, quoi de neuf ? fit-il d'un ton jovial.

— Plein de neuf, mon cher Isidore, lui répondit Alex en souriant. Et vous-même ?

— Moi, je suis maintenant dans le cinéma, déclara Isidore de sa voix la plus naturelle.

— Faudra nous raconter ça demain, Isidore, dit Alex.

— Vous pouvez la conserver tant que nous roulons en pleine campagne, mais dès que nous approcherons de la ville, vous remettrez la neuve.

— Bien, Madame Victoria, répondit Lucas en portant son index au bord de sa casquette à carreaux.

A côté de lui, sur le siège inoccupé, reposait la casquette neuve. Gris perle, rigide et plate, elle ressemblait à une galette et sa visière de cuir bouilli noir luisait dans l'obscurité comme un escarpin verni. Lucas lui lança un regard mauvais. « Encore heureux que je peux les conduire avec ma tête à moi, déjà que j'ai plus mes pieds... », pensa-t-il. Son uniforme de gabardine le serrait aux entournures, au col et à la taille, mais c'étaient surtout les grandes guêtres de cuir rouille qui le mettaient au supplice : elles montaient jusqu'à mi-jambes et lui arrêtaient la circulation à la pliure du mollet. Il fit jouer ses orteils pour essayer de chasser les fourmis.

Il était sept heures du matin. Il n'y avait guère que des camions sur la route, et quand il arrivait à Lucas d'en doubler un, il klaxonnait deux fois pour remercier. Ils doivent bien se marrer, se disait-il en imaginant les plaisanteries des gars dans leur cabine à voir foncer dans leurs phares ce jardin suspendu qu'il avait eu tant de mal à arrimer sur le toit de la Citroën. La couronne était si grande qu'elle dépassait de la galerie, à l'avant comme à l'arrière et sur les côtés. « Quand il fera soleil, on sera sous la tonnelle », épilogua Lucas en regardant les palmes retomber gracieusement devant son essuie-glace.

Ça devait coûter chaud, un grand bazar comme ça, tout glaïeuls, roses blanches et lilas en plein novembre. Des lilas en novembre ? Faudra que je vérifie à l'arrivée. Ça doit être des faux lilas, artificiels, comme les fleurs qu'elles cousent sur les chapeaux. C'est marrant, si c'est ça : dans huit jours, tout sera pourri sauf les lilas.

A quoi ça rime, tout ça ?

A quoi ça rimait, depuis hier ? Il ne voyait pas. Pourquoi ils avaient pas pris le train comme prévu, pourquoi on l'avait expédié en quatrième vitesse chez la vieille Anita à Aboukir, prendre une lettre qu'il avait fallu porter en catastrophe chez les ravaudeuses du XXe, et pourquoi, à son retour, on avait décidé d'un coup de le déguiser en lieutenant de cavalerie.

Madoué, quel cirque ! La grosse Ginette qui avait d'abord cherché dans le stock : il y avait pas de « chauffeur de maître » à sa taille. Trop grand et trop costaud, il était. Ça lui avait fait drôle de se retrouver en caleçon, comme tous ces guignols qu'arrêtaient pas de se foutre à poil allée Chateaubriand. Des vieux, des jeunes, comme des gonzesses à se regarder et à se faire des mines devant les glaces pendant des heures. Ginette, ça l'avait fait rigoler de le voir là. Pas lui.

Au moins, chez Latreille, ç'avait été franc, honnête et rapide. Costume de travail ? Certainement, Monsieur, voyez rayon « Chauffeur ». Ç'aurait pu être rayon « Pâtissier » ou rayon « Plombier ». Le boulot, quoi !

Quand même, il avait eu tort de se laisser faire pour les guêtres. Des *léguignes,* il appelait ça, le vendeur de Latreille. L'autre modèle, sans *léguignes,* lui plaisait mieux, mais Ginette avait téléphoné : gris-perle, gabardine, casquette, *léguignes,* bottines rouille. Empaquetez, c'est pesé !

Pliée en deux qu'elle était, ce matin, Gildaise, quand il s'était harnaché sur le coup de cinq heures. Le temps d'aller chercher la voiture au garage de l'avenue de Neuilly et de charger cette putain de couronne qui était à rafraîchir dans la cour de l'immeuble, Armelle était descendue en peignoir avec Gildaise ; ils avaient pas été trop de trois pour les arrimer, les « Regrets éternels de Masques et Bergamasques ». Avec Armelle qui répétait : « la pauvre Dame, la pauvre Dame », qu'elle la connaissait même pas.

C'est vrai qu'on la connaissait même pas, cette vieille morte. On l'avait jamais vue, pas même rue Charles-Laffitte. Le vieux, oui, on l'avait vu, enfin Armelle l'avait vu avec la Maddy, il y avait des années de ça. Un soir où ses patrons avaient tant gueulé dans leur charabia qu'Armelle avait eu peur et qu'elle avait tout raconté à Gildaise.

C'était loin, loin, tout ça.

Il doubla un gros camion à remorque. Le routier lui rendit ses deux coups de klaxon.

Faudrait qu'il en profite un jour pour aller voir les copains à l'usine. Il paraît que ça bouge, à Courbevoie. Lui, il trouvait ça plutôt réjouissant. Qu'est-ce qu'il était peinard, maintenant ! Plus de réunions, de discussions, de délégués, de votes à la con, toute cette pagaille, quoi ! Dans le fond, il avait eu de la veine que le Le Gentil soit nommé à la Direction à Clermont. D'un sens, c'était d'ailleurs plutôt le Le Gentil qui avait eu de la veine. Parce qu'à Paris, après leur histoire de cousin assassin, ç'avait fait parler dans l'immeuble et dans l'usine. A Clermont, ils suivent pas tellement ces choses-là. Ils suivent rien du tout, à Clermont, même pas que ça bouge à Courbevoie, si ça se trouve. De toute façon, à Clermont, c'est comme s'ils étaient dans une ville dans la Ville, les ouvriers. Ils ont leur timbale en argent à la naissance et leur médaille d'or à la retraite. Tout ce qui se passe entre, ça se passe à l'intérieur de la boîte, alors pour qu'ils bougent !

Qu'est-ce qu'elle a chïalé, Mademoiselle Joëlle, quand il a fallu qu'elle quitte Neuilly ! Gildaise un peu aussi, mais pas tant que ça. Elle était dure, la mère Le Gentil. Heureusement qu'elle avait jamais su, pour Gildaise et lui, au cinquième étage. Ça, c'était grâce à Madame Victoria qui avait su la fermer. « Elle a juré, elle a juré sur sainte Anne d'Auray... » Elles sont marrantes, ces Bretonnes, avec leur sainte Anne d'Auray. En tout cas, ça avait marché. Elle avait été chouette.

Chouette aussi d'avoir repris la chambre qui allait avec l'appartement du deuxième. Garder la jouissance, qu'ils appellent ça ! C'est le cas de le dire... La tête des nouveaux locataires ! Ils sont trop fauchés pour avoir une bonne, mais leurs quatre mômes, ils en auraient bien casé deux là-haut, ces boches : boches et juifs pardessus le marché !

Et d'avoir embauché Gildaise au nettoyage des costumes, c'était chouette aussi. Comme ça, il y a rien eu de changé. Mais quand même, ça explique pas la panique d'hier.

Ça explique pas non plus pourquoi le Grandi est pas du voyage. Avec lui, au moins, on rigolerait dans la bagnole.

Elles ont pas arrêté de chuchoter, derrière. Lui dit rien, comme d'habitude...

Le jour commençait à se lever. Dans le rétroviseur, Lucas rencontra le regard de Nicole. Elle soufflait quelque chose à l'oreille de Maddy qui semblait ne pas écouter, puis elle se mit à rire, tout à coup. Ça réveilla Janek qui dormait, appuyé contre la portière.

— Qu'est-ce qu'il y a de si drôle ? questionna Janek de sa voix que le sommeil avait encore fait baisser d'un ton.

— Rien, mon chéri, c'est le chagrin qui nous rend nerveuses. Rendors-toi... C'est encore loin, Lucas ? demanda Nicole.

— Une petite demi-heure, Madame Victoria, si je ne nous verse pas dans le fossé avant, répondit Lucas en souriant.

— Ça ne serait vraiment pas le bon jour, mon pauvre Lucas, soupira Nicole.

— Encore qu'ils nous feraient peut-être un blot, chez Roblot ! murmura Maddy.

— Je t'en prie, la reprit sèchement Nicole.

Lucas fit semblant de ne pas avoir entendu.

Elles ont l'air fatiguées mais pas tellement tristes, se dit-il en jetant un nouveau coup d'œil dans le rétroviseur. Le jour était complètement levé et il les voyait très bien maintenant. Fatiguées et un peu vieilles. Ça doit être le noir. Elles sont toujours en clair, d'habitude. Et puis les chapeaux, ça leur va vraiment pas, surtout à Madame Victoria. Qu'est-ce qu'elle peut être excitante encore avec ses cheveux qu'en finissent pas. Il doit y en avoir partout dans le lit quand il la saute. Parce que pour la baiser, il la baise, même qu'ils sont plus tout jeunes, il paraît que ça les prend en plein après-midi, des fois, qu'Armelle en reste coincée dans sa cuisine, qu'elle ose plus sortir et qu'il faut qu'elle retape la chambre après comme dans un hôtel de passe. La pauvre Mémelle, elle qui veut rien savoir pour la bricole ! C'est marrant, les Bretonnes : Gildaise, elle en voulait dès son arrivée à Paris, alors qu'on baisait pas chez les Le Gentil ; Armelle, rien à faire, alors que c'est le boxon au troisième ! C'est pour ça qu'elle a rien répété, Victoria : les histoires de cul, ça lui plaît, y avait pas besoin de la faire jurer sur sainte Anne d'Auray... C'est pour la cathédrale qu'elle a mis le chapeau, elle aurait dû faire comme lui avec sa casquette neuve, attendre d'entrer en ville. Il avait presque envie de le lui dire, tellement il la trouvait moche avec son galurin.

La Maddy, le chapeau lui allait mieux. Mais la Maddy, il s'en foutait. C'étaient des petites sèches, ça, pas des amoureuses. D'ailleurs, pour se taper le vieux à l'âge qu'elle avait quand elle avait commencé... Enfin, c'était pas sûr : c'est la Joëlle qui avait dit ça à Gildaise, parce qu'elle était jalouse que Victoria l'ait laissée tomber. On savait pas. Ce serait gros, quand même, qu'elle se soye mise en noir et tout le bataclan pour venir enterrer la légitime de son vieil amant. On allait bien voir tout à l'heure, au moment des simagrées. Ça allait être un sacré spectacle... Comme tout le reste de la vie était devenu drôle depuis qu'il bossait plus à l'usine ! Qu'est-ce qu'il avait vu comme trucs en un an ! Des trucs qu'il se serait jamais douté s'il avait continué son train-train avec la pendule à pointer. Les balades dans Paris sans horaires, et même les heures à Chateaubriand à réparer ci, à réparer ça, et à se cogner sur les filles à poil. Parce qu'il y avait pas que des mecs qui se déshabillaient : il y avait des compensations, heureusement ! Et puis toujours l'imprévu : ça, ça lui plaisait bien. Même ce voyage, à part la connerie de la casquette et des guêtres, et la gabardine qui l'engonçait... Quand et comment, et avec quoi il se serait payé une promenade à Troyes ? A Troyes aussi, ça doit bouger, c'est plein d'usines dans ce coin-là... Les sous-vêtements, surtout. Tiens, pendant leur messe, il irait faire un tour dans les boutiques, des fois qu'il trouverait des jolies combines en indémaillable pour Gildaise. Indémaillable noir, qu'on rigole un peu au cinquième... Ça devait être moins cher sur place, près des fabriques.

Ils allaient quand même pas le forcer à assister à leur messe ? Une fois qu'il aurait déchargé la couronne, il les laisserait en famille. Enfin, en famille, si l'on peut dire !

Il jeta un coup d'œil dans le rétroviseur. Janek s'était rendormi. Maddy regardait le paysage par la vitre, l'air absent. Nicole ouvrit son sac, sortit son poudrier et se mira dans la glace.

— Oh, merde, c'est pas possible ! Je tiendrai pas..., dit-elle tout bas.

Elle ôta son chapeau et, d'une main, redonna du bouffant à ses tresses qui étaient tout aplaties. Maddy continuait à regarder à l'extérieur. Nicole sortit un tube de son sac et commença à se peindre très soigneusement les lèvres. Elle se sourit dans le poudrier, puis le remit dans son sac dont elle sortit un grand carré de mousseline noire. « J'ai bien fait d'y penser », soupira-t-elle en se le nouant sous le menton.

« La salope, on dirait une madone, maintenant », pensa Lucas.

— Ça fera plus simple comme ça, non ? dit Nicole en donnant un coup de coude à Maddy pour qu'elle la contemple.

— Tu parles ! C'est moi qui vais faire dimanche, à côté de toi... T'as l'air d'une vraie Pollack ! fit Maddy en s'esclaffant.

« Quelle conne ! » pensa Lucas.

— On va pas tarder, Madame Victoria. Où c'est qu'on va en premier ? demanda-t-il en sortant un plan de la ville de la boîte à gants.

— D'abord à l'hôtel de la Poste où nous attend Maître Dubâteau-Ripoix. Ensuite, ce sera selon, répondit Nicole.

— On va pas faire bizarre, devant un hôtel, avec la couronne sur le toit ? s'enquit Lucas.

— Des couronnes, il y en aura plein la ville, mon pauvre Lucas ! Notre marraine était aimée de tous... Réveille-toi, mon chéri, on arrive, dit Nicole en tapotant la joue de Janek.

« Elle commence à me courir, avec ses *pauvre Lucas,* ça fait le deuxième qu'elle me balance ! », pensa le chauffeur que l'idée d'un rendez-vous avec Maître Dubâteau-Ripoix venait de mettre soudain de très mauvaise humeur. Il allait se cogner dans son chauffeur, à Dubâteau, et celui-là, il pouvait absolument pas le blairer. Un vrai larbin. Prétentieux et snob, en plus. Qui disait à peine bonjour quand il venait allée Chateaubriand. Ganté, lui, en plus de son uniforme. « Merde, j'aurais pas dû me laisser faire », se dit Lucas en ajustant rageusement sa casquette de livrée.

Ils étaient dans les faubourgs de Troyes.

— Ça ressemble à Saint-Étienne, dit Maddy.

— Grandi n'est pas avec vous ? demanda Maître Dubâteau-Ripoix qui attendait les voyageurs dans le hall de l'hôtel.

— ... Non, répondit Nicole.

— Il arrive à quelle heure ?

— A vrai dire, il n'arrive pas du tout.

— Comment ça, il n'arrive pas ? Il est malade, lui aussi ?

— Pourquoi ? Il y a déjà des malades ? interrogea Maddy qui trouvait Dubâteau bien froid.

— Il y a déjà un malade, oui, Mademoiselle Varga. Un grand malade... Mais ne restons pas là. J'ai demandé qu'on vous prépare un *breakfast*, allons dans le *lounge*. Octave, dites qu'on serve mes amis, je vous prie, et appelez Madame Dubâteau-Ripoix pour lui indiquer où nous trouver.

— Certainement, Maître, dit l'homme aux clefs d'or.

Dubâteau les précéda. Ils se retrouvèrent dans un salon anglo-médiéval, devant une grande cheminée où brûlait un tronc d'arbre. Dans un angle, une vieille dame écrivait sur un petit secrétaire.

Dubâteau s'assura qu'elle n'écoutait pas et reprit sa phrase là où il l'avait laissée.

— Un très grand malade. Un homme accablé par le sort, anéanti par le chagrin, hébété, je dis bien *hébété* de douleur. Notre pauvre Augustin n'a plus prononcé une seule parole depuis qu'il a perdu sa compagne. J'ai passé une partie de la nuit à « la Bonne Chanson » avec Liliane et Roger : ni elle, ni lui, ni moi, ni son vieil ami le docteur Roussin, qui est pourtant celui qui a fermé les yeux de la pauvre Marie-Jeanne, ni Mgr Ziegler, l'oncle de Roger, venu spécialement de Strasbourg pour le service funèbre, n'avons réussi à lui arracher un mot. Je ne pense donc pas qu'il sera en mesure d'assister à la cérémonie. Ce qui va d'ailleurs compliquer singulièrement les choses pour... Merci, Gustave, mes amis se serviront eux-mêmes, vous pouvez disposer...

Le serveur s'inclina. Janek se beurra un toast cependant que Nicole remplissait les tasses de thé.

— ... je disais : singulièrement compliquer les choses pour les officiels qui ont tous préparé leurs discours à l'intention d'un veuf. Enfin, l'important est qu'il ne nous fasse pas une vraie attaque. On peut encore tout craindre.

— Mais il vous a tout de même reconnu, Maître ? s'informa Nicole en regardant Maddy.

— Nous n'en savons rien, répondit Dubâteau.

— Il était déjà comme ça hier quand vous m'avez téléphoné, ou bien ça l'a pris après ?

— Après *quoi,* ma chère Victoria ? demanda doucement l'avocat.

— Je veux dire : quand vous m'avez téléphoné, vous n'aviez pas l'air inquiet... Nous serions venus plus vite, si nous avions su !

— 'bsolument, approuva Janek.

Maddy ne disait rien.

— A quelques heures près, ça n'aurait rien changé... Nous sommes devant un cas de prostration totale. Sera-t-elle passagère ou définitive ? Seuls l'avenir et la science nous le diront. Hier, je n'avais aucune raison d'ajouter à l'avance à votre chagrin... *Wait and see !...* Mais le fait est là, et force à nous de le constater. Maître Parbot et moi-même...

Dubâteau se tut et les considéra tous trois.

— Maître Parbot ? demanda Nicole à mi-voix.

— Maître Parbot est le notaire de la pauvre Marie-Jeanne, et c'est de ce côté-là qu'il y a du nouveau depuis hier ! répondit Dubâteau un ton plus bas, en consultant sa montre. Du nouveau qui concerne justement notre ami Grandi dont vous m'annoncez maintenant qu'il ne vient pas, ce qui est un comble !... Alors, il est vraiment malade ?

— Surmené, articula faiblement Nicole.

— Ça tombe mal, parce qu'il va avoir du pain sur la planche, notre Casanova ! s'exclama Maître Dubâteau-Ripoix en regardant fixement Maddy. C'est qu'elles sont fantasques et imprévisibles, nos vieilles dames de province, vous n'imagineriez pas à quel point ! Bon, comme il nous reste très peu de temps, autant vous lire la copie d'une lettre que Maître Parbot a décachetée devant nous hier soir, et qui nous a laissés les uns et les autres stupéfaits.

Dubâteau sortit un bout de papier plié en quatre de son portefeuille en crocodile et chaussa ses lunettes d'écaille.

Nicole, Janek et Maddy avaient posé leur tasse.

Maddy contemplait le tapis. Dubâteau entama sa lecture sans y mettre d'intonations, comme un rapport de police :

> « Saine de corps et d'esprit, aujourd'hui, deux novembre 1935, Jour des Morts, je pense à ma mort. Par ces lignes confiées à mon notaire Me Parbot, je désire modifier certains termes de mon testament rédigé il y a un an et qu'on trouvera dans le tiroir de droite de la coiffeuse de ma chambre dans ma chère maison " la Bonne Chanson ".
>
> « Ce testament reste inchangé et valable pour tout ce qui a trait à mes biens, tant immobiliers qu'en valeurs, actions et bijoux, sauf en ce qui concerne la Société " Masques et Bergamasques " dont je désire disposer différemment que prévu. Les buts artistiques de cette société dont je suis la seule propriétaire ont embelli, de loin, mes vieux jours d'épouse, de fille et de petite-fille de bonnetiers. Je lègue donc " Masques et Bergamasques " à Monsieur Alexandre Grandi : ce jeune artiste me semble plus apte à continuer mon œuvre que ne le serait mon entourage direct ou celui de mon mari. J'ai été bien incomprise de mon vivant.
>
> Fait à Troyes, le 2 novembre 1935
> à 22 heures. »

— Voilà, dit Maître Dubâteau-Ripoix en ôtant ses lunettes. Et ça — il agita le feuillet avant de le replier —, nous n'avons pas été en mesure de le communiquer à notre grand malade, qui est le seul à n'en rien savoir... Avec Alex, bien sûr. Confondant, non ?

— Jean-Gaétan !... Nous sommes très en retard, annonça une voix féminine.

Madame Dubâteau-Ripoix traversait le lounge. Elle tombait à pic. Tout le monde se leva.

— J'espère que vous vous êtes bien couverts, la cathédrale sera glaciale », dit-elle en embrassant par quatre fois Nicole et Maddy. Janek lui baisa la main. « Quant au cimetière...

— Ils savent, ils savent, je les ai déjà prévenus, Jennifer, fit Maître Dubâteau d'un ton agacé. Allons-y, mes enfants ! » — et il prit la tête du petit groupe en direction du hall.

« La vache, il appelle ça prévenir ! » jura Nicole entre ses dents. Elle était livide. Seule Maddy l'entendit. « Mon pauvre Tintin », murmura-t-elle. Elle avait un drôle de sourire, triste et tendre.

— Deux heures trois quarts, mais il n'y avait personne sur les routes, expliquait Janek à Jennifer Dubâteau qui se retourna pour attendre Nicole et Maddy.

— Grandi a pris le train ? demanda-t-elle alors qu'ils se retrouvaient tous devant le comptoir du concierge.

Personne ne lui répondit. Maître Dubâteau-Ripoix avait repris la parole :

— Ne nous dispersons pas », recommanda-t-il en jetant un coup d'œil à travers les vitres de la porte-tambour. Il reconnut Lucas au volant de la Citroën. « Ne nous dispersons pas : nous nous perdrions dans la ville. Première étape : “ la Bonne Chanson ”, bien entendu, mais je suggère que nous nous délestions au préalable de cette sublime couronne. Donc, premier arrêt devant le parvis de la cathédrale. Nous prenons la tête, votre voiture suit, Hubert donnera la main à votre frotteur pour décharger les fleurs que nous confierons aux ordonnateurs afin qu'elles trouvent la place qu'elles méritent sur le catafalque, et en route pour la maison mortuaire où nous abandonnerons les voitures pour suivre à pied la dépouille de notre vieille amie. En revanche, nous rejoindrons le cimetière dans nos véhicules. Il faudra donc qu'ils suivent le cortège à distance et au pas, pour nous attendre au pied de la cathédrale à la fin de la messe. Qu'en pensez-vous ?

Maître Dubâteau-Ripoix n'attendit pas la réponse. Il enchaîna :

— Octave, soyez assez aimable pour prévenir mon chauffeur que nous partons, lança-t-il au concierge.

— Monsieur Hubert est dans la salle des courriers, je l'appelle, Maître, dit le concierge en décrochant son téléphone intérieur.

— Je plaide si souvent dans la région que j'ai mes habitudes, mes manies même, devrais-je dire, comme à la maison. Les circonstances s'y prêtent mal, mais je regrette que vous n'ayez pas vraiment goûté la *marm'lade* avec votre *breakfast,* Octave la fait venir spécialement pour moi de Londres, n'est-ce pas mon bon Octave ?

— Pour vous, Maître, et pour Madame, dit Octave en s'inclinant. Et pour cette pauvre Madame Leblanc quand elle venait prendre le thé... J'espère que les fleurs de la Direction ont bien été livrées à « la Bonne Chanson » ? soupira-t-il avec un œil interrogatif et navré.

— Elles sont arrivées hier, elles ont beaucoup touché Madame Ziegler, dit Jennifer Dubâteau-Ripoix.

« Tu parles, pensa Maddy, tu parles comme ils devaient avoir la tête à ça, les *dépossédés* !... »

Elle ne l'avait pas fait exprès. Ça lui avait échappé dans sa tête.

— Je reviens tout de suite, dit-elle avec difficulté, tellement le fou rire lui nouait la gorge, et elle se dirigea vers une porte indiquant « Dames » à droite de l'ascenseur. Nicole la suivit.

— Sage précaution ! Tout ça va durer des heures ! Vous venez, mon vieux ? dit Maître Dubâteau-Ripoix à Janek qui le suivit en direction de la porte de gauche indiquant « Messieurs ».

— Tu crois vraiment que c'est le moment ! s'exclama Nicole en découvrant Maddy, sanglotant de rire devant la glace du petit boudoir des toilettes.

— Les dépossédés... Les dépossédés !..., hoquetait péniblement Maddy. Ça ne te dit rien ?

Nicole haussa les épaules. « Elle ne se rappelle même pas ! » se dit Maddy en croisant dans le miroir le regard dur, absent et déterminé de Victoria Jean. « Elle ne se rappelle rien... » Et elle réalisa qu'elles ne partageaient pas la même mémoire. Elle se sentit abandonnée et eut envie de pleurer. De pleurer sur Saint-Étienne et sa mère, sur l'amour perdu d'Alex, sur le chagrin de Tintin, sur le sourire entrevu de la bonne

Marie-Jeanne, sur sa propre carrière ratée, sur le regard méchant de Dubâteau, sur ses connivences avec Agnès, la livrée de Lucas, l'ineptie des enterrements et les petites rides qui se creusaient autour de ses paupières.

— Tu viens ? dit Nicole dont la voix couvrit la discrète cascade de la chasse d'eau.

Maddy la suivit sans un mot.

Les deux voitures s'ébranlèrent ensemble. Monsieur Hubert, qui parut ne pas reconnaître Lucas, l'aida à décharger la couronne devant la cathédrale. Lucas se remit au volant et c'est alors que Maddy se décida :

— J'aime mieux attendre ici, dit-elle brusquement.

Et elle descendit de la voiture qui démarrait juste. Lucas freina.

— Ne perdons pas les autres, fit Janek.

Lucas redémarra, Maddy eut le temps de voir Nicole se retourner et la questionner à travers la vitre arrière de la Citroën qui s'éloignait. Elle resta un moment immobile.

— La gare, s'il vous plaît ? demanda-t-elle à un vieux couple qui se donnait le bras.

La dame tenait un petit bouquet à la main. Elle lui indiqua le chemin à voix basse. Maddy la remercia sur le même ton et suivit le couple du regard tandis qu'à pas lents celui-ci s'avançait vers l'ouverture des immenses tentures noires surmontées d'un écusson argenté aux chiffres « M.J.L. ». Des gerbes et des couronnes étaient disposées de part et d'autre du portail ogival, et avant de s'engloutir dans le grand vaisseau dela cathédrale Saint-Pierre et Saint-Paul, le couple s'arrêta une seconde pour déchiffrer les regrets éternels qui barraient la plus grosse des couronnes. « Masques et Bergamasques » brillait de tout son or sur les pavés du Moyen Age. L'homme et la femme se concertèrent du regard : ça ne leur disait vraiment rien.

Maddy attendit qu'ils eussent disparu, puis elle s'engagea résolument dans la direction qu'on lui avait indiquée.

Mon amour,

Je t'écris de la Brasserie de la Gare de l'Est. C'est une gare très triste et avant d'entrer dans le café, j'ai bien regardé ce grand tableau qui montre le départ des soldats en 14. J'ai même cru reconnaître Papa.

Je suis un peu saoule, j'ai bu trois cognacs.

Quand j'aurai fini ma lettre, je la posterai et rentrerai me tuer.

Pendant mes heures de voyage, je vous ai revus, tous ceux que j'ai aimés. Mais c'est à toi seulement que je peux le dire. J'avais beau essayer de penser aux autres, c'est toujours toi qui revenais. Toi, dans l'ombre, derrière un portant, avec tes manches roulées au-dessus du coude, me souriant pour la première fois quand on ne se connaissait pas encore et que je lisais mon texte sur scène. Que je bafouillais et que tu souriais.

Toi, la première fois que je t'ai vu.

Je t'ai perdu pour ne pas perdre Tintin.

Pauvre Tintin qui n'aimait que sa vieille femme, qu'il a perdue.

Et moi qui perds tout. Moi qui te perds aujourd'hui pour toujours, parce que tu ne me croirais jamais si je te disais maintenant que je n'ai jamais cessé de t'aimer ! Tu parles comme ça ferait sérieux au moment où tu vas tout avoir à toi !

J'ai bien réfléchi, dans le train. J'ai vraiment tout raté. Je ne vais pas en plus me rater, moi. Parce que c'est la seule façon qu'il me reste pour te dire la vérité et que tu me croies.

Adieu mon Amour, ne m'oublie pas.

Maddy.

P.S. Je rouvre ma lettre que j'avais déjà cachetée. Ils m'ont donné une autre enveloppe et le serveur me regarde drôlement.

Ça va te faire du dérangement, mais je veux que ce soit *toi seul* qui me mènes au cimetière de ton quartier. Sans falbalas et dans du sapin. *Toi seul.* Même pas avec Ginette. Pour la consoler, je lui fais cadeau de ma zibeline qui lui faisait tellement envie quand on était dans *L'Autrichienne et le Serrurier.* Pour ma mère, ne t'inquiète pas, elle est morte il y a deux ans, mais j'avais rien dit à personne.

Maddy paya ses cognacs et son timbre, laissa un gros pourboire et sortit sous le regard narquois du garçon. Elle glissa l'enveloppe dans la fente de la boîte aux lettres, près de la sortie des voyageurs.

Elle prit un taxi et rentra chez elle, donna son nom à la concierge, referma sa porte à double tour en laissant la clef engagée dans la serrure.

C'est le lendemain matin, vers onze heures, que la concierge de la rue Pergolèse fit forcer la porte par les pompiers.

Il n'y avait pas de sang sur le lit. Juste une petite auréole autour du trou noirci comme par une brûlure de cigarette dans le crêpe de Chine rose de la chemise de nuit. Maddy avait les yeux fermés. Le petit revolver était resté dans sa main que la secousse avait renvoyée sur le côté droit du lit.

Sur la table de nuit, il y avait un mot écrit en gros caractères d'imprimerie sur le fond du couvercle d'une boîte à chaussures :

« SALUT. J'EN AI MARRE. C'EST LA FAUTE À PERSONNE, PERSONNE, PERSONNE. IL EST UNE HEURE DU MATIN. »

La concierge raconta qu'elle avait trouvé sa voix bizarre, la veille, quand elle était rentrée vers vingt-deux heures. Et certifia que personne d'étranger à l'immeuble n'était venu dans la nuit.

Le médecin légiste conclut bien au suicide.

Et Police-secours transporta le corps à la morgue.

La lettre postée Gare de l'Est fut distribuée à midi. Alex la trouva glissée sous la porte de son atelier de la rue Campagne-Première vers seize heures.

Alex se releva, s'essuya les mains avec son mouchoir, recula d'un pas et contempla les douze pieds de myosotis qu'il venait de repiquer dans la terre fraîche. Délimité par une balustrade de bois peinte en noir, coincé entre deux chapelles de pierre, le petit rectangle avait l'air d'un jardinet au milieu d'une ville morte. Il embrassa la paume de sa main et la posa sur l'inscription qu'il caressa avec douceur. La peinture blanche était encore aussi fraîche que la terre retournée. Il ressortit son mouchoir pour gommer la légère traînée que sa caresse avait laissée sur le fond noir. Avec un peu de salive, il redonna leur netteté aux caractères si soigneusement calligraphiés : *« Madeleine Vargougnan, 1904-1935. »*

« On dirait une ardoise d'écolière », se dit Alex. A grands pas, sans se retourner, il s'engagea entre les tombes pour rejoindre l'allée centrale du cimetière Montparnasse.

Il dut se ranger pour laisser passer un convoi de grand luxe, et, pour la première fois en l'espace de quarante-huit heures, il songea à Troyes.

A Troyes et à tous les autres auxquels il avait refusé de parler et qu'il avait refusé d'entendre avant d'avoir fait les choses comme Maddy les avait voulues.

Le convoi n'en finissait plus. Comme il était épuisé de n'avoir pas dormi et d'avoir bu tant de café, il essaya d'avancer à contre-courant. Un homme coiffé d'un huit-reflets le repoussa : « Un peu de respect, jeune homme », crut entendre Alex. Il n'avait pas vraiment envie de se disputer. Il attendit et contempla les tombes qui l'entouraient.

L'une surtout retint son attention. C'était un monument admirablement entretenu, fleuri de la veille ou du matin même. Sous une inscription en cyrillique, il déchiffra le nom gravé dans la pierre : *« Simon PETLURA. »*

Ça lui dit vaguement quelque chose, une conversation toute récente. Mais, en considérant les dates : 1879-1926, ça ne lui dit plus rien, ça n'avait d'ailleurs aucune importance, et, fatigué d'attendre, il coupa à travers tombes et sortit par la petite porte de la rue Froidevaux.

Rentré rue Campagne-Première, il ne replaça pas le récepteur sur son combiné téléphonique, n'ouvrit pas le courrier qui s'accumulait dans l'entrée depuis l'avant-veille. Il se coucha pour dormir enfin.

Il se réveilla six heures plus tard, se doucha, se brossa soigneusement les mains pour ôter la terre qui avait séché sous ses ongles, se rasa, mit une chemise propre et raccrocha son téléphone.

A part qu'il était cinq heures de l'après-midi, il fit tous les gestes qu'on fait le matin pour entamer une bonne journée. Il ne s'en étonna point.

Tout s'était figé dès l'instant où il avait trouvé la lettre. Tout repartait à présent qu'il avait accompli ce que lui demandait la lettre.

Il était de retour. Il revenait de très loin. De quarante-huit heures vécues dans quelque ailleurs. Déchiré, stupéfait, incrédule, étranger en pays étranger, il s'était regardé faire des choses étranges, ordonnées par quelqu'un d'absent dont le départ resterait à tout jamais inexplicable.

Et puisqu'il commençait une nouvelle journée, il alla devant sa porte ramasser les enveloppes qu'il piétinait depuis deux jours. Sous divers catalogues, il découvrit deux télégrammes. Tous deux provenaient de Troyes, se suivaient de quelques heures et ne se ressemblaient pas.

Le premier qu'il ouvrit était signé Dubâteau-Ripoix et était parti l'avant-veille vers treize heures :

« Situation nouvelle, présence indispensable. Félicitations. Vous attendons hôtel de la Poste. »

Le second était parti le même jour vers dix-sept heures et était simplement signé Victoria :

« Fugue Maddy inexcusable. Vous prie nous la renvoyer, ou mieux l'accompagner vous-même. Vous attendons. »

Et puis il en découvrit un troisième, plus un pneumatique de Ginette : *« Votre téléphone en dérangement, prière appeler... » « Impossible vous joindre, appelez »* — mais, à partir de là, il connaissait... Ça datait du moment où il avait lui-même coupé le contact.

Et puisqu'il l'avait rétabli, il décida de faire à nouveau passer le courant et composa sur le cadran le numéro de Dubâteau-Ripoix. Il avait tout de même envie de savoir à quel titre il méritait ses félicitations, pourquoi sa présence avait été jugée indispensable au bord du trou dans lequel on descendait le cercueil d'acajou d'une vieille femme qui ne lui était rien, à l'heure où lui-même s'apprêtait à enterrer le corps mutilé d'une femme jeune, qu'il avait en son temps beaucoup aimé.

Il laissa sonner un bon moment, raccrocha, recomposa le numéro sans succès, se promit de rappeler le lendemain, enfila son trench-coat et sortit.

Il marcha jusqu'à la Coupole où l'attendaient sans l'attendre ceux qu'il retrouvait presque tous les soirs à la même heure.

— Tu étais en voyage ? lui demanda Rodriguez, le peintre, sans lever les yeux de son journal.

— Un genre de voyage..., répondit Alex en se commandant un double scotch.

« On demande Monsieur Vladimir Oulianov au téléphone... Monsieur Oulianov..., de la part de Monsieur Léon Bronstein... Monsieur Oulianov au téléphone... », répéta la voix de la caissière dans le haut-parleur.

— Ils ne s'en lassent pas, de leur gag, soupira Alex en faisant bonjour de loin à un type jeune et beau comme un gitan que tous les regards suivirent tandis qu'il se dirigeait vers la cabine téléphonique en souriant;

— Il y a des variantes : hier, c'était le colonel de La Rocque qui demandait le capitaine Bordure ! fit Rodriguez en repliant son journal. Ça a failli mal tourner, il y avait une tablée de Croix de Feu dans le fond...

— Je vais donner un coup de fil, dit Alex en songeant tout à coup à la rue de la Mare qu'il avait laissée sans nouvelles depuis deux jours.

Dans l'annuaire des rues, il trouva le numéro de l'Auvergnat. Le beau jeune type lui céda sa place dans la cabine.

— T'as l'air bien content, lui lança Alex.

— Tu parles, mon frère vient de me dire qu'on a casé notre scénario... On mange ensemble ?

— D'accord, préviens Rodriguez... J'arrive, répondit Alex en refermant la porte de la cabine.

Chez l'Auvergnat, il demanda si quelqu'un pouvait faire une commission à Mesdames Sonia et Olga, au numéro 58. L'Auvergnat lui passa Barsky qui était justement au comptoir.

— Qu'elles ne s'inquiètent pas, j'ai eu un ennui, mais tout va bien. Je passerai demain...

— ... demain sans faute, répéta Barsky. Je m'en vais leur dire... Comme ça, je vous verrai aussi demain. J'ai peut-être une affaire pour vous...

— Vous me raconterez ça demain, mon cher Isidore. Salut !

Alex raccrocha et s'en alla retrouver Rodriguez et son double scotch auquel il n'avait pas encore touché.

A minuit, ils étaient toujours à table chez « Chéramy », rue Jacob. Laurent et Louis Verdon s'étaient relayés pour raconter leur scénario. Rodriguez et Alex écoutaient. C'était une histoire belle, simple, triste et gaie, qui se passait beaucoup dans les rues, un peu dans une chambre, sur les bords de la Marne, dans une fabrique de vélos et sur les galets d'Étretat. C'était aussi une histoire d'amour qui se déroulait un samedi et un dimanche entre une fille et un garçon qui se quittaient le lundi.

— Je te ferais bien tes costumes..., dit Alex à Laurent Verdon qui, des deux frères, était celui qui s'occuperait de la mise en scène.

— Elles seront pas en dentelles, mes bonnes femmes, tu sais, lui répondit Laurent en souriant de ses yeux verts. Vous êtes bien trop chics et bien trop chers pour nous, chez « Mamasques » !

— Je suis plus à « Masques » et j'ai rompu avec la dentelle, dit neutrement Alex.

Les trois autres se regardèrent. Il y eut un silence.

— Et tu nous le disais pas ! s'exclama Rodriguez. Ça t'est arrivé quand, cet heureux accident ?

— Il y a quelques jours. Ce n'est pas un accident, encore moins un accident heureux, et je n'ai pas envie d'en parler.

Il y eut un nouveau silence.

— En revanche, j'ai envie que tu me parles encore de votre film, Laurent, fit Alex. Il y aura des femmes dans ta fabrique de vélos ?

— Quelques-unes... Pourquoi tu me demandes ça ?

— Comme ça, à cause de Saint-Étienne, répondit Alex.

TROISIÈME PARTIE

Le tract jaune

La femme se réveilla en sursaut. Elle eut peur à nouveau. Comme avant-hier.

Avant-hier, c'était très tôt le matin. Il faisait encore nuit, mais c'était déjà le matin quand les portières avaient claqué sous les fenêtres, dans cette rue habituellement si calme. A ses côtés, Kurt dormait. Frieda Neumann avait regardé les aiguilles lumineuses du cadran posé sur la valise qui lui servait de table de chevet. Elles disaient six heures moins le quart. Les yeux grands ouverts, elle était restée immobile et n'avait retrouvé sa respiration normale qu'après avoir entendu la voiture redémarrer.

Alors seulement, elle s'était moquée d'elle-même. On était en France. Il serait temps qu'elle s'habitue.

En France, quand des portières claquent, ça ne veut pas dire qu'on vient vous chercher. Ça veut dire que les gens font ce qui leur plaît, où ça leur plaît, à l'heure qu'il leur plaît. Voilà ce qui lui répondrait Kurt une fois de plus, comme il le faisait depuis deux mois, et elle avait décidé de ne rien lui dire de sa frayeur du petit matin.

Mais, cette nuit, ça recommençait. Et on était vraiment au cœur de la nuit. Deux heures vingt, disaient les aiguilles.

Il y avait eu trois claquements, des pas sur le trottoir, puis un coup de sonnette à la porte qui s'était refermée violemment.

Et la voiture n'avait pas redémarré.

Frieda se leva dans l'obscurité, quitta la chambre sans bruit, passa dans l'entrée et, sans allumer, colla son oreille à la porte.

On montait dans le grand escalier. A pas lents, étouffés par l'épaisseur du tapis cloué. On montait aussi dans l'escalier de service. Un seul pas, un peu plus rapide, mais qui résonnait terriblement dans la cage métallique.

A présent, elle était sûre qu'ils allaient frapper aux deux portes en même temps. Mais les pas sonores continuèrent leur ascension, les pas feutrés la leur. Elle entendit une voix féminine soupirer : « Quelle fatigue !... », puis la porte du troisième se refermer.

C'est alors seulement que Frieda Neumann réalisa qu'elle avait compris les mots de la femme. C'était du yiddish. Ça la fit tellement rire qu'elle faillit se précipiter dans la chambre pour réveiller Kurt et le faire rire avec elle. Puis elle décida que ça ferait une meilleure histoire pour le petit déjeuner.

Elle alluma, alla dans la cuisine boire un verre d'eau, et elle écouta le silence. Rien ne bougeait dans les autres pièces de l'appartement. Les enfants non plus ne s'étaient pas réveillés. Il n'y a que moi qui veille, pensa-t-elle, moi qui suis la folle du logis.

« Je suis la folle, la folle du logis », chantonna-t-elle gaiement dans sa tête sur l'air de la petite sonate de Mozart qui servait beaucoup dans la famille. « Je suis la folle du campement », murmura-t-elle sans musique en traversant l'ancien salon des Le Gentil où dormaient ses deux aînés dans des sacs de couchage.

Si on reste, il faudra acheter des sommiers, se dit-elle encore en se recouchant précautionneusement aux côtés de Kurt, sur le grand matelas posé à même le sol.

Des sommiers et des pianos. Les deux pianos de location étaient trop mauvais et coûtaient trop cher.

A nouveau elle eut envie de rire. C'était la tante Hannah qui disait toujours : « Sois violoniste, jamais harpiste et surtout pas pianiste. Violoniste ou flûtiste, même dans les trains tu peux jouer. » La tante Hannah ! C'était bien la seule qui parlait yiddish dans la famille. Les autres n'aimaient pas ça. L'allemand et l'anglais. Très chic, l'anglais. Dommage qu'on ne lui eût pas fait apprendre le français quand elle était petite. Ça lui servirait bien, maintenant.

Si on restait...

Elle n'avait pas vraiment envie de rester. En tout cas, pas de rester là. Pas dans ce quartier-jardin, pas dans cette maison où personne ne semblait s'être avisé de leur présence, à part la concierge qui ne répondait jamais aux balbutiants « Bonjour Madame » des quatre enfants.

Ils ne sont pas curieux, ces Français, se dit Frieda, pour ne pas se demander comment se débrouillent six personnes qui ont emménagé sans meubles, ne parlent pas le français, mais font monter deux pianos trois jours après leur arrivée ! Pas curieux, bien discrets, totalement indifférents ou volontairement ignorants, ces Français. Pourtant, elle avait beau être la folle du logis, elle n'était pas folle : la dame du troisième, tout à l'heure... C'était quand même bien en yiddish qu'elle avait soupiré : « Quelle fatigue ! » Elle devait bien le savoir, elle, qu'ils n'étaient pas des touristes, ces tapeurs de piano !

— Les vaches, ils m'y reprendront plus ! dit Lucas en embrassant Gildaise qui l'attendait sur le palier du cinquième. Du coup, j'ai pas rentré la bagnole... Tiens, tu diras pas que j'ai pas pensé à toi » — et il lui tendit une boîte aux armes des « Mille mailles ». « J'ai pensé à toi et j'ai eu du mérite, parce qu'en fait d'enterrement pépère, c'est Rouletabille et l'enlèvement de la Bégum qu'ils m'ont fait jouer à Troyes...

Il parlait tout bas dans le corridor. Ils entrèrent dans la chambre et, avant même de déboutonner le col de sa vareuse, Lucas s'attaqua aux boucles qui fermaient ses leggins et aux lacets de ses bottines.

— Ah la vache, ça fait du bien ! souffla-t-il avant d'entamer son récit.

Celui de la « chasse à la Maddy » qui avait commencé à la sortie de la messe, quand les patrons s'étaient aperçus qu'ils ne l'apercevaient plus. Elle sera au cimetière ? Non ! Alors que je te commence les va-et-vient ! Dans la cathédrale, on retourne chercher partout, jusque dans les confessionnaux et à la sacristie. Et hop ! on repart à l'hôtel, des fois qu'elle aurait eu un malaise. Et qu'on te retourne à la maison mortuaire, et qu'on te repasse à l'hôtel, et qu'on fait les hôpitaux, pour finir par le commissariat de police. Et qu'on décide de coucher là sans demander si ça convient. Alors, pharmacie : vous avez des brosses à dents, s'il vous plaît, du dentifrice ? La marque ? non, on m'a pas dit. Docteur Pierre ? Va pour Docteur Pierre... De toute façon, elle grince des dents, la patronne, elle décolère pas. Elle a décrété qu'elle attendrait sur place. Pour le peu qu'on peut comprendre, parce qu'ils l'ouvrent presque pas dans la voiture, sauf qu'elle a dit : « Cette petite garce et ce petit maquereau ne vont pas s'arranger derrière mon dos, ce serait trop facile ! Je les veux ici, tous les deux *ici.* » Total : on reste ici. A partager une chambre de « courriers », qu'ils appellent, avec ce con d'Hubert, ici ! Et le lendemain, même service, sauf qu'on va à la gare guetter les arrivées des trains de Paris. *Nada !* personne. Alors, expédition en pleine cambrousse pour trouver une auberge que c'est le concierge de l'hôtel qui la connaît, très difficile à dégotter, à preuve qu'on tourne en rond pendant deux heures, paraît que c'est là qu'ils viennent, les gros bonnets de la bonneterie, pour faire leurs frasques, et que la Maddy, elle connaîtrait l'endroit et qu'elle y serait planquée avec le Grandi pour voir le notaire tout seuls. Ça, c'est Hubert qui est au courant, à cause de son patron qui est très bavard en voiture. Total, au baisodrome... bernique ! Et on repart dans les champs de betteraves, qu'il fait déjà nuit. Et rebelote pour la maison mortuaire où ça va pas fort, que le vieux cause toujours pas. Quant à la Maddy...

— Je crois bien qu'elle est morte et enterrée

d'aujourd'hui », dit Gildaise qui n'avait pas osé interrompre son amant. Celui-ci la regarda interdit. « Enterrée aujourd'hui, c'est Ginette qui est venue déposer un mot pour Madame Victoria... Vous étiez déjà sur la route. Elle l'a donné à Armelle qui l'a mis sur l'oreiller pour que la patronne le trouve sans faute.

— Ben merde alors ! dit Lucas.

Un rugissement et de longs sanglots d'enfant trouèrent le silence juste au moment où Frieda Neumann commençait à se rendormir.

« Eux aussi font tout de même des cauchemars, les Français... », se dit-elle. Et elle se serra contre Kurt qui n'avait pas bougé.

On ne cauchemardait pas, au troisième. On vivait l'horreur. Les yeux bien grands ouverts, Nicole venait de rencontrer le malheur. Le vrai, l'irréversible, l'irréparable malheur.

Dépassé, désarmé, Janek contemplait à distance cette folle aphone qui refusait de se laisser approcher. Tassée par terre au pied du lit comme un paquet de chiffons noirs, elle avait déployé une énergie qu'il ne lui connaissait pas quand il avait tenté de la prendre dans ses bras ; et quand il avait voulu lui parler, elle avait couvert sa voix par des râles si rauques et si profonds qu'ils semblaient sortir d'une soufflerie. Puis elle s'était redressée tout à coup et, de ses deux poings fermés, elle s'était mise à marteler le mur de leur chambre comme un prisonnier celui de sa cellule.

Alors Janek rassembla ses forces et la paire de gifles fut si violente que Nicole s'écroula inanimée sur le lit.

L'évanouissement dura quelques minutes. Penché sur les paupières closes de sa femme, Janek se demandait si c'était le dépit, la rage ou le chagrin qui l'avait rendue folle. Dès qu'elle rouvrirait les yeux, il saurait.

Elle les rouvrit et il reconnut la petite lumière.

La petite lumière de tendresse et de désespérance que seules au monde, jusqu'alors, deux personnes avaient su allumer dans ce regard toujours superbement vainqueur aux yeux de tous les autres : le vieux Zedkin et lui, Janek.

Ils seraient trois, désormais.

C'était bien de chagrin qu'elle était folle.

Il se sentit vaguement rassuré et singulièrement jaloux.

A la même heure, Alex essayait en vain de s'endormir. « Sans leur connerie de fabrique de vélos, j'y penserais pas autant ! » dit-il à voix haute. Il savait bien qu'il se mentait. Il ralluma la lampe de chevet et, dans le même mouvement, sortit une cigarette du paquet posé sur le cendrier. Il y compta six mégots. « Ça va quand même pas durer comme ça toutes les nuits de toute ma vie ! » marmonna-t-il en craquant une allumette. Il se leva pourtant et, comme la veille et l'avant-veille, se dirigea vers le tiroir où il avait rangé la lettre de Maddy.

Il la connaissait maintenant presque par cœur, cette lettre, à force de la relire de façons si diverses.

La première fois, il l'avait parcourue plutôt que lue, et, convaincu qu'elle avait été pensée, écrite et minutieusement postée à temps pour le faire venir à temps, c'est incrédule et presque rigolard qu'il s'était précipité au secours de quelqu'un qui criait : « Au loup ! »... et qui le lui paierait.

La seconde fois, c'est quand il était revenu de la morgue où, dans le fracas du métro aérien, il avait administrativement reconnu le visage de la morte comme l'en avait très administrativement prié l'employé avant de rabattre la couverture. Cette seconde fois, il l'avait lue comme elle méritait d'être lue, comme exigeaient d'être lus un adieu, un testament qu'il fallait respecter.

Et puis il l'avait relue et relue, pour essayer de forcer le secret caché derrière cette petite phrase qu'elle avait sans doute cru si limpide en l'écrivant, mais à laquelle il n'avait rien compris en la lisant et continuait de ne rien comprendre en la relisant :

> *« ... tu parles comme ça ferait sérieux, au moment où tu vas tout avoir à toi !... »*

Et, comme la veille et l'avant-veille, c'est la dernière image de Maddy vivante qui revenait : Maddy en noir dans le miroir biseauté, entre Nicole et Agnès ; Maddy grave, un peu cynique, un peu coupable, le regardant partir.

Vers quoi, vers qui s'était-elle imaginée qu'il était en partance, pressé au point de ne pas prendre le temps de se retourner vers elle ? vers elle toute seule, le quart de seconde nécessaire pour un au revoir à elle seule, avant de disparaître de leur vue à toutes trois ?

Toutes les trois, soudées dans sa mémoire, indissociables au moment du flagrant délit et vers lesquelles il ne s'était pas retourné pour un au revoir qu'il n'avait pas envie qu'elles se partagent, puisqu'il n'avait nulle envie de les revoir — jamais.

Alors, dans le miroir, elle avait dû regarder son dos à lui qui s'éloignait, et il n'avait pas regardé son visage à elle, et il ne saurait jamais quel visage elle avait en le regardant sortir de sa vie.

Il replia la lettre, la rangea dans le tiroir et retourna se coucher.

Il écrasa son septième mégot et éteignit la lampe, qu'il ralluma presque aussitôt. Il se releva pour prendre le fusain qui traînait sur sa planche à dessin, et, sur le paquet de gitanes jaunes, il nota : « Appeler Dubâteau sans faute », puis, au-dessous : « Penser zibeline Ginette », et il éteignit pour de bon.

Alex fixait le plafond tandis que Dubâteau-Ripoix s'écoutait parler dans son grand bureau en rotonde de l'avenue Mac-Mahon. Le plafond était truqué : si habilement truqué pour faire caisse de résonance qu'il fallait être de la partie pour s'en apercevoir. Ce n'était pas le truquage qu'Alex regardait : il le connaissait, c'est lui qui l'avait conçu, fait construire, fait placer, fait peindre et fait raccorder avec les boiseries de bois clair qui tenaient lieu d'écrin aux effets de voix de l'illustre ténor du barreau parisien. Alex fixait le plafond parce qu'il ne voulait pas que Dubâteau-Ripoix remarque les larmes qui lui emplissaient les yeux. Elles avaient jailli brutalement dès les premiers mots du discours qui lui révélait ce que Dubâteau-Ripoix avait appelé son extravagante bonne fortune.

— Eh oui, mon cher Grandi, tout est à vous : les murs, le fonds, le stock et les clefs, tout !... Ça, on peut dire que vous lui aviez tapé dans l'œil... Et en lui tapant dans l'œil, on pourrait dire que vous avez tapé dans le mille, pour ne pas dire les millions..., avait conclu Dubâteau avec un sourire égrillard qui disait assez en quel admiratif mépris il tenait le jeune bénéficiaire des tardives et ultimes lubies de la vieille Madame Leblanc.

Tout est à vous, venait de dire Dubâteau. C'était donc ça qu'elle voulait aussi dire, la petite phrase de Maddy ! Ce n'était que ça : les murs, le stock et les clefs. Quelle horreur, quel malheur, quelle tristesse, quelle dérision à pleurer !

« Mais s'il aperçoit une larme, une seule larme, si je bouge la main pour essuyer mes yeux, si je prononce un mot de ma voix cassée, ce con va croire que je lui fais le coup de l'émotion du gagnant à la Loterie nationale... Faut pas que je pleure, faut pas que je pleure, faut pas que je pleure », se disait Alex en continuant à fixer le plafond.

Il y eut un assez long silence.

— Vous comptez les mouches... ou les millions ? s'impatienta Dubâteau-Ripoix.

— Je ne compte rien, parce que je ne veux rien, répondit alors Alex quand il fut certain d'avoir retrouvé sa voix et son regard de tous les jours. « Rien », répéta-t-il en plantant ses yeux secs dans ceux de Dubâteau-Ripoix encore tout brillants des feux de son dernier bon mot.

— Comment ça, rien ? fit l'avocat abasourdi.

— Rien. Rien, comme rien du tout... Ou le tout, si vous préférez : je refuse le tout. Voilà, c'est tout, dit Alex qui réapprenait à s'amuser.

Dubâteau-Ripoix, les yeux rivés sur ceux d'Alex, essayait de jauger la véracité de ce qu'il venait d'entendre.

— Vous plaisantez, mon cher Grandi ? finit-il par articuler mezza voce, pour une fois.

Alex lui sourit tristement.

— En ai-je vraiment l'air, mon cher Dubâteau ?

Il avait failli l'appeler Petit Navire.

— Non, admit Dubâteau-Ripoix. Non... Mais alors, qu'allons-nous faire ?

— Nous ? Mais nous n'allons rien faire, mon cher Maître. C'est *vous* qui allez faire. Vous allez informer vos clients et amis que le captateur, l'usurpateur, le détrousseur, l'ancien jeune amant de la défunte jeune maîtresse du vieux veuf de la vieille et regrettée donatrice s'excuse pour le dérangement qu'il leur a causé, dont il ne mesure l'étendue qu'aujourd'hui, et qu'il les prie de bien vouloir récupérer un bien auquel il ne saurait toucher. Voilà ce que vous allez faire, mon cher Maître. Et moi, je vais m'en aller.

Alex s'était levé à la fin de la tirade qu'il était parvenu à débiter sur un ton très calme.

Dubâteau-Ripoix n'avait pas bougé.

— Asseyez-vous, Alex, demanda-t-il presque humblement.

Alex se rassit.

— Si vous refusez, nous allons tout droit en déshérence...

Dubâteau avait retrouvé sa belle voix.

— Pardon ? fit Alex.

— Je dis bien *en déshérence.* « Masques et Bergamasques » tombant en déshérence, quelle déchéance, non ?

— Je ne vois pas... », dit Alex qui voyait pourtant des farandoles de crinolines, de péplums, de mousquetaires sans tête ni corps en pitoyables errances parmi des paysages lunaires... « Non, je ne vois pas du tout, répéta-t-il.

— Je vous explique..., déclama Dubâteau-Ripoix comme s'il s'adressait à un enfant.

« Voilà qu'il parle comme moi, maintenant », pensa Alex.

— Je vous explique, reprit Dubâteau-Ripoix. Mes clients et amis, les Leblanc-Ziegler, pour être précis, n'accepteront pas votre offre généreuse à laquelle je tire moi-même au passage un coup de chapeau... Ils seront touchés, je m'en porte garant, mais ils n'accepteront pas. Et ils n'accepteront pas parce qu'ils n'ont aucun intérêt à accepter de gérer ce que Liliane et Roger Ziegler ont toujours considéré comme une coûteuse guignolade. Guignolade imputable aux caprices conjugués et cependant divergents du vieux couple Leblanc. Caprices excusables, certes, puisqu'ils trouvèrent leur source dans le désordre amoureux que vous-même mentionniez à l'instant — mais caprices quand même. Car enfin, c'est pour satisfaire ses caprices à lui qu'Augustin Leblanc cédait aux caprices de Mademoiselle Varga, et c'est pour faire plaisir à Augustin Leblanc que Marie-Jeanne Leblanc s'est en toute innocence offert le caprice de se prendre pour un mécène...

Parfait ! n'en parlons plus, puisque aujourd'hui, par un douloureux caprice du sort, elles ont l'une et l'autre quitté ce monde. Reste ce pauvre Augustin Leblanc, ou plutôt ce qu'il en reste... Bref, mes clients Ziegler et plus particulièrement Roger Ziegler, qui doit désormais répondre à la place de son beau-père, devenu inapte, de la bonne marche de « Tricotine » et de « Labour-Confort » (et quand je dis la bonne marche, c'est une image audacieuse pour deux usines que les caprices de trois cents ouvriers font boiter un jour sur deux), Roger Ziegler, débordé à Fémina-Prestige où les sans-patrie commencent à revendiquer sur le même ton que les ploucs de vieille souche natifs des plaines de Brie, lesquels ploucs devraient pourtant être bien contents d'avoir pu troquer leurs blouses de bouseux contre des salopettes et de faire marcher des machines au lieu de traire les vaches...

— Si vous en veniez aux *errances...,* l'interrompit Alex.

— Quelles errances ? Je suis en train de vous expliquer...

— Vous êtes en train de m'exposer les déboires des Ziegler, les soucis des Ziegler. Rien de plus intéressant, mais vous deviez m'expliquer pourquoi « Masques », cette coûteuse guignolade, allait immanquablement tomber en d'irréparables errances...

L'ignorant qu'il était eut droit à un cours magistral sur la déshérence et ses tragiques conséquences : à savoir qu'un héritage refusé par les uns et répudié par les autres vient à tomber en déshérence, et, subséquemment, entre les mains de l'État.

Mais Jean-Gaétan Dubâteau-Ripoix avait beau aspirer l'*H* de « hérence » comme on devrait le faire pour Haricots, Alex continuait à voir des crinolines, des péplums et des mousquetaires toujours en errance, mais pris maintenant dans les filets de chasseurs en uniformes, de greffiers, d'huissiers, de douaniers et de commissaires-priseurs : pris, raflés, évalués, étiquetés avant d'être adjugés à des rapaces indifférents qui les emporteraient loin de tous ceux qui les aimaient, ceux qui avaient su les dessiner, les coudre et les porter. « Loin des guignols... », pensait Alex.

— Qu'est-ce qu'ils ont contre les guignols, les Ziegler ? demanda-t-il.

— Ils ne sont pas de leur monde et ils coûtent très cher, répondit sans hésiter Dubâteau-Ripoix. Beaucoup, beaucoup trop coûteux.

— Comme les danseuses, appuya Alex.

— Exactement, fit Dubâteau en souriant. Et dans leur monde, on n'a jamais vu les enfants légitimes entretenir les bâtards que les pères ont faits à leurs danseuses. Surtout quand elles sont mortes... et déjà enterrées, m'a-t-on dit — ajouta Dubâteau sur le ton de la réprobation chagrinée.

Alex ne dit rien.

— Vous auriez pu nous alerter, mon cher Alex...

— Non, répondit Alex qui se levait déjà.

Dubâteau n'insista pas et se leva à son tour.

— Alors, ce bâtard, vous l'adoptez ou vous le laissez à l'Assistance publique ? Maître Parbot, de Troyes, attend votre visite et vos instructions.

— Je ne sais plus, murmura Alex.

— Réfléchissez, mon cher Grandi, réfléchissez, et quand vous irez à Troyes — car il faudra bien que vous y alliez un jour ou l'autre — ne manquez pas, je vous prie, de vous annoncer à « la Bonne Chanson »...

— « La Bonne Chanson » ? s'enquit Alex, déjà à la porte.

— C'est le nom de la demeure où vous fûtes attendu, espéré pendant si longtemps par la pauvre Marie-Jeanne... *« L'heure du thé fumant et des livres fermés... » « Rêveries sous la lampe... » « Le doigt contre la tempe... »* Vous savez bien !

— Je sais, je sais très bien... Sacré Verlaine ! Pour Maître Machin, enfin pour le notaire de Troyes, je vous téléphonerai, il faut que je réfléchisse, déclara Alex en ouvrant la porte.

— Ne tardez pas trop... L'État n'est guère patient, et il est gourmand ! conclut Dubâteau-Ripoix sur le seuil.

La belle voix de l'avocat avait perdu beaucoup de son vibrato.

« J'aurais dû lui plafonner aussi son corridor, pendant que j'y étais », se dit Alex en remettant le trench-coat que lui tendait un majordome en gilet rayé noir et jaune.

C'est grâce au cinéma qu'Alex trouva la solution à tous les problèmes que lui posait l'absurdité de sa situation. Au cinéma et à un souvenir à peine vieux de deux semaines.

Ils n'étaient qu'une vingtaine ce soir-là dans la salle où se jouait *Le Crime de Monsieur Lange.* C'est Rodriguez qui l'y avait entraîné. Lui revoyait le film pour la quatrième fois en l'espace de deux jours, autant pour Jean Renoir, qui l'avait fait, que pour Florelle, Jules Berry, René Lefèvre, Guisol, Sylvia Bataille et tous les inconnus — sauf pour les habitués de « Chéramy » — qui disaient le dialogue. Ce dialogue ! « Ta gueule ! » avait dû lui souffler Alex qui n'en pouvait plus d'entendre Rodriguez dire les répliques avant les acteurs. Les mots, les mots drôles et tristes de la vraie vie, et la chanson de la Belle Étoile : *« Au jour le jour, à la nuit la nuit... »,* le dialogue et les paroles des chansons étaient justement de ce type marrant que tout le monde appelait Jacques, celui qui avait raconté l'histoire de la craie mauve...

« Faisons une coopérative ! » disaient dans le film les gentils héros, et ils la faisaient, leur coopérative, et elle marchait, et ils chantaient : *« C'est la nuit de Noël, la neige tombe à gros flacons... »,* et le petit rigolo qu'on voyait toujours chez « Chéramy » avec son violoncelle, là c'est à vélo qu'on le voyait sillonner les rues de Paris pour distribuer le journal qu'ils avaient réussi à confectionner en coopérative...

Alex était resté deux séances de suite. Et Rodriguez, tout fier de partager ce plaisir avec son copain, avait revu le film pour la cinquième fois.

C'était quinze jours auparavant. Depuis, *Le Crime de Monsieur Lange* ne se jouait plus nulle part. Alex croyait ne se rappeler que les chansons, les jolies blanchisseuses, Jules Berry en faux curé, la blouse d'organza de Florelle et le nœud papillon de Duhamel, le renard de Sylvia Bataille et le costume de squaw de Nadia Sibirskaïa. Il pensait avoir oublié la légende de la Coopérative. Elle lui revint.

Elle lui revint en plein milieu de l'avenue Mac-Mahon qu'il remontait pensivement après avoir quitté Dubâteau-Ripoix. Et, au lieu d'aller prendre à l'Étoile son métro pour la station Pyrénées, Alex rebroussa chemin.

— Je prends ! » dit-il comme il aurait dit *Euréka !*, après avoir repoussé le majordome qui voulait l'annoncer. « Je prends ! Et je les prends tous avec moi ! Les Ziegler et les Jean, les ouvrières, les façonniers, les couturières ! On se prend tous ensemble et on monte une coopérative !...

Il était essoufflé d'avoir gravi les trois étages à pied.

— Je retiens que vous prenez, mon cher Grandi, et je m'en réjouis pour vous, dit Dubâteau qui avait retrouvé sa belle voix. Dès lors que vous prenez, vous êtes le patron et vous faites ce que vous voulez, n'est-il pas vrai ? Mais dans les circonstances actuelles, je doute fort que " Fémina-Prestige ", " Tricotine " et " Labour-Confort " soient d'humeur coopérative, ou même simplement coopérante... Le grand compagnonnage Patrons-Ouvriers, la main dans la main, par les temps qui courent ! Enfin, je transmettrai... » — et Dubâteau ne jugea pas nécessaire de se lever pour raccompagner une deuxième fois le jeune illuminé.

Alex n'eut pas à se rendre à Troyes. Maître Parbot lui fit remettre son acte de propriété par son clerc qui trouva là l'occasion de visiter Paris pour la première fois de sa vie. Alex ne connut donc jamais le grand parc ni les avoines folles de « la Bonne Chanson ».

Il eut en revanche à connaître de l'état du passif et de l'actif de « Masques et Bergamasques », et, par là même, à découvrir, le jargon du clerc une fois traduit, que certains justificatifs portés en comptabilité frôlaient l' « abus de biens sociaux », pour ne pas dire l' « abus de confiance » caractérisé. Il était manifeste que les retouches à la craie mauve de Victoria Jean s'effaçaient plus facilement que les factures impayées à ses fournisseurs habituels. La liste en était longue et répétitive. Elle comprenait des coiffeurs et des parfumeurs, des épiciers en fin, des fleuristes, un garage à Neuilly et la compagnie des Wagons-Lits. Elle s'inscrivait dans la colonne « frais de représentation », noir sur blanc, d'une encre absolument pas sympathique.

Puis Alex fut bien forcé d'admettre que la vie n'était pas du cinéma. Au cinéma, les gentils héros du *Crime de Monsieur Lange* montaient leur coopérative en deux plans trois mouvements de caméra. Dans la vie d'Alex, il y fallut un peu plus de trois semaines. Vingt-cinq jours exactement.

Vingt-cinq jours pour convaincre, enrôler, reconvaincre ceux sans lesquels l'aventure n'était pas viable.

Vingt-cinq jours pour débroussailler le maquis du droit des sociétés auprès duquel le jargon du clerc de Maître Parbot avait la limpidité d'un sonnet de Ronsard.

C'est Mademoiselle Anita qui débroussailla. A la très grande surprise d'Alex, elle était apparue un matin allée Chateaubriand, sans préavis, volontaire pour la Coopé. Discrète comme elle l'avait toujours été, elle ne fournit aucun détail sur son changement d'orientation.

— J'ai quitté Fémina-Prestige. L'administration, ça me connaît, annonça-t-elle simplement, et, discret comme il l'avait toujours été, Alex ne lui demanda pas pourquoi elle délaissait les patrons sérieux qu'elle servait depuis si longtemps pour se mettre au service de leurs aventureux bâtards.

C'est donc elle qui rédigea les statuts de la nouvelle société, c'est elle encore qui confirma par écrit, à chacun et à chacune des coopérateurs et coopératrices, comment, en sus d'un salaire garanti, ils et elles seraient désormais intéressés aux bénéfices quand bénéfices il y aurait.

Les lettres de Mademoiselle Anita étaient simples et claires. Elle n'ignorait pas qu'elle s'adressait à des gens plus habiles à coudre qu'à lire, plus timorés qu'entreprenants. Elle avait pris un vif plaisir à les écrire, et un plus vif plaisir encore à les signer de son nom complet : Anita Bourgoin, bien lisible.

— Ça fait du bien, ça me change, avait-elle laissé échapper dans un soupir heureux en apposant son paraphe bien délié sur la première de ses lettres.

Alex n'avait rien répondu. Il avait souri en lui tendant le tampon-buvard. En une phrase, elle venait de lui raconter l'histoire de sa vie.

Les lettres avaient été postées toutes ensemble. Les réponses s'étaient échelonnées au gré des hésitations suscitées par la surprise ou l'incrédulité.

Sur vingt-sept envoyées, trois seulement restèrent sans réponse. Les vingt-quatre réponses positives avaient toutes la même apparence, Mademoiselle Anita ayant pris soin de joindre à son courrier une petite feuille toute prête sur laquelle il suffisait de signer de son nom un texte d'acceptation à glisser dans une enveloppe déjà libellée et timbrée.

Les deux premières réponses portaient le tampon du XXe arrondissement. Le renvoi du coupon-réponse n'était que pour la bonne règle : rue de la Mare, on n'avait pas attendu la circulaire de Mademoiselle Anita pour adhérer à la Coopérative.

Sonia et Olga avaient été les premières confidentes d'Alex, après Jean-Gaétan Dubâteau-Ripoix, bien sûr, pour autant qu'on puisse dire qu'Alex s'était confié en surgissant à l'improviste pour crier : « Je prends ! » d'une voix essoufflée sous le plafond truqué de l'avenue Mac-Mahon.

Essoufflé, il l'était aussi en arrivant chez Sonia et Olga.

Essoufflé d'avoir dévalé la rue de la Mare si rapidement, mais beaucoup plus calme qu'en remontant l'avenue Mac-Mahon une heure auparavant.

Calme comme Guisol dans *Le Crime de Monsieur Lange,* parce que Sonia et Olga ressemblaient aux héros du film, par Dubâteau-Ripoix.

A elles, il avait tout raconté. Tout depuis le début, lentement et avec des mots simples, pour une fois, sans les métaphores ni les à-peu-près ni les omissions qui avaient si mal tourné la dernière fois.

Elles avaient écouté, le forçant à répéter quand elles ne comprenaient pas, à revenir en arrière quand il allait trop vite.

Elles avaient écouté Maddy à Saint-Étienne et Maddy à Paris, et Maddy et Tintin, et Tintin et Fémina-Prestige, et Alex et Maddy, et Fémina-Prestige et « Masques », et Madame Tintin, et la mort, les morts, les mortes, et la morgue, et l'héritage et la déshérence et *Le Crime de Monsieur Lange,* et sa coopérative.

— La pauvre ! avait dit Sonia qui avait surtout retenu Maddy.

— Dommage qu'on l'ait jamais connue », avait dit Olga en regardant d'abord vers le Cadre des Nôtres, puis vers le tiroir de la machine à coudre. « Vous auriez pas dû la quitter », avait-elle ajouté en posant à nouveau les yeux sur Alex.

— Mais je ne l'aimais plus, avait murmuré tristement Alex.

— Elle l'aura pas compris... Ça arrive souvent, avec vous, avait répondu Sonia en allant verser l'eau dans la petite cafetière.

— Ça arrive avec tout le monde, avait conclu Alex.

Puis il avait expliqué la Coopérative, et elles avaient tout compris. Sauf une chose : pourquoi une coopérative ?

— Pour que plus personne ne se retrouve dans la *cave du départ,* avait répondu Alex, pris de court par cette question qu'il ne s'était pas encore posée à lui-même.

On avait alors sonné à la porte.

— Ça c'est Barsky, avait dit Sonia.

C'était Barsky. Il avait une affaire formidable pour Sonia, Olga et Grandi. Deux types qu'il avait rencontrés par un ami, le plus Grand Maquilleur de la plus Grande Star du Cinéma, il ne pouvait pas dire son nom, mais les deux types étaient des frères, des jeunes, ils préparaient un film qui se tournerait beaucoup dans les rues, un peu dans une chambre, chez des ouvriers, dans une usine et au bord de la mer. La Star avait presque dit oui, et le Maquilleur et sa femme, qui était la plus grande Habilleuse du Cinéma, lui faisaient faire tout ce qu'ils voulaient. Alors, pour les costumes...

— Merci, Isidore, avait gentiment répondu Alex. Nous verrons ça demain, mes associées et moi.

— Ah ! vous avez des nouveaux associés ? avait demandé Barsky que la curiosité minait depuis la disparition de la carte « Masques et Bergamasques » sur la porte de « chez Bonnet ».

— Nous sommes *coopératives,* maintenant, Monsieur Barsky, avait précisé Sonia avec l'assurance blasée d'une préposée de l'administration.

— 'bsolument, avait confirmé Olga en regardant Alex qui avait souri.

Barsky aussi avait souri à tout hasard.

— Nous allons nous mettre en coopérative, mon cher Isidore, *en* coopérative : travailler en groupe, si vous voulez.

— En kibboutz, quoi ! s'était exclamé Barsky avant d'éclater de rire. Comme le neveu des Stern, le fou du lac de Tibériade... Et vous pensez que ça va marcher ?

— Nous allons nous y employer, mon cher Isidore, avait répondu Alex.

— Et la Grande-Duchesse Victoria Roginska, elle aussi va faire kibboutznika ? avait demandé Barsky de son air le plus innocent.

Sonia et Olga s'étaient tournées vers Alex. Il avait fallu Barsky pour faire resurgir la grande ombre redoutée et poser la seule question qu'elles n'avaient osé aborder jusque-là.

— Nous le saurons demain, mais ça m'étonnerait beaucoup », avait dit Alex qui venait de se rappeler le

« Je transmettrai... » de Dubâteau-Ripoix. « Demain au plus tard », avait-il répété pour chasser l'angoisse qu'il avait vu soudain renaître dans les yeux de Sonia et d'Olga. « Mais d'où connaissez-vous si bien Madame Victoria Jean, mon cher Isidore ? » avait interrogé Alex après un petit silence.

— Gromoff et moi, nous avons été en affaires avec elle il y a longtemps, bien longtemps, avait répondu Barsky en souriant mystérieusement. Alors, pour mes deux amis du cinéma, qu'est-ce que je leur dis ?

— Ce que je vous ai dit tout à l'heure, mon cher Isidore. Comment s'appellent-ils, vos deux amis,

— Je ne peux pas encore vous dire leurs noms, mais je pourrai demain sans faute, avait dit Barsky.

— Eh bien, vous nous le direz demain ! Demain, nous saurons tout sur tout. A demain, mon cher Isidore ! » Et Alex avait raccompagné Barsky jusqu'à la porte.

— On pourra pas faire kibboutz avec elle, avait murmuré Olga après le départ de Barsky.

— Il n'y a pas de danger », l'avait rassurée Alex qui se demandait comment la route des deux frères Verdon avait bien pu croiser celle d'Isidore Barsky. Puis, au bout d'un petit moment : « Qu'est-ce que voulait dire Barsky avec son fou du lac de Tibériade ?

Sonia et Olga avaient souri.

— C'est un jeune homme, un neveu de Madame Stern, il a passé huit jours à Paris l'année dernière. Avant il étudiait en Allemagne ; maintenant il est pêcheur..., s'était mise à raconter Olga.

— Pêcheur en Palestine, dans un kibboutz. Il a envoyé des photos, il était sur un bateau à voiles, et Monsieur et Madame Stern nous ont tous invités pour nous montrer les photos, et Barsky était un peu saoul et il a fait des plaisanteries parce que le jeune homme était en culottes courtes comme un petit garçon, et ça a fait de la peine à Madame Stern... C'est tout, avait fini de raconter Sonia.

— Et ça marche, son kibboutz ?

— Monsieur et Madame Stern ne nous ont plus rien dit, on ne sait pas... Ça doit être dur, le soleil et la pêche, quand on vient du froid et des livres, avait répondu Olga.

— On peut déjà mettre notre carte ? avait alors suggéré Sonia. Ça fait tellement triste, la porte, sans rien...

— Ça fait comme si on n'avait plus de papiers, avait ajouté Olga.

Cinq minutes plus tard, les onze lettres du mot « COOPÉRATIVE » s'étalaient sur toute la longueur d'une copie rayée Sieyès. Tracées au crayolor rouge, placardées comme un défi, elles rendaient à l'appartement des Bonnet son droit de cité et conféraient à Sonia Guttman et Olga Roginski une identité toute neuve.

C'est Zaza, en rentrant de l'école à quatre heures, qui avait été la première à découvrir la flamboyante annonce. Écoutant à peine les explications de Sonia et d'Olga, elle était descendue chez les Clément pour faire ses devoirs avec Josette et, incidemment, elle avait annoncé que, désormais, sa mère et la mère de Maurice n'avaient plus de patrons. Les patronnes, c'étaient elles.

Jeannette Clément, un peu surprise, pour ne pas dire blessée que de tels bouleversement sociaux aient pu s'accomplir dans les étages sans l'arbitrage et les conseils de Félix, attendait son retour avec impatience. Il rentra des P.T.T. vers 17 heures. Mis au courant, il décida de monter vérifier lui-même le bien-fondé des confidences de la gamine.

Avant même d'atteindre le palier, Félix avait tout compris. La porte des Bonnet était plus parlante qu'un tract, plus écarlate qu'une banderole, et c'est le cœur battant qu'il sonna.

— C'est bien, c'est très bien, dit sobrement Félix. C'est un exemple pour le quartier, et quand tous les travailleurs du monde auront compris votre exemple, le monde sera meilleur. Bravo, mes amies, et longue vie à votre coopérative !

Et Félix redescendit dans la loge où il parla de kolkhoze.

Chez l'Auvergnat, on parlait de kibboutz. C'est Barsky qui avait répandu la nouvelle. Il avait d'abord monopolisé le téléphone, au comptoir, en appelant les studios de Saint-Maurice qui sonnaient toujours « occupé ». Barsky s'impatientait comme un patron qui appelle son bureau et s'aperçoit que le personnel occupe trop longtemps la ligne. Et c'est très sèchement qu'il demanda : « Passez-moi Adrienne » à la standardiste quand celle-ci lui eut enfin répondu. Non, Adrienne ne se souvenait pas des deux garçons qui se trouvaient au bar, l'autre jour, avec la patronne deFéfé et Tata Boubou, mais s'il voulait rappeler plus tard, elle leur demanderait...

— Je remettrai ça dans un quart d'heure, dit-il à l'Auvergnat qui lui servit un Amer-Picon.

C'est à ce moment-là que Barsky aperçut Monsieur Lowenthal à travers les carreaux. Il l'invita à boire un verre et raconta le kibboutz.

Monsieur Lowenthal ne dit rien, sourit comme à son habitude, mais, sitôt rentré chez lui, annonça le kibboutz à Madame Lowenthal.

— Et c'est écrit sur leur porte ? s'enquit Madame Lowenthal.

— Non, c'est écrit « Coopérative », dit Monsieur Lowenthal.

— C'est pire ! s'exclama Madame Lowenthal. C'est de la politique, pire que le sionisme !... C'est de la politique sioniste en France !... Comme si on avait besoin de ça !

Après un moment de réflexion, elle ajouta : « C'était donc pour ça, l'encaustique !... »

Habitué au cheminement chaotique de la pensée de Madame Lowenthal, Monsieur Lowenthal ne releva pas cette étonnante remarque. Malgré les apparences, elle faisait allusion à un fait bien réel qui, le mardi ou le mercredi précédent, avait beaucoup troublé Mesdames Stern et Lowenthal. Descendant le matin, Madame Lowenthal avait surpris Madame Stern devant la porte des Bonnet en train de regarder sous le paillasson. Sans dire mot,

Madame Stern, qui n'avait pas trouvé ce qu'elle cherchait, avait alors désigné du doigt les quatre petits trous laissés sur la porte par les punaises qui, la veille encore, fixaient la carte « Masques et Bergamasques ». Toutes chuchotantes, elles s'inquiétaient de cette disparition quand la porte s'était ouverte. C'était Olga.

— On vous l'a volée ? avait demandé Madame Lowenthal.

— Non... c'est pour l'encaustique..., avait bafouillé Olga en rougissant.

Plus tard, on avait pu les voir, Sonia et elle, s'affairer sur leur porte qu'elles avaient lentement et soigneusement enduite puis laissée, poisseuse et mate, jusqu'à la nuit tombée. Ça embaumait l'encaustique dans les escaliers.

Le lendemain, on avait pu les revoir, chiffons de laine en main, frotter, astiquer lentement et soigneusement leur porte qui, devenue scintillante, n'en restait pas moins désespérément anonyme. Ça sentait toujours aussi bon l'encaustique dans les escaliers.

« Ça sent surtout la fermeture ! » s'était dit Madame Lowenthal.

Et ça ne l'avait pas autrement surprise. Avec ce mal élevé d'Alex, il fallait s'attendre à tout. On commence avec les danseuses de Czardas et on finit dans les femmes nues...

Fatalement, les allées et venues de Lucienne, Albertine, Yvette et Magali avaient éveillé la curiosité de Madame Lowenthal. Les ayant entendues, un soir qu'elles repartaient et échangeaient bruyamment quelques propos très crus sur le livret de *La Lune est nue,* elle avait tiré ses conclusions sur ce qui se passait dans l'atelier où elle n'était plus admise aux heures d'essayage. Madame Lowenthal n'en avait cependant soufflé mot à personne. Surtout pas à Monsieur Lowenthal qui avait eu l'imprudence, un soir, de remarquer l'air de bonne santé et de jeunesse qu'arboraient quatre grandes filles et un joli poupon qu'il avait croisés sur le pas de la porte en rentrant.

Mais elle n'avait pu se retenir de questionner Zaza.

— C'est des artistes en gymnastique acrobatique, avait répondu Zaza comme convenu.

« C'est bien ce que je pensais... », avait alors pensé Madame Lowenthal qui avait entendu parler dans sa jeunesse d'orgies austro-hongroises pimentées de tableaux vivants. « Pas étonnant que ça n'ait pas duré très longtemps, cette officine. Et quand on ne sait plus quoi mettre sur sa porte, eh bien, on l'encaustique, le temps de se retourner. Et quand on ne se retourne pas, faute d'employeur, on fait kibboutz... kibboutz en gymnastique artistique ! »

— Je descends voir, dit Madame Lowenthal à Monsieur Lowenthal, lequel lui signala en souriant qu'il n'y avait vraiment pas grand-chose à voir.

Madame Lowenthal descendit néanmoins. Elle contempla la pancarte, vérifia qu'elle était vraiment collée, hésita un moment puis sonna.

Personne ne répondit. Madame Lowenthal remonta chez elle.

Sonia et Olga étaient également remontées chez elles. Elles attendaient le retour de leurs maris.

L'envie de remonter chez elles et de les attendre dans leurs cuisines plutôt que dans leur atelier leur était venue peu après la courte visite que leur avait rendue Félix Clément.

Les quolibets de Barsky et ses variations sur le thème coopérative-kibboutz les avaient laissées indifférentes. En revanche, leur exemplarité pour les classes laborieuses du XXe arrondissement et leur apport éclatant à l'édification d'un monde meilleur, évoqués par le postier dans son bref mais vibrant hommage, les avaient laissées songeuses et, pour tout dire, quelque peu inquiètes.

Elles ne se seraient jamais doutées qu'un mot aussi simple et bon enfant que le mot « coopérative », prononcé par Alex Grandi, se serait chargé d'accents aussi révolutionnaires quand il était martelé par Félix Clément. Elles venaient de s'en aviser et, du même coup, de s'aviser qu'une fois de plus, elles avaient pris des décisions sans en aviser leurs maris.

Une fois de plus qui risquait d'être une fois de trop. Ne sachant comment Stépan et Élie prendraient les choses, elles décidèrent de mettre toutes les chances de leur côté à elles. Elles calculèrent que si les deux hommes prenaient le temps de déchiffrer leur encombrante carte de visite, il n'était pas maladroit de leur donner le temps et l'espace d'un étage de plus à gravir avant d'exiger des explications.

Elles remontèrent donc chez elles et préparèrent les petits verres de vodka dans la cuisine de Sonia, comme autrefois, du temps qu'elles étaient finisseuses et pas encore kolkhoziennes.

Sur le quai, à la station Strasbourg-Saint-Denis, Élie attendait Stépan devant la « Saponite », comme d'habitude. Il laissa passer une rame et prit la suivante. C'était rare, mais il leur arrivait de se rater.

En passant devant l'Auvergnat, il aperçut Barsky, Nüssbaum, Novack et Gromoff au comptoir. Barsky faisait de grands gestes et tout le monde riait. Élie n'avait aucune envie de se faire harponner : Barsky, à cette heure-là, il connaissait. Il pressa le pas.

Il le pressa aussi en pénétrant dans l'immeuble. Il l'aimait bien, Félix ; le dimanche, avant déjeuner et après le bain-douche, il n'était pas contre une petite discussion avec lui, en compagnie de Stépan. Mais en semaine, tout seul, après le boulot et avant le dîner, ça ne lui disait rien du tout.

Les élections approchaient. On n'était jamais qu'en décembre et elles n'étaient prévues que pour avril, mais aussi bien chez Mercier Frères que dans la loge de la rue de la Mare, la campagne battait déjà son plein.

Chez Mercier Frères, on avait même vu débarquer le cousin du Lot, le cousin Martial, le député socialiste qui avait si bien arrangé les choses, autrefois, pour la naturalisation des familles Guttman-Roginski, comme le lui avait rappelé Paul Mercier en lui présentant Élie. « Notre Lilitch », avait-il précisé en tapant sur l'épaule d'Élie qu'il appelait généralement Guttman. Martial Mercier se rappelait, il se rappelait même si bien qu'il avait demandé des nouvelles des gamins : ils avaient dû bien grandir, depuis... Élie avait rougi, admis qu'ils avaient effectivement grandi, mais qu'il s'agissait en fait d'un gamin Guttman et d'une gamine Roginski. Sa petite mise au point s'était perdue dans le joyeux brouhaha qui saluait l'apparition dans l'atelier d'une pièce de vin de Cahors convoyée spécialement par le parlementaire à l'occasion de sa visite dans la capitale. Tout le monde avait trinqué à la victoire des travailleurs, et plus particulièrement à celle du Parti socialiste. Ç'avait fait une sorte de petite fête et après son troisième verre, Meunier avait chanté *La Butte rouge,* puis déclaré que lui, de toute façon, ne votait jamais, mais qu'il était tout prêt à emmener le popaul à Monsieur Martial au cirque... pour une fois qu'il se trouvait parisien.

Cette anecdote, rapportée rue de la Mare, n'avait pas fait rire Félix. « Démagogie à coups de vin rouge... Chez nous, on prend les choses au sérieux », avait-il commenté en hochant gravement la tête.

Le « chez nous », dont Félix usait beaucoup, pouvait revêtir plusieurs significations et, au fil des années, Élie et Stépan s'étaient à maintes reprises interrogés, jusqu'au moment où le contenu du discours les mettait définitivement sur la voie. « Chez nous », ça pouvait désigner la Savoie ou bien la loge, ou la famille, ou les P.T.T., ou encore la cellule du Parti, ou le Parti dans sa totalité globale, autrement dit mondiale.

Depuis quelque temps, le « chez nous » de Félix servait exclusivement à mettre en évidence tout ce qui se faisait de mal « chez eux », les socialistes. Et les socialistes seuls. Tous les autres n'étaient évoqués que très rarement et toujours en vrac, sous une étiquette commune. Tous les autres, Félix les appelait simplement « les autres », sans violence, mais avec un implacable mépris.

Aussi, depuis quelque temps, à coups de « chez nous », Félix s'appliquait-il à éclairer la lanterne d'Élie. Les frères et les cousins Mercier, bons patrons, bien de « chez eux », étaient bien plus nocifs à ses yeux que n'importe quel patron-tout-court et de chez « les autres ».

Et voilà pourquoi aussi, depuis quelque temps, Élie pressait le pas à proximité de la porte vitrée de la loge.

Il le pressa donc et, dans la foulée, monta les deux étages au pas de course. Il allait sortir ses clefs, mais n'en eut pas le temps. Sonia lui ouvrait déjà la porte et Olga apparut derrière elle.

Elles avaient quitté leurs blouses de travail, Sonia avait mis son joli tablier à fleurs bleues, Olga son sarrau écossais. Il s'étonna de les trouver déjà là, elles s'étonnèrent de le trouver sans Stépan.

Elles étaient si bizarres qu'Élie se demanda s'il n'avait pas oublié l'anniversaire de quelqu'un.

Il passa dans la cuisine où elles lui servirent sa vodka avec des attentions de geishas.

Il était évident qu'elles avaient quelque chose à dire, et plus évident encore qu'elles attendraient l'arrivée de Stépan pour le faire. Il les connaissait bien, Élie. Il ne posa donc aucune question, dégusta son verre à petits coups tandis qu'elles se servaient leur demi-verre en souriant.

— Mais qu'est-ce qu'il fait, Stépan ? interrogea Olga pour dire quelque chose.

— J'ai fini un peu plus tôt, aujourd'hui, mentit Élie qui commençait à regretter de ne pas avoir attendu Stépan sous la « Saponite », sachant ce qu'il savait et qu'elles ne savaient pas.

Il y avait beaucoup de choses que Stépan ne rapportait pas rue de la Mare. Beaucoup de soucis qu'il laissait rue d'Aboukir, dans les plis de sa blouse blanche quand il la retirait, le soir, avant de la ranger dans son placard de fer et d'aller retrouver son ami sur le quai de la station Strasbourg-Saint-Denis. Et ceux qu'il n'avait pas réussi à laisser dans le placard, c'est à Élie qu'il les confiait pendant le trajet, pour s'en débarrasser avant d'arriver à la maison.

Si les anecdotes sur Mercier Frères et Cousin suscitaient la sévérité doctrinale du très sérieux Félix, elles inondaient de convoitise le cœur de Stépan.

Rue d'Aboukir, on ne chantait ni ne riait ni ne trinquait.

Trinquer ? de toute façon, ça ne s'était jamais fait rue d'Aboukir, pour qui que ce soit ou pour quoi que ce soit ; rire et chantonner, ça s'était vu et entendu autrefois, mais c'était bien fini. Rue d'Aboukir, depuis quelque temps, on chuchotait, on discutaillait, on s'engueulait comme partout ailleurs en France en cette fin d'année 1935. A une différence près, cependant, et elle était de taille : rue d'Aboukir, on avait peur. Et c'est parce qu'on avait peur qu'on s'engueulait plus qu'ailleurs.

Et comme personne, dans l'atelier « Fourrure », à part Stépan et deux vieux coupeurs, n'était en possession du trésor, de l'inestimable et inaccessible Carte d'Électeur, les voix qui s'élevaient en yiddish au plus fort des engueulades étaient autant de voix perdues pour les urnes qu'on astiquait déjà dans les mairies françaises.

Un vrai gâchis ! Parce qu'elles auraient pu servir, ces voix, même si elles n'avaient pas toutes les mêmes intérêts. Discordantes et perdues pour les urnes, elles n'étaient d'ailleurs pas perdues pour tout le monde. Surtout pas pour ceux qui orchestraient leurs discordances.

Si on s'engueulait beaucoup, rue d'Aboukir, depuis qu'on avait retrouvé la peur, c'est aussi parce qu'on y lisait beaucoup de journaux. Des journaux nouveaux et qui avaient justement commencé d'apparaître en même temps que réapparaissait la peur. Ils s'imprimaient tous dans le même yiddish, mais ne disaient pas tous la même chose sur les mêmes choses. De leur lecture naissaient les désaccords. Et des désaccords les engueulades.

Et les engueulades tournaient toujours autour du même sujet : celui par lequel le scandale, le malheur et la peur étaient revenus.

Revenus dans les ballots des derniers arrivants : les Allemands. Ces inconnus, jamais croisés sur les routes des exodes, plus allemands que juifs, disait-on, mais qui, par leur seule présence, avaient réussi à remettre au goût du jour la vieille formule infamante. Celle que tous les vieux émigrants avaient refusé de subir dans leurs vieux pays, au point de les fuir pour en trouver un neuf où elle n'avait pas cours.

Depuis qu'ils étaient là, les Juifs d'Allemagne, on ne les appelait jamais autrement que les Juifs allemands, jamais les Allemands juifs.

Et, dans les journaux qui circulaient rue d'Aboukir, on ne parlait que d'eux à d'autres Juifs qui, pour n'être pas devenus citoyens français, n'avaient pas pour autant la moindre envie de redevenir Juifs polonais, Juifs roumains ou Juifs slovaques. C'est pourtant ce que certains articles leur suggéraient au nom d'un judaïsme international dont les rites et les objectifs leur échappaient. Pas à tous, cependant.

Tandis qu'en d'autres journaux circulant tout autant rue d'Aboukir et dans lesquels on parlait tout autant des Juifs allemands, on suggérait aux mêmes Polonais, Roumains ou Slovaques juifs de se regrouper au nom d'un prolétariat international dont ils ne connaissaient pas non plus les rites, mais dont les objectifs ne leur échappaient pas complètement. En tout cas, pas à certains.

Mais, quoi qu'on leur suggérât de faire, on leur suggérait toujours de le faire en groupe — en groupes juifs. Et toutes ces gazettes circulaient de main en main rue d'Aboukir, tous les matins.

Ou plutôt, elles avaient circulé, car depuis quelque temps, on les planquait. On les planquait depuis le jour où Monsieur Jean était tombé sur un numéro de *Naïe Presse* dans lequel, pour mieux exhorter les travailleurs juifs immigrés à s'organiser pour la défense de leurs droits et de leurs salaires, on citait en exemples ceux de certains établissements. Et *Naïe Presse* donnait la liste des maisons de confection pour hommes où des grèves s'étaient déjà déclenchées depuis octobre.

On les connaissait, ces maisons, elles se trouvaient toutes dans le quartier. On avait également su qu'on y faisait des grèves. On en avait parlé et on s'était déjà disputé à propos de ces grèves, chez les voisins. Mais c'était maintenant dans le journal. Ça cessait d'être une histoire du quartier.

Alors on s'était à nouveau engueulé. Et comme ç'avait fait du bruit, Monsieur Jean était descendu seul. On ne voyait jamais Monsieur Ziegler quand ça gueulait en yiddish.

Stépan avait lu *Naïe Presse* et sa liste, comme tout un chacun, ce matin-là. Il l'avait rendue sans commentaires. Il comprenait très bien, mais ne se sentait qu'à moitié concerné. Travailleur juif étranger, il l'avait été. Travailleur et juif, il l'était toujours. Étranger, il ne l'était plus. Lui était français. Et c'est en tant que travailleur français qu'il voulait bien s'organiser avec d'autres travailleurs, qu'ils fussent juifs ou pas, immigrés ou pas. Mais c'était difficile à expliquer dans tout ce bruit. C'est pour ça qu'il avait rendu *Naïe Presse* sans commentaires.

Pourtant, quand il avait vu de loin Janek s'emparer du journal, le lire calmement, le replier avec soin et le reposer sur la table sans dire un mot, puis les regarder tous les uns après les autres, et lui Stépan un peu plus longtemps que les autres, c'est l'image de lui-même tout jeune, casquetté et botté de cuir, sautant du train encore en marche, qu'il avait revue. Parce que c'était celle-là qu'il lisait dans le regard glacé de Janek.

Il l'avait soutenu, ce regard, puis, tandis que Monsieur Jean traversait tout l'atelier dans un épais silence avant de remonter aux bureaux, une fois de plus, il s'était étonné : son frère marchait comme leur père, maintenant. Comme leur père vieillissant tel que Janek ne l'avait jamais vu. Puisqu'il ne l'avait jamais revu.

C'est à Élie, pendant le trajet, qu'il avait raconté cette journée-là. Pas à Olga ni à Zaza.

Et c'est également à Élie qu'il avait, le lendemain, raconté qu'un avis tapé à la machine était désormais affiché sur les murs des ateliers « Fourrure » et « Dames-Fillettes » ; titré « AVERTISSEMENT », il était bref mais précis :

> « Sous peine de renvoi immédiat, la lecture est strictement interdite pendant les heures de travail — Signé : illisible. »

Et ça, ç'avait bien fait rire Élie. Parce que chez Mercier Frères, tous les matins, c'est *Le Populaire* qu'on trouvait affiché sur le mur, avec des articles encadrés au crayon rouge par Monsieur Paul en personne. C'est même comme ça qu'Élie avait pu lire tous les détails sur la loi interdisant l'entrée en France de nouveaux immigrants. « T'as bien fait d'arriver chez nous de bonne heure, Lilitch ! Maintenant, tu pourrais plus entrer », avait plaisanté Meunier. Mais personne dans l'atelier n'en avait plus reparlé, alors Élie en avait fait autant et, comme tous les autres, il avait rigolé en découvrant *Le Miroir des Sports* et *Le Journal de Mickey* qu'un petit malin avait pris l'habitude d'afficher en pendant au *Populaire,* pour faire enrager Monsieur Paul que ça faisait d'ailleurs rigoler tout autant.

Comme ç'avait fait rigoler Stépan, dans le métro, l'espace de quelques secondes. Mais il n'en avait rien raconté non plus à Olga ni à Zaza, parce qu'il lui aurait fallu tout raconter depuis le début, depuis *Naïe Presse* et même avant...

Il aurait fallu leur raconter la peur, en fait. Cette peur qu'il ne voulait pas rapporter à la maison. Et Élie trouvait qu'il avait raison. D'autant plus raison qu'il avait tort d'avoir peur, ajoutait-il tous les soirs au cours de leur trajet commun. Et ça rassurait Stépan, même s'il voyait dans les yeux et le sourire d'Élie qu'il disait ça pour se rassurer lui-même.

Il le voyait bien, mais ne le lui disait pas. Et dès qu'ils étaient en vue de la maison, c'est-à-dire sur la dernière marche de l'escalier du métro Pyrénées, ils se mettaient à parler d'autre chose. De leurs femmes, du temps, de l'Auvergnat, des gosses, de ce qu'ils avaient envie de manger à dîner. Ils rentraient chez eux, dans leur rue à eux, voisins de leurs voisins. Ils rentraient chez eux comme le faisaient tous les citoyens français après leur journée de travail. Et ils aimaient bien.

C'est pour ça qu'ils détestaient se rater à la station Strasbourg-Saint-Denis.

Stépan arriva en courant sur le quai. Il savait déjà qu'il n'y trouverait plus Élie. Un quart d'heure de retard, c'était trop, d'après leurs conventions. Mais il avait couru quand même, à tout hasard. Et il était vraiment triste en montant tout seul dans le wagon bondé.

Triste et désemparé après ce qui venait de se passer, qui l'avait mis en retard et qu'il ne pouvait raconter à personne.

Depuis la veille, on savait dans tout Fémina-Prestige que les patrons étaient absents pour cause de deuil dans la famille Ziegler. Ç'avait fait ressortir les gazettes de leurs cachettes et fait remonter le ton des discussions, en même temps que laissé souffler une petite brise de turbulence vaguement espiègle. Non pas en fonction d'une mort dont nul ne savait au juste qui elle avait frappé, mais en raison de l'absence de ceux qu'elle avait momentanément éloignés de l'étage supérieur. C'était une toute petite portion de peur qui s'était évaporée, et Stépan l'avait bien ressenti comme tout le monde dans l'atelier. Il l'avait même dit à Élie en rentrant, la veille.

Puis, ce matin, il y avait eu le tract.

C'était un tract dont les exemplaires, par centaines, avaient atterri comme par enchantement sous les porches d'entrée, dans les escaliers, sur les tables de tous les confectionneurs du quartier. Il n'était pas ronéotypé, mais imprimé en gros caractères noirs sur fond jaune, et visiblement destiné à un vaste public puisque le même texte rédigé en yiddish au recto était traduit en français au verso — à moins que ce ne fût le contraire. Car rien dans son contenu n'indiquait clairement à laquelle des deux cultures il appartenait originellement. Rien non plus dans sa mise en page. Il était totalement anonyme. Voici ce qu'il disait :

Travailleurs JUIFS ALLEMANDS !
Sortez de l'ombre ! cessez d'être des clandestins !
Ne travaillez plus la nuit au RABAIS dans vos garnis, pendant que vos camarades se battent au grand jour dans leurs ateliers pour arracher des salaires et des horaires CONVENABLES à leurs patrons JUIFS !

Les patrons JUIFS qui vous exploitent sont les ALLIÉS D'HITLER qui vous a chassés.
Voyez LES GALERIES LAFAYETTE dont la direction JUIVE continue à commercer avec le patronat NAZI.
Les patrons JUIFS qui vous exploitent sont les FOURNISSEURS des GALERIES LAFAYETTE.
Travailleurs JUIFS NATURALISÉS FRANÇAIS, ÉTRANGERS ou APATRIDES ! C'est à vous de faire cesser ce scandale !
Vous en avez le DROIT et le DEVOIR.
Regroupez-vous !
Faites-vous entendre !
SORTEZ DE L'OMBRE, vous aussi !
LE TEMPS DES GHETTOS EST RÉVOLU

?

Le point d'interrogation final était imprimé bien plus gros que ne l'étaient les mots les plus favorisés — si l'on peut dire qu'on favorisait qui ou quoi que ce soit dans cet étrange appel à une mobilisation générale. Rarement avait-on rencontré point d'interrogation qui remplît aussi bien ses fonctions et occupât un tel espace. A lui seul, il monopolisait le quart de la page au recto comme au verso. Et qu'on fût amateur de textes français ou de textes yiddish, c'est lui qu'on voyait d'emblée avant même de se baisser pour ramasser ce papier jaune et noir qui tenait plus du prospectus du Fakir birman que d'un manifeste revendicatif. A première vue.

C'était un point d'interrogation qui servait à la fois d'accroche et de conclusion. De conclusion et de signature. De mise en question, somme toute.

Placé comme il l'était, non seulement il ponctuait d'un gros doute la dernière phrase qu'on pouvait prendre pour une affirmation — hasardeusement optimiste, au demeurant — mais, surtout, il décuplait les ambiguïtés d'un texte dont le moins qu'on pouvait en dire est qu'on y trouvait vraiment à boire et à manger, comme aurait dit Félix qui le disait souvent.

Comme il le disait souvent et souvent devant Stépan, celui-ci s'était pris d'affection pour cette locution si bien imagée, et c'est exactement celle-là qu'il s'apprêtait à servir à ses compagnons de travail après avoir lu le tract dans l'escalier de Fémina-Prestige, avant d'entrer dans l'atelier « Fourrure ».

Il la garda pour lui. L'image lui parut trop faible. La dynamite ne se boit ni ne se mange.

La bombe n'avait pas encore explosé, mais la mèche était allumée. On l'entendait déjà grésiller.

On l'entendait même si bien que le bruit ayant tendance à s'amplifier en montant, le grésillement parvint jusqu'à l'étage supérieur au point de faire descendre Mademoiselle Anita. Et c'est elle, timide et frêle, qui apparut dans l'atelier en remplacement des patrons qui, eux, n'avaient toujours pas réapparu depuis deux jours qu'ils avaient disparu.

Mademoiselle Anita n'avait ni l'autorité ni le regard ni la voix de Monsieur Jean. Pourtant, son apparition imposa le silence. Un autre genre de silence.

— Regardez, Mademoiselle Anita, lui dit Jiri Koustov, le Slovaque, en lui tendant le tract.

— Les salauds ! murmura Mademoiselle Anita de sa toute petite voix, après avoir lu le texte français.

C'était la première fois qu'on l'entendait dire un gros mot. Il y eut quelques rires gênés.

— Qui c'est, les salauds ? demanda une voix qui couvrit les rires. Les Boches qui travaillent à l'œil ou les « Galeries » qui travaillent pour les autres Boches ?

— Ceux qui ont fabriqué ce tract, répliqua Mademoiselle Anita.

— Mais nous, ici, on travaille bien pour les Galeries Lafayette, non ? reprit la même voix.

C'était toujours celle de Jiri, le Slovaque qui avait tendu le tract.

Mademoiselle Anita hésita et ne répondit pas.

— Vous devez bien le savoir, vous, Mademoiselle Anita, si on travaille ou pas pour les Galeries Lafayette ?

— Pour quelques articles, oui, nous travaillons un peu avec les Galeries..., fit Mademoiselle Anita en rougissant légèrement.

— Et des Boches sans permis, ils les font pas travailler un peu pour Fémina-Prestige, nos patrons qui veulent pas nous payer nos heures supplémentaires ?

C'était toujours Jiri qui parlait.

— C'est arrivé, admit Mademoiselle Anita. Quand on avait du retard pour les commandes.

— Alors il a raison, le tract ! s'exclama Jiri, content d'avoir mené à bien sa démonstration.

— Non ! fit alors Stépan qui était resté au fond de l'atelier sans rien dire depuis le début de l'échange.

Tout le monde se retourna.

— C'est Mademoiselle Anita qui a raison. Il y a aussi des Italiens, des Grecs et des Arméniens, plein d'étrangers qui sont des réfugiés, qui ont pas de carte et qui travaillent, et des tout ce que vous voulez, qui ont des cartes, et qui travaillent normalement, pour les Galeries Lafayette et aussi pour d'autres patrons, et à eux on leur envoie pas de tracts en italien, en grec ou en arménien...

— Mais eux, c'est pas pareil, dit Jiri comme si ça tombait sous le sens.

— Pourquoi ? demanda Mademoiselle Anita.

Personne ne répondit. On soupira devant une telle incompréhension.

— C'est bien ce que je disais : ce sont des salauds, mais des salauds très astucieux qui ont fabriqué ça ! répéta Mademoiselle Anita en pliant calmement le papier jaune et en le glissant dans la manche de son chandail gris, sous le poignet, comme on fait d'un mouchoir précieux qu'on ne veut pas égarer.

Le mot *astucieux* étant totalement inconnu rue d'Aboukir, Mademoiselle Anita dut chercher des équivalences pour être mieux comprise.

Franz Kafka aussi était inconnu : inconnu rue d'Aboukir comme dans le monde entier, et plus particulièrement dans celui de Mademoiselle Anita. Pourtant, on aurait dit que c'était lui qui l'inspirait d'outre la tombe où il reposait depuis douze longues années déjà, tant Mademoiselle Anita semblait avoir finement analysé la logique des lanceurs de tract et la chimie qui faisait de ce tract une bombe.

Ç'avait l'air très compliqué, en fait c'était on ne peut plus simple — tout en étant sorcier... Mademoiselle Anita comprenait les choses ainsi :

On réunit des Boucs Émissaires de type traditionnel. A l'intention de ces Boucs Émissaires de type traditionnel, on sélectionne d'autres Boucs Émissaires qu'on leur propose de se mettre sous la dent. Ça les change. Mais comme on a pris soin de sélectionner les nouveaux Boucs Émissaires au sein de leur propre et même troupeau et de les lâcher dans un seul et même enclos, on obtient un agglomérat de Boucs Émissaires qui s'entredévorent. Et qui forcément font beaucoup de bruit. Et comme ils font beaucoup de bruit, ils finissent pas se faire remarquer. « On les entend beaucoup ! » commencent à murmurer ceux qui les avaient un temps oubliés à force de ne plus les entendre. « On n'entend plus qu'eux, vous voulez dire ! » peuvent alors proclamer ceux qui ne les avaient jamais oubliés, même quand ils se tenaient silencieux. « Et non seulement on n'entend plus qu'eux, mais regardez comme ils se bouffent entre eux ! Ce qui ne les empêche d'ailleurs pas de bouffer ensemble et en même temps la bonne herbe sur les hectares de nos pâturages, la bonne laine sur le dos de nos moutons... », se plaisent à préciser ceux qui ne les avaient jamais oubliés et qui gardaient en réserve leur cheptel errant de Boucs Émissaires qu'ils viennent enfin de regrouper pour en faire un grand troupeau de Brebis Galeuses.

La bombe est presque prête.

Il ne reste plus qu'à dénoncer l'enclos. C'est là précisément qu'il conviendra de se montrer astucieux.

On dénoncera l'enclos en déplorant qu'il existe, mais en observant que les Brebis Galeuses ne détestent pas s'y retrouver, ça évitera d'indiquer qui en a tracé les contours, qui en conserve la clef, qui peut le verrouiller. On pourra alors le déverrouiller si l'on juge utile de faire défiler les Brebis Galeuses dont le troupeau sera alors si voyant, si bruyant qu'il fera dire à tout un chacun que l'enclos avait décidément du bon.

On peut maintenant lancer le tract.

Mademoiselle Anita ne recourut pas à ces champêtres allégories pour désamorcer l'ouvrage des artificiers. Tout comme l'avait fait Stépan pour le « boire et le manger », elle se les garda pour elle. D'autant que l'évocation de tous ces animaux barbus, cornus, fourchus, n'était guère plaisante et qu'elle aurait exigé des heures de traduction.

Mais Mademoiselle Anita avait d'autres ressources. Inspirée sans le savoir par Franz Kafka dont elle ignorait tout, elle le fut aussi par le capitaine Dreyfus dont elle n'ignorait rien et qui venait, lui, à peine de mourir.

Il était mort le 12 juillet précédent et si sa mort avait impressionné Mademoiselle Anita, c'est du fait que, fille d'un farouche dreyfusard de la Dordogne, son enfance avait été rythmée par les rebondissements de l'Affaire qu'elle connaissait aussi bien que d'autres fillettes leur catéchisme. Le 12 juillet précédent, c'était une part de cette enfance qui s'était en allée et pour ainsi dire éteinte en même temps que s'en allait et s'éteignait le héros pour lequel son père avait tant bataillé.

C'est donc à eux deux, son père et le capitaine Dreyfus, qu'elle avait pensé ce matin-là du 12 juillet en débouchant rue d'Aboukir où les lampions s'accrochaient déjà en vue des joyeux flonflons du lendemain. Et c'est un peu triste et pensive qu'elle s'était mise au travail.

Comme ni Monsieur Ziegler, ni Monsieur Jean, ni personne à Fémina-Prestige n'avaient mentionné l'historique décès, elle avait fait comme tout le monde et gardé ses pensées pour elle-même. Jusqu'au moment où Monsieur Jean avait réclamé le bordereau Jaspard...

Depuis tant d'années qu'on prononçait le mot *bordereau* une bonne vingtaine de fois par jour dans les bureaux de Fémina-Prestige, ce matin-là, pour la première fois, il sonna de façon si incongrue aux oreilles de Mademoiselle Anita, elle en fut si troublée qu'elle eut un mal fou à mettre la main sur cet anodin mémoire de comptabilité courante. Elle le cherchait parmi d'autres quand, de la pièce à côté, lui parvint la voix de Monsieur Jean qui s'impatientait :

— Alors, ce bordereau, que diable !... Vous le fabriquez, Mademoiselle Anita ?

— Non, Monsieur, il y a longtemps qu'on ne fait plus ça et qu'on ne va plus à l'île du Diable..., n'avait pu s'empêcher de murmurer Mademoiselle Anita à son patron en déposant le bordereau Jaspard sur son bureau.

Mais Monsieur Jean n'avait rien répondu et Mademoiselle Anita s'était posé la question de savoir si Monsieur Jean avait bien entendu sa remarque et, au cas où il l'avait bien comprise, pourquoi il n'y avait pas répondu... Quoi qu'il en soit, la journée s'était écoulée sans qu'on évoquât le moins du monde le nom du capitaine Dreyfus, et le mot *bordereau,* depuis lors, avait continué de faire sursauter Mademoiselle Anita chaque fois qu'il était prononcé. C'est-à-dire souvent.

C'était devenu quelque peu obsessionnel, et ça l'était resté bien au-delà du 12 juillet précédent.

Et c'est en repensant au mot *bordereau* que Mademoiselle Anita ressortit le papier jaune de sa manche pour illustrer ce qu'elle entendait par l'adjectif « astucieux » qu'elle avait pour sa part beaucoup de mal à dissocier du substantif « salaud » et du verbe « fabriquer ».

Elle ressortit donc le papier jaune et, reprenant les arguments de Stépan, elle lui demanda si le texte yiddish, qu'elle ne comprenait pas, était bien fidèle au texte français qu'elle ne comprenait que trop bien.

On s'aperçut alors que personne dans l'atelier n'avait jugé bon de lire vraiment la version française. Et Mademoiselle Anita décida qu'on allait procéder à une lecture comparée.

Le temps passait, personne ne travaillait ni à la « Fourrure », ni chez les « Dames-Fillettes ». Tout le monde avait sa feuille à la main, comme à l'école autrefois. Et on ne tarda pas à découvrir de légères différences. On tarda si peu qu'elles commençaient dès la deuxième ligne.

C'étaient des petits riens, des nuances qu'on aurait pu

assimiler à des licences poétiques, à la condition que leur auteur se présentât avec une grosse lyre en bandoulière et la désarmante candeur d'un trouvère qui prétend vous chanter en langue d'oïl la chanson que, sous d'autres cieux, un troubadour a composée en langue d'oc.

C'est ainsi que « *Sortez de l'ombre, cessez d'être des clandestins* », était la transposition de « *Ne restez pas dans la nuit, seuls, ignorés de tous* ». « *Ne travaillez plus la nuit* », celle de « *Ne veillez plus jusqu'au petit matin* ». Tandis que « *au rabais* » remplaçait « *pour une misère* », et « *vos garnis* » la « *chambre sous les toits* »...

A ce moment de la lecture comparée, Mademoiselle Anita était fixée : elle le tenait, son bordereau !

L'un des deux textes était un faux. Restait à savoir lequel, qui traduisait qui — ou, mieux, qui trahissait qui. Était-ce le yiddish en métamorphosant l'ombre complice en nuit de l'oubli ? ou le français en transformant la misère imposée en rabais consenti et la mansarde de Mimi Pinson en chambre de passe ?

Mademoiselle Anita tenait son bordereau et, du même coup, sa bonne définition du mot « astucieux ».

Elle frappa dans ses mains. On se sentait de plus en plus à l'école. Un bon quart d'heure avait passé en palabres linguistiques, chacun ayant à cœur d'apporter sa propre contribution à la recherche de la vérité.

Le mot *nuit*, par exemple, si simple en apparence, avait donné lieu à une cascade d'interprétations possibles, selon qu'on voulût considérer la nuit comme la fin d'une journée, d'un espoir ou d'une vie, comme le Royaume des ténèbres ou celui de l'Ignorance, pour ne pas parler de la Nuit des temps. Mais on s'était accordé sur le fait qu'en aucun cas il ne pouvait se substituer au mot *ombre*. Qu'elle fût celle d'un arbre, d'un mur ou d'un chapeau, l'ombre n'était rien sans le soleil, et comme le soleil est toujours couché quand la nuit est là... Bref, on avait perdu cinq bonnes minutes rien qu'à épiloguer sur le mot *nuit*. On venait d'en perdre huit autres avec « la chambre sous les toits » qui, suivant les origines de chacun, pouvait être située sous le chaume, l'ardoise, la tuile ou même la bouse de vache, ouvrant sa lucarne, son vasistas ou son œil-de-bœuf sur des plaines enneigées, des rues de banlieue, la mer Noire, les Carpathes ou le lac Balaton...

Alors Mademoiselle Anita avait frappé dans ses mains pour annoncer la fin de la récréation philologique et réclamer le silence qu'elle obtint et dont Jiri le Slovaque s'empara aussitôt :

— C'est dégueulasse (il prononçait *déglass*) de changer les mots, c'est vrai ! Ça met un manteau noir sur le dos des Boches et de tous les autres Juifs clandestins, comme ils disent en français. C'est vrai ! Mais ça change rien au reste, ni pour les Galeries Lafayette, ni pour les patrons, ni pour nos heures supplémentaires !

— Si, ça change ! dit Stépan, toujours depuis le fond de l'atelier. Ça change tout, puisqu'on ne sait pas si c'est des antisémites qui ont fait traduire en yiddish ou des Juifs qui ont été traduits par des antisémites ! Ils s'en prennent à tout le monde dans leur tract, à toi, à moi...

— Non, ils disent que nous, on se bat dans nos ateliers !

— Pas du tout, reprit Stépan. Ils disent pas ça en français. En yiddish oui, en yiddish ils disent : « Vos frères de race se battent dans leurs ateliers », mais en français, ça dit : « Vos camarades se battent dans leurs ateliers »... Pas vos camarades *juifs*...

Tout le monde se pencha de nouveau sur sa feuille. Mademoiselle Anita allait en profiter pour reprendre enfin la parole, mais Jiri la lui vola pour la seconde fois.

— Ils ont oublié de mettre « juifs » après camarades, mais ça change rien, grogna-t-il en yiddish.

— Si, ça change tout, parce qu'ils ont pas oublié de mettre « juifs » après patrons. Les camarades sont pas juifs, mais les patrons sont tous des juifs, dans leur tract en français — répliqua Stépan, lui aussi en yiddish. N'est-ce pas, Mademoiselle Anita ?

Mademoiselle Anita allait lui dire qu'elle n'avait rien compris à sa dernière phrase, mais Stépan ne lui en laissa pas le temps. C'était bien la première fois qu'il parlait aussi longtemps et aussi fort en public, et il enchaîna en français :

— Dans cette saloperie, ils s'en prennent à toi, à moi, aux sans-papiers, aux patrons et aux Galeries, tous mélangés. Faudrait quand même savoir qui ils sont...

— Moi, je sais, interrompit une voix en s'esclaffant. C'est la Samar, qui a fait traduire par Brunswick, juste pour emmerder les Galeries !...

Il y eut beaucoup de rires, qui se calmèrent quand on entendit de nouveau la voix de Jiri.

— Ça change rien, vous pouvez rigoler, mais ça change rien. Je m'en fous de qui ils sont, même si c'est le fantôme de Petlioura (il y eut une traînée de *Oh* dans l'assistance) ou celui d'Hertzl qui a écrit ça. Je m'en fous ! Ils ont raison pour les Galeries, ils ont raison pour les patrons. D'ailleurs, Ziegler, il est pas juif, et il est mon patron quand même... Au fait, où ils sont les patrons, Mademoiselle Anita ?

— Monsieur Ziegler est resté en province. Monsieur Jean a dû rentrer dans la nuit, mais je ne pense pas qu'il vienne aujourd'hui, répondit Mademoiselle Anita.

— Eh bien, s'il ne vient pas à son travail, moi je travaille pas non plus, déclara Jiri en s'asseyant les bras croisés devant sa table. En tout cas, moi, je travaille pas pour les Galeries Lafayette, et vous pouvez lui dire au téléphone, Mademoiselle Anita. Ça le fera peut-être venir ! — ajouta le Slovaque avec un bon sourire buté qu'il distribua en hochant la tête, en guise d'encouragement à tous ceux qui le regardaient, silencieux et consternés.

Mademoiselle Anita, jugeant qu'au point où on en était, le mot « astucieux » avait suffisamment fait ses preuves pour qu'elle s'abstînt de l'expliciter davantage, consulta sa montre et annonça qu'il était malgré tout près de 10 heures 30.

— Et alors ? Ça change rien..., l'interrompit Jiri. Moi je travaille pas, mais j'empêche personne de travailler : allez-y les enfants, dépêchez-vous de vous y mettre ! fit-il en leur désignant leurs outils de travail. Et pour pas vous gêner, je vais me placer là.

Il se leva, quitta la table, planta sa chaise au milieu de l'atelier, s'assit et se croisa les bras.

Il y eut quelques murmures en yiddish, Mademoiselle Anita crut comprendre qu'elle était de trop.

— Je vous laisse décider entre vous, dit-elle en se dirigeant vers la porte.

— Entre nous ? Mais qui c'est, *nous,* Mademoiselle Anita ? Nous les Juifs, ou nous les ouvriers de Fémina-Prestige ? demanda Jiri sur le ton de la devinette.

Mademoiselle Anita ne trouva pas aussitôt la bonne réponse à cette bonne question.

— Vous aussi, vous pouvez décider pour vous : vous êtes pas étrangère, pas juive, pas ouvrière, mais vous aussi vous travaillez pour Roginski-Ziegler qui travaillent pour les Galeries Lafayette, qui travaillent pour...

— On sait, arrête, Koustov ! lança Stépan qui l'appelait généralement par son prénom.

— J'arrêterai si je veux, Roginski ! répondit Jiri du tac au tac. Je me suis déjà arrêté de travailler, je peux aussi m'arrêter de parler... Mais c'est moi qui décide, j'ai pas de comptes à rendre à ma famille, moi !

Jiri avait baissé la tête pour décocher sa dernière repartie. Il regardait ses chaussures.

Les autres regardaient Stépan.

Stépan regardait Mademoiselle Anita. Et c'est dans les yeux de Mademoiselle Anita, cette fois, qu'il se revit sautant du train encore en marche sous les grandes verrières de la Gare de l'Est.

— Vous n'êtes pas de bonne foi, Monsieur Koustov, et vous le savez très bien, dit Mademoiselle Anita.

Jiri continuait obstinément à regarder ses chaussures.

Les autres regardaient Jiri maintenant. Ils attendaient qu'il parle.

Et Stépan continuait à regarder Mademoiselle Anita.

Et Mademoiselle Anita regardait Jiri, attendant qu'il lui réponde. La feuille jaune tremblait imperceptiblement dans sa main droite.

— Ce que j'ai dit, je le pensais pas, Stépan... », fit enfin Jiri, la tête toujours baissée. Puis il la releva et regarda Stépan droit dans les yeux. « Mais quand même, il faut que tu dises à ton frère de venir : tant qu'il viendra pas ici, je travaillerai pas.

— Tu sais très bien que je parle jamais à mon frère, répliqua Stépan en haussant les épaules. Mais faudrait qu'il vienne, rien que pour nous dire si c'est vrai, l'histoire des Galeries. Parce que si c'est vrai, moi aussi j'arrêterai de travailler. Mais pas avant qu'il soit là. Maintenant, toi, Jiri, tu fais ce que tu veux » — et Stépan se dirigea vers son placard de fer et en sortit sa blouse blanche qu'il n'avait pas encore eu le temps de passer depuis qu'il était entré dans l'atelier.

— Je vais téléphoner à Monsieur Jean, dit Mademoiselle Anita. Mais je crois que sa femme est souffrante et...

— La mienne aussi, elle s'est cassé la jambe aux sports d'hiver ! lui cria Jiri tandis qu'elle remontait au second étage.

Tout le monde rit, même Stépan. Les types de l'atelier « Dames-Fillettes » s'en retournèrent chez eux et le travail commença mollement. En attendant.

En attendant le patron.

Mademoiselle Anita revint pour dire que la ligne avec Neuilly était toujours occupée.

A midi et demie, chacun sortit sa gamelle, sauf Jiri. Il quitta enfin son poste de vigie depuis lequel il n'avait cessé de raconter de vieilles histoires dont tout le monde disait la chute avant lui, tellement elles étaient éculées, et qu'il faisait toujours précéder de : « Et celle-là, vous la connaissez ?... » C'était sa façon de se tourner lui-même en dérision. C'était aussi sa façon à lui de tromper une attente qui l'angoissait certainement un peu plus que les autres qui ne l'avaient pas encore suivi dans sa détermination solitaire.

— Vous ferez patienter Monsieur Jean, s'il arrive, déclara-t-il en mettant son manteau. J'ai un déjeuner d'affaires, je serai de retour dans une heure » — et il sortit.

Une heure après, il était de retour. On attendait toujours le patron. Le travail reprit encore plus mollement, et Jiri réintégra sa chaise. Au-dessus, on entendait aller et venir Mademoiselle Anita. On entendait aussi le téléphone sonner parfois. On entendait parce qu'on écoutait comme jamais. On guettait plutôt. Et pour mieux guetter, on faisait silence.

En début d'après-midi, Mademoiselle Anita vint dire, un peu gênée, qu'elle n'avait pu parler avec Monsieur Jean en personne, mais qu'elle avait laissé un message à sa domestique, « qu'il vienne rue d'Aboukir le plus tôt possible ».

— Et qu'est-ce qu'elle a dit, la petite bonne, pour expliquer que son patron répond pas au téléphone ? demanda Jiri.

— Je ne le lui ai pas demandé, Monsieur Koustov. J'ai eu ce matin très tôt Monsieur Jean au téléphone, je savais que Madame Jean était souffrante, je vous l'ai dit tout à l'heure...

— Oui, mais ce matin très tôt, on n'avait pas lu ça ! Ni nous, ni vous, et encore moins Monsieur Jean... Parce que *ça,* c'est pas dans les rues de Neuilly que c'est tombé ! s'exclama Jiri en brandissant le tract. C'est rue d'Aboukir que c'est tombé, parce que c'est rue d'Aboukir qu'il fait des sous, Monsieur Jean ! Pas à Neuilly... C'est ça qu'il faut lui dire, à la petite bonne.

— S'il n'est pas là dans une heure, je rappellerai », dit Mademoiselle Anita qui se disposait à remonter, hésita une seconde, puis ajouta : « Nous l'appellerons même ensemble, si vous voulez. »

Et elle remonta au second.

Jiri ne dit rien et regarda Stépan.

Tout le monde regardait Stépan.

— C'est vrai qu'il devrait vraiment venir, maintenant, dit le chœur en regardant Stépan.

— C'est vrai, entendit le chœur de la bouche de Stépan Roginski.

Car en une seule petite phrase prononcée tout à l'heure, reniée depuis lors, mais prononcée tout de même, Jiri venait d'effacer des années de compagnonnage ordinaire, et d'une façon qui parut irréversible à Stépan. Il regardait Jiri en hochant la tête tristement. Il se dit que, sans doute, Jiri n'avait jamais cessé de voir en lui le frère du patron détesté, et il se prit curieusement à espérer que Janek arrive. Qu'il arrive vite avant de faire de lui, Stépan, le frère d'un salaud intégral.

Mais l'heure passa et Monsieur Jean n'était toujours pas là.

Et Mademoiselle Anita ne redescendait pas. Et le téléphone avait déjà sonné deux fois.

Elle était très rouge quand elle fit enfin irruption dans l'atelier.

— Monsieur Jean ne viendra pas, dit-elle. Il ne veut parler à personne de l'atelier. Il sera là demain matin.

— Vous lui avez dit, pour moi et pour les Galeries, et pour le tract ? demanda Jiri.

— Je lui ai tout dit, Monsieur Koustov..., et Mademoiselle Anita s'arrêta.

— Et alors ? fit Jiri.

— Alors je pense qu'il vous dira mieux lui-même demain ce qu'il m'a dit tout à l'heure... Je le lui ai d'ailleurs demandé », dit Mademoiselle Anita avec un drôle de sourire.

— Ça doit pas être très beau, si vous pouvez pas le répéter, hein, Mademoiselle Anita ?

Mademoiselle Anita ne répondit rien. Il y eut un silence.

— Monsieur Stépan, s'il vous plaît, vous voulez bien monter une seconde dans mon bureau ?

— 'bsolument pas, Mademoiselle Anita, répondit Stépan en secouant la tête. Pourquoi moi ?... Vous avez rien à me dire à moi que vous pouvez pas dire devant les autres. Surtout si c'est une commission du patron...

Stépan n'accorda pas le moindre regard à Jiri ni aux autres. Il ne regardait que Mademoiselle Anita.

— Allez-y, Mademoiselle Anita, qu'est-ce que vous voulez nous dire ?

Mademoiselle Anita prit une grande respiration.

— Je me suis renseignée auprès de nos confrères. Chez eux aussi, le tract est arrivé. Presque tous pensent comme moi que ce tract est une provocation antisémite, mais tous m'ont confirmé qu'il disait la vérité sur les Galeries

Lafayette dont la direction a refusé de se joindre à un groupe de commerçants qui boycottent l'Allemagne depuis les lois de Nuremberg interdisant à vos coreligionnaires allemands de travailler. Certains de nos confrères ont décidé de boycotter à leur tour les Galeries...

Mademoiselle Anita reprit son souffle, elle était moins rouge. Elle avait débité la première partie de son discours les yeux baissés, elle releva la tête et s'aperçut que les types de l'atelier « Dames-Fillettes » s'étaient glissés silencieusement dans le fond de l'atelier « Fourrure ». Elle avait un vrai auditoire, et elle eut, un quart de seconde, la vision fugitive de son père tel qu'elle l'avait vu si souvent dans l'arrière-salle du café Benoît, à Blassac, démontant patiemment les rouages de l'acquittement d'Esterhazy, ou ceux du procès de Zola, pour une poignée de cultivateurs incrédules mais attentifs. Elle reprit sur un ton plus assuré, en les regardant tous :

— Certains de nos confrères qui ont décidé de boycotter les Galeries Lafayette sont juifs, d'autres ne le sont pas. Certains l'ont fait sous la pression de leurs ouvriers, d'autres de leur propre volonté... Je peux déjà vous dire que Fémina-Prestige ne sera pas de ceux-ci. La maison continuera à livrer les commandes, que ça nous plaise ou non...

— Vous avez dit « nous plaise », Mademoiselle Anita ? Ça veut dire que ça vous plaît pas, à vous non plus ? fit Jiri en se levant brusquement de sa chaise et en tendant le bras vers Mademoiselle Anita comme pour bloquer son discours.

Mademoiselle Anita rougit à nouveau.

— J'ai dit *nous* ?.. Je voulais dire *vous,* parce que c'est vous qui fabriquez les commandes, vous tous... Moi, je ne compte pas. Je suis remplaçable, moi...

— Moi aussi, je suis remplaçable, dit Jiri.

— Oui, vous aussi, vous êtes remplaçable, Monsieur Koustov, si vous vous arrêtez tout seul de fabriquer, comme vous l'avez fait aujourd'hui, répliqua gravement Mademoiselle Anita. Et c'est ce que je ne voulais pas vous répéter quand vous m'avez questionnée tout à l'heure. Je préférais que ce soit Monsieur Jean lui-même qui vous le dise.

— Et pourquoi vous vouliez bien me répéter à moi ce que vous n'osiez pas répéter à Koustov, Mademoiselle Anita ? demanda Stépan.

Mademoiselle Anita ne répondit pas.

— Pourquoi, Mademoiselle Anita ? répéta Stépan.

— Parce qu'on me l'a demandé, Monsieur Stépan, dit-elle presque comme un aveu.

— Qui ça, *on,* Mademoiselle Anita ?

— Monsieur Jean lui-même, pour que vous mettiez vos camarades en garde. Si le travail s'arrête, on débauchera à Fémina-Prestige...

— Pas moi... Moi, on ne me débauchera pas, dit Stépan.

— Ben forcément ! ricana Jiri en yiddish.

— Ta gueule, Koustov ! » lança Stépan également en yiddish, sans regarder Jiri. Il s'adressait à Mademoiselle Anita seule, et il reprit en français : « On me débauchera pas, parce que je me débauche tout seul. Je fais pas la grève, je m'en vais. Voilà, Mademoiselle Anita. »

Il avait parlé lentement, calmement. Il se leva, commença à déboutonner sa blouse et se dirigea vers son placard.

— Si tu fous le camp, c'est pas ça qui va m'aider beaucoup ! lui lança Jiri en yiddish.

— Je fais pas ça pour t'aider, Jiri, je fais ça pour moi, pour moi tout seul », répondit Stépan en yiddish. Il se baissa et ramassa un des exemplaires du tract qui était tombé d'une table. Il en fit une boulette qu'il balança. « Ce truc est une merde, mais sans cette merde, j'aurais peut-être jamais compris tout ce que j'ai compris aujourd'hui », dit-il pour lui-même, toujours en yiddish, en ouvrant son placard.

— Qu'est-ce que vous dites, Monsieur Stépan ? demanda Mademoiselle Anita qui avait l'air complètement désemparée.

— Rien... Trop compliqué, fit Stépan le dos tourné.

Sur l'étagère du placard, il prit une serviette de toilette dans laquelle il plaça un petit bout de savon et un peigne. Il roula la serviette et la glissa dans son cartable à côté de sa gamelle. Puis il ôta sa blouse, qu'il plia soigneusement, décrocha son manteau du cintre, referma le placard et enfin se retourna.

Les autres le regardaient. Stépan regardait Mademoiselle Anita.

— Vous ne pouvez pas faire ça, Monsieur Stépan... Attendez au moins demain, comme tout le monde, dit-elle en prenant « tout le monde » à témoin.

— Si je me faisais écraser en sortant, on ne me verrait pas demain... C'est pareil, non ? fit Stépan en bouclant le cartable dans lequel il avait rangé sa blouse.

En veston, avec son manteau sur le bras et son cartable à la main, il avait l'air maintenant comme en visite.

— C'est pas possible... T'as déjà du boulot ailleurs, si tu peux t'en aller comme ça ! insinua alors Jiri.

Stépan ne répondit pas. Il enfilait son manteau.

— Ça serait pas à la succursale, par hasard ?

— Qu'est-ce que vous voulez dire, Monsieur Koustov ? Fémina-Prestige n'a pas de succursale, dit Mademoiselle Anita en rougissant à nouveau, mais de colère cette fois.

— Et comment vous appelez ça, la boîte où sa femme est couturière et où sa belle-sœur est patronne ? C'est pas une succursale ?

— La maison « Masques et Bergamasques » n'a plus rien à voir avec Fémina-Prestige, Monsieur Koustov. C'est très récent, je ne l'ai moi-même appris que tout à l'heure, et si je ne vous l'ai pas dit, c'est parce que cela ne vous regarde pas. En tout cas, pas vous personnellement, Monsieur Koustov.

Pour une fois, Jiri ne répondit rien.

Stépan non plus. Et pour cause.

— Ça faisait partie des choses que je voulais vous dire à vous tout seul, Monsieur Stépan, ajouta doucement Mademoiselle Anita. Je suis sincèrement désolée..., ajouta-t-elle avec un petit geste de ses deux mains écartées.SW

— Je comprends, Mademoiselle Anita, je comprends, mais ça ne change rien, dit Stépan avec un gentil sourire un peu crispé.

Il se dirigea vers la porte en regardant par terre. A un mètre de la porte, il releva la tête et les regarda tous :

— Allez, au revoir tout le monde ! dit-il en faisant passer son cartable dans sa main gauche pour tendre la droite à Mademoiselle Anita.

— Tu nous laisses tomber, c'est tout ce que je vois ! lui lança Jiri en yiddish.

— Non, je vous libère », lui répondit Stépan en yiddish. Puis, en français : « Au revoir, Mademoiselle Anita. Pour mon compte : 58 rue de la Mare, Paris XXe, s'il vous plaît. Merci » — et il sortit sans se retourner.

Il y avait encore quelques taches jaunes sur le bitume de la rue d'Aboukir, mais il fallait bien connaître le tract pour le reconnaître. Des milliers de semelles l'avaient piétiné depuis le matin.

Sur le cadran de la grande pendule du boulevard, il vit l'heure qu'il était et se mit à courir, mais il savait déjà qu'il avait raté Élie.

En montant dans le wagon, l'idée qu'il allait faire le trajet en solitaire l'angoissa. Il avait tant et tant de choses à dire à Élie ! Puis, peu à peu, il s'apaisa. Après tout, c'était pas plus mal d'être seul pour penser.

Pour penser sans être poussé par l'urgence de vider son cœur au plus vite avant d'arriver à la maison. Il le viderait après y être arrivé, pour une fois. Pour la première fois depuis longtemps, et pour la dernière fois et pour toujours. Même s'il ne le vidait pas aussi complètement qu'il l'aurait fait en ce moment avec Élie à ses côtés. Il savait déjà qu'il attendrait d'être seul avec son ami pour parler du tract et de la peur.

Mais, pour le reste ! Le plus important, la seule chose importante, en fait ! Comme ça allait être bon d'arriver et d'annoncer à Olga, et devant Zaza et Sonia, et à Maurice et aux Clément, et chez l'Auvergnat demain, et à toute la rue si ça l'intéressait, qu'il n'était plus et ne serait jamais plus Monsieur Stépan de chez Roginski-Ziegler, mais

Stépan Roginski, bon ouvrier-fourreur très momentanément en chômage volontaire pour cause d'amour-propre ! Il en souriait de bonheur et d'impatience.

Il imagina la tête que ferait Janek, le lendemain. Celle qu'il faisait déjà peut-être à l'autre bout de la ville, au cœur de Neuilly où lui-même n'avait jamais mis les pieds, assis dans un salon où l'on n'avait jamais offert une tasse de chocolat à Zaza, écoutant l'incroyable nouvelle communiquée par Mademoiselle Anita, la répétant à sa femme alanguie sur un sofa en déshabillé de dentelles, auprès de laquelle s'affairait une soubrette-esclave.

Et c'est alors seulement qu'il repensa à cette histoire de « succursale ».

Depuis qu'elles s'étaient installées chez elles au premier, Élie et lui avaient pris le pli de se désintéresser totalement des histoires de déguiseuses de leurs femmes. Ils en étaient même arrivés à en oublier presque complètement que « Masques et Bergamasques », c'était aussi Roginski-Ziegler. Il faut dire qu'elles les y aidaient. Sonia et Olga ne parlaient jamais que d'Alex.

Il avait fallu ce salaud de Koustov pour lui remettre cette autre affiliation sous le nez, et la révélation de Mademoiselle Anita pour lui apprendre qu'elle était rompue. Cassée depuis tout à l'heure.

Alors l'angoisse revint. Et Stépan, en gravissant les marches de la station Pyrénées, se demandait si son retour au foyer serait bien celui du chômeur volontaire ou celui du mari d'une chômeuse malgré elle.

Puis, dès qu'il fut dans sa rue, l'angoisse se dissipa à nouveau.

A travers les vitres de l'Auvergnat, il aperçut Nüssbaum et Gromoff, et Barsky de dos qui téléphonait. Gromoff lui fit signe d'entrer. Stépan fut tenté une seconde, mais Élie n'était pas parmi le groupe. Il fit « non merci » de la main qui tenait son cartable.

Son cartable anormalement gonflé. Délicieusement gonflé à cause de sa blouse qu'il rapportait à la maison.

Et c'est comme un écolier en juillet qu'il gravit les escaliers. Il crut voir quelque chose d'écrit sur la porte de « chez Bonnet », mais la voix d'Olga lui fit tourner la tête vers le palier du second.

— Tu nous faisais peur, à pas arriver !

— Je suis là, je suis là, dit Stépan en tendant les bras vers sa femme.

Il la serra et l'embrassa comme il ne l'avait plus fait depuis bien longtemps.

Maurice, Robert et Sami se firent encore une fois réciter mutuellement la formule de la loi d'Ohm, le calcul du volume du cône de révolution et les dates-clés des Cent Jours.

— Comme ça, si on est cons dans tout le reste, au moins on s'en sortira avec nos par-cœur ! dit Sami en refermant ses bouquins. Allez, je rentre. Dormez bien, les poteaux !

Il traversa l'atelier dans le noir et claqua la porte de « chez Bonnet ». Maurice ramassa les trois tasses et la cafetière qu'il porta sur l'évier.

— Faudrait pas qu'elles s'aperçoivent qu'on sirote son café, dit-il en faisant sa petite vaisselle, tandis que Robert replaçait le paquet de café moulu Corcelet sur l'étagère, à côté de leurs livres de classe.

— Il doit s'en foutre, qu'on lui sirote son café une veille de pré-Bac..., répondit Robert.

— Lui, oui... mais pas ma mère ! dit Maurice.

Ils se mirent à rire.

— Ils étaient pas marrants, ce soir, là-haut ! J'ai même pas pu leur expliquer ce que c'était, le pré-Bac... Papa m'a demandé, j'allais lui répondre, et là-dessus le père de Zaza est arrivé. Ça a tout chamboulé. Il a quitté sa boîte, alors ils se sont mis à parler tous à la fois et j'ai pas vraiment écouté, parce que je me récitais *Tityre tu patulae recubans* dans ma tête... Tu crois qu'ils vont nous refiler Virgile, demain ?

— Comment ça, il a quitté sa boîte ?... Zaza a mangé

en bas avec nous et elle en a pas parlé... Moi qui croyais que la grande nouvelle de la journée, c'était que ta mère et la mère de Zaza étaient devenues des genres de kolkhoziennes !

— Oui, il y a ça aussi, sourit Maurice. Mais là, j'ai mieux compris ! Ça a l'air bien, le truc de Coopé, non ?... Comment tu l'as su, toi ? Par Zaza ?

— C'est pas Zaza, c'est pas Josette, c'est pas ma mère... c'est mon père !... Il nous a fait un cours sur le collectivisme pendant tout le dîner, et même si j'avais pas écouté, comme c'est écrit « Coopérative » gros comme ça sur la porte de notre dortoir, l'information comme quoi nous entrons dans l'ère des mutations sociales ne pouvait guère m'échapper ! fit Robert avec une gravité feinte.

— Et tu trouves pas ça bien ? demanda Maurice, vaguement inquiet.

— Je trouve ça formidable, au contraire... Formidable ! Surtout pour l'usage que nous pourrons faire désormais de cette cafetière italienne et de ce café brésilien moulu Corcelet qui, n'étant à personne, est à tout le monde, et par conséquent à toi autant qu'à moi... si toutefois j'ai bien compris mon papa auquel d'ailleurs je n'ai pas été non plus en mesure d'expliquer ce qu'était un pré-Bac, bien qu'il en eût exprimé le vif désir avant de plonger dans sa soupe au potiron... Tu vois, en bas non plus, ils étaient pas très marrants, ce soir...

Robert consulta sa montre.

— Il est dix heures, on peut s'en lire une petite demi-heure. C'est mon tour :

... Katow le regarda sans fixer son regard, tristement — frappé une fois de plus de constater combien sont peu nombreux, et maladroits, les gestes de l'affection virile :

— Il faut que tu comprennes sans que je dise rien, dit-il. Il n'y a rien à dire.

Hemmelrich leva la main, la laissa retomber pesam-

ment, comme s'il n'eût pu choisir qu'entre la détresse et l'absurdité de sa vie. Mais il restait en face de Katow, envahi.

« Bientôt, je pourrai repartir à la recherche de Tchen », pensait Katow.

— ... A suivre ! Maintenant, on roupille, dit Robert en fixant la pince-mâchoire de la petite lampe-champignon à la page qu'il venait d'achever. Regarde, on en est à plus de la moitié, dit-en déposant le volume sur la chaise qui séparait les deux divans.

Il éteignit la lampe.

— Faudrait se mettre à lire plus lentement, pour que ça dure plus longtemps, fit Maurice dans l'obscurité.

— On pourra toujours recommencer quand on l'aura fini, suggéra Robert.

— Ça ne sera jamais plus pareil... On saura tout ce qui va arriver...

— Si tu vas par là, on sait déjà qu'ils vont rater Tchang Kaï-chek. Il avait même sa photo dans le journal d'hier ! ricana Robert.

— Oui, mais on ne sait pas encore pourquoi ni comment ils l'ont raté... C'est ça qu'est excitant, et ce sera plus jamais aussi excitant, même si on le relit dix fois, dit Maurice.

— C'est vrai. Allez, on dort, grogna Robert dans l'épaisseur de son oreiller.

On entendait parler au-dessus, puis de grands rires éclatèrent.

— Pour dormir, faudrait pouvoir ! soupira Robert. Ils étaient peut-être pas marrants pendant le dîner, mais ils sont pas tristes après, chez toi...

— Non, fit Maurice que le rire gagnait à reconnaître celui de son père qui couvrait les trois autres. Il y a bien longtemps que je les ai pas entendus se marrer autant, tous les quatre ensemble !

Il chercha dans sa mémoire, mais l'image ne lui revenait pas. Elle se dérobait.

— Tiens, voilà le père de Zaza qui s'y met, maintenant... Si ça continue, je vais me plaindre à la concierge ! pouffa Robert.

Ce qui fit pouffer Maurice.

— Pauvre oncle Stépan. C'est rare qu'il rie... Ils ont dû boire un petit coup après le dîner...

— Pour fêter le kolkhoze, peut-être ?

Maurice ne répondit pas.

Les rires s'étaient calmés. On entendait simplement parler, à présent.

— Quel âge il peut avoir, Katow ? demanda Maurice à mi-voix.

— Je ne sais pas... pourquoi ? bâilla Robert.

— Parce qu'il est ukrainien et que ça me fait penser à Papa... Tu vois pas que je sois né à Shanghaï s'il était parti dans l'autre direction ?

— S'il était parti dans l'autre direction, tu serais même pas né, couillon ! C'est un révolutionnaire, Katow, et les révolutionnaires ne font pas d'enfants. Ils n'ont pas le temps, décréta Robert.

— Je l'aime bien, Katow, fit Maurice après un court silence.

Robert maugréa un vague « Moi aussi... mais on dort », et Maurice l'entendit se retourner du côté du mur.

— Tu sais pourquoi tu l'aimes bien, Katow ?

— Non, dit Maurice, tout content que Robert ne l'eût pas encore abandonné.

— Pourquoi tu l'aimes mieux que les autres ? C'est parce que Katow, il peut pas dire « absolument »... il dit *'bsolument*, comme ton papa et ta maman.

— 'bsolument ! s'exclama Maurice. Comment avez-vous deviné, mon cher Clappique ?

— Élémentaire, mon cher Tchen... Mais si vous l'ouvrez encore une fois, je vous poignarde à travers votre moustiquaire. Salut, camarade.

— Salut, fit Maurice en se tournant lui aussi du côté de son mur.

Ils venaient de s'inventer un jeu, ils ne savaient pas encore qu'ils le joueraient si longtemps, ni que ses règles improvisées leur serviraient de code secret pour tout et n'importe quoi : rire, s'émouvoir, s'indigner et déparler.

Maurice écouta la respiration régulière de Robert.

Là-haut, on se séparait. Les chaises raclaient le parquet. Les Roginski rentraient chez eux et les Guttman allaient passer dans leur chambre à coucher.

En tendant l'oreille, Maurice percevait leurs chuchotements. Ses parents n'avaient jamais pu s'habituer à ne pas chuchoter dans leur chambre, comme s'ils craignaient encore de le réveiller.

Sans doute cette messe basse célébrait-elle les grands changements que leur avait prodigués la journée qui s'achevait.

Pauvres changements dérisoires, pensa Maurice avec une affectueuse compassion et un vague remords de n'avoir su mieux participer à la joie collective.

Puis les petits pas de Sonia dans ses pantoufles s'arrêtèrent, et les chuchotements aussi. La rue de la Mare s'endormait.

Maurice rentra dans la nuit shangaïaise grosse de tous les bouleversements possibles, de tous les courages, de toutes les lâchetés, de tous les doutes et de toutes les amours.

Les extases de Valérie, la belle bouche plate de May, les taxi-girls du *Black-Cat* lui donnaient à rêver tout autant que les silences opiacés de Gisors.

Il ne savait pas encore que dans quelques jours, dans les cent cinquante pages qu'il leur restait à lire, il y aurait des morts. Il ignorait aussi qu'ils auraient envie de les pleurer, qu'ils ne se le montreraient pas et que pour mieux se le cacher, ils se serviraient déjà du code.

Avant de fermer les yeux pour de bon, Maurice regarda du côté de la chaise. Un faible rayon de lune filtrait à travers les rideaux orange et se reflétait sur le champignon jaune de la lampe.

— Ça lui fait un chapeau chinois, à Malraux, se dit-il.
Puis il accorda une dernière pensée au lendemain, aux Cent Jours, à Virgile et au cône de révolution.

Jiri Koustov s'était trompé. Le tract jaune était bel et bien tombé sur Neuilly-sur-Seine. Il ne jonchait pas le tapis cloué de l'escalier de la rue Charles-Laffitte, mais il avait été lâché, puis ramassé et lu en divers points de l'élégante banlieue.

Ces points n'avaient pas été choisis au hasard ; ils étaient extrêmement fréquentés, comme la place du Marché de l'avenue de Neuilly, par exemple, ou le carrefour Inkermann, croisée des chemins pour les dévots de l'église Saint-Pierre et les élèves du lycée Pasteur, ou encore la rue Jacques-Dulud.

La rue Jacques-Dulud n'était guère passante, mais on y trouvait les Établissements Saoutchik, carrosseries de luxe, dont le haut mur blanc jouxtait le porche d'une petite synagogue. Un faiseur de graffitis avait même pris le temps de creuser, dans la pierre tendre du mur, une flèche en direction du temple, et deux mots : *« même proprio »*.

La rue Jacques-Dulud est parallèle à la rue Charles-Laffitte. De la cuisine d'Armelle, on voyait les verrières bleues des ateliers Saoutchik. Mais Nicole ne passait jamais par la rue Jacques-Dulud.

De toute façon, ce matin-là, Nicole n'était passée nulle part. Elle dormait. Enfin.

Elle était entrée en sommeil aux aurores, épuisée par des heures de larmes, aphone, assommée par un demi-flacon de Passiflorine que lui avait administré Janek à petites cuillerées comme à un bébé.

Elle s'était endormie dans le creux du bras gauche de son mari, la tête posée sur son poitrail. Mais au lieu de se retourner de son côté à elle comme elle faisait toujours au bout d'un moment, elle était restée ainsi, inerte et lourde. C'est l'ankylose qui avait à demi-réveillé Janek.

L'ankylose ou les gammes. Ça pianotait déjà à l'étage au-dessous.

Hagard et furieux, Janek avait essayé de bouger sa femme. Elle s'accrochait à lui comme une noyée. « Je reviens », avait-il murmuré en se dégageant, et il s'était glissé hors du lit.

Titubant, le pyjama fripé et moucheté de traces de rimmel à hauteur du cœur, il avait fait son entrée dans la cuisine où se terrait Armelle, attendant qu'on la sonne.

— Allez frapper au deuxième et demandez qu'on ne joue plus de piano. Vous direz qu'il y a une malade, avait-il grommelé.

— Ils comprennent pas le français, avait objecté Armelle.

— Vous n'avez qu'à faire des gestes, avait répondu Janek en se dirigeant vers le salon où il avait empoigné le téléphone.

Il avait appelé Anita chez elle pour la prévenir qu'il ne viendrait pas rue d'Aboukir.

Puis il avait appelé Troyes, pour raconter Maddy.

Enfin Dubâteau-Ripoix, pour raconter Maddy et Nicole.

Le piano s'était tu. Janek avait été très bref dans ces communications qu'il avait passées à voix très basse, comme pour ne pas se réveiller tout à fait lui-même. A Armelle qui attendait les ordres et des compliments pour sa mission à l'étage du dessous, il avait grogné : « Ne nous réveillez pas », puis il avait regagné la chambre, rejoindre cette inconsciente, chaude et désarmée, contre laquelle il se blottit avec une volupté qui le bouleversa. Et c'est en elle, qui avait à peine bougé, qu'il s'endormit enfin pour de bon.

Rien ne laissait prévoir que la feuille jaune qui voltigeait tout à l'entour forcerait la citadelle du chagrin, de l'amour et du sommeil partagés qu'était devenue cette grande chambre obscure et coupée du monde.

C'est pourtant ce qui arriva sous la forme d'un pli cacheté à remettre en mains propres à Monsieur Jean, de la part de Maître Dubâteau-Ripoix. C'est Hubert, le chauffeur ganté, qui apporta le pli. La pauvre Armelle refusa de réveiller Monsieur.

— Il y a eu un malheur..., commença-t-elle à expliquer.

— Nous savons tout cela, avait sèchement coupé Hubert qui détestait la familiarité et l'indiscrétion, sauf dans les rapports qu'il entretenait avec son patron, lequel tutoyait parfois volontiers son chauffeur et racontait tout sur tout le monde dès qu'il était à bord de sa voiture.

Hubert savait donc « tout » des malheurs : Maddy, le reste et bien davantage encore. Il toisa la Bretonne :

— Je compte sur vous, Mademoiselle, pour faire savoir à votre patron que mon maître passera vers 19 heures. Il est indispensable que ce pli soit remis avant cette heure tardive. Avez-vous bien compris ?

— Je ferai votre commission avec les autres, même que j'ai mis un chiffon à la sonnette du téléphone et qu'il a sonné tout le temps pour les autres commissions, depuis ce matin. Maintenant qu'il est déjà trois heures, Madame a toujours pas appelé. Mais vous en faites pas, je mettrai votre commission à vous avec leur thé —, avait déclaré Armelle avec l'assurance tranquille de ceux dont l'efficacité n'est plus à démontrer, et elle avait refermé la porte.

« Quelle maison, quel service ! » se dit Hubert en descendant l'escalier. Il repensa à Lucas dont la promiscuité imposée pendant l'équipée troyenne lui avait été proprement insupportable.

Le tract plié en quatre tomba sur les draps froissés quand Janek eut ouvert l'enveloppe. C'est Nicole qui le saisit distraitement, sans le déplier ni y jeter un regard, tandis que Janek lisait à haute voix la missive de Maître Dubâteau-Ripoix :

Ami,

J'essaie vainement de vous joindre au fil, mais la jeune druidesse qui répond chez vous ne me paraît pas être la meilleure interlocutrice. J'ai donc recours à mon coryphée personnel.

Il y a du nouveau du côté de chez Chateaubriand. Notre jeune homme sort de chez moi à l'instant. Il a des projets confondants.

Je cours au Palais plaider pour la pauvre Gentiane de B. et son malheureux accident de chasse. Je serai donc *incommunicado* pendant les heures qui viennent. Mais je passerai chez vous vers les 19 heures pour parler de tout cela et baiser la main de Victoria.

A vous,
Jean-Gaétan.

P.S. On m'apporte à la minute ce méchant chiffon de papier qui circule en ville aujourd'hui. C'est votre confrère Lévy, de « Lady-Couture », lequel est aussi mon client, qui me le fait tenir. Étudiez-le recto verso. Vous êtes mieux à même que moi ou que Roger Ziegler d'en saisir tous les termes.

A tout à l'heure,
J.-G.

Janek replia la lettre et regarda Nicole. Elle se taisait et, sous ses paupières gonflées, on ne voyait plus du tout ses yeux. Il lui prit doucement le petit rectangle jaune des mains et se mit à lire pour lui tout seul.

« Qu'est-ce que c'est encore que cette merde ! » murmura-t-il en yiddish après avoir pris connaissance des premiers mots de la version française. Il retourna la feuille, poursuivit sa lecture en yiddish, jusqu'au point d'interrogation, puis retourna encore une fois la feuille du côté français pour tout relire.

— Je le sentais venir... eh bien, ça y est, nous y voilà ! dit-il d'un ton neutre, et, à nouveau, il se tourna vers Nicole.

Dans un souffle, elle dit quelque chose qu'il ne comprit pas. Il tenait toujours le papier jaune à la main. Il se pencha sur sa femme. Elle se couvrit le visage de ses deux mains et il entendit : « Ne me regarde pas... ne me parle pas encore... Laisse-moi le temps de revenir. »

Janek posa le tract devant elle et se leva.

— Il est déjà dix-sept heures. N'oublie pas que Dubâteau sera là dans deux heures, dit-il.

Et il sortit de la chambre.

Elle reposa sa tête sur l'oreiller et, du bout des doigts, fit l'inventaire des boursouflures qui la défiguraient. Elle ne s'était pas regardée dans une glace depuis la veille, mais elle savait.

Elle entendit la douche couler dans la salle de bains. Puis le téléphone qui sonnait. La voix d'Armelle, suivie d'une longue plage de silence, enfin la voix de Janek, parlant bas d'abord, puis en hurlant. Le bruit qu'il faisait, les quelques mots qu'elle put saisir la forcèrent à émerger de la torpeur dans laquelle elle aurait bien aimé se prélasser encore un peu, et elle se décida à lire le tract.

A le parcourir d'abord, ne s'arrêtant, pour les relire, qu'aux phrases qui comprenaient le mot « JUIF » dont les gros caractères l'attiraient comme des aimants. Elle le compta six fois, dont une au féminin qui la frappa plus que les autres... Comme si la Direction JUIVE des Galeries Lafayette était une grande et grosse femme campée sur un trône.

Elle en compta six aussi en yiddish.

Et elle comprit mieux le sens du post-scriptum de Dubâteau-Ripoix, auquel elle avait prêté si peu d'attention tout à l'heure. C'était la première fois que l'avocat dissociait ouvertement Janek Roginski de ses très catholiques clients et amis, les Ziegler-Leblanc.

Nicole se dit que c'était la fin de quelque chose qui venait de commencer. Et elle se leva.

Elle se fit couler un bain chaud, se lava la tête et se rinça longuement à l'eau tiède, froide puis glacée. Sans se regarder dans le miroir, elle frotta sa crinière avec une serviette-éponge, d'un placard elle sortit un paquet de coton et un gros flacon. Le liquide était bleuté, et sur l'étiquette qui portait le n° 120-Lotion, Maddy avait écrit de sa main : « Pour effacer tes après-vodka difficiles ». Elle prépara deux grosses compresses et, drapée dans son peignoir, elle s'allongea bien à plat sur le parquet de sa chambre. Elle plaça les compresses sur son visage et le flacon à portée de main. Elle savait qu'il lui faudrait renouveler la fraîcheur des compresses pour leur permettre d'accomplir leur miracle. Dans une demi-heure, elle irait se reconnaître dans la glace et elle se retrouverait telle qu'elle s'était quittée, puisqu'elle s'était épargné l'effroi de se voir telle qu'elle était encore.

Et elle s'efforça de ne plus penser qu'à ça.

Sous les tampons, la bagarre commençait. Ça picotait, le sang battait. Ça réverbérait sourdement. Maddy n'avait jamais voulu lui dire ce qui entrait dans le mélange... Il lui faudrait le faire analyser pour en obtenir de nouveau, puisque Maddy ne serait plus jamais là pour lui en apporter.

Un flot tiède jaillit sous la compresse. Nicole appliqua ses doigts sur le coton et, à tâtons, attrapa le flacon. Elle se versa quelques gouttes froides sur les paupières, comme pour tuer les larmes.

« Si c'est pour recommencer à chialer, ça vaut pas la peine », dit-elle tout bas. Elle répéta la phrase pour essayer sa voix. Aucun son ne sortit. Ça lui donna envie de rire. Et son rire lui parvint comme une quinte de coqueluche. « Il me faudrait du miel, des bonbons au miel », pensa-t-elle.

Elle eut envie de sonner Armelle pour l'envoyer chercher des bonbons au miel, mais il aurait fallu se redresser pour atteindre la sonnette, et enlever les compresses, et interrompre leur travail, et ça perdrait du temps. Elle n'avait pas de temps à perdre. Il lui restait tant de choses à faire avant dix-neuf heures : farder son visage retrouvé, tresser ou ne pas tresser ses cheveux suivant la toilette qu'elle choisirait de mettre, pour ne pas avoir l'aspect d'une vaincue accueillant celui qu'elle considérait déjà comme l'ennemi.

Elle entendait Janek parler au téléphone. Il ne criait plus, il causait, et ce n'était pas avec la rue d'Aboukir.

Peut-être avec « Lévy-Couture », comme elle appelait ces quatre frères qu'elle n'aimait pas ?

On sonna à la porte d'entrée, elle entendit Armelle ouvrir et refermer presque aussitôt. Puis on attaqua des exercices à quatre mains à l'étage au-dessous.

Et Nicole pensa aux Le Gentil.

A la niaiserie reposante de Joëlle et au regard bleu du cousin fou, aux renards argentés, à l'odeur de la fourrure et au Palais de l'Hermine. Et à l'odeur de pommes, de citrons et de Vétiver des fourrures du Palais de l'Hermine, et à la petite vitrine qui avait volé en éclats au passage de ces jeunes gens armés de cannes, quand elle était encore toute petite, et à sa peur, et au sourire de son père pour la rassurer, et à la terreur de sa mère qui disait : « Ça recommence, ça recommence... » en secouant la tête, et à qui personne ne répondait jamais rien. Sa mère Anna... Qui donc avait dit *Pollack,* ces jours-ci ?... Quelqu'un avait dit « Pollack » dans un éclat de rire... Il fallait qu'elle trouve, autrement elle allait se mettre à chercher pendant des heures, et elle n'avait pas de temps à perdre... C'était récent, tout récent... Dans un rire. Et c'est le rire qu'elle reconnut.

Mais il ne fallait pas penser à Maddy.

Il ne fallait pas penser non plus à Joëlle, car penser à Joëlle, c'était penser au petit bouquet de Maddy déposé sur le paillasson, avec sa collerette parlante qui allait décider de tout. Pour neuf ans de leur vie. A tous.

Il n'y aurait pas de dixième année. Le fil était cassé. Mais il y aurait toutes les autres, et c'est à celles-là qu'il fallait penser désormais.

Et Nicole s'appliqua à réfléchir vraiment. Et c'est au tract qu'elle pensa, à ce qu'il voulait dire vraiment.

Le coton était presque sec. C'était bon signe. Les muscles sous la peau avaient bien pompé la précieuse liqueur. Elle leur redonna à boire et se donna à elle-même un quart d'heure de réflexion supplémentaire et d'immobilité totale sur le parquet.

Au-dessous, les deux pianos jouaient toujours. Mais c'était devenu joli. L'heure des devoirs était passée.

Nicole n'écoutait pas, mais elle entendait. Et c'est sur fond musical de Schuman qu'elle commença à rêver de départs.

A la fin de la sonate, les deux compresses étaient sèches et Nicole avait pris sa décision.

« On liquide et on s'en va », dit-elle en se relevant. Elle voulut appeler Janek, mais elle se souvint qu'elle était encore aphone. Alors, pieds nus, nue sous son peignoir blanc, le visage frais et tout odorant des plantes réparatrices, les cheveux encore humides croulant sur ses épaules, elle courut au salon répéter sa phrase à l'oreille de Janek.

— Et on s'en va où ? fit Janek, doublement stupéfait par sa beauté retrouvée et par la teneur folle de son propos.

— Loin des ghettos ! dit-elle en yiddish.

Et elle s'en fut vers la cuisine pour envoyer Armelle lui chercher des bonbons au miel.

Elle repassa dans le salon. Janek était si absorbé qu'il ne releva pas la tête. Il était en train de griffonner sur le dos d'une enveloppe. Elle le laissa et s'en retourna dans la chambre.

En s'asseyant devant le miroir de sa coiffeuse, elle se fit un grand sourire. Sa petite phrase folle avait germé comme une graine : Janek faisait ses comptes. On liquidait.

On partirait.

Elle serra ses cheveux sous un bandeau et commença son maquillage.

Il n'était pas loin de dix-neuf heures et Nicole était presque prête quand le téléphone sonna. Inquiète, elle s'approcha de la porte pour écouter. Non, ce n'était pas cet imbécile de Dubâteau-Ripoix qui se décommandait. Janek avait son ton Aboukir. Rassurée, elle se concentra sur les trois derniers des minuscules boutons de marcassite qui, au nombre de seize, fermaient sa robe d'intérieur. C'était une longue chose de velours noir rehaussée à l'encolure et aux manches de Valenciennes champagne, une tenue somptueusement dramatique et démodée. Et pour cause : emprunté pour un soir le mois dernier, le costume « Anna Karénine » (nº 92) n'était jamais rentré au stock.

Elle s'apprêtait à enrouler le bracelet-serpent autour de son poignet gauche quand Janek entra dans la chambre.

— Mon frère a foutu le camp, dit-il en se laissant tomber sur le lit sans regarder Nicole.

— Comment ça, foutu le camp ? interrogea Nicole en reposant le bracelet sur la coiffeuse.

— Foutu le camp, quitté l'atelier... reviendra pas... me laisse tout seul pour me démerder avec ces cons... » Janek réfléchit un quart de seconde, puis ajouta, toujours sans regarder Nicole : « ... et cette connasse !

— Quelle connasse ? demanda doucement Nicole.

— Anita... Elle voulait que je vienne... J'aurais peut-être dû y aller... » — il regarda enfin Nicole.

— Pour quoi faire ? Pour retenir ton frère que tu as sorti du Shtetl ?... Ou pour arranger les affaires des Galeries Lafayette qui les arrangeront de toute façon derrière ton dos avec Ziegler-Leblanc ?... Parce que Ziegler-Leblanc, ça ne les gêne pas, eux, ce qui se passe en Allemagne !

— Toi non plus, ça ne te gênait pas, autrefois. Rappelle-toi comme on s'est disputé à cause de ce salaud d'en bas et de son histoire de Juifs à quatre pattes...

De sa main, Nicole lui ferma la bouche, s'agenouilla devant lui et plongea son regard dans le sien.

— Autrefois, rien ne me gênait... On était heureux, c'était l'été, on baisait au bois de Boulogne, j'avais « Masques » et on avait Maddy... Aujourd'hui, qu'est-ce qu'on a ?... Les tapeurs de piano berlinois qui s'installent en dessous et qui nous ramènent *ça* !...

Elle attrapa le tract qui traînait sur le lit et agita le gros point d'interrogation sous le nez de Janek. Il lui prit le tract des mains, le replia et le mit dans sa poche.

— Tu es très malheureuse, hein ? fit-il doucement en lui prenant le visage entre ses deux mains.

Elle fit oui de la tête en fermant les yeux.

— D'avoir perdu Maddy... ou d'avoir perdu « Masques » ?

— Les deux, dit-elle, les yeux toujours fermés. Et maintenant, j'ai peur... » Elle rouvrit les yeux. « Partons, mon chéri, avant d'être trop vieux. »

Il embrassa sa bouche, l'aida à se relever et se leva à son tour.

Nicole retourna à sa coiffeuse, mit son bracelet, porta sa main à sa gorge et prit un bonbon au miel.

On sonnait à la porte.

— Ne parle pas du tract, laisse-le venir..., murmura-t-elle la bouche pleine, tandis que Janek allait au-devant de Dubâteau-Ripoix auquel Armelle ouvrait déjà.

— Monsieur a sans doute dîné ? demanda Hubert en ouvrant la portière à Maître Dubâteau-Ripoix quand celui-ci apparut vers vingt et une heures sous la porte cochère.

— Hélas non, mon vieux, l'humeur là-haut n'était guère aux agapes... Nous rentrons, dit-il en s'asseyant à l'arrière.

Ils roulèrent un moment en silence.

— Et comment se porte Madame Victoria Jean après tout cela... si je puis me permettre ? s'enquit respectueusement Hubert.

— Un fantôme, mon pauvre Hubert, j'ai vu un fantôme aux cheveux épars, mais troublante de beauté dans son désarroi.

— Décidément, quelle semaine ! se permit de soupirer Hubert.

— Certes, opina Maître Dubâteau-Ripoix qui, pour une fois, n'était pas en veine de confidences.

Dans l'avenue de la Grande-Armée, Hubert ralentit sensiblement l'allure à hauteur de la rue Pergolèse.

— A-t-on des nouvelles de l'état de Monsieur Leblanc ? demanda-t-il en se tournant légèrement vers la banquette arrière.

— Stationnaire... état stationnaire, marmonna Maître Dubâteau-Ripoix après avoir jeté un coup d'œil sur sa droite, vers ce coin de rue où il avait si souvent déposé Augustin qui prétendait vouloir marcher un peu pour se dégourdir...

Hubert accéléra et ne dit plus un mot. Maître Dubâteau-Ripoix non plus. Il réfléchissait.

Il réfléchissait et calculait.

Il calculait le montant des honoraires qu'il n'avait pas volés au terme de cette longue journée de travail, et il réfléchissait aux moyens de les ventiler.

Les ventiler lui parut impossible. Il décida qu'il lui faudrait présenter deux notes d'honoraires. Une à ses clients Roginski pour leur avoir soufflé l'idée de se débarrasser de leurs parts dans les affaires Ziegler-Leblanc, dont les destinées lui paraissaient bien hasardeuses par les temps qui s'annonçaient. L'autre à ses clients et amis Ziegler-Leblanc, pour les avoir définitivement débarrassés du couple Roginski dont les origines leur paraissaient désormais peu compatibles avec les exigences des temps qui s'annonçaient.

Il faut savoir tourner la page, dirait-il à chacun quand tout serait réglé grâce à ses soins.

Grâce à cette petite garce de la rue Pergolèse aussi, il fallait bien l'admettre. Dieu sait qu'elle avait fait du dégât, celle-là ! Mais en disparaissant comme elle l'avait fait, elle avait bien contribué à remettre les choses à leur place. Il n'était que temps.

Ils étaient presque à l'Étoile. Sous l'Arc, les Champs-Élysées scintillaient jusqu'à l'Obélisque. Dubâteau se retourna. Par la vitre arrière, le large ruban éclairé au gaz s'étirait jusqu'à la Défense.

— Elle est lugubre, cette avenue qui n'en finit pas, vous ne trouvez pas, Hubert ? dit-il d'un ton qui signifiait qu'il était sorti de ses réflexions personnelles.

— J'ai noté que Monsieur me fait toujours cette remarque quand nous passons par ici, fit Hubert, enchanté de renouer la conversation.

— Quand nous passions par ici, mon cher Hubert !

Passions... Nous n'en aurons plus guère l'occasion à l'avenir... Sauf pour nous réapprovisionner en phares ou en pare-chocs, bien entendu, puisqu'aussi bien cette sinistre avenue de la Grande-Armée est aussi la panacée de l'automobiliste...

— Monsieur m'a fait peur... J'ai cru que nous quittions Paris ! dit Hubert en riant.

— Non, pas nous ! s'exclama Maître Dubâteau-Ripoix en riant à son tour.

Et il repensa aux Roginski. Il ne leur facturerait rien pour l'affaire Chateaubriand. Il n'avait pas eu le moindre effort à fournir pour convaincre. A peine avait-il commencé à transmettre les propositions du fou que Victoria Jean l'avait arrêté. Surmontant son chagrin et son aphonie, elle avait produit une sorte de soufflement saccadé qui se voulait un ricanement : l'affaire était entendue, on pouvait la classer. La Coopérative des Guignols se ferait sans elle.

Quant au tract, comme ils n'en avaient pas parlé, il s'était abstenu, ainsi que l'en avait d'ailleurs prié Ziegler par téléphone, depuis Troyes où le même tract était également tombé. Ledit tract aussi avait bien aidé. Ça leur avait donné envie de partir, forcément.

— ... Non, pas nous ! répéta Maître Dubâteau-Ripoix. Nous, nous restons chez nous... Mon verre est petit, mais je bois dans mon verre le vin de mon pays...

— C'est bien encore là qu'on est le mieux, approuva Hubert en rangeant silencieusement la grosse Panhard le long du trottoir de l'avenue Mac-Mahon.

Hubert ouvrit la portière.

— Bonne soirée, Monsieur. Je vois que Monsieur ne sera pas seul...

Maître Dubâteau-Ripoix leva la tête. Quatre fenêtres étaient allumées au troisième étage.

— J'espère que les bridgeurs de ma femme m'auront laissé de quoi grignoter et qu'ils n'auront pas envahi mon bureau, car ma journée n'est pas finie, mon pauvre vieux... Demain dix heures. Bonsoir, Hubert, dit-il d'un ton faussement exténué en se dirigeant vers la grande porte de fer forgé.

Il lui restait encore à appeler Troyes. Avant les autres.

Il eût été maladroit de les laisser annoncer avant lui une décision dont il était l'artisan.

Ils se retiraient ; il était même probable qu'il foutraient le camp. Il n'avait pas rêvé : en le raccompagnant, la rouquine avait parlé des Amériques. Ou bien n'était-ce pas lui-même qui en avait parlé le premier ?...

De toute façon, il était bon que ce fût lui qui en parlât le premier aux Ziegler. C'était ça, l'astuce. Mais il fallait faire vite. Et comme l'ascenseur hydraulique tardait à redescendre du troisième, il gravit les escaliers quatre à quatre.

Nul ne s'aperçut qu'il était rentré, sauf le majordome auquel il donna à voix basse l'ordre de lui faire porter une assiette de canapés et un whisky dans son bureau.

Dans le grand salon, le petit salon et le boudoir, seules des annonces rompaient un silence de bon aloi.

Le lendemain de ce jour-là, très tôt matin, Roger Ziegler quitta « la Bonne Chanson » pour se rendre à la gare. Il neigeait sur Troyes et il préférait prendre le train pour aller plus sûrement régler ses affaires à Paris.

Au Lycée Voltaire, dans une ambiance de fausse Sorbonne, Maurice, Robert et Sami traduisaient Cicéron, contrairement à tous les pronostics qui, la veille encore, donnaient Virgile favori.

Rue d'Aboukir, on attendait. On attendait les patrons ou un patron. On ne savait plus très bien. On attendait parce que Mademoiselle Anita avait dit d'attendre, et Jiri n'avait pas enfilé sa blouse.

Rue de la Mare, dans la cuisine des Roginski, pour la première fois depuis qu'elle était née, Zaza prenait en semaine son petit déjeuner avec son père. Comme un dimanche.

Dans l'après-midi, rue d'Aboukir, devant le personnel rassemblé, Roger Ziegler vint annoncer que pour raisons de santé, son associé Monsieur Roginski se retirait des affaires. Fémina-Prestige, privé des compétences exceptionnelles d'un exceptionnel professionnel, se voyait donc contraint de fermer l'atelier « Fourrure » et de se contenter de sa vocation première, qui était le « Dames-Fillettes » lainage-garni-lainage-simili-fourrure. Messieurs les fourreurs qui étaient désireux d'apprendre à travailler le simili étaient bien entendu les bienvenus. Mais il comprendrait tout à fait qu'habiles à manipuler la matière noble, ils répugnassent à mettre leur savoir au service d'ersatz qui, d'ailleurs, ne leur assureraient pas le salaire auquel ils avaient droit en raison même de ce savoir.

Tout cela était écrit sur un bout de papier sous forme de notes que Monsieur Ziegler consultait furtivement entre chaque phrase.

Il conclut en précisant que les commandes en cours devaient être achevées, mais qu'elles seraient les dernières. Il précisa qu'il était désolé, qu'il regretterait ceux qui allaient partir, mais que la vie est ainsi faite et qu'il faut savoir tourner la page. Puis il sortit dans un silence total.

— A vous la peluche, les copains !... dit Jiri en français au bout d'un moment. Et il se mit à rire, d'un rire énorme qui ne gagna personne. Ils sont formidables ! ajouta-t-il alors en yiddish. Ils nous répondent pas, ils nous forcent pas, ils nous débauchent pas, ils nous font pas de mal... ils nous coupent les mains et les couilles, tout simplement. Ils auraient pas osé si Stépan avait été là...

— Stépan, c'est à cause de toi qu'il est parti... Alors ta gueule, Jiri ! dit le plus vieux des coupeurs.

— Pourquoi tu m'as pas engueulé hier ? répliqua Jiri.

— Parce qu'hier on attendait Roginski... Aujourd'hui, on n'a plus que Ziegler, et Ziegler, nos histoires de Juifs, il s'en fout ! fit le vieux coupeur.

— Tu parles qu'il s'en fout ! Il pense qu'à ça, et c'est pour ça qu'il nous liquide.

— Il nous liquide pas..., corrigea le vieux coupeur.

— T'as raison, Serge, il nous liquide pas, il nous propose poliment de nous enculer et de lui dire merci ! s'exclama Jiri.

— Finissons le boulot, on en discutera ce soir, conclut Serge.

A peu près à la même heure, une douzaine de jeunes gens bruyants envahissaient le café-tabac « Le Bigoudin », à deux cents mètres du lycée Voltaire. Malgré l'heure, celle du goûter, et le fumet du chocolat mousseux, ils commandèrent des bocks et sortirent de leurs cartables leurs brouillons de maths pour les comparer.

La méthode Sami avait payé. Le par-cœur de géométrie avait sauvé Maurice qui s'était gourré dans son problème d'algèbre.

— Grâce à ce con de cône, t'auras quand même la moyenne, dit Sami, et avec l'avance de ton sans-faute en Cicéron, t'es peinard.

Ils firent une partie de grue électrique, n'attrapèrent pas la montre-bracelet qui lâcha au dernier moment, et ils se partagèrent les bonbons verts qu'ils trouvèrent dégueulasses.

— Vos bonbons verts sont immangeables, mais votre bière est excellente, dit Robert au patron qui en avait vu d'autres — particulièrement de ces lycéens qui franchissent le seuil d'un café pour la première fois de leur vie.

En fin d'après-midi, Stépan était sur le quai de Strasbourg-Saint-Denis, sous la « Saponite », comme à l'accoutumée.

Après la grasse matinée et son petit déjeuner avec Zaza, il s'était senti quelque peu intimidé. Olga était descendue rejoindre Sonia « chez Bonnet » et il n'avait pas osé la suivre quand elle le lui avait proposé. Elle n'avait pas insisté.

Il avait lavé les tasses, retapé le lit, traîné pour se raser et s'habiller, puis il était parti se chercher du travail.

Élie, la veille au soir, avait conseillé la Mutelle des Artisans-Fourreurs, faubourg Poissonnière.

A la Mutuelle, on lui avait demandé des références. D'un café, il avait alors téléphoné à Mademoiselle Anita : surtout, qu'elle n'oublie pas de faire signer un certificat pour ses treize ans passés rue d'Aboukir, et qu'elle le joigne à son compte... Mademoiselle Anita avait été très gentille : non, elle n'oublierait pas, il aurait tout ça demain... « Et Jiri ?... » avait demandé Stépan après un bref silence. « Je ne peux rien vous dire », avait dit Mademoiselle Anita et elle avait raccroché. Stépan avait mangé un œuf dur au comptoir, bu un petit ballon de blanc, puis il avait quitté le café.

Il songea à rentrer à la maison. Mais il lui sembla que c'était une drôle d'heure pour rentrer. Il venait de sortir.

Demain, ce serait différent. Demain, références en poche, il partirait, rentrerait ou ressortirait, ce serait différent... Et il eut, l'espace d'une seconde, l'envie de se rendre carrément rue d'Aboukir, pour avoir son papier tout de suite, puis retourner tout de suite à la Mutuelle. Mais il renonça. Il aurait l'air de quoi ? C'était hier qu'il fallait y penser, au papier. Il s'en voulut. Et il en voulut un peu à Mademoiselle Anita qui savait ces choses-là, elle. Elle avait l'habitude. Il se demanda si ce serait Janek qui signerait le certificat, ou s'il serait signé « Illisible », comme tout ce qui sortait toujours des bureaux du second étage.

Il marchait depuis un bon moment et n'avait toujours pas résolu où aller. Il y avait bien « Le Nabab », à Barbès, il n'y avait jamais mis les pieds, mais les types de l'atelier en avaient souvent parlé : c'était là que les patrons venaient pêcher des fourreurs sans travail qui attendaient toute la journée — « comme les putes... tous les fourreurs au salon ! », disait Jiri quand ils évoquaient « Le Nabab ».

Il n'était pas loin de chez Mercier Frères. Il eut la tentation d'aller surprendre Élie et ses copains qu'il avait déjà rencontrés deux fois : une fois quand il était allé remercier Monsieur Paul pour la naturalisation, une autre fois quand il les avait tous rejoints pour le fameux défilé du 12 février 34. Puis il se dit que débarquer comme ça, ça ferait vraiment trop chômeur.

Et il repensa à Jiri.

Et il pensa aux Galeries Lafayette, et décida alors d'aller voir ce qui s'y passait.

Il faisait encore jour, mais les vitrines de Noël étaient déjà illuminées et les jouets mécaniques donnaient leurs pantomimes pour les passants pressés. On n'était pas jeudi.

A l'intérieur, il fut saisi par la chaleur un peu moite et par le bourdonnemnt sourd des voix. Près de l'entrée, devant un présentoir, des femmes faisaient leur choix parmi un monceau de petits animaux en celluloïd. « Pour nos tout petits, tout à 3 francs », disait la réclame. Stépan cueillit un joli cygne dont le col lui parut délicieusement fragile, il le retourna, puis il retourna un poisson rouge, une baleine, un canard, un crocodile et une grenouille : tous avaient fait le même voyage, tous étaient *made in Germany*.

— Moi, j'achète pas ça, dit une voix. Le celluloïd, c'est inflammable, alors avec ma salamandre...

Il partit en promenade à travers les rayons du rez-de-chaussée. Il ne touchait pas tous les articles, ne les retournait pas tous non plus. Mais un peu comme on joue à tennis-barbe, il comptait ses points « made in Germany » chaque fois que son instinct le guidait vers un nouvel article en réclame. A la couleur, à la forme, il prenait des paris avec lui-même.

Au bout d'une heure, il avait recensé des bouillottes mauves en ersatz de caoutchouc, des patins de feutre gris-fer bordés de rouge, des tasses à café marron et sans soucoupes, des fers à friser, des peaux de chamois, des bouquets de fleurs artificielles...

Il prit l'ascenseur. Dans les étages, peut-être trouverait-il ce qu'il était véritablement venu chercher entre les murs de l'immense bâtiment : la fissure, les signes d'un craquement.

C'est à la « Confection pour Dames » qu'il trouva.

Comme à la Soupe populaire, des malheureuses tendaient leurs mains implorantes vers un chef de rayon en jaquette : « Patientez, Mesdames, patientez... Une partie de notre personnel a cessé le travail, prenez votre tour, s'il vous plaît », répétait-il comme une machine en leur distribuant parcimonieusement des rondelles numérotées. Elles les tenaient comme des écuelles et rejoignaient une file d'attente qui serpentait entre des mannequins de carton-pâte dont les bras gracieusement tendus paraissaient les bénir.

A intervalles plus ou moins réguliers, un bruissement parcourait la file. Il saluait le retour d'une des trois vendeuses qui, à elles seules, assuraient la bonne marche d'un rayon cruellement handicapé. Elles étaient entre deux âges et s'emparaient des rondelles numérotées avec une agressive indifférence.

Stépan faisait du sur-place. Il observait.

Sur un mannequin, il crut reconnaître un de ses cols en petit-gris. Mais il n'était pas sûr. Il le palpa et, ce faisant, croisa le regard du chef de rayon. Il observait, lui aussi, depuis un bon moment sans doute, cet homme seul qui n'achetait pas, ne parlait à personne, caressait la fourrure.

Stépan se dirigea vers l'escalier.

A présent il faisait noir, dehors. Noir et très froid. Devant les vitrines, les passants étaient devenus spectateurs. Il y avait beaucoup d'enfants aux premiers rangs, et des tout petits sur les épaules de leurs pères. Un ours brun grandeur nature se dandinait, muselé, devant le Petit Chaperon rouge, Riquet à la Houppe et Dame Tartine qui applaudissaient. « Il a l'air triste, l'ours, dit un petit garçon. — On le commandera pas au Père Noël, il est trop triste... », répondit la mère. « Elle s'en tire à bon compte », pensa Stépan qui se félicita à retardement de n'avoir jamais traîné Zaza devant d'inaccessibles joujoux. Et il repensa au joli cygne à trois francs. Il jeta un dernier regard à l'ours et se demanda dans quel atelier bavarois on avait pu lui coudre des yeux aussi dépourvus d'espérance.

Il se dirigea rapidement vers le métro. Il avait brusquement décidé d'aller guetter Jiri aux abords de Fémina-Prestige. Pas pour se réconcilier. Simplement pour lui dire qu'en ce qui concernait les Galeries, il avait raison. C'est tout.

Il n'attendit pas longtemps. Jiri sortit le premier et seul. Il ne montra aucune surprise quand il entendit Stépan siffler dans l'obscurité, à cinquante mètres du porche de Fémina-Prestige.

— Te voilà, toi ! Ben si tu savais ! dit-il, et ils entrèrent dans un bistrot qu'ils ne fréquentaient jamais.

Fatigué, drôle et méchant, Jiri avait raconté. Tout, y compris le discours de Ziegler, traduit en yiddish à voix basse. Stépan n'avait pas dit mot. Son petit discours à lui sur les Galeries lui paraissait bien fade auprès de ce qu'il venait d'apprendre.

— Si tu avais été là, ils n'auraient pas osé... Je sais, je sais, c'est à cause de moi que t'es parti, on me l'a répété quatre fois dans la journée, là-haut. Et je t'ai déjà demandé pardon hier... T'as trouvé du boulot ?

— Non, j'attends d'avoir mon certificat.

— Moi j'ai le mien, fit Jiri en tapotant sa poche. Je suis pas fou, moi, ajouta-t-il en ricanant.

— Non, t'es pas fou, toi..., dit Stépan sans rire.

— Tu m'en veux encore, hein ?

— Je crois que je t'en voudrai toute ma vie, murmura Stépan. Mais ça m'empêchera pas de retravailler avec toi. Si jamais je trouve quelque chose de bien, je te le dirai.

Jiri ne répondit rien, il but la moitié de sa bière, puis :

— Alors, comme ça, t'étais venu aux nouvelles ? Tu vas pas me faire croire que ton frère t'avait pas dit qu'il laissait tomber...

— Tu vois bien que c'est pas arrangeable, entre toi et moi, fit Stépan.

— Et pour Anita non plus, tu sais rien ? Vous êtes pourtant copains, tous les deux...

— Quoi, Anita ?

— Elle s'en va aussi, Anita. Dès qu'elle aura tout mis en ordre pour Ziegler et les pelucheux...

— Et où elle va ?

— Ça, elle l'a pas dit. Elle a simplement annoncé qu'elle aussi partait, comme moi...

— Et comme moi, protesta doucement Stépan.

— Oui, mais toi, c'est pas pareil.

— Écoute, Koustov ! J'étais venu pour te donner raison, à propos des Galeries. J'en viens, des Galeries. T'avais raison. Voilà. Mais, pour tout le reste, je t'emmerde !

Stépan se leva, paya les consommations au comptoir et sortit du bistrot en claquant la porte.

Sur le boulevard, il vit l'heure. Il n'avait nul besoin de courir. Il était sûr de ne pas rater Élie.

A Pyrénées, c'était déjà presque tout blanc par terre. La petite neige de Paris avait fait toujours beaucoup rire Stépan et Élie. Ça les faisait aussi parfois fredonner des rengaines d'enfance. Stépan se demanda s'il neigeait également sur Neuilly.

— On va acheter une *quirchambert* pour fêter le faux *bacholérat* de Maurice, dit Élie.

Ils firent un petit crochet et entrèrent au *Blé d'or de Quimper.*

Comme le dit le soir même Alex à Rodriguez, le joli jardin de l'allée Chateaubriand n'avait rien perdu de son charme, ni les miroirs biseautés de leur éclat.

La « Coopérative des Costumiers » était légalement née le 3 janvier 1936, mais dans les coulisses et les loges, on continuait à se donner rendez-vous chez « Masques ». Les anciens, parmi les histrions, s'étonnèrent un moment de la disparition de Maddy et de l'absence prolongée de Victoria Jean, puis, trop occupés d'eux-mêmes et de leurs reflets, ils oublièrent de s'étonner. Ils en oublièrent même de remarquer le bouquet d'immortelles qui, sous le globe de pendule, remplaçait désormais l'illustrissime cadeau impérial : l'œuf de Fabergé ne faisait plus partie de la maison.

Lucas non plus.

C'est lui qui était venu reprendre l'œuf du père de Madame de la part de Madame.

Il avait repris l'œuf mais rendu la Citroën, sa livrée de chauffeur de maître, la casquette et les *leggins*.

La Coopé, pour lui et Gildaise ?... Non merci, vraiment, ça ne l'intéressait pas. Ils allaient faire gérants, Gildaise et lui, et peut-être bien prendre Armelle pour la plonge. Gérants du troquet à côté de l'usine où qu'il travaillait avant. Le vieux se retirait et il avait pas de famille : ça se refusait pas, logés et tout. A côté de l'usine, que ça bouge ou que ça bouge pas, on a toujours soif en sortant. Alors pour la Coopé, à la bonne vôtre ! Mais tant qu'à être à moitié patron, autant l'être à deux plutôt qu'à vingt-cinq...

Ginette donna le numéro 224 *bis* à la livrée et la rangea dans le stock.

Elle faillit rappeler Lucas pour lui réclamer le nº 92, l' « Anna Karénine », qui n'était jamais rentré. Mais elle ne le fit pas : elle se dit qu'un jour ou l'autre, Victoria finirait bien par venir faire un tour, et qu'on lui en parlerait à ce moment-là.

Ginette ne porta jamais la cape de zibeline. Pendue dans la réserve froide où l'on conservait le stock « Fourrures », rien ne la distinguait des autres sous sa longue housse de coutil noir. Seulement, maintenant, quand on ouvrait la porte de la réserve, ça sentait comme autrefois dans la minuscule loge des « Capucines ».

On n'imprima pas de numéro sur l'inusable doublure mordorée. Ginette ne tenait pas à la louer. Elle ne voulait pas dire pourquoi non plus. Mais, quand on la poussait, elle avait cette phrase : « La zibeline, c'est comme l'opale ou les œillets... »

Tout ça n'eut néanmoins qu'un temps, et la zibeline finit par recevoir son matricule comme les autres. Porte-malheur ou talisman, elle reprit vaillamment du service. La demande était trop forte. Le confortable train-train de « Masques » était dépassé. La « Coopé » prenait de la vitesse.

Ça s'était fait sans réclame ni tapage, par le bouche à oreille, peut-être à cause de la joyeuse consonance du mot « coopérative » colporté par les nouveaux, les jeunes que la préciosité de « Masques et Bergamasques » avait jusqu'alors dissuadés de s'aventurer dans les Beaux Quartiers.

On commençait à les voir, ces jeunes gens en velours côtelé, pas assez riches pour se payer des créations mais qui dévalisaient les stocks pour des spectacles d'avant-garde qu'ils montaient justement en coopérative, eux aussi.

Alex en était ravi. Ils amusaient Ginette. Laissaient de glace Mademoiselle Agnès et étonnaient Mademoiselle Anita que tout étonnait depuis qu'elle était installée dans le bureau-boudoir qui avait été celui de Victoria Jean et de Maddy Varga.

Ils l'étonnaient et lui donnaient du souci, parfois. Les divertissants coopérateurs-artistes avaient tendance à oublier de payer leur dû aux obscurs coopérateurs-costumiers. Alors elle devenait très ferme, réclamait de sa toute petite voix, et ça marchait.

Tout marchait. Tout marchait si bien, avec l'afflux des nouveaux et la constance des anciens, que Mademoiselle Anita suggéra l'emploi d'un nouvel adhérent. Un spécialiste : un fourreur.

Alex eut honte de n'y avoir pas pensé lui-même. Mais c'est lui qui transmit la proposition à Stépan dès le lendemain après-midi, « chez Bonnet ».

Car Stépan s'arrêtait désormais souvent « chez Bonnet », quand il rentrait sans avoir rien trouvé.

Ses références en poche, il cherchait depuis un bon moment. Ce n'étaient pas les adresses qui manquaient. On en demandait, des fourreurs. On en demandait même beaucoup. Mais, chaque fois, il s'apercevait que la demande de nouveau personnel correspondait généralement à des défections à propos desquelles les patrons restaient évasifs, pour ne pas dire tout à fait muets. Il était clair qu'on cherchait des fourreurs, mais des fourreurs « jaunes ». Jusqu'aux Galeries qui lançaient un S.O.S. pour réclamer d'urgence des retoucheurs !

Il avait même poussé jusqu'au « Nabab »; mais n'y était pas entré. A travers la vitre, il avait reconnu Jiri.

Puis, un matin, seul dans l'appartement, sans rien dire à personne, avec ses mots à lui, il avait rédigé une courte lettre à Mademoiselle Anita, chez elle, 15, square Montsouris. Il se rappelait l'adresse qu'elle avait dite une fois devant lui, parce que *la souris*, ça lui allait vraiment bien, à Mademoiselle Anita. Dans ce petit mot, il lui demandait si elle n'avait pas du travail pour lui, puisqu'il avait appris qu'elle aussi avait quitté Fémina-Prestige. Il ne lui disait pas qu'il l'avait appris par Jiri.

Mais quand il avait compris que Mademoiselle Anita était entrée dans la coopérative d'Olga et de Sonia, il avait regretté de lui avoir écrit : ça faisait mendiant, ça faisait même maquereau, pensa-t-il, et il s'en voulut aussi d'avoir envoyé sa lettre sans en parler d'abord avec Élie.

Mais c'était devenu difficile de parler seul à seul avec Élie, maintenant qu'ils avaient perdu leurs voyages quotidiens.

Mademoiselle Anita ne répondait pas, et Stépan s'en réjouissait presque. Après tout, rien ne disait qu'elle habitait toujours la même adresse ni qu'elle avait reçu sa lettre. En tout cas, il avait croisé une fois Alex, et Alex n'avait pas l'air au courant, pour sa lettre. Ni pour le chômage. Olga n'avait sûrement rien dit. Elle n'aimait pas parler de ce qui s'était passé à Fémina-Prestige, sauf avec Sonia. Son départ de la rue d'Aboukir l'avait rendue heureuse, très heureuse même, mais elle commençait à s'inquiéter et ça se voyait, et c'est pour ça qu'il s'arrêtait « chez Bonnet » au retour de ses longues pérégrinations à travers Paris. Ça la rassurait de voir qu'il cherchait pour de bon, qu'il n'était pas découragé, qu'il ne passait pas sa journée chez l'Auvergnat.

Il s'assurait d'abord qu'elles n'avaient personne dans le salon de déshabillage, puis il entrait. Elles lui préparaient du thé et il les faisait rire en imitant les patrons qu'il avait lui-même éconduits et qui n'en revenaient pas que ce fût lui qui leur demandât leurs propres références par rapport au boycott,

Ça les faisait rire. Encore qu'Olga se forçât un peu. Ça aussi, ça se voyait. Alors il changeait de conversation et taquinait Zaza, Josette et Myriam auxquelles Sonia et Olga faisaient faufiler des ourlets, pour leur apprendre et parce qu'elles deux étaient débordées de travail.

Il sirotait son thé à la cuisine, sous l'étagère où s'alignaient les livres de classe de Maurice et de Robert qu'il feuilletait parfois craintivement puis remettait avec respect à leurs places.

Enfin il disait :

— A tout à l'heure, je rentre à la maison...

— Tu rentres pas, Papa ! Tu *montes* à la maison ! l'avait corrigé Zaza la première fois en souriant.

— Je dis comme je sais ! » dit-il, et depuis lors, il le répétait chaque fois. Et chaque fois, en gravissant les escaliers, il se disait que ça n'était vraiment pas normal, cette idée de travailler chez soi : une idée de femmes !... Et qu'un atelier de femmes, ça n'avait *'bsolument* rien à voir, décidément, avec un atelier d'hommes.

Pour discuter de la proposition d'Alex, ils étaient montés discuter au second, et ç'avait bien arrangé les affaires de Sonia et d'Olga. Prises entre la joie — qu'elles exprimaient — d'apprendre que Stépan allait peut-être travailler et leur panique — qu'elles taisaient — à la pensée que ce serait peut-être ici même, sur une de leurs tables, sous leurs yeux, dans leurs pattes et sur leur dos, elles avaient donné les signes d'un désarroi qu'Alex connaissait très bien. Et c'est lui qui avait suggéré une petite vodka entre hommes dans la cuisine Roginski.

Là-haut, après avoir fait asseoir Alex dans la salle à manger dont il avait soigneusement refermé la porte, Stépan était allé chercher la bouteille et les petits verres à la cuisine, puis il s'était assis à son tour. Intrigué par ce cérémonial qui s'était déroulé dans un complet silence, Alex le regardait faire, attendant qu'il parle. Apparemment, ce qu'il avait à dire était délicat. Il y eut encore quelques secondes de mutisme, puis Stépan se lança :

— Alors voilà... », dit-il en même temps qu'il ouvrait tout grand sa main gauche sur le petit doigt de laquelle il pressait l'index de la droite. Alex reconnut le geste, celui auquel avaient si souvent recours Olga et Sonia au moment d'entreprendre une longue énumération de leurs griefs, de leurs vœux ou de leurs projets. Avant elles, il n'avait jamais rencontré personne pour se servir du plus petit et du dernier de ses cinq doigts pour souligner la priorité accordée à un propos. Chez lui, pour ça, on se servait du pouce. Rue de la Mare, c'était l'auriculaire. Alex reconnut donc leur geste à elles, et sa formule à lui : L « *Alors voilà...* » de Stépan, c'était son apport à lui, Alex, aux us et coutumes de la rue de la Mare. Il sourit et Stépan enchaîna.

Bien sûr, Alex n'était pas forcé de le croire ; après tout, même s'ils s'étaient entraperçus souvent, l'un et l'autre ne se connaissaient pas du tout. Mais Stépan pouvait lui jurer sur la tête de Zaza que, s'il y avait deux femmes au monde auxquelles il ne voulait pas causer la moindre peine, c'étaient bien ces deux-là, d'en bas. L'une parce qu'elle était sa femme, l'autre parce qu'elle était la femme de son ami, la deuxième mère de son enfant, et quasiment sa propre sœur... Des millions, s'il les avait, des millions il donnerait pour ne jamais leur faire de chagrin. Et pourtant...

Stépan avait lâché son auriculaire, il passa à l'annulaire.

... pourtant, ces mêmes millions qu'il donnerait pour ne pas leur causer de chagrin, il les donnerait aussi pour commencer à retravailler demain, ce soir, à l'instant même. Ça aussi, il fallait qu'Alex le sache, qu'il n'aille pas s'imaginer que Stépan crachait sur le boulot... Mais ce qu'il allait dire maintenant, il ne pouvait le lui dire qu'à lui, maintenant, ou à Élie, ce soir. A elles, jamais. Jamais. Pas plus à Olga qu'à Sonia, parce qu'elles ne le comprendraient pas et qu'elles n'en auraient que du chagrin, le fameux chagrin qu'il ne pouvait précisément se résigner à leur faire. Alors voilà...

Il empoigna son majeur, et la pression était si forte que toute sa main gauche en fut secouée.

... même pour des millions de millions de milliards, il

n'entrevoyait pas la possibilité de travailler ne serait-ce qu'une seule et courte journée en la compagnie de ces femmes qu'il adorait retrouver à la maison, mais qu'il ne supporterait pas de côtoyer du matin au soir sur leur lieu de travail. Un lieu de travail qui, en plus du fait qu'il était leur fief personnel, se trouvait si fâcheusement situé qu'en y descendant travailler, il se sentirait comme un réfugié qu'on héberge par charité sous son propre toit. Et c'est pourquoi, dans ces conditions...

— Ça tombe tout à fait bien, coupa Alex qui voyait Stépan s'attaquer maintenant à son index gauche pour aborder le quatrième point de sa démonstration. Vraiment très bien ! C'est allée Chateaubriand, aux Champs-Élysées, qu'on vous attend, Monsieur Roginski !

— Aux Champs-Élysées ?!! s'exclama Stépan comme il aurait dit New York.

Le lendemain matin, il quitta la rue de la Mare pour les Champs-Élysées avec son cartable et en compagnie d'Élie, comme autrefois.

Olga se mit à la fenêtre de la salle à manger pour les regarder s'éloigner et, à la hauteur de l'Auvergnat, Stépan se retourna pour lui faire signe de la main.

— On dirait Maurice à son premier jour de lycée, dit Sonia qui était venue la rejoindre à la fenêtre.

— Pourvu que ça marche, là-bas, murmura Olga en refermant la fenêtre, et c'est la conscience à peine ennuagée qu'elles redescendirent ensemble dans leur domaine dont, sans oser le dire à Stépan, ni même se l'avouer à elles-mêmes, elles l'avaient bel et bien chassé.

Stépan et Élie se séparèrent à Châtelet et c'est sur des Champs-Élysées déserts, sous un pâle soleil d'hiver, que Stépan émergea à la station George-V.

Il prit par la rue Balzac, comme Alex le lui avait indiqué. Dans le reflet d'une vitrine encore grillagée, il vérifia que le col de sa chemise blanche n'avait pas souffert du voyage et il fit les cent mètres qui lui restaient à couvrir avant d'apercevoir le jardin et ses arbustes dénudés.

Il était arrivé, il lui fallait maintenant affronter le plus dur : un nouveau métier, dans un nouvel atelier où les compagnons seraient des compagnes.

Il songea à Olga et à Sonia. Puis il pensa une seconde à Jiri, à Mademoiselle Anita. Ça l'aida à franchir la jolie porte ancienne et à gravir les marches cirées qui menaient à cet univers tout neuf.

QUATRIÈME PARTIE

Des nouvelles de Volodia

On n'était pas à New York, non, mais on n'allait pas tarder à se retrouver à Hollywood-sur-Seine...

Stépan ne s'en doutait pas en devenant le vingt-sixième adhérent de la « Coopérative des Costumiers ». Sonia et Olga non plus. Seul Barsky avait prévu la chose. Elle devait pourtant se faire sans lui.

Barsky n'avait jamais remis la main sur les frères Verdon, ni même un nom sur leurs visages à peine entrevus entre Féfé et Tata Boubou, devant le bar d'Adrienne qui avait elle-même mangé la commission. Force lui fut donc d'annoncer « chez Bonnet » que ses amis cinéastes étaient brusquement partis pour les Indes...

— Ça n'est pas grave, Isidore, nous les attendrons, dit Alex qui avait dîné la veille avec eux à la Coupole. Nous les attendrons, mais, en attendant, nous allons avoir du pain sur la planche !

Alex avait dit vrai. Et le pain dont il parlait s'appelait bien Cinéma. On ne l'avait pas encore livré, mais il était en route.

Il ne serait pas toujours de la qualité dont Alex avait rêvé quand il rêvait à la bouleversante jeune mariée de *L'Atalante*. Mais il serait quotidien, et tellement abondant que la petite famille des « Coopérateurs » lui trouverait une saveur de brioche.

De brioche maudite, ricanerait plus tard Rodriguez chez Chéramy, un soir qu'Alex lui aurait narré à sa façon les sujets de certains films qui assuraient désormais le succès de la « Coopé » et une surprenante prospérité à ceux qui se partageaient les fameux bénéfices. Des bénéfices auxquels ils n'avaient pourtant jamais vraiment cru, malgré le paraphe élancé d'Anita Bourgoin qui les leur avait promis. Mais les mois avaient passé, les moineaux gazouillaient déjà, les arbustes commençaient à bourgeonner dans le joli jardin Chateaubriand, comme partout au demeurant. Autant dire que s'annonçait le printemps, comme tous les ans au demeurant. À ceci près que ce printemps était celui de l'année 1936 et qu'on pouvait, comme le ferait Rodriguez chez « Chéramy », s'étonner de ce qu'il semblait inspirer à certains auteurs. Ils devaient écrire derrière des portes si épaissement capitonnées, devant des fenêtres si rigoureusement aveuglées que rien d'extérieur n'était censé venir les déranger dans l'accomplissement des tâches historiques qui leur avaient été dévolues.

Comme celles, par exemple, qui consistaient à raconter les vicissitudes de l'*Unique amour de Raspoutine,* ou les aventures de la fille naturelle de Napoléon III et d'une trayeuse de vaches normande, à une population dont la moitié scandait « Nos 40 heures ! », l'autre « La France aux Français », tout en s'apprêtant, à travers tout le pays, à un vote historique, lui aussi, et tout à fait imminent.

Brioche maudite, peut-être... Mais l'*Unique amour de Raspoutine* subissait ses vicissitudes au milieu d'une foule de gens impérialement élégants et impérativement vêtus de peaux de bêtes précieuses en raison de la rigueur de leur climat d'origine. Quant à la fille naturelle de l'empereur Napoléon III, comme on la suivait depuis son premier cri poussé dans le bocage normand jusqu'à son dernier soupir, rendu sous un baldaquin castillan, et qu'entre ces deux événements majeurs on la voyait voyager, aimer, danser, chanter, courir les plus grands périls, connaître des bonheurs suprêmes sans jamais, jamais, jamais remettre deux fois la même toilette — « tu n'as qu'à faire le calcul ! » dirait alors Alex en guise d'explication.

— Et t'as pas honte ? s'exclamerait Rodriguez en plaisantant.

— 'bsolument pas !... La « Coopé » n'est qu'une petite famille, mais, à l'instar des Grandes Familles, nous aussi nous avons nos œuvres... Demande-leur, amigo ! » — répondrait Alex en désignant la table voisine occupée par les gentils faux coopérateurs du *Crime de Monsieur Lange,* défilant maintenant allée Chateaubriand pour se faire déguiser à l'œil en prolos : pour Jean Renoir, pour *La Vie est à nous* et pour pas un rond...

— Et ta petite famille, ça lui plaît de faire la charité ? demanderait Rodriguez.

— Au début, pas toujours autant que je l'eusse espéré, mon bon monsieur. Puis nous avons eu un miracle...

— C'est la vie ! dirait Rodriguez en espagnol.

Plutôt qu'à un miracle, c'est à une miraculée qu'Alex pensait ce soir-là chez « Chéramy », rue Jacob, si loin des Champs-Élysées et de la rue de la Mare.

Il aurait dû parler de Mademoiselle Agnès. Mademoiselle Agnès avait d'abord beaucoup hésité avant de devenir « coopératrice », beaucoup soupiré à la mémoire de Maddy, et beaucoup parlé de retourner chez Lanvin où travaillait encore sa sœur. Puis, à l'idée de se retrouver agenouillée de nouveau devant des femmes du monde pour vérifier l'aplomb de modèles qui souvent n'étaient plus de leur âge, elle avait choisi de rester parmi les saltimbanques, qu'elle méprisait toujours autant mais qui « enlevaient » bien des costumes qui leur allaient à merveille. Compte tenu du fait qu'elle ne serait plus soumise à l'humiliante comédie des retouches mauves, elle avait finalement répondu « oui ». Pas par écrit, mais dans un sourire condescendant et un peu triste qui pouvait passer pour de la résignation, du désintéressement, voire de la générosité.

C'est elle, cependant, qui avait très vite exigé qu'on engageât un comptable en plus du comptable-coopérateur, Monsieur Anselmo, qui se tenait depuis toujours, invisible, derrière la réserve aux fourrures. Invisible, mais efficace et extrêmement méticuleux, c'est à lui qu'on devait tous les comptes de « Masques et Bergamasques », y compris la longue colonne de « frais de représentation de la Direction ». On poussa les meubles de son petit réduit et on ajouta une table pliante sur laquelle un second comptable, appointé par les coopérateurs — et non coopérateur, celui-ci —, venait toutes les fins de semaine vérifier la bonne répartition de parts auxquelles il n'avait lui-même aucun droit. C'était un peu vexant pour Monsieur Anselmo, mais, comme avait dit Ginette, « les bons comptes font les bons amis », et il s'était résigné. Encore qu'il doutât de jamais devenir l'ami de Mademoiselle Agnès qui, en fait, ne désirait être l'amie de personne : tout le monde savait ça, depuis le temps.

Il n'y avait par conséquent aucune raison pour qu'elle devînt celle des emprunteurs de costumes qui se présentaient de plus en plus nombreux de la part d'un Monsieur Jean Renoir, ou Jean Grémillon, ou Alberto Cavalcanti, dont elle ignorait tout sauf que c'étaient des pauvres, probablement, des amis d'Alex, peut-être, mais en tout cas et sans aucun doute des profiteurs du labeur d'autrui. Elle s'était plainte, mais, à l'instar de Monsieur Anselmo, elle avait dû à son tour se résigner, et au nom d'une solidarité artistique qui lui était complètement étrangère, accepter de superviser les essayages de quelques modestes robettes à fleurettes qu'Alex avait dessinées lui-même pour d'obscures débutantes auxquelles elle s'abstenait de dire « bonjour » quand elles arrivaient, éperdues de reconnaissance, et « au revoir » quand elles partaient, toujours aussi reconnaissantes, mais paralysées par ses silences.

Il n'y avait aucune raison non plus pour qu'elle se prît d'une affection particulière pour le nouveau, le fourreur, transfuge de la rue d'Aboukir et protégé d'Anita. Et c'est donc avec toutes les apparences de l'indifférence qu'elle s'apprêtait à accueillir Stépan au sein de son atelier où elle lui avait ménagé un coin « Fourrure ».

Il était entré un matin de février derrière Mademoiselle Anita et Ginette qui avaient fait les présentations. Il était pâle, il avait souri gravement en serrant les mains. Elle l'avait trouvé beau.

Les quatre filles de l'atelier aussi, qui l'avaient montré en se poussant du coude comme des gamines qu'elles étaient.

Mademoiselle Agnès n'avait rien montré du tout. Elle allait sur ses quarante-cinq ans et le trouble qui l'avait saisie à l'entrée du nouveau était d'une nature bien particulière. Il était dû pour une bonne part à la ressemblance de Stépan et de Janek. Janek, elle ne l'avait aperçu qu'une ou deux fois, fugitivement, entre deux portes, allée Chateaubriand, mais elle avait souvent repensé à lui et d'une façon extrêmement précise. Précise, dérangeante, délicieuse et inavouable.

On ne pouvait vivre toute la journée à côté de Victoria Jean sans fantasmer quelque peu sur ses nuits. Non qu'elle les racontât, mais parce que tout dans sa démarche, ses bâillements de lassitude heureuse, ses paupières chiffonnées, ses caresses sur ses seins, ses sourires absents, ses arrivées tardives, certains matins — tout en disait plus long que n'importe quelle confidence salace. Le salace, c'était Lucas qui s'en chargeait, et Mademoiselle Agnès avait toujours fait semblant de ne pas l'entendre.

En revanche, elle écoutait Maddy. Surtout quand Maddy n'était pas heureuse. Et quand Maddy n'était pas heureuse (heureuse, elle ne l'avait été qu'avec Alex, Mademoiselle Agnès le savait), elle se référait toujours aux bonheurs de Victoria. Elle les enviait avec tendresse et sans amertume, juste une pointe de regret, peut-être, de n'en partager que les récits qu'à elle seule Victoria livrait parfois, mais qu'elle-même partageait à son tour avec Mademoiselle Agnès. Elle les censurait quelque peu, ce qui n'atténuait pourtant en rien leur puissance évocatrice pour une personne aussi imaginative et solitaire que l'était Mademoiselle Agnès. Celle-ci ne posait jamais aucune question, elle écoutait la pauvre Maddy qui s'émerveillait de la chance qu'avait son amie de retrouver des plaisirs habituels aussi bien que d'en découvrir d'inédits dans le lit du même homme et depuis si longtemps.

— C'est comme si elle avait dix amants... Il invente tout le temps, disait-elle. C'est ça, avec les Slaves : quand tu en as connu un, tu ne peux plus t'en passer, paraît-il, ajoutait-elle avec un sourire fataliste.

— Il ne faut plus penser à tout ça, répondait Mademoiselle Agnès qui n'avait connu que deux hommes — dont elle se fût volontiers passée, d'ailleurs. Il est vrai qu'ils n'étaient pas slaves.

Aussi, certains jours, quand elle voyait la craie mauve trembler dans la belle main fatiguée de Victoria Jean, lui arrivait-il de rêver elle aussi au Caucase, à la Volga ou à la Vistule comme d'autres rêvent de Venise.

C'est donc en héritier d'une longue tradition, en héros de Contes et Légendes exquis et irracontables que Mademoiselle Agnès avait réceptionné le frère de Janek.

Elle se garda bien de lui montrer son trouble, qui augmenta alors quand Stépan ouvrit la bouche pour dire ses premiers mots, prononcés d'une voix si basse qu'elle crut y reconnaître les accents — et l'accent — de Chaliapine.

Ces égarements géographiques et ces confusions ethniques amusèrent énormément Alex, Ginette et surtout Mademoiselle Anita à laquelle la sourde et secrète passion de Mademoiselle Agnès n'avait point échappé.

A Stépan, elle échappa complètement. Mademoiselle Agnès n'était pas femme à se jeter à la tête d'un homme, et il ignora longtemps les motifs de l'étonnante sollicitude qu'elle lui prodigua pour le mettre au courant de ses premières tâches. Il l'attribua naïvement à l'esprit « coopé » de la Coopérative. Il était bien le seul, mais les gamines furent ravies de découvrir enfin que Mademoiselle Agnès pouvait ne pas être que revêche, que muette et que maussade. C'était nouveau et c'était bien plaisant pour tout le monde.

A fortiori pour Stépan qui, ne l'ayant jamais connue ni revêche, ni muette, ni maussade, lui trouva l'air bien obligeante pour une personne plus toute jeune et si compétente. Aussi compétente que devaient l'être Olga et Sonia, sans doute, mais en moins jolie, en moins gaie, en plus grave somme toute. Surtout au milieu de petites qui, elles, pétillaient de bonne humeur, comme Zaza.

Au terme de cette première journée au cours de laquelle il avait eu à fabriquer un grand manchon de lapin-loutre garni de queues de vrais visons, il avait révisé tous ses jugements, remisé tous ses *a priori* sur le travail de « déguiseur » et sur le compagnonnage féminin. Il s'en ouvrit très honnêtement en arrivant rue de la Mare avec deux bouquets de violettes à la main.

Il les avait achetés à l'entrée du métro George-V, dans la bousculade d'une foule élégante, l'éclat presque doré des lumières, le tintamarre des klaxons et des sonneries de cinémas où l'on donnait des films en anglais. Il les avait achetés pour se faire pardonner d'avoir déserté, de s'être enfui si loin de « chez Bonnet », d'être heureux ailleurs.

A la façon gracieuse dont Olga et Sonia acceptèrent ses violettes, Stépan comprit qu'elles avaient pardonné.

La vie était belle !

Pourvu que ça dure, se disait tout un chacun, aussi bien « chez Bonnet » qu'à Chateaubriand.

Et ça durait.

Les bourgeons avaient éclaté, maintenant, les arbustes du petit jardin fleurissaient. Les arpètes chantaient dans l'atelier. Une fois, Mademoiselle Agnès avait même repris un couplet avec elles, dans *Des roses de Picardie*, parce qu'elles s'étaient trompées de paroles. La plupart du temps, elle suivait la mesure bouche cousue. Mais c'était déjà formidable, on n'avait jamais vu ça avant.

Avant quoi ? Mystère...

La miraculée était discrète. Mademoiselle Agnès n'avait pas la passion exubérante ni dévoreuse. Elle la vivait toute seule, la nourrissait toute seule avec des riens. Mais des riens qu'elle collectionnait et qui ne pouvaient lui échapper. Elle savait, le matin en se levant, qu'elle allait les retrouver. Sauf les dimanches au long desquels elle se languissait en pensant au lundi et à la nuque de Stépan penché sur sa table, à sa voix, à tous ces accidents heureux du travail en commun qui favorisent si bien le frôlement des doigts dans l'épaisseur des fourrures. Au moment des essayages, surtout.

Elle aimait tant ces moments-là qu'elle en oubliait de s'informer à la comptabilité. Les porteurs et les porteuses de fourrure n'étaient plus que des mannequins avec des corps vivants sur lesquels sa main avait rendez-vous avec la main de Stépan. Qu'ils fussent riches ou mendiants la laissait désormais totalement indifférente.

Tel était le miracle dont Alex avait parlé chez « Chéramy ».

Stépan aussi aimait bien les essayages sur mannequins vivants. Après tant d'années passées à ne savoir jamais autour de quels visages se replieraient ses cols confectionnés à la chaîne, il prenait un vif plaisir à façonner à la tête du client — ou de la cliente. Il ne reconnaissait pas les artistes qu'il déguisait en grandes-duchesses ou en trappeurs du Grand Nord, mais il les trouvait belles et beaux, il demandait leurs noms qu'il rapportait à la maison où Zaza lui expliquait.

Pour procéder aux essayages devant les grands miroirs biseautés, Mademoiselle Agnès lui avait fait tailler des blouses neuves qu'elle lui avait elle-même essayées. Blanches, raglan, avec pli dans le dos et martingale, elles lui donnaient l'allure d'un dentiste. Il avait un jeu de trois blouses qu'on entretenait sur place. Il n'avait donc plus de linge sale à rapporter à la maison.

De gamelle vide non plus : à midi, qui pouvait aussi bien être treize ou quatorze heures, suivant le travail à livrer, la « Coopé » se retrouvait à l'autre bout du jardin, rue Washington, chez « Raymonde et André, cuisine bourgeoise », où elle avait sa table au fond. Le premier jour, Stépan avait mangé sa gamelle. Dès le lendemain, il avait suivi tout le monde pour voir... Les prix étaient modiques, le plat du jour était bon, la serveuse de tempérament joyeux.

Aussi est-ce les mains dans les poches, sans son cartable, qu'il partait désormais le matin avec Élie. En fait, il aurait pu partir un peu plus tard, certains matins. Il ne le fit jamais.

Jeannette Clément les regardait passer tous deux devant sa porte vitrée, elle répondait à leur « bonjour » mais sortait rarement sur le seuil. Elle était contente que Stépan ne fût plus chômeur, mais comme ni Olga ni Sonia n'avaient jugé bon de lui expliquer vraiment pourquoi il l'avait été un certain temps, pas plus que ne l'avait expliqué Stépan lui-même à Félix, qu'en outre il n'avait pas davantage suivi son conseil de se syndiquer, mais qu'il n'en avait pas moins trouvé du travail, elle était juste contente, sans plus. Elle se voulait réservée.

Elle en parlait très peu avec Félix qui courait de réunion en réunion (les élections étaient pour avril), et pas du tout avec Robert dont le bachot était en juin : Maurice, Sami et lui étaient pratiquement invisibles, inséparables et à peine polis.

Restaient Zaza et Josette que leurs études troublaient si peu qu'elles étaient tout à fait disponibles. Avec elles, on pouvait parler. On pouvait parler du tour de taille de Danièle (Parola), de la fossette de Jean-Pierre (Aumont) ou des lèvres en cœur de Danielle (Darrieux).

Jeannette ne trouvait pas ça très sérieux, tout en regrettant vaguement que ces gens-là ne vinssent jamais se montrer en chair et en os à la Coopé du XXe, alors qu'ils étaient apparemment tout le temps fourrés dans celle des Champs-Élysées.

Elle en avait eu la preuve : Stépan avait rapporté

deux grandes photos de Pierre Richard-Willm en légionnaire, l'une dédicacée « à Mademoiselle Elsa Roginski, amical souvenir de P. Richard-Willm », l'autre, la même, « pour Josette Clément, bien cordialement, P. Richard-Willm ». Les altérations apportées au texte destiné à Josette, quand on le comparait à celui destiné à Zaza, s'expliquaient d'elles-mêmes. Après réflexion, néanmoins.

Zaza, plus âgée de quatre mois, avait droit au « Mademoiselle ». Étant de surcroît la fille d'un homme que le grand artiste côtoyait fréquemment, elle avait droit à son amical souvenir. Josette, en compensation, était traitée avec une familiarité flatteuse en rapport avec son âge, qui se résumait dans ce « cordialement » à la fois fraternel et sans équivoque.

Pierre Richard avait été punaisé au rez-de-chaussée et au deuxième étage, au-dessus des lits-cages.

Félix n'avait que moyennement apprécié cet hommage à la Légion étrangère, mais Jeannette lui avait rappelé comme elle-même avait pleuré à *La Maison dans la Dune,* et Josette avait annoncé que prochainement, sur nos écrans, Pierre Richard serait Frédéric Chopin. On n'avait donc pas dépunaisé le légionnaire, mais Félix s'était livré à une brève analyse de la versalité, de l'étourderie, ou de l'âpreté au gain, en un mot de l'inconsistance des vedettes de cinéma qui prêtaient leurs visages à des personnages aussi contradictoires qu'un mercenaire du colonialisme et un révolutionnaire antitsariste.

— Ça, c'est bien vrai, avait admis Jeannette qui ne connaissait jusqu'alors de Chopin que ses amours avec George Sand et la *Valse d'Adieu.*

Mais elle avait réfléchi à l'analyse de Félix et elle se demandait, en voyant passer Stępan, si la fréquentation de gens aussi peu responsables n'allait pas déteindre sur cet homme qu'ils aimaient bien mais qui, déjà, avait changé d'habitudes. Il rentrait souvent bien tard, déjeunait au restaurant, se faisait blanchir à l'extérieur, maintenant. Jeannette ne trouvait pas ça très gentil pour Olga. Elle ne lui en avait pourtant rien dit, par discrétion.

Olga se passait fort bien de la corvée de gamelle.

Olga trouvait bien commode de n'avoir plus à laver les blouses de Stépan.

Olga préférait attendre Stépan pour dîner plutôt que de lui faire attendre son dîner.

Et Olga aimait par-dessus tout ouvrir la porte le soir à un Stépan heureux, détendu et plein d'histoires.

Des histoires de la « Coopé » qu'il pouvait partager avec elle et Sonia, et faire partager à Élie, souvent devant Zaza. Comme celle de Pierre Richard-Willm et Frédéric Chopin, par exemple :

— Vous me donnerez des leçons de polonais pour jouer mon Frédéric, avait dit aimablement l'acteur à la fin d'un essayage.

— Ça, je vous le conseille pas, Monsieur Willm, parce qu'avec un accent comme le mien, votre Frédéric Chopin aurait jamais pu sortir du Shtetl pour aller reprendre le piano ! avait répondu Stépan en riant.

— Vous êtes trop modeste, Monsieur Roginski, avait alors murmuré Mademoiselle Agnès tandis que Pierre Richard-Willm avait éclaté de rire à son tour et assené à Stépan une grande bourrade sur l'épaule.

— Excusez-moi, vieux ! Autant pour moi. Alors *mazeltov* et *shalom,* Monsieur Roginski, à demain... » — et il était sorti sous le regard admiratif de Mademoiselle Agnès qui avait eu le mot de la fin :

— C'est fou comme il se débrouille déjà bien... en polonais !

Évidemment, des histoires comme celle-là, Stépan n'aurait jamais pu les ramener de la rue d'Aboukir. Pourtant, elles ressemblaient à celles que racontait Jiri. Mais Jiri les puisait dans le folklore ; Stépan, lui, racontait la vraie vie. C'était cent fois plus drôle, et Zaza dut attendre que les rires se calment, un bon moment après la chute de l'histoire, pour faire la demande qui lui brûlait les lèvres depuis qu'elle avait entendu prononcer les noms flamboyants de Chopin et de Richard-Willm. C'est à eux qu'elle s'était arrêtée : elle avait cessé d'écouter la suite et trouvait qu'on lui faisait perdre un temps fou en riant de choses qu'elle n'avait pas suivies.

— Dis, papa, tu nous auras une photo, pour Josette et moi ? finit-elle par placer dans un silence relatif.

— J'essaierai, avait répondu Stépan qui avait omis de se renseigner sur le vrai sens de l'expression *autant pour moi,* prise littéralement comme « c'est tout comme moi », mais ce contresens, rue de la Mare, n'avait fait de tort à personne. Surtout pas à Pierre Richard-Willm auquel Olga trouva un vague air de famille avec un parent de Galicie, quand Stépan eut rapporté la photo à la maison.

Le costume de légionnaire ne suscita aucune critique. Olga et Sonia s'étaient penchées sur le drapé du long foulard blanc, qui faisait de si jolis plis. Quant à Stépan et à Élie, ça leur rappelait des types qu'ils avaient connus, des types pas méchants, pas violents, un peu ivrognes parfois, qui, à force d'attendre des papiers qu'on ne leur donnait jamais, à force de ne rien comprendre à une langue qu'ils ne parlaient ni n'entendaient, à force de solitude et de mal du pays, avaient fini, un soir, par aller s'engager dans la Légion des Étrangers.

Tout le monde n'avait pas eu leur chance à tous deux. Mais, pour parler de leur chance et du pas-de-chance de tous les autres, ils attendaient le matin. C'est entre la maison et République qu'ils retrouvaient leur gravité.

Ou bien ils attendaient le dimanche.

Mais ça, c'étaient les fois où ils voulaient vraiment parler : parler d'eux, des autres, de la France et du monde, du monde entier, mais surtout, forcément, de ce côté-là du monde qu'ils connaissaient si bien, qu'ils avaient quitté pour la France qu'ils connaissaient si mal.

La France avait pourtant fait d'eux des Français. Des Français qui allaient voter pour la première fois de leur vie.

Ils attachaient un grand prix au geste qu'ils auraient à faire à quelques semaines de là. Ils le voulaient bénéfique, ce geste, pour tous ceux qui les avaient adoptés et qu'ils regardaient depuis deux ans défiler en se mêlant eux-mêmes si peu à leurs cortèges, puisqu'ils n'étaient ni ouvriers d'usine, ni fonctionnaires, ni anciens combattants, ni chômeurs, ni militants, ni même syndiqués, et qu'on ne les avait jamais spoliés ni trahis pour la raison qu'à eux, on n'avait jamais rien promis.

En tout cas, rien de ce que réclamaient les milliers de marcheurs aux sons d'airs connus qui leur étaient à eux inconnus, sur des paroles improvisées qu'ils ne comprenaient pas toujours.

A tous ceux-là, ils ne voulaient que du bien. Leurs deux bulletins, pourtant en apparence si légers, pèseraient lourd dans leurs mains avant de tomber dans l'urne, parce qu'ils seraient chargés du poids de leurs scrupules et de leur gratitude. De leur passé aussi.

Forcément, ils reparlaient de leur passé. De la Pologne et de l'Ukraine d'autrefois, et même d'aujourd'hui.

Stépan n'aimait pas parler des rares lettres qu'il recevait de Pologne. Elles étaient toujours terriblement tristes. Frédéric Chopin était mort depuis bientôt cent ans, mais, aux dernières nouvelles, on tremblait toujours autant d'être Juif dans l'ex-royaume de Pologne. Il n'avait jamais pu en parler avec Janek pendant toutes ces années à Fémina-Prestige. Il avait perdu l'habitude d'en discuter avec Olga que ça rendait malheureuse. Il n'en parlait qu'avec Élie. Et encore, de moins en moins souvent, depuis que tout allait si bien allée Chateaubriand.

Quant aux dernières nouvelles d'Ukraine, elles n'étaient ni tristes ni gaies, ni bonnes ni mauvaises ; elles étaient inexistantes. Non que leur contenu fût banal, futile ou flou. Elles n'existaient pas.

Alors, forcément, Élie ne pouvait savoir s'il était vrai qu'on avait totalement cessé de trembler d'être juif, dans la jeune République soviétique d'Ukraine. Ç'avait été vrai dans les débuts, il en avait eu la preuve. Mais il y avait neuf ans de ça...

Alors, forcément, un dimanche, ils avaient parlé de Volodia.

Pour reparler de cette vieille histoire, avant même les bains-douches, ce dimanche-là, ils avaient remonté la rue des Pyrénées vers Gambetta, pour être plus tranquilles. Ce n'était pas une conversation pour chez l'Auvergnat. Encore moins pour la maison.

La seule personne du quartier avec laquelle ou devant laquelle ils auraient pu parler de Volodia sans contrainte ni retenue, c'était Monsieur Florian. Mais le vieux Monsieur Florian, le dimanche, on ne le voyait pas dans le quartier.

On l'avait pourtant vu, dans le temps, se déranger lui-même et venir frapper à la porte des Guttman, un dimanche. C'était même arrivé deux fois. Les deux fois à la même heure. Après déjeuner, pour ne pas déranger.

Les deux fois, on avait envoyé Maurice jouer dans la rue après l'avoir rassuré : non, son maître n'était pas venu là pour se plaindre de lui. Il était venu parler avec Papa et Maman de choses qui ne regardaient pas les enfants.

C'est dire si ça remontait loin, tout ça. Car pour parler de Volodia, il fallait bien reparler de Simon Petlioura et de Samuel Schwartzbard. Et donc de la seconde visite de Monsieur Florian, celle de 1927, à l'époque du procès.

Quand il était venu frapper chez les Guttman, ce dimanche-là, Monsieur Florian n'était pas venu que pour parler. Il était venu apporter quelque chose. Deux choses, en fait.

D'abord, une coupure de presse qu'il tendit à Élie. Élie la lui rendit et demanda la permission d'aller chercher ses voisins, Monsieur et Madame Roginski, que ça intéresserait certainement aussi, surtout si Monsieur Florian acceptait de leur en faire la lecture. Ce serait plus facile pour les dames qui ne lisaient pas les journaux.

Des journaux, depuis l'ouverture du procès, c'est-à-dire depuis le mercredi précédent, Élie et Stépan en avaient vu passer quelques-uns. Rue d'Aboukir on se les arrachait, on ne parlait que de ça, sans crier à cause de Monsieur Jean, mais, même à voix basse, comme tout le monde parlait à la fois, c'était difficile de se faire une idée. Chez Mercier Frères, on se les arrachait aussi, mais pour d'autres raisons : dans l'atelier, on ne parlait que de Coste et de Le Bris. Car le même jour et sensiblement à la même heure (compte tenu du décalage horaire), alors que le meurtrier Schwartzbard faisait son entrée dans le box des accusés devant la Cour d'Assises du département de la Seine, les deux as de l'aéronautique navale française atterrissaient triomphalement sur la piste aride de l'aéroport de Rio de Janeiro. Alors, à part Monsieur Paul qui avait gratifié Élie d'un gentil clin d'œil optimiste et complice, les compagnons maroquiniers ne s'étaient guère intéressés au sort du Popov. En revanche, ils avaient tout appris à Lilitch sur Védrine et Santos-Dumont, Guynemer, Blériot et Assolant, Nungesser et Coli.

Élie ramena Stépan et Olga, Sonia fit du thé, on envoya Zaza retrouver Maurice et les enfants Clément, et Monsieur Florian, retrouvant le ton qu'il avait en semaine pour ses dictées, commença sa lecture pour un auditoire aussi attentif que respectueux.

L'article s'intitulait : « JE LE JURE » :

Tout au long de la semaine, la partie civile a fait défiler devant nous une élégante cohorte de gens très courtois qui sont venus nous dire l'estime en laquelle ils tenaient leur chef, qu'ils s'obstinent à appeler le premier Président de la République d'Ukraine. Et nous les avons vus déganter leurs mains blanches et soignées pour prêter leurs serments de faux témoins. Ils étaient au nombre de trente.

La semaine prochaine, nous verrons les vrais. Ils seront quatre-vingts. Et ceux-là nous diront le vrai Petlioura, chef de bande tortionnaire et assassin.

Et nous les écouterons et nous les regarderons, ces survivants. Ils sont partis des quatre coins du monde et ils viennent d'arriver. Pour nous raconter les horreurs qu'ils ont vécues, nous montrer les mutilations, les lésions et les cicatrices qu'elles ont laissées sur leurs corps et dans leurs mémoires.

Eux nous parleront de leurs morts, dont les cadavres, par milliers, ont engraissé si longtemps les terres d'Ukraine et de Pologne.

Ils n'auront pas la belle allure ni le beau parler des complices de l'assassin de leurs frères, de leurs pères, de leurs sœurs et de leurs enfants.

Ils seront fatigués, parce qu'ils viennent de très loin, et reviennent de plus loin encore. Ils parleront mal notre langue. Il nous faudra prêter l'oreille. Ils n'auront pas à déganter leur main droite pour dire « Je le jure », parce que certains seront manchots, mais de leurs gueules fracassées, c'est la vérité qu'ils nous diront.

En vérité, je vous le jure.

C'était signé Le Bihan, chroniqueur judiciaire. Et Monsieur Florian expliqua qu'il avait découpé l'article dans un bulletin hebdomadaire qui s'appelait *L'Instit'*. On ne le trouvait pas dans le commerce, c'est pour ça qu'il l'avait apporté.

Dans la salle à manger Guttman, on se taisait. Les deux hommes avaient presque tout compris des mots que Monsieur Florian avait si bien articulés. Olga et Sonia avaient perdu beaucoup, mais elles avaient retenu le nombre de quatre-vingts survivants. Timidement, Sonia allait poser une question quand Monsieur Florian reprit la parole :

— Ce n'est pas tout, dit-il. J'ai également trouvé ceci qui risque de vous intéresser, Monsieur et Madame

Guttman. Je l'ai découpé dans un très mauvais journal, mais qu'importe ! — et, de son portefeuille, il sortit une petite photo, titrée *Les Bolcheviks à Paris* et dont Monsieur Florian relut rapidement la légende pour lui seul :

> La défense, ne reculant devant rien, fait voyager à ses frais des citoyens soviétiques ukrainiens qui, dès la semaine prochaine, voleront au secours de l'assassin du Président Petlioura. Surpris par notre reporter, hier Gare de l'Est à son arrivée à Paris, voici l'un d'entre eux. A voir son sourire, gageons que le « témoin » Vladimir Guttman n'a pas plus souffert du voyage que des « pogromes » qui l'ont visiblement laissé en parfaite santé.

Monsieur Florian replia soigneusement le titre et la légende :

— Regardez, dit-il.

Et lentement, presque solennellement, il déposa la photo sur la table devant Sonia et Élie.

Ensemble ils se penchèrent, et ce qu'on entendit alors ne s'appelle pas un cri. Ils ne poussèrent pas leur cri, ils l'aspirèrent, dans un long gémissement à deux voix. Et quand ils relevèrent la tête, on pouvait lire dans leurs regards à la fois l'épouvante, l'incrédulité et le bonheur le plus fou.

Sur la photo, malgré la balafre qui lui zébrait la moitié du visage, Élie et Sonia venaient de reconnaître Volodia.

Volodia, l'ami, le cousin, le presque frère. Celui qu'on avait cru mort, parce qu'on l'avait vu mort à Jitomir pendant le grand pogrome. Le dernier. Enfin, le dernier dans la vie de Sonia et d'Élie Guttman.

Le beau, le tendre Volodia était vivant. Si vivant même que, sur la photo, on le voyait tendre la main vers l'objectif comme pour s'en protéger. Il avait sans doute fait son geste trop tard, et comme il souriait, il avait plutôt l'air de se protéger des rayons du soleil. Du soleil de Paris.

Et Sonia en larmes s'écroula dans les bras d'Élie qui lui tapota l'épaule et regarda Monsieur Florian en souriant et en hochant la tête comme pour excuser sa femme de se laisser aller devant un étranger.

Étranger, c'était malgré tout le mot qui convenait. Monsieur Florian était aussi ému que gêné, il se sentait un peu comme le voyeur d'un spectacle dont il était pourtant l'artisan.

Il se leva.

Sonia riait maintenant dans les bras d'Élie ; elle répétait : « Volodia... Volodia... », et c'est Olga qui s'était mise à pleurer silencieusement, le visage entre ses mains, et c'est Stépan qui lui tapotait l'épaule en disant « Je sais... je sais... », et, pour excuser sa femme, lui aussi expliqua à Monsieur Florian.

Olga pleurait parce que chez eux, en Pologne, on ne risquait pas d'avoir la même chance. Les morts étaient tout à fait morts, ils ne revenaient pas. On le savait par les lettres qu'on avait reçues.

— Volodia pouvait pas nous écrire, puisqu'on le croyait mort..., avait alors répliqué Sonia en haussant les épaules, comme quand on répond à quelqu'un qui vient de dire une grosse bêtise.

Monsieur Florian avait failli ajouter à son tour que les ressuscités n'étaient pas obligés de faire les morts pour être à la hauteur de leur réputation de morts, mais il avait gardé sa remarque pour lui. Tout comme il avait gardé pour lui sa question. Sa question d'étranger qu'il n'osait poser, parce qu'elle était trop française : « Pourquoi vous écrit-on de Pologne et pas d'Ukraine ? » Et s'il ne l'avait pas posée, c'est parce qu'il avait bien peur déjà de connaître la réponse, et qu'il n'avait pas plus envie de la leur faire dire que de se la formuler à lui-même.

Il allait partir. Mais tout le monde s'agita. Comment trouver Volodia, un dimanche, dans un Paris qui leur était presque aussi inconnu à tous quatre qu'il devait l'être au revenant d'Ukraine ?

Monsieur Florian leur laissa peu d'espoir pour ce

dimanche-ci. Mais il promit de s'informer. Il avait son idée. Si ça marchait, il le leur ferait savoir par Maurice. Demain.

— Pas par Maurice, Monsieur Florian, s'il vous plaît, avait demandé Sonia d'un ton un peu suppliant.

— Entendu, pas par Maurice. Je vous mettrai un mot, avait acquiescé Monsieur Florian.

— Je viendrai plutôt à la sortie de l'école, avait suggéré Sonia.

— Si vous voulez, Madame Guttman, avait dit Monsieur Florian qui venait de comprendre que Sonia ne savait pas lire.

Il avait serré les mains et était sorti de la salle à manger. Élie l'avait raccompagné jusqu'en bas. La rue était déserte, on entendait les enfants rire dans l'impasse. Élie avait pris la main de Monsieur Florian entre ses deux mains, lui avait dit merci par trois fois en secouant la tête, puis il lui avait donné le numéro de téléphone de chez Mercier. Monsieur Mercier était très gentil, il le laisserait même sortir avant l'heure, au besoin, si jamais Monsieur Florian avait des nouvelles de Volodia.

Entre-temps, Sonia était allée avec Olga dans la salle à manger Roginski : elle voulait faire entrer Volodia dans le Cadre des Nôtres avant même de l'avoir revu pour de vrai. Et surtout avant le retour des enfants.

En octobre, les nuits tombaient vite, ils n'allaient pas tarder à venir réclamer leur goûter et Sonia n'était pas prête à répondre à leurs questions. Elles venaient toujours, les questions, quand on démontait le Cadre des Nôtres. Pour une fois, la réponse serait vivante. Demain, Volodia raconterait lui-même. Ou plutôt, il raconterait comment était l'oncle Volodia, en visite à Paris. Pas plus. On y veillerait.

Demain... et pourquoi pas ce soir, après tout ?

Monsieur Florian avait dit que Paris était trop grand et qu'on était dimanche. Mais puisque, parmi ces milliers de rues, dans ces millions de maisons, derrière ces milliards de portes, il y en avait une où un homme qu'on croyait mort dans une autre ville était vivant en plein Paris, c'était bien la preuve que tout peut arriver dans la vie. Même un dimanche.

Et, rue de la Mare, on commença d'attendre Volodia.

Le défenseur de Samuel Schwartzbard s'appelait Henry Torrès. Élie ne sut jamais l'audace qu'il avait fallu à un obscur maître d'école pour aller déranger chez lui, un dimanche à la nuit tombante, l'avocat le plus prestigieux et le plus sollicité de France en ce mois d'octobre 1927. C'est pourtant ce que fit Monsieur Florian. Au lieu de rentrer chez lui, il alla consulter un annuaire dans un café de la rue des Pyrénées, hésita un moment à appeler, puis, tant qu'à déranger, il décida que mieux valait se déranger soi-même.

Si Maître Henry Torrès était un avocat prestigieux par son talent, il l'était aussi par sa générosité et son courage. Comme tous les courageux, il saurait reconnaître celui de Monsieur Florian qui, sans rendez-vous, sans recommandations, osait se présenter avenue Hoche à la porte d'un homme aussi célèbre et qui ne disposait que d'un dimanche par semaine. Tout comme Monsieur Florian lui-même. Celui-ci avait bien le jeudi en plus, mais il craignait que jeudi ne fût trop lointain pour obtenir le renseignement dont il avait besoin...

C'est en ces termes qu'il s'était excusé et expliqué sur le palier avant de franchir la porte que Maître Henry Torrès avait ouverte en personne, vêtu d'une veste d'intérieur un peu avachie.

Monsieur Florian ne voulait pas qu'on le prît pour un de ces malfrats qui, leur coup à peine déjà fait, et parfois même juste avant de le faire, viennent apporter une provision à l'avocat qu'ils ont déjà chargé de leur défense pour le cas où on les attraperait.

Monsieur Florian avait entendu parler de ces choses. Maître Henry Torrès aussi.

— Ceux-là ne viennent pas chez moi... Ils préfèrent certains confrères... Entrez, Monsieur », avait-il dit en souriant, et il avait entraîné son visiteur vers un très vaste bureau, si encombré qu'on marchait sur les dossiers. Il l'avait fait asseoir et l'écouta avec attention.

Malheureusement, il ne pouvait indiquer d'adresse parisienne pour le témoin Vladimir Guttman, dit-il après avoir consulté une longue liste de noms dans ses paperasses.

Le témoin Guttman était Ukrainien d'Ukraine. Pas polonais. Les Polonais de Pologne, on savait où les trouver dans Paris. Ils étaient arrivés en groupe, avec un rabbin, et logeaient presque tous dans un petit hôtel de la rue Vieille-du-Temple, qui avait fait des conditions. Quelques-uns, toutefois, avaient préféré se faire héberger chez des parents. Ce qui compliquait un peu les choses quand on les voulait tous au même endroit à la même heure.

Avec les Ukrainiens d'Ukraine, on n'avait pas ces ennuis-là. Arrivés en groupe eux aussi, sans rabbin, mais avec deux interprètes, alors qu'ils n'étaient que cinq témoins, aucun d'entre eux n'avait émis le vœu de faire bande à part. En tout cas, ils ne se quittaient pas et ne semblaient pas avoir d'attaches personnelles avec qui que ce soit à Paris. Ils ne semblaient pas non plus vouloir en nouer de nouvelles avec les autres Ukrainiens-témoins venus d'ailleurs : de tous les pays d'Europe et d'Amérique où les collaborateurs de la défense étaient allés les rechercher pendant les dix-sept mois qu'avait duré l'instruction.

Ceux-là, les Ukrainiens d'ailleurs, étaient venus séparément, sans rabbin et sans interprète, ils étaient un peu imprévisibles dans leur respect des horaires. Ils habitaient un peu partout, mais on avait leur adresse.

Mais les Ukrainiens d'Ukraine comme Monsieur Vladimir Guttman, on ne savait pas. Ils étaient là depuis le premier jour, c'est-à-dire depuis le mardi 18 octobre. Ils avaient répondu à l'appel de leur nom, comme les autres. Et, depuis lors, ponctuellement, tous les jours, ils arrivaient avant les audiences, restaient dans la salle des témoins, repartaient après les audiences, ne se plaignaient pas comme les autres d'attendre pour rien, ne demandaient pas quand ils passeraient. On n'avait pas à les chercher. Ils étaient toujours là.

Quant à savoir d'où on les amenait, où on les ramenait, c'était la bouteille à l'encre. Le plus vieux des interprètes, celui auquel on donnait les convocations, avait parlé d'une « jolie pension à la campagne », que le jeune collaborateur de Maître Torrès avait traduit par « pavillon de banlieue ». Était-ce au nord, au sud, à l'est ou à l'ouest de Paris ? Impossible de savoir. Le chauffeur du petit car qui les convoyait ne parlait pas français.

— J'ai eu beaucoup de mal à obtenir qu'on les laisse venir. J'ai dû discuter pendant des mois. Ils sont là. Je ne vais pas me chamailler pour savoir s'ils dorment à Argenteuil ou à Bécon-les-Bruyères... Je ne vous obtiendrai pas leur adresse, cher Monsieur, parce qu'on ne me la donnera pas. Ils sont les survivants des massacres de Berditchev, de Proskourov et de Jitomir. Je ne voudrais pas être responsable de leur disparition en Seine-et-Oise.

Maître Henry Torrès avait dit ça avec un humour triste. Il était fatigué, ça se voyait. Monsieur Florian s'excusa à nouveau d'être venu troubler son seul jour de répit au cœur de la bataille qu'il était en train de livrer. Tout ça pour une simple adresse.

— Ne vous excusez pas, Monsieur. Vous avez bien fait de venir. Le monde regorge de gens qui ne lèveraient pas le petit doigt pour essayer de trouver l'adresse d'un cousin qui n'est même pas le leur... Ce sont les mêmes qui barricadent leur porte quand ils entendent crier au secours à l'étage au-dessous, et ce sont les mêmes qui préfèrent appeler Schwartzbard « l'Assassin » plutôt que « le Justicier ». Alors, rencontrer quelqu'un comme vous, après la semaine que nous venons de passer, mon client et moi, et avant celle qui nous attend, je trouve ça réconfortant ! Je souhaite qu'il s'en trouve quelques-uns comme vous parmi les jurés auxquels on ment depuis mardi dernier, et qui auront à se prononcer jeudi prochain. Je le souhaite pour Samuel Schwartzbard qui revendique l'honneur de s'être rendu coupable aux termes de la loi. Je le souhaite pour notre honneur à tous, quoi qu'en dise mon confrère Campinchi et malgré la douleur légitime de sa cliente, la veuve de la « victime », qui est aussi la veuve du seul véritable assassin dans cette affaire de crimes de sang... Je dis *crimes* au pluriel, et je parle de ruisseaux de sang, pas de la flaque qui, l'espace de quelques heures, a taché le trottoir de la rue Racine à Paris...

Monsieur Florian n'avait jamais entendu plaider. Il était fasciné. Maître Henry Torrès s'en aperçut.

— Ne croyez pas que je répète, cher Monsieur, je m'indigne, je m'indigne pour moi tout seul, et c'est peut-être grâce à ça que je peux m'indigner devant tout le monde, fit-il en souriant.

— Probablement, dit Monsieur Florian en souriant à son tour.

— Mais revenons à vos amis et à mon témoin d'Ukraine... Peut-on vous joindre l'après-midi par téléphone, et à quel numéro ? Je vous ferai appeler par mon jeune collaborateur, il aura peut-être une idée pour favoriser une rencontre aux alentours du Palais. En principe, c'est mardi ou mercredi au plus tard que mes pauvres rescapés viendront parler devant la Cour.

Monsieur Florian donna le numéro de l'école. Il précisa aussi l'heure de la récréation et celle de la sortie, en rougissant légèrement comme un de ses écoliers.

— Je vous promets de ne pas vous oublier, dit Maître Torrès en le raccompagnant jusqu'à la porte.

— Moi non plus, Maître, je ne vous oublierai jamais, murmura Monsieur Florian.

Il allait s'engager dans les escaliers quand l'avocat le rappela :

— Dites... Vous leur en parlez, à vos enfants ? Ils vous posent des questions, les petits-fils des morts et des mortes ?

Monsieur Florian remonta deux marches. Il fit « non » de la tête.

— Leurs parents ne tiennent pas à partager leur mémoire avec eux, et ils me les confient pour que je leur apprenne la mémoire et l'histoire de la France...

— Eh bien, disons que si nous sauvons Samuel Schwartzbard, ça fera peut-être un beau petit chapitre de l'Histoire de France pour plus tard !

— Oui, pour leurs enfants à eux... Mais je ne serai plus là pour leur faire la classe, dit Monsieur Florian en descendant pour de bon, cette fois, et en faisant un geste de la main vers la porte qui se refermait doucement.

Bien sûr que c'était impossible, que c'était fou, mais ç'aurait quand même été formidable si, tout à coup, Volodia avait frappé à la porte avant que ne finisse ce dimanche !

Sonia y avait vaguement cru, jusque très tard dans la soirée, et il avait fallu que Barsky grommelle et tousse en passant devant la porte pour qu'elle cesse de s'imaginer que ce pas lent et hésitant était peut-être celui de Volodia égaré dans un escalier inconnu.

Puis, en allant se coucher, elle admit que, finalement, c'était mieux comme ça. Ça laissait davantage de temps pour s'organiser, tout préparer. Le manger, le boire, les fleurs et, pourquoi pas, le coucher.

Peut-être qu'il aimerait dormir là, Volodia ? On mettrait alors Maurice dans le grand lit, entre eux deux. Ou on le mettrait dans le lit-cage de Zaza, elle dans un sens, lui dans l'autre. Et même si Volodia ne voulait pas coucher là, il faudrait rouler le lit-cage de Maurice dans la chambre, pour qu'ils puissent parler tranquilles dans la salle à manger, toute la nuit s'ils le voulaient. Enfin, on verrait demain.

Comme pour le matériel de finisseuse. Demain aussi. Elle mettrait sa « toilette » à elle avec celle d'Olga, dans la salle à manger Roginski. Pour que sa salle à manger ait l'air d'un vrai salon.

Il ne fallait pas non plus qu'elle oublie de placer le Cadre des Nôtres sur sa cheminée à elle. Volodia ne comprendrait pas qu'on gardât sa photo chez les voisins. Même si c'était leur famille de France, malgré tout, c'était pas la vraie famille.

On prendra une quiche lorraine, aussi. Pour lui faire goûter la cuisine française.

Et puis on n'allait rien raconter aux autres de la maison. Surtout pas à la mère Lowenthal. Aux Clément non plus. Volodia, ça ne regardait vraiment qu'eux. Eux, les Roginski et Monsieur Florian, forcément.

Avant d'éteindre, Élie avoua tout de même à Sonia qu'il avait écrit plusieurs lettres au village et à Jitomir, avec leur adresse à Paris. C'était bizarre que Volodia n'eût jamais donné signe de vie.

Sonia ne lui répondit pas ce qu'elle avait déjà répondu devant Monsieur Florian.

Elle dit que c'était bizarre, en effet, mais que Volodia s'expliquerait certainement lui-même. Demain.

C'est le mercredi 26 octobre, vers 16 heures 30, que Monsieur Paul Mercier vint chercher Élie dans l'atelier.

On l'attendait au café-restaurant des « Trois marches », place Dauphine, devant le Palais de Justice, pour affaire de famille. Qu'il y soit entre 17 heures et 17 heures15, au plus tard et sans faute.

Rue de la Mare, on n'avait pas eu à rouler le lit-cage de Maurice dans la chambre à coucher. Monsieur Florian avait prévenu dès le lundi que, pour l'adresse, c'était un peu compliqué, qu'il fallait attendre et être patient.

Alors on avait attendu. Et le lundi était passé.

Le mardi, une des trois roses roses avait déjà perdu deux pétales. Le mimosa de serre tenait, mais il était moins velouté, et une poussière dorée auréolait le vase au centre de la table de la salle à manger. Le soir, on avait fini par manger la quiche dans la cuisine des Roginski, comme dessert, après le dîner, puisque tout le mardi était à son tour passé.

Une fois rentrée chez elle, Sonia avait pleuré. Si Volodia ne venait pas, c'était peut-être bien parce qu'il ne voulait pas les voir, tout simplement. Pas plus les voir qu'il n'avait voulu leur écrire, ne fût-ce que pour leur dire qu'il n'avait rien à leur dire.

Et Sonia interrogea Élie : y avait-il quelque chose de mal qu'il aurait pu faire ou dire contre Volodia, autrefois, et qu'il aurait oublié, lui, Élie, mais pas Volodia ?

Élie lui dit qu'elle était folle, que c'était elle qui perdait la mémoire. La veille du grand pogrome, ils avaient mangé ensemble tous les trois, chez le père de Volodia. Ils avaient tout le temps ri, s'étaient quittés en s'embrassant et en se disant à demain...

— Oui, mais le lendemain, nous, on s'est sauvés... C'est peut-être ça qu'il nous a pas pardonné : de pas être morts avec lui, avait dit Sonia — puis elle s'était reprise : « Enfin, de pas être à moitié morts comme lui... »

Ce qui fit sourire Élie.

Non, dans son idée à lui, Élie, Volodia était surtout très occupé. Un procès, c'est comme une guerre, c'est comme à l'armée. Pour s'absenter, il faut une permission. Les témoins restent mobilisés tant que la guerre n'est pas finie. Celle-là était en train de s'achever. Déjà trois hommes avaient parlé la veille pour Schwartzbard, il l'avait lu dans le journal. Demain, ce serait le tour de Volodia et de tous les autres, les quatre-vingts... Après quoi Volodia serait libre, libre de se promener là où il voulait. Il ne serait plus mobilisé. Il quitterait la caserne. Et Schwartzbard peut-être sa prison.

Élie réalisa que c'était la première fois, depuis le dimanche, qu'il parlait de Schwartzbard avec Sonia. Ou plutôt qu'il parlait de Schwartzbard à Sonia, laquelle ne pensait qu'à Volodia. Mobilisé ou pas, il n'avait trouvé ni le temps ni les moyens de sauter le mur pour venir les serrer dans ses bras : c'est tout ce qu'elle voyait, elle.

Elle ne le dit pas à Élie. Mais, le mercredi matin, elle jeta le bouquet défraîchi à la poubelle et dénoua la « toilette » dans sa salle à manger à elle. Comme à son habitude. Si Volodia se décidait, il les trouverait comme il les trouverait, elle et sa salle à manger. Elle en blouse de travail de finisseuse, et sa salle à manger en atelier de couture-chambre d'enfant. Rien que pour lui montrer qu'on ne l'attendait vraiment plus.

Elle le dit à Élie avant son départ, Élie lui donna tort, tout en pensant qu'elle avait quand même un peu raison. Et il le dit à Stépan durant leur trajet.

Stépan ne savait trop quoi dire. Olga et lui avaient partagé la surprise, l'attente ; ils commençaient à partager l'affront. Mais ce n'était pas à eux, malgré tout, qu'on le faisait. Au bout du compte, ce Volodia n'était pas leur cousin... Il se contenta de dire qu'il trouvait ça bizarre, c'est tout.

Ils étaient encore au bas des marches, à Strasbourg-Saint-Denis, quand ils entendirent la voix cassée d'un crieur de journaux : « COUP DE THÉÂTRE AU PROCÈS CHOUASSEBARRE... LES TÉMOINS D'UKRAINE ET DE POLOGNE RENTRENT CHEZ EUX... COUP DE THÉÂTRE EN PLEINE COUR D'ASSISES... »

Élie et Stépan achetèrent chacun un exemplaire. Élie lut le sien dans la rue avant d'arriver chez Mercier.

Le crieur avait dit l'essentiel. Dans l'article qui prenait les trois colonnes centrales de la Une, on expliquait qu'après les dépositions de Messieurs Goldstein (ancien avocat de Tolstoï), Siliosberg et Tiomkine (anciens membres de l'Assemblée ukrainienne sous Kérensky), dépositions qui étaient de véritables réquisitoires contre l'ataman Petlioura, la cause de l'accusé Schwartzbard était si bien entendue (le jury avait versé des larmes) que Maître Henry Torrès avait pris la décision de renoncer à ses quatre-vingts témoins, venus de l'étranger à sa demande personnelle. Il l'avait annoncé au prétoire en désignant la porte derrière laquelle ces rescapés de l'enfer Petlioura attendaient depuis des jours, dans l'angoisse d'avoir à revivre leur calvaire pour mieux le raconter, et dans celle d'avoir à exhiber leurs plaies et leurs infirmités pour être assurés d'être crus.

Il n'avait qu'un mot à dire pour les faire entrer. Mais après ce qu'on avait entendu des trois témoins qui avaient parlé la veille, il se demandait maintenant s'il était bien nécessaire de violer encore les pudeurs, la leur ajoutée à celle des jurés, des magistrats et du public qui paraissaient saturés d'horreur.

Maître Henry Torrès remerciait aussi l'avocat général

Raynaud d'avoir cité à comparaître Messieurs Goldstein, Siliosberg et Tiomkine. Ces trois hommes d'honneur n'étaient pas des témoins de la défense, mais de l'accusation.

Maître Henry Torrès parla alors d'un autre témoin, cité par la partie civile. Et Maître Campinchi dut subir pour la seconde fois la lecture de la déclaration du colonel ukrainien Boutakov qui, la semaine précédente, avait qualifié le pogrome de Proskourov, commandé par Petlioura, d'« œuvre d'inspiration divine ». A Maître Campinchi, l'avocat demanda donc à nouveau s'il souhaitait voir apparaître deux des bénéficiaires de cette inspiration « divine » dont s'était réclamé son témoin Boutakov : « Ils sont là. A deux pas, mon cher confrère. Deux citoyens de Proskourov. L'un vous montrera sa jambe unique, l'autre n'osera rien vous montrer du tout. Il fut émasculé à Proskourov dans la nuit du 13 au 14 février 1919... »

Et le journaliste concluait en décrivant l'insoutenable émotion provoquée par l'envolée de Maître Henry Torrès, si sûr du bon droit de son client qu'il renonçait aux quatre-vingts témoins étrangers qu'il avait eu tant de peine à retrouver à travers le monde. L'article qualifiait l'événement de « coup de théâtre », faisait miroiter pour le lendemain la plaidoirie la plus bouleversante du siècle et la possibilité — tout à fait envisageable à présent — de l'acquittement pur et simple d'un meurtrier promu au rang de justicier.

De tout cela, écrit avec un lyrisme que le journaliste voulait compétitif avec celui de Maître Henry Torrès, Élie ne retint qu'une seule chose : Volodia repartait.

Volodia, venu pour rien, allait redisparaître sans avoir accompli la seule chose qui valait vraiment ce long voyage.

Et Élie en voulut presque à Monsieur Florian.

Sans lui, ils n'auraient jamais rien su, ni de la résurrection de Volodia, ni de sa présence à Paris. Et Sonia et lui auraient continué à porter et à pleurer dans leurs cœurs un défunt qui s'était brutalement transformé en homme invisible et introuvable. Introuvable même par Monsieur Florian qui s'était pourtant engagé à le trouver.

Sans Monsieur Florian, aujourd'hui, il aurait pu se réjouir pour Samuel Schwartzbard, sans penser à rien d'autre qu'à Samuel Schwartzbard.

Mais c'est en pensant à Volodia qu'il était entré dans l'atelier où son air soucieux et chagriné surprit ses compagnons qui, pour une fois, s'étaient tenus au courant de l'actualité.

— Tu vas pas nous faire la gueule, Lilitch, alors que notre grand bavard de Torrès est en train de le faire acquitter, ton Popov ! s'était exclamé Meunier.

Élie avait souri. Et Monsieur Paul était passé avec un autre journal qui racontait à peu près la même chose que celui qu'avait acheté Élie. A midi, on avait bu un petit coup à la proche libération de Samuel et à la France, terre d'accueil et des droits de l'Homme — sans compter les Dames de la rue Blondel, avait ajouté Meunier pour conclure le toast de Monsieur Paul.

Élie avait ri avec tout le monde. Mais il pensait à Volodia et au chagrin de Sonia et au bouquet jeté à peine fané.

Mais voici qu'au beau milieu de l'après-midi, il avait reçu l'incroyable message. « Palais de Justice... affaire de famille... » Ce ne pouvait être que Volodia !

Volodia l'avait cherché, Volodia l'avait trouvé, Volodia l'attendait. C'était formidable !

Il quitta l'atelier si vite qu'il en oublia d'emporter sa sacoche et sa gamelle vide.

C'était formidable, mais ça allait être plus formidable encore tout à l'heure, quand il arriverait à la maison. Il frapperait et quand Sonia ouvrirait, il pousserait Volodia devant lui et dirait le plus normalement du monde : « J'ai rencontré Volodia, je l'ai ramené pour le dîner... »

Il descendit à Châtelet comme autrefois, quand ils allaient à la Préfecture, Stépan et lui, faire viser leurs papiers d'étrangers, avant la naturalisation.

Autrefois... Il n'y avait jamais qu'un an et demi, mais ça paraissait si loin déjà ! On s'habitue vite à la tranquillité, se dit-il en arpentant à grands pas le quai de l'Horloge presque désert. C'était la première fois qu'il longeait les murailles de ce côté-là : il venait en fait de découvrir que Police et Justice s'abritaient sous le même toit, partageaient le même Palais. Et en découvrant la place Dauphine, il découvrit aussi que les portes de la Justice s'ouvraient majestueusement sur la plus paisible des placettes provinciales.

Elle avait même son estaminet. S'il s'appelait « Les Trois marches », c'est qu'il fallait gravir trois marches pour en franchir le seuil.

Il les monta une à une.

Maintenant, il avait le trac.

Mieux qu'Élie, c'est Monsieur Florian qui devait conserver le souvenir le plus précis des étranges et brèves retrouvailles des cousins Guttman.

Prévenu par le jeune collaborateur de Maître Henry Torrès que les Ukrainiens repartaient le soir même pour l'Ukraine, mais qu'ils seraient aux « Trois marches » pour un léger en-cas avant de prendre leur train, c'est lui qui avait appelé chez Mercier. Mais, inquiet à l'idée que le peu qu'il avait pu accomplir de sa mission n'aboutisse pas, lui aussi avait traversé Paris et s'était rendu aux « Trois marches ».

Au comptoir, il avait fait la connaissance du jeune collaborateur de l'avocat, lequel l'attendait, sa robe noire au collet blanc sous le bras, comme un imperméable. Il lui avait désigné une table, au fond, autour de laquelle conversaient sept hommes. On leur avait servi des sandwichs et du thé.

Monsieur Florian reconnut Volodia sur-le-champ à cause de la balafre. Comme les autres, il était fort bien vêtu d'habits tout neufs. Il était brun, bouclé, et souriait. Il souriait tellement que Monsieur Florian songea à *L'Homme qui rit*.

— Ils n'ont pas voulu rester un jour de plus. Ils n'attendent même pas la plaidoirie de mon patron, ni le verdict... Et je dois vous dire, Monsieur, que je ne sais pas si l'interprète a traduit ma demande au témoin Guttman à propos de sa famille... Il m'a souri quand je la lui ai faite, avant-hier, mais il sourit tout le temps, lui aussi, bien qu'à lui on n'ait pas tailladé le visage, débita le jeune assistant à voix basse. Nous allons bien voir ce qui se passera quand votre ami sera là...

— Le voici, dit Monsieur Florian en voyant la silhouette d'Élie derrière la porte vitrée du bistrot.

— Laissez-moi faire, dit le jeune homme en se dirigeant vers la table.

Il se pencha à l'oreille d'un des hommes. Celui-ci se retourna pour regarder Élie qui entrait. Il dit quelque chose à Volodia, lequel se retourna à son tour, tandis qu'Élie tendait la main à Monsieur Florian dont le regard ne pouvait se détacher de Volodia.

De Volodia qui regardait Élie.

Et ce qui se passa en cette seconde, ce qui passa de bonheur éperdument triste et d'affolement dans ce visage condamné au sourire perpétuel, Monsieur Florian fut bien le seul à le capter.

Volodia s'était levé, l'interprète aussi, et c'est parce que Monsieur Florian ne le regardait pas qu'Élie tourna lui aussi la tête vers le groupe qu'il n'avait pas encore remarqué depuis son entrée. Volodia s'avança. Et c'est sans un cri, dans un silence total que les deux hommes s'étreignirent. Ils se bercèrent tête contre tête, yeux fermés, avec tant de force et pendant si longtemps qu'ils en chancelèrent de vertige et durent s'agripper l'un à l'autre pour ne pas tomber comme tombent les ivrognes sur le carrelage d'un café.

L'interprète était resté debout à la table où les cinq autres hommes contemplaient la scène sans rien dire.

— Je vous en prie, venez siéger en compagnie, s'il vous plaît, Messieurs », dit-il d'une voix forte. L'invitation valait pour Monsieur Florian, le jeune avocat et Élie qui se détacha de Volodia sans pourtant le quitter des yeux.

Un des hommes se leva à son tour et, sans rien demander au patron, rapprocha une table et trois chaises pour ne faire qu'une grande tablée.

— Que dégusterez-vous ? demanda aimablement l'interprète à Monsieur Florian qui s'approchait, à l'avocat qui s'asseyait et à Élie qui restait sur place, les yeux dans les yeux de Volodia, les deux mains posées sur les épaules de Volodia avec lequel il n'avait pas encore échangé la moindre parole. « Venez donc, cher ami, nous devons presser », lui dit l'interprète. Il ajouta quelque chose en russe, et Volodia poussa doucement Élie vers la table.

En s'asseyant, Élie serra la main de tout le monde et murmura quelques mots que Monsieur Florian reconnut pour être du yiddish.

Personne ne répondit vraiment.

— Vous appréciez thé ou liqueur ? demanda l'interprète.

— Thé, répondirent ensemble Monsieur Florian, l'avocat et Élie.

— Je vous en prie... trois thés de surcroît ! » demanda l'interprète en tournant la tête vers le comptoir. Puis, prenant Monsieur Florian à témoin, il s'adressa personnellement au jeune avocat : Ainsi donc, nous voyons que tout est passé bien, Monsieur l'Avocat... Favorablement se termine le procès...

— Presque, Monsieur l'Interprète, presque, fit le jeune avocat en souriant. Dommage que vous n'attendiez pas vraiment la fin, l'acquittement.

— Très tristement dommage que nous avons totale obligation de rentrer chez nous, très dommage, répéta l'interprète Dimitri en secouant la tête avec fatalisme.

— Mais ils repartent quand ? demanda alors Élie qui venait de découvrir un petit tas de valises soigneusement empilées dans un coin de la salle du café.

— Dans la même soirée, précisa Dimitri d'un air navré et en consultant sa montre.

— Mais c'est pas possible ! s'exclama Élie en regardant Monsieur Florian. Pas déjà !

Il mit son bras sur l'épaule de Volodia et lui demanda quelque chose en yiddish, à quoi Volodia commença de répondre quelque chose en russe que Dimitri entreprit de traduire au fur et à mesure en français :

— Non... impossible de rester quelques jours de plus à Paris, trop de travail, maintenant là-bas chez nous... très bon travail... il faut venir nous visiter... Et Sonia ? Comment est Sonia ?... Et avez-vous fait une famille ?...

Oui, Sonia allait bien, et ils avaient un petit garçon, Maurice, dit Élie machinalement en français.

— Il est quel âge ? s'informa Dimitri pour son compte personnel.

— Huit ans, répondit Élie en ouvrant sa main gauche et trois doigts de sa main droite.

— Huit ans..., répéta Volodia probablement en russe et en hochant sa tête souriante.

— Si vous aurez eu patience, Monsieur Guttman, vous aurez attendu avec Sonia que nous venons chasser le contre-révolutionnaire pogromiste Petlura et vous aurez fait famille chez nous, et petit Maurice, aujourd'hui, avec ses huit ans, il sera très bon petit pionnier d'Ukraine...

Dimitri traduisit immédiatement sa déclaration à l'intention de ses concitoyens qui approuvèrent et sourirent tous ensemble, ce qui les fit tous ressembler un court instant à Volodia.

— Mais le petit Maurice est un très bon petit écolier français, dit alors Monsieur Florian en regardant Élie.

— Alors c'est bien, admit Dimitri qui ne jugea nécessaire de traduire ni la phrase de l'intrus, ni la sienne.

Le patron apporta les trois thés.

Malgré le bruit que faisaient les lourdes tasses à Viandox et les petites cuillères, Monsieur Florian entendit la voix d'Élie poser apparemment une nouvelle question à Volodia, lequel eut apparemment du mal à trouver à y répondre sur-le-champ.

— C'est à cause qu'il n'habite plus Jitomir, dit Dimitri. Tous nous avons villes nouvelles et vies nouvelles.

Nous vous donnons adresses nouvelles aussi, Monsieur Guttman, et vous nous donnez adresse Paris pour prochaine fois. Ou alors vous venez nous visiter avec Sonia, petit Maurice, et nouvelle petite sœur... Non ?

Élie rougit, sourit, prit le morceau de papier quadrillé que lui tendait Dimitri. C'était une feuille arrachée à un calepin rouge qu'il avait sorti de sa poche intérieure.

Monsieur Florian tendait déjà son stylo quand Dimitri, dans un geste de prestidigitateur, produisit un porte-mine dont l'agrafe d'argent enjolivait sa pochette extérieure. En le saisissant, Élie fut surpris par son poids et la chimère d'or massif qu'il fallait actionner pour faire apparaître la mine.

— Souvenir d'un champ de bataille, Monsieur Guttman... Vous savez, beaucoup des nôtres sont tombés, beaucoup des leurs aussi... Mais les nôtres avions poches vides et trouées, les Blancs avaient poches remplies, et nous leur avons fait trous...

Dimitri éclata de rire, s'autotraduisit aussitôt et tout le monde ressembla de nouveau à Volodia, en carrément plus gai cette fois.

Monsieur Florian ne cessait de regarder Volodia tandis qu'Élie s'appliquait sur la moitié de la feuille quadrillée. En grosses lettres bâton, il traça son prénom, celui de sa femme et celui de son fils, et le numéro de sa maison dans une rue de cette ville que Volodia allait quitter sans avoir connu ni la rue ni la maison où grandissait l'enfant qu'il ne connaissait pas, d'une femme qu'il n'aurait peut-être pas reconnue.

Derrière le sourire tatoué par la cicatrice, Monsieur Florian pouvait lire dans le regard désespéré de Volodia que ces grosses lettres bâton tracées sur le papier quadrillé ne symbolisaient que l'absurdité d'un rendez-vous manqué. Manqué parce que jamais donné, en un lieu dont il ne savait rien et auquel il ne pourrait jamais songer ni gaiement ni tristement quand il recopierait les bâtons sur une enveloppe, plus tard, s'il écrivait jamais. C'était trop bête et trop triste, se dit Monsieur Florian.

— A quelle heure est votre train ? demanda-t-il brusquement à Dimitri.

— Pourquoi ? répondit l'interprète qui faisait signe au patron de préparer l'addition.

— Je pensais que nous aurions pu emmener Monsieur Vladimir Guttman jusque chez son cousin, juste pour une seconde, et nous vous l'aurions reconduit nous-mêmes à la gare », suggéra Monsieur Florian, assez bas pour qu'Élie n'entendît pas. Celui-ci était maintenant penché sur l'épaule de Volodia qui écrivait à son tour sur l'autre moitié du papier quadrillé.

— Dommage... c'est délibérément trop tardif... Hier, très possible... vraiment dommage... », regretta sincèrement Dimitri en se levant et en allant s'appuyer sur le dossier de la chaise de Volodia, dans une attitude à la fois sévère et paternelle, exactement celle dont usait quotidiennement Monsieur Florian pour surveiller ceux de ses élèves trop enclins aux fautes d'inattention.

Élie déchiffrait à voix haute les mots qui s'inscrivaient en cyrillique au fur et à mesure que Volodia traçait le nom d'un village, celui d'une ville puis celui d'un district, et plusieurs numéros précédés d'une majuscule. La ville n'était plus Jitomir, c'était Poltava, et le nom du village comme celui du district ne lui disaient rien, pas plus qu'il ne comprenait à quoi correspondait cet indéchiffrable code chiffré ; pourtant, on aurait dit que Volodia lui dessinait une grande carte postale en couleur, en odeurs, en bruits et en bruissements si familiers qu'il eût pu la dessiner lui-même de mémoire.

Volodia avait fini. Il gardait cependant la main sur le papier, et le porte-mine d'argent entre ses doigts, et il regardait Élie, son visage tout près du sien. Il se pencha de nouveau sur le papier, y posa la pointe noire, comme pour commencer un mot qu'il ne commença pas. Il abandonna le petit point noir, sur la gauche du papier quadrillé, et, sur la droite, dessina un cœur dans lequel il écrivit « Sonia, Maurice, Élie, Volodia », en cyrillique.

Dimitri se pencha par-dessus son épaule, lui prit le

porte-mine des mains, l'agrafa à sa poche extérieure, s'empara de la feuille quadrillée. Il en rabattit une moitié sur l'autre, écrasa le pli entre ses doigts, le repassa avec son ongle, et d'un geste sec coupa la feuille par le milieu. Il tendit l'adresse de Volodia à Élie, l'adresse d'Élie à Volodia.

Les autres parlaient entre eux, Dimitri restait debout, l'avocat se leva et insista pour payer les thés et les sandwichs au patron qui apportait la note. Il repartit vers le comptoir en laissant traîner sa robe dont le collet blanc balayait le carrelage.

Un homme vêtu d'une longue blouse grise et coiffé d'une casquette fit son entrée.

— Nous devons aller, maintenant », dit Dimitri avant de le redire sans doute en russe. Tout le monde se leva.

C'est alors que Monsieur Florian s'aperçut que son voisin marchait sur un pilon dont la base était une épaisse rondelle de caoutchouc noir, et que la manche droite du voisin de son voisin était vide. C'est lui qui tendit sa canne à l'unijambiste qui l'avait déposée sur le tas de valises dont l'homme en blouse grise s'emparait avec l'aisance d'un bagagiste de grand hôtel.

Tout se passa alors très vite. Dimitri serra la main de Monsieur Florian, resté seul assis. Élie s'était levé en même temps que Volodia auquel il tenait la main comme on tient la main d'une femme ou celle d'un enfant ; il dut la lâcher pour serrer celle que lui tendait Dimitri. Celui-ci fit passer Volodia devant lui et le tint par l'épaule pendant qu'il serrait la main du jeune avocat encore au comptoir. Les autres étaient déjà sortis.

Sur le seuil de la porte ouverte, Dimitri s'arrêta. Il tenait maintenant Volodia par le bras.

— Alors, véritablement, nous vous attendons chez nous, maintenant que vous avez retrouvé famille, Monsieur Guttman...

Un grand sourire éclairait son beau visage lisse.

Élie s'avança, prit la tête de Volodia entre ses mains, l'embrassa sur la bouche et, de son pouce, fit le geste qu'il n'avait sans doute pas osé faire jusque-là. Celui qu'il aurait peut-être fini par oser faire à la maison, quand, Maurice endormi, ils se seraient retrouvés tous les trois seuls, Sonia, Volodia et lui.

Avec son pouce, doucement, Élie caressa la balafre sur toute sa longueur. Elle partait de la base du cou pour se perdre dans la racine des cheveux. Elle avait tout labouré en zigzags fous, n'épargnant sur son passage que les superbes prunelles bleu-vert-mauve-doré dans lesquelles Monsieur Florian vit soudain briller la lueur de l'humour... Et Volodia dit quelque chose en yiddish, pour la première fois.

Pour la première et la dernière fois. Entraîné par Dimitri, il descendit les trois marches et, sans se retourner, grimpa à l'arrière d'une camionnette bâchée dont le moteur tournait déjà.

Elle démarra immédiatement.

Élie, sur le pas de la porte, amorça un geste d'adieu, puis laissa retomber sa main : « Avec la bâche, ça sert à rien... », dit-il à Monsieur Florian qui l'avait rejoint. Il attendit que la camionnette eût disparu pour se retourner vers lui.

— Qu'est-ce qu'il vous a dit, juste avant de partir ? demanda Monsieur Florian.

Élie sourit.

— Il m'a dit : « T'en fais pas pour moi, les cicatrices, ça plaît aux filles... » Voilà ce qu'il m'a dit, Monsieur Florian. Et moi je ne lui ai même pas demandé s'il était marié, ni s'il avait des enfants, ni ce qu'il faisait comme travail, ni rien, rien, rien. Je ne sais rien !

Et la phrase commencée dans le sourire s'acheva dans le désespoir. Et Monsieur Florian ne trouva rien à dire.

Ils allèrent saluer le jeune avocat qui était resté au comptoir, et descendirent à leur tour les trois marches. Ils firent quelques pas en silence, puis Monsieur Florian s'arrêta et leva la tête vers les quatre étages de la très vieille maison au pied de laquelle s'était ouvert l'estaminet des « Trois marches ».

— C'est ici même que vécut Jean de La Fontaine, voyez-vous, Monsieur Guttman... Ce soir, vous pourrez dire à Maurice que vous avez été dans la maison de La Fontaine..., ajouta-t-il avec un bon sourire.

— Ah oui ?... » fit Élie qui ne se rappelait plus très bien qui était La Fontaine dont il aimait pourtant tellement *Le Loup et l'Agneau* récité par Maurice. Maurice auquel il savait déjà qu'il ne dirait rien de cette désespérante rencontre dont il ne restait rien.

Pire que rien, même. Plutôt une insupportable impression d'abandon, sans qu'il sût très bien à présent qui venait d'abandonner qui : lui, Élie, en laissant monter Volodia dans la camionnette bâchée qui le ramenait vers l'Ukraine ; ou Volodia, en laissant Élie sur le pas de la porte d'un bistrot parisien, anciennement demeure d'un certain La Fontaine dont il ne savait même pas si c'était un général, un prince, un poète ou un alchimiste des temps reculés d'une Histoire de France qu'il n'avait d'ailleurs jamais apprise.

Ils marchaient vers le métro.

— Il était rudement bien habillé, mon cousin Volodia. Beaucoup mieux habillé qu'autrefois..., dit-il tout à coup.

— Très bien habillé, en effet. Tous, d'ailleurs, opina Monsieur Florian.

— Il a dû me trouver moche avec ma vieille veste de cuir. Si j'avais su, je me serais bien habillé, moi aussi, ce matin, avec mon costume...

— Vous étiez très bien, Monsieur Guttman.

— Non, je faisais *pauvreux,* s'obstina Élie.

Monsieur Florian ne dit rien. Surtout pas que les costumes croisés des Ukrainiens étaient bien trop semblables et bien trop neufs pour n'avoir pas été distribués au moment du départ. Ni qu'il avait surpris l'unijambiste à vider le contenu du sucrier des « Trois marches » dans les profondeurs de la très neuve poche de sa tenue de voyageur international.

C'est en descendant les escaliers à Châtelet qu'Élie s'avisa qu'il avait oublié sa sacoche et sa gamelle chez Mercier.

— Sonia va m'engueuler ! fit-il en riant.

Sonia... qu'est-ce qu'il allait raconter à Sonia et qu'allait-elle croire quand il lui annoncerait que Volodia était reparti sans être jamais vraiment venu, qu'il ne l'avait pas fait exprès, que ce n'était pas sa faute, ni la sienne à lui Élie, mais que tout allait bien, qu'on allait s'écrire...

Il avait raison de se faire du mauvais sang.

Sonia avait très mal pris les choses.

Elle les avait admises comme vraies, mais les avait jugées inadmissibles.

Stépan et Olga aussi, mais ils s'étaient bornés à répéter le mot « bizarre », pour ne pas envenimer le dépit de Sonia.

Et Élie avait attendu d'être dans la chambre et dans l'obscurité pour se laisser aller d'abord à un vrai chagrin qui s'était peu à peu transformé en de très vagues allusions à de possibles retours vers les grandes plaines, les forêts de bouleaux à travers lesquelles des hommes nouveaux traçaient des villes nouvelles pour des vies nouvelles, des vies comme on n'en avait pas idée ici.

Sonia écoutait. Et Sonia le voyait venir, même dans le noir.

Elle l'écoutait en même temps qu'elle écoutait le silence de sa rue, les craquements familiers de sa maison.

Et elle touchait le palissandre de leur lit assorti à celui de l'armoire à glace et des deux chaises, achetés à tempérament au « Bûcheron » et enfin finis de payer. Elle touchait du bois, en fait, pour conjurer le grand panneau « Danger » qui se balançait au-dessus de leurs têtes.

Et elle, qui n'était pourtant jamais grossière, avait mis les choses au point de façon si brutale qu'elle s'en étonna elle-même autant qu'elle étonna Élie. Ça disait à peu près que : Blancs, Rouges, Verts ou Jaunes, Juifs ou pas Juifs, les Ukrainiens, et en particulier ce cochon de Volodia, pouvaient tous aller se faire foutre ! Et Élie Guttman avec eux, s'il les regrettait tellement. Elle, pour sa part, restait là, chez elle, en France, avec son fils, le petit Français. Et maintenant elle allait dormir, et demain il n'aurait qu'à se faire un sandwich ou aller au bistrot, puisqu'il avait oublié sa gamelle.

Élie n'avait plus parlé de retour, ni même de voyage en visiteurs. Il n'avait plus rien dit du tout sur rien, et avait fini par s'endormir du côté du mur, puisque sa femme lui avait tourné le dos.

Le lendemain matin, à Pyrénées déjà, un groupe de crieurs annonçaient l'acquittement de Samuel Schwartzbard.

Élie et Stépan en furent si heureux qu'ils n'entendirent que ça dans la cacophonie des gros titres. Et pendant le trajet, c'est à peine si Élie eut une pensée pour Volodia qui devait être encore en train de rouler entre deux ballasts enneigés, sans savoir qu'à Paris, juste en face des « Trois marches », dans la nuit, douze citoyens français avaient reconnu innocent ce frère inconnu qui l'avait vengé, lui et tous les siens. Au nom de tous les siens qui n'étaient même plus les siens.

Et c'est très fier de l'Ukrainien-naturalisé-français Samuel Schwartzbard, très fier du né-français Henry Torrès, et très fier des jurés bons-français et de la France en général, qu'Élie ouvrit la porte de l'atelier Mercier Frères. Il avait vraiment envie de le dire à tous ses compagnons.

Malheureusement, une fois de plus, l'actualité en avait décidé autrement. La nouvelle du jour, chez Mercier Frères, ce jour-là, c'était l'autre : celle que ni lui ni Stépan n'avaient écoutée dans le concert des crieurs.

Dans la nuit, au large des côtes de Bahia, au Brésil, le *Principessa Mafalda,* paquebot italien, avait sombré corps et biens avec treize cents personnes à son bord... Ainsi, plutôt que de parler du vivant dont on avait sauvé la tête, on préférait parler des morts qu'on n'avait pas repêchés. Et de tous les autres morts qu'on n'avait jamais repêchés : ceux du *Titanic* et ceux du *Lusitania,* ceux de la *Méduse* et de son radeau, et des requins, et des poissons-scies, et des moussaillons si jeunes et si tendres qu'on n'attend même pas les requins, on se sert d'abord à la courte paille, comme chez les nègres, et qu'à propos de nègres... ils s'étaient trompés, la semaine dernière, dans le journal, c'était pas à Rio de Janeiro qu'ils avaient atterri, Coste et Le Bris, c'était à Buenos Aires. C'est dans le même coin, mais quand même, ils pourraient faire attention à pas écrire n'importe quoi... Des fois, ça peut être grave...

— T'es sûr qu'ils se sont pas trompés pour ton Popov ? demanda tout à coup Meunier qui trouvait Lilitch bien silencieux et absent.

— Non, ils se sont pas trompés, et à midi, c'est moi qui paie l'apéro au bistrot, avait dit Élie en souriant.

En souriant et en pensant que Sonia avait rudement raison. On était vraiment bien ici.

Sonia n'avait plus jamais reparlé de Volodia. Sauf avec Olga, pour se féliciter de n'en avoir jamais parlé à la mère Lowenthal, qui en aurait fait toute une histoire, ni aux Clément qu'on connaissait encore trop peu. Elle n'avait cependant pas retiré Volodia du Cadre des Nôtres. Il avait été peu à peu recouvert, à moitié d'abord, puis complètement après l'entrée de Maddy.

Elle avait quand même consenti à poser avec Élie et Maurice pour une photo prise devant la maison par Stépan, qu'Élie glissa dans la première des lettres qu'il expédia au B.7, le nouveau village près la vieille ville de Poltava, dans le district nouveau P.8.

Dans la seconde, il se plaignait du silence, mais il avait quand même ajouté un dessin de Maurice représentant son école.

Dans la troisième, qu'il avait faite très courte, il se fâchait pour de bon.

Il n'y en avait pas eu de quatrième.

Et Stépan non plus n'avait plus reparlé de Volodia. En tout cas, jamais plus devant Sonia.

Ce qui ne voulait pas dire qu'il n'y pensait jamais. Mais quand il y pensait, c'était rarement de lui-même, et ce n'était pas tant à Volodia qu'il pensait qu'à l'Ukraine, ou plutôt à ce que les gens appelaient la Russie, les bolcheviks ou l'Union soviétique, suivant ce qu'ils en pensaient et en disaient.

Comme Félix, par exemple, qui en pensait et en disait de plus en plus de bien au fil des années.

Élie était tout prêt à croire Félix qu'il aimait et respectait, mais il aurait préféré avoir des informations plus directes. Et pourquoi pas sous forme de réponses à trois lettres qu'il avait envoyées et qui semblaient s'être égarées, puisqu'on ne les retournait jamais à l'envoyeur dont l'adresse était pourtant bien lisible au dos de l'enveloppe ? Et comme, après tout, Félix était de la partie, il avait un jour abordé le sujet Postes et Communications avec lui.

Félix avait admis que le problème de l'acheminement du courrier laissait encore à désirer là-bas, mais que tout n'était pas si simple dans un immense pays où l'on apprenait à lire en même temps qu'on découvrait qu'on pouvait remplacer des bouts de chiffons par des chaussures et des bottes pour marcher dans la neige... « Cent ans de retard, mon pauvre Guttman, vous vous rendez pas compte ! »

Si, si, Élie se rendait très bien compte et il avait de bonnes raisons pour ça... Surtout pour les bottes. Il en avait fait, lui, là-bas, des bottes, et il savait que c'étaient pas les pauvres qui les portaient... Quand même, il aurait pensé qu'on n'avait pas été choisir que les analphabètes pour s'occuper de la transmission des choses écrites... Et il l'avait dit à Félix en rigolant.

Félix n'avait qu'à demi souri, ce jour-là. Puis il avait dit que ça arrivait dans le monde entier que des gens ne répondent pas au courrier qu'on leur envoyait. Qu'il était bien placé pour le savoir. Dans le monde entier, il y avait des négligents et des indifférents. Là-bas moins qu'ailleurs, peut-être... Mais là-bas, il y avait tellement de travail à faire qu'on n'avait peut-être pas le temps d'écrire. Surtout à ceux qui ne partageaient pas le travail qui restait à faire...

Il ne l'avait pas dit méchamment, Félix, mais Élie avait cru reconnaître une petite pointe de réprimande qui, l'espace d'une seconde, lui avait rappelé l'interprète Dimitri. L'accent en moins, bien sûr.

Tout de suite après, pour clore le sujet « correspondance » sur une note optimiste, Félix avait lancé d'une voix joyeusement prophétique :

— Vous tracassez donc pas... Comme on dit chez nous, pas de nouvelles, bonnes nouvelles !

Et c'est ce jour-là que s'était posée pour la première fois à Élie la question de savoir où exactement se situaient les *chez nous* de Félix qui, dans l'avenir, allaient leur poser tant d'énigmes, à lui, à Stépan et à leurs épouses.

Il avait hésité entre la Savoie, les P.T.T. et la France. Avait finalement opté pour la France et fait sienne cette philosophie souriante. A ce « pas de nouvelles, bonnes nouvelles » était d'ailleurs venu se greffer « loin des yeux, loin du cœur », autre expression *bien de chez nous* et qu'il avait glanée, celle-là, chez Mercier Frères. Mises bout à bout, elles constituaient de bonnes réponses aux questions qu'il se posait quand, d'aventure, il pensait encore à Volodia. Sans en parler jamais.

Les années avaient passé. Et il avait fallu le déménagement de Bonnet et son alarmant discours d'adieu... En fait, il avait fallu Alexandre Stavisky, Adolf Hitler, Léon Daudet, Joseph Staline, Maurice Thorez, Jacques Doriot, André Gide et Félix Clément pour qu'il reparlât vraiment de Volodia. C'était un soir qu'il se croyait seul avec Stépan et que Maurice les avait interrompus, juste au moment où ils avaient commencé à se poser de vraies questions sur le « pas de nouvelles, bonnes nouvelles d'Ukraine », si rassurant quand on le comparait au « plein de mauvaises nouvelles de Pologne et encore pires d'Allemagne », au point qu'Élie s'en trouvait conforté dans sa certitude qu'en Ukraine, au moins, on ne tremblait *'bsolument* plus d'être Juif.

— Peut-être qu'on tremble alors d'être Ukrainien ? avait suggéré Stépan.

C'était une drôle de réflexion. Il est vrai que Stépan avait bu deux coupes de Julien Damoy, chez Bonnet.

— Ou alors, peut-être que personne ne tremble plus en Ukraine pour la raison que tout le monde est mort... sans prévenir, comme Volodia qui meurt tout le temps et n'écrit jamais !

Élie s'apprêtait à dire à Stépan que le mélange de champagne et de vodka ne lui réussissait vraiment pas, quand Maurice avait rappliqué avec son histoire de lit de jeune homme.

Bien entendu, on avait changé de conversation.

Et le lendemain matin, pendant le trajet, Stépan avait avoué qu'il ne se souvenait plus très bien de ce qu'il avait dit la veille.

Puis les mois avaient passé.

Et on était entré dans la sale période. Celle où c'était rue d'Aboukir qu'on tremblait à nouveau d'être Juif et toujours Polonais, Bulgare, Slovaque, Hongrois ou Ukrainien, quoique à Paris. Alors, Volodia et les silences d'Ukraine...

Puis Stépan était sorti du cauchemar Aboukir pour être admis au délicieux jardin Chateaubriand où nul ne tremblait, n'avait tremblé ni ne tremblerait jamais pour autre chose que les éventuels caprices d'une actrice difficile ou la teinture ratée d'une pièce de dentelle qui se mariait mal avec un parement de lapin-chinchilla. Bien sûr, ça ne l'empêchait pas de continuer à penser à tous ceux qui tremblaient ailleurs. Eût-il tenté de les oublier qu'il n'y fût pas parvenu, puisqu'il suffisait d'un Pierre Richard-Willm pour les lui rappeler.

Mais c'était tout de même plus reposant de plaisanter avec Pierre Richard-Willm que de s'engueuler avec Jiri, et plus drôle d'imaginer Frédéric Chopin fredonnant en yiddish devant son piano que d'avoir à subir tous les jours à la même heure la lecture des trois éditoriaux contradictoires du *Kadimah*, du *Pariser Haint* et de *Naïe Presse*.

Plus instructif, aussi. En deux mois de « Coopé », il avait déjà bien rattrapé son retard en français. Il parlait presque aussi bien qu'Élie, maintenant.

— Tu t'engoyes, tu t'engoyes, lui avait lancé celui-ci un matin, avec humour et en yiddish (en yiddish uniquement, parce que ça n'aurait pas prêté à sourire en français).

Car, à moins d'avoir des choses très graves à se dire,

ils parlaient ensemble français, dans le métro. Ça, ça datait de l'arrivée des « Allemands » : ils ne voulaient pas être pris pour ce qu'ils n'étaient pas. Ils ne voulaient plus se faire traiter de « sales Boches », comme ça leur était arrivé une fois, juste au moment de descendre.

Mais, ce dimanche-là, sur la terrasse ensoleillée du café de la rue des Pyrénées qu'ils avaient choisi parce qu'ils n'y connaissaient personne et que personne ne les y connaissait, c'est en yiddish qu'ils avaient reparlé de Volodia. En yiddish et à voix basse. Et à la façon bien étrange dont Élie avait annoncé qu'il avait enfin des nouvelles, Stépan avait compris qu'elles n'étaient pas bonnes.

Dire qu'elles étaient récentes, c'était une façon de parler et de se référer au tampon de la poste attestant la date d'expédition — 17 mars 1936 — de l'enveloppe qu'Élie avait sortie de sa poche.

Elles ne venaient pas d'Ukraine, mais de Zürich. La lettre qu'Élie tendit à Stépan était tapée à la machine en français, sur un papier blanc si léger qu'il en était presque transparent. Stépan dut le poser sur le guéridon de marbre et se pencher pour le lire. Il commença et releva la tête immédiatement pour regarder Élie. Élie lui fit signe de continuer.

Voici ce que disait cette lettre sans en-tête ni adresse :

> Monsieur,
>
> J'ai le regret de vous informer du décès de Monsieur Vladimir Guttman, survenu au mois de mars 1929 dans la région d'Irkoutsk.
>
> Retour moi-même d'un voyage d'affaires en U.R.S.S., je m'empresse de m'acquitter de cette pénible mission qui m'a été confiée là-bas par un compagnon de « travail » de Monsieur Vladimir Guttman, qui, pour des raisons que vous comprendrez sans doute, a été pendant de longues années dans l'incapacité de vous communiquer lui-même la triste nouvelle.

Ce monsieur, qui est maintenant de retour à Moscou, a bien insisté pour que je vous fasse savoir que pendant les presque deux années qu'ils ont passées l'un près de l'autre au même endroit, Monsieur Vladimir Guttman parlait souvent de vous, et que sa dernière pensée, avant de décéder, fut pour ses cousins de Paris.

Ce monsieur m'a confié le papier que vous trouverez ci-joint et grâce auquel j'ai pu faire ce qu'il me demandait.

Croyez, Monsieur, à mes sentiments les plus distingués et à mes condoléances les plus sincères.

C'était signé Duchaud, ou Duchard, ou Duchand, on ne pouvait pas savoir : le correspondant ou sa dactylo avait oublié de taper le nom à la machine sous son paraphe d'homme d'affaires.

— Et le voici, le papier, dit Élie en extrayant de son portefeuille quelque chose de grisâtre et qui avait la taille d'un morceau de sucre.

Dépliée, la moitié de page quadrillée arrachée au calepin rouge de Dimitri était impeccablement propre à l'intérieur, les lettres-bâton tracées par Élie parfaitement lisibles. Sauf qu'elles se brisaient aux pliures.

— Qu'est-ce qu'il faisait à Irkoutsk ? dit Stépan après avoir vérifié le mot dans la lettre de Monsieur Duchaud ou Duchard ou Duchand. ... Et où c'est, Irkoutsk ?

— J'en sais rien... J'en sais rien du tout, répondit Élie en replaçant dans son portefeuille le petit carré crasseux qui s'était remis de lui-même dans ses plis. Peut-être une ville nouvelle...

— En somme, il était déjà plus à Poltava quand tu lui écrivais à Poltava ?

— En somme, oui...

— Il aurait pu quand même prévenir de son changement d'adresse !

— C'est exactement ce qu'a dit Sonia, hier soir, quand je lui ai appris que Volodia était mort.

— Et pourquoi son copain a pas pu t'écrire lui-même qu'il était mort, Volodia ?

— Ils ne savent pas tous encore lire et écrire, là-bas, fit Élie après un petit silence.

— Il n'y a pas que là-bas ! conclut Stépan.

Ce qui fit rire Élie qui n'était pas désespéré, simplement triste.

Seulement triste, parce que la nouvelle si récente était trop vieille pour l'endeuiller. Volodia était mort. Ça voulait dire qu'on n'attendrait plus jamais de nouvelles de Volodia.

C'était presque comme un poids en moins. Non qu'il eût pesé tellement lourd durant ces neuf années au long desquelles le « Pas de nouvelles, bonnes nouvelles » avait plutôt fort bien fonctionné.

A présent on savait, on saurait que « pas de nouvelles » ne voulait pas toujours dire « bonnes nouvelles » ; tout comme on saurait que « loin des yeux » ne voulait pas non plus toujours dire « loin du cœur ».

On saurait que dans ces vieux dictons bien de chez nous, il y avait parfois, comme disait Félix, « à boire et à manger ».

Ce qu'on ne savait pas et qu'on ne saurait jamais, c'est ce que Volodia était allé faire à Irkoutsk, juste après son retour de Paris, du moins si les dates indiquées par Monsieur D. étaient les bonnes. C'est surtout de ça qu'ils parlèrent en se dirigeant vers les bains-douches.

En en sortant, ils se sentaient si frais qu'ils parlèrent d'autre chose. Et même de deux filles qui passaient à bicyclettes, avec leurs jupes qui gonflaient. C'était le printemps, rue des Pyrénées. Et rue de la Mare, l'Auvergnat avait sorti ses trois chaises.

Ils burent un Amer-Picon avec Gromoff qui prenait le soleil en attendant Barsky et en lisant *Paris-Longchamp.*

CINQUIÈME PARTIE

La vie est belle !

Ça ne s'appelait pas un cortège, ça ne s'appelait plus une manifestation. C'était la mer. L'Océan.

Ils s'y plongèrent tous ensemble : les Clément, les Guttman, les Roginski, les Nüssbaum, l'Auvergnat, et même Monsieur Katz et les Stern qui n'avaient pas voté puisqu'ils n'étaient pas français. Et jusqu'à Gromoff et Barsky qui avaient oublié de voter. Et tous les enfants qui n'étaient pas en âge de voter.

Il ne manquait que les Lowenthal, qui avaient sans doute mal voté. Autrement dit, que Madame Lowenthal avait fait mal voter.

Toute la rue de la Mare était sur la place Gambetta, le dimanche soir après le deuxième tour. Et toute la rue de la Mare s'aimait, s'embrassait et chantait d'avoir gagné. Élie et Stépan se regardaient avec des larmes dans les yeux et se donnaient de grandes bourrades à l'énoncé des résultats qui tombaient, triomphants, du haut-parleur installé au premier étage de la Mairie du XXe.

— C'est le plus beau jour de ma vie ! » hurla tout à coup Élie en yiddish.

— C'est le plus beau jour de ma vie ! » entendit-on en italien. C'était le père Benedetti qui n'était pas loin.

Ce n'était pas un hasard si chacun criait sa joie dans sa langue : c'était, comme on dit, la voix du cœur. C'est d'elle qu'ils se servaient pour célébrer la victoire de celle qu'ils avaient tous les droits d'appeler *leur* France, puisque c'était celle qu'ils venaient de se donner.

Et ils reprenaient *L'Internationale* avec tous les autres, pour une fois sans avoir peur de se tromper dans les paroles. Quand ils les bafouillaient, personne ne les regardait de travers. Ils avaient tous les droits, puisqu'ils étaient frères, ce soir-là.

Et c'est ce qu'ils se répétèrent jusqu'à une heure avancée de la nuit, chez l'Auvergnat qui payait le coup aux hommes.

Les femmes et les enfants étaient rentrés dans les maisons. Les Stern dans la leur. Et Maurice, Robert et Sami, « chez Bonnet ».

— C'est la fête, d'accord... Bravo, Papa ! Mais comme c'est ni Blum, ni Thorez qui vont passer le bachot pour moi, je me tire ! » avait dit Sami au père Nüssbaum après une petite heure passée en famille sur la place Gambetta. Et il avait battu le rappel.

Il avait été entendu. Même au beau milieu d'une foule en colère ou en délire, même dans le chahut d'une classe turbulente, dans le silence d'une salle d'étude comme dans le vacarme d'une rame de métro, bien sifflées, les huit premières notes de la ballade de Laurel et Hardy ne rataient jamais leur coup.

Ils avaient révisé et, à présent, ils parlaient en buvant du Phoscao.

Il y avait déjà quelques semaines qu'ils s'étaient mis au Phoscao. D'abord parce que Sonia avait fait tout un drame en découvrant le paquet de Corcelet aux trois quarts vide, un matin qu'elle s'apprêtait à faire son café pour Alex. Ensuite parce que dans le Phoscao, il y avait du phosphore, et que le phosphore, c'est bon pour la cervelle et la mémoire.

Ils parlaient de *La Condition humaine* que Sami découvrait à son tour, et c'était lui surtout qui parlait. Il n'en était encore qu'au tout début, il trouvait May « pas conne et bandante, mais un peu salope tout de même, d'avoir couché avec Lenglen et surtout de l'avoir raconté à Kyo que ça faisait dérouiller vachement dans un moment où c'était vraiment pas le moment... »

— Attends..., disaient ensemble Maurice et Robert. Attends ! C'est pas ça, le bouquin, tu vas voir ! » Et ils se regardaient comme des complices qui savent les mêmes secrets. Eux aussi étaient passés par là en cheminant au long de cette route au terme de laquelle ils s'étaient retrouvés éblouis et meurtris par la vie et la mort de héros que leur copain n'avait pas encore rencontrés. Et ils l'enviaient presque de n'être encore qu'au début du voyage.

— Attends, tu vas voir... Et la boutique de l'antiquaire, et les sifflets des locos..., dit Maurice.

— Et le morceau de cyanure..., dit Robert.

— Vos gueules ! dit Sami qui s'était bouché les oreilles. Ne racontez pas...

— Vous parlez trop, mon cher Tchen ! Vous indisposez notre ami qui n'entend pas encore le shanghaïais, ricana Robert quand Sami eut écarté les deux mains de ses oreilles.

— Connards ! » s'esclaffa Sami. Lui aussi venait de découvrir le jeu, mais il n'en possédait pas encore suffisamment les clés pour y jouer convenablement. « Salut les poteaux, je m'en vais dormir, à demain », dit-il en entassant ses bouquins sous son bras. Et, comme à son habitude, il claqua la porte de « chez Bonnet ».

Il était trop tard pour lire. C'était *Martin Eden,* maintenant, qui était coiffé du chapeau chinois jaune, sur la chaise entre les deux lits.

Au loin, on entendait de l'accordéon.

Ils étaient presque endormis quand ils entendirent aussi les hommes rentrer de chez l'Auvergnat.

— Ils l'ont arrosée, leur prise de la Bastille, nos vieux, on dirait ! fit Robert.

— Ils sont tellement contents, répondit Maurice. Le mien, je l'avais jamais vu comme ça. Il m'a donné envie de chialer...

— Attends le soir du bac, faudra des draps de lit pour éponger par terre tellement on va tous pleurer ici..., surenchérit Robert. Surtout si on le rate !

— Couillon ! lui lança Maurice en se tordant de rire et en touchant le bois de la chaise de palissandre.

— Grossier et superstitieux, avec ça, Guttman !... Décidément, je l'ai souvent répété, mais maintenant je vais le faire...

— Je sais, vous allez finir par aller vous plaindre au concierge, c'est bien ça, Clément ?

— 'bsolument, Guttman, et ça pourrait monter très haut, très haut... Jusqu'au troisième gauche, par exemple... Ou encore plus haut... Vous ne devinez pas, Guttman ? Vous ne voulez pas répondre, Guttman ? Plus haut qu'un troisième étage ?... Allons, Guttman, un petit effort... Un œil, un œil crevé qui vous regarde du haut du ciel...

— Vous ne voulez pas dire l'œil du Docteur ?

— Le Docteur Pierre ! Parfaitement, Guttman ! Mais nous n'irons pas plus avant pour ce soir... Dormons, je vous prie.

— Oh, c'est bon de rigoler, mais ça fait mal, se plaignit Maurice quand il put enfin parler.

— Avec moi, on ne s'ennuie jamais, tu t'en apercevras plus tard... Trop tard, sans doute, camarade !

— Tu crois que Sami et Jeannot se marrent autant que nous le soir, chez eux ?

— Personne ne se marre comme nous, surtout pas Jeannot qui se marre jamais. Il veut même pas lire avec Sami. Il dit que les livres, c'est des conneries. Et le bac aussi, alors ?

Il y eut un bref silence.

— Faut pas que je le rate, faut pas que je le rate... Mon père aurait l'air d'un con chez Mercier, dit Maurice.

— Et le mien ? Tu crois que ça lui donnerait l'air intelligent aux P.T.T. ?

— Et puis il y a Florian... Lui serait vraiment triste si on se faisait étendre.

— C'est vrai, ce serait vache pour lui.

— Lui aussi aurait l'air d'un con... Ben mon vieux, ça en fait du monde, tout ça ! soupira Maurice.

— Surtout avec nous en plus... Parce que si on le rate, c'est encore nous qui aurons l'air le plus con ! marmonna Robert dans un long bâillement qui annonçait la clôture irrémédiable de leur débat.

En tout cas pour ce soir-là même s'ils n'étaient pas dupes. Ils savaient bien que, sous une forme ou sous une autre, ils le reprendraient le lendemain, et le surlendemain encore, et tous les soirs qui leur restaient avant le tout dernier. Celui qui précéderait la nuit qui précéderait le petit matin où ils se lèveraient et diraient : « Ça y est, nous y voilà, il faut y aller. »

Ça faisait maintenant des mois que, tous les soirs en s'endormant, ils ne pensaient qu'à ce petit matin-là. Celui de l'exécution. Et ils ne savaient pas encore s'ils sauraient l'aborder en crânant ou en trébuchant.

Les livres d'histoire qu'ils feuilletaient depuis leur enfance étaient semés d'images de condamnés qu'on avait vu crâner ou trébucher devant des gibets, des pelotons, ou des guillotines.

— Être le maréchal Ney ou Madame Du Barry, c'est toute la question, disait Robert quand Maurice répétait qu'il aurait les chocottes, le 22 juin, en se réveillant.

Dans quarante-neuf jours exactement.

Non, quarante-huit maintenant. Minuit avait dû sonner et dans le lointain, on faisait sauter des pétards. Ils claquaient entre les arpèges de l'accordéon qui jouait un paso doble.

Il n'y avait pas d'accordéoniste sur le quai à Pyrénées, ni dans le wagon qui conduisait Stépan et Élie au travail, le lendemain matin, mais c'était tout comme. La fête continuait, ça se voyait à la tête que se faisaient les voyageurs, les voyageuses et jusqu'aux poinçonneurs.

Elle continuait aussi chez Mercier Frères, d'autant plus joyeusement que Monsieur Julien était rentré de voyage :

— Juste à temps pour voter et pas me faire engueuler par Paul. Il paraît que c'est parce que j'étais pas là au premier tour qu'on a été en ballottage... Alors j'ai sauté sur le premier bateau, je suis arrivé et j'ai sauvé la situation. Remerciez-moi, mes amis, et trinquons !

Chez Mercier Frères, il était évident qu'on allait beaucoup trinquer, vu l'heure à laquelle on commençait.

Meunier répondit à Monsieur Julien. Lui aussi avait pris un bateau, la veille, mais pour aller à la pêche, puisqu'il ne votait pas. Mais il voulait bien lever son verre avec Monsieur Julien, à condition que Monsieur Paul lui garantisse que les damnés de la terre s'achèteraient tous des sacs en crocodile et des nécessaires de toilette en pécari pour partir en congés payés...

Forcément, il chanta *La Butte rouge,* et tous les autres avec lui, parce que c'était le jour ou jamais et parce que personne ne croyait vraiment qu'il était allé à la pêche.

Ni que le « cro-cro » ne se vendrait plus. Il n'y avait qu'à voir ce que Monsieur Julien avait ramené d'Afrique : ce n'était vraiment pas de la marchandise pour la Samar.

Allée Chateaubriand, on était gai, mais il faut dire qu'on y était rarement triste depuis que les affaires marchaient si bien et que Mademoiselle Agnès ne faisait plus la tête.

Aussi le premier jour de l'An I du Front populaire n'apportait-il guère de bouleversements à l'ambiance de la maison, si ce n'est que les gamines de l'atelier avaient l'air un peu plus fatiguées que les autres lundis, d'avoir dansé trop tard avec leurs petits amis, leurs frères et, pour une fois, avec leur papa.

Mademoiselle Agnès n'avait dansé avec personne. Elle était gaie parce que c'était lundi. Son dimanche s'était écoulé aussi lentement que tous les autres. Retrouver un Stépan qui avait l'air si heureux la rendit encore un peu plus gaie que les autres lundis. Et, pour donner le change, elle actualisait son allégresse au risque de trahir ses convictions les plus anciennes : « Je ris parce que je pense aux têtes des clientes de chez Lanvin, ce matin... » Ce qui n'était guère charitable pour sa sœur qu'elle avait bien failli rejoindre Faubourg Saint-Honoré, avant d'opter pour la coopération.

Mademoiselle Anita était contente parce qu'elle pensait à son père qui aurait été si content s'il avait vécu assez vieux pour voir ça. Elle adressa un petit bonjour de loin à Stépan, et le sourire qu'il lui rendit de loin lui disait à quel point ils étaient tous deux en train de penser à la même chose. A ce bonheur qu'ils partageaient d'être ailleurs, ce matin-là, qu'aux premier et second étages de la rue d'Aboukir où, si l'on était content, on se cachait probablement pour se le dire.

Ginette était radieuse, mais elle avait aussi des raisons personnelles : l'assistant de Renoir — le beau (ils étaient tous beaux, mais le plus beau), l'Italien, Lucchino — était revenu se faire prêter des manteaux et des corsages pour le tournage de *La Vie est à nous,* et, en partant, lui avait dit : « Merci, *cara,* vous êtes la plus belle... » — et il lui avait baisé la main. Elle avait beau en avoir reçu de toute sorte, de ces compliments et des plus ou moins fins, c'était la première fois depuis longtemps qu'on l'avait autant troublée.

— En Italie, ils aiment leurs déesses potelées », s'était borné à constater Alex qui n'avait nullement envie de lui ôter ses illusions. Il était de trop bonne humeur pour ça.

Inventeur, promoteur et créateur de la « Coopé », Alex se sentait ce matin-là l'âme d'un pionnier. Il eut même une pensée émue pour la vieille Madame Leblanc, et un lambeau de chagrin et de regrets pour Maddy.

Quant à Monsieur Anselmo, il travaillait tellement à l'écart dans son petit cagibi, derrière la réserve aux fourrures, que personne ne pouvait savoir s'il était content ou pas.

A midi, la « Coopé » trinqua au dessert chez « Raymonde et André », avec la serveuse et Madame Raymonde, sans Alex qui déjeunait au Fouquet's. La serveuse était aux anges, mais il sembla à Stépan que Madame Raymonde avait le front soucieux. Peut-être était-ce à cause de Monsieur André ? Il n'était pas sorti de sa cuisine pour partager le verre de l'amitié.

— Moi, je vais pas commencer à feignasser déjà aujourd'hui, même si c'est la nouvelle mode ! avait-on entendu dans un grand branle-bas de casseroles, bien que l'heure du coup de feu fût très largement passée.

Tellement dépassée que Mademoiselle Anita consulta sa montre et donna le signal du départ.

— Le vôtre, de patron, il est pas venu aujourd'hui ? glissa la serveuse à mi-voix en ramassant les verres vides.

— C'est pas notre patron, Monsieur Alex. On n'a pas de patron, nous. C'est nous, les patrons, à la Coopé ! répondirent les gamines en se levant dans un grand bruit de chaises.

— Ben mince alors ! » fit la serveuse qui venait enfin de comprendre que la Coopé n'était pas une abréviation pour *Coppélia,* comme elle l'avait toujours cru jusqu'alors à force d'entendre parler de tulle, de mousseline et de tarlatane en passant les plats à la table « coopé ».

Les « sans-patron » traversèrent la rue Washington en rang comme un pensionnat et s'enfoncèrent dans la paisible allée au bout de laquelle les attendait le plus divertissant, le moins salissant, le moins dégradant et le plus inoffensif des labeurs quotidiens.

Il faisait si beau qu'ils travaillèrent fenêtres ouvertes. On entendait les moineaux pépier dans les arbustes en fleurs.

C'est vers 18 heures que les pépiements bucoliques commencèrent à être couverts par de lointains grondements. Ils entraient par vagues et, en se penchant à la fenêtre, on pouvait les localiser : ils venaient des Champs-Élysées.

L'animation qui régnait aux abords du métro George-V, quand Stépan essaya de s'en approcher une demi-heure plus tard, n'avait rien à voir avec celle qui, la veille au soir, avait transformé la place Gambetta en kermesse.

Ici aussi, on pouvait parler de mer. D'Océan. On pouvait en fait surtout reparler de manifestation et de cortège. Celui qui rendait si difficile l'accès de la bouche de métro était martial.

Bloqué comme il l'était au coin de la rue Balzac, Stépan regardait ces marcheurs remonter les Champs-Élysées, des fleurs dans les bras, à la bouche une *Marseillaise* dont ils savaient si bien articuler les paroles qu'il eut l'impression de l'entendre pour la première fois.

Il en avait entendu d'autres, des *Marseillaise,* dans sa courte vie de Français d'adoption, mais des bribes, généralement, dans la cacophonie des affrontements de tous ces derniers mois, toujours du côté de la République ou de la Nation, jamais sur les Champs-Élysées ni en entier. Jamais non plus chantées d'une seule voix par autant de gens.

Il trouva celle-là impressionnante.

Un vrai connaisseur, un expert ès *Marseillaise* fût allé bien au-delà de cette candide appréciation. L'érudit attentif à l'interprétation qui s'en donnait, ce 4 mai 1936, entre 18 heures 30 et 20 heures, sur la chaussée des Champs-Élysées, n'eût pas manqué d'observer qu'il se trouvait là devant la manifestation la plus éclatante de ce qu'on appelait déjà dans certains cercles éclairés (bien avant que la formule ne fût descendue dans la rue) un phénomène spontané de *relecture* de l'œuvre de Claude-Joseph Rouget de Lisle. Cette relecture se faisait criante dans le passage bien connu dit : motif du *Sanguimpur.* En effet, d'autres chanteurs de *Marseillaise,* sans doute englués dans la routine des commémorations patriotardes, persistaient à mettre toujours l'accent sur le fait que ces ennemis rugissants, féroces et étrangleurs de fils et de compagnes, étaient des soldats, les soldats d'une armée étrangère dont les hordes déferlantes mettaient la République en danger. Le mérite de ces chanteurs-ci était de bousculer la routine : ce n'était plus aux porteurs d'un quelconque uniforme d'une quelconque armée qu'on s'en prenait, mais à l'impureté du sang coulant dans les veines d'un ennemi dont rien n'indiquait qu'il fût militaire, mais dont tout continuait d'affirmer qu'il mettait la France en danger.

Ce n'était plus sous des tuniques à brandebourgs que circulait le sang impur, et, s'il venait de l'étranger, ce n'était pas sabre au clair qu'il avait forcé nos frontières. Et c'est pour le faire couler, parce qu'il était impur, que les chanteurs réclamaient des armes. C'était pour devenir eux-mêmes des soldats. Soldats d'une armée sans uniformes mais dont les veines charriaient le plus pur de tous les sangs.

Telles eussent été les conclusions de notre érudit face à cette interprétation révolutionnaire qui, sans changer une ligne du texte original, savait éclairer d'un jour nouveau des intentions jusqu'alors mal comprises.

Stépan n'était pas cet érudit. Il trouva cette *Marseillaise* impressionnante parce qu'il fut impressionné par ceux qui la chantaient. Par leur ferveur, leur détermination et surtout par leur nombre.

Mais l'éclairage nouveau apporté par la relecture du motif du *Sanguimpur* n'éclaira en rien sa lanterne. L'énigme subsistait. Et, tout en essayant de se frayer passage pour atteindre la bouche de sa station de métro, il se demandait une fois de plus ce que pouvaient bien signifier ces trois syllabes mystérieuses qui, ce soir-là, étaient hurlées à voix plus forte que d'habitude.

Jamais il n'avait osé demander qu'on les lui expliquât. Il avait fini par se fabriquer une explication pour lui tout seul, mais qu'il n'aurait jamais osé non plus servir à qui que ce fût, tellement elle lui paraissait peu solide. Peut-être un *Sans-Guimpures* était-il une sorte de sans-culottes version paysanne, désigné par ses concitoyens pendant la Révolution française pour cultiver la terre, si pauvre à l'époque. Il n'avait même pas de guimpures à se mettre, mais il arrosait les sillons pour le bien de la communauté. Peut-être ?

Avec ça, pour le peu de fois qu'il entendit *la Marseillaise,* ça pouvait aller comme explication.

Il y avait bien d'autres expressions qu'Élie pas plus que lui ne saisissait parfaitement et qu'il n'osait se faire expliquer de peur de faire rire les gosses, comme ce jour qu'il pleuvait à torrents et où il avait dit qu'il tombait des gravelottes... Même hier encore, place Gambetta, il s'était une fois de plus demandé comment on pouvait se « grouper *des deux mains* », surtout des gens qui brandissaient leurs poings.

Il réussit à prendre son métro après avoir joué des coudes dans les escaliers et sur le quai. Dans le wagon déjà bondé, il se glissa de dos et resta plaqué contre la porte. Dans les reflets de la vitre, il discernait les voyageurs. Ils n'avaient pas les mêmes têtes que ceux du matin à Pyrénées. Ils avaient l'air indifférents plutôt que contents, et ignorants de ce qui se déroulait là-haut au-dessus de leurs têtes indifférentes. Le pas cadencé des marcheurs ne résonnait pas jusque sous terre, leurs voix ne portaient pas au-delà du tombeau qu'ils s'en allaient fleurir.

Ces voyageurs-là venaient de trop loin pour les avoir entendus, certains même du pont de Neuilly. Et Stépan repensa à Janek : juste une seconde, comme tous les soirs, à cause du panneau sur lequel se déroulait le plan de la ligne Vincennes-Neuilly.

Où était-il, Janek, ce soir, et que pensait-il, Janek, ce soir ?

Quelqu'un, derrière lui, lui dit : « Pardon, Monsieur », au moment où la rame entrait à Concorde. Stépan descendit pour laisser passer deux dames. Elles portaient à la boutonnière un charmant assortiment de rubans de satin bleu-roi, blanc-ivoire et rouge-coquelicot. Elles murmurèrent : « Merci, Monsieur », et Stépan remonta dans son wagon.

Il pensa qu'elles allaient se faire prendre dans la cohue du cortège en débouchant sur la place de la Concorde. Puis il pensa qu'elles allaient peut-être y retrouver leurs maris et les suivre dans le cortège, comme Olga, Sonia et toutes les femmes des hommes de la rue de la Mare avaient suivi les leurs, la veille, jusqu'à la place Gambetta.

Et il repensa à cette foule, là-haut, qui s'était réveillée ce matin dans une France qui n'était plus celle de la veille, et certainement pas celle qu'elle aurait voulu se donner pour l'avenir. Ces gens-là n'avaient pas été assez nombreux, et ils avaient perdu. Stépan était de ceux qui avaient gagné. Pas contre ceux-là, mais pour et avec les autres.

Eux, les perdants, il ne les connaissait pas. En fait, il venait de les rencontrer pour la première fois de sa vie, tels qu'ils souhaitaient être rencontrés, en groupe et sur leur terrain. A les bien regarder, ils n'avaient pas vraiment l'air de vaincus, se dit Stépan en pensant qu'il était probablement bien le seul de toute la rue de la Mare à les avoir rencontrés ce jour-là.

Il avait hâte d'arriver à Châtelet pour sortir du circuit Vincennes-Neuilly. D'autant qu'à Palais-Royal, une vieille bonne femme très maquillée était montée, précédée de ses deux énormes seins entre lesquels elle avait piqué un bouquet bleu-blanc-rouge, lui aussi, mais fait de fleurs artificielles qui rappelaient fâcheusement à Stépan le rez-de-chaussée des Galeries Lafayette.

Pendant le changement, il pensa à Jiri. Non qu'il l'eût pris soudain en affection, mais il se dit que Jiri ne pouvait pas voter et que c'était injuste. Il se demanda aussi s'il avait trouvé du boulot.

Il arriva enfin « à la maison », où la fête continuait. Il y avait même des cracheurs de feu et un joueur de mandoline en haut des marches, à Pyrénées.

Elle continuait et continua pendant les semaines qui suivirent, dans les cœurs et les rues du quartier qui se parait comme une mariée dont la traîne interminable eût été d'andrinople et la couronne nuptiale de roses et d'œillets rouges. Et pour que la traîne et les fleurs restent fraîches, on devait célébrer tous les jours quelque chose et l'on trouvait tous les jours quelque chose à célébrer.

Le glorieux passé du peuple de Paris et de la France entière était riche, on pouvait y puiser sans compter. On y puisait aussi des leçons d'impatience et de grèves. Mais les gendarmes de la République ne tiraient pas sur les grévistes ni sur les histrions venus les divertir sur le tas.

En semaine comme le dimanche, les nuits étaient parcourues de lueurs au-dessus du XXe arrondissement. Mais ces jeux de lumière n'étaient que feux follets, tourniquets de foire, feux de Bengale de sous-préfecture en comparaison du feu d'artifice qui se tira un soir rue de la Mare et dont le bouquet final embrasa de ses gerbes multicolores et ruisselantes le ciel de tout Paris.

Quelques heures avant l'embrasement, une scène quasi biblique avait salué le retour à la maison d'un fils bachelier (première partie, section A).

— C'est le plus beau jour de ma vie ! s'était écrié le Père parlant au Fils.

— Encore !... Mais c'est le deuxième plus beau jour de ta vie en six semaines, il faudra que tu choisisses, Papa ! avait dit le Fils au Père.

— Non, c'est celui-ci mon premier plus beau jour ! L'autre était à tout le monde, celui-ci est à moi. A moi et à ta mère !

Et le Père avait pris la Mère et le Fils dans ses bras ouverts. Et les larmes avaient coulé.

La scène se passait dans la salle à manger Guttman, mais la même, à peu de chose près, se déroulait simultanément dans la loge Clément, et un peu plus loin dans le logement Nüssbaum. Maurice, Robert et Sami étaient les premiers détenteurs de la première partie du baccalauréat (section A) de tout le pâté de maisons.

Le compte à rebours des quarante-huit jours séparant les deux plus beaux jours de la vie d'Élie Guttman s'était révélé de plus en plus angoissant pour les fils Guttman, Clément et Nüssbaum. Pour se donner du cœur au ventre, Maurice et Robert, avant de trouver le sommeil, s'étaient livrés à des échanges dialogués dont l'infantilisme augmentait au fur et à mesure que s'approchait la date où ils auraient à prouver leur maturité et la profondeur de leurs connaissances.

— C'est plus du Phoscao, c'est de la Blédine qu'il nous faut !

— On va finir par se faire *arreu-arreu* et tu verras que ça nous fera encore rigoler ! avait dit Robert un soir.

C'était le 19 juin, trois nuits avant le fatal petit matin.

Et ils avaient ri comme des bossus.

Puis, le 22 juin, ils s'étaient réveillés étrangement calmes. Et, à partir de là, tout s'était passé non pas comme dans un rêve, pas davantage comme dans un cauchemar, mais très exactement comme les choses se passent quand on a les pieds sur terre et une tête bien faite, bien pleine de choses qu'on connaît bien, parce qu'on les a bien apprises et bien comprises.

L'Aventure, ce n'était pas dans les questions écrites ou orales auxquelles ils savaient répondre qu'ils l'avaient trouvée, mais dans le voyage au cœur de la Citadelle du Savoir.

L'Aventure, c'était la Sorbonne, ses statues et ses appariteurs, « Capoulade », le « Dupont-Latin », ses céleri-rémoulade et ses serveurs.

Les monômes et leurs meneurs...

En particulier un vieux meneur à faluche qui avait bien dû passer son bachot vers 1922, s'il l'avait jamais passé, et dont le « Formez le monôme, formez le monôme, formez... », lancé sur l'air des lampions dans les vastes moulinets de sa canne à pommeau, s'était rapidement métamorphosé en « Front Popu, Front d' Cocus, t'auras nos pieds au cul », qui se passait de tout complément musical... C'est à ce moment-là que l'Aventure s'était arrêtée pour eux et qu'ils avaient quitté les rangs des gentils Escholiers auxquels la canne de l'éternel étudiant désignait maintenant la direction de la Chambre des Députés.

Ils étaient arrivés au coin du boulevard Saint-Michel et du quai des Grands-Augustins. Ça tombait bien : c'était juste devant le métro.

Très peu après leur arrivée, la nouvelle avait couru que les héros étaient de retour. Et ce qui se mit alors en place devait longtemps rester dans les mémoires du voisinage.

Ça tenait de la « garden-party » et de l' « open-house », comme aimaient à écrire les correspondants particuliers de *Pour Vous* et de *Cinémonde* à Hollywood dans leurs chroniques hebdomadaires sur lesquelles Zaza et Josette se jetaient goulûment. C'est là qu'elles puisaient les rudiments de leur culture anglo-saxonne, préférablement aux bases solides que leur dispensait la lecture d'*Alice's Family*.

Alice's Family était au programme qu'enseignait Mademoiselle Delacroix et cet ouvrage relatait par le menu la vie quotidienne d'une jeune Anglaise et de sa famille dans un joli pavillon d'une jolie banlieue de Londres, et seul le nombre incroyable de verbes irréguliers que les membres de cette famille utilisaient pour dire les choses les plus simples semblait pimenter la tranquille monotonie des jours heureux vécus par Alice, Tom (son jeune frère) et Mr and Mrs Smith (leurs parents). Chez les Smith, le *garden* était trop petit pour y donner des *parties,* et l'unique porte du *cottage* trop étroite pour s'ouvrir à tous vents et à d'autres étrangers que les voisins immédiats, lesquels s'appelaient Simpsons et ne fréquentaient chez les Smith que deux samedis sur quatre, les deux autres étant réservés à « Grannie » Smith qui habitait Londres même. Les visites à « Grannie » Smith fournissaient l'occasion d'intéressantes découvertes : Trafalgar Square, Hyde Park et la « Bloody Tower », ainsi bien entendu que de nouvelles rencontres avec de nouveaux verbes irréguliers.

Dans *Pour Vous* et *Cinémonde,* les *gardens* étaient des *parks* avec allées innombrables, et les *cottages* des *mansions* ou des *bungalows* aux issues si larges et si multiples qu'elles s'ouvraient à tous, les soirs de *parties* au cours desquelles les éminents correspondants des deux gazettes semblaient toujours tenir lieu d'interlocuteurs familiers et privilégiés de celui ou celle en l'honneur de qui la *party* se donnait. Et leurs récits se terminaient toujours par la liste complète des bienheureux invités avec lesquels ils avaient « gossipé » en toute simplicité, voire même dansé parfois, grâce à l'orchestre dissimulé sous les palmiers, les cèdres et les sycomores.

« *Yes ! Everybody in town was there,* ou, si vous préférez, le Tout-Hollywood était présent, et bien entendu votre serviteur qui vous dit : *see you next week !* » — telle était la formule magique par laquelle l'auteur concluait généralement ses prestigieux reportages.

Eh bien, ce soir-là, il faut le dire, « le Tout-rue de la Mare était présent », lui aussi. Et l'immeuble du 58 était une *open house,* du rez-de-chaussée au troisième, portes et fenêtres étaient ouvertes et la rue elle-même ressemblait à la Grande Allée d'un *park* où se promenaient et devisaient ceux qui n'avaient encore pu entrer, ou bien ceux qui sortaient de « chez Bonnet » où se tenait une *party* en passe de devenir « surprise-party », les invités qui s'y invitaient d'eux-mêmes apportant de quoi boire et manger. Et de quoi danser.

Bien entraînés depuis quelques semaines à célébrer, célébrer, recélébrer, c'est spontanément qu'ils avaient décidé de célébrer une fois de plus, mais, pour une fois, sans commémorer.

On venait « chez Bonnet » pour embrasser, toucher, complimenter trois garçons bien vivants dont tout laissait penser qu'ils seraient peut-être un jour l'honneur de la Nation, mais qui, pour l'instant, faisaient honneur à leurs parents, à leurs amis, à leur maître et à leur quartier. Et c'est ça que tous étaient venus dire, même ceux qui ne vivaient plus dans le quartier, même ceux qui n'y avaient jamais vécu.

Comme les Novack qui habitaient maintenant dans le XIe. Ou Bruno et Gino Benedetti qui faisaient dans la mécanique à Joinville et qu'on ne voyait plus jamais. Ou Alex, qui était rentré avec Stépan à bord de la Citroën de la Coopé dont il se servait pour la première fois.

Il avait apporté un phono neuf et une pile de disques de Jean Sablon, de Mireille, de Duke Ellington, de Red Nichols, de Fats Waller, d'Armstrong, de Georgius, de Jean Tranchant, de Gilles et Julien, de Ray Ventura, de Charlie Kuntz, de Charles et Johnny.

On dansait sur n'importe quoi, comme on savait ou ne savait pas. Robert, Maurice et Sami ne savaient guère. Les Benedetti savaient, et Jeannot Nüssbaum aussi. C'était la revanche des non-liseurs de livres.

Zaza, Josette et leurs copines du Cours complémentaire tournoyaient, c'était leur premier bal. Myriam ne tournoyait pas : dès qu'elle avait vu arriver le phono, elle avait couru chez elle se mettre à la cheville une bande Velpeau pour une entorse qu'elle n'avait pas et dont elle expliqua qu'elle venait justement de se la faire en courant jusque chez elle. Elle préférait parler avec Sami, et regarder Sami, et souffrir de voir Sami s'essayer à danser avec Zaza, laquelle dansait avec tout le monde et même avec Alex quand il en avait le temps.

Car il avait fort à faire, Alex. Comme tout les *masters of ceremonies,* ainsi que disait *See-you-next-week.*

C'est lui qui avait su transformer l'atelier en salle des fêtes. Il avait d'abord mis à l'abri les mannequins, les étoffes et tout ce qui était périssable, et, pour éviter les étages, il avait tout entreposé chez les Stern. Alors seulement on avait poussé la machine à coudre dans la cuisine et placé les tables de travail devant la cheminée. Aux yeux de Sonia et d'Olga qui regardaient faire, la pièce avait presque retrouvé l'aspect qui était le sien lors des adieux des Bonnet.

Sur le drap qui servait de nappe, les offrandes s'accumulaient au fur et à mesure des arrivées.

Les petits pains tartinés, les morceaux de poulet froid, les tranches de rosbif, les cornichons, deux tartes, des fromages de chèvre, des dragées, des cerises, de la salade de pommes de terre-tomates, des harengs, un sorbet à la framboise, des bouchées au chocolat et des petits-beurre LU étaient disposés sur une vaisselle dépareillée parmi laquelle on reconnaissait les plats, les assiettes et les bols échappés des cuisines Clément, Guttman, Roginski, Nüssbaum, Stern et même Lowenthal. Les verres aussi, sans compter ceux que l'Auvergnat avait prêtés en même temps qu'il avait offert un tonnelet de vin blanc de son village qui trônait entre les bouteilles de champagne, de mousseux, de Cinzano, de Byrrh, de Dubonnet, de cidre, de vodka, et des jolis flacons ronds de jus de fruits qu'Alex avait soutirés au gérant du Pam-Pam, au coin de la rue Lincoln, avant de quitter les Champs-Élysées.

Alex entrait, sortait, dansait un peu, débouchait des bouteilles, changeait les disques et rinçait les verres comme s'il avait fait ça toute sa vie. C'est d'ailleurs parce qu'il l'avait beaucoup fait qu'il le faisait si bien et si joyeusement. Ça le rajeunissait de dix ans.

De temps en temps, il montait au second où s'étaient peu à peu réfugiés les parents qui, après avoir tâté timidement du dancing, causaient maintenant entre eux des joies et des espoirs que leur procuraient leurs enfants respectifs, qu'ils fussent des manuels ou des intellectuels : ce qui faisait plaisir à tout le monde et ne faisait de peine à personne.

Alex donnait des nouvelles des enfants, rassurait les mères des filles et les pères des garçons, puis redescendait surveiller les mélanges de boissons.

Madame Lowenthal avait passé une tête « chez Bonnet » où elle avait laissé Monsieur Lowenthal qui ne détestait pas voir tournoyer la jeunesse et tourner la manivelle du phono, et elle était allée passer une autre tête chez les Guttman. Comme elle avait prêté son grand saladier, on ne pouvait l'exclure tout à fait des réjouissances.

C'était son premier retour au sein d'une communauté où elle n'avait pourtant pas grand-chose à faire. Elle n'avait jamais connu les joies de la maternité et venait de connaître l'amertume de la défaite. En fait, il avait fallu le saladier pour que se renouent des relations interrompues depuis les élections. Personne ce soir-là n'eut néanmoins la cruauté de lui demander si c'était la fréquentation des diamantaires pour lesquels il polissait qui avait fait de Monsieur Lowenthal un électeur malchanceux. C'est pourtant ce qui se disait dans l'immeuble, surtout au rez-de-chaussée.

Mais comme, dans un silence, Madame Lowenthal avait soupiré : « C'est Madame Lutz qui serait fière de son petit Maurice, ce soir... », une autre vérité traversa la salle à manger Guttman comme passe un ange du passé.

Ce n'étaient donc pas les diamants, mais les Clément eux-mêmes, ces impardonnables et inexcusables remplaçants de Madame Lutz, qui avaient incité Monsieur Lowenthal à voter comme il l'avait fait.

— Alors, pour mon Sami et pour Robert, elle aurait

pas été fière, Madame Lutz ? demanda, narquois, Monsieur Nüssbaum.

— Qu'est-ce qu'ils deviennent, à propos, les jumeaux Bonnet ? avait enchaîné Jeannette Clément, tout aussi narquoise.

— Le mois dernier, ils allaient très-très bien », riposta Madame Lowenthal en se levant et en ajoutant que pour le saladier, rien ne pressait : demain, demain, si toutefois ces petits sauvages ne le lui avaient cassé. Et elle était remontée chez elle.

Maintenant on la savait, la vraie vérité : Monsieur Lowenthal avait voté comme Monsieur Bonnet, tout simplement, parce que Madame Lowenthal ne s'était jamais remise du traumatisme crânien de Monsieur Bonnet — celui du 6 février d'il y avait deux ans.

Et puisqu'on évoquait le 6 février, fatalement, Félix évoqua le 12, le seul de tous ces jours de février qui comptât vraiment : celui qui avait scellé l'union sacrée contre la pourriture politicarde.

Et, c'était bien forcé, Félix reparla des élections.

Et les dames passèrent dans la salle à manger Roginski. Même Jeannette.

Elles avaient envie de continuer à parler de leurs enfants et des promesses radieuses qui s'ouvraient à eux qu'on entendait rire et chanter à l'étage au-dessous, encore plus fort que les collégiens de Ray Ventura.

C'est Maurice qui aperçut le premier Monsieur Florian. Il était appuyé au chambranle de la porte, un peu en retrait. Il regardait, souriait mais n'entrait pas.

Maurice se sentit rougir et amorça un pas vers le phono, mais Monsieur Florian lui fit un signe disant qu'il ne faisait que passer : que Maurice n'arrête surtout pas la musique, qu'il vienne plutôt le retrouver sur le palier.

Alors Maurice siffla les premières notes de la ballade de Laurel et Hardy, Robert et Sami le regardèrent et, découvrant à leur tour Monsieur Florian, laissèrent tomber les filles avec lesquelles ils dansotaient et allèrent rejoindre Maurice près de Monsieur Florian.

C'est en leur donnant de viriles poignées de main que Monsieur Florian se passa l'envie qu'il avait probablement de les embrasser comme les fils qu'il n'avait pas.

— On voulait aller vous voir demain chez vous, Monsieur, dit Maurice un peu fort, à cause de *Tout va très bien Madame la Marquise.*

— Oui, c'est vrai, Monsieur, on voulait aller chez vous, confirmèrent Robert et Sami.

— Vous ne voulez pas entrer et... » — Maurice n'osa pas dire : et boire un coup ?

— Non, mes enfants, c'est le hasard qui m'a fait rester si tard dans le quartier... Il faut que je rentre, dit Monsieur Florian en jetant un dernier coup d'œil à l'intérieur. Ce ne sont pas les Benedetti que je vois se trémousser si sportivement là-bas dans le fond ? demanda-t-il.

— Si, Monsieur, répondit Maurice. Et il y a aussi les Novack. Vous voulez que j'aille vous les chercher ?

— Non, mon petit, dit Monsieur Florian, après une toute petite hésitation.

— Vous ne voulez pas monter chez mes parents ? Ils seraient sûrement contents de vous voir, proposa mollement Maurice.

— Une autre fois, mon garçon, une autre fois.

Il se baissa et ramassa un paquet sur la troisième marche de l'escalier.

— Tenez, vous vous prêterez ça pendant vos vacances scolaires. Parce que je vous rappelle que vous n'en avez pas fini : n'oubliez pas que vous n'êtes qu'à moitié bacheliers, hein ! Ne l'oubliez pas, parce que moi, je ne serai bientôt plus dans les parages pour vous le rappeler. Je prends ma retraite chez moi, dans mon village. Allez, je me sauve.

Monsieur Florian leur tendit le paquet. C'est Maurice qui le prit.

— Merci beaucoup, Monsieur, dirent-ils ensemble

tandis que leur ancien maître avait déjà commencé de redescendre.

— On aurait peut-être dû insister, murmura Maurice.

— Oh, il avait pas vraiment envie d'entrer, dit assez hypocritement Robert.

— Et puis, ç'aurait foutu la trouille aux autres et on se serait plus marré, ajouta Sami.

— Et s'il était monté, c'est aux parents que ç'aurait foutu la trouille. C'est mieux comme ça, conclut Maurice. On ira le voir pour le remercier et lui dire au revoir, puisqu'il se barre à la campagne.

Il tâta le contenu du paquet.

— C'est des bouquins, dit-il.

Les deux autres étaient déjà retournés à leurs danseuses et Maurice poussa la porte de la chambre pour y déposer le paquet qu'il n'avait pas ouvert. Sur son divan à lui, Jeannot et une fille du Cours complémentaire dont il ne connaissait même pas le nom s'embrassaient à la lueur de la petite lampe-champignon de Robert.

— Oh pardon, fit Maurice en jetant le paquet sur le divan de Robert et en ressortant précipitamment.

Il chercha Zaza des yeux.

Elle se tenait devant le buffet, en conversation avec Alex qui avait l'air de l'écouter. En s'approchant, Maurice découvrit que Zaza avait du rouge à lèvres. Il était mal mis, elle avait dû faire ça à la va-vite après le départ des parents. Il chercha parmi les filles qui étaient là celle qui avait prêté le tube d'un rouge cerise foncé.

En fait, il ne chercha pas : il savait. C'était la nièce de l'Auvergnat. Elle était venue avec son oncle quand celui-ci avait apporté le tonnelet, et elle était restée. Personne ne l'avait jamais vue dans le quartier. Elle avait au moins dix-huit ou dix-neuf ans, des cheveux et des yeux très noirs, de gros seins sous une robe jaune citron, des ongles de mains vernis orangés, des jambes un peu grosses, des souliers blancs à lanières et à talons hauts, pas de bas, des ongles de pieds vernis argentés.

Et sa grosse bouche presque noire.

Et tout de suite elle avait dansé avec Jeannot Nüssbaum, puis beaucoup avec Gino Benedetti, et maintenant elle était au buffet, un verre de Cinzano à la main, le petit doigt levé, et elle regardait Alex qui la regardait tout en ayant l'air d'écouter Zaza.

— Vous venez ? demanda Maurice comme si ç'avait été la chose la plus facile à demander.

Elle posa son verre sur la table.

— Vous le reconnaîtrez, il garde vos empreintes, dit Maurice comme si ç'avait été la chose la plus facile à dire.

Elle sourit.

Et comme si ç'avait été la chose la plus facile à faire, Maurice plaça doucement sa main droite contre le dos jaune citron, sans la plaquer, avec juste le pouce un peu ferme, comme il avait vu faire Gino, et, le bras gauche, soudé au corps, il prit son poignet droit à elle dans sa main gauche à lui, sans trop le serrer non plus.

Le phono jouait un pot-pourri de slows par Charlie Kuntz, et la nièce de l'Auvergnat chantonnait tous les airs, les yeux mi-clos.

Elle les ouvrait grands de temps à autre et regardait alors du côté d'Alex.

Maurice se torturait, essayant de trouver quelque chose à lui dire. Il avait bien débuté avec l'allusion aux marques de rouge laissées sur le bord de son verre. Il ne voulait pas tomber dans les banalités. Il ne voulait pas être pédant, il ne voulait pas non plus être bêbête. Il avait trop chaud. Il la trouvait trop parfumée. Ça lui rappelait les mélanges qui les faisaient ricaner, Robert et lui, quand le salon de déshabillage redevenait leur chambre. C'était plus excitant d'imaginer quand « ça cocottait la cocotte », se disait-il, que d'avoir la cocotte à portée de la main tout en faisant attention par-dessus le marché à ce que faisaient ses pieds.

Robert frôla leur couple muet et sifflota les quatre premières notes de la ballade. Maurice vérifia que la nièce de l'Auvergnat était bien perdue dans ses rêves, tourna la tête vers Robert et leva les yeux au ciel : le *Charlie Kuntz's Medly,* comme disait l'étiquette, n'en finissait pas...

Et c'est à ce moment-là qu'on cessa de l'entendre pour écouter, venant des escaliers, de la guitare et du banjo, et des voix qui chantaient. C'étaient Gromoff, Barsky et un inconnu. Et tout le monde reprit la chanson, parce que c'était un air que tout le monde connaissait, qui se chantait partout depuis quelques semaines. C'était *Allons au-devant la vie,* mais les trois nouveaux arrivants la chantaient en russe. Car c'était une chanson russe.

Elle attira les anciens sur le palier du second.

Il était plus de dix heures, mais il était encore très tôt et la fête connut alors un second souffle.

C'est en cherchant sa seconde chaussure, le lendemain vers midi, que Maurice découvrit le paquet de Monsieur Florian sous le lit de Robert qui dormait encore.

Il découvrit aussi que l'atelier était impeccablement rangé, comme si rien ne s'y était passé la veille.

Elles avaient dû faire drôlement attention, les mères, pour ne pas réveiller les fils en mettant de l'ordre. Et ils devaient être drôlement fatigués, les fils, pour avoir dormi si longtemps.

Ils avaient d'ailleurs dû drôlement picoler pour ne plus se rappeler du tout quand ni comment ils s'étaient finalement couchés. Le dernier souvenir de Maurice, c'étaient Barsky, Gromoff et le joueur de banjo chantant *Je sais que vous êtes jolie,* et son père et sa mère en train de danser...

Le bruit du papier réveilla Robert.

Le premier des livres s'intitulait *Typhon,* par Joseph Conrad ; le second était *La Fortune des Rougon,* d'Émile Zola, et le troisième *La Condition humaine,* d'André Malraux.

— On lui dira pas, on ira le changer en douce, dit Maurice en repliant soigneusement le papier de la librairie.

— J'ai mal aux cheveux », geignit Robert qui venait de comprendre le véritable sens de la locution si souvent rencontrée au cours de lectures qui n'avaient rien de commun avec celles que venait de leur offrir leur vieux maître. — Qui c'est qui l'a emballée, la grosse en jaune citron ? s'informa-t-il.

— J'en sais rien... Mais qu'est-ce qu'elle tient comme couche ! s'exclama Maurice.

Robert ne répondit rien, il tourna la tête pour ne pas montrer à Maurice qu'il l'avait vu rougir.

— Il se démerde bien, Jeannot, avec les filles, dit Maurice.

— Forcément, il a que ça à foutre ! constata Robert. Ça et les Puces avec le père Nüssbaum et Manolo... Alors, les occases, ça doit pas manquer !

— Nous aussi, risqua Maurice, on va avoir que ça à foutre pendant trois mois.

Robert rigola et ne répondit rien.

C'étaient leurs mères qui les avaient couchés vers deux heures du matin. Contrairement à ce qu'ils pensaient non sans quelque vanité, ils n'étaient pas aussi saouls qu'ils voulurent bien le répéter toute la journée suivante. Ils étaient ivres d'émotions et de fatigues accumulées. Ils n'étaient pas saouls.

Personne, d'ailleurs, ce soir-là, ne s'était véritablement saoulé. Pas même Barsky. Et un qui n'était absolument pas saoul, c'était Alex quand il avait, vers minuit, très sérieusement proposé à Gromoff et à Barsky de travailler temporairement pour la « Coopé ». Il avait suffi pour cela qu'il les vît tous deux ensemble au moment précis où ils se penchaient sur l'assiette de petits-beurre LU.

L'association d'idées peut surprendre. Elle n'aurait cependant pas surpris Ginette ni Mademoiselle Anita. Gromoff et Barsky étaient exactement les hommes qu'elles réclamaient depuis bientôt une semaine : un chauffeur et un prospecteur-rabatteur pour les deux gros morceaux de brioche qui se préparaient dans la maison.

On avait beaucoup prêté, ces derniers temps : et pas seulement à Jean Renoir, Grémillon ou Cavalcanti, aux habitués de chez « Chéramy » et de la Coupole, mais aussi à de petites troupes d'amateurs à vocation éducative qui avaient beaucoup régalé les grévistes, sur le tas, de vieilles ballades et de chœurs parlés, d'ailleurs diversement appréciés. Il devenait urgent de songer à faire rentrer de la brioche. Et c'est pour aller en chercher qu'Alex déjeunait parfois au Fouquet's, parce que c'était là qu'on en trouvait.

Il en avait donc rapporté deux grosses portions. L'une s'appelait *Les Bateliers de la Volga.* Mais, paradoxalement, ce n'était pas à ce film-là qu'Alex avait pensé en s'adressant à Gromoff et à Barsky, c'était à l'autre. A celui dont il n'avait osé avouer le titre à Rodriguez qu'après avoir beaucoup insisté sur le fait que la « Coopé » allait plus que probablement participer gratis à l'habillage de *La Marseillaise,* juste après celui de... *Prends ton fusil Grégoire* !

Le biscuitier nantais, auteur de *Prends ton fusil Grégoire,* en était aussi le commanditaire exclusif. Il avait payé une grosse avance peu avant les élections, et on avait craint un moment, du côté du tiroir-caisse de l'allée Chateaubriand, qu'il renonçât à son projet et se fît rembourser au titre des cas de « force majeure », au lendemain du 3 mai, et davantage encore le 20 où la grève était devenue générale, même dans le Cinéma.

Mais Monsieur Le Goff tenait à son projet. Il y tenait depuis dix ans, et aucun bouleversement subalterne ne l'aurait fait renoncer à raconter l'épopée d'un aïeul, boulanger de son état, qui avait su abandonner promise et fournil pour empoigner son fusil, sa Vierge d'ivoire et sa gourde pour boire, et s'en aller rejoindre au péril de sa vie les partisans de Monsieur de Charette.

L'histoire finissait bien pour Grégoire. En tout cas, mieux que pour Monsieur de Charette qu'il n'accompagnait pas jusqu'au calvaire final. Légèrement blessé, sauvé même d'une embuscade par un soldat de la République, il retrouvait sa promise qu'il épousait, rallumait son fournil et devenait en quelque sorte le père fondateur de la biscuiterie nantaise dont les galettes

« Pomponnette » n'avaient cessé depuis lors d'enchanter les papilles des petits et grands de la France entière et sous tous ses régimes.

Encouragé par un ami propriétaire d'une salle de cinéma à Vannes, Monsieur Le Goff avait donc écrit cette histoire de famille qu'il considérait aussi comme une pierre apportée à l'édifice de la grande réconciliation des régions.

A son vif étonnement, dans le courrier adressé à Monsieur Le Goff en réponse à l'envoi qu'il avait fait de l'œuvre, lue bien sûr avec un profond intérêt, aucun metteur en scène n'avait paru pouvoir se libérer avant de longues années.

Encouragé derechef par son ami propriétaire de salle à Vannes que les programmes diffusés toutes les semaines confortaient dans l'idée que « faire un film, ça n'est vraiment pas la mer à boire », Monsieur Le Goff avait pris la résolution de réaliser lui-même.

Le hasard voulait que Madame Le Goff eût une amie de pension, Madame Charlotte Verdon, qui avait deux grands fils, lesquels vivaient à Paris et étaient « dans le cinéma ».

Les frères Verdon, découragés de ne pouvoir monter leur film — ce joli film qui se passait en quarante-huit heures, un peu dans la rue, un peu dans une fabrique de bicyclettes, au bord de la mer et dans un lit où s'aimaient des adolescents d'aujourd'hui —, s'étaient donc retrouvés promus au rang de « conseillers techniques » d'un biscuitier milliardaire sur la plage duquel ils avaient fait des châteaux de sable dans leur petite enfance, qui n'aurait jamais accepté de mettre un sou dans leur projet à eux mais auquel ils allaient faire décaisser des millions pour la préparation du sien dont ils prophétisaient déjà qu'il verrait peut-être le jour, un jour, mais sûrement pas la lumière artificielle des salles obscures.

Par honnêteté, ils avaient d'abord tenté de dissuader Monsieur Le Goff de se lancer dans cette aventure, mais devant son farouche entêtement, ils s'étaient résignés à prendre un argent qui, de toute façon, serait tombé dans la poche d'un quelconque aigrefin, lequel n'aurait peut-être pas eu la générosité d'en faire profiter les copains.

Engagés comme conseillers, ils conseillaient. Et parmi les premiers conseils prodigués depuis qu'ils touchaient leurs chèques hebdomadaires, figurait celui de s'occuper en priorité des costumes. Pour les acteurs, on verrait après. L'important, c'était d'abord les costumes. Car, comme ils l'avaient expliqué à Monsieur Le Goff, on pouvait plus facilement retoucher un costume breton pour le mettre à la taille de tel ou tel acteur qu'on ne pouvait retoucher le physique d'un acteur choisi à l'avance et dont on s'apercevrait trop tard — après l'avoir engagé, c'est-à-dire un peu payé — que, sous un chapeau rond, il n'était plus crédible.

Comme Raimu, par exemple, auquel Monsieur Le Goff avait un moment songé pour le rôle de Grégoire, et dont son ami le propriétaire de salles à Vannes lui avait assuré qu'il prenait tous les accents. Heureusement, les frères Verdon étaient arrivés à temps. Eux, conseillers, déconseillaient formellement Raimu. Excellent acteur, certes, bon boulanger peut-être, mais absolument impossible en boulanger breton. Il ne fallait pas jeter l'argent par les fenêtres.

Non, mieux valait leur faire confiance. Les costumes d'abord, les acteurs après. Et pour les costumes, une seule adresse : celle de la « Coopérative des Costumiers ». Ils y avaient des amis, Monsieur Le Goff serait content.

Monsieur Le Goff était enchanté, et les Verdon avaient rarement autant ri depuis une année passée à se faire refuser leur petit film de jeunes auteurs à trop petit budget.

L'affaire s'était conclue au bar du Fouquet's où Laurent Verdon avait consenti à apparaître pour une fois cravaté, à la demande d'Alex qui, désormais, connaissait bien l'endroit. En empochant le gros chèque du concurrent direct des Petits-Beurre LU, le fondateur de la « Coopérative des Costumiers » avait bien eu un peu honte. Il l'avait bue, avalée, puis avait écouté sans rire Laurent Verdon parler d'un tournage pour début septembre.

— Nous serons prêts ? avait demandé Monsieur Le Goff.

— Toujours prêts, Monsieur Le Goff, avait répondu Laurent en faisant le salut scout.

— Parfait, parfait, avait dit Monsieur Le Goff. Et quand vous embarquez-vous, votre frère et vous ?

— Demain à l'aube, Monsieur Le Goff.

— Tu prends le bateau pour aller en Bretagne ? s'était enquis Alex qui désormais s'attendait à tout et à n'importe quoi.

Laurent Verdon avait haussé les épaules avec pitié et levé vers le plafond du Fouquet's ses admirables yeux verts :

— Pays de Galles, Écosse, Irlande, mon vieux... Voyage d'études... Comment aborder l'œuvre sans retourner aux sources de notre celtitude ?

— Évidemment, avait admis Alex en plongeant dans ce qui restait de son porto-flip.

— C'est qu'ils ne ménagent pas leur peine, mes deux jeunes gaillards, avait dit Monsieur Le Goff, comblé d'être si bien secondé.

Il avait réglé l'addition et était reparti pour Nantes.

Alex était rentré à la « Coopé », avait posé le chèque sur la table de Monsieur Anselmo et décidé avec Ginette qu'on enverrait quelqu'un faire les greniers et les couvents de Bretagne à la recherche de costumes qui n'avaient guère varié depuis la Chouannerie. Que *Prends ton fusil Grégoire* se tournât ou pas, malgré la promesse prêtée par Laurent Verdon au Baden-Powell nantais, c'était toujours une bonne occasion de renouveler le stock, un peu pauvre en folklore historique si prisé par ces temps de célébrations.

On avait dit qu'il faudrait trouver quelqu'un, puis on ne s'en était pas occupé. On ne s'en était pas occupé parce qu'on s'occupait des *Bateliers de la Volga,* film pour lequel on avait également touché le chèque et qui se tournait pour de vrai, celui-ci, et au mois d'août. On n'avait envoyé personne vider les greniers sur les rives de la Volga, mais le travail de recherche et de confection était si absorbant que personne n'était disponible pour aller prospecter en Bretagne.

Et Ginette parlait de plus en plus souvent de ce quelqu'un qu'on ne trouverait pas si on ne le cherchait pas, et de Monsieur Le Go-Go qui allait encore téléphoner de Nantes.

Pas plus tard que ce soir-là, elle en avait reparlé quand Alex avait décidé de prendre la Citroën pour transporter le phono, les disques et les jus de fruits.

Elle se rouillait au garage, la Citroën, depuis le départ de Lucas. Et Ginette avait aussi reparlé d'un chaufeur.

Alors, à cause de Ginette, des petits-beurre nantais, des sens interdits qui lui avaient causé tant de souffrances entre les Champs-Élysées et la rue de la Mare, à cause des Verdon que Barsky avait sans doute perdu tout espoir d'identifier un jour, tout à coup, la révélation apparut à Alex, fulgurante, que Gromoff devait abandonner son taxi pour conduire la Citroën à travers les ajoncs, avec à son bord celui qui saurait le mieux boire la goutte avec les Bretons et faire ouvrir aux Bretonnes leurs armoires les mieux cadenassées. Après tout, la brocante, c'était son premier métier, à Isidore, avant qu'il ne tombe amoureux du cinéma.

Seule Zaza les avait entendus se mettre d'accord.

Elle non plus n'était pas ivre du tout.

Quarante-huit heures plus tard, au petit jour, le moteur de la Citroën se mettait en marche rue de la Mare. Sur la galerie, bien arrimés, on pouvait voir une vieille valise de cuir clouté constellée de lambeaux d'étiquettes témoignant de séjours luxueux dans de luxueux palaces, une autre toute neuve en carton bouilli, un étui de guitare et deux sacs à dos, si remplis et rebondis qu'ils avaient l'aspect de gros ballons pour une partie de football géant.

A l'avant, le Prince chauffeur conduisait, le cinéaste Isidore à ses côtés. A l'arrière s'entassaient comme ils le pouvaient, sur la banquette et sur le plancher moquetté, les trois demi-bacheliers Clément, Nüssbaum et Guttman, et les deux demoiselles de la famille.

Sur le trottoir, pères et mères dirent au revoir à leurs enfants, et Myriam Goldberg à ses amis.

C'était l'été 1936, eux aussi allaient découvrir la mer.

A cette heure-là, le paquebot *Champlain,* de la Compagnie Générale Transatlantique, était déjà en plein océan. Le jour n'était pas encore levé.

La veille, sur le pont, les passagers avaient regardé la terre s'éloigner. Mais comme ils n'avaient personne vers qui agiter leurs mouchoirs, Janek et Nicole Roginski étaient rentrés dans leur cabine des premières classes avant même que n'eussent disparu de leurs yeux les falaises d'Europe.

L'inconnu qui, pendant la fête, avait joué du banjo pour accompagner la guitare de Gromoff, et qui n'avait pas dit un mot de la soirée, n'était pas tout à fait un inconnu pour Alex. Celui-ci l'avait déjà vu quelque part, il ne savait où.

Il le sut quelques jours plus tard, quand il le revit là où il l'avait déjà vu une première fois : à la « Coopé », tout simplement. Silencieusement assis dans le vestibule sous le portrait de Lucien Guitry, il attendait.

Il attendait son ami Valéri Inkijinoff à qui Mademoiselle Agnès essayait des guenilles de batelier pour *Les Bateliers de la Volga* dans lequel il allait jouer un petit rôle.

C'est ému aux larmes qu'Alex avait accueilli Valéri Inkijinoff lorsque celui-ci était apparu pour la première fois dans l'encadrement de la porte qu'il lui avait ouverte lui-même, tant il attendait son arrivée. Les autres n'avaient pas compris, ne pouvaient comprendre. Il fallait être l'ami de Rodriguez pour savoir d'où venait le respect inhabituel avec lequel le très désinvolte Alex Grandi avait chaperonné cet acteur étranger à travers les salons capitonnés.

On ne l'avait jamais vu comme ça, Alex, pas même pour Pierre Richard-Willm, ni pour Véra Korène, Pierre Blanchar et Vanel, venus la veille se faire prendre leurs mesures et qui, eux, étaient les vedettes des *Bateliers de la Volga.*

On ne l'avait jamais vu comme ça, Alex. Mais c'est

qu'on n'avait jamais vu non plus Valéri Inkijinoff dans *Tempête sur l'Asie.* On l'avait peut-être vu dans *La Tête d'un homme,* dans *Amok,* ou bien dans *La Bataille,* ou encore dans un autre machin sur la Volga, *Volga en feu,* ou *en flammes,* on ne savait plus trop. Il était pas mal, il avait un genre, un type spécial, exotique, quoi ! Mais de là à le recevoir comme la duchesse d'Uzès ! avait dit Mademoiselle Agnès qui, pour sa part, lui trouvait l'air plus chinois que russe et, par conséquent, dénué de tous les attraits et mystères qu'elle chérissait si passionnément chez les Slaves.

Plus Chinois que Slave et plus Asiate que Chinois, le Sibérien Inkijinoff avait en effet des silences, des sourires et des inclinaisons de tête pour remercier, des plissements d'yeux de chasseur de fourrures pour s'étonner ou s'amuser, et Alex ébloui contemplait le descendant de Gengis Khan comme ils l'avaient contemplé et recontemplé, Rodriguez et lui, quand ils étaient encore tout jeunes et que les films étaient muets.

Muets et mystérieux comme l'était Inkijinoff, qui ne racontait rien. Ni Meyerhold, ni Poudovkine, ni Iéssénine le mort, ni Maïakovski, l'autre mort.

Qui ne racontait rien *d'avant.* Qui ne racontait pas non plus pourquoi il y avait eu un avant 1930, ni pourquoi il y avait cet *après,* depuis lors.

Un *après* qui l'amenait à essayer aujourd'hui les oripeaux d'un quatrième rôle qu'on appelait Kyro, afin que fût rendu plus facile le classement des costumes qui partiraient bientôt, empilés dans des panières étiquetées : « Petits rôles et figuration *Bateliers.* »

Cette première fois, Alex avait contemplé Inkijinoff pendant que Mademoiselle Agnès épinglait. Il avait peut-être entrevu l'ami au banjo, mais ne l'avait guère regardé. En le revoyant sous le portrait de Lucien Guitry, il lui avait dit bonjour comme à un ami. A cause de la fête. Et il avait dit à Stépan que le joueur de banjo de l'autre soir était dans la maison. Et Stépan, qui travaillait sur le col de la pelisse du colonel — il n'y avait pas que des miséreux dans *les Bateliers de la Volga* —, était sorti dans le vestibule dire bonjour à cet ami de Gromoff : après tout — et notamment après beaucoup de grincements de dents —, il avait tout de même fini par laisser partir Zaza avec Gromoff au volant...

L'ami de Valéri Inkijinoff n'était pas l'ami intime de Gromoff, c'était une relation de courses, ou plutôt de champs de courses. Mais il était vraiment l'ami de Valéri Inkijinoff.

L'ami d'enfance : ils étaient du même pays. D'Irkoutsk.

La coïncidence parut si extraordinaire à Stépan qu'il répéta le nom :

— Irkoutsk ?... Ça alors !

— Vous connaissez ? dit l'ami d'Inkijinoff.

— Non, mais je connais quelqu'un qui est mort près d'Irkoutsk. Un Ukrainien... Mais il y a longtemps, c'était en 1929, précisa Stépan.

— En 1929 ? Ça lui aura évité de mourir de la famine en Ukraine, à votre ami bagnard, dit l'ami d'Inkijinoff avec un sourire amer.

— Mais où est-ce donc, Irkoutsk ?

— Mais en Sibérie, Monsieur, répondit l'ami d'Inkijinoff, comme si ça tombait sous le sens.

Stépan ne dit rien. Dit seulement qu'il avait du travail. Il reprit le col du colonel. Et pensa au soir.

On allait reparler de Volodia au second étage. Très tristement, cette fois.

Et comme, pour une fois, on n'aurait pas besoin de se cacher des enfants, on en parlerait probablement des heures.

Et probablement aussi Élie ressortirait-il la lettre de Monsieur D., de Zürich, pour la mieux relire maintenant qu'on savait où était Irkoutsk.

Et Sonia dirait probablement que Volodia avait dû faire des choses très mal pour être mort au bagne.

Et probablement Élie et elle se disputeraient-ils, puisqu'on n'aurait pas besoin de se cacher des enfants.

Et comme personne, personne au monde ne viendrait dire jamais ce que Volodia avait fait de si mal, on ne serait pas plus avancé.

Alors resterait cette histoire de famine dont personne, personne au monde n'avait non plus jamais entendu parler.

Et Élie serait bien capable de descendre chez les Clément pour demander à Félix s'il était au courant.

Et Félix dirait probablement que ça, c'était encore un de ces bobards qui sortaient tout droit de chez Mercier Frères, probablement...

Alors Stépan serait obligé de dire que ça sortait du joueur de banjo, qui était venu l'autre soir avec Gromoff, et Félix dirait que ça ne l'étonnait pas. Parce qu'il était bien gentil, Gromoff, mais qu'après tout, il était quand même ce qu'il était...

... et probablement Félix reprocherait-il à Jeannette de lui avoir forcé la main pour laisser partir les gosses avec un prince russe et un rigolo, natif d'Odessa, bien gentil lui aussi, mais qui faisait et disait n'importe quoi, et qui buvait trop.

Ce qui n'était pas faux, mais qu'on savait déjà.

Ils en avaient tous assez parlé, assez discuté ; ils avaient assez chapitré les gosses, Gromoff et Barsky, avant de céder et de les laisser partir.

Alors, à quoi ça servirait d'en reparler, puisque c'était fait ? À rien, sinon à gâcher encore un peu plus sûrement une soirée qui s'annonçait déjà mal.

Très mal, même, comme chaque fois que ça tournait de près ou de loin autour de ce pauvre Volodia.

C'était vraiment pas de chance, mais on pouvait dire que celui-là, on n'en finissait jamais avec lui.

Et Stéphan, penché sur les peaux de loutre et la cordelière de soie noire qui soutachait le col du colonel des *Bateliers de la Volga*, commençait à se demander s'il était si urgent et si indispensable de rapporter ce soir à la maison la nouvelle qu'Irkoutsk était une ville de Sibérie. Et qu'on était mort de faim, il y avait quelques années, dans ce qu'on appelait communément le grenier de l'Europe.

De toute façon, pour Irkoutsk, on finirait bien par l'apprendre un jour ou l'autre que c'était en Sibérie, et le plus tard serait le mieux. Surtout pour la réputation du cousin Volodia.

Quant à la famine en Ukraine, ça se saurait aussi, si c'était vrai. Ces choses-là, c'est comme les pogromes. On les cache au monde, puis un jour on les raconte. Il n'y avait qu'à attendre.

Lui, Stépan, rien ne le forçait à être le mauvais messager, par un si beau soir d'été où, pour une fois que les enfants n'étaient pas là, on pourrait tous ensemble faire ce qu'on ne faisait jamais quand ils étaient là. Manger dehors, par exemple. Dans une brasserie, à la fraîche, sur la terrasse, comme des touristes étrangers. Ou alors dans le joli pavillon-restaurant, devant la pièce d'eau, aux Buttes-Chaumont, là où les Guttman les avaient amenés, Olga et lui, quand Maurice était encore dans sa poussette et Zaza dans le ventre d'Olga.

Voilà, c'est ça qu'on allait faire ce soir. Et au lieu de remâcher le vieux passé, on évoquerait le récent. Après tout, le pavillon des Buttes, c'était déjà du passé aussi, puisqu'elle avait déjà quatorze ans, Zaza.

On pourrait même en profiter pour parler de son avenir, à Zaza. Celui de Maurice, il était tout tracé, puisqu'il aimait l'école. Mais Zaza ? Qu'est-ce qu'on allait en faire, de Zaza ?

Ça, c'était beaucoup plus important que tous les cousins Volodia d'Ukraine, de Pologne ou d'Allemagne, ou même de Palestine comme le cousin Stern.

Zaza, elle était ici.

Il allait bien falloir qu'elle se décide à faire quelque chose de ses dix doigts ou de sa tête. C'est pas en se barbouillant de rouge à lèvres et en partant pêcher la crevette qu'elle préparerait l'avenir qui l'attendait.

Zaza n'était pas partie pêcher la crevette. Ni découvrir la mer, son iode et ses embruns, si bénéfiques aux poumons des enfants des villes, comme elle l'avait prétendu en présentant son projet de voyage au lendemain de la fête.

Elle serait aussi bien partie pour Le Creusot ou pour Hénin-Liétard, chercher des robes et des tabliers de trieuses si d'aventure Alex avait été chargé de costumer *Germinal.* Zaza était partie pour être prise au sérieux par Alex.

Et c'est pour être prise encore plus au sérieux qu'elle avait jugé habile d'emprunter son tube de rouge à lèvres à la nièce de l'Auvergnat, avant de confier à Alex qu'elle ne voulait plus aller à l'école, qu'elle désirait travailler et qu'il fallait qu'il lui donne un coup de main pour le dire à Olga. Il l'avait écoutée, mais elle ignorait s'il l'avait bien entendue.

Parce qu'il y avait beaucoup de bruit, et aussi la nièce de l'Auvergnat qui le regardait tout le temps.

Et puis il y avait eu la proposition d'Alex aux deux vieux, qu'elle avait entendue et on ne peut mieux écoutée.

Et elle avait dit à Alex que, s'il faisait confiance à des vieux qui n'y connaissaient rien, il pouvait donner sa chance à une jeunesse qui avait grandi au pied de deux mannequins de couturières.

Mais comme elle savait qu'on ne la laisserait pas partir seule avec deux vieux à la pêche aux costumes bretons, elle avait convaincu la jeunesse environnante qu'il était temps d'aller découvrir la mer.

Fût-ce en compagnie de deux vieux.

Alors ils étaient partis, et Stépan avait bien tort de se faire du souci : Zaza savait exactement ce qu'elle voulait faire de ses dix doigts, de sa tête et de sa vie.

Et elle était bien la seule, parmi tous les passagers de la grosse traction-avant, à se dire qu'elle partait travailler.

Travailler pour Alex.

Parce qu'elle était aussi la seule à être amoureuse d'Alex, — depuis qu'elle avait dix ans.

Les très rares cartes postales qu'ils griffonnaient à tour de rôle disaient qu'il faisait beau et qu'ils s'amusaient bien. En réalité, c'était bien mieux que ça. Le temps était positivement superbe, et ils se marraient, ils se marraient comme jamais dans leurs vies de petits enfants, d'enfants puis d'adolescents ils ne s'étaient encore marrés.

Et le plus marrant était qu'ils se marraient avec et grâce à des vieux encore plus vieux que leurs vieux.

Plus vieux, moins beaux, un peu fainéants, buveurs, joueurs, coureurs et séducteurs, séduisants encore, ces vieux avaient une supériorité incontestable aux yeux des enfants de la rue de la Mare : ils n'étaient pas leurs vieux à eux. Et c'est bien pour ça qu'on pouvait tellement se marrer avec ces deux adultes-là.

Pour autant qu'Andréï Alexiévitch Gromoff et Isidore Barsky fussent en droit de revendiquer la qualification d'adultes ailleurs que dans les registres hôteliers sur lesquels ils faisaient suivre leurs noms des dates et lieux de naissance indiqués sur leurs cartes d'identité française. Lesquelles cartes, dépourvues de tout étui protecteur, avaient l'aspect de cartes avec lesquelles on aurait beaucoup joué depuis bien longtemps, et pas toujours avec des mains très propres.

Leur usure parlait pour leur ancienneté, en même

temps qu'elle dénonçait le manque de sérieux avec lequel leurs détenteurs traitaient ces irremplaçables documents. Chez les parents Guttman, Roginski, Nüssbaum, les cartes de Français naturalisés, bien lisibles sous leurs vitres de mica, étaient serrées dans des portefeuilles, toujours à portée de la main. Chez Gromoff et Barsky, elles finissaient bien par sortir de l'une ou l'autre de leurs poches, mais toujours après un petit moment de fouille. Puis venait la minute d'attendrissement devant les photos qui les montraient si jeunes, immédiatement suivie par l'explosion de leur consternation et de leur incrédulité face aux réalités de la vie qui avaient fait d'eux des quinquagénaires français.

Le sketch était plus ou moins bien reçu par les préposés aux registres hôteliers, toujours conviés à partager ces différentes phases de l'opération dite d'enregistrement des voyageurs.

Les enfants en avaient eu la primeur à Redon, premier arrêt nocturne de l'expédition *Prends ton fusil, Grégoire*. Ça les avait tellement fait rigoler qu'ils en redemandèrent à chacune de leurs nouvelles étapes.

Elles étaient nombreuses. Le sketch s'améliorait d'hôtellerie en hôtellerie. Parfois, Gromoff et Barsky allaient jusqu'à verser des larmes sur leurs portraits de jeunesse, parfois l'un d'eux prétendait n'avoir jamais appris le français. Une fois, Barsky joua l'aveugle et Gromoff le sourd. Que ce fût devant des hôtels, des auberges, des cafés-relais ou des pensions de famille, les enfants descendaient toujours les premiers de voiture, prenaient leurs places aux premières loges devant le comptoir et attendaient l'entrée en piste des clowns. Ils ne s'en lassèrent jamais.

Ils rentrèrent à la maison au bout de dix jours, bronzés, les cheveux poisseux de sel, souriants mais peu loquaces. Ils répétèrent qu'il avait fait très beau et qu'ils s'étaient bien amusés.

Le butin de l'expédition *Prends ton fusil, Grégoire*

était trop abondant pour entrer dans la Citroën. Il arriva en gare Montparnasse dans deux malles d'osier achetées à Vannes.

Elles furent ouvertes « chez Bonnet » en présence d'Alex.

C'est la qualité de ce qu'elles contenaient, plus que la quantité, qui surprit Alex. Il y avait des vestes, des robes, des pantalons, des chapeaux en très bon état, et puis il y avait les loques. Des loques brûlées par le temps mais dont les pièces et les morceaux tenaient miraculeusement les uns aux autres grâce à des panneaux de velours, de taffetas, de moire, de satin et de panne brodés et surbrodés de soie, de perles multicolores et de fils d'or, et des boutons d'argent, d'ambre, d'ivoire, de sulfure, de coquillage ou de bois précieux. Il y avait des ceintures déchiquetées dont les boucles de cuivre portaient des devises et des symboles inconnus, et des pièces de trousseaux de mariage bordées de dentelles, chiffrées, jaunies dans leurs plis de n'avoir jamais servi. Il y avait des bas de coton rouge, des châles de veuves, et jusqu'à des bourrelets de paille pour protéger les crânes des petits enfants qui apprenaient à marcher.

Les trésors des malles démontraient une subtilité de choix dont Alex félicita Barsky.

— C'est la petite qui a tout choisi. Nous, on faisait la conversation, et moi je marchandais, répondit loyalement Barsky.

Alex félicita alors Zaza. Zaza rougit et embrassa Barsky, ce qui ne plut qu'à moitié à Olga et à Sonia.

Barsky, ce n'était quand même pas la famille ! Il n'y avait aucune raison pour qu'il jouât les oncles Isidore, comme ça, du jour au lendemain.

Elles comptaient mal, et, avec elles, tous les parents de la rue de la Mare. C'étaient dix journées et dix lendemains que leurs enfants avaient vécus loin d'eux. Pressés de raconter, ils parlaient de la mer, des rochers, du sable et du beurre salé, du *far,* qui est un flan avec des pruneaux, et du *noa,* un raisin pas mûr encore mais qui a déjà son goût de framboise. Des gros bateaux à coques noires et à voiles rouges qu'on appelle les *sinagots,* dans le golfe du Morbihan. Des sinagots ? Oui, des sinagots ! Des crêperies et des alignements de Carnac.

Mais ils ne racontaient pas leurs vraies découvertes :

Que Gromoff avait une femme et un grand fils qui vivaient à Londres, où elle était pianiste et lui médecin.

Que Barsky pouvait réciter par cœur toute la tirade de Marc-Antoine dans *Julius Caesar,* en anglais et même en Shakespeare ! Et qu'il avait fait douze mois de prison à Odessa vers 16 ou 17 ans, pour « agitation », comme il disait. Juste à l'époque où Gromoff courait déjà les casinos, montait des pur-sang et conduisait ses premières torpédos.

Mais qu'ils connaissaient tous deux sur le bout des doigts le nom de toutes les étoiles, à force de traîner la nuit.

C'était depuis que Barsky avait du mal à s'endormir, et ça datait du temps où il aimait une chanteuse de cabaret qui travaillait jusqu'à l'aube et qui était morte — mais c'était si vieux, tout ça.

Si vieux qu'ils s'en étonnaient tous deux pour de vrai, sincèrement. Et ça expliquait pourquoi il leur était si facile de feindre l'étonnement, le soir, devant les registres hôteliers, pour amuser les enfants.

Comment raconter sans trahir ?

Comment raconter la bonne femme seule avec un enfant dans une salle à manger de pension de famille, tête baissée sur son assiette pendant tout le dîner, et qu'on croise à six heures du matin dans le couloir alors qu'elle sort de la chambre de Barsky ? De Barsky qui n'en dira jamais mot et auquel on n'ose demander comment s'y prendre... Mais qui vous l'explique un soir, quand les filles sont déjà couchées et endormies dans leur jolie chambre en cretonne de l'hôtel de l'Épée, à Vannes. Et que c'est une vraie conversation comme vous n'en avez jamais eu avec votre père.

Et comment raconter, l'un sa serveuse au petit-déjeuner, l'autre sa touriste écossaise dans l'après-midi ? Et le troisième, une campeuse, deux jours plus tard, sous une tente, dans le petit bois de Port-Louis, sans que les filles de la famille s'en aperçoivent ?

Sans que Barsky et Gromoff demandent si c'est fait, alors qu'on brûle de le leur dire, tellement on est content et tellement leurs conseils étaient les bons : regarder avec insistance, un peu par en-dessous, sourire et faire rire...

Et comment raconter le poker, qu'on a aussi appris !

Et les messes qu'on fait semblant de suivre les yeux fermés pour être bien vus du recteur, si convaincu de votre foi qu'il vous recommande à ses ouailles qui, sans sa bénédiction, n'ouvriraient pas leurs placards.

Et qui les ouvrent tout grands, parce que c'est pour une pièce de cinéma sur Monsieur de Charette. Et que c'est bien et tout à fait le moment.

Parce que le général Hoche et les soldats de la République avaient assassiné plus de femmes et d'enfants bretons en Bretagne en 1793 que les Prussiens en France, dans le Nord, en 70 et en 14. Et que les Bretons ne l'ont jamais oublié, même si on n'en parlait jamais à Paris.

Et pourquoi raconter la grande peur, ce jour où Josette avait failli se noyer sur la côte Sauvage à Penthièvre ?

Ou la vraie première cuite de Sami avec son vrai premier café salé administré par Gromoff qui lui tient la tête pour l'aider à dégobiller dans le fossé en cours de route ?

A quoi bon raconter la ridicule casquette de golfeur dont Barsky se coiffe parfois pour faire cinéaste ? Et les deux petites cuillères en argent aux armes de la « Duchesse Anne », barbotées au dessert pour apprendre au patron à se montrer moins désagréable ? Ou encore, le soir, à Port-Navalo, après dîner, ce type à cheveux presque blancs, incroyablement beau avec son pull bleu marine au ras du cou, et qui buvait seul tout en fixant Josette et Zara, l'une après l'autre, le regard bleu-blanc, un peu par en-dessous, en souriant et sans dire mot... Et ces deux idiotes qui ne voulaient pas rentrer se coucher !

Ni partir de Port-Navalo, le lendemain, sous prétexte que la sœur du gardien de phare avait promis à Zaza de lui trouver la robe de mariée de son arrière-arrière-grand-mère, qu'elle lui apporterait dans l'après-midi, justement dans ce même café où on l'avait attendue et où elle n'était pas venue.

Ni l'homme aux cheveux blancs non plus. Et Zara et Josette avaient fait la tête dans la voiture, sur dix kilomètres. Et Gromoff et Barsky avaient entonné *Mon cœur est un vi-o-lon sur lequel ton ar-chet joue...*, et elles avaient fini par éclater de rire. Zaza avait quand même soupiré d'un air pénétré que c'était dommage, qu'Alex aurait été si content d'avoir une vraie robe de mariée... « Et toi donc ! » l'avait taquinée Maurice. Et elle lui avait dit « merde » !

Et comment raconter le dernier jour ? L'achat des deux malles d'osier, « pour quatre cadavres, mais découpées en long » ! Et puis les achats un peu bêtes de souvenirs en coquillages, pour les mères et pour Myriam, et les dernières crêpes avec du cidre, et le dernier hôtel, et le lendemain, très tôt, le dernier petit-déjeuner ensemble avant de prendre une route sur laquelle on ne s'arrêterait plus, on le savait, puisqu'il n'y aurait rien à voir qu'on n'eût vu à l'aller.

Et comment dire à des parents qu'on aime que c'était triste de rentrer, et en même temps gai d'avoir à plusieurs des secrets qu'ils ne partageraient jamais ?

Allée Chateaubriand, on nettoya et numérota les lots bretons en bon état, puis on démonta soigneusement les loques. On s'extasiait sur les trésors intacts dont elles étaient porteuses et sur le flair et le talent de la « petite » qui avait su les dénicher. On ne savait trop qui était cette « petite » dont Alex avait parlé, mais elle était douée.

Stépan les entendait s'extasier. Ça lui plaisait et lui déplaisait.

Ça lui plaisait que Zaza fût bonne à quelque chose, et ça lui déplaisait d'avoir été le dernier à s'en aviser. Ça lui déplaisait surtout d'avoir été mis devant le fait accompli.

Décidément, avec Zaza, c'était comme avec sa mère et Sonia. On part un matin de chez soi en disant au revoir à des finisseuses, et on rentre le soir chez des déguiseuses. On est locataire au second, on se retrouve co-locataire du premier. On plaque Fémina-Prestige, elles sont déjà coopératrices. On envoie une écolière au bord de la mer, elle vous revient costumière.

Et c'est en entendant Ginette et Mademoiselle Agnès parler de la faire venir dans l'atelier avant qu'elle n'aille s'embaucher ailleurs que, pris de panique, il annonça que la « petite » si douée n'était autre que la sienne. Mais qu'elle allait encore à l'école, qu'elle avait fait ça pendant ses vacances, pour s'amuser, et qu'on verrait plus tard...

Il y avait une chose que Stépan ne voulait pas, qu'il

avait du mal à s'avouer à lui-même parce qu'il trouvait ça monstrueux, mais c'était ainsi : pas plus qu'il n'avait voulu travailler rue de la Mare en compagnie de sa femme, il ne voulait travailler allée Chateaubriand sous les yeux de sa fille. Pas après tant d'années passées à travailler rue d'Aboukir sous la poigne de son frère !

Ce que Stépan voulait, c'était continuer à jouir tranquillement de ce qui était encore si nouveau pour lui : ce petit prestige dont il n'abusait pas mais dont il savourait chaque instant. Celui d'être le seul homme dans un atelier de femmes pour lesquelles il avait les charmes et le charme des hommes qui ne sont ni leur mari, ni leur amant, et surtout pas leur père.

Il voulait continuer à faire sourire avec ses fautes de français, pas se les faire reprendre.

Il voulait continuer à faire semblant d'ignorer la passion de Mademoiselle Agnès, pas se faire dire qu'elle était vieille et moche.

Il voulait continuer à pouvoir complimenter la serveuse de chez « Raymonde et André » sur sa bonne mine, siroter un pousse-café à l'occasion, descendre les Champs-Élysées en flânant, en regardant les vitrines et mêmes les femmes, jusqu'à Marbeuf, s'il en avait envie, au lieu de prendre son métro à George-V.

Et il voulait continuer à prendre tous les matins son métro avec Élie jusqu'à République, mais seul avec lui.

Pas facile à dire, tout ça, ce soir, en rentrant à la maison. Mais, au fait, si elle avait vraiment envie de travailler pour de bon, Zaza, c'est encore avec sa mère et Sonia qu'elle apprendrait le mieux : à la maison, « chez Bonnet ! »

Au moins, comme ça, on saurait toujours où elle était.

Mais il faudrait d'abord régler cette histoire d'école. Il en parlerait à Olga. Quand Zaza serait couchée.

Elle n'avait jamais que quatorze ans, Zaza.

Et Stépan abandonna un instant la chapka d'astrakan de l'aide de camp du colonel des *Bateliers de la Volga* pour venir admirer les trouvailles de sa fille.

— Elle a l'œil, elle tient ça de vous, Monsieur Roginski, dit Mademoiselle Agnès en faisant chatoyer dans la lumière les centaines de minuscules cristaux turquoise et grenat qui cuirassaient le bas d'une longue jupe de laine noire, par ailleurs entièrement bouffée aux mites.

— De moi et de sa maman..., eut le courage d'articuler Stépan, mais si faiblement qu'on ne l'entendit probablement pas, car Mademoiselle Agnès ne répondit rien et ne sourit pas non plus.

« Ah là là ! ça commence déjà ! » maugréa Stépan en retournant à sa table de travail.

Il s'inquiétait bien à tort.

Zaza n'avait pas la moindre intention de venir s'asseoir pour coudre allée Chateaubriand, aux côtés de son père, ni celle de rester assise rue de la Mare pour coudre aux côtés de sa mère.

Elle n'avait pas l'intention de coudre du tout.

Elle voulait bouger. Monter dans des greniers, descendre dans des caves, faire des pêches miraculeuses et des chasses aux trésors, comme elle venait de prouver qu'elle savait le faire.

Mais elle voulait davantage. Elle voulait les suivre, ces trésors, là où ils iraient, même s'ils s'en allaient très loin, pour en être la protectrice et la gardienne. Bref, elle voulait travailler pour la Coopé, mais à l'extérieur, autrement dit à l'intérieur du Cinéma, fût-ce celui qui se ferait au grand air.

Et elle le dit à Alex et devant Olga.

Alex trouva que c'était une bonne idée, le dit devant Olga qui l'annonça à Stépan quand celui-ci rentra à la maison.

Après tout, elle allait sur ses quinze ans, Zaza, et puisqu'elle ne voulait plus fréquenter l'école, comme Stépan devait bien le savoir...

Ou plus exactement, comme Stépan aurait dû le savoir si Olga, qui s'en excusa, n'avait omis de le lui dire, quinze jours auparavant, quand ça s'était décidé.

Le soir de la fête, peu après minuit.

C'est sur les bords de la Marne maquillée en Volga que Zaza prit son baptême de cinéma, avec le statut de stagiaire.

Ni vraiment habilleuse, ni tout à fait assistante, un peu cantinière et garçon de courses, elle courait énormément et cousait beaucoup plus qu'elle n'aurait cru devoir le faire. Mais quand elle cousait, c'était toujours debout, à gros points et en quatrième vitesse, car c'était pour recoudre plutôt que pour coudre quelque chose qui venait toujours de lâcher, juste au moment de tourner, et qui n'avait nul besoin de tenir pour la vie.

Quand elle ne les recousait pas, Zaza distribuait les costumes aux bateliers non parlants — non parlants dans les scènes, s'entend, mais extrêmement bavards entre les scènes et à la cantine. Et c'est sans vergogne qu'elle ajustait à leurs tailles de bagnards du tsar Nicolas II les boucles de cuivre des ceintures chouannes dont les inscriptions en celte pouvaient aisément passer de loin pour du cyrillique.

Car il faut bien le dire, fidèle à une tradition si longtemps en vogue à « Masques et Bergamasques », Ginette n'avait pu résister à la tentation de faire un peu de location *Bateliers* en prélevant sur le stock *Prends ton fusil,* pour lequel on attendait toujours les acteurs parlants et non parlants.

En attendant, on avait d'abord fait travailler les loques puis, petit à petit, quelques précieux motifs d'or et de perles étaient venus rehausser les tailleurs très chics de la femme du colonel des *Bateliers de la Volga.* Les trésors ne demeuraient que le temps d'une scène sur le buste de la colonelle. La scène finie, on les décousait prestement puis on les replaçait dans le papier de soie qui leur conservait la fraîcheur qu'ils avaient su garder depuis un siècle et demi dans les armoires bretonnes.

C'est Zaza qui les décousait.

C'est elle aussi qui ensevelissait sous la housse de coutil noir, dès qu'elle tombait des épaules de la colonelle, la cape de zibeline sans laquelle, à l'évidence, les tailleurs très chics de la colonelle n'auraient pas eu tout le chic qu'ils avaient.

En arrivant, le premier jour, Zaza avait dit qu'elle avait seize ans et qu'elle s'appelait Elsa. Et comme on la trouva marrante et gentille, tout le monde l'appela Zaza.

Quand elle ne courait pas, ne cousait pas, ne recousait, ne décousait ou n'épinglait pas, quand elle n'ouvrait pas des canettes de bière ou ne tartinait pas des baguettes de pain aux rillettes-cornichons, quand elle ne faisait pas bouillir de l'eau sur un réchaud à méta, quand elle ne changeait pas les panières de place, il arrivait à Zaza de s'asseoir et de regarder.

Pas tellement les acteurs, parlants ou non parlants, qu'une personne qui, elle, parlait fort peu, mais jamais pour ne rien dire, qui s'appelait Mireille et qu'on appelait Mimi, sans l'avis de laquelle, apparemment, rien ne s'accomplissait sur le tournage, et à qui tous les hommes du tournage semblaient porter un grand respect et une fraternelle affection.

Il fallut peu de jours à Zaza pour savoir qu'elle venait peut-être de rencontrer sa vraie vocation. Elle essaierait d'être script-girl, plus tard.

Et elle le dit à Mimi qui l'avait déjà compris, puisque rien ne lui échappait de ce qui se passait autour d'elle.

Allée Chateaubriand, on ne voyait jamais Zaza. En revanche, on voyait beaucoup Gromoff et Barsky dont la collaboration temporaire se prolongeait. C'est à Ginette et à Mademoiselle Anita qu'ils avaient à faire, car ils étaient devenus les agents de liaison entre les bords de la Marne-Volga et la Coopérative des Costumiers.

C'étaient eux qui acheminaient et surtout rapatriaient les locations tarifiées à la journée, plus particulièrement les locations précieuses : celles des trésors bretons qu'il fallait faire entrer très vite pour le cas où la troupe fantôme de Monsieur Le Go-Go se présenterait enfin, ou celle de la cape de zibeline dont personne sur le tournage ne voulait assurer la garde quand elle ne « jouait » plus sur les épaules de la femme du colonel, laquelle avait elle-même la fâcheuse habitude de la laisser traîner n'importe où tellement il faisait chaud, en plein mois d'août, même à l'ombre d'un faux bouleau, dans les environs de Paris.

Comme Ginette était ravie d'avoir enfin un chauffeur, et comme Mademoiselle Anita, qui s'y connaissait en tarifs, avait évalué à son juste prix le talent de marchandeur de Barsky, sans en faire pour autant des coopérateurs, on les avait engagés au mois. L'une et l'autre, en les rencontrant, avaient bien eu la vague impression de les avoir déjà vus quelque part, mais comme ni l'un ni l'autre ne leur avait rafraîchi la mémoire, elles avaient pensé à autre chose.

En leur confiant pour la première fois la housse de coutil noir, Ginette leur avait recommandé la plus grande attention, et elle leur avait fait un petit cours sur la valeur des zibelines qui étaient sa propriété personnelle. Barsky avait souri à Gromof mais Ginette était en train de cadenasser la porte de la réserve aux fourrures et ce sourire lui avait échappé.

On les voyait souvent allée Chauteaubriand, mais ils ne faisaient qu'y passer. En entrant ou en sortant, ils adressaient un petit signe à Stépan quand la porte de l'atelier était ouverte ; ils n'entraient jamais et Stépan préférait ça. Il n'était pas enchanté d'avoir ainsi la rue de la Mare allée Chateaubriand, mais il était tout de même bien content que ce fût la rue de la Mare qui ramenât Zaza le soir à la maison.

— Ça fait une petite surveillance, malgré tout, disait -il à Ginette comme pour justifier le fait qu'il avait consenti à laisser la petite s'amuser encore un peu avant de reprendre le chemin de l'école, ainsi qu'il faisait encore semblant de le croire.

— Ce serait bien dommage qu'elle y retourne, à l'école, commentait Ginette. Et question surveillance... Si elle veut cavaler, votre fille, mon pauvre Stépan, elle cavalera bien toute seule, qu'elle soit à l'école ou dans le cinéma... Pour l'instant, d'après ce qu'on me dit, elle est vraiment sérieuse. D'ailleurs, il n'y a qu'à voir comment elle s'occupe de mes costumes. Elle ne m'a pas perdu un bouton de guêtre !

Ginette voulait bien entendu parler des boutons bretons. Mais si, inconsciemment, elle évoquait ainsi la tragédie de Sedan, c'est qu'elle vivait dans la terreur du scandale qui lui pendait au nez : sa frénésie de location n'avait plus de limites. Certains jours de grosses figuration sur *les Bateliers,* même les chapeaux ronds, si difficiles à distribuer ailleurs que dans *Jocelyn* d'Alphonse de Lamartine, avaient trouvé leur emploi. En les faisant cabosser, emplumer et voiletter, elle en avait fait des feutres d'amazones pour une chasse au loup en forêt moscovite.

C'est Laurent Verdon qui la libéra de ses angoisses et libéra du même coup le stock de ses « obligations de réserve » » *Prends ton fusil, Grégoire* ne se tournait plus. Trop absorbé par ses rêveries d'artiste, Monsieur Le Goff avait négligé ses devoirs de biscuitier, à tel point qu'il s'était retrouvé un beau matin devant les grilles fermées derrière lesquelles l'attendait l'ensemble du personnel de ses « Galettes Pomponnette ». Très surpris, il avait lu dans le regard de ces hommes et de ces femmes la même résolution farouche qu'il eût tant souhaité voir s'allumer dans les yeux des acteurs de son film — celui qu'il croyait encore pouvoir tourner avant son arrivée devant les portes de l'entreprise familiale.

Avec un peu de retard sur leurs concitoyens, les employés de Monsieur Le Goff qui, de père en fils et de mère en fille, avaient toujours pétri pour les fils, les pères et les grands-parents Le Goff, venaient de prendre conscience de leurs droits nouveaux. A Saint-Pol-Blazan (Loire-Inférieure), on était en grève.

Partout ailleurs, les grèves avaient commencé dès le 8 mai. Transformées en grève générale le 20, elles s'étaient arrêtées le 1er juin, qui avait vu signer des accords à Paris. Il y avait plus de deux mois de cela, mais l'hôtel Matignon n'était pas la porte à côté.

Était-ce de voir passer dans les hameaux des caravanes de gens sur tandem, à vélo, en auto, à moto, voire même à pied, et qui chantaient des airs jamais entendus auparavant dans la bouche des touristes, toujours est-il qu'à Saint-Pol-Blazan, on s'était informé. Et, pour la première fois dans l'histoire des « Galettes Pomponnette », les ouvriers-pâtissiers avaient retrouvé le geste historique de l'ancêtre Grégoire : ils avaient laissé s'éteindre les fournils.

Sans fourches et sans fusils, la seule arme qu'ils brandissaient derrière les grilles était une copie de la Convention collective. Il ne restait plus à Monsieur Le Goff qu'à la lire à son tour. Ce qu'il avait probablement déjà fait, mais d'un œil si distrait qu'il avait tout à fait oublié d'en appliquer les clauses. Il était temps qu'il s'y mette s'il ne voulait pas perdre la saison d'été.

La galette empaquetée se vend bien en été. Elle avait même des chances de se vendre encore mieux cet été-ci. Les papiers d'emballage abandonnés derrière eux par les nouveaux vacanciers-campeurs en témoignaient. Il fallait donc rallumer les fournils, et vite, avant que ne pourrissent les tonnes de farine achetées à crédit et dont le stock s'amoncelait sous les hangars de la « Pomponnette ».

Stock pour stock, entre le périssable et l'inusable, Monsieur Le Goff avait choisi.

— Nos amis de la Coopérative des Costumiers seront très mécontents, avaient soupiré les deux Verdon quand Monsieur Le Goff, la mort dans l'âme, leur avait annoncé sa décision de remettre à plus tard la réalisation de sa fresque. Ils ont mobilisé pour vous la plus fine de toutes leurs équipes, qui s'est donné beaucoup de mal. Vous lui avez fait perdre un temps précieux, avait ajouté Laurent, sobrement courroucé.

— Je sais, avait tristement convenu Monsieur Le Goff.

Il savait, car en sillonnant pour lui le territoire breton, la Citroën du Cinéma, comme on l'appelait, avait suscité bien des vocations, semé bien des espoirs et laissé bien des souvenirs dont les échos étaient parvenus jusqu'à ses oreilles. Au fil des dix jours qu'avait duré l'expédition, l'annonce de ses passages avait volé de clocher en clocher : « Ils arrivent... ils sont venus... reviendront-ils ?... », entendait-on dans les campagnes, dans les ports de pêche et dans la lande.

Eh bien non, ils ne reviendraient pas. La Citroën du Cinéma était passée comme passent les caravanes. Aussi magique et prometteuse qu'en d'autres temps et sur d'autres continents l'avaient été les Citroëns des Croisières noires et jaunes, qui n'étaient elles non plus jamais revenues mais qu'on n'avait jamais oubliées.

— Je sais, avait répété Monsieur Le Goff encore plus tristement, car il venait de regretter bien tardivement de n'avoir point songé à accrocher l'enseigne des « Pomponnettes » à l'arrière de la Citroën du Cinéma. Je sais... J'ai suivi de loin leurs longs parcours et leurs efforts... Que puis-je faire pour les dédommager ?

— Un chèque, avaient répondu sèchement et ensemble les frères Verdon, comme si ça coulait de source.

Comme ils étaient honnêtes, ils avaient remis le chèque à Alex qui l'avait aussitôt versé dans leur cagnotte : celle qu'ils n'avaient eu aucune peine à se constituer au long des douze semaines durant lesquelles, majorés au maximum, leurs irremplaçables conseils techniques et leurs invérifiables notes de frais avaient pour un temps arraché le biscuitier nantais à la monotonie de sa vie, leur ouvrant à eux les portes de la liberté.

La liberté de faire enfin un jour leur petit film pas cher. Dans les rues, à l'intérieur d'une fabrique de vélos, entre les murs d'une chambre et sur une plage — et en coopérative.

Alex annonça qu'on pouvait désormais disposer du stock Le Go-Go.

C'est donc le cœur léger et la conscience tranquille que Ginette laissait maintenant les bretonneries sortir et rentrer au même titre que ses gondoliers vénitiens, ses ramoneurs savoyards et ses danseuses gitanes.

Toutes fenêtres ouvertes, en cette fin d'après-midi d'été, elle aérait les grandes penderies des stocks et faisait un peu d'inventaire. Un cintre vide attira son attention : le 92, l'« Anna Karénine », n'était jamais rentré.

Ginette compta sur ses doigts : ça faisait huit mois déjà.

Huit mois que Maddy était morte et que Victoria avait disparu de leur vie à tous.

A Maddy elle pensait souvent, même si elle n'en parlait jamais, sauf parfois avec Alex, mais juste d'un mot ou d'un sourire. A Victoria elle ne repensait jamais.

Et même là, devant le cintre vide, c'est plus au 92 piqué par Victoria qu'à Victoria elle-même qu'elle pensa.

— Madame Victoria Jean ne nous a toujours pas rendu « Anna Karénine », dit-elle à Mademoiselle Agnès en pénétrant dans l'atelier.

Stépan n'avait pas relevé la tête.

— Vous devriez lui envoyer Monsieur Isodore pour le lui reprendre, elle vous a bien envoyé Lucas, elle, pour reprendre son œuf de Pâques ! répondit Mademoiselle Agnès avec son vieux sourire d'autrefois.

— Son œuf ? Moi je l'ai vu dimanche dans la vitrine d'un bric-à-brac ! révéla une des gamines.

Faubourg Saint-Honoré, Alex le paya très très cher. De sa poche, pas sur la caisse de la Coopé. Le propriétaire de la « Vieille Russie » l'avait soulevé comme à regret de son socle de velours noir sur lequel il trônait dans sa vitrine depuis le mois de juillet.

— Une pièce unique, je la regretterai, avait-il dit en actionnant le petit rubis non taillé. Souvenir de famille... très jolie femme... un départ pour l'étranger... trop fragile à transporter...

La voix russe avait chuchoté les mots pour ne pas couvrir les notes du clavecin, et l'œuf de Fabergé s'était ouvert comme une orange.

C'est comme ça qu'allée Chateaubriand, on sut qu'on ne reverrait jamais le 92 « Anna Karénine », et c'est comme ça que Stépan comprit qu'il ne reverrait probablement jamais son frère.

Il pensa « son frère », à cause de l'image de Janek disparaissant dans le tournant du chemin bourbeux, la main levée pour un dernier signe d'amour au petit garçon de onze ans qui restait, et ça lui donna presque envie de pleurer.

Ce frère-là, en effet, il ne le reverrait jamais, pour la simple raison qu'il ne l'avait jamais retrouvé. Et la grosse bouffée familière de rage et d'amertume vint prendre, au fond de sa gorge, la place des sanglots qui n'avaient pas eu le temps de s'y dénouer.

La vieille rage contre Elle ! Elle qui avait tout fait rater depuis le début. Elle qui avait voulu la guerre et qui venait de la gagner. Sans combats, rien qu'en disparaissant avec ce frère qu'Elle avait pris et jamais rendu. Il aurait fallu qu'Elle mourût. Ou qu'Elle fût infidèle et partît avec un autre homme. Ou bien qu'Elle devînt laide et que son frère se mît à la détester comme Elle le méritait... Tout ça pouvait encore arriver, mais Stépan ne serait pas là pour le voir : ça se passerait trop loin.

Et Stépan s'avisa qu'il n'avait jamais vraiment cessé d'attendre le jour où Janek lui accorderait enfin le sourire qu'il s'était privé de lui adresser sous les grandes verrières de la Gare de l'Est. Ce sourire de jeune homme et ce joli geste de la main auxquels il ne pouvait s'empêcher de rêver certains soirs, sur le quai de la ligne Neuilly-Vincennes, au moment où le wagon rouge des premières classes allait s'immobiliser devant lui. Il allait se placer là exprès, ces soirs-là, car voici comment il avait alors imaginé les choses : Janek l'apercevrait à travers la vitre et il descendrait vite, vite, des premières, pour rattraper Stépan avant que celui-ci ne monte en secondes, et ils s'embrasseraient. Ni l'un ni l'autre ne dirait rien. Stépan ramènerait Janek rue de la Mare et tout commencerait comme rien n'avait commencé autrefois. A cause d'Elle qui ne serait plus là.

Il pensait Elle, Elle, Elle : il ne pouvait lui donner aucun de ses prénoms.

Autour de lui, dans l'atelier, on parlait du retour dans la maison de l'œuf du père de Madame Victoria, et Mademoiselle Agnès racontait, à l'intention des gamines qui ne la connaissaient pas, la fabuleuse légende de Piotr, le Rodin de la fourrure, et de son enlèvement en troïka par une nuit blanche à Saint-Pétersbourg.

— N'est-il pas vrai, Monsieur Roginski ? demanda Mademoiselle Agnès en se tournant vers Stépan qui devait savoir, puisqu'il était de la famille.

Stépan ne répondit rien. Il pensait encore à Elle. Il se demandait ce qu'Elle avait bien pu inventer pour décider son frère, venu de si loin, à repartir ailleurs chercher ce qu'il avait déjà trouvé ici.

Ce qu'ils avaient tous trouvé ici : le pain et la liberté.

Mademoiselle Agnès répéta sa question.

— Je ne sais pas, fit Stépan, qui avait mal suivi l'histoire de Piotr. Et où est-il, cet œuf ?

— A sa place, dans le vestibule, dit Mademoiselle Agnès.

Stépan se leva et alla dans le vestibule regarder l'œuf sous son globe de pendule.

Il souleva le globe. Il devait bien avoir quelque chose d'autre que sa forme d'œuf, cet œuf, se dit-il.

C'est après avoir découvert le petit rubis non taillé qu'il reconnut l'œuf mécanique.

L'œuf mécanique de Barsky et Gromoff. Celui pour lequel son frère Janek avait payé six mois de son salaire à lui, rue d'Aboukir, dix ans auparavant. Et Stépan partit d'un rire énorme.

Moins énorme, cependant, que celui de Barsky et Gromoff quand Alex leur avoua un peu plus tard le prix qu'il avait lui-même payé leur œuf au propriétaire de la « Vieille Russie ».

— Autant pour moi ! On est toujours le gogo de quelqu'un, dit Alex, rigolant à son tour — ce qui fit rigoler Ginette.

— Et puis, si jamais ça allait mal, on pourra toujours le louer, ajouta celle-ci en touchant le bois de la console.

— Et pourquoi ça irait mal ? La vie n'a jamais été aussi belle... Pas vrai, Stépan ? s'exclama Alex en lorgnant vers l'atelier dont la porte était restée ouverte.

— 'bsolument, répondit Stépan en hochant la tête.

Il fallait vraiment être bête comme l'était devenu son frère pour quitter un pays où la vie était si belle.

Alex ne montra qu'à Mademoiselle Anita le drôle de message arrivé parmi son courrier dans les derniers jours de décembre. Même avant d'être ouverte, par sa taille, sa couleur, la texture de son papier, l'enveloppe avait de quoi intriguer. Elle était anormalement grande, rigoureusement carrée, beige saumoné et granuleuse comme une soupe au tapioca dans laquelle on aurait versé un coulis de tomate.

Avant même de se pencher sur les timbres et les cachets de la poste, Alex retourna l'enveloppe. Gravé en relief, en pourpre, en gothique et en biais, tout au long du rabat, à droite, on pouvait lire :

ALPINE DRIVE NUMBER 17 (B.H. Cal. U.S.A.)

Impressionné, Alex se servit du coupe-papier qu'il n'utilisait jamais, et son sifflement d'étonnement puis de moquerie fut si strident qu'il fit sortir Mademoiselle Anita de son petit bureau-boudoir.

Sur la première page, blanche, lisse et épaisse comme un buvard, de ce qui pouvait passer pour un faire-part ou quelque catalogue, quatre miniatures se faisaient face. Elles étaient encadrées vieil-or, façon *Très Riches Heures de la Duchesse de Berry,* et disposées comme des portraits sur une cimaise. On reconnaissait sans mal Jeanne d'Arc à cheval et en armure, Lafayette sabre au clair en chapeau à plumes, Louis Pasteur studieux aux commandes de son microscope, et Napoléon Ier de dos, contemplant Moscou en flammes.

Alex avait déjà compris et commençait déjà à s'esclaffer en solitaire. Mais c'est après avoir ouvert le catalogue qu'il donna libre cours à sa tonitruante hilarité.

Sur la page de droite, en plein centre, un *Merry Christmas and a very happy New Year 1937* éclatait en relief, en pourpre, en gothique, pas du tout de biais, mais en très gros. Au-dessous, toujours en relief, en pourpre, mais en anglaises si déliées qu'on pensait à de l'écriture à la plume d'oie, on pouvait lire : *From Jack and Vicky Rogin.*

Sur la page de gauche, Nicole avait tracé quelques lignes de son écriture de bonne élève du cours primaire de l'école de la rue Saint-Ferdinand :

Mon petit Alex,

Tout passe, tout casse, tout lasse, même les grandes déceptions et les petites trahisons. Seul le chagrin demeure, mais la vie reprend ses droits.

Notez bien notre adresse, on ne sait jamais.

Love,

V.

P.S. Pour votre information, Janek est le représentant exclusif d'un groupe de trappeurs canadiens, pour tout

l'État de Californie, et je suis désormais conseillère historique pour films d'époque se déroulant en Europe et plus particulièrement en France. Hollywood est passionnant, et Beverly Hills aussi divin que Neuilly-sur-Seine. Les oiseaux-mouches volètent dans le sycomore de mon jardin.
P.P.S. Je n'ai pas trouvé ici de craie mauve... mais je m'arrange avec de la rouge.

« Sacrée Vicky !... », dit Alex en tendant le document à Mademoiselle Anita qui s'en amusa à son tour, moins que lui cependant.

D'un commun accord, ils décidèrent de ne communiquer à personne ces vœux pourpres, gothiques et anglo-saxons qui, de toute évidence, n'étaient destinés qu'à Alex.

Au surplus, après le retour de l'œuf dans la maison, il y avait eu suffisamment d'histoires entre Ginette et Mademoiselle Agnès à propos du « 92 » manquant. On avait soudain retrouvé la Mademoiselle Agnès d'antan. C'est les dents serrées qu'elle avait finalement consenti à recouper un nouveau « 92 ». Elle n'en aimait ni le velours, ni la dentelle, ni les boutons. Elle était un peu comme Michel-Ange si d'aventure on l'eût prié de reproduire un motif dérobé au plafond de la Sixtine sans pour autant avoir l'élégance de mettre à sa disposition le matériel de premier choix grâce auquel il avait conçu l'original.

Pendant quelques jours, on avait beaucoup souffert à l'atelier, et ce n'était pas maintenant, alors que la toute jeune « Anna Karénine » pendait paisiblement dans le stock aux côtés du « 93 Vronsky », qu'on allait remuer ces vieilles histoires.

Surtout au moment de Noël.

Et puis, avait ajouté Mademoiselle Anita, il n'était pas indispensable non plus que Stépan Roginski découvrît qu'en découvrant l'Amérique, son frère avait choisi d'amputer d'une syllabe le nom d'une famille qui était aussi la sienne.

Et Mademoiselle Anita Bourgoin remit le catalogue dans son enveloppe. Elle découpa soigneusement les effigies de Lincoln et de Roosevelt pour son petit voisin du square Montsouris et classa le grand carré de tapioca à la tomate dans le dossier « Masques ».

Alex eut la fugace tentation de le lui voler et de l'apporter rue de la Mare, juste le temps de faire rire Olga et Sonia, mais, toute réflexion faite, il y renonça. Olga était si paisible depuis qu'elle savait les « ennemis » partis pour de bon. Elle n'en avait parlé qu'une fois — et encore, ça lui avait échappé — un jour qu'Alex l'avait complimentée sur son air reposé :

— C'est parce que je respire mieux, maintenant. Si on tape dans ma porte et que j'attends personne, ce sera peut-être le Diable, mais ça pourra plus jamais, jamais être *Eux*... Ça, je le sais, et je m'endors mieux le soir. Stépan aussi.

Alex avait souri et s'était bien gardé de lui demander ce qui la rendait si sûre d'elle, pour ce qui était de la sérénité de son mari. Il lui arrivait de l'observer de loin, Stépan, dans la journée, et de s'étonner parfois de son regard pensif. Mademoiselle Anita lui avait également raconté que lorsqu'ils avaient pris le métro ensemble, un soir, Stépan lui avait demandé si on savait où était parti son frère.

Mais sans doute Stépan laissait-il ses préoccupations à la porte de sa maison, et il avait bien raison, après tout.

— ... Zaza aussi dort bien, mais elle se couche trop tard en ce moment, avait dit Olga en enchaînant sur le chapitre du sommeil.

— Sûrement, mais pour faire ce qu'elle apprend à faire, ça vaut le coup, avait répondu Alex.

— Qu'est-ce que c'est que ce Vaqué et ce Jacques qu'elle suit partout ?

— Wakhé, c'est un décorateur qui s'appelle Wakhévitch, et Jacques, c'est un assistant metteur en scène qui s'appelle Becker...

— Un Français, alors ?

— Becker, oui, Wakhé, il est russe, et si elle les suit, c'est parce qu'elle les a aidés à trouver de quoi faire de beaux costumes pour un beau film qui s'appelle *la Marseillaise,* dit Alex.

— Alors c'est bien, s'ils sont convenables.

— Ils sont jeunes, beaux, et tout à fait convenables, avait confirmé Alex. Et Zaza est très sérieuse.

— Alors c'est bien, avait répété Olga, fière de Zaza.

En souriant paisiblement, elle était allée lui refaire un café, et Alex l'avait suivie à la cuisine.

Sur l'étagère, la rangée de livres avait diminué : les ouvrages étaient plus épais, mais moins variés.

— Eux aussi, les garçons c'est du sérieux ! avait-il murmuré en remettant à sa place le gros Cuvillier.

— Ça fera des savants, avait dit Sonia, fière de Maurice, en mettant sa machine à coudre en marche.

Avant de les quitter, ce jour-là, il avait jeté un coup d'œil sur la cheminée. Maddy avait réintégré sa place. Comme par le passé, elle masquait de nouveau quelques membres de la famille dans le Cadre des Nôtres.

Alex se garda bien de leur demander depuis quand et pourquoi elles avaient pris cette décision. Après tout, puisqu'elles pensaient que jamais, jamais l'Ennemie ne viendrait jamais cogner à leur porte, elles étaient bien libres de recueillir comme leur enfant l'enfant chérie de leur ennemie en déroute.

C'était de bonne guerre.

Dans la rue, il avait croisé Josette et Myriam qui rentraient de l'école. On ne les voyait plus guère « chez Bonnet » depuis que Zaza travaillait. Il les avait trouvé changées, mais terriblement écolières par rapport à Zaza.

Zaza... Il avait dit vrai, tout à l'heure : elle était « sérieuse », et, pour ce qu'il en savait, les hommes jeunes et beaux qu'elle côtoyait toute la journée, et souvent jusque tard le soir, étaient « convenables ».

Et tout ce petit monde avait bien du mérite.

Il en savait quelque chose.

Ça s'était passé — ou plutôt rien ne s'était passé — deux mois ou deux mois et demi auparavant, chez lui, rue Campagne-Première. Il ne se rappellait pas la date exacte, mais ce n'était pas encore l'hiver puisque Zaza portait des socquettes.

Il travaillait seul devant sa planche éclairée par une seule lampe. Dehors il pleuvait encore à torrents, après un gros orage, quand on avait sonné vers les cinq heures. C'était Zaza, trempée des pieds à la tête, qui voulait lui montrer un lot de petits bijoux anciens au sujet desquels elle prétendait qu'il lui donnât tout de suite son avis, avant de les acheter ferme...

Les six boucles d'oreilles en argent et la chaînette de pomponne qu'elle sortit de la poche de son imper étaient tellement dénuées d'intérêt qu'il aurait dû lui demander pourquoi elle avait fait tout ce chemin sous la pluie pour les soumettre à domicile à son expertise. Mais il ne le lui avait pas demandé.

Il lui avait dit : « Tu pleus sur mon parquet... Va dans la salle de bains te sécher les cheveux avec une serviette, et enfile ça... Le col de ton chemisier est tout mouillé... » Il lui avait lancé son pull noir à col roulé qui traînait sur le dossier d'une chaise et, sans plus la regarder, il s'était remis à son dessin.

Il n'avait relevé la tête qu'en entendant s'ouvrir la porte de la salle de bains.

Le pull trop long faisait à Zaza une robe noire trop courte, aux manches trop longues et qui s'arrêtait à mi-cuisses. Le bas de sa jupe plissée blanche lui faisait comme un jupon qui dépasse. Elle avait ôté ses chaussures et roulé ses socquettes à la cheville. Elle restait dans l'encadrement de la porte et le regardait. La lumière de la salle de bains l'éclairait de dos, elle s'essuyait les cheveux avec une serviette blanche, ne disait rien et le regardait la regarder.

Il n'avait pas bougé de sa table à dessin. Il la regardait.

Elle se frictionnait la tête à gestes lents, ses mains

semblaient porter des mitaines noires dans le blanc de la serviette, et ses seins bougeaient sous le cachemire à chacun de ses mouvements.

« *Cuidado... Cuidado !* », s'était dit Alex, comme Rodriguez le lui disait toujours en cas de danger. Et il avait lâché le regard bleu qui s'était accroché au sien à travers les grappes blondes des frisures encore humides mais déjà transparentes.

— Remets tes godasses et laisse-moi travailler, maintenant... Pour les babioles de la vieille dame, ça va, tu peux les lui acheter, avait-il grommelé en se penchant sur son dessin. Garde le pull, tu le rendras à ta mère

Sur le pas de la porte, alors qu'elle descendait déjà, il avait rappelé Zaza.

— Dis donc, je trouve que t'es encore trop petite et déjà trop grande pour rendre des visites l'après-midi à des messieurs qui vivent tout seuls... T'as compris ? » et il lui avait souri gentiment.

Zaza l'avait regardé bien en face, sans sourire, elle avait fait lentement vriller son index droit sur sa tempe droite, haussé les épaules, avant de dévaler les escaliers.

Quelques jours plus tard, Olga lui avait rendu son pull, reprisé au coude et fraîchement lavé au bois de Panama. Ce qu'il avait très vaguement déploré, mais sans en laisser rien paraître.

Zaza n'était plus jamais revenue seule rue Campagne-Première.

Tout à l'heure, là-haut, Olga avait demandé si ce Wakhé et ce Jacques, que Zaza suivait tout le temps partout, étaient « convenables »... Elle n'avait mentionné aucun Laurent. Donc, si Zaza ne parlait pas d'un Laurent à la maison, c'est qu'elle ne l'avait pas encore regardé. Donc, qu'elle ne l'avait pas encore vu. Parce que le jour où elle le verrait, celui-là, elle le regarderait. Ou alors elle serait bien la seule, se disait Alex en souriant.

Savoir si un de ces quatre matins, on ne trouverait

pas l'un des trois prestigieux shetlands de Laurent Verdon — le vert-bouteille-chiné-bleu-turquoise, le vert-mousse-chiné-tabac, ou le vert-tendre-chiné-marine — trempant à son tour dans la cuvette à savonnage qui savait si bien se transformer en lessiveuse à petits souvenirs...

Alex était arrivé rue des Pyrénées. A cent mètres du métro, une pancarte surmontait un attroupement. La pancarte disait : « Pour le Noël des Républicains espagnols ». Au centre de l'attroupement, par terre, aux pieds d'un type qui parlait, un chaudron à confiture en cuivre contenait un peu d'argent. Alex déposa un billet de dix francs, et sans écouter le speech, poursuivit son chemin vers le métro.

Ce soir, à la Coupole, Rodriguez allait encore dire qu'il n'en avait pas la moindre envie, mais qu'il allait bien falloir qu'il y aille, quand même, « à l'Espagne », faire sa connerie de guerre civile.

Et le plus fort, c'est qu'il en était bien capable, Rodriguez, Rodriguez qui ne tuait pas les moustiques, sauvait les bêtes à Bon-Dieu, n'aimait que la peinture, les femmes — un peu grosses, pas trop jeunes et pas très belles —, les copains, le bistrot, le cinéma muet (sauf quand il parlait Prévert), et qui tenait sa fourchette comme on tient un pinceau... Qu'est-ce qu'il allait bien pouvoir faire avec un fusil entre les mains dans un pays qu'il avait quitté depuis dix ans pour pouvoir peindre tranquille ?

— Je ferai comme Goya... je peindrai *les Horreurs de la Guerre,* lui avait répondu Rodriguez, l'autre soir, alors qu'il était un peu saoul.

— Si c'est pour ça, tu n'as pas vraiment besoin d'être sur place, lui avait dit Alex, ignorant à quel point sa phrase s'avérerait prophétique.

Six mois plus tard, sans avoir à changer un mot à sa prophétie de décembre, il se paierait le luxe de la répéter à Rodriguez, toujours en partance et toujours à Paris :

— Tu vois bien, lui dirait-il au Pavillon de l'Espagne républicaine de l'Exposition Universelle, tu vois bien : lui, il a fait ça depuis la rue des Grands-Augustins, Paris VIe. Crois-tu qu'en allant sur le motif, on puisse faire mieux ?

Rodriguez ferait « non » de la tête. Ils s'arracheraient tous deux à la contemplation de *Guernica* et lanceraient des sous dans la fontaine de mercure, seule autre richesse offerte aux visiteurs du petit pavillon blanchi à la chaux.

Maurice, Robert et Sami allèrent eux aussi faire un tour à l'Expo, à la même époque, entre l'écrit et l'oral de leur deuxième bachot : de philo pour Maurice et Robert, de mathélem pour Sami.

C'est Félix qui leur avait fait leur itinéraire : après le Pavillon de l'U.R.S.S. à visiter en tout premier, qu'ils ne manquent surtout pas d'aller jeter leur obole dans la fontaine de mercure placée au centre du Pavillon de l'Espagne républicaine. Pour le tableau dont tout le monde parlait, il les laissait juges : lui estimait que Josette, à quatre ans, en faisant autant, facile... Mais, après tout, si ce Picasso faisait venir du monde, c'était le principal.

Plus préoccupés par leur bachot que par l'Univers et ses vitrines, ils se baladaient au hasard en suçant des glaces, passant du Mexique à la Suisse, de la Hongrie à l'Égypte, sans tenir compte du programme établi par Félix. Ils ne furent pas aussi sévères que lui pour Picasso ; ils trouvèrent que c'était un peu dur à encaisser, mais qu'après tout ils ne connaissaient rien à la peinture, et c'est très cérémonieusement qu'ils déposèrent leurs pièces de monnaie sur la nappe lumineuse de vif-argent qui les avait tant intrigués dans leur enfance.

De l'extérieur, la modestie et le dénuement du petit pavillon blanc était un affront permanent aux deux géants qui, à deux pas de là, se livraient la plus loyale des concurrences, puisqu'ils avaient choisi de se défier face à face dans le ciel de Paris. Les deux étendards frissonnaient au même rythme sous la brise printanière, mais, dans leurs plis, la swastika noire cerclée de blanc était plus voyante sur le rouge du drapeau allemand que ne l'étaient la faucille et le marteau dorés dans le drapeau rouge de l'Union des Républiques Socialistes Soviétiques. En revanche, c'est le building des communistes qui dominait en hauteur celui des nazis.

— Le vilain oiseau va prendre la faucille de la demoiselle et le marteau du jeune homme en pleine gueule, s'il ne s'envole pas à temps ! » avait finement fait remarquer Robert en levant la tête vers les sommets. Là-haut, l'Aigle prussien, saisi par un artiste sculpteur dans sa position favorite de guet, d'attente et de vigilance, se trouvait effectivement dans la ligne de tir de la robuste paysanne et de l'ouvrier musclé qu'un autre artiste sculpteur avait saisis en plein mouvement tandis qu'ils allaient au-devant de la vie, brandissant bien haut et « des deux mains groupées » (comme aurait dit Stépan) les humbles outils de leur labeur quotidien.

Il y avait une telle file d'attente devant les deux gratte-ciel vedettes de l'Expo 37, ce samedi après-midi, qu'ils renoncèrent à visiter. Ils regagnèrent leur quartier et s'en allèrent réviser sous les grands arbres des Buttes. Et aussi parler préparatifs.

L'année passée, c'est la mer qu'ils avaient découverte, un peu en contrebande. Cette année-ci, ce serait la montagne. En toute légitimité, tous ensemble, y compris Jeannot, Myriam, et sous la conduite de Robert et de Josette qui la redécouvriraient avec et pour eux.

La tente, déjà achetée d'occasion, provenait d'un lot usagé de matériel volant des P.T.T. Elle était de toile kaki, si vaste et si haute qu'elle faisait penser au Quartier général des généraux Lee et Grant pendant la guerre de Sécession.

Si l'idée d'aller dormir sous du chiffon au pied des neiges éternelles avait fait rire ou inquiété dans les foyers Guttman, Roginski, Nüssbaum et Goldberg, elle avait enchanté Félix et Jeannette Clément. Enfin, on saurait, rue de la Mare, à quoi ressemblait le « chez nous » des Savoyards !

Sous les arbres des Buttes, Maurice, Robert et Sami complétèrent leurs listes : celles des bouquins qu'ils voulaient emporter quand même. Pour les autres trucs, c'était aux filles et à Jeannot de s'en occuper.

A la mi-juillet, bacheliers complets, ils prirent la tête de l'expédition-camping. Dans leurs sacs à dos, Hemingway, Dos Passos, Faulkner et Caldwell, traduits par Coindreau, leur assureraient les nouvelles nourritures spirituelles auxquelles ils avaient droit. La piétaille suivait avec les casseroles, le thermos, le réchaud à méta et le dernier numéro de *Cinémonde*. Le Q.G. fut enregistré aux bagages avec les sacs de couchage.

Ils prirent le train de nuit à la gare de Lyon et descendirent à Grenoble, d'où ils s'attaquèrent à la montagne. D'abord en car, ensuite à pied.

C'est Zaza qui revint la première à Paris pour reprendre le travail, juste après le 15 août.

En plus d'une mine superbe, elle rapportait une nouvelle stupéfiante : partie à l'aventure comme une vagabonde de petits chemins, elle revenait propriétaire terrienne. Ou, plus exactement, co-propriétaire, avec ses compagnons, d'une parcelle sur laquelle s'élevait ce qu'il restait de pierres de ce qui avait été, deux siècles auparavant, la pieuse retraite de nonnes italiennes.

Pour Olga et Sonia, et pour la grand-mère de Myriam — embauchée à l'heure pour surfiler, tellement les commandes abondaient alors — Zaza avait résumé son fabuleux roman :

Plantée dans un bois de sapins au sommet d'une colline, la tente des P.T.T. avait, un soir d'orage, rompu ses vieilles amarres, forçant ses occupants à descendre dans un vallon pour s'abriter sous un vrai toit. Ils l'avaient trouvé : et pas seulement le toit, mais encore les murs épais qui le soutenaient, dans un hameau quasi abandonné, propriété d'un Monsieur Dupuis, maire de la commune, maître d'une scierie, patron-maçon et possesseur des soixante-dix hectares environnants...

A ce moment du récit, Zaza avait sorti une petite photo de son sac. Au premier plan, on reconnaissait Josette, Zaza et Myriam assises à même le sol ; derrière elles, souriants et sérieux à la fois, Maurice, Robert, Sami et Jeannot se tenaient debout, de grandes pelles à la main, tournant le dos à une immense cheminée de pierre surmontée d'un Christ sculpté dans la même pierre. Sur la gauche de la photo, un tas de plâtre pareil à un tas de neige masquait le départ d'un escalier qui semblait mener à un étage seigneurial.

— C'est le maire qui nous a pris en photo le jour où il nous a fait cadeau du Couvent à condition qu'on le répare, expliqua sobrement Zaza.

— Donné ? Comment ça, donné ?

— Donné : cadeau, pour toute notre vie !

— Et celle de vos enfants ?

Zaza avait haussé les épaules et dit qu'on n'en était pas encore là.

Consulté, Félix s'était livré à une analyse objective de toute l'affaire, dont il avait tiré les conclusions suivantes : primo, quand on possède soixante-dix hectares de la terre qui est à tout le monde, le moins qu'on puisse faire est d'en distraire quelques mètres carrés pour quelques individus qui n'ont rien à eux ; il notait cependant non sans déplaisir que le geste émanait d'un maire savoyard. Secundo, la réfection ou la rénovation d'un lieu saint entraient dans les perspectives des soins qu'il convenait d'apporter au glorieux héritage du passé. Quant à la saloperie de tente, son état de pourriture disait assez en quel mépris on avait tenu des années durant la sécurité des travailleurs des P.T.T. avant de se décider à leur fournir de nouveaux équipements.

Chez l'Auvergnat, Monsieur Nüssbaum obtint un joli succès en annonçant que ses deux fils, Jacob et Samuel, s'étaient retirés dans un couvent. Monsieur Lowenthal répéta la chose à Madame Lowenthal, que cela n'étonna que moyennement : élevés sans religion aucune, les enfants de la rue de la Mare s'en étaient trouvé une à eux. C'était encore un autre genre de kibboutz, ça : le kibboutz des convertis ! Déjà, laisser partir des filles et des garçons dormir ensemble à la belle étoile... Mais maintenant que ça se passait dans l'ombre complice d'une église catholique, c'était complet !

Les couventines et couventins rentrèrent à la fin septembre, déclarant dès leur arrivée qu'ils remonteraient là-haut pour la Noël, pour toutes les Noëls, Pâques, Trinités, Pentecôtes, et tous les étés qu'il leur serait donné de vivre.

Dans leurs sacs, les trois érudits ramenaient les pages non coupées de leurs Hemingway, Dos Passos, Caldwell et Faulkner. Et leurs mains étaient calleuses.

Chez Bonnet, Maurice et Robert durent se frayer passage entre les malles d'osier qui leur rappelèrent celles qu'on avait achetées « pour quatre cadavres coupés en long », l'été précédent. « C'est bien vieux, tout ça », se dirent-ils. Les étiquettes collées sur les panières indiquaient « Coolies, *Pirates du rail* », « Écuyères, *Gens du Voyage* », « Mère, grand-mère et serveuse *Partie de Campagne* ». Ils en conclurent que ça marchait fort, pour la Coopé, dans le cinéma :

— Faites excuses, mais nous devons laver nos dents, Monsieur Gisors, dit Robert en baisant la manche vide d'une somptueuse tunique de mandarin en épaisse soie bleu nuit, surbrodée d'argent.

— Tu vois pas qu'ils en fassent un film, de notre *Condition* ? dit Maurice.

— J'aimerais autant pas. Personne n'a le droit de donner à ces gens-là d'autres têtes que celles que je leur ai données dans ma tête à moi...

— ... et moi dans la mienne, enchaîna Maurice.

Pour les panières, ils ne se trompaient pas : ça marchait fort pour la Coopé, parce que ça marchait très fort pour le cinéma français.

— C'est l'âge d'or qui commence ! disait Alex. Toi, tu as bien fait de ne pas partir. Et vous, vous avez rudement bien fait d'arriver...

La première phrase s'adressait à Rodriguez, la seconde à une femme, assise entre Rodriguez et Alex à la table d'un café un peu austère, au coin du boulevard Saint-Germain et de la très provinciale rue Saint-Benoît.

— ... rudement bien fait ! répéta Alex en regardant gravement la femme.

Elle avait probablement la trentaine, des yeux gris très allongés bordés de cils légèrement brossés au rimmel bleu sombre ; elle souriait, ses lèvres larges étaient bien dessinées, sans aucun maquillage. Elle était pâle, avait un cou fragile et des cheveux très noirs. Elle les portait en bandeaux ondulés sans raie médiane, et comme si elle en avait ramassé la lourde masse d'une seule main, ils étaient noués en un chignon lâche un peu au-dessus de la nuque. Elle s'appelait Angelina Crespi, avait une mère américaine, un père hongrois, était vaguement princesse, parlait le français sans accent et arrivait d'Autriche où elle avait jusqu'alors dessiné et peint pour l'Opéra de Vienne — pour lequel, disait-elle, elle ne peindrait ni ne dessinerait plus jamais.

L'après-midi, bien qu'il fût surchargé de travail, Alex avait emmené Angelina Crespi jusqu'au petit pavillon blanc de l'Espagne républicaine, revoir avec elle le tableau de Picasso. L'Expo n'avait pas encore fermé ses portes. Le mercure jaillissait toujours dans la fontaine, la charité y pleuvait toujours.

La guerre d'Espagne continuait. Elle se faisait sans Rodriguez, Alex en était très heureux.

Si heureux qu'il n'avait pas même entendu Rodriguez quand celui-ci, la veille, le présentant à Angelina

Crespi, avait fait suivre ses nom et prénom d'un « Cuidado, cuidado... » qui s'était perdu dans le tohu-bohu de la Coupole et les grands rires de Laurent Verdon.

SIXIÈME PARTIE

Le Cadre des Nôtres

Maurice recueillit dans sa cuillère la brune pâte sucrée qui restait au fond de sa tasse à café, la dégusta comme un bonbon, et c'est alors seulement qu'il dit à Robert :

— Je te jure... J'ai failli te dire : « Je le connais ! »

Il n'y avait plus de clients dans le petit restaurant de la rue Bonaparte. Il était bientôt trois heures de l'après-midi. Ils avaient mangé tous les deux à une tablée de six. Les quatre autres étaient des habitués qui tutoyaient la serveuse, comme tous les autres clients au demeurant. Ils avaient parlé fort pendant le repas, et de choses auxquelles Maurice et Robert étaient étrangers : de formes et de formats, de couleurs et de coloris, de matières et de matériaux. Ils empoignaient leurs verres de leurs mains tachées et s'en servaient parfois pour définir un point dans un espace dont ils étaient les seuls à connaître les limites idéales.

Maurice et Robert étaient au bout de la table, l'un en face de l'autre. Ils n'avaient nulle envie d'écouter, mais ne pouvaient pas ne pas entendre, ce qui avait rendu toute vraie conversation impossible entre eux deux. Ils se souriaient en attendant que ça passe, et avaient même ri aux plaisanteries sonores que les autres voulaient leur faire partager. Et puis le bistrot s'était vidé d'un coup, comme une cour de récréation.

— Ils étaient marrants... Et puis ils se sont trouvé une planète à eux, avait dit Robert après la débandade, quand ils s'étaient retrouvés tous les deux seuls devant leurs crèmes caramel.

— Ils ont bien de la veine, avait soupiré Maurice en écartant le rideau à carreaux rouges et blancs pour les regarder traverser la rue Bonaparte et pénétrer dans la cour des Beaux-Arts. On aurait dû se faire peintres ou sculpteurs, ajouta-t-il en laissant retomber le rideau.

— Même sur Mars, les mauvaises nouvelles de la Terre finissent toujours par arriver. Ils ne vont pas tarder à s'en apercevoir, les pauvres, dit Robert.

C'était leur façon à eux de reprendre la conversation là où ils l'avaient laissée avant d'entrer dans ce restaurant qu'ils ne connaissaient pas et qu'ils avaient justement choisi pour y être tranquilles.

On était en novembre. Pour être tout à fait précis, on était le 10 novembre 1938, et Monsieur Ernst von Rath venait de mourir.

Monsieur Ernst von Rath était troisième conseiller à l'Ambassade d'Allemagne à Paris. Et s'il était mort dans la nuit du 9 au 10 novembre, c'est que dans la matinée du 7, un jeune homme l'avait atteint de deux balles de revolver.

Ce jeune homme s'appelait Hershel Grynszpan, il était de nationalité polonaise, de confession israélite, et il avait dix-sept ans.

Et c'était de cet incommensurable fait divers que Maurice et Robert s'apprêtaient à reparler en commandant leurs cafés, au moment où la serveuse mettait déjà les chaises renversées sur les autres tables désertées.

— Mais dis-donc, fit brusquement Robert. Il n'y avait pas déjà eu une histoire comme ça, quand on était petits ? Un Juif qui avait descendu une espèce de général russe... On était tout mômes...

Maurice regardait Robert et ne disait rien.

— Ne me dis pas que tu t'en souviens pas... Tu as même cru voir l'assassin dans le terrain ! C'est le jour où on a découvert...

— C'est le jour où on a découvert l'œil de verre du Docteur Pierre ! confirma très calmement Maurice.

— Alors, pourquoi tu me fais marcher ?

— Je ne te fais pas marcher, je ne pensais pas que tu t'en souviendrais, c'est tout.

— Et comment il se nommait ?

— Petlioura, répondit Maurice.

— L'assassin ?

— Non, l'assassiné. L'autre, je ne sais pas... Je ne l'ai jamais su.

Et Maurice raconta Pouett-Pouett à Robert. Car Pouett-Pouett datait du temps de Madame Lutz.

Et quand il eut fini, il recueillit le sucre au fond de sa tasse à café et dit :

— Le matin, dans la rue des Pyrénées, quand j'ai lu son nom, je te jure, j'ai failli te dire : « Je le connais. »

— Et pourquoi tu ne me l'as pas dit ?

— Trop compliqué sans doute...

— C'était en quelle année, tu crois ? Avant ou après Lindbergh ?

— C'était avant, forcément, puisque pour jouer à Lindbergh, on ne pouvait plus aller dans le terrain, ils avaient commencé à reconstruire... On se mettait dans l'impasse pour jouer à Lindbergh...

— Alors c'était en 26, dit Robert. Il faisait très beau et on n'était pas à Paris depuis longtemps...

— Vous êtes arrivés pendant les vacances de Pâques.

— Alors c'était en avril ou mai 26... C'est bête, on ne saura jamais, dit Robert. C'est bête et agaçant.

— C'est tellement bête et agaçant qu'on ne peut pas en rester là, dit Maurice. Allez, on paie et on s'en va... Et je te jure qu'on va trouver !

Ils n'allèrent pas à la Nationale, ni aux Archives, ni à la *Gazette des Tribunaux*. Ils allèrent à deux pas : Maurice venait de se souvenir du père Moreau d'Argy, le fou de la rue Séguier.

Mais même si Moreau d'Argy avait été le fou des Batignolles, ils s'y seraient rendus. Ils avaient tout leur temps. Toute la journée, comme du temps de leur enfance.

On était jeudi et veille de 11 novembre.

Robert était arrivé le matin du Havre où il était pion au lycée depuis la rentrée. Il avait retrouvé Maurice au tabac du carrefour Danton. Maurice venait d'en face, de la librairie universitaire Villeneuve, rue de Seine, où il travaillait et habitait depuis le mois d'août.

Maurice faisait de la philo, Robert de l'histoire-géo, après une irremplaçable dernière année scolaire commune : une Première supérieure à Louis-le-Grand durant laquelle ils avaient enfin connu ce quartier Latin autrement que par les refrains des porteurs de faluches de leur premier bac. A l'issue de quatre semaines de vacances d'écoliers au grand air, ils s'étaient séparés pour la première fois de leur vie.

Ils avaient cessé d'être des lycéens. Mais s'ils se retrouvaient, ce 10 novembre, après quelques semaines de séparation, c'était grâce aux congés scolaires qui offraient un grand pont de trois jours aux enseignants, à leurs élèves et à leurs libraires.

— N'aie pas peur, dit Maurice à Robert en le poussant sous une porte-cochère de la rue Séguier. Il est cinglé, mais il a tout. C'est le roi du Crime de sang.

Pas une goutte de sang justement ou injustement versée sur le sol de France au cours des vingt dernières années n'avait échappé à l'inquiétant talent de collectionneur de Joseph Moreau d'Argy.

Partant du principe que la grande tuerie légale était morte de sa belle mort le 11 novembre 1918, Joseph Moreau s'était attaché à prouver, d'abord à lui-même, ensuite à une clientèle très sélectionnée, que les modestes effusions de sang d'origine artisanale n'étaient que les séquelles de mauvaises habitudes contractées dans l'exercice de ce qu'il appelait la « production industrielle de mort à la chaîne ».

Tout avait commencé pour lui au lendemain de sa démobilisation et par la lecture d'un fait divers, le récit d'une tuerie particulièrement atroce perpétrée dans une ferme de la Creuse et dont le triste héros était justement un héros du Chemin des Dames.

L'idée d'une thèse avait alors germé dans sa tête. Il se promettait de l'écrire et en avait même trouvé le titre.

Ça s'appellerait : « L'École de Guerre du Crime. » Et pour étayer ses travaux sur des exemples concrets, il s'était abonné à tous les quotidiens parisiens et régionaux.

Mais l'abondance du papier journal qui arrivait tous les jours, le temps passé à ôter les bandes d'abonnement qui, souvent, collaient au papier comme un pansement à une plaie suppurante, le soin qu'il mettait à repasser les feuilles au fer tiède afin d'effacer les pliures qui en rendaient la lecture difficile, le découpage et le collage des matériaux susceptibles de venir grossir le dossier de l' « École de Guerre du Crime », l'avaient forcé à remettre à plus tard la rédaction du premier chapitre.

Très vite, d'ailleurs, la pénurie d'anciens combattants assassins s'étant fait sentir, Joseph Moreau s'était laissé aller à des vagabondages de lecture qui, le détournant de la mission qu'il s'était fixée, l'avaient amené à découper et à coller des récits dans lesquels, si le sang avait bien coulé, ce n'était pas nécessairement du fait d'un valeureux poilu (ni même de celui d'un homme : Joseph Moreau en était à découvrir les crimes de femmes).

Propriétaire du bel immeuble de la rue Séguier, il s'était fait aménager un hangar au fond de la cour, où il avait transporté tous les dossiers qui encombraient l'appartement du troisième qu'il partageait avec sa mère. Peu à peu, le hangar était passé de l'état de dépôt à celui de bureau d'études, puis de celui de bureau d'études à celui de cabinet de lecture. Joseph Moreau avait fait grimper du lierre sur les murs du hangar et planté une glycine en pot dont les grappes retombaient gracieusement sur les vitres de la porte d'entrée à la belle saison. Nul n'aurait pu se douter que ce riant pavillon abritait la plus belle collection de forfaits souvent inimaginables et pourtant imaginés par ceux qui les avaient perpétrés, et dont les noms étaient soigneusement consignés sur les rayonnages encaustiqués de ce que Madame Moreau d'Argy mère appelait « la Nationalette de Joseph », et ses clients la villa « Mon Crime ».

Joseph Moreau ne parlait jamais de ses clients en se servant du mot ; il les appelait ses « chalands consulteurs ». On passait chez Moreau : on n'achetait pas. On consultait et on payait. On payait au quart d'heure. Les chalands consulteurs se répartissaient en deux catégories : celle des criminologues et celle des criminophiles.

Les criminophiles passaient et repassaient, s'achetaient des quarts d'heure qu'ils prolongeaient parfois au point d'en faire des demi-journées. On les reconnaissait à ce qu'ils ne prenaient pas de notes et redemandaient les mêmes volumes, un peu comme des mélomanes qui remettent indéfiniment le même disque.

Les criminologues dépassaient rarement l'horaire, notaient des dates, des lieux, des noms et des âges de témoins, des verdicts.

C'est pour un universitaire, habitué de la librairie Villeneuve, que Maurice était venu la première fois à la villa « Mon Crime ». « Belle journée, jeune chaland ! » — tels avaient été les mots d'accueil d'un quinquagénaire aux mains soignées et dont les bourrelets du double menton reposaient sur la soie d'une lavallière bleu marine à pois blancs.

— Nous irons donc voir du côté de l'inceste, avait répondu Joseph Moreau quand Maurice lui avait demandé à vérifier un détail du procès Nozières.

C'est ainsi que Maurice avait découvert l'insolite classement de la méthode Moreau.

N'ayant pu mener à bien l'œuvre qu'il avait rêvé en d'autres temps de consacrer à un genre bien particulier de crimes, Joseph Moreau n'en avait pas abandonné pour autant le respect qu'il portait aux genres en général. Il répugnait à l'idée de tout mélanger sous le vulgaire prétexte d'un classement chronologique. Son classement à lui obéissait donc à un jugement subjectif des faits divers.

— Je ne mélange pas les torchons et les serviettes, chacun chez soi, avait-il coutume de dire quand il explicitait sa méthode.

C'est donc par familles et en famille que reposaient victimes et bourreaux. Chaque rayonnage avait la sienne, et chaque volume de chaque rayonnage portait le numéro d'une année en chiffres d'or. Ça commençait en 1919 et finissait en 1937, l'année en cours étant chez le relieur.

Il y avait huit rayonnages, chacun porteur d'un panneau sur lequel étaient inscrites les initiales indiquant la classification que Moreau avait décidé de leur attribuer :

C.C. pour CRIMES CRAPULEUX
M.P. pour MEURTRES PASSIONNELS
M.P.H. pour MEURTRES PASSIONNELS HOMOSEXUELS
C.H. pour CRIMES HOMOSEXUELS
C.S. pour CRIMES SADIQUES
M.I. pour MEURTRES INCESTUEUX
Ex.P. pour EXÉCUTIONS POLITIQUES
A.G. pour ACTES GRATUITS

Il avait, on le voit, un grand souci des nuances. Et comme il avait aussi ses têtes, il lui était arrivé de chasser de chez lui quelque chaland mal élevé qui prétendait, par exemple, faire descendre à l'étage des voyous (*C.H.*) tel jeune inverti, sentimental et malchanceux, qu'un coup de poignard castillan du XVIIIe siècle maladroitement porté au cœur d'un antiquaire antipathique avait incité Joseph Moreau à ensevelir, après l'exécution capitale, au rayonnage *M.P.H.*, année 1932.

— Belle journée, jeunes chalands ! Gracieuse compagnie ! s'était exclamé Joseph Moreau en découvrant Robert qui emboîtait le pas à Maurice. Ce jeune Viking est-il votre frère ?

— Pas vraiment, mais tout comme, Monsieur Moreau. Je vous en prends pour un quart d'heure, dit Maurice en posant un billet de cinq francs sur le guéridon autour duquel étaient en train de déguster des pâtisseries Joseph Moreau, sa vieille maman et Sylvestre Bondy, le secrétaire-paysagiste qui partageait leur vie de famille.

— Je vous prends par la main ? Ou bien vous savez où vous diriger ? s'enquit Moreau.

— Nous savons, merci, Monsieur Moreau. Nous allons tout droit chez *Ex.P.* », répondit Maurice en exhumant l'année 1926 qu'il plaça sur la grande table de chêne devant Robert qui s'était assis. Il prit place à ses côtés tandis que Joseph Moreau déclenchait la minuterie si familière aux joueurs d'échecs et aux chalands de la villa « Mon Crime », et c'est au rythme de ce discret tic-tac qu'ils commencèrent à feuilleter.

Négligeant les trois premiers mois de l'année 1926, c'est à partir du 16 avril que Maurice se mit à tourner lentement les grandes pages de papier carton sur lesquelles étaient collées les coupures de presse que Joseph Moreau avait jugées dignes de retenir l'attention.

— Nous y voilà, dirent-ils ensemble tout bas alors qu'ils arrivaient à fin mai.

Trois titres différents avaient été sélectionnés et occupaient chacun une page, elle-même datée en rouge :

MERCREDI 26 MAI
« Un crime politique »
PETLIOURA,
ancien dictateur de l'Ukraine,
ASSASSINÉ A PARIS PAR
UN DE SES COMPATRIOTES,

était celui de *L'Écho de Paris* ;

PETLIOURA, CHEF DE BANDE
CONTRE-RÉVOLUTIONNAIRE
QUI RAVAGEA L'UKRAINE,
ASSASSINÉ A PARIS PAR UN
ISRAÉLITE RUSSE,

était celui de *L'Humanité* ;

Par haine politique,
LE GÉNÉRAL PETLIOURA,
ancien Président de la
République d'Ukraine,
EST ASSASSINÉ RUE RACINE
PAR UN ÉMIGRÉ RUSSE,

était celui du *Matin*.

— Et voilà le mien ! dit Maurice en mettant le doigt sur *Le Matin*. C'est marrant, dans mon souvenir, Petlioura barrait toute la page, alors qu'il n'y a que deux colonnes.

— Oui, mais ils ont leurs deux photos, dit Robert, et une faute d'orthographe : regarde, l'autre, ils l'appellent Schwartzbar, ils lui ont fait sauter son *d* à la fin !

Maurice contemplait les deux visages entrevus il y avait si longtemps. Celui de Petlioura émergeait, fin, aristocratique et blasé, d'un col officier chamarré de dorures, et on distinguait à peine l'amorce d'un baudrier de cuir sur son épaule gauche. Celui de Schwartzbard ressemblait aux rares photos de Chaplin en Charlie, pas en Charlot.

— Lis-moi, dit Robert.

Et Maurice déchiffra ce document qu'il avait tant espéré retrouver à la place où il l'avait laissé, en haut des marches du métro, le soir où il était allé attendre Élie à la station Pyrénées. Il le fit d'une voix un peu étranglée :

PAR HAINE POLITIQUE
Le Général Petlioura,
ancien Président de la République d'Ukraine,
est assassiné rue Racine par un émigré russe.
Son meurtrier, naturalisé français, est arrêté.

Le drame qui s'est déroulé hier après-midi rue Racine n'aura pas eu le banal mobile passionnel que l'on retrouve, de nos jours, dans nombre de drames parisiens. Le meurtrier, s'il faut l'en croire, du moins, a voulu, en abattant de sept coups de revolver sa victime, assouvir une haine d'origine à la fois politique et confessionnelle.

Samuel Schwarzbar, le meurtrier — israélite originaire de Smolensk (Russie) où il est né en 1888, d'ailleurs naturalisé français et ayant combattu dans les rangs de l'armée française pendant la Grande Guerre —, était depuis plusieurs années à la tête d'un petit commerce d'horlogerie, 82, bd de Ménilmontant. Et qui avait aperçu, penché d'un bout à l'autre du jour, sa loupe à l'œil, au-dessus de sa table de travail, ce petit quadragénaire blondasse en blouse de coutil blanc, ne l'eût point reconnu hier, alors que, tête nue, toujours vêtu de son sarrau professionnel, il se penchait, rue Racine, pistolet en main, pour tirer sur sa victime expirante !

Il était environ 14 heures. Un passant d'une quarantaine d'années, au visage rasé, à la mine soignée, sortait d'un restaurant de la rue Racine et s'apprêtait à tourner l'angle du boulevard Saint-Michel, lorsqu'il s'entendit appeler : « Hé ! Pan Petlioura ! » (« Pan », en langue slave, signifie « seigneur » ou « monseigneur ».)

Le passant, dont Petlioura était en effet le nom, se retourna, l'homme à la blouse blanche était devant lui, brandissant un pistolet de gros calibre.

— Canaille, défends ta peau ! cria-t-il.

Et, en même temps, il faisait feu, par trois fois, sur son interlocuteur.

Celui-ci s'affaissa, la poitrine traversée par les projectiles. Alors, avant que les témoins de cette scène rapide eussent le temps de s'interposer, le meurtrier, se penchant sur le blessé déjà râlant, déchargeait à nouveau sur lui son arme à trois reprises.

Il allait tirer sa dernière balle, le pistolet s'enraya.

Samuel Schwarzbar s'était redressé et paisiblement attendait.

Il tendit son revolver à un agent accouru, et celui-ci, bientôt aidé par des collègues, eut toutes les peines du monde à le soustraire à la fureur de la foule, tandis qu'on le conduisait au commissariat de police de l'Odéon.

La victime avait été rapidement identifiée. Il s'agissait de M. Simon Petlioura, né le 10 mai 1879 à Kiev (Ukraine) et habitant 7, rue Thénard, dans le Ve arrondissement.

Le geste sanglant de l'horloger Schwarzbar était un crime politique, ainsi qu'il l'expliqua d'ailleurs à M. Mollard, commissaire de police du quartier de l'Odéon.

— En 1917, déclara-t-il, je faisais partie d'une mission militaire française qui se rendit à Pétrograd et Odessa. A ce moment, j'entendis longuement raconter les massacres de Juifs qui se commettaient dans l'Ukraine, qui avait pour chef de son gouvernement provisoire Petlioura. Chassé par les Soviets, Petlioura devait par la suite continuer à poursuivre, en Pologne et en Tchécoslovaquie, la race juive de sa haine. A partir de ce moment, je résolus de venger mes frères en tuant cet homme. Il y a une quinzaine de jours, je rencontrai enfin mon ennemi. Il sortait de son restaurant, mais il était accompagné d'une femme et d'une fillette. Je ne voulus point tirer sur lui à ce moment, de peur de blesser l'une ou l'autre. Aujourd'hui, je me suis rattrapé. Je ne l'ai pas raté, tant mieux !

Le passé de Petlioura

Simon Petlioura occupait, avec sa femme et sa fillette âgée d'une douzaine d'années, un petit appartement meublé à l'hôtel, 7, rue Thénard.

Simon Petlioura, nous a déclaré un des amis du défunt, s'était mis dès l'automne 1917 à la tête du mouvement nationaliste ukrainien. Il fut tour à tour ministre de la Guerre du premier gouvernement de l'Ukraine, après que celle-ci se fut détachée de la Russie, puis après le coup d'État de Skoropadski, élu Président du directoire de la République démocratique ukrainienne. Au début de 1921, il fut obligé de se retirer avec l'armée en Pologne où il resta jusqu'en automne 1924, puis vint en France.

Ardent nationaliste, il mena la lutte contre le bolchevisme, mais c'est à tort que d'aucuns pourraient prétendre que les pogromes antijuifs eurent lieu sous son inspiration.

M. Mollard, commissaire de police, s'est rendu, au cours de l'après-midi, en compagnie du meurtrier, en perquisition à son domicile, 82, boulevard de Ménilmontant. Il n'a recueilli, sur le compte de Samuel Schwarzbar, que d'excellents renseignements.

Schwarzbar, qui fit la guerre dans une unité d'infanterie française, fut grièvement blessé en mars 1916 et obtint une brillante citation, ainsi que la Croix de guerre.

— J'ignorais tout de ses projets, a déclaré en pleurant Mme Schwarzbar.

Maurice passa à la page suivante.

Dans son numéro du 27 mai, *Le Matin* publiait une lettre-pneumatique de Schwarzbar (qui n'avait toujours pas récupéré son *d*) à sa femme :

Ma chère femme, je vais faire mon devoir et venger mon pauvre pays qui a été massacré, violé, spolié, opprimé par milliers. C'est Petlioura qui en est responsable. Je te prie de rester tranquille, et je prends toutes les responsabilités de mon acte de vengeance. Adieu. Samuel.

— Tu te rends compte, il s'est arrêté en route, avec sa blouse sur le dos, entre le boulevard de Ménilmontant, à côté de chez nous, et ici, rue Racine, pour mettre un pneu à sa femme ! dit Maurice en tournant la page.

Dans leurs numéros du 29 mai, *L'Écho de Paris* annonçait : « Petlioura a été assassiné par la main de Moscou », et *L'Humanité* retraçait la « carrière » entre guillemets de l' « aventurier Petlioura », sans mentionner Schwartzbard.

— On ne saura jamais s'ils ont rendu son *d*, dans le journal de Papa, dit Robert.

L'épilogue de l'affaire, ils le trouvèrent sur une demi-page du *Petit Parisien*. C'était un reportage photographique : celui des obsèques du « général Petlioura » au cimetière Montparnasse. Trois grandes photos : la veuve et l'orpheline, le portrait du défunt, et une foule agenouillée : celle formée par les mille cinq cents

Ukrainiens de Paris venus dire adieu à leur Chef vénéré.

— Mais, dis donc, le 26 mai était un mercredi ! Pourquoi on n'était pas à l'école ? fit tout à coup Maurice.

— Parce qu'on n'a pas eu école ni le mardi, ni le mercredi, répondit Robert, mais je ne sais plus pourquoi.

— Attends, il n'y avait pas le croup ou une méningite dans le quartier ?

— Le croup ! Tu as raison : c'est pour ça que ta mère t'a mis au lit pendant vingt-quatre heures.

— Pas vingt-quatre heures, puisque c'est le lendemain que tu m'as dit qu'il nous aurait tous tués...

— Mais non ! Le lendemain, c'était jeudi, et t'as dormi toute la journée !

— Tu es sûr ?

— Un peu ! Je suis monté trois fois chez toi.

— Tiens ! J'aurais pourtant juré...

— De la fragilité des témoignages humains, dit Joseph Moreau qui n'avait rien perdu de leur débat. Dois-je arrêter ma minuterie, jeunes chalands ? Votre quart d'heure est à sa dernière extrémité...

— Encore une petite minute, dit Maurice. Un coup d'œil sur le procès et nous en avons fini...

— Connaissant l'affaire qui vous occupe, un coup d'œil ne vous suffira pas. L'épilogue, tel que je l'ai collationné, est extrêmement copieux, mon jeune ami. Revenez donc, dit Moreau, la main sur son petit compteur.

Maurice se contenta d'ouvrir une page au hasard dans le volumineux dossier du procès, juste le temps de lire qu'il s'était ouvert le 8 octobre 1927 et de découvrir la photo d'un homme qui essayait de dissimuler, de sa main tendue vers l'objectif, un visage souriant et balafré.

Il allait refermer le volume, s'arrêta, regarda encore une fois.

La main, le sourire et la balafre lui étaient aussi familiers que les fleurs du papier mural de la rue de la

Mare, le rire de Sonia, les caprices de Zaza, le pas de son père dans l'escalier. Pourtant, il n'arrivait pas à savoir pour quelles raisons ni depuis quand cette image faisait si intimement partie de sa vie.

Il referma l'album.

— Vous pouvez stopper vos moteurs, Monsieur Moreau, dit-il.

Il regardait Robert. « Je ne peux pas lui refaire le coup du “ Je le connais ”, se dit-il ; il va falloir que je trouve tout seul. » Et il essaya de chasser momentanément l'impression de déjà vu : il commençait même à se demander si elle n'était pas de l'ordre des « fausses reconnaissances », dites « souvenirs du présent », dont il étudiait justement les effets, à la Sorbonne et chez Villeneuve, dans Bergson.

— Voilà une bonne chose de faite ! s'exclama Robert. On sait maintenant que c'était un mercredi à quatorze heures, un 26 mai, et en 1926...

— Quand est-ce qu'il vous rapporte l'année en cours, votre relieur, Monsieur Moreau ? demanda Maurice en replaçant le volume 1926 sur le rayonnage *Ex.P.*

— Quand elle sera morte, la pauvre ! dit Moreau.

— J'espère qu'il n'aura pas lésiné sur le veau pleine peau et qu'il aura vu grand pour le cartonnage, parce que, depuis avant-hier, il vous est rentré deux pensionnaires de marque, déclara Maurice en prenant Robert à témoin.

— Comme c'est cocasse ! Nous en parlions justement ce matin, Maman, Sylvestre et moi, dit Moreau en mâchonnant une bouchée de puits d'amour. Savoir où nous allons les loger, ces deux-là... Délicat, très délicat !

— Pourquoi ? *Exécution politique* ne vous paraît pas convenir ? suggéra Robert.

— A considérer attentivement leurs portraits, on peut s'interroger, répondit Moreau, quêtant l'approbation de Sylvestre Bondy qui la lui concéda en souriant tristement. Qui nous dira les liens qui pouvaient unir ces deux jeunes gens au point de les désunir de si funeste façon ?

— Vous voulez dire que si je reviens en janvier, je risque de trouver Monsieur von Rath, nazi, et Monsieur Grynszpan, Juif polonais, au rayon des Meurtres passionnels homosexuels ? Mais dites donc, Monsieur Moreau, vous êtes en train de nous refaire le coup de Garcia Lorca à l'envers, là ! C'est bel et bien la milice de Franco qui a fusillé le républicain Lorca, pas son amant jaloux, comme certains l'ont écrit !

— J'ai tant à faire avec la France que ces espagnolades m'indiffèrent, fit Moreau.

— Sombreros et mantilles, en somme ? dit Maurice, devenu très pâle, en faisant claquer ses doigts comme des castagnettes.

— Allez, viens, barrons-nous, lui lança Robert en se dirigeant vers la sortie.

— A vous revoir, jeunes chalands, dit Joseph Moreau.

Ils ne lui répondirent pas et franchirent la porte qu'il leur avait déjà ouverte.

— C'est pas un cinglé, ton type, c'est un dangereux con, commenta Robert quand ils furent à nouveau dans la rue Séguier.

Ils firent quelques pas sans rien se dire. Ils pensaient à la même chose, et c'est Robert qui en parla le premier.

— Comment ils s'en sortent, chez les Nüssbaum ?

— C'est terrible, dit Maurice. Ça fait deux mois qu'ils savent, maintenant. Lui encore, le père Nüssbaum, il a Clignancourt, ça l'oblige à bouger, mais la mère Nüssbaum, personne ne l'a plus vue dehors, elle reste assise dans sa cuisine à pleurer. C'est Myriam qui lui fait ses courses et qui fait à manger... Elle a défendu à Manolo d'entrer dans l'appartement à cause de son accent espagnol...

— Et Sami ?

— Sami ? Il est coupable.

— Comment... coupable ?

— Coupable de tout. Coupable d'être le frère vivant

d'un frère mort, coupable de l'avoir laissé partir, de faire sa médecine, de s'être disputé avec Jeannot trois jours avant que l'autre n'aille s'enrôler dans les Brigades, d'avoir été un bon élève chez le père Florian, d'aimer lire et discuter, et rigoler, et d'aimer Fred Astaire, Trénet, les Marx et Django, et coupable d'avoir vidé les pleureurs du Comité qui voulaient faire un vin d'honneur sur fond de marche funèbre avec le portrait de Jeannot crêpé de noir, coupable d'avoir de l'humour pour me le raconter, coupable de voir le soleil se lever le matin... Coupable, quoi !

— Comme nous, en somme, dit Robert.

— Comme nous, si tu veux...

Ils étaient rue de Seine.

— Tu vois, ma chambre, c'est la fenêtre du bout, au quatrième, indiqua Maurice quand ils furent à hauteur de la librairie Villeneuve dont la devanture était grillagée. Tu veux monter ? Je te ferai un bon Phoscao !

Ils traversèrent la rue et, avant d'entrer dans la belle maison Louis XIII, Robert jeta un coup d'œil sur la vitrine à travers les croisillons. Il y avait peu de livres, mais très bien disposés. Et seulement des ouvrages de philosophie, d'histoire contemporaine et de sociologie. Par-delà la vitrine, le magasin paraissait très profond.

Une rampe de ferronnerie sans fioriture aucune courait le long des escaliers de pierre. Sur chaque palier, deux portes peintes en vert foncé se faisaient face. Au troisième, il n'y avait qu'une seule porte, à gauche ; à droite, un escalier de bois menait au palier du quatrième, très bas de plafond. La chambre de Maurice était au bout du couloir, juste au-dessus de l'appartement du troisième.

— Regarde : j'ai deux entrées, ou deux sorties, si tu préfères, fit remarquer Maurice.

Il souleva une trappe au centre de la pièce. Elle révéla un escalier en colimaçon qui aboutissait sur les lames d'un parquet ciré.

— Et tu t'en sers ? demanda Robert.

— Bien sûr, répondit Maurice en refermant la

trappe. Quand les Villeneuve m'invitent ou bien quand ils sortent. Ils ont trois gosses de sept, neuf et douze ans. Quand ils sortent et que je reste, j'ouvre ma trappe et je fais la « nounou ». Enfin, je les écoute dormir, quoi...

— C'est comme moi, en somme, fit Robert en riant. Mais moi, j'en ai trente à écouter dormir, et non seulement ils ne dorment pas, mais je n'ai pas de trappe à refermer quand je veux la paix... Je n'ai qu'un mince rideau au fond du dortoir...

Robert s'était assis sur le lit. C'était un vrai lit avec des bois d'acajou, de forme bateau. Il contempla la table de travail surchargée de bouquins et de journaux, placée devant la fenêtre donnant sur le dôme de l'Institut, la jolie chaise de noyer devant la table, la petite cheminée de marbre noir et le paravent recouvert de toile de Jouy derrière lequel Maurice faisait couler de l'eau.

— Moi, dans le genre XIXe, je serais plutôt le Petit Chose... Mais toi, c'est carrément chez Balzac, Flaubert et Stendhal que tu es allé taper... Elle a quel âge, Madame Villeneuve ?

— T'es con ! lança Maurice en posant deux verres et un pichet d'eau sur la table. C'est des gens formidables, les Villeneuve.

Il ouvrit un placard et sortit une bouteille de whisky à demi pleine qu'il mit à côté du pichet.

— Comment, formidables ? demanda Robert en se versant un fond de verre de whisky.

Maurice réfléchit une seconde.

— Eh bien, si tu nous trouves petits jeunes gens du XIXe, eux, les Villeneuve, tu pourrais les appeler les humanistes du XVIIIe, si tu vois ce que je veux dire...

— Eh ben, à la leur ! clama Robert en levant son verre. Ils doivent avoir du boulot, par les temps qui courent...

— Pas plus que d'habitude, apparemment ; quand tu parles avec eux et avec les gens qui viennent chez eux, ou en bas à la librairie, tu t'aperçois que ça n'a jamais cessé de ne pas aller, de par le monde. Et eux se sont toujours occupés de ce qui n'allait pas, et de ceux pour qui ça n'allait pas. En bas, les gens qu'on rencontre sont presque tous des survivants de vieilles luttes pas terminées et dont toi et moi n'avons jamais entendu parler...

— Ils ont pas des Chouans, en bas, quand même ?

Maurice éclata de rire.

— J'en ai pas encore vu, mais je n'ai pas encore rencontré tout le monde... Par contre, j'ai déjà rencontré des Tonkinois, des Arabes et des Malgaches qui m'ont parlé de leurs généraux Hoche à eux, et des Irlandais qui m'ont parlé des leurs, et quelques Américains du Nord qui m'ont raconté le Sud galant où on pend les nègres aux sycomores, et quelques Américains du Sud qui m'ont raconté les conquêtes espagnoles et portugaises comme on ne nous les a pas apprises à l'école. Et j'ai écouté se parler entre eux des socialistes italiens, des bundistes polonais, des trotskistes russes, des communistes hongrois, des nationalistes arméniens, des vieillards turcs militant aux « Jeunes Turcs », des anarchistes grecs, des barons baltes, des Allemands...

— Et ils se foutent pas sur la gueule, tous ces gens-là ?

— 'bsolument pas... Ils discutent et ils comparent.

— Quoi ?

— Ils comparent leurs prisons, parce que presque tous ces gens-là en ont fait. Chez eux, pour des raisons inverses, souvent. Mais leurs prisons se ressemblent, et eux finissent par se ressembler aussi... Marrant, non ? fit Maurice en se servant un petit whisky avec beaucoup d'eau.

— Désopilant ! renchérit Robert.

Robert était de dos devant la petite cheminée de marbre noir. Il examinait des photos glissées entre le cadre dédoré et la vieille glace étroite et tavelée. Il y en avait une très grande au centre.

— Comment t'as fait ? demanda Robert.

— C'est un copain de Zaza, un photographe de cinéma qui me l'a agrandie, dit Maurice.

Comme sur une photo de presse, en bas dans la marge, Maurice avait écrit : *Le Couvent, août 1937.*

Zaza, Josette et Myriam étaient assises par terre, Robert, Maurice, Sami et Jeannot debout derrière elles, et tous les sept souriaient devant une immense cheminée dominée par un Christ sculpté dans la pierre. Les garçons tenaient à la main de grandes pelles et sur la gauche de la photo, au pied d'un escalier, un gros tas de plâtre dessinait une tache blanche, comme de la neige.

— C'est celle qui a été prise par le Maire... Moi j'ai l'autre, dit Robert en fouillant dans son portefeuille.

C'était exactement la même en petit, mais, à la place de Jeannot, on voyait un homme de haute taille, coiffé d'un chapeau de feutre noir comme en portent les montagnards.

— Il ne parlait pas de partir en Espagne, Jeannot, quand on a commencé à retaper le couvent, dit Robert.

— Non, fit Maurice tandis que Robert se penchait sur les autres photos. Non, c'est nous qui en parlions : Sami, toi et moi. On n'arrêtait pas...

— On n'arrêtait pas d'en parler et on n'est pas parti. Lui est parti et il est mort, murmura Robert en poursuivant l'examen des petites photos. On n'est pas des Katow, ni des Tchen, nous. Pas plus que nos papas... — ajouta-t-il en riant. Mon papa aussi a beaucoup parlé de partir... Il est d'ailleurs parti, mais dans l'Allier. C'est pas la Catalogne...

— T'es vache ! fit Maurice qui ne put s'empêcher de rire à son tour.

— Tu sais que je l'ai vu, en bas...

— Qui, mon papa ?

— Non, Malraux. Il est copain avec Villeneuve... Il est passé en coup de vent, un soir, très tard. Il repartait dans la nuit pour la frontière...

— Il paraît qu'il n'a jamais mis les pieds en Chine !

— Oui, je le sais, et je m'en fous. Ça change rien pour moi... Je veux dire : ça change rien à ce qu'il y avait pour moi dans *La Condition humaine...*

— Pour moi non plus, et encore moins pour *lui*, dit Robert en appuyant son index sur le visage souriant de Jeannot. Puisque lui l'avait jamais lue, *La Condition...*

Il avait fait glisser son index du visage de Jeannot au Christ en pierre, puis jusqu'au tas de plâtre.

— Les Villeneuve l'ont vue, cette photo ?

— Oui, répondit Maurice.

— Ils ont dû nous prendre pour un patronage !

— Non, je leur ai raconté : le camping dans la montagne, la tempête, la tente qui foutait le camp, la ruine où on s'abrite et la rénovation de la ruine...

— Et que la ruine est à nous, maintenant ?

— Je leur ai tout raconté, et ils ont trouvé ça très drôle et très moral. Ils m'ont même demandé si on voulait pas emmener leur aîné avec nous, la prochaine fois qu'on irait là-haut.

— En tout cas, pas à Noël prochain, il nous reste trop de boulot au premier étage, maintenant qu'on a fini le bas. Mais tu vas voir ce qu'on a fait après ton départ... C'est Versailles, plus les bains-douches de la rue des Pyrénées ! dit Robert, toujours penché sur les photos.

— On parle comme de vrais proprios !

— Non, camarade, comme des kolkhoziens ! des kolkhoziens curateurs et conservateurs du glorieux héritage du passé savoyard, mon père Félix nous l'a assez expliqué... Et ça, qui est-ce ?

Robert avait posé le doigt sur le seul visage inconnu parmi tous ceux qui garnissaient le cadre dédoré de la glace. C'était un petit cliché de photomaton.

— Une fille... une Anglaise.

— Mais dites-moi, Guttman, il suffit qu'on vous laisse la bride sur le cou pendant quelques mois et voilà que...

— Déconne pas ! fit Maurice un peu sèchement. Elle est repartie dans son pays et je l'aimais beaucoup.

— C'était cet été ?

— Oui, quand j'ai commencé à la librairie.

— Et alors ?

— Alors, en septembre, il y a eu Munich et elle est repartie chez elle.

— Il n'y a pas longtemps, alors...

— Non, il n'y a pas longtemps.

Robert se détacha de la cheminée et retourna s'asseoir sur le lit.

— Il n'y a plus personne qui dort chez Bonnet, alors, maintenant ? dit-il en jouant avec l'interrupteur de la lampe-champignon jaune qu'il venait seulement de découvrir, agrafée à la tête du lit de Maurice.

— Si, il y a Zaza.

— Elle a pris mon lit ou le tien ?

— Elle a pris un canapé, mon vieux... Tous les lits-cages de l'immeuble, c'est Manolo qui les a embarqués avec celui de Josette, quand tes parents ont vidé la loge. Ta mère a dit à la mienne qu'il y avait quatre pièces dans le « logement de fonction » à Neuilly-le-Réal, plus une salle de bains... Déjà, « logement de fonction », pour expliquer ça à ma mère, ça n'a pas été de la tarte ! Les quatre pièces et la salle de bains, elle a compris ; quant à Neuilly — le Réal ou pas —, le seul mot a fait mourir de rire la mère de Zaza... Bref, les lits-cages ont diparu avec tous nos rêves d'enfants de la rue de la Mare, et Zaza fait désormais les siens sur un divan moelleux, avec un téléphone à son chevet. Ça, ç'a été le cadeau d'adieu de ton père. Avant d'aller assumer ses fonctions de Receveur principal du Bureau central des postes et communications de Neuilly-le-Machin, il a envoyé ses potes du XXe faire une installation-éclair au kolkhoze des costumières. PYR 23-89, qu'elles s'intitulent depuis octobre. Note qu'elles ont mis un gros chiffon autour de la sonnerie pour cacher la chose à Madame Lowenthal, ce qui fait que quand je les appelle, il faut laisser sonner au moins dix fois avant qu'elles entendent !

— Tu me donnes encore un petit coup de Phoscao ? demanda Robert en tendant son verre à Maurice qui lui versa un peu de whisky, puis s'en versa à lui-même encore moins, avec beaucoup d'eau. En somme, tu leur téléphones mais tu n'y vas jamais ? reprit-il après un silence.

— J'y vais une ou deux fois la semaine, mais j'ai beaucoup de boulot, tu sais, entre la Sorbonne et la librairie...

— Et puis, tu es comme moi : il y a le décalage... Toi entre le VIe et le XXe, moi entre la Seine inférieure et l'Allier, mais c'est le même. Tu fais de la philo, moi de l'histoire, pas de la maroquinerie ni des enregistrements de mandats. C'est comme ça. Il faut le savoir et pas avoir honte.

— J'ai pas honte, mais ça fait un peu de peine, par moments. Justement quand j'ai pas envie d'y aller et que je téléphone.

— T'aurais dû venir faire le pion avec moi au Havre. Comme ça, t'aurais eu tous les alibis.

— Non, là, j'aurais vraiment eu l'impression de les abandonner.

— J'ai bien abandonné les miens, plus une sœur en bas âge !

— Oui, mais les tiens s'appellent Clément, pas Guttman ou Roginski, dit Maurice.

— Je ne vois pas...

— Mais si, tu vois très bien !

— Ce sont les clients de ta librairie qui te refilent leurs obsessions, fit Robert en haussant les épaules.

— J'ai pas besoin d'eux... et Zaza non plus. J'ai failli te raconter, tout à l'heure, et puis j'ai bifurqué sur les lits-cages... Mais Zaza, quand elle ne dort pas « chez Bonnet », c'est qu'elle est en extérieurs, comme ils disent dans le cinéma. Elle devait partir la semaine dernière comme assistante d'une script-girl, une fille très gentille qui s'appelle Mimi...

— Elle ne fait plus les costumes ?

— Si, mais en même temps elle apprend le métier de script. Elle devait donc partir avec toute l'équipe française, d'un film français, avec des acteurs français, pour des extérieurs en Allemagne. Au dernier moment, ils l'ont pas prise. Ils se sont avisés qu'elle était peut-être un peu juive, et ils lui ont dit qu'elle était un peu jeune... A la maison, elle a répété qu'elle ne partait plus parce qu'on l'avait trouvée trop jeune, mais à moi elle a dit la vérité qu'elle avait sue par Mimi...

— Et pourquoi elle n'a pas dit la vérité chez vous ?

— Pour pas qu'ils aient peur... Ou plutôt pour qu'ils ne recommencent pas à avoir peur...

— Ils ne m'ont jamais donné l'impression d'avoir peur ! s'exclama Robert.

— A Zaza et à moi non plus, parce qu'ils nous le cachaient sûrement. Ils étaient encore presque des enfants quand ils nous ont faits. Des enfants qui avaient toujours eu peur. Alors ils ont voulu faire des enfants qui n'aient pas peur. Il n'y a pas très longtemps qu'on s'est aperçu de ça, Zaza et moi... Il a fallu qu'on quitte la maison et qu'on se rappelle des trucs... Des trucs qui nous faisaient marrer, à l'époque...

— Des trucs que j'ai connus, moi ?

— Tu parles !... L'assassinat de Paul Doumer par Gorguloff, par exemple, tu te rappelles ? On avait treize ou quatorze ans, non ? Eh bien, la première question que ma mère ait posée, ce jour-là, ç'a été : « Gorguloff ? C'est pas juif, au moins ? »... Non, c'était pas juif ! Ouf !... Et alors seulement on a pu pleurer sur la mort du pauvre Président, et sur sa pauvre femme, et sur ses pauvres enfants dont plusieurs avaient donné leur vie pour la France... On a pu pleurer dans les cuisines du second avec la conscience tranquille, tout comme ça pleurait au premier dans la cuisine des jumeaux Bonnet, et maudire en toute quiétude l'assassin étranger — 'bsolument pas juif — du grand Président français...

— Au rez-de-chaussée, ça pleurait pas du tout dans la cuisine, ce soir-là ! corrigea Robert en souriant. Ça discutait, parce que c'était l'énigme... On avait deux méchants à se mettre sous la dent : la victime et l'assassin. La victime était un sale colonialiste, et l'assassin un sale contre-révolutionnaire. Alors, pour s'y retrouver, il avait du mal, Papa !... Mais comment ça vous est revenu, cette histoire Gorguloff ?

— A cause de Weidmann et de ses six innocentes victimes... Ma mère a retrouvé exactement le même ton : « Weidmann... Six cadavres, quelle horreur ! Mais dis donc, Weidmann, c'est pas juif, au moins ? — Non, c'est simplement allemand, comme Hitler », lui a dit Zaza.

— Et alors ?

— Alors rien. Ma mère a regardé Olga et elle s'est mise à parler d'autre chose, comme quand on était petits. Elles ne veulent pas parler d'Hitler devant nous. Hitler, c'est loin, c'est en Allemagne... Tout comme Petlioura, c'était en Ukraine... Ici on est en France, ces choses-là on n'en parle pas... Quand tu penses qu'il a fallu le goulasch maudit de la mère Lowenthal pour qu'on prononce le nom de Petlioura à la maison où je n'ai d'ailleurs jamais entendu prononcer celui de Schwartzbard !... C'est formidable, quand même !...

— En revanche, on en a parlé dans la loge, dit Robert. Mais, aujourd'hui, je comprends pourquoi...

— Moi aussi... C'est parce que vous n'étiez pas juifs, mais surtout parce que Petlioura était antibolchévique !

— Exactement...

— C'est drôle que le père Florian ne nous en ait jamais parlé non plus, à ce moment-là, lui qui nous parlait toujours de tout.

— Peut-être qu'il trouvait que ça ne le regardait pas... C'est l'Histoire de France qu'il nous racontait, puisqu'on était des petits Français. » Puis Robert ajouta : « Vous faites d'ailleurs la même chose, Zaza et toi. Zaza leur raconte qu'elle est trop jeune pour ne pas leur faire peur, et toi tu laisses faire... Et Madame Mimi, qu'est-ce qu'elle fait ?

— Quoi, Mimi ?

— Elle y va quand même, en Allemagne, tout en sachant qu'on ne prend plus Zaza parce qu'elle est juive ?

— Je crois, oui...

— Eh bien, tu vois... Personne ne dit jamais rien à personne, conclut Robert en se levant.

Il posa son verre sur la table.

— T'as raison, dit Maurice. Encore que je t'en aie dit pas mal, aujourd'hui... Plus que tu ne m'en as dit, en tout cas.

— Parce que moi je n'ai pas grand-chose à dire, répondit Robert.

Il avait contourné la table et s'était campé devant la fenêtre. Le jour commençait à baisser.

— Moi, je ne fraie pas avec l'intelligentsia cosmopolite, et de la fenêtre de la classe où je « pionne », je ne vois pas le soleil se coucher sur l'Académie française... Je « pionne » d'un œil, et de l'autre j'étudie l'histoire-géo sur des cours polycopiés. Si je bosse bien, je serai un jour cet agrégé d'histoire dont on dira dans les cellules : « Savez-vous bien que sa mère fut concierge à Paris et son père facteur urbain, à pied, après avoir été facteur rural sous des climats si rudes qu'il lui fallait, sans débander... » Qu'il lui fallait quoi, Guttman ?

— Qu'il lui fallait,
Sans débander,
Pour bien servir les Pététés,
Chausser des skis
Comme en Russie,
Et tuer des loups
Comme à Moscou

Plus tard, c'est à Barsky,
Bien plutôt qu'à Trotsky,
Qu'il remettait les plis
Qui firent de lui
Ce facteur exemplaire,
Le meilleur des receveurs
De tout l'Front Populaire...

Maurice avait pris le relais dès la première phrase, et c'est ensemble qu'ils déclamèrent cette *Ode à Félix,* composée spécialement pour saluer naguère la grande nouvelle. Elle avait officieusement couru dans la matinée, quand Jeannette avait ouvert l'enveloppe du Ministère confirmant la nomination de Félix au poste de Receveur qu'à juste titre il briguait depuis si longtemps. Robert et Maurice avaient troussé les vers de mirliton sur un coin de table, à Louis-le-Grand, et ils avaient rapporté l'*Ode*, toute chaude, rue de la Mare pour la réciter à Félix, dans la loge où, pour une fois, se donnait une petite fête.

C'était en juin dernier. Ils ne l'avaient plus jamais récitée depuis lors, l'*Ode à Félix*, et ils se complimentèrent sur leur mémoire ; cinq mois avaient passé.

— Ce fut la dernière fête avant la « diaspora », dit Robert.

— Tu piques dans mon patrimoine folklorique, maintenant ? fit Maurice en souriant.

— C'est encore le meilleur pour parler des choses pas gaies... Elle était pas gaie, cette petite fête, avec ta mère, la mienne et la mère de Zaza qui pleuraient à qui mieux mieux, Josette qui sanglotait, mon père qui recevait les félicitations en répétant tout le temps : « On reviendra, on reviendra... » Alors qu'on savait bien que c'était cassé, non ?

Robert se retourna vers la fenêtre. Maurice ne dit rien.

— Je te disais donc que je n'ai pas grand-chose à dire, à part que je suis ce futur agrégé, que je ne vois pas la coupole de l'Académie française de ma fenêtre, que je ne fraie pas avec l'intelligentsia cosmopolite et que je baise aussi souvent que les horaires nous le permettent avec la sœur de l'économe dont je ne conserve pas la photo mais qui est havraise, et bien potelée ; les seules belles étrangères que je rencontre, moi, sont celles que je regarde passer de loin à l'heure où elles embarquent sur de gros paquebots de la Transat, depuis la terrasse du « Loup de mer » où j'ai mes habitudes, havraises elles aussi, avant de regagner ma cellule de pion non politisé au fond d'un dortoir dépourvu de tout escalier dérobé. Dire que je m'amuse beaucoup serait très exagéré... Mais c'est très sain pour le travail. Voilà. On va faire un tour dans le quartier ?

— Lequel ?

— Le nôtre... Je voudrais vérifier la propreté des escaliers, pour pouvoir faire un rapport à ma mère... La tienne me donnera bien quelque chose à grignoter avant mon train ?

— A quelle heure il est, ton train ?

— Vers neuf heures.

— Et tu retournes quand au Havre ?

— Dimanche soir... Tu veux vraiment savoir pourquoi je vais passer le 11 novembre en famille ?

— Parce que tu les aimes, couillon !

— Ça aussi... Mais c'est surtout pour assister au spectacle que va m'offrir mon père Félix en notable, chantant la *Marseillaise* enveloppé dans les plis du drapeau tricolore, devant le monument aux morts de Neuilly-le-Réal près Moulins. Je ne veux pas rater ça !

Robert eut un bref ricanement, puis, regardant Maurice :

— On y va ?

— Allons-y, fit Maurice en se dirigeant vers la porte.

Robert, au passage, s'arrêta encore une fois devant la cheminée.

— Ça fait un peu fouillis, ton petit musée... Faudra que je t'achète un album, ou alors un grand sous-verre...

— Ça y est, je sais ! s'écria Maurice en se tapant le front de sa paume ouverte. Ça fait des heures que je cherche, depuis qu'on est sortis de chez ce vieux con de Moreau... Maintenant, je sais où je l'avais vu auparavant, ce type...

— Quel type ?

— Un type en photo... Je t'expliquerai... Tu parles si on y court, rue de la Mare ! dit-il à Robert en le tirant par la manche.

— Et vous n'avez jamais raconté cette histoire à mon père, Monsieur Guttman ? demanda Robert à mi-voix.

— Non, mon petit. C'était une histoire de la famille, vois-tu, dit Élie.

Il venait de remettre dans ses plis le petit carré de papier crasseux qu'il posa à côté du rectangle de papier quadrillé tout propre sur lequel se lisait en cyrillique l'adresse à Poltava entre un petit point noir et le cœur rempli de prénoms. Il les remit dans son portefeuille. La lettre de Monsieur D., de Zürich, resta ouverte sur la table, à côté du Cadre des Nôtres démonté.

— Une histoire de famille que tu n'as pas non plus racontée à la famille, Papa ! fit Maurice d'une voix si étranglée qu'on l'entendait à peine.

Il tenait entre ses mains la photo de Volodia.

Élie hocha la tête.

— C'était triste et compliqué pour votre âge, expliqua-t-il sans relever les yeux.

— Mais mon père, il avait l'âge, lui, dit Robert.

— Tu sais, mon petit, avec ton père, c'était difficile de parler, des fois... Ton père, il n'aimait pas les frères Mercier, à cause de Blum... Alors quand on parlait ensemble, que les nouvelles d'Ukraine arrivaient pas, par exemple, je voyais bien qu'il pensait que c'étaient mes patrons qui me *bourraient le cou...*

— Me montaient le cou ou me bourraient le mou, il faut choisir, Papa, mais pas les deux ! corrigea Maurice assez méchamment.

— Tu dis comme tu veux, mon fils, dit Élie.

— Mais enfin, Papa, ton cousin Volodia était bien juif, ukrainien et communiste, non ? S'il avait pas été communiste, on l'aurait pas laissé venir à Paris pour témoigner contre Petlioura, non ?

— Bien sûr... et alors ? fit Élie.

Robert regarda Maurice. Il tendit la main vers la lettre de Zürich de Monsieur D.

— Monsieur Guttman, vous savez tout de même bien où ça se trouve, Irkoutsk ?

Élie fit signe que non.

— C'est en Sibérie, Monsieur Guttman. Et ce qu'essaie de vous dire la lettre de ce monsieur de Zürich, c'est que votre cousin Volodia, juif, ukrainien et communiste, a été envoyé en Sibérie juste après vous avoir vu à Paris... Et qu'il en est mort... C'est cette lettre-là que vous auriez dû montrer à mon père, Monsieur Guttman...

Robert avait l'air désespéré.

— Ça n'aurait rien changé, dit Élie. C'était trop tard, de toute façon...

— Peut-être pas pour mon père, murmura Robert.

— Et ça, tu l'avais lu, Papa ? demanda Maurice qui venait de découvrir la légende que Monsieur Florian avait soigneusement repliée, autrefois, pour la dissimuler sous la photo de Volodia.

— Range-moi tout ça avant que ta mère remonte, dit Élie en prenant la photo des mains de Maurice. Elle va être furieuse si elle s'aperçoit que tu lui as pris son Cadre des Nôtres chez Bonnet. Allez, dépêche-toi...

— Je vais avoir dix-neuf ans, Papa ! lança Maurice en regardant Élie bien en face.

Il y eut un bref silence qu'interrompit Robert :

— Il faut que j'aille prendre mon train...

— Je t'accompagne, lui dit Maurice en se levant.

— Embrasse bien tes parents et Josette, mon petit », fit Élie en serrant la main de Robert. « Alors, c'est moi qui range, à ce que je vois, ajouta-t-il en hochant la tête.

Et il s'appliqua sur les petits verrous de cuivre du Cadre des Nôtres.

— Salut, Papa ! dit Maurice.

— Ton magasin ferme, demain ?

— Oui, Papa, la librairie est fermée..., confirma-t-il en levant les yeux au ciel.

— Une librairie, c'est un magasin, non ?... Alors, viens nous voir. Personne ne travaille demain dans la famille. Zaza non plus.

— Je sais, Papa. En tout cas, je téléphonerai...

— C'est ça, dit Élie sans lever la tête.

Robert et Maurice étaient déjà sur le palier.

Devant la porte de chez Bonnet, ils hésitèrent, mais en entendant de grands éclats de rire d'hommes et de femmes, ils renoncèrent à sonner.

— Elles n'ont pas encore fini, dit Maurice. Je leur dirai au revoir pour toi... Allons-nous-en.

Ils avaient déjà dépassé l'Auvergnat, vers lequel ni l'un ni l'autre ne s'étaient tournés, quand Maurice dit enfin quelque chose.

— Avec tout ça, tu n'as même pas mangé...

— Je prendrai un sandwich à la gare... Je suis pas vraiment en retard, tu sais... Et puis, j'ai pas vraiment faim non plus.

— Je sais, dit Maurice en s'arrêtant.

Il s'approcha d'un mur contre lequel il s'appuya de toutes ses forces, et la tête enfouie dans ses avant-bras, il se mit à pleurer.

Robert attendit sans bouger ni le regarder. Quelques minutes passèrent, puis Maurice vint le rejoindre.

— Je suis con, hein ? Mais ça faisait une heure que je me retenais... Ça va mieux maintenant, dit-il en se forçant à sourire.

Ils reprirent leur marche vers la rue des Pyrénées.

— On va se payer un taxi, pour une fois. J'ai pas envie de voir la gueule des gens dans le métro, dit Robert.

Le chauffeur était très bavard, très patriote, très content des drapeaux qui fleurissaient tout au long du parcours, très content qu'il n'y eût plus Blum, et très content de Munich qui avait permis ce beau 11 novembre du lendemain. Ça leur montrerait...

— Connard ! murmura Robert après être descendu du taxi. Ça va, je suis dans les temps, dit-il en consultant le cadran de la tour carrée de la Gare de Lyon.

Un crieur passa avec une spéciale-dernière de *Paris-Soir.* On voyait en gros, à la Une, les noms de von Rath et de Grynzspan.

— Grynzspan !... Hershel Grynzspan ?... C'est pas juif, ça, au moins ?... demanda Maurice à Robert avec l'accent de Sonia.

— Tu es ignoble ! dit Robert en éclatant de rire.

— Pour le temps qu'il nous reste à passer ensemble, il vaut mieux pour toi que je me marre. Tu as vu ce que ça donne quand je me marre pas !...

Cependant que Robert prenait son billet pour Moulins et un ticket de quai, Maurice alla lui chercher un sandwich au buffet. Ils s'arrêtèrent une seconde devant un kiosque de librairie.

— Tu veux que je te paie une petite *Nausée,* mon mignon ? proposa Maurice.

— T'es comme le père Florian, toi... T'es pas à la page, pour les nouveautés littéraires, il y a au moins deux mois que je l'ai lue... Et dans le vrai décor, en plus... Le Bouville de son bouquin, c'est Le Havre... Il était prof de philo dans ma boîte, Sartre, c'est bien dommage pour moi qu'il soit parti avant que j'arrive...

Ils quittèrent le kiosque. Robert reprit :

— Contre quoi on l'avait échangée, déjà, la *Condition* du père Florian ?

— On l'a pas échangée... On s'est fait rembourser le prix par le libraire, comme des dégueulasses ! Et comme des dégueulasses, on n'a jamais non plus été le voir chez lui, le père Florian... Le pauvre vieux, quand je pense à tout le mal qu'il s'était donné pour retrouver Vladimir...

— Pourquoi tu dis Vladimir ?

— Parce que c'était son nom ; les Vladimir, chez nous, quand on les aime, on les appelle Volodia, dit Maurice.

— Je vais monter là, fit Robert en s'arrêtant devant un wagon de troisièmes. Allez, *shalom,* Juif ukrainien ! » Il posa sa main sur les cheveux noirs bouclés de Maurice et lui assena trois tapes sur le dessus de la tête.

— *Kénavo !* lui répondit Maurice en le regardant monter dans le train.

Les huit notes de la ballade de Laurel et Hardy le firent s'avancer vers la quatrième fenêtre du wagon à laquelle Robert réapparut alors que le train commençait imperceptiblement à bouger. Il y eut un long sifflement de locomotive.

— C'est le seul cyanure qui me reste, me le perds pas ! cria Robert en riant et en attrapant la main que lui tendait Maurice.

— Je le tiens ! répondit Maurice en lui lâchant la

main, et il fit semblant de mettre quelque chose dans sa bouche.

Robert lui fit un dernier signe de tête et rentra à l'intérieur du compartiment.

Avant de sortir de la gare, Maurice acheta la dernière de *Paris-Soir*.

Sous les articles reracontant les ultimes instants du conseiller von Rath auxquels avaient assisté, impuissants, ses parents et le médecin personnel d'Adolf Hitler, à côté d'un bref rappel des circonstances de l'attentat et de l'identité du meurtrier, Herschel Grynzspan, jeune « Israélite polonais » de dix-sept ans, on indiquait que la défense de celui-ci serait assurée par Maître Henry Torrès.

Maurice trouva alors ce qu'il cherchait. C'était une dépêche de dernière heure annonçant que, contrairement à ce qu'on avait pu penser la veille, l'incendie qui avait ravagé la synagogue de la petite ville allemande d'Helsdorf n'était pas dû à un accident.

Sur tout le territoire allemand, depuis la confirmation du décès de Monsieur von Rath, on avait déjà dénombré neuf incendies de synagogues, tous déclenchés dans la nuit du 9 au 10 novembre, en même temps qu'avait commencé la destruction systématique de toutes les vitrines de commerces tenus par des citoyens allemands de confession israélite :

> A l'heure où nous mettons sous presse, c'est-à-dire à quelques heures du 11 novembre, le fracas des vitres qui volent en éclats est tel que les passants ont du mal à s'entendre parler entre eux dans les rues des grandes et petites villes du Reich. Et à force de marcher sur des débris de vitres, la population allemande a trouvé un nom de baptême pour les convulsions de colère « spontanées » de cette nuit. On l'appelle déjà ici *die Krystall Nacht*. Ce qui se traduit en français par « Nuit de cristal ». Comme on le voit, la poésie ne perd pas ses droits dans la patrie de Goethe...

Maurice replia le journal qu'il avait lu dehors, sous l'auvent de la gare. Il faillit le jeter, se ravisa, déchira le morceau contenant la dépêche, le fourra dans sa poche, mit le reste en boule et le jeta dans le caniveau.

En descendant les marches du métro, il hésitait encore sur la direction qu'il allait prendre. Il était à mi-chemin de Pyrénées et d'Odéon.

Il avait une grosse envie de retourner rue de la Mare, juste le temps d'entrer et de sortir, simplement pour serrer son père et sa mère dans ses bras, très fort, et leur dire quelque chose de bête comme : « Je vous aime, n'ayez pas peur, je suis là... » Puis il se dit qu'il allait les paniquer en revenant si vite. Il irait demain, c'était plus raisonnable. Ce soir, il risquait de lâcher des stupidités. Demain, il y aurait Zaza à la maison... D'ailleurs, c'est Zaza qu'il fallait qu'il voie. Il fallait qu'il la trouve, tout de suite.

Et il décida pour Odéon.

A l'heure qu'il était, elle devait être encore à table avec ses copains de cinéma. A travers la vitre de « Chéramy », il l'aperçut de dos. Un type assis à côté d'elle avait le bras passé sur le dossier de sa chaise. En face d'eux, Alex parlait avec une femme que Maurice ne connaissait pas.

C'est Alex qui le vit quand il eut poussé la porte.

— Tu as mangé ? s'enquit Zaza.

Maurice fit non de la tête. Il embrassa Zaza bouche fermée sur sa bouche fermée, serra la main d'Alex tandis que celui-ci lui présentait Angelina Crespi et Laurent Verdon.

— Maurice Guttman », dit-il en s'asseyant sur la banquette à la place que lui ménageaient d'un côté les clients voisins, de l'autre Angelina Crespi en se serrant contre Alex. « Vous avez lu les journaux ? » demanda-t-il à la tablée.

— On a eu mieux, répondit Zaza. Mimi m'a téléphoné dans la nuit, de Berlin. Elle a mis l'écouteur à la fenêtre de sa chambre d'hôtel et j'ai écouté pendant trois minutes de communication internationale. Puis

Mimi a repris l'appareil et elle m'a dit : « Tu as entendu ? », et je lui ai dit : « Oui. » Elle m'a dit : « Je t'embrasse bien fort, ma chérie, et je suis contente que tu ne sois pas là pour voir ce que je vois. »

Laurent Verdon prit le poignet de Zaza et lui embrassa le creux de la main.

Chéramy apporta l'assiette de petit salé aux lentilles, qui était le plat du soir inscrit à la craie sur une ardoise accrochée au comptoir.

— Un quart ? demanda-t-il.

— Un quart », fit Maurice, puis, s'adressant à Zaza : « Et tu leur as raconté, ce matin, à la maison, le coup de téléphone de Mimi ?

— Bien sûr que non !

— Et elle a bien fait, approuva Alex. Il m'a fallu des années pour les rassurer, vos deux mères. Vous étiez encore des bébés quand j'ai commencé à leur apprendre à rire... Vous n'allez pas me casser ma baraque, maintenant que vous êtes grands !

— C'est pas nous qui la cassons, Alex, votre baraque... Et j'aime autant vous dire qu'aujourd'hui, elle s'est drôlement fissurée, répondit Maurice en commençant à manger.

Tout le monde attendait qu'il en dise un peu plus.

— Dis donc, Zaza, reprit-il, un type tout couturé qui sourit et met la main devant son visage comme pour se protéger...

— Ça me dit quelque chose ! fit Alex.

— Recommence..., dit Zaza.

— C'est un cousin ! dit Alex en rigolant. Mais pas un cousin à moi : à toi ou à toi — il avait touché l'épaule de Maurice, puis celle de Zaza, comme on fait à la récré à pique et pique et colégramme.

— Monsieur Grandi a gagné le premier prix ! Mademoiselle Roginski n'a rien gagné du tout ! s'exclama Maurice. Monsieur Guttman non plus, d'ailleurs, n'avait rien gagné jusqu'à cet après-midi. Mais grâce à la Divine Providence — pas l'Urbaine, l'autre, la vraie ! —, il a pu mettre au jour un de ces secrets que les familles croient enterrés parce qu'ils sont protégés par la mince épaisseur d'un sous-verre que les enfants ne regardent jamais...

— Le Cadre des Nôtres ? s'écria Zaza.

— Il en a conservé bien d'autres, des secrets, le Cadre des Nôtres de vos mères..., murmura Alex avec un sourire bizarre.

— Ah oui ? demanda Angelina.

— Nous avons tous un passé, ma belle, poursuivit Alex en replaçant une épingle d'écaille qui se détachait du lourd chignon brun d'Angelina.

— C'est vrai », dit Angelina, avec un doux sourire sur son visage non maquillé. Elle avait des yeux gris clair très allongés, et quelques petites rides démentaient la juvénilité de son regard. Elle portait un pull-over noir à col roulé trop large, et Maurice reconnut celui qu'il avait vu si souvent sur le dos d'Alex.

— Alors, ce cousin, fit Alex, il est à toi ou il est à toi ?

— Il est à moi... Mais son histoire est à nous deux, ma vieille, répondit Maurice en regardant Zaza.

— Nous, si je comprends bien, elle ne nous regarde pas? interrogea Laurent Verdon.

— Elle regarde la terre entière ! s'exclama Maurice.

Et sans rien omettre, depuis *Elle me fait Pouett-Pouett* jusqu'au dérisoire faire-part de Monsieur D. de Zurich, Maurice leur raconta toute l'histoire de Volodia.

Le couple assis à la table voisine s'était peu à peu arrêté de parler. Ils écoutaient Maurice sans le regarder, mais échangeaient fréquemment des coups d'œil impatientés. Ils se levèrent après la lettre de Zurich. Arrivés à la porte, l'homme fit passer sa compagne devant lui, la laissa sortir, puis fit un pas vers la table.

— Admettons que votre histoire soit vraie, ce qui reste d'ailleurs à prouver... Vous êtes un beau salaud de la colporter en ce moment ! lança-t-il à Maurice avant de sortir en claquant la porte.

Maurice se leva.

— Ne bouge pas, dit Alex en se levant à son tour.

Maurice était déjà devant la porte qu'il rouvrait. Alex le repoussa et sortit sur le trottoir en refermant derrière lui.

— Il a tort, Alex, de discuter avec lui, dit Chéramy qui avait tout suivi derrière son comptoir.

— Tu le connais ? demanda Laurent.

— Il est venu deux ou trois fois... Chaque fois, il y a eu une histoire. Je le prendrai plus...

Alex rentra, le sourire aux lèvres.

— Il m'a traité de fasciste, ce con ! dit-il en se rasseyant. Enfin, pas exactement : il a dit qu'en racontant Volodia, tu faisais le jeu des fascistes... Et moi pareil en t'écoutant !

— Et puis ? interrogea Angelina Crespi.

— Et puis sa femme a dit qu'elle était juive, qu'elle avait détesté votre histoire de « Pouett-Pouett », que vous étiez des mal élevés, tous les deux ; alors il lui a dit qu'elle mélangeait tout, que c'était pas ça le problème, et il a parlé de l'Espagne, et elle s'est mise à pleurer, et il a dit qu'ils ne viendraient plus jamais manger chez toi, résuma Alex en se tournant vers Chéramy.

— Ça tombe bien ! s'exclama celui-ci.

— Et alors ? demanda Angelina Crespi.

— Alors ils sont partis parmi les autos folles, et seule la nuit entendit leurs paroles..., récita Alex.

Il y eut un petit silence pendant lequel on n'entendit plus que le grincement du torchon de Chéramy qui essuyait ses verres.

— C'est vrai qu'elle tombe mal, en ce moment, la vieille histoire du pauvre vieux Volodia, murmura Maurice sans regarder personne.

— C'est surtout le pauvre jeune Volodia qui est tombé dans le mauvais siècle, dit Angelina Crespi.

— On marche encore un peu ? demanda Maurice.

Ils étaient sur le boulevard Saint-Germain et Alex tenait Maurice par l'épaule. Ils avaient laissé les autres devant « Chéramy ». Zaza était montée dans la voiture de Laurent Verdon et Angelina Crespi était partie à pied de son côté. Alex lui avait dit : « A tout à l'heure », et il avait mis la main sur l'épaule de Maurice. Depuis lors, ils marchaient et c'était Alex qui parlait.

Il parlait de choses gaies, futiles et inutiles, comme on fait dans les familles pour dissiper les terreurs d'un enfant avant de l'envoyer dormir.

Ça n'avait pas été facile, et pendant les premiers cent mètres de leur promenade dans la rue Jacob déserte, ils n'avaient rien dit ni l'un ni l'autre. Alex, qui savait si bien comment parler à Sonia, à Olga, et maintenant à Zaza, avait dû chercher ses mots pour apaiser cet adolescent qu'il avait vu grandir sans jamais le regarder vraiment, et dont les préoccupations d'adulte et les peines d'homme lui donnaient le vertige.

Car elles n'avaient pas été les siennes ni ne le seraient jamais. Dût-il vivre cent ans, pensait-il chemin faisant.

C'est au bout de la rue Jacob, devant une palissade couverte d'une affiche fraîchement collée, particulièrement bien éclairée par un réverbère, que le silence s'était rompu par un grand éclat de rire.

A leur hauteur, debout sur un fond de mer déchaînée, ruisselant d'eau, lui, sa barbe, son suroît et son chapeau de ciré, un téméraire pêcheur d'Islande brandissait une galette géante en souriant de toutes ses dents. « C'EST CHOUETTE ? POMPONNETTE ! » avait été barré à la craie et un graffiti en diagonale disait sur toute la largeur de l'affiche : « ALORS MON FRÈRE YVES, Y A BON LES POMPONS ? »

C'est à partir de ce coin de rue que tout avait changé. Alex était si soulagé de voir et d'entendre Maurice se tordre de rire qu'il était bien décidé à ne pas lâcher ce bon filon. Il narra donc par le menu les dessous crapuleux de l'affaire Le Go-Go, dont le grand mérite à ses yeux était d'avoir procuré de si jolies vacances aux enfants de la rue de la Mare. Et comme non seulement Maurice continuait à rire mais apportait à son tour des témoignages inédits sur les fameuses vacances bretonnes, au lieu de descendre la rue de Seine sur la gauche, ils avaient remonté jusqu'au boulevard Saint-Germain.

Ils étaient au coin du boulevard Saint-Michel quand Maurice proposa de poursuivre : ils traversèrent. Maurice riait toujours. Parce qu'après l'expédition *Prends ton fusil,* devenue depuis lors *Prends ta galette* dans le vocabulaire courant de la « Coopé », Alex avait raconté à sa façon la vie allée Chateaubriand : les émois passionnels et muets de Mademoiselle Agnès, les engouements expansifs de Ginette, les gamines, l'atelier dont Stépan était le roi — le roi d'une ruche heureuse et frivole...

— On prend à droite, fit Maurice qui souriait toujours mais, apparemment, n'écoutait plus Alex.

— Si tu veux, dit Alex en déchiffrant le nom de la rue.

C'était la rue Thénard. Elle était très courte et montait en pente abrupte jusqu'au majestueux perron du Collège de France.

Ils firent quelques mètres, puis Maurice s'arrêta.

— Il était vraiment comme chez lui, hein ! dit-il en contemplant les cinq étages d'un bel immeuble provincial sis au numéro 7, et il désigna à Alex une discrète enseigne indiquant : « AT HOME, Hôtel-Pension pour Universitaires ».

— Qui ça ? demanda Alex.

— Pan Pouett-Pouett Petlioura ! ricana Maurice.

Alex ne dit rien.

— Il doit se retourner de bonheur dans sa tombe, ce soir ! Ça doit bien résonner, dans le cimetière Montparnasse, le cristal juif allemand qu'on casse à la russe...

— Il est enterré à Montparnasse ? dit Alex après un bref silence.

Une fenêtre s'alluma au troisième étage de la pension « At Home ».

— ... Tiens ! c'est peut-être la veuve ou l'orpheline, murmura Maurice en tendant la main vers la lumière. Oui... à Montparnasse, et demain elles iront lui porter des fleurs, au Père fondateur...

— Viens, maintenant, rentrons, fit Alex en poussant légèrement Maurice de la main qu'il n'avait pas ôtée de son épaule. Il est tard, allons dormir...

Ils quittèrent la rue Thénard.

— Moi oui, je vais aller dormir, si je peux... Mais pas vous, Alex. Vous, vous avez un rendez-vous, lui lança Maurice avec un sourire complice.

— Dis donc, toi, de quoi je me mêle ? fit Alex en lui donnant une petite tape du plat de la main.

— De ce qui ne me regarde pas. Mais elle va m'en vouloir, Angelina. Il est tard, comme vous disiez, et elle vous attend...

— Elle comprend tout, Angelina, dit Alex avec un sourire attendri !

Ils marchèrent en silence.

— C'était quoi, l'autre secret du Cadre des Nôtres, en dehors de celui du Scarface ukrainien ?

Alors Alex raconta Maddy. Enfin, pas tout Maddy. Il raconta Maddy du temps de la belle robe et des paillettes. Les paillettes ? les premières paillettes ? celles qu'on retrouvait partout, dans l'escalier, dans les lits-cages, et jusque dans les cheveux de Josette... ces paillettes-là ?... Oui, ça, il s'en souvenait très bien, Maurice, tout le quartier s'en souvenait.

Et Maurice se reprit à rire. Et, bien entendu, Alex profita des paillettes comme il avait profité des Galettes Pomponnette pour soutenir le rire de Maurice comme on soutient hors de l'eau quelqu'un qui se noie. Il appela à la rescousse tous les souvenirs qu'il avait gardés des débuts de Sonia et d'Olga, il en inventa même au besoin, parla de quatre crinolines à la fois dans les petites salles à manger, fit entrer, sortir et rentrer Madame Lowenthal beaucoup plus souvent qu'elle ne l'avait fait dans la réalité. Dans les souvenirs d'Alex, le second étage de la rue de la Mare devenait une double cabine des Marx Brothers...

Et comme Maurice se marrait de plus en plus, le fantôme de Maddy finit par disparaître de la conversation.

Quand ils arrivèrent rue de Seine, Maurice riait toujours. Alex n'avait pas eu le temps de lui dire que la porteuse de paillettes, qu'il avait aimée, était morte.

Ni comment elle était morte.

Encore moins, bien sûr, qu'à cent mètres à peine du trou dans lequel elle reposait s'élevait le mausolée du Président Petlioura, et que celui-ci croulait déjà à l'époque sous les fleurs.

Dix ans encore après sa mort. Trois ans à peine avant la Nuit de Cristal.

SEPTIÈME PARTIE

Loin du cœur

La neige tombait si fort que Maurice se leva pour fermer les deux fenêtres à l'espagnolette. Il le fit très doucement, aucun des enfants ne se réveilla. C'est alors qu'il repensa au dessin. Il revit Zaza le sortir de sa poche, le déplier, le lui montrer, mais il ne la voyait pas le reprendre pour le remettre au fond de la poche de son tablier. Ils avaient dû le laisser traîner en bas après la discussion.

Au lieu de se recoucher, il s'assit sur son lit, mit ses chaussettes de grosse laine, enfila son pull sur son pyjama et, à la lumière de la lune qui éclairait parfaitement la grande pièce, il longea les six lits de camp où seules les têtes endormies des enfants dépassaient de leurs sacs de couchage. Il s'arrêta au-dessus du visage de Loulou. « Dans son sommeil, c'est à Sami qu'elle ressemble le plus », se dit-il comme à chaque fois qu'il la regardait dormir.

Il sortit du dortoir, referma la porte sans bruit et descendit l'escalier de marbre. Il faisait encore bien chaud sous les voûtes de la salle, la cuisinière ne s'était pas éteinte.

A tâtons il trouva l'interrupteur de la grande lampe. Le dessin était là, déplié ; il éclatait, rouge, jaune et noir, sur la toile cirée blanche de la longue table-tréteau. C'était une bonne femme comme en dessinent tous les enfants de cinq ou six ans, sans nez, mais avec des yeux, une bouche, des oreilles — gigantesques — et énormément de cheveux noirs gribouillés autour d'un rond raté, posé au-dessus d'un rectangle rouge d'où partaient de chaque côté deux bâtons noirs prolongés par deux boules hérissées comme des oursins, et, dans le bas, deux autres bâtons si longs qu'il n'y avait plus de place sur la copie d'écolier pour dessiner des chaussures. En plein milieu du rectangle, une espèce de soleil presque aussi gros que la tête faisait comme un crachat doré sur le rouge-sang de la robe de la bonne femme. Entre les deux jambes sans pieds, on pouvait lire MAMMAM, tracé en grosses lettres au crayolor jaune.

Maurice ramassa le dessin, jeta un coup d'œil sur une petite porte de chêne noir encastrée dans la pierre, à droite de la cheminée. Il écouta : rien ne bougeait. Il replia le papier en quatre.

Demain matin, ils essaieraient de savoir qui avait dessiné la bonne femme trouvée par Zaza dans l'après-midi en balayant sous les lits, entre celui de Loulou et celui de Dédée. Maurice prétendait que Loulou était trop petite pour se souvenir. Zaza prétendait le contraire. On verrait bien. En tout cas, il ne fallait pas laisser traîner ça sur la table, surtout si on voulait leur faire écrire leurs lettres.

Il décida d'aller ranger le dessin dans le sac de Zaza.

Le sac de Zaza était à l'autre bout de la grande salle, posé sur le bureau, ce qu'ils appelaient le bureau : une ancienne desserte d'office, un buffet de pitchpin qui servait à Zaza pour conserver un semblant d'ordre dans les livres et les cahiers des enfants. Le buffet-bureau, comme le double lavabo scellé là-haut dans la salle de bains sans baignoire attenante au dortoir, avait été acquis au cours d'une vente aux enchères à Grenoble où ils étaient tous descendus un jour de 1938 en camionnette avec Marcel, l'ouvrier du maire.

C'était une vente-liquidation d'un vieil hôtel « Métropole » et, pour une bouchée de pain, ils avaient, dans le même lot, hérité d'un fauteuil-club de cuir râpé et de la vilaine grande lampe-torchère montée sur un faux pas de vis de pressoir passé au brou de noix, et chapeautée d'un faux parchemin galonné de dorures. Ils avaient essayé de négocier celle-ci sur place contre des serviettes de toilette chiffrées « H.M. », mais ça n'avait pas marché et Myriam avait dit que la lampe, tout compte fait, n'était pas si moche... Et Robert lui avait dit qu'elle pourrait se la prendre comme cadeau de noces si jamais elle épousait Sami. En attendant, on l'avait branchée. Elle éclairait bien.

Et elle était restée là, depuis le temps.

Depuis la Noël 1938. Ou plutôt la période de la Noël 38 et du 1er janvier 39, la dernière où ils s'étaient retrouvés tous ensemble au Couvent.

Sauf Jeannot, bien sûr. Mais ils s'étaient interdits de parler de Jeannot au Couvent. Ça rendait fou Sami, et ils le voulaient heureux. Lui aussi se voulait heureux, et Myriam encore plus que lui. C'est comme ça que dans la petite chambre, derrière la porte basse, tandis que tous les autres dormaient au dortoir, une nuit Myriam et Sami avaient fait Loulou, « à Noël, dans une crèche et sous la neige, et avec notre bénédiction », avait écrit Robert, du Havre, dans une lettre à Sami où il épiloguait sur l' « Annonce faite à Myriam Goldberg ».

Maurice regarda une dernière fois le dessin et referma le sac de Zaza.

C'était un sac qui se portait en bandoulière, en très beau pécari, avec des coutures apparentes faites à la main, un modèle créé pour Lancel, qu'Élie avait offert à Zaza pour ses dix-huit ans. Maurice le voyait tous les jours sur le buffet, ce sac. Il était patiné, à présent, Zaza n'en avait pas d'autre. Il l'y voyait tous les jours mais n'y touchait jamais. La douceur et la mollesse du cuir le surprit. Il l'approcha de la lampe et, du doigt, suivit le pointillé laissé dans le cuir par l'aiguille de son père. Le fil blanc, autrefois si élégant, était devenu invisible sous la crasse des années, des voyages.

Il écouta le silence ; le silence du dehors, celui de la chambre-dortoir, de la chambre de Zaza.

Il reposa le sac sur la toile cirée blanche et s'enfonça dans le fauteuil-club, mais se releva aussitôt pour aller quérir sous l'évier une grande bouteille aux trois quarts pleine d'un liquide transparent, s'en versa un fond dans un bol, prit la bouteille avec lui, la posa à côté du sac de Zaza, se rassit dans le fauteuil, but une gorgée et examina attentivement ses mains.

C'était toujours comme ça que ça commençait quand il ne pouvait s'endormir, ni lire, et qu'il descendait la nuit dans la grande salle pour y rester seul. C'était pourtant de plus en plus rare maintenant.

C'était devenu rare qu'il ne trouve pas le sommeil : les journées débutaient tôt, l'air était vif, le travail sans répit. Mais quand ça se produisait encore, ça commençait toujours ainsi : il s'asseyait, contemplait ses mains de charpentier-maçon et buvait à petits coups du marc du pays. Il ne descendait pas pour boire en cachette. Il buvait pour penser en cachette.

C'était une habitude qu'il avait contractée pour des raisons de survie depuis le soir où Zaza lui avait dit qu'elle ne voulait plus partager avec lui ses « petites madeleines empoisonnées » — elle avait même appelé ça des « kougloffs de Prague », et ç'avait bien fait rigoler Maurice.

Ça s'était passé quelques mois auparavant. Un soir, à table, alors qu'il venait de raconter aux enfants l'œil de verre du Docteur Pierre, brusquement Zaza s'était levée de table, s'était mise à tisonner furieusement dans la cuisinière et avait lâché cette allusion dont la préciosité, dans sa bouche, avait de quoi surprendre.

Maurice l'avait complimentée sur son érudition et lui avait demandé où et depuis quand elle avait eu le loisir de lire Proust et Kafka. Elle avait haussé les épaules et fait tirebouchonner son index droit sur sa tempe droite, ce qui avait mis les enfants en joie.

Mais Maurice se l'était tenu pour dit. Zaza venait de s'apercevoir qu'elle était enceinte, il ne souhaitait pas la contrarier. Et, depuis lors, c'est en solitaire qu'il accomplissait ces pèlerinages dans sa propre mémoire.

Zaza se trompait quand elle pensait qu'il s'adonnait à la délectation morose, c'était bien autre chose qui lui arrivait quand il entreprenait ces plongées qu'il maîtrisait désormais à la perfection, comme un scaphandrier sait qu'il va retrouver intacts les trésors dont il a vérifié la veille l'emplacement exact mais qu'il n'a nullement l'intention de remonter à la surface, car ces trésors-là ne survivraient pas à l'air libre.

Maurice maîtrisait ses descentes, et la gnôle de Marcel lui procurait juste ce qu'il lui fallait d'ivresse pour se sentir léger et presque gai.

Son premier bonheur, quand il arrivait au fond, était de constater qu'il était encore à même d'entendre les voix des parents. Pas leurs accents : le son, le timbre de leurs voix. Il savait que ce miracle ne serait pas éternel, il redoutait le moment où il cesserait de s'accomplir, et il souriait avec reconnaissance et soulagement à constater que ce moment-là n'était pas encore venu.

Alors seulement il jouait avec les images, mais pas dans le désordre. Il se choisissait un thème et s'interdisait d'en transgresser les frontières. Ce pouvait être, par exemple, la représentation de tous les vêtements qu'il avait vu ses parents porter à tous les âges de sa propre vie, depuis son tout premier souvenir. Il les comptait, puis, quand il en avait oublié un, il recommençait depuis le début, parce que, omettre un vêtement, c'était sauter une date. Les vêtements neufs allaient toujours avec une date importante. Parfois aussi il hésitait, surtout pour les robes, il ne savait plus si c'était Sonia ou Olga qu'il revoyait en robe à fleurs bleues, en telle ou telle circonstance, parce qu'elles se prêtaient souvent leurs affaires. Alors il poussait son enquête comme un limier obstiné qui cherche indices et évidences, aligne les pièces à conviction.

Les images étaient imprégnées des odeurs de fourrure et de tannin auxquelles se mêlaient les parfums de savon, d'eau de Cologne, et les odeurs des plats, des soupes et des gâteaux, celles des tisanes, des enveloppements à la moutarde, de la teinture d'iode, du savon noir et de l'encaustique, et tous les bruits de chacune des portes, celles du second comme celles de « chez Bonnet ». Le bruit qu'il retrouvait le mieux était celui du loquet du garde-manger de la cuisine, placé juste à sa hauteur quand il était tout petit, alors qu'il avait du mal à réentendre celui du garde-manger de la cuisine Bonnet qui leur servait de placard de toilette, à Robert et à lui, et sur lequel ils s'étaient pourtant penchés tous les jours, au cours des dernières années.

Quand quelque chose se dérobait, comme ce loquet de chez Bonnet, il insistait, se voyait refaire les gestes qui auraient dû lui restituer les bruits qu'ils étaient censés engendrer. Quand c'était en pure perte, il en était très déçu, se disait que ça reviendrait la prochaine fois et se versait à nouveau un fond de gnôle.

Car il savait qu'il y aurait une prochaine fois. Une autre cérémonie secrète qui, elle aussi, se parachèverait par l'Image, celle qui arrivait maintenant et à laquelle il n'échapperait pas.

Elle était formidablement joyeuse : il y avait Sonia, Élie, Olga et Stépan à la fenêtre d'un compartiment de wagon-couchettes de deuxième classe, et ils riaient tous les quatre, et le train allait démarrer. Sonia portait un canotier de paille bleu-marine garni de galon blanc comme le col blanc de son chemisier rabattu sur son tailleur bleu marine. Olga arborait un béret de velours noir posé un peu de côté, une petite plume vernie noire le traversait sur le devant, et le col de son chemisier bleu ciel était fermé sous la veste de son tailleur noir. Elles étaient légèrement maquillées, leurs mains gantées de coton blanc crocheté reposaient sur le bord de la vitre baissée. Une toute petite tache de rouge à lèvres faisait comme une goutte de sang sur l'index d'Olga. Au creux de leurs bras pendaient les poignées de box noir de deux sacs à main flambant neufs. Derrière elles, Élie et Stépan tenaient leurs femmes par le cou. Élie avait une cravate marron, Stépan une cravate bleue rayée de blanc, leurs chemises étaient immaculées et dans le mouvement qu'ils faisaient pour pencher leurs visages entre ceux de Sonia et d'Olga, les rembourrages de leurs costumes croisés gris foncé remontaient comiquement sur leurs épaules.

— Attention au cahors, les enfants ! Ça tape sur la tête ! leur avait crié Maurice.

Il était 20 h 05 en Gare d'Austerlitz et le Paris-Cerbère qui venait de s'ébranler était attendu en Gare de Cahors à 4 h 33. On était le 13 mars 1939.

Après, c'était le trou. L'eau y était si glauque, les fonds si boueux qu'il ne voyait plus rien. Et Maurice entamait sa lente remontée.

Ou bien, avec un dernier coup de gnôle, il se repassait la dernière image, puis celle d'un peu avant. Aux semaines antérieures, puis au jour, à l'heure, à la minute d'avant le départ du train. Il imaginait tout ce qui aurait pu advenir pour que ce train ne parte pas. Ou, s'il devait absolument partir, tout ce qui aurait pu advenir pour qu'ils ne le prennent pas, eux. Alors que lui, Zaza, Alex et même Jeannette Clément, par téléphone, avaient précisément tout fait pour les amener à y monter : « Un si beau voyage, une si belle fête ! » Même Félix, qui n'aimait pourtant pas les Mercier, avait dit quelques mots depuis Neuilly-le-Réal pour dissiper les hésitations de Sonia : c'était peut-être démago, mais c'était généreux ; ça ne se refusait pas.

Alors ils s'étaient préparés. Les jolis tailleurs, les chapeaux, c'est Alex qui les leur avait fait couper, et par Mademoiselle Agnès elle-même, et elles étaient allées les essayer à Chateaubriand, comme des artistes ; amenées en voiture par Gromoff et invitées à déjeuner d'abord chez « Raymonde et André », à la table de la Coopé où Stépan les avait présentées à tout le monde, sauf à Mademoiselle Agnès qui ne déjeunait pas. Puis il les avait laissées. Il voulait profiter de l'heure pour aller s'acheter son beau costume sur les Champs-Élysées. Élie avait acheté le sien sur les Boulevards. Et voilà que, sans se consulter et sans le savoir, ils s'étaient choisi le même ! Drôle, non ? De toute façon, il était trop tard pour changer.

— Ils sont très bien, ces costumes, avait dit Maurice ce dimanche-là, le dimanche d'avant leur départ.

Alors sa mère lui avait montré la grosse boîte de chocolats destinée à Madame Martial Mercier. Si l'emballage de la Marquise de Sévigné n'avait pas été aussi savamment enrubanné, elles l'eussent bien ouvert pour lui permettre de vérifier si c'était bien comme chocolats. Il y en avait deux étages, fourrés à la crème et à la liqueur.

— Ils doivent être très bien, ces chocolats, avait dit Maurice.

Alors Élie avait voulu lui expliquer que Martial Mercier était le fameux cousin, le député qui...

— Je sais, Papa, celui qui nous a obtenu la naturalisation quand on était tout petits, et je sais aussi que les Mercier frères-et-cousin sont très gentils de vous inviter tous les quatre, et je sais que c'est pour fêter le centenaire du départ à pied de Cahors de l'ancêtre Fabien qui roulait son tonneau, et je sais qu'ils vous paient des couchettes en secondes... Je sais tout ça, Papa...

— Alors, si tu sais tout, pourquoi tu demandes ? avait dit Élie en riant, et à ce moment-là Barsky était arrivé avec sa valise neuve en simili qu'il leur prêtait pour ce voyage. Sonia n'avait pas voulu de celle de Gromoff avec ses vieilles étiquettes, elle l'avait trouvée vraiment trop écorchée...

— Éraflée, Maman ! avait corrigé Maurice.

— Elle dit comme elle sait, avait rétorqué Élie, puis il était passé dans la chambre à coucher pour ôter son costume neuf.

Maurice avait traînaillé cinq minutes de plus rue de la Mare, il avait adressé un clin d'œil à Barsky qui s'était fait servir une petite vodka tout en feignant d'écouter Élie qui recommençait pour lui l'histoire de l'ancêtre Fabien, puis il les avait tous quittés en leur disant à demain.

— Sois à l'heure, le chef de gare n'attendra pas Monsieur Maurice Guttman pour nous donner le départ, avait recommandé Élie.

— A sept heures et demie sur le quai, avait confirmé Maurice en descendant les escaliers.

A l'origine, c'était Zaza qui devait se charger des

« adieux d'Austerlitz », comme ils appelaient ça entre eux deux depuis quatre semaines qu'on ne parlait plus que de ça. Mais Zaza était partie tourner dans les Vosges.

Du tournage, elle avait téléphoné à Maurice chez Villeneuve :

— Vas-y à ma place, j'ai peur qu'ils s'affolent et ne s'y retrouvent pas...

— Faut pas charrier ! Ils ne partent que pour vingt-quatre heures, et ils ont déjà pris le train pour venir de bien plus loin...

— Oui, mais c'était il y a très longtemps, avait dit Zaza avant de raccrocher.

Alors il avait fait comme avait dit Zaza.

Il avait fait comme lui avait dit Élie.

Il était à l'heure, et le chef de Gare d'Austerlitz n'avait pas eu besoin de l'attendre pour siffler le départ, à 20 h 05 précises, du convoi n° 67 de la ligne Paris-Cerbère qui devait quitter la voie quelques heures plus tard, à la sortie de Châteauroux, à 22 heures et 49 minutes exactement.

A l'horrible, absurde et dérisoire cérémonie dans le hangar cimenté transformé en chapelle ardente, il s'était refusé de penser pendant des années.

Ces images-là, les dernières enregistrées avant sa chute, le trou noir dans lequel il était tombé et resté pendant des mois, dont il ne se rappelait pratiquement rien, ces images-là n'appartenaient pas au trésor irisé que sa mémoire choyait, cultivait, coloriait et enjolivait sans doute. Elles étaient en noir et blanc, aussi précises, blafardes et cruellement laides qu'une bande d'actualités.

Avec une tache de couleur, pourtant : le foulard rouge de Zaza noué sous son menton.

Zaza en retard, écartant les portières noires drapées à l'entrée du hangar, en plein discours du Préfet. Zaza habillée en garçon, comme au travail, avec la courroie claire de son sac coupant en diagonale son chandail gris, et qui le cherche avec des yeux de folle, et qui le trouve, bouscule un peu la foule en noir pour le rejoindre, et qui lui prend la main sans le regarder.

Elle regarde à terre, comme lui, les dix-neuf boîtes de bois vernis posées sur les carreaux de ciment, sur lesquelles tombe la lumière à travers les grandes verrières du toit et tremblotent les éclats dorés d'une douzaine de cierges piqués sur de hauts bougeoirs de fonte.

Pour ne pas rompre l'harmonie, dix-huit cercueils ont été alignés sur trois rangs de six, le dix-neuvième a été placé devant, tout seul, en proue.

Le Préfet les surplombe. Il parle du haut d'une chaire improvisée habillée de noir et frangée d'argent.

— Dans quel... où sont-ils ? demande Zara.

— Je te dirai, fait Maurice.

Le Préfet parle du destin, du malheur, de la France et du département de l'Indre qui sont en deuil, et du bœuf qui s'est échappé d'un wagon à bestiaux, c'est à cause de lui que tout est arrivé. Et sa voix résonne entre le ciment et la charpente métallique. Souvent, elle est couverte par les arrivées en gare et les départs de locomotives qui ne déraillent pas, mais quand le silence revient, ce sont des sanglots sourds qui accompagnent ses phrases désolées.

L'autre tache de couleur est un grand drapeau français en berne derrière le Préfet, lequel descend maintenant de sa chaire où lui succède un représentant du ministère des Transports. Celui-ci dit les mêmes choses que le Préfet sur le destin, le malheur, le bœuf, qu'il appelle le *bovin.* Il parle du réseau en deuil et il tient à assurer aux familles, en deuil elles aussi (bien que l'heure ne soit pas propice à ces questions matérielles), qu'elles seront dédommagées, encore que rien ne saurait remplacer la perte d'un être cher.

« Wagons de bois pourris... dégueulasse... », entend-on. Mais un bruissement fourni de « chuuutt » indignés fait taire l'insolent, tandis qu'un parfum d'encens accompagne l'arrivée d'un prêtre suivi de deux enfants, tous trois en dentelles.

— Oh non..., murmure Zaza avec un mouvement que Maurice arrête.

— Laisse, lui dit-il.

Ils regardent faire le prêtre qui ne monte pas en chaire, prononce quelques mots sur l'égalité des enfants de Dieu devant la mort, puis quelques mots de latin ; d'un ample mouvement du bras, il trace ensuite un signe de croix communautaire en direction des dix-neuf morts et mortes anonymes. Ils le regardent encore tandis qu'il fait le tour des cercueils en priant les yeux fermés, suivi des deux enfants qui agitent leurs encensoirs. Ils les regardent enfin sortir tous trois aussi vite qu'ils sont venus.

Et le Préfet s'avance avec le type du Ministère. Et tous se laissent serrer la main.

C'est presque des félicitations qu'on leur présente, comme à des enfants de héros. Ça se lit dans les regards navrés du Préfet et du sous-sous-ministre : « Ceux et celles qui dorment là, à nos pieds, étaient les meilleurs fils et les meilleures filles de France... Nous ne les oublierons jamais », semblent-ils dire.

— Nous voici pupilles des Chemins de fer ! murmure Zaza après leur passage.

Maurice la regarde. Elle est hagarde et elle rit.

— Viens, dit-il.

Et il l'entraîne par la main.

— Les voilà, dit-il devant les quatre premiers cercueils de la deuxième rangée.

— Tu es sûr ?

— Je les ai vus tous les quatre avant qu'on les enferme... Ils sont très beaux... Ils dormaient quand c'est arrivé.

Il lui ment. Du fond du cœur.

C'est vrai qu'il les a vus puisqu'on lui a demandé de les reconnaître, ce matin très tôt, quand ils sont arrivés, Alex, Gromoff et lui, dans la Citroën de la Coopé, cependant que Zaza traversait la France dans la voiture de Verdon pour arriver trop tard.

Suffisamment tard, en tout cas, pour le croire quand il lui répète qu'ils dormaient. Il le lui jure.

Il a vu aussi ce qu'il restait de la valise de Barsky et qu'on lui a demandé aussi de reconnaître, dans le hangar d'à côté. Et il ne veut pas que Zaza voie ça, ni qu'elle lui demande où sont leurs sacs à main. On ne les a pas retrouvés, ni leurs chapeaux, ni rien de reconnaissable.

Il ne veut pas non plus qu'elle lise les numéros sur les étiquettes accrochées aux poignées de cuivre. Il parle avant qu'elle ne se penche. Il dit : « Maman, Papa, ton père, ta mère », avec à chaque fois un geste de la tête. Il est resté très droit, elle aussi puisqu'il lui tient la main.

— Ils vont nous les rendre, maintenant, viens » — et il la tire vers la porte noire.

Dehors, il fait un soleil blanc. C'est elle à présent qui le tire pour aller vers Laurent, Gromoff et Alex qui sont déjà arrivés devant le hangar d'à côté. Il dit : « Attends... »

C'est tout. Après, il n'y a plus rien.

Plus tard, beaucoup plus tard, on lui dira qu'il est tombé. On lui dira où et comment. Mais ils se couperont, se tromperont, se contrediront. Il ne saura jamais si sa tête a éclaté parce qu'il est tombé ou si elle n'avait pas plutôt éclaté avant, de l'intérieur, et si violemment qu'il en est tombé sur le ciment blanc.

Il aura une grande cicatrice au-dessus de la nuque : il saura où exactement, parce que ses cheveux n'ont jamais repoussé sur ces quelques centimètres que ses doigts savent trouver sous les boucles qui les cachent. Mais il ne saura jamais s'ils lui ont réparé le crâne parce qu'il s'était ouvert ou s'ils lui ont ouvert le crâne pour réparer ce qu'il y avait dedans.

Mais il saura que, pendant plus d'un an, il n'a rien su de lui ni des autres ni du monde.

Il le saura parce qu'on le lui dira, quand on commencera à lui donner de ses nouvelles, des nouvelles des autres, des nouvelles du monde.

D'abord à la becquée, quand il posera enfin ses premières questions, et puis à grandes louchées pour lui faire rattraper le temps perdu, comme ils diront.

Alors on lui dira la guerre. On sera bien forcé, puisqu'il aura voulu savoir pourquoi les vitres de sa chambre blanche sont grillagées par des croisillons de papier collant kaki.

On lui dira quand et comment a éclaté la guerre, et qu'on vient de la perdre.

On lui donnera des dates, des faits, des noms de traités, comme dans un résumé d'histoire pour enseigner une très vieille guerre.

Et quand il commencera à vouloir en savoir davantage, on entrera dans les détails avec une satisfaction évidente et joyeuse. Car sa curiosité est la preuve qu'il est sur la bonne voie, qu'il revient parmi les vivants.

Alors, petit à petit, on lui dira tout. Puisqu'il aura posé des questions sur tout.

On, ce sera tour à tour son médecin, Zaza, les infirmières, les filles de salle, Zaza avec Myriam et Sami, Zaza avec Madame Villeneuve, Laurent Verdon seul, Laurent et Zaza ensemble, et Sami tout seul.

Ce ne sera jamais Robert. Ni Alex, ni Villeneuve, ni Gromoff, ni Barsky : ils sont passés, mais c'était pendant la guerre et lui-même dormait encore.

Mais Madame Villeneuve lui remettra une lettre et une carte postale. La carte est datée du 1er juillet 1939, elle vient de Londres. Dans une jolie écriture ronde, elle dit : « En mémoire de notre été dernier. Love. » Il y a trois petites croix et c'est signé Anny.

La lettre a été postée à Marseille le 29 août 1939. Robert l'a écrite sur du papier quadrillé, elle est alourdie par une photo attachée dans le coin avec un trombone :

Mon frère,

Je suis venu te chercher, mais une fois de plus tu m'as snobé et fait répondre par ton personnel que c'était trop tôt, et que tu reposais encore. Tant pis pour toi. Je ne repasserai plus sonner à la porte de ton château. Comme Clappique, je m'embarque tout seul, laissant à mon père Félix le soin et le temps d'accommoder, d'avaler et de digérer la couleuvre-serpent-python que les compatriotes de ton cousin Volodia viennent de lui servir. Je m'éloigne.

Ainsi vais-je ajouter, à son désarroi de militant déboussolé, l'affliction et la honte d'être par-dessus le marché le père d'un déserteur, ce qui me chagrine. Mais pas autant que me chagrinerait la réception de papiers militaires m'engageant à partir pour la guerre qui est dans l'œuf de la couleuvre-serpent-python, et dont l'éclosion est attendue pour demain, après-demain ou dans huit jours.

J'ai donc décidé de devancer l'appel en répondant à celui du large.

Géographe et historien, je m'en vais parfaire, creuser et consolider mes connaissances d'historien et de géographe.

Il y aura toujours quelque part un quelconque Monsieur D. pour te donner de mes nouvelles, et comme tu le vois sur le portrait que je me suis fait tirer à ta seule intention, l'œil de qui tu sais veillera sur moi.

Dors bien aussi longtemps que tu le pourras.

Robert.

La photo le représente mains dans les poches, au pied d'un grand mur sur lequel s'écaillent les vestiges de ce qu'avait été en son temps le sémillant Docteur Pierre.

En vrac et par bribes, sans chronologie aucune, il apprendra qu'on ne sait pas où est Robert, que Villeneuve est prisonnier en Allemagne, que la librairie est fermée mais qu'il pourra retrouver sa chambre, à moins qu'il ne veuille habiter avec Verdon et Zaza, car Zaza a liquidé la rue de la Mare il y a longtemps, juste après... enfin, un peu avant la guerre, et que la Coopé est également fermée, et qu'Alex vient de partir pour l'Amérique, Hollywood, avec Angelina Crespi, et que Zaza et Verdon ne sont pas mariés, non, mais Sami et Myriam, oui, à la mairie du XXᵉ, avant la guerre aussi, Myriam était déjà très grosse, et Loulou a presque un an. Elle s'appelle Louise, comme Louise Michel, et quand Robert est venu les voir à l'hôpital, Myriam et elle, il a dit qu'on aurait dû appeler la petite Josépha-Adolphine, parce qu'elle était née au lendemain du pacte. Quel pacte ? Le pacte entre Hitler et Staline, auquel il ne voudra d'abord pas croire. Il faudra que Sami lui apporte une vieille photo de la poignée de main de Molotov à Ribbentrop, découpée dans *Paris-Soir.* Il paraît que Félix a pleuré, à Neuilly-le-Réal où il a été mobilisé sur place, tout de suite après le pacte, puisque la guerre a éclaté en septembre. Verdon l'a faite, la guerre, avec le Service Cinématographique des Armées. Ils n'ont jamais pu filmer une bataille : il n'y en a pas eu pendant des mois, rien, et quand elles ont commencé, ç'a été si vite que le S.C.A. s'est replié, et ils ont filmé l'exode. L'*exode ?* Oui, il y a eu l'exode. Tout le monde a quitté Paris, sauf Zaza, restée parce que c'est à ce moment-là que Maurice a commencé à se réveiller vraiment, et Myriam, parce que Sami était mobilisé comme brancardier au Val-de-Grâce et qu'elle a voulu rester avec Loulou et sa grand-mère près de lui. Mais tous les autres sont partis : Gromoff et Barsky dans le taxi en direction du Midi ; les Lowenthal, les parents Nüssbaum et même les Stern vers la Bretagne, dans la camionnette des Puces. Barsky et Gromoff ne sont pas revenus : l'Auvergnat a parlé de Monte-Carlo. Les autres n'ont pas dépassé Le Mans et sont revenus. Il paraît que Madame Lowenthal en voyage, même pour trois jours, c'est pire que la grosse Bertha en 14 ! Mais quand ils sont revenus, les *autres* étaient déjà là.

Et comment ils sont, les autres ? On ne sait pas trop. Ils ont l'air polis et calmes dans Paris qui est vide.

Il lui reste une question à poser, il la remettra de jour en jour, puis il se décidera, par une douce après-midi, alors qu'ils se promènent seuls, Zaza et lui, dans les jardins de l'hôpital. Les *autres* passent justement là-bas sur le boulevard en chantant tous ensemble et très bien.

Les parents, où sont-ils ? C'est pas à Montparnasse, au moins, qu'elles les a mis ? Non, c'est au Père-

Lachaise. Ils sont tous venus : tous ceux de la rue de la Mare, les Novack, les Benedetti, les Clément de l'Allier, les frères Mercier, les compagnons, et même Monsieur Bonnet de Saint-Mandé.

Un jour, on lui dira qu'il est guéri et qu'il a bien rattrapé le temps perdu. Lui-même se dira qu'il n'a pas perdu grand-chose durant ses mois d'absence. Il quittera la chambre blanche, le lit blanc, les voiles blancs, tout ce silence blanc.

Et c'est presque à regret qu'un matin de septembre 1940, il signera sa feuille de sortie d'hôpital de la Salpêtrière.

Sa levée d'écrou, lui dit son médecin en riant devant les deux infirmières qui avaient la larme à l'œil de le voir partir. Une bien jolie image pour quelqu'un qui allait retrouver la liberté.

La suite, Maurice n'a nul besoin d'y penser en cachette de Zaza. Il n'a plus à descendre dans les grands fonds de sa mémoire grâce à la gnôle de Marcel. La suite, c'est encore maintenant, et depuis trois années. Trois années qu'il a vécues sans une seconde d'inattention, sans une minute, une heure ou une journée d'absence.

Plus de trois années, même, s'il refait bien ses comptes. Trois ans, cinq mois et une semaine que ça dure : d'octobre 1940 à aujourd'hui. Mais il pense trois ans tout ronds par habitude ; les cinq mois et la semaine en plus, c'est l'addition des jours qui viennent de s'écouler sans qu'ils aient eu peur, fût-ce une heure, Zaza et lui.

Ça fait cent soixante jours. Depuis que les *autres* sont montés de Grenoble pour la dernière fois.

Ils ne remonteront plus dans ce village de cinquante âmes où ils n'ont toujours rien trouvé de suspect, surtout pas dans la maison du maçon-charpentier dont la femme enceinte fait la classe à des enfants souriants, au pied d'un grand Christ en croix.

Ils ne remonteront plus parce qu'ils sont trop occupés ailleurs. De l'autre côté de la montagne, là où on les attend avec des fusils, en ville où on les fait sauter à coups de dynamite, et beaucoup, beaucoup plus loin, à l'est du monde, où leur jeunesse meurt ensevelie sous la neige. La vraie.

Ils étaient très vieux, les derniers qui sont montés au village. Très vieux et très tristes. Ils ne remonteront plus.

Cent soixante jours de répit ôtés de plus de mille journées de peur, dont sept cent trois passées à Paris, depuis ce jour où l'impensable, l'incroyable a commencé à se mettre en place, en douce et en douceur, dans l'indifférence générale. D'abord par un simple recensement.

Orphelins et sans adresse à eux, ils désobéissent, Zaza et lui. Ne se font pas recenser, et la peur commence ce jour-là d'octobre 1940, beaucoup plus forte chez eux que chez ceux qui ont obéi et qui se croient protégés par leur obéissance.

Comme ceux de la rue de la Mare, qui ont tous obéi. Ils le savent par Myriam qui leur reproche leur désobéissance. Rue de la Mare, tout le monde est en règle, y compris les Stern. C'est Madame Lowenthal qui les a entraînés avec elle au commissariat pour se déclarer : tout le monde s'est fait tamponner « Juif » sur la carte d'identité, et tout le monde a sa carte d'alimentation.

Réfractaires, Zaza et lui s'enfoncent dans la délinquance : faux et usage de faux. Il faut bien manger, et sans carte, pas de tickets.

C'est Zaza qui trouve le faussaire. Étonnamment, c'est Eugène Bonnet qui, en les baptisant Roux Elsa et Gauthier Maurice, nés à Saint-Mandé en 1921 et 1919, dans une ruelle depuis longtemps rayée du cadastre pour cause de démolition, leur assurera leur subsistance légale.

Ils connaissent alors la peur de tous les porteurs de faux papiers. La peur d'être reconnus par ceux qui connaissent leur véritable identité.

Pas tant pour Zaza, qu'on connaît comme Zaza tout court dans le cinéma, et qu'on appelle même parfois Zaza Verdon, à force. Mais, à la Sorbonne, on ne devient pas Gauthier du jour au lendemain quand on a été Guttman pendant un an.

Pour les clients de la librairie non plus. Elle est toujours fermée, la librairie, mais les clients continuent de venir à l'appartement, voir Madame Villeneuve. Et certains d'entre eux ont changé de noms aussi, et maintenant ils se méfient les uns des autres, ils se méfient de Maurice et Maurice se méfie d'eux. Et Madame Villeneuve se méfie de tout le monde. Elle n'a plus de nouvelles d'Allemagne.

Un soir, pourtant, Villeneuve rentre. Il porte la barbe, des lunettes, et ne s'appelle plus Villeneuve.

Et d'autres gens commencent à venir à l'appartement. Y dorment parfois. Ce sont souvent des Espagnols. Ils parlent fort.

Et avec ce que Maurice sait d'eux, il a un peu plus peur, ces soirs-là, en renfermant sa trappe.

Zaza a un peu moins peur, Verdon est rassurant. Mais pas sa concierge, qui n'aime pas Zaza pour la raison que Zaza n'est pas Madame Verdon.

Madame Verdon mère non plus n'aime pas Zaza. Mais elle aime beaucoup la concierge de son fils avec laquelle elle vient parler souvent de son autre fils Louis, qui habitait avec son fils Laurent avant l'arrivée de cette demoiselle, rue des Saints-Pères.

Maurice est tombé sur Madame Verdon mère en conversation avec la concierge, un jour qu'il venait voir Zaza. Le silence après son passage devant la loge lui a fait encore plus peur que le bruit que font les Espagnols de Villeneuve.

Lequel s'appelle maintenant Berthou, ne sort jamais et n'a pas rouvert la librairie. En tout cas, pas sur la rue de Seine. On a même tiré le rideau de fer devant la vitrine, mais on travaille derrière. On écrit plus qu'on ne lit, et à la ronéo on imprime des textes qu'on ne vend pas, mais qui circulent puisqu'un cycliste vient les chercher. Jusqu'au jour où il ne vient pas. Alors on brûle tout le paquet qui était prêt, dans la chaudière, à la cave. Et Maurice a très peur ce jour-là, parce que ça fait de la fumée dans la cour, depuis le temps qu'on ne s'est plus servi de la chaudière à cause de la pénurie de charbon. Et Villeneuve-Berthou part pour quelques jours en voyage. Et Madame Villeneuve a peur, ne le dit pas à Maurice qui le voit mais ne lui en dit rien.

Zaza travaille un peu, mais elle a renoncé à être script depuis que les papiers sont épluchés. Désormais, il faut une carte professionnelle visée par la Propaganda-Staffel. Mimi lui a dit de faire attention, de se méfier du couple Tata et Féfé Boubou. Le frère de Tania est dans un service allemand, et elle s'en vante. Zaza s'est remise à la recherche de costumes, et quand elle va sur un tournage, elle a peur d'y rencontrer les Boulansky.

Elle a également peur d'aller puiser aux stocks de la Coopé, laquelle n'est plus la Coopé, mais est redevenue « Masques et Bergamasques ». Les Ziegler ont racheté. Mademoiselle Anita a préféré partir chez elle en Dordogne. Ginette est restée. Mademoiselle Agnès aussi. Mais elle n'a pas pardonné à Stépan d'être mort, encore moins d'avoir été juif du temps qu'elle l'aimait et le croyait slave.

Alors Zaza va chercher aux Puces, où l'on ne parle plus le yiddish qu'à voix basse, si basse qu'elle a une excuse pour répondre qu'elle ne comprend pas.

Et quand elle rentre chez elle, elle a peur de la concierge mais ne le dit pas à Laurent. Parce que Laurent est gai et fort, qu'il a sa carte professionnelle — il refait l'assistant —, et qu'il lui dit qu'avec lui, rien de mal ne lui arrivera jamais. Alors elle le laisse penser qu'elle le croit. Et il ne sait pas qu'elle a peur.

Maurice non plus.

Ils ont peur tous les jours, mais ils s'y font. Ce n'est pas encore la terreur.

La terreur arrive en mai 1941.

Ce sont les Stern qu'on vient chercher les premiers.

Sept mois exactement après qu'ils sont allés spontanément se désigner à l'attention des recenseurs du Commissariat de police du XXe arrondissement.

Ils partent sous la protection de la police française. Avec Monsieur Katz et quelques autres de la rue de la Mare. Et Madame Lowenthal dit que c'est parce qu'ils sont étrangers. C'est triste, bien sûr, mais ils n'avaient qu'à se faire naturaliser, à son exemple. D'ailleurs, on les a emmenés, on ne les a pas arrêtés. Ils vont revenir.

Comme ni Zaza ni Maurice ne vont jamais plus rue de la Mare, c'est Sami et Myriam qui viennent chez Verdon, un dimanche, raconter le départ des Stern.

Et maintenant c'est Myriam qui a peur, parce qu'elle a tout vu. Elle promenait Loulou dans la rue quand c'est arrivé. Ça s'est passé en douceur, sans brutalité. Monsieur Stern tenait Madame Stern par la main. Ils étaient très bien habillés tous les deux. Les flics les ont aidés à monter dans une camionnette à l'angle de l'impasse. Quand la camionnette a été pleine, ils ont démarré. Et Madame Stern a fait un petit au revoir de la main en souriant.

Et on a attendu qu'ils reviennent. Ils ne sont pas revenus. L'Auvergnat est allé se renseigner au commissariat. On lui a dit qu'on les avait conduits dans un stade, le Japy. Mais on lui a dit qu'on le lui disait à lui parce qu'il n'était pas juif. Alors il l'a répété au père Nüssbaum. Depuis, Myriam a peur. Et Sami l'engueule. Et Zaza, Maurice et Laurent la rassurent. Ça doit être une erreur...

Mais nul d'entre eux trois ne croit vraiment à l'erreur. Et Laurent commence à comprendre. Et à avoir peur, parce que Sami coupe court à leurs pieux mensonges. Il rigole carrément : mais non, il n'y a pas eu d'erreur, c'est le début du programme, les zakouskis avant le rôti, le galop d'essai avant la course... Il vaut mieux le savoir et cesser de se raconter des histoires. C'est la guerre, une autre qui commence, ou la même qui continue. Il n'a été que brancardier dans la dernière, mais, dans celle-ci, il sera tirailleur et même tireur d'élite... et c'est même ça qu'il est venu annoncer à ces Messieurs-Dames Verdon, Roux et Gauthier, à condition qu'ils ne le répètent pas, évidemment !

Comme il a un peu beaucoup bu — chez Laurent, il y a toujours de bonnes bouteilles que lui procure l'accessoiriste du studio, bien que tout soit désormais rationné —, ils ne disent rien. Mais Myriam va pleurer dans la cuisine où Zaza la suit.

C'est vrai ce que dit Sami. Il a rencontré des types, ils vont faire des coups. Des coups juifs à main armée. Comme des bandits, des bandits juifs.

Zaza dit qu'il est fou, Myriam la prie de le dire à Sami, parce que ce qu'elle lui dit, elle, Sami ne l'écoute pas. Il n'y a plus qu'une personne qu'il écoute : un Slovaque ou un Bulgare, elle ne sait plus, que Sami a connu à la consultation à l'hôpital et qui l'a *embobiné*. Alors qu'il a de la chance, Sami, de pouvoir continuer à être externe à Cochin où on ne lui demande qu'une chose : de se tenir tranquille.

Mais quand Zaza veut aller dire à Sami qu'il est fou, c'est déjà fait. Laurent et Maurice le lui ont déjà dit, et Sami s'est fâché, et les Nüssbaum s'en vont, Myriam en larmes, Sami ricanant.

Et Laurent déclare qu'il ne veut plus les avoir chez lui, qu'ils sont dangereux.

A présent, déjà délinquants, Zaza et Maurice ont peur de Sami, grand délinquant en puissance.

Et Zaza rencontre Myriam dans les squares, plus jamais chez Laurent, et Maurice attend Sami à la sortie de Cochin pour le prier de ne jamais venir non plus à la librairie.

Sami s'incline avec une obséquiosité caricaturale : Monsieur Gauthier peut dormir sur ses deux oreilles, on ne verra pas Sami Nüssbaum rue de Seine. Maurice encaisse. Il regarde Sami s'éloigner, rejoindre un grand type qui l'attend visiblement dix mètres plus loin.

Maurice ne peut absolument pas dire à Sami pourquoi il ne faut pas qu'il mette les pieds chez Villeneuve où la tactique vient de changer du tout au tout et du jour au lendemain.

Très précisément entre le 22 et le 23 juin. Le temps de décider, juste après la journée du 21, la première du printemps 1941, celle aussi du début de la guerre entre l'Allemagne et la Russie.

Villeneuve a rasé sa barbe et rangé ses fausses lunettes. Il n'est plus Berthou, mais Villeneuve à nouveau, ancien prisonnier en Allemagne, libéré grâce à la relève. Preuve vivante de l'efficacité de la Collaboration, il s'exhibe dans le voisinage, remonte son rideau de fer. On nettoie la façade et, en vitrine, on remplace Bergson par des traductions de Nietzsche qui jouxtent le traité de Gobineau sur l'inégalité des races.

Mais on a envoyé les trois enfants et Madame Villeneuve vivre à Tours chez les grands-parents. Les Espagnols se font plus rares et sont muets quand ils passent.

La ronéo a monté les étages, les rames de papier vierge aussi, et la trappe est toujours entrouverte entre la chambre de Maurice et l'appartement, sauf quand on attend un nouveau. Un nouveau dont on ignore s'il a déjà acquis le droit de savoir que l'endroit possède une issue de secours.

De nouveaux vraiment nouveaux, il n'y en a que deux, mais il y a des revenants d'avant-guerre. Les Revenants ont fait les morts, de l'été 1939 au printemps 1941. Les Revenants semblent sortir d'une longue hibernation, de quelque retraite solitaire pour cause de chagrin d'amour, de trahison d'une bien-aimée. Ils ont le pardon dans l'œil, la mansuétude et l'indulgence de ceux qui retrouvent une maîtresse adorée après sa fugue dont ils savaient bien qu'elle ne serait qu'une passade. Les Revenants sont trois. Ils ont la quarantaine.

Les deux nouveaux aussi. Mais ceux-là n'ont jamais hiberné. Ils n'aiment pas la maîtresse adorée des Revenants, n'ont jamais souffert de sa trahison, mais comme ils haïssent les Allemands autant que les Revenants haïssent les nazis, ils ne voient aucune objection à une alliance — en tout cas pour l'immédiat. Les Revenants ont souvent le dessus dans les discussions, parce qu'ils ont leurs troupes, qu'ils savent où trouver et qui piaffent d'impatience, assurent-ils, depuis septembre 39. Les nouveaux, eux, cherchent à recruter, c'est plus aléatoire, et ils en conviennent. Tous se réunissent souvent et parlent énormément.

Si Maurice n'avait pas si peur, il s'amuserait, comme tout troufion, à surprendre des conversations d'état-major. Mais dans la double vie qu'il lui faut vivre à présent, il attrape une double peur : peur en haut, pendant qu'il fait marcher la ronéo ; peur en bas, pendant qu'il regarde Villeneuve converser aimablement et en allemand avec de jeunes soldats qui, confondant librairie et papeterie, demandent des cartes postales de Paris. Plus peur encore lorsque des civils lui demandent vraiment du Gobineau, qu'il le leur tend, qu'ils le prennent, le paient et s'en vont avec un sourire complice. Et tout autant peur du regard méprisant du cordonnier d'à côté, de la fleuriste d'en face, le matin où il a effacé le *Kollabo* inscrit à la craie durant la nuit sur le panneau de bois de la porte vitrée.

Peur enfin de ce visage qui vient régulièrement se coller à la vitrine pour le regarder, lui, par-delà les ouvrages en montre, et le suivre tandis qu'il évolue à l'intérieur de la librairie, au point de le paralyser dans ses gestes les plus ordinaires. Jusqu'au jour où, dans l'obstiné voyeur, il reconnaît l'homme du couple de chez « Chéramy » : l'homme seul, sans sa femme juive, qui a compris que Maurice vient enfin de le reconnaître et qui désigne les livres, hoche la tête, fait un petit bravo du bout des doigts, crache sur la vitre et s'en va.

Il ne reviendra plus.

Et Maurice raconte à Zaza, mais Zaza ne se rappelle plus bien cette soirée chez « Chéramy ». Il y en a tant eu, avant la guerre... Elle-même a d'ailleurs à raconter autre chose de beaucoup plus important, et d'aujourd'hui. Et qui fait très peur.

Loulou marche, elle court même, elle a plus de deux ans. Mais Myriam, certains jours, continue de prendre la poussette. Dans les allées des Buttes, c'est Loulou qui la pousse. Ça l'amuse et ça amuse les passants. Aujourd'hui, arrivées devant un banc, Myriam et Zaza ont extrait le seau, la pelle, le râteau et les moules de la poussette, et Myriam a entraîné Zaza vers le tas de sable où Loulou a déjà rejoint deux autres enfants. Zaza a envie de s'asseoir sur le banc à côté de la poussette, mais Myriam insiste. La poussette reste seule et Myriam se met à parler bébé : « Tata Zaza va te faire un beau pâté... » — puis elle tend le seau à Zaza. Celle-ci la regarde et remarque qu'elle lorgne du côté du banc dont s'est approché un promeneur. L'homme s'assied tout contre la poussette et sort de sa poche un journal qu'il déploie en grand. « Il nous prend notre banc ! » s'exclame Zaza. « J'y vais », dit Myriam. Elle empoigne la poussette d'un geste possessif, la pousse de l'autre côté du banc, retape un peu la paillasse et s'assied à son tour. L'homme replie son journal, se lève et s'en va.

Zaza s'en revient sur le banc. La bouche de Myriam sourit, mais ses yeux sont terrifiés et sa main tremble quand elle essaie d'arrêter celle de Zaza qui soulève déjà le coin de la paillasse, juste assez pour vérifier qu'elle n'a pas rêvé : elle a bien vu l'homme toucher à la poussette avant que Myriam ne la déplace pour la garer à droite du banc. Elle n'a pas rêvé : sous la paillasse, il y a quelque chose. C'est cabossé, triangulaire, empaqueté dans un chiffon gris. « Tu es folle... », dit-elle à Myriam en se laissant tomber sur le banc. « Vous êtes tous des fous, des fous... », répète-t-elle. Myriam a un geste de la tête, des épaules et des mains qui veut dire tout à la fois : « Oui, non, mais c'est comme ça, il faut le faire et je le fais... »

Deux bonnes femmes viennent alors s'asseoir sur le banc. Elles trouvent Loulou bien mignonne dans son esquimau de laine rouge. Myriam remercie et demande l'heure. « On rentre », décide-t-elle. On ramasse le seau, la pelle, les moules et le râteau qu'on entasse, tout collants de sable, dans la poussette. Loulou veut pousser, et les bonnes femmes la trouvent rudement robuste et en avance pour son âge. On rit et on se dit au revoir.

Tandis qu'elles se dirigent vers les grilles, Myriam demande à Zaza de ne pas faire cette tête-là. C'est rien, juste un transport, c'est le troisième qu'elle fait. Le pistolet a dû servir, mais elle ne sait pas à quoi. On est venu le rendre et elle va le porter, c'est tout. Mais, pour le porter, elle préfère que Zaza ne vienne pas avec elle.

Elles se quittent devant le métro. Avant de descendre les marches, Zaza se retourne. Myriam vient d'installer Loulou dans la poussette au milieu des joujoux. Elle prend l'avant-bras de sa fille et lui fait faire au revoir-au revoir à tante Zaza. Zaza répond, Myriam sourit et, empoignant le guidon de la poussette, fait démarrer sa cargaison.

Voilà ce que Zaza raconte à Maurice dans le square du Vert-Galant où ils se retrouvent quand ils ne veulent pas parler chez Verdon ou dans la librairie que Zaza n'aime pas fréquenter.

Ce jour-là, ils ont peur ensemble. Et un peu honte quand ils décident ensemble que Zaza n'ira plus promener Loulou avec Myriam. Laurent avait raison : ils sont dangereux.

Mais Maurice ne dit pas à Zaza qu'au troisième étage, chez Villeneuve, tous ceux qui viennent sont aussi dangereux. Il le lui tait, parce qu'il ne veut pas qu'elle ait encore plus peur. Elle le croit tellement à l'abri derrière le rempart de tous ces livres opportunistes, et davantage encore dans son rôle de jeune homme au pair, au sein d'une famille aussi opportuniste que les livres qu'elle vend.

Si elle savait.

Et s'il savait ce qui l'attend, lui, Maurice, à quelques semaines de là, un soir de mars 1942, quand il remonte de la librairie vers dix-neuf heures.

Dans l'appartement, la porte de la salle à manger est fermée comme à chaque fois qu'il y a une réunion. Avant de frapper, Maurice écoute. C'est une voix inconnue qui parle, mais il reçoit comme un coup de poignard dans le cœur. La voix vient de dire *'bsolument* comme il ne l'a plus entendu dire par personne depuis trois ans.

Il frappe, dit : « C'est moi » et entre.

L'inconnu qui parle est assis entre Villeneuve et l'un des Revenants... L'un des deux nouveaux fait face au Revenant et, tournant le dos à la porte, en veste de cuir marron, et qui se retourne, il y a Sami.

Sami qui ne donne aucun signe qu'il le connaît.

— Samuel... Jiri... des copains, prévient sobrement le Revenant.

Maurice fait bonjour de la tête et s'assied à côté de Villeneuve.

— Continue, Jiri, dit le Revenant.

Jiri parle. Maurice écoute, mais il regarde Sami. Sami a maigri, ses yeux se sont agrandis. Il ressemble beaucoup à Jeannot. Il ne regarde que Jiri.

Avec des fautes en français, Jiri dit les mêmes choses que celles que Sami a dites le fameux dimanche, chez Verdon. Mais plus brutalement. Il dit qu'il est juif et étranger, que ses types à lui sont juifs et étrangers, et que s'ils se sont groupés, c'est parce qu'on n'a pas voulu d'eux chez les Français quand ils ont commencé. Et qu'ils ont commencé bien avant le 21 juin 1941, dès que les Boches ont commencé avec les Juifs...

— Les nazis, corrige amicalement le Revenant.

— Je dis comme je sais, fait Jiri.

Et Maurice cherche le regard de Sami. Il le fixe, le fixe désespérément. Mais Sami regarde Jiri, qui reprend :

Ses types (il dit « mes » types) sont organisés, savent ce qu'ils ont à faire et le font parce qu'ils n'ont rien à perdre. Entre eux, ils ne se connaissent que deux par deux. Lui les connaît tous. Et il a quelqu'un au-dessus de lui qui l'a envoyé ici pour le contact.

— Nous savons, dit le Revenant.

Apparemment, le nouveau ne savait pas. Il ne dit rien. Villeneuve non plus. Mais c'est lui qui semble le plus touché par la logique de Jiri. Vieilles habitudes des cosmopolites, se dit Maurice. En tout cas, il n'a pas cet air absent et poli qu'arbore le Revenant, ni celui, absent et totalement indifférent, qu'affiche le nouveau.

— C'est bien risqué, articule le Revenant.

— Pour qui ? pour nous ou pour vous ? demande alors Sami dans son français impeccable, toujours sans regarder Maurice.

— Mais tu n'es pas étranger, toi ? s'étonne le Revenant.

— Je ne l'étais pas, mais je me suis récemment naturalisé étranger, répond Sami qui se lève en voyant Jiri déjà debout.

— Viens, allons-nous-en, on fait peur aux Français, dit celui-ci en yiddish à Sami.

— Qu'est-ce qu'il dit ? demande le Revenant.

— J'ai dit qu'on s'en va, dit Jiri.

Sami est déjà devant la porte. Jiri va pour le rejoindre, il regarde les beaux tableaux, caresse en passant l'acajou des jolies chaises anglaises. Il a un vague sourire.

— Nous, on va discuter... Et pour vous retrouver ? s'enquiert le Revenant.

— On ne nous trouve pas, coupe Jiri.

Et ils sortent.

— Ils sont dangereux, murmure le nouveau après qu'on a entendu la porte claquer. Surtout le vieux, avec sa gueule et son accent. Il faudra les voir ailleurs, si on doit les revoir.

— Vous avez raison, opine le Revenant qui ne tutoie pas le nouveau, lequel ne l'a jamais tutoyé non plus.

Villeneuve ne dit rien. Il regarde Maurice qui le regarde. Il semble qu'il se souvienne tout à coup que Gauthier s'appelle Guttman. Et Maurice monte dans sa chambre. Sa tête lui fait très mal. Il pleure et ça va mieux.

Le lendemain, il se rend à Cochin. On n'y a plus vu Sami depuis deux mois.

Alors, le dimanche, il va rue de la Mare chez la grand-mère de Myriam, et avec Zaza.

Son « coup » juif, Maurice ne le fait qu'après que Zaza a eu fait le sien.

Zaza fait le sien le 31 mai vers neuf heures du matin, devant le tas de sable des Buttes, quand Myriam lui confie Loulou, plus une petite fille et quatre petits garçons d'entre cinq et six ans, que Zaza ne connaît pas. Tous ont un cartable que leur ont préparé leurs mères, qui ne sont pas là.

Myriam porte un cardigan bordeaux sur une jupe grise. Sur son cœur, elle a cousu l'étoile toute neuve qu'on lui a remise la veille. Elle dit qu'elle l'a mise pour ne pas se faire remarquer dans la rue de la Mare, mais qu'elle va la découdre dès qu'elle aura laissé les enfants à Zaza. Elle embrasse Zaza et s'en va très vite. Loulou ne s'est même pas aperçue que sa mère n'était plus là.

Comme le coup est très bien préparé, c'est Josette Clément, venue spécialement de l'Allier, qui emmène Zaza et les enfants le jour même dans le train qui les conduira à Moulins. A Moulins, la zone libre commence sur l'autre rive de l'Allier.

C'est Laurent qui les conduit à la Gare de Lyon dans la camionnette de l'accessoiriste du film. Il aide Josette et Zaza à faire monter les enfants, tout contents de partir en voyage. Il redescend sur le quai. Zaza apparaît par la vitre baissée. Elle sanglote. Le train démarre. Le coup est fait.

C'est un petit coup. Pour Zaza, il est gigantesque. Laurent crie qu'il viendra bientôt. Elle le regarde comme on regarde quelqu'un qu'on ne reverra jamais.

Maurice fait le sien une semaine plus tard. Le sien, très bien préparé lui aussi, est un gros coup.

Il a repéré, répété, minuté. Il s'est approvisionné chez Sami, mais il agit seul. C'est lui qui a choisi l'objectif. Et pas au hasard. Pour la beauté du geste, dans l'idéal, il aurait voulu l'accomplir le 26 mai, seize années jour pour jour après Schwartzbard. Mais le 26 mai tombe un lundi, jour de fermeture du bistrot.

Il est 22 h 50, le 7 juin 1942, quand une bouteille balancée à travers la fenêtre ouverte explose dans l'arrière-salle du « Dragon » où sont attablés, comme tous les soirs, les quatre Ukrainiens de la Gestapo de l'hôtel Lutétia.

Quelques secondes plus tard, Maurice descend les marches du métro Sèvres-Babylone. Derrière lui, des lueurs éclairent le carrefour où le fracas des vitres brisées vient d'éclater en cascades cristallines.

A Châtelet, Myriam est bien sur le quai, assise sous l'affiche de Léo Marjane. Elle a coupé et décoloré ses cheveux et l'étoile a disparu de son cardigan bordeaux. Elle se lève quand Maurice arrive à sa hauteur et le dépasse. Il la suit à distance, ils sortent. La grande pendule de la place du Châtelet marque 23 h 15. La Brasserie du Théâtre baisse son rideau de fer, on tire les grilles de la station, Myriam marche vers le quai de Gesvres, Maurice s'arrête contre un arbre et vomit. C'est douloureux parce qu'il n'a rien dans l'estomac, sauf le cachet que lui a donné Sami : le cachet antitrouille, qu'il a avalé vers 21 heures. Myriam ralentit. Il la rattrape, reste à cinq mètres derrière elle. Elle marche vite maintenant, il a du mal à la suivre. Il y a beaucoup de promeneurs qui flânent avant le couvre-feu, il a peur de la perdre. Ils traversent un pont, il ne sait pas lequel, il suit, il a froid, pourtant la nuit est tiède, il le sait, mais il a froid. Il s'en veut d'avoir vomi le reste du cachet.

Myriam prend une petite rue, puis une autre, il n'y a plus de promeneurs. Elle s'arrête, pousse une porte qu'elle laisse ouverte pour lui. Elle lui prend la main dans l'obscurité, referme la porte, allume une minuterie jaunâtre.

Il est 23 h 35 quand Myriam le quitte. Elle a remonté

et bloqué sur 6 heures un réveil Jaz posé sur un tabouret. Dans une enveloppe, elle a laissé un billet Paris-Moulins en deuxième classe, départ 8 h 05, une carte d'identité au nom de Jean Berthier, voyageur de commerce, né le 13 décembre 1921 à Alger, et de l'argent collecté chez les parents des enfants. Elle lui a fait l'inventaire du sac de scout qu'elle lui a préparé et d'où elle a sorti une thermos de thé qu'elle lui recommande de laisser sur place, de même que le réveil. Elle l'a embrassé rapidement : le lendemain, il n'aura qu'à tirer la porte, mais avant six heures et demie. Elle a dit qu'il fallait qu'elle rentre. Elle n'a pas dit où.

Maurice ferme le soupirail de la cave. Il tremble de froid, prend une gorgée de thé qu'il rejette immédiatement dans un seau d'émail bleu tout neuf qui porte encore l'étiquette du Bazar de l'Hôtel de Ville.

Il s'allonge sur le lit-cage et s'enroule dans une couverture kaki barrée de rouge. Il éteint la bougie et ferme les yeux.

Des pas d'une femme chaussée de semelles de bois courent devant le soupirail, résonnent pendant quelques secondes, puis il y a un bruit de porte cochère qui se ferme, et, dans le silence revenu, les premiers coups de minuit. Maurice reconnaît la cloche de Notre-Dame, mais de si près qu'il en est assourdi.

Ça a dû s'entendre, tout à l'heure, jusqu'à la rue de Seine. Sinon l'explosion, du moins les pompiers et Police-Secours. Au troisième, au-dessus de la librairie, on le croit endormi. Demain matin, Villeneuve montera par la trappe. A moins qu'il ne soit déjà monté ?

Le mot glissé entre le cadre dédoré et la glace ne dit pas grand-chose. Juste « Adieu et merci ».

Rien ne traîne dans la chambre. Déjà, depuis la visite de Sami, il a déchiré toutes les photos sur lesquelles on pouvait les reconnaître, Sami et lui. Mais, avant de détruire celle du Couvent, il a soigneusement découpé des têtes de Jeannot et de Robert. Brillantes et glacées comme des paillettes, elles sont maintenant collées au dos de la petite photo d'Anny qu'il a glissée sous le mica de son porte-cartes, avec Sonia et Élie en mariés, Robert aux pieds du docteur Pierre, et Volodia.

Des morts, un vagabond et une étrangère sont les seuls indices qu'il aura à offrir, Jean Berthier, si jamais on l'attrape.

Il rallume la bougie. Examine sa nouvelle carte d'identité et la carte d'alimentation qu'il n'avait pas vue dans l'enveloppe quand Myriam la lui a donnée. Il avait raison, Jiri, ses types savent ce qu'ils ont à faire et le font bien. Ses types — et ses typesses : froides, calmes, déterminées, efficaces comme Myriam qui fait peur avec son air de faire ça tous les jours.

La chambre-cave aussi fait peur avec son faux amas de vieilleries et ses accessoires tout neufs, son simple loquet en bois.

Il souffle à nouveau la bougie.

Il trouve un demi-sommeil vers les quatre heures du matin.

A 13 h 12, sous un beau soleil, il descend du train à Moulins au moment où la police allemande monte dans les wagons pour contrôler les laissez-passer des voyageurs qui continuent vers la zone libre et qui en ont pour une heure à attendre, bloqués dans les compartiments.

Il tend son billet au contrôleur et propose sa carte d'identité à un soldat allemand qui lui fait signe que c'est inutile. Josette est là, à la sortie des voyageurs. Elle porte une jupe rouge, un corsage blanc, une sacoche en bandoulière. Deux vélos sont appuyés contre le mur de la gare. Josette embrasse Maurice qui est frais et bien rasé.

Il s'est rasé avant le départ du train, dans les toilettes, vers sept heures et demie. Il est frais parce qu'il a dormi presque tout le temps, après avoir parcouru les journaux du matin que lui ont prêtés ses compagnons de voyage.

Il n'a trouvé que dix lignes en dernière page du *Petit*

Parisien. Elles parlaient d'une explosion consécutive à une fuite de gaz dans un restaurant de la Rive gauche. En plus de gros dégâts matériels, il y aurait eu des victimes dont la police n'avait pas révélé l'identité. Il se serait agi de clients, habitués de l'établissement, au nombre de trois. Les voyageurs dirent que ces accidents-là arrivaient tout le temps depuis qu'on procédait à des coupures de gaz. Savoir ce que ça allait donner comme courts-circuits avec leurs coupures d'électricité. Maurice ne les entendait plus. Il s'était endormi si lourdement que son voisin de banquette dut le réveiller peu avant l'arrivée en gare de Moulins. « Sans moi, vous alliez vous retrouver avec nous en zone libre, jeune homme », dit-il obligeamment en agrafant à son revers une francisque d'argent sortie de sa poche.

La zone libre, Maurice s'y retrouve à huit kilomètres de la gare, une heure plus tard.

C'est en chuchotant que Josette lui fait franchir la frontière qui serpente, invisible, au cœur d'une forêt dont elle semble connaître tous les arbres, tous les taillis, chaque buisson. Ils ont laissé les vélos à l'orée du bois, dans une cabane dont Josette a la clef. A partir de là, elle se dirige comme d'autres s'orientent dans une ville. Elle prend des raccourcis, évite les bifurcations, s'engage dans des sentiers qui deviennent de plus en plus obscurs et moussus au fur et à mesure qu'ils descendent. Elle passe souvent devant lui et lui tend la main, comme font les guides en montagne. Elle chuchote. Elle parle plus en chuchotant qu'il ne l'a jamais entendue parler normalement de toute son enfance. C'était toujours Zaza ou Robert qui parlaient, en ce temps-là.

Elle chuchote pour lui dire ce qu'il aura à faire quand il sera passé. Où prendre son car à la sortie du bois, où prendre son train à la descente du car.

Elle chuchote pour lui déconseiller de se rendre à Neuilly-le-Réal en ce moment. La milice surveille la poste, Félix et Jeannette. Ils ont vieilli, eux, et ils sont tristes. Robert n'a plus jamais donné de nouvelles à personne depuis l'été 39. Après une horrible scène avec son père, on a perdu sa trace. Maurice ne parle pas de la lettre reçue de Marseille.

Elle chuchote que le plus difficile, l'autre jour, ç'a été d'empêcher les enfants de rire trop fort au moment du passage.

Elle chuchote encore plus bas pour lui demander comment va sa tête, maintenant, et elle s'arrête pour découvrir sous les boucles la cicatrice de Maurice qu'elle frôle du bout des doigts. Il a fermé les yeux. Elle repart, elle ne saura jamais l'envie incroyablement brutale qu'il a eue d'elle, l'espace d'une seconde. Presque méchamment il la laisse le distancer un peu, pour mieux contempler sa jupe de cotonnade rouge, si froncée à la taille que ses fesses en dodelinent à chaque pas. Elle se retourne pour l'attendre. Elle chuchote qu'ils sont presque arrivés. Elle le regarde comme on regarde un enfant fatigué. Elle chuchote que Zaza aussi était fatiguée, après le voyage. Il dit oui et sourit. Il ne lui dit pas que, la veille, il a tué des hommes.

Il leur reste une vingtaine de mètres à dévaler sur de la mousse gluante avant d'atteindre le fond du petit ravin où la lumière du soleil n'arrive plus que par taches informes, dansantes. Elle lui prend la main, ils longent une véritable muraille d'arbres nains, de racines, de lianes, de fougères, de ronces enchevêtrées. Elle compte quinze grands pas puis s'arrête. « C'est ici », murmure-t-elle, et elle sort de sa sacoche une paire de gants de cuir noir qu'elle enfile. C'est à pleines mains qu'elle écarte les gerbes de longues tiges hérissées de piquants, fraîchement repoussées. La brèche apparaît. « Vas-y, et fais attention ; de l'autre côté, il y aura peut-être de l'eau », lui dit-elle. Il l'embrasse sur la joue et passe en rampant sous la voûte barbelée qu'elle tient à bout de bras. Quand il se relève, de l'autre côté, il a juste le temps de la voir remettre les branches comme avant : elle lui fait un geste de la main avant de replacer la dernière gerbe derrière laquelle elle disparaît complètement. Il ne distingue même plus le rouge de sa jupe quand il l'entend siffler les huit notes de la ballade de Laurel et Hardy dont ni elle ni Zaza n'auraient osé se servir autrefois.

Il lui répond en sifflant, mais sur le souffle, attend une seconde sans bouger, puis se décide à traverser le lit de pierraille où court un filet d'eau. Il en boit une gorgée dans le creux de sa main. L'eau a goût de sang. Il a suffi d'une écharde de ronce. Il enroule son mouchoir autour de sa main gauche et attaque la remontée de l'autre versant du ravin. Pour la première fois depuis la veille, il a faim. Ça l'aide à marcher plus vite.

A Saint-Pourçain, il achète du pain avec les vrais tickets de sa fausse carte d'alimentation. Il le mange en attendant son car.

A Varennes-sur-Allier, avant de prendre son premier train, il achète une bande Velpeau. Dans le car, il a bien vu que son mouchoir taché de sang lui donnait l'air suspect.

A Lyon, la main proprement bandée, il achète les dernières éditions des journaux, ceux de zone libre et ceux de Paris. Il les parcourt en attendant son deuxième et dernier train. Aucun ne parle d'attentat ni d'explosion. Et dans la dernière édition du *Petit Parisien,* on ne mentionne même plus la moindre fuite de gaz.

A Grenoble, il attrape de justesse le dernier car, rempli de gens qui se connaissent et remontent ensemble, comme ils sont descendus ensemble le matin. Apparemment, c'était jour de marché en ville, ils parlent des achats qu'ils ont faits pour la semaine, puis ils cessent de parler. Le gazogène fait trop de bruit dès qu'il attaque la montagne. A chaque arrêt, le car se vide un peu plus et l'air entre, de plus en plus frais à chaque ouverture des portières. Ils ne sont plus que quatre voyageurs à descendre au bout du voyage, deux femmes, un homme âgé et lui, et il fait franchement froid sur la petite place du dernier village.

Maurice n'a reconnu personne dans le car, et personne n'a paru lui prêter attention. Des grimpeurs de montagne, ils en voient passer tout au long de l'année. Pour qu'on les remarque, il faut qu'ils soient tombés dans une crevasse. Là, ils dérangent tout le monde C'est peut-être la seule chose qu'ils se disent, les villageois, en voyant Maurice caler son sac sur ses épaules et passer ses deux pouces sous les courroies, tandis qu'il entame le premier des huit kilomètres qu'il lui reste à parcourir à pied. Il est seul à nouveau pour la première fois depuis des heures.

En marchant, il pense qu'hier à cette heure, il se préparait à tuer, en même temps qu'il s'apprêtait à mourir peut-être. Aujourd'hui, les morts qu'il a probablement faits sont des morts anonymes, et lui est un vivant inconnu. Il n'aura pas sa photo dans le journal, comme Samuel Schwartzbard, et les quatre petits Pétlioura de la Gestapo de l'hôtel Lutétia n'auront pas droit à leur mausolée au cimetière Montparnasse. On les remplacera par d'autres qui s'en iront boire ailleurs, leur journée finie.

Lui a presque fini la sienne. Il respire de toutes ses forces l'air froid, mais il n'a pas froid, il regarde de tous ses yeux la neige au-dessus et, encore au-dessus, le ciel si incroyablement limpide qu'il en devient bleu-roi, non, pervenche plutôt, et le soleil un peu rouge, mais encore si haut qu'il ne sera pas encore couché quand Maurice arrivera. Et il se demande comment il lui faudra y penser plus tard, à cette journée-là.

Comme à un lendemain de meurtre ? comme à un jour de fuite ? comme à un passage clandestin de frontière ? Tout ça se mélangera probablement dans sa mémoire, plus tard — si on lui laisse le droit d'avoir un plus tard.

Ce sera tout ça, mélangé, mais avec quelque chose en plus, à quoi il n'a pas tout à fait cessé de repenser depuis que c'est arrivé. Cette envie brutale qu'il a eue, l'espace d'une seconde, de coucher avec Josette. De coucher, culbuter, baiser par terre ou contre un arbre, et tout de suite, une fille qu'on n'aime pas mais qui est là. Une fille qu'il n'aime pas mais qu'il aime bien, ce qui est pire.

Pire... A la réflexion, il n'en est pas certain. La petite Josette, avec ses chuchotis dans les sous-bois, sa caresse fugace et son cotillon écarlate, lui a rendu, en toute innocence, l'espérance qu'on lui avait confisquée à l'hôpital et à laquelle il s'était peu à peu résigné à renoncer. Il en avait souvent versé, des larmes de rage, seul, la nuit, dans le joli lit-bateau de la rue de Seine, si miraculeusement trop étroit pour deux, autrefois. Si tendrement trop étroit pour lui et Anny, la petite Anglaise qu'il avait tant aimée, celle-là, et qui chuchotait, elle aussi. Qui s'endormait en chuchotant, se réveillait et s'esquivait au matin en chuchotant. Il en avait pleuré, et pas que pour Anny. Même pour la campeuse du bois de Port-Louis dont il ne se rappelait même plus le visage ni la voix et qui avait pourtant chuchoté, elle aussi, sous la tente.

En marchant, il se dit que cette journée-là, plus tard, sera aussi celle d'une balade en forêt au cours de laquelle il aura bandé pour la première fois depuis des mois. Et pour mieux violer sa propre pudeur, son incorrigible timidité à employer les vrais mots dont tous les autres se servaient toujours, Sami comme Robert, et lui jamais, il se les dit à voix haute. Tous les verbes qu'il connaît pour dire ça, il se les dit, se les conjugue, se les répète en cadence, il en rougit tout seul et marche plus vite.

Il lui reste à traverser et à atteindre la grosse sapinière. C'est là que commencent les soixante-dix hectares du maire. De l'autre côté, en bas dans le petit vallon, il apercevra les vingt maisons du hameau, la scierie, et, un peu détaché, tout seul avec son puits, ce qu'il reste du Couvent où ne l'attend pas Zaza.

Pas plus que ces petits étrangers dont il repasse maintenant les prénoms dans sa tête. C'est Myriam qui les lui a répétés deux fois, hier, dans la cave, en lui remettant l'enveloppe avec l'argent. En plus de Loulou, il y a un Markus, un Luis, un Fredo, une Dédée, un Dany. Il trouve qu'il a bonne mémoire, quand même, compte tenu des circonstances.

De l'autre côté du bois, non seulement il aperçoit le hameau, mais il y a de la fumée qui sort de la cheminée du Couvent.

Dix minutes plus tard, il pousse la grande porte, crie : « C'est moi ! », et entre.

Sous les voûtes, les enfants sont à table. Zaza devant la cuisinière. Elle se retourne et les enfants gloussent et se poussent du coude en la voyant se précipiter dans les bras de cet inconnu à la main blessée.

La ronce n'aura laissé qu'une estafilade à peu près invisible. Pourtant, cette nuit, en faisant jouer lentement sa main gauche ouverte sous la lumière de la lampe, Maurice est parvenu une fois de plus à reconnaître le tracé un peu tremblé, une légère brillance qui différencie cette ligne-là des autres lignes de sa main. En ces moments-là, comme si la blessure dérisoire avait voulu inscrire une date ailleurs et autrement que dans sa seule mémoire, l'imperceptible sillon prend les proportions d'une véritable cicatrice.

Il y en a bien d'autres, maintenant, à l'intérieur de ses mains. Mais celles-là n'ont rien à lui dire de secret. Elles sont les marques de ses premières maladresses à manier le marteau, les clous, la scie et la pioche. A présent il sait, depuis le temps.

Sur la table, à côté du sac de Zaza, la bouteille de Marcel est presque vidée. Il sourit vaguement à ses mains de travailleur qui n'ouvrent plus de livres depuis vingt-deux mois.

Un été, un automne, un hiver, un printemps, un autre été, un autre automne, un autre hiver ont passé, et les enfants qui dorment là-haut dans leurs lits ont mangé tous les jours à leur faim.

Ils se sont amusés, chamaillés, réconciliés, ils ont appris à lire et à écrire, se sont roulés dans l'herbe et dans la neige. Ils ont eu chaud dans leur maison quand il faisait froid dehors. Au gré des saisons, ils ont grandi comme grandissaient les petits enfants dans les contes de Charles Nodier. Sans autres frayeurs nocturnes que celles que donnent les aboiements d'un chien pris pour un loup, ou le souffle du vent sous la porte, confondu avec les gémissements d'un fantôme.

Vingt-deux mois de survivance volés aux voleurs d'enfants qui s'apprêtaient à les prendre. Volés aux policiers, aux dénonciateurs et aux indifférents, à tous ceux qui ont pris, fait prendre ou laissé prendre des sœurs, des frères, des parents, des grands-parents auxquels les petits pensent peut-être en cachette puisqu'ils les dessinent mais à qui ils ne veulent plus écrire, puisque personne ne leur répond jamais plus.

Volodia non plus ne répondait jamais ; lui aussi avait laissé une adresse.

Celle que Myriam a laissée est là, cachée dans le sac de Zaza, tout au fond. Mais le faux nom, le numéro d'une vraie rue, dans une vraie banlieue de Paris, cette adresse écrite de sa main est aussi sourde, muette, inutile et périmée que l'était l'autre, écrite en cyrillique et si soigneusement repliée dans le portefeuille d'Élie.

Ensevelie, l'adresse de Volodia, avec la dépouille de son père Élie Guttman, né à Jitomir, qui repose en paix au cimetière du Père-Lachaise, à Paris, dans son quartier.

Car son père repose en paix aux côtés de sa mère et près de ses amis : Maurice en est tout à fait sûr à présent.

Tous les quatre reposent en paix sous des pierres qui portent leurs vrais noms, leurs dates de naissance, celle de leur mort qui est venue juste à temps. Elle a prolongé leur sommeil et leur a donné le repos qu'ils n'auraient plus jamais connu s'ils avaient vécu un peu plus longtemps.

Maurice se verse ce qui reste de la gnôle de Marcel en hommage au destin qui les a fait mourir à temps pour être des morts pleurés et honorés.

Il revoit le préfet dans son bel uniforme, le sous-sous-ministre en jaquette, et il se dit qu'ils se trompaient en s'en prenant à un destin malheureux. C'est un destin heureux qui fait mourir des vivants qu'on regardait vivre, avant qu'ils ne soient devenus des vivants qu'on ignore comme s'ils étaient déjà des morts.

Il boit au repos et à la paix qu'ils ont trouvés, comme le leur avait promis en latin le curé de Châteauroux au temps où la France prenait le deuil pour dix-neuf de ses enfants, broyés dans un train parce qu'un bœuf, désespéré à l'idée de mourir, s'était échappé d'un wagon mal cadenassé.

Du temps que les wagons à bestiaux ne servaient qu'à transporter du bétail, et les autobus des usagers qui pouvaient, s'ils le voulaient, descendre à la prochaine.

Pour les autobus, il y a longtemps que Zaza et lui savaient : par un vieux télégramme de l'Auvergnat à Félix qui l'avait remis à Josette qui l'avait fait suivre à Zaza. Elle l'a gardé, il se trouve également dans son sac et dit : « Bons vieux amis de la Mare gravement souffrants — stop. Transportés urgence par autobus ce matin à l'aube — stop. — Salutations — Boubalou. » C'est daté de juillet 1942.

Pour les wagons à bestiaux, c'est aujourd'hui seulement qu'il a su. Il n'a encore rien dit à Zaza et, finalement, ne lui en dira rien. Sans le copain de Marcel, porteur à la gare de Grenoble, il n'aurait jamais su, lui non plus. A la gare de Grenoble, tout le monde sait. Ça se passe en plein jour, sur une voie de garage où les wagons vides attendent. On fait entrer les camions par la gare de marchandises. Quand les wagons sont pleins, on les cadenasse. On attend qu'ils soient tous cadenassés avant de les accrocher à une locomotive. Pour le départ, il n'y a pas d'horaires fixes ; pour la destination, on ne sait pas. Ça dépend d'*eux*. Eux, c'est le chef de gare allemand et les S.S. Les camions, c'est la milice. Ils font le va-et-vient après le ramassage. Ils ne ramassent pas que les Juifs, paraît-il. Tous sont si affolés maintenant, en bas, qu'ils mélangent tout et tout le monde. La pagaille, quoi !

C'est cette pagaille qui avait surtout l'air de l'étonner, le copain de Marcel, quand il a raconté ça avant de quitter le chantier où il était monté donner un coup de main.

Le chantier aussi l'a étonné. Il ne s'attendait pas à devoir grimper si haut dans la montagne pour son jour de congé, ni à trouver là-haut ce qu'il y a trouvé. Il a contemplé la tour dont la charpente atteint maintenant le faîte des sapins environnants, il a hoché la tête et demandé à Marcel qui était le timbré qui se faisait bâtir un phare en pleine montagne. Un astronome de Lyon, a répondu Marcel. Son copain a haussé les épaules ; a dit que c'était vraiment le monde renversé et que ce machin-là était un vrai mirador à Mirliflore.

Il s'est tellement fait rire lui-même avec son bon mot qu'il l'a répété deux ou trois fois, au rythme de son marteau. Et ce qui devait arriver est arrivé. Éblouissants comme des soleils, sonores comme des coups de cymbales, Mirador et Mirliflore ont fait leur entrée chez les enfants qui jouaient jusque-là aux quatre coins dans la sapinière.

Maurice a beau essayer de métamorphoser le mirador en Minaret, en Donjonnet, en Tourmalet, en Pigeonnier, en Tour de Nesles, en Tour prends garde et en Tour Eiffel, rien n'y fait. C'est trop tard : Mirador l'abominable et Mirliflore le mirifique ont déjà déployé l'éventail de leurs mirobolants trésors. Ils brasillent comme un arbre de Noël au fond d'une caverne d'Ali Baba. Autrefois, c'est la nuit que Loura la Péteuse, innommable sous ses chiffons crasseux, sous sa besace, avait surgi comme une ombre dans l'enfance de Maurice et de Zaza. Introuvables, insaisissables et imbattables, Mirador et Mirliflore sont couverts d'or, de miracles et de mirages et de miroirs, de cirage Miror, de Toréadors aux culs en or, de Chiens Médor, de Mirabelles dorées, de Mirlitons, de Fleurs par milliers, de Meunier tu dors, de Chapeaux pointus, de T'as la Berlue, de Turlututu, de Je t'aime et je t'adore...

Si les couplets de la rengaine sont sans cesse améliorés, le refrain en est immuable. Car pour la musique, ils ont trouvé tout de suite : elle est simple et entraînante, facile à retenir :

Mirador nous voilà !
Mirliflore t'es gaga !

Ils l'ont chanté toute la journée, et tout au long du chemin en descendant.

Il a fallu que Maurice se fâche pour qu'ils se taisent avant l'arrivée au hameau. Ils ont voulu savoir pourquoi. Alors Maurice leur a dit pour commencer qu'un Mirliflore, ça n'existait pas. Que, d'ailleurs, l'Astronome était un homme très gentil, qu'il n'avait pas la berlue, ni de chapeau pointu, et que si on le rencontrait au hameau, il ne fallait pas lui faire de peine. Qu'il aimait beaucoup sa tour, qui serait très belle quand elle serait finie. Que ce n'était pas un mirador. Qu'il ne fallait jamais plus dire ce mot-là. Que c'était un mot très vilain pour une si jolie tour en haut de laquelle l'Astronome les emmènerait un jour pour leur montrer de plus près le ciel, la lune et les étoiles. S'ils étaient bien sages.

Ils ont voulu savoir quand.

Quand quoi ?

Quand ils pourraient monter voir le ciel, la lune et les étoiles en plus gros.

Quand la tour sera finie et qu'on pourra y placer les grosses lunettes, enfin les longues-vues, les grosses loupes, quoi...

Quand ça ?

Quand on aura le droit.

Pourquoi on n'a pas le droit maintenant ?

Parce qu'on n'a pas le droit maintenant. C'est tout.

On n'a pas le droit de regarder le ciel la lune et les étoiles en gros ?

Non, pas pour le moment. Ça suffit, maintenant, Markus.

Ils se sont arrêtés de chanter. Dans son dos, Maurice a entendu leurs rires étouffés. Il s'est retourné juste à temps pour voir Loulou faire tirebouchonner l'index de sa main droite sous le capuchon de sa pèlerine. Il neigeait de nouveau et Maurice a pressé le pas.

En traversant le hameau, ils n'ont pas rencontré l'Astronome.

C'est à lui, à cet innocent des villes qui s'est acheté le sommet d'une montagne pour mieux voir le monde à l'envers, que Maurice boit les dernières gouttes restant encore au fond de son bol.

Le plus dur lui reste à accomplir s'il ne veut pas réveiller Zaza. Mais il sait, il a l'habitude : ne pas faire craquer le fauteuil en se relevant, laver le bol puis cacher la bouteille, éteindre la lampe et marcher dans le noir jusqu'à l'escalier dans lequel il faudra ne pas tomber.

Ce soir, il y a en plus le sac de Zaza à remettre à sa place tout au fond de la salle, sur le bureau. Il hésite un instant devant la longueur du trajet, se décide enfin, accomplit l'aller et retour sans la moindre faute.

Fier de lui, avant d'éteindre, il jette un dernier regard vers la porte de chêne derrière laquelle rien n'a bougé.

Pas vu, pas pris : il peut monter se recoucher.

Dans sa chambre, les yeux grands ouverts, Zaza entend les pas un peu lourds de Maurice qui regagne son lit dans le dortoir des enfants. Ce ne sont pas ces pas au-dessus de sa tête qui l'ont réveillée. Elle ne dormait pas. Elle ne dort jamais à l'heure où Maurice descend pour boire tout seul, mais elle fait toujours semblant.

Elle entend les pas, mais ne les écoute pas. Elle écoute son ventre avec ses mains. Elle essaie d'imaginer comment résonnent et vibrent à l'intérieur d'elle-même les ondes légères, circulaires et vaguement douloureuses qu'elle reçoit régulièrement dans ses entrailles dès qu'elle est allongée.

Elle ne donne pas de prénom à ce qui y bouge encore à peine. Avant que ça bouge, elle n'appelait même pas ça l'enfant. Un enfant, des enfants, ce sont les autres, là-haut : Loulou, Markus, Luis, Frédo, Dany et Dédée.

Ça, elle l'a d'abord appelé retard, puis angoisse, et enfin panique. Toutes les vieilles recettes si complaisamment énumérées, jaugées et comparées par les grandes filles nues, autrefois, autour de la corbeille à linge de Bruno, rue de la Mare, lui sont alors remontées à la mémoire. Elle a essayé le lait bouillant avec du poivre, à défaut de safran. Et les bains de pieds dans l'eau très chaude. Ça a fait rire les enfants et intrigué Maurice. C'est tout ce que ça a fait, en plus de la faire vomir.

Alors elle a dit à Maurice qu'elle était enceinte. Il a

dit : « Laissez venir à moi les petits enfants », en regardant le Christ au-dessus de la cuisinière.

Elle n'a rien dit à Laurent. Elle ne le lui a pas écrit non plus. Mais elle sait exactement quand naîtra son enfant. C'est le 3 décembre que Laurent est venu le lui faire, toute une nuit. Puisqu'il n'a passé qu'une nuit près d'elle, cette fois-là, la neuvième en deux ans.

Pour la neuvième fois, il est venu. Il est venu et revenu comme il l'avait promis sur le quai de la gare quand elle sanglotait de ne pas le croire. Il est venu et, chaque fois, elle s'émerveillait, tout en se disant chaque fois que c'était peut-être la dernière.

Elle ne lui a rien dit, parce que si Laurent devait revenir une dixième fois, elle voudrait être sûre que c'est bien pour elle, pour elle seule. Comme un amant qui ne peut s'empêcher d'accourir retrouver la femme qu'il aime, ne serait-ce que pour une nuit. Pas comme le père d'un enfant dont il ne serait pas correct d'abandonner la mère.

Elle sait qu'elle attend pour septembre un enfant de Laurent et qu'en l'attendant à ses côtés, Maurice l'appelle Volodia.

Pourquoi Volodia ? Elle ne se rappelle plus très bien, et n'a jamais osé l'avouer à Maurice. Elle aurait dû le faire il y a longtemps, après qu'il eut quitté la Salpêtrière, quand ils se partagèrent le Cadre des Nôtres et qu'il tint à prendre pour lui la petite photo du beau balafré dont elle avait oublié l'histoire. Mais c'était sans doute déjà trop tard, à l'époque, pour l'avouer. Elle l'avait bien senti à la façon dont Maurice s'était presque excusé d'accaparer le vestige d'un drame censé leur appartenir à tous deux.

Elle sait qu'il y a eu une vieille histoire de Volodia, très longue, très triste et très compliquée. Elle sait même où, quel jour et à quelle heure Maurice l'a racontée, et pourquoi elle l'a si mal écoutée, ce 10 novembre, chez « Chéramy », vers dix heures du soir. Elle le sait parce que c'est dans l'après-midi de ce 10 novembre qu'elle avait fait l'amour pour la première fois de sa vie, sur un grand lit bas, dans la demi-pénombre d'une chambre aux rideaux rouges vers laquelle elle ne songeait alors qu'à retourner pour recommencer à faire l'amour avec celui qui venait de la violer, comme il l'avait dit lui-même avec toute la tendresse du monde. « N'aie pas peur, mon amour, maintenant je vais te violer », voilà ce que lui avait dit Laurent, et c'est à cela qu'elle repensait tandis que Maurice racontait chez « Chéramy » cette histoire qu'elle n'avait pas écoutée.

Elle sait que l'histoire commençait avec « Pouett-Pouett », car plus tard, dans le grand lit, Laurent lui dit qu'il aurait bien voulu la rencontrer quand elle avait cinq ans, et lui a refait l'amour en la caressant comme on caresse une petite fille. Elle sait qu'ils étaient si fous, si follement heureux qu'ils sont même allés jusqu'à dire merci à Hitler de ne pas l'avoir laissée partir, elle, Zaza, pour l'Allemagne avec Mimi. Elle sait qu'elle est rentrée chez Bonnet au petit matin, dans la voiture de Laurent, et qu'en traversant Paris désert et pavoisé, Laurent lui a dit que c'était pour eux qu'on avait mis des drapeaux partout. Elle sait que la lumière s'est allumée au troisième, chez la mère Lowenthal, quand Laurent a arrêté la voiture devant la maison, puis le moteur, et qu'ils ne se faisaient toujours pas à l'idée de se quitter. Elle sait qu'au matin, elle est repartie de la maison avant midi en invoquant quelque mensonge, et qu'elle n'a pas attendu Maurice qui, pour une fois, devait venir déjeuner.

Elle se rappelle tout : le geste d'Alex pour remettre en place une épingle dans les cheveux d'Angelina Crespi, un peu vieille dans le pull-over d'Alex, au moment où Laurent, la main posée sur son épaule à elle, presse légèrement ses doigts pour lui dire qu'il veut rentrer avec elle dans la chambre, là, maintenant, tout de suite, et que lui non plus n'écoute pas cette histoire qui n'en finit plus.

Elle se rappelle tout, sauf l'histoire de Volodia qui n'en finissait plus.

Cela lui semble inavouable, aujourd'hui plus que

jamais. Et quand Maurice appelle l'enfant Volodia, elle fait semblant de savoir pourquoi et le laisse dire. Après tout, pourquoi pas Volodia ? C'est joli, Volodia.

Elle trouve seulement que c'est un peu tôt pour appeler par son prénom un enfant à qui on n'a pas encore trouvé de nom de famille. Avant-hier, elle l'a même dit à Maurice en riant.

Une fois de plus, il a pris le Christ à témoin : il a dit que les charpentiers n'avaient vraiment pas de chance avec les jeunes filles bien convenables qui leur rapportaient toujours à la maison des enfants qui n'étaient pas les leurs, et il a proposé Jésus comme nom de famille pour Volodia.

— Trop juif, a répondu Zaza.

— Encore trop juif pour la saison, certes, mais nous ne sommes jamais qu'en avril... Attendez septembre, Mademoiselle Roux !

— Mais je ne fais que ça, Monsieur Gauthier-Berthier !

— Justement, vous ne faites que ça au lieu d'apprendre à lire l'avenir dans les constellations, comme je le fais moi-même depuis que je travaille dans les astres... Vous auriez vu septembre comme je l'ai vu... Et maintenant je sais !

Il a regretté qu'elle ne pût pas monter dans la tour pour lire septembre avec lui dans le ciel, mais, dans son état intéressant, il lui déconseillait formellement les escalades dans les échafaudages.

Pour le nom, en septembre, il va dire ce qu'il sait : l'enfant qui naîtra de Mademoiselle Roux, en septembre 44, sera autorisé à s'appeler comme on voudra, et c'est ça, la grande nouveauté qu'il a lue dans le Petit Chariot.

On pourra encore et toujours l'appeler Roux, si d'aventure la jeune maman désire conserver son joli nom de guerre.

On pourra également l'appeler Verdon, si par hasard son jeune papa reconnaît son enfant au détour d'un square.

Mais, surtout et avant tout, il aura le droit de s'appeler Roginski. Et Roginski Vladimir, croyez-moi, ça plaira énormément, cet automne : Roginski c'est polonais, mais ça fera russe, et les Russes auront gagné la guerre.

Évidemment, Vladimir Verdon-Roginski, ça serait l'idéal. A condition de prononcer Verdon *« Veurdonn »*, parce que les Américains aussi auront gagné la guerre. Vladimir Verdon-Roginski, quelle allure ! Ça vous aura un côté Pierre Richard-Willm en troïka dans le Colorado...

— Un peu lourd à porter pour un bébé, vous ne trouvez pas Monsieur Gauthier-Berthier ? a dit Zaza.

— 'bsolument, 'bsolument, et c'est pourquoi nous l'appellerons tout de suite Volodia. C'est léger, ça fait danseur.

— Danseur peut-être, mais pas danseuse !

— Si vous compliquez tout, Mademoiselle Roux, vous n'aurez qu'à l'appeler Combaluzier ! Moi, je dis comme je sais..., a lancé Maurice à Zaza avant d'embrasser sa bouche fermée, toute humide de larmes de rire.

C'était avant-hier soir, ils buvaient leur thé après avoir couché les enfants. Maurice a juste versé une goutte de gnôle dans son bol et n'est pas redescendu après pour boire seul.

Ce soir, il a dû liquider toute la bouteille de Marcel, comme chaque fois qu'il est malheureux. Demain, elle ne lui demandera rien. Elle dira qu'elle a bien dormi, il dira : moi aussi, et elle ne saura pas pourquoi il était si triste, la veille au soir, alors qu'il avait été si gai, l'avant-veille. Pas gai : marrant, plutôt, parce que c'est elle qui était triste ce soir-là.

C'est comme ça qu'ils s'arrangent de la vie, depuis deux ans, et c'est bien.

S'il pense aux filles, il ne lui en dit rien, et elle ne lui dit pas qu'à l'hôpital, quand il était comme mort, on ne lui a pas caché, à elle, qu'il ne pourrait plus avoir de femmes avant longtemps.

S'il pense à Robert qui est parti sans lui, elle ne lui dit pas qu'elle pense souvent à Alex et à Angelina, là-bas en Amérique, avec lesquels Laurent et elle auraient pu partir, quand il en était encore temps. Ils avaient choisi de rester, elle pour être auprès de lui qui revenait au monde, Laurent pour être auprès d'elle.

S'il pense à ce qu'il a fait à Paris avant de venir la retrouver ici, elle ne lui dit pas qu'elle croit à un « coup juif », tellement grave qu'elle préfère ne rien en connaître, de sorte à être dans l'impossibilité de jamais pouvoir le révéler.

Malheureux ensemble, ils ne l'auront été qu'une fois, à en mourir ensemble : c'était à Châteauroux.

Heureux ensemble, ils le sont souvent, au bout du compte : à cause des gosses, à cause de son « coup juif » à elle. Celui-là, ils peuvent au moins en parler entre eux.

Ce soir, pourtant, elle a eu tort de lui montrer le dessin de Loulou : elle est sûre qu'il est de Loulou, même si elle s'est fait écrire MAMMAN par un grand ; tous ces M veulent dire MYRIAM. L'étoile était si voyante sur le cardigan. Et lui a eu tort de reparler de faire écrire leurs lettres aux enfants. Demain, c'est sur leurs cahiers qu'ils écriront tout ce qu'ils voudront, des bâtons si ça leur chante, des bêtises aussi. Elle relèvera les cahiers, les corrigera et leur donnera des notes. Comme ça, pour une fois, ils recevront de vraies réponses à leurs pages d'écriture que, pour une fois, ils n'auront pas été obligés de commencer par « Cher Papa, Chère Maman ».

Fini le cérémonial des bonnes nouvelles qu'on lance à la mer du haut d'une montagne.

Demain, elle leur dira : « Pas de nouvelles, bonnes nouvelles », comme on disait chez eux, rue de la Mare, quand ils étaient petits.

C'est surtout le père Guttman qui le disait. Souvent, même. Beaucoup plus souvent que son père à elle.

Il disait : « Pas de nouvelles, bonnes nouvelles », et parfois il ajoutait : « Loin des yeux, loin du cœur », et ça agaçait Sonia qui regardait Olga — et elles soupiraient ensemble...

... Non, ce n'était pas tout à fait ça : le père Guttman disait « Pas de nouvelles, bonnes nouvelles », et c'était Sonia qui disait « Loin des yeux, loin du cœur », en haussant les épaules. Et lui, avec son beau sourire un peu triste, la reprenait et disait : « Non, Sonia, loin des yeux » mais « peut-être près du cœur », ou bien « toujours près du cœur », ou « encore près du cœur », quelque chose comme ça... Et Stépan acquiesçait, puis ils s'arrêtaient de parler parce qu'elle-même, ou Maurice, arrivait.

Comme ils étaient tendres et désarmés, tous les quatre, avec leurs petits secrets si bien partagés et si bien gardés !

Si elle s'écoutait, elle monterait embrasser Maurice dans son sommeil. Mais elle ne s'écoute pas. Elle ne veut pas réveiller les enfants.

Le sien dort déjà, apparemment. Il n'envoie plus de messages. Elle peut s'endormir avec lui.

A propos de messages, elle aimerait bien aussi en recevoir de son amant, un peu avant septembre...

Demain, il faudra qu'elle demande à Maurice s'il se rappelle : après « loin des yeux » était-ce « peut-être », « toujours » ou « encore » près du cœur ?...

Ça leur fera un jeu, et on verra bien lequel des deux a bonne mémoire.

C'est tout banalement « loin du cœur » qu'il aurait fallu dire.

L'enfant de Zaza a déjà huit mois et ne s'appelle pas Volodia.

Elle s'appelle Marina, Marina Verdon ; et sa maman, Elsa Roginski.

Elle est bien née en septembre : un 15 septembre 1944, à la fin d'une journée pluvieuse, un *september in the rain,* comme le susurrait Maurice à Zaza pour la faire rire entre deux petites douleurs, dans le taxi qui la conduisait à la maternité de l'Hôtel-Dieu.

Son père ne l'a pas reconnue au détour d'un square, mais tout à fait civilement, à la Mairie du Ier arrondissement de Paris.

C'est à celle du VIIe arrondissement que sa mère n'a pas désiré se rendre — le mot est juste — pour y devenir Madame Laurent Verdon.

Étrangement, il n'y avait eu ni drame, ni victimes. C'était plutôt un cas de désamour mutuel qui les avait saisis ensemble après de trop tardives retrouvailles.

Ils ne s'aimaient plus, mais s'aimaient toujours beaucoup. Ils avaient même continué à cohabiter. Seulement, dans la chambre aux rideaux rouges, c'était Marina qui dormait auprès de Zaza. Laurent dormait dans son bureau, quand il était là, ce qui ne lui arrivait pas tous les soirs.

Marina, Maurice l'appelle Volodiana, mais pour lui seul. Ou plutôt il l'appelait Volodiana, car il ne va plus l'appeler du tout avant longtemps. Elle est partie avec sa mère en Amérique. A Hollywood, pour être précis.

Ça s'est décidé une nuit, après une interminable et probablement exorbitante communication téléphonique intercontinentale dont la sonnerie d'appel, vers deux heures du matin, avait d'abord réveillé Laurent, puis Zaza, enfin Marina.

La voix d'Alex arrivait et repartait par vagues, pour dire à Zaza de venir travailler avec lui, Angelina Crespi et leurs *partners,* comme au tennis. La voix d'Angelina Crespi avait succédé à celle d'Alex pour répéter exactement la même chose, puis une autre voix — complètement inconnue, celle-là — s'était emparée de la ligne, juste le temps de roucouler qu'elle mourait d'envie de pouponner la *baby*... Celle d'Alex était revenue, pressante, précise. On lui envoyait l'argent du voyage. Qu'elle et la petite arrivent vite. Laurent avait l'écouteur et faisait signe à Zaza d'accepter. « J'irai vous voir là-bas toutes les deux... », lui murmura-t-il quand Zaza eut raccroché après avoir dit oui à Alex, Angelina Crespi *and partners.*

Elle a bien ricané un peu quand elle a compris, par le courrier d'Alex, qui était cette *partner* si impatiente de cajoler la *baby* d'une mère qu'elle n'avait jamais connue bébé, ni petite fille, ni grande fille, ni jeune fille, et dont elle avait paru ignorer qu'elle eût elle-même une mère... Zaza n'en est pas moins partie. Elle vogue sur les flots bleus, à l'heure qu'il est.

Elle travaillera dès son arrivée. On attend ses conseils experts pour costumer sans erreurs, de façon authentique et réaliste, un grand film sur la grande misère des réprouvés en France occupée. Réprouvés à la cause desquels il semblerait que la *partner* d'Alex et d'Angelina Crespi se fût dévouée corps et âme et sans relâche, et depuis Hollywood, pendant les années terribles. Une carte de visite gravée prune sur saumon, jointe au courrier d'Alex, indiquait en effet que Vicky Rogin était la *chairman* de la « F.J.B.H. Ass. » *(French Jewish Beating Hearts Association).* Sigle tout à fait bouleversant que

Zaza avait bêtement traduit par « Cœurs de Juifs battus par les Français », jusqu'à ce que Maurice lui eût corrigé sa version : c'étaient à son avis les « Battements de cœur des Juifs de France » ou, à la rigueur, « les Juifs de France aux cœurs battants » qu'il convenait de comprendre, et, pour lui éviter à l'avenir tous barbarismes et autres fâcheux contresens, il était allé jusqu'à rechercher chez Gibert, à son intention, une édition épuisée d'*Alice's Family* qu'il la pria de réviser pendant le voyage.

Dans ses bagages, à part les biberons, les pointes et les carrés de Marina, sans oublier *Alice's Family,* elle n'a presque rien emporté. On trouve tout là-bas, de ce qu'on ne trouve toujours pas encore ici.

Tout. Sauf un truc qu'Alex lui a demandé de lui ramener et qu'elle est allée prendre rue Campagne-Première où il l'avait laissé avant son propre départ en 40.

C'est un grand œuf de Pâques tout simple, en émail couleur champagne, avec un petit levier en rubis, qui s'ouvre en musique et en quatre comme une orange.

Très beau, un peu fragile à transporter peut-être. Encore qu'il a dû en connaître d'autres, des voyages, cet œuf : et en Pullman, et dans l'Orient-Express, et en troïka, et dans le Transsibérien. Il n'y a aucune raison qu'il ne supporte pas le roulis et le tangage à bord d'un transatlantique. Surtout emmailloté comme il l'a été dans trois couches-culottes et solidement calé au beau milieu du vaste fourre-tout de cuir fauve que Laurent a offert à Zaza pour la traversée.

Elles étaient bien jolies, en blanc, toutes les deux, à l'arrière du *City of New York,* la fille dans les bras de sa mère. Pour avoir une main libre, Zaza avait déposé à ses pieds son élégant ballot et elle agitait doucement l'avant-bras de son enfant vers les deux hommes qu'elle était en train de quitter en leur souriant.

De plaquer, avait dit Laurent au retour, dans sa voiture qu'il avait conduite beaucoup trop vite entre Le Havre et Paris.

D'abandonner, pensait Maurice. Mais il laissa Laurent dire comme il savait. Laurent, c'est Laurent ; lui, c'est lui.

Lui ne part pas. D'abord parce qu'il a l'impression qu'il vient à peine d'arriver. Même après dix mois. Tous les jours, il lui semble qu'il n'est rentré que de la veille d'un voyage qui aurait duré vingt ans. Dans un pays imaginaire et blanc, de la blancheur de sa chambre d'hôpital. Comme tout le monde, il s'est gavé de bruits, de lumières, de farandoles, de kermesses et de carrousels. Comme certains, il s'est étonné qu'on danse autant la nuit après avoir autant pleuré officiellement les morts dans la journée. Les morts dénombrés. Pour pleurer les autres, on attend encore. On attend de savoir.

On va savoir. Ils commencent à revenir. Par groupes et par convois. Dans de vrais wagons de voyageurs, mais tout aussi mélangés qu'ils l'étaient en partant dans leurs wagons à bestiaux.

Si le copain de Marcel voyait ça, songe Maurice, il dirait que c'est la pagaille qui continue.

Pour les reconnaître au centre d'accueil, il ne suffit pas de chercher dans la foule un visage familier. Il faut les scruter tous, un à un, mais il faut surtout se montrer pour être reconnu par ceux qui sont devenus méconnaissables.

Villeneuve l'était, à tel point qu'il a fallu qu'il dise par deux fois : « Bonjour Guttman, c'est moi » pour que Maurice prenne et serre enfin dans ses bras ce géant tondu et décharné qui le regardait en riant sans dents de devant.

Depuis lors, Maurice est revenu presque tous les jours, vers midi, attendre l'arrivée des autobus et des cars. Mais il a sa méthode : au lieu de se perdre parmi ceux qui bouchent l'entrée de l'hôtel Lutétia, il monte sur le banc qui est en face, sur le terre-plein. Il s'assied sur le dossier, les pieds sur le siège, et il se montre en même temps qu'il observe. Parfois, quand il a une hésitation, il se dresse carrément debout avant de descendre, de s'élancer en bousculant les gens, puis de s'arrêter au moment de toucher l'épaule ou l'omoplate, saillante comme un bréchet sous le pyjama rayé ou le veston de la Croix-Rouge, d'un étranger qui n'est pas Sami.

Qui n'est aucun des autres qu'il attend.

Mais c'est encore trop tôt pour dire qu'ils ne reviendront pas. Sauf pour le Slovaque ou Bulgare, le copain de Sami. Lui, on sait : il n'est jamais parti, on l'a fusillé avant.

Entre les arrivées des convois, Maurice s'assied sur le siège pour y garder sa place.

Il le connaît bien, ce banc.

Il a maintenant tout le temps de déchiffrer les graffitis qu'il découvre peu à peu sous la patine.

Placées comme elles sont entre la prison du Cherche-Midi et le Grand-Hôtel Lutétia, ces doubles banquettes de chêne peintes en vert ont servi, ces dernières décennies, de refuges pour toutes les attentes. En passant ses doigts sur les initiales et les cœurs entrelacés, les dates, les diminutifs et un « Mort aux... » inachevé, Maurice regrette de n'avoir pas laissé là une encoche au canif, du temps qu'il planquait, assis dans l'obscurité, pour guetter, épier, vérifier les horaires, repérer et minuter les trajets habituels des quatre Ukrainiens de la Gestapo du Lutétia. Il avait bien trop peur, à l'époque, pour songer à faire des encoches sur un banc, mais c'est dommage, pense-t-il. Les entailles dans le bois sont plus durables que les égratignures sur la peau d'une main, même si on les affuble du nom de cicatrices.

Il y a des mois qu'il ne regarde plus la sienne, parce qu'il y a des mois qu'il ne regarde plus l'intérieur de ses mains. Depuis qu'il retravaille avec sa tête et que ses mains se sont remises à toucher des livres. Mais là, sur ce banc où il n'a pas laissé d'encoche, il ouvre sa main gauche, et sous le beau soleil de mai, la légère brillance réapparaît, tout aussi lisible que naguère sous la vilaine lampe du Couvent.

Hier, Myriam est venue attendre avec lui. Elle n'a jamais été prise : elle a vécu cachée partout, après l'arrestation de Sami à la fin 43. Au cours des dernières semaines, terrée dans l'horrible cave sous les cloches de Notre-Dame. Pour les Ukrainiens, ils ont su les résultats tout de suite, dès le lendemain matin : trois sont morts, elle a même dit leurs noms à Maurice qui ne les a pas retenus.

Elle travaille comme secrétaire dans l'organisation de ses copains. Depuis qu'elle a récupéré Loulou, toutes deux habitent l'atelier d'Alex. Ce sera commode pour Sami, c'est tout près de Cochin. Elle ne dit pas à Loulou qu'elle attend son père et toute sa parenté. Au demeurant, Loulou ne parle jamais de son père. Elle veut retourner dans la montagne sur le Miroir d'Or d'un Mystère Flore...

Dédée, Markus, Luis, Frédo et Dany sont dans une maison en Suisse, avec d'autres enfants. On leur dit sans doute ce que ni lui ni Zaza ne leur disaient en guise de mensonges et de vérités. On leur en dit d'autres.

Maurice pense souvent à eux. Ils lui manquent, mais l'Organisation ne souhaite pas ses visites, jugées « traumatisantes », et le lui a fait savoir très courtoisement par écrit.

C'est pourtant le seul voyage que Maurice aurait volontiers entrepris. Un dimanche, par exemple, avec Loulou.

En semaine, il a trop de travail à la librairie. C'est lui qui la fait marcher, avec Madame Villeneuve et l'aîné des garçons. Mais, depuis que Villeneuve est rentré, sa femme ne s'occupe plus que de lui, là-haut dans l'appartement. Il se remet très lentement. Il sourit et rit, en mettant sa main devant sa bouche trouée, mange un peu, dort mal et ne raconte rien.

A l'heure du déjeuner, Maurice ferme le magasin et s'en va à pied jusqu'au Lutétia. L'autre jour, il s'est acheté un sandwich au « Dragon ». C'est tout neuf, à l'intérieur comme à l'extérieur. Les patrons sont nouveaux. Ils ont racheté à la Libération et n'ont rouvert qu'après travaux. « Un vrai Mers-el-Kébir, qu'on a trouvé ici dedans quand on est venu visiter », a confié le patron à Maurice. Il a acheté par agence, ne sait pas du tout qui étaient ni ce que sont devenus les anciens propriétaires. Sauf qu'ils sont sûrement vivants : la preuve, ils étaient vendeurs. Mais, d'après ce qu'on lui a dit dans le quartier, le « Mers-el-Kébir » avait dû être une vengeance d'un confrère, pour leur apprendre à se faire trop de pognon en servant des steaks cachés sous les rutabagas, les côtes de blettes et les topinambours.

Tout à l'heure, presque devant le Lutétia, il est tombé sur un des trois Revenants. Lui aussi venait aux nouvelles. Il a invité Maurice à une commémoration pour leurs martyrs. Il a dit *nos* martyrs, exactement comme le copain de Sami disait *mes* types. Le nombre des martyrs appartenant à la famille du Revenant est encore incalculable, mais déjà vertigineux, si, comme il le fait, on met bout à bout ses camarades tombés ici dans l'ombre, par dizaines de milliers, et ses camarades tombés en pleine lumière, partout ailleurs et par millions. « De Brest à Brest-Litovsk, ce sont *les nôtres* qui ont donné leur vie... Venez samedi les honorer avec nous, à Pantin, 21 heures. Après tout, avant de nous laisser tomber, vous avez quand même bien ronéoté un peu pour nous, hein, mon petit Gauthier ? » a-t-il ajouté en tapant paternellement sur l'épaule de Maurice avant de s'éloigner à grands pas.

« Guttman... », a voulu rectifier Maurice, mais trop tard. Le Revenant descendait déjà les marches du métro Sèvres-Babylone.

Il n'ira pas, samedi soir. Villeneuve non plus. D'ailleurs, samedi, il y a une petite fête à l'appartement. On pend « la crémaillère à dents », comme l'a annoncé Villeneuve. Un ami dentiste lui a bricolé des dents de devant. Il est venu les lui essayer ce matin. Elles sont superbes. Il ne lui reste plus qu'à se déshabituer de mettre sa main devant sa bouche quand il rit ou quand il sourit. « Là-bas, je faisais ça non pas parce que je me voyais, mais parce que je voyais trop bien les trous dans la bouche des autres », a-t-il expliqué. C'est la seule chose qu'il ait dite sur le camp devant Maurice.

Non... Il a également dit que *là-bas,* avec les Juifs (il a dit *les vôtres*), les plus maltraités étaient les Russes. Et que ceux-là, les pauvres, n'avaient décidément pas de chance. Nulle part. Et qu'ils n'en auraient guère plus en rentrant chez eux où on n'était pas prêt à leur pardonner de s'être laissés prendre... C'est tout ce qu'il a dit sur *là-bas.*

Mais, dès le lendemain de son retour, il a demandé à Maurice de lui raconter les détails de ce qu'il est bien le seul à appeler « l'Attentat ». Il lui a avoué qu'il n'avait pas pensé une seconde que Maurice pût en avoir été l'auteur quand il avait trouvé son lit et sa chambre vides, au matin. Ce n'est qu'après, en repensant aux sirènes de pompiers qui l'avaient réveillé dans la nuit, puis en apprenant l'exécution de trois Ukrainiens de la Gestapo, qu'il avait fait le rapprochement avec sa disparition. Il n'en avait jamais rien dit à personne. Il pensait que, même maintenant, il convenait de garder le secret. Tout le monde avait trop parlé, et tout le monde s'apprêtait à trop parler de nouveau.

— Ce matin-là, j'ai d'abord cru à une petite dame, et je vous ai jugé imprudent, futile, fugueur et un peu ingrat... Pardonnez-moi !

Maurice a rougi. Les petites dames... Il est retourné voir son médecin à la Salpêtrière. Lui a parlé du sous-bois, de la jupe rouge. Ça a paru l'intéresser. Le surprendre, plutôt. L'autre lui a conseillé de tomber amoureux, mais d'essayer auparavant avec une pute. Maurice n'en a rien fait. Autrement dit, il n'est pas tombé amoureux. Quant à la suite ou au début du programme, il n'y a même pas songé. Car ce qui le tracasse le plus, c'est justement de ne pas être amoureux. Il n'a pas même écrit à Londres pour savoir si la petite Anny existait toujours. C'est drôle, le désamour. Zaza non plus n'est pas amoureuse. Elle n'aime plus : c'est tout. Mais elle, Zaza, a fait un enfant et en refera peut-être un autre, peut-être d'autres...

Ce soir, avant le dîner, il sait déjà que Villeneuve lui fera raconter la montagne et les enfants en pèlerine, Zaza, la neige, les outils, Marcel et la Tour de l'Astronome. Il ne désire entendre que des histoires simples. Il est fatigué de l'Histoire et de celle du Monde. En tout cas pour le moment.

Un jour, Maurice lui demandera d'écouter l'histoire de Volodia. Mais il est encore trop tôt. Il a failli la commencer, l'autre fois, quand Villeneuve s'est mis à parler des Russes, les pauvres... Mais elle est si longue et si compliquée, cette vieille histoire, pour un homme aussi fatigué, que Maurice y a renoncé. Il sait pourtant que Villeneuve est aujourd'hui probablement le seul sage qu'il connaisse à être à même de l'écouter, de la comprendre et d'y croire.

Elle paraît si peu croyable, aujourd'hui, que Maurice lui-même se demande parfois s'il ne l'a pas inventée ou quelque peu arrangée.

Ou bien il se demande s'il n'a pas attaché une importance exagérée à la vie et à la mort de Vladimir Guttman, disparu dans les environs d'Irkoutsk, il y a si longtemps, longtemps. Peut-être que ses vieux ossements de jeune bagnard ne méritent plus que l'oubli, aujourd'hui que le poids des cadavres de millions de héros véritables les ont écrasés à tout jamais.

C'est peut-être cela qu'il fallait faire aujourd'hui : oublier. Alors ce serait : adieu, Volodia.

Il sont si peu nombreux à la connaître, l'histoire de Volodia. Zaza l'a emportée avec elle, mais elle va sûrement la perdre en route.

Savoir si Robert la rapportera ? Demain, dans huit jours ou dans un mois ? bientôt, en tout cas, puisqu'il revient.

Lui, c'est sûr qu'il revient. Il l'a écrit. Sur trois pages qui pourraient s'intituler « Le tour du monde d'un déserteur en 2000 jours. » Il se raconte, si l'on peut dire : passager clandestin partout où il sera passé, tantôt plongeur, tantôt danseur mondain, archéologue, séminariste, professeur de français, marchand de saris, trafiquant d'alcool, guérisseur, secrétaire particulier et planteur de kumquats, il aurait, sautant de goélettes en radeaux, de radeaux en paquebots, de paquebots en yachts de plaisance, en pirogues, en jonques, en périssoires et jusque dans les soutes d'un contretorpilleur, traversé toutes les mers et fui tous les continents où toujours quelque guerre s'évertuait à le rattraper... C'est un récit incompréhensible, mais beau comme *L'Énéide, Les Pieds Nickelés, Candide* et *Les Cinq sous de Lavarède* revus et brochés par Blaise Cendrars.

La lettre se termine par : « télégramme suit ».

L'enveloppe portait comme adresse : « Pour Maurice Guttman, à tout hasard, Librairie Villeneuve, rue de Seine, Paris, France. »

Le télégramme ne contenait qu'une phrase : « Il n'y a pas de *Black-Cat* à Shanghaï. »

La lettre et le télégramme avaient été postés à Zurich.

Autheuil, avril 1983-septembre 1984

TABLE

FICHE D'IDENTITÉ

NAISSANCE :
Simone Signoret est née le 25 mars 1921 à Wiesbaden (Allemagne). Elle est la fille d'André Kaminker, interprète, et de Georgette Signoret.

SITUATION DE FAMILLE :
Mariée en premières noces à Yves Allégret, de qui elle aura une fille, Catherine Allégret. En secondes noces, elle épouse, en 1951, Montand.

ÉTUDES :
Bachelière. Cours Sicard, à Paris.

PROFESSION :
Dactylographe, professeur d'anglais, puis artiste dramatique.

Simone Signoret sera figurante, puis interprète de très nombreux films : *Manèges, Dédée d'Anvers, La Ronde, Casque d'or, Thérèse Raquin, le Verdict, Dragées au poivre, la Nef des fous, Compartiment tueurs, l'Armée des ombres, le Chat, la Veuve Couderc, les Granges brûlées, Police Python 357, la Vie devant soi, Judith Therpauve, l'Étoile du Nord, Guy de Maupassant,* etc.

Au théâtre, elle jouera dans *les Sorcières de Salem, les Petits Renards, Macbeth* (en version originale au Royal Court de Londres).

A la télévision, elle sera l'interprète de *Madame le Juge* et de *Thérèse Humbert* (1983).

Simone Signoret a obtenu de nombreuses distinctions

Yves Montand et Simone Signoret, le jour de leur mariage.

au cours de sa carrière : le Prix S. Bianchetti (1947), le Prix féminin du cinéma (1952), le Grand Prix d'interprétation féminine de l'Académie du cinéma (1955), le Prix d'interprétation féminine pour son rôle dans *Room at the Top* (Festival de Cannes, 1959), l'Oscar de la meilleure interprétation féminine (Hollywood, 1960).

LITTÉRATURE :
Simone Signoret est l'auteur de deux recueils de souvenirs qui ont remporté un très grand succès : *la Nostalgie n'est plus ce qu'elle était* (1976) et *le Lendemain elle était souriante* (1979). Elle a traduit *une Saison à Bratislava* de Jo Langer (1981).

COMMENT J'AI ÉCRIT *VOLODIA*

par Simone Signoret

Aux questions que je ne me suis pas posées durant ces longs mois d'écriture quotidienne, j'ai dû répondre au moment de la parution du livre. Les voici, ces réponses, telles que je les ai faites à chaud, quand elles me surprenaient et me conduisaient presque à m'auto-analyser. Elles ont le mérite d'être spontanées, non retouchées. Mises bout à bout, elles me paraissent plus sincères que n'importe quel texte que je pourrais écrire à présent sur ce roman dont je ne savais pas encore, du temps qu'il se faisait, qu'il serait un roman.

***

Je ne me suis pas assise à ma table en disant : « Je vais écrire un roman. » J'ai eu envie d'écrire. J'aime bien m'asseoir devant une table avec de quoi écrire. Et j'ai eu bien sûr envie de voir si je pouvais encore exploiter certaines choses de la mémoire : il y avait plein d'histoires que je n'avais pas racontées dans *La Nostalgie,* de petits trésors inutilisés.

J'ai ainsi écrit dix pages tout à fait conformes à la vérité, l'histoire d'un couple, du côté de Grenoble, à la recherche de quelque chose, sans qu'on sache très bien quoi : ce couple, c'était moi et mon premier mari, Yves Allégret. Et j'ai cru avec naïveté qu'on pouvait aussi facilement transformer le « je » en « elle »... J'ai amené cet homme et cette femme dans la montagne, et au moment de les faire entrer dans le chalet de ma mémoire, j'ai voulu retrouver l'odeur et la couleur du bois dont il était fait — et je n'y suis pas arrivée. Au lieu d'inventer, au lieu de dire que c'était du sapin ou je ne sais quoi d'autre, je n'ai pas pu. Au moment de pénétrer dans ce chalet, le fait de ne pouvoir le raconter exactement comme il était m'a bloquée : je suis restée dehors.

J'ai abandonné mon couple devant la porte du chalet et je me suis décidée à m'occuper d'un personnage tout à fait épisodique, dans mon histoire vraie : un médecin qui était là avec sa femme et ses gosses en 1943, caché dans la montagne. Et comme je ne savais rien de plus sur cet homme, je lui ai donné un nom et un prénom, puis j'ai commencé à lui inventer une enfance, et des gens autour de lui, autour de cette enfance, et je ne l'ai plus quitté pendant six cents pages. Voilà comment je me suis sortie de l'impasse : je suis devenue romancière parce que je n'arrivais plus à être un témoin fidèle.

CELA A DURÉ DIX-SEPT MOIS...

En fait, je n'ai pas cru tout de suite que j'écrivais un roman. Je l'ai su quand une de mes amies qui vit à trois kilomètres de chez moi, dans l'Eure, et à qui je donnais à lire en fin de semaine mes pages comme un feuilleton à suivre, m'a dit un jour : « Tu sais, j'ai pensé à eux. » A eux, mes personnages...

Je me suis dit alors : « Si elle y a pensé, c'est qu'ils existent... »

Et cela a duré dix-sept mois, tous les matins et tous les après-midi. Absolument comme si j'étais allée au studio. A neuf heures trente, lavée et habillée, petit déjeuner pris, je m'asseyais devant ma table à écrire comme je m'assois devant ma table à maquillage quand je tourne. Avec la même discipline, après avoir bu mon café et écouté les informations.

Il faut dire que j'ai toujours aimé ça, écrire. Enfant, j'étais, comme on dit, bonne en rédaction. Une envie que j'ai dû occulter quand j'ai eu celle de faire du cinéma. Quand j'ai débuté, il n'était pas question de faire plusieurs choses à la fois : on était acteur, un point c'est tout. Il y avait une sorte de méfiance vis-à-vis des touche-à-tout, des gens qui savent un peu peindre, un peu chanter, un peu écrire... Dans la mesure où je voulais être comédienne, j'avais intérêt à oublier que j'avais envie d'écrire, et à le faire oublier. Quand on débutait comme moi dans un rôle de jolie petite pute dans *Macadam,* il valait mieux ne pas dire qu'on avait été bonne en rédaction : il valait même beaucoup mieux passer pour illettrée...

JE N'AI PAS ÉCRIT CE LIVRE, JE L'AI « VU » !

Je dois quand même beaucoup au cinéma quand j'écris. Si j'ai pu raconter des gens, c'est parce que je les ai tous joués : les parents, les enfants, les amis. Dans la rédaction d'un livre, on devient son propre metteur en scène, son propre décorateur, sa propre habilleuse, et surtout son propre monteur. Je ne l'ai pas écrit ce livre, je l'ai *vu* ! Les scènes se sont projetées dans ma tête, découpées comme des plans de cinéma, et pendant que l'un parle, on voit les regards de celui qui écoute, le détail des gestes, des mouvements... Mais quand j'entrais dans un nouveau décor, au début, je ne voulais pas finir d'écrire avant d'en être tout à fait sortie. C'était mon côté studieux, studio : il fallait boucler la séquence avant la fin de la journée. Le soir, j'avais la conscience tranquille.

Mais le lendemain, c'était le gouffre, l'angoisse complète, je remettais tout en question. Jusqu'au jour

Simone Signoret dans Judith Therpauve.

où l'écrivain Hector Bianciotti est venu déjeuner avec un ami. Sans rien leur dire du sujet du livre, je leur ai raconté combien c'était difficile de repartir du bon pied après une scène, de choisir à qui m'intéresser dans un monde qui commençait à grouiller. Bianciotti m'a dit de sa voix chantante, italo-argentine : « Mais il faut faire comme Hemingway ! » Dans *Paris est une fête,* Hemingway explique qu'il ne faut jamais achever à la fois une scène de roman et sa journée de travail, qu'il faut laisser la page en suspens, garder l'élan pour repartir le lendemain matin... Le conseil n'est pas tombé dans l'oreille d'une sourde !

Avec le papier, j'ai aussi un rapport déformé par l'expérience cinématographique. Au début, j'avais l'impression que déchirer une page écrite, c'était comme cette chose affreuse qui consiste à couper une séquence pendant le montage d'un film. De même que ce qui est imprimé sur la pellicule est ineffaçable, ce qui était raconté me paraissait irréversible. Et puis, peu à peu, j'ai fait la différence : la chance de l'écriture, c'est qu'on peut recommencer à l'infini.

Le grand danger où je me sentais au fur et à mesure que le roman avançait, c'était d'ailleurs de ne plus savoir m'arrêter. J'aurais pu poursuivre, j'aurais voulu que mes personnages continuent à vivre... J'ai eu l'impression d'une petite mort quand il a fallu mettre le point final. J'ai pensé : « Dire que je ne vais pas les retrouver demain... »

Pendant que j'écrivais, j'ai crocheté une immense couverture. C'était presque un jeu, et j'ai mieux compris le mythe de Pénélope : j'ai triché, j'ai beaucoup défait, mais je me suis arrangée pour terminer le livre et la couverture en même temps. Quand on fait un livre, on n'arrête pas d'y penser et je gambergeais sur mes personnages tout en choisissant les nuances de mes petits carrés en mohair. La couverture m'a fait ainsi des mois et des mois. Je ne sais pas encore sur quel lit la mettre. Depuis que le livre est terminé, elle est pliée dans un placard. Elle a été dans cette histoire comme un troisième rôle : il y avait le roman, la couverture et moi...

En même temps, l'achèvement du livre m'a permis de commencer peu à peu à comprendre ce que j'y avais fait. C'est comme la première projection d'un film qu'on n'a connu jusqu'ici que par morceaux et dans le désordre. Et je me suis aperçue qu'en laissant à la porte le roman autobiographique, tout naturellement, sans se faire remarquer, la vie est rentrée par la fenêtre de la fiction.

Par exemple, mon personnage de Nicole Rojinski, une ambitieuse mythomane qui ment pour faire oublier ses origines et un passé qui lui fait horreur, doit sûrement beaucoup à Thérèse Humbert, qui, elle aussi, s'invente un passé et un héritage. Après tout, j'ai commencé à écrire *Adieu Volodia* juste après avoir terminé pour la télévision *Thérèse Humbert.*

Pareillement, si *Thérèse Humbert* n'avait pas été

« un film à costumes », comme on dit en jargon de métier, le milieu des costumiers et des maisons de location pour le théâtre et le cinéma ne jouerait sans doute pas un si grand rôle dans mon roman. A cause de *Thérèse Humbert,* j'ai passé les quatre dernières semaines avant de commencer de tourner à aller essayer tous les matins des costumes dans un atelier de Pigalle. Dans une rue très étrange, très provinciale le jour, mais une des plus chaudes de Paris, la nuit. J'y allais chaque jour vers dix heures du matin et il y avait déjà deux travelos qui faisaient le trottoir à dix mètres de la porte cochère où j'entrais, qu'il fasse froid, qu'il vente ou qu'il pleuve. Moi, au début, je n'avais pas compris que c'étaient des travelos. C'est le chauffeur qui me l'a expliqué. Pour moi, c'étaient de vraies bonnes femmes qui s'étaient habituées à me faire la converse : « Alors, ça va, Simone, ça marche les costumes ? » Ma naïveté, on la retrouve dans mon roman quand Élie entre rue Blondel, sans s'apercevoir que c'est une rue de putes...

LA COUSINE DE BRATISLAVA

Tout mon roman s'est fait comme ça, de bric et de broc. Mais il y a plus important. Je me suis aperçue très vite que Volodia n'aurait pas existé sans ma cousine de Bratislava, dont j'ai traduit *une Saison à Bratislava* et que j'ai évoquée dans *La Nostalgie...* Quand Montand était allé chanter fin janvier 57 en Tchécoslovaquie, à Prague, j'avais été contactée immédiatement au téléphone par une dame qui disait être ma cousine et qui m'appelait de Bratislava. Elle me demandait avec une anxiété très étrange si Montand viendrait chanter à Bratislava. Quand elle apprit qu'il ne devait chanter qu'à Prague, elle avait eu l'air désespéré. Bien sûr, je la prenais pour une emmerdeuse : partout où l'on passe, on a toujours affaire à de faux cousins ou à des tantes de votre amie d'enfance, et quand on vit avec un monsieur qui chante, on n'a pas envie que sa loge soit encombrée le soir de parasites, d'importuns. Il y a le travail, et il faut le protéger. Je l'ai donc vite oubliée.

Et puis, il a été effectivement question que Montand aille chanter à Bratislava. Puis, tout à coup, il a été décidé qu'il n'irait pas y chanter. Pas par lui. Quelque part... Et la cousine a rappelé en disant que c'était vraiment très dommage qu'on n'ait pas pu la voir. Et puis on est partis.

Beaucoup plus tard, à Londres, quand je jouais *Macbeth* et que je me réveillais chaque matin malheureuse d'avoir le soir à me retrouver malheureuse en scène, voilà que la cousine de Bratislava réapparaît dans ma vie. Et à nouveau, elle tombe mal. Elle m'explique qu'elle a pu venir quelques jours à Londres avec sa fille parce que les choses allaient un peu mieux en Tchécoslovaquie, que son mari était mort, mais quand elle a voulu me raconter l'histoire de son mari, je lui ai dit que je n'avais pas le temps et je l'ai congédiée.

Et puis, beaucoup plus tard, en 68, j'ai reçu une lettre que j'ai totalement retranscrite dans *La Nostalgie...*, une lettre terrible de la cousine de Bratislava où elle me disait qu'elle avait quitté la Tchécoslovaquie après l'invasion soviétique, en ajoutant : « Je n'essaierai plus jamais d'entrer en contact avec toi. J'ai essayé de te voir quand tu es passée à Prague, j'ai essayé de te parler à Londres, maintenant je quitte la Tchécoslovaquie pour toujours, je suis de nouveau une réfugiée politique, tu n'auras rien compris ou tu seras passée à côté de tout cela. »

Et là j'ai compris. D'autant mieux que j'avais lu *l'Aveu*. Alors j'ai essayé de retrouver cette femme et je l'ai retrouvée en Suède pour lui demander pardon. Tout simplement.

Le rapport avec Volodia est très clair. C'est l'his-

Yves Montand et Simone Signoret avec Lech Walesa.

toire à l'envers de celle de la cousine de Bratislava. Quand nous étions à Prague, elle était venue de Bratislava pour tenter de nous voir à l'hôtel. Elle nous avait vu passer dans le hall. Elle avait voulu s'approcher et elle en avait été empêchée. Exactement comme Volodia, que ses parents émigrés à Paris croyaient mort depuis longtemps, a été empêché de les rencontrer lors de son passage à Paris, puis, lorsqu'il a pu entrevoir Élie, de lui parler vraiment. C'est l'histoire à l'envers, mais qui raconte la même chose : l'étanchéité organisée pour que des gens ne se retrouvent pas, ne se rencontrent pas ou ne se parlent pas.

Simone SIGNORET.

ADIEU VOLODIA ET LA CRITIQUE

CE GROS LIVRE EST UN BONHEUR

« On la guettait au tournant du roman. Et voilà que ce roman, elle l'a donné. Dix-huit mois de labeur. Et la victoire au bout. Ce gros livre est un bonheur. Cinq cent soixante-six pages d'un style toujours économe, mais jamais avare, où la vie va, court, vole et se venge des coups du sort, où battent le pouls de l'Histoire et le cœur d'une femme.

Populaire sans être populiste, naturelle sans naturaliste, Simone Signoret a une dignité dans l'émotion, une pudeur dans l'abandon et le don de mater les chagrins avec un humour crâne qui suscitent pour le petit monde vertueux qu'elle bâtit le respect autant que l'amitié. Les hommes sont fidèles, les épouses courageuses, les enfants travailleurs ; chez ces gens-là, madame, on ne joue pas de violon sur le toit, on tire l'aiguille dans la cuisine. “ Mon registre, dit-elle, ce n'est pas le cri déchirant. ” S'émerveillant de faire la connaissance de ses trente personnages principaux et de les conduire, au jour le jour, sans les perdre, au bout de leur destin, elle s'y attache, et nous les fait aimer. »

Danièle Heymann, *l'Express.*

LA GRIFFE DU ROMANCIER

« *Adieu Volodia,* c'est le roman que des dizaines de raconteurs professionnels rêvent d'écrire. Populaire dans tous les bons sens qu'a le terme. Pas le genre qui “ se met à la portée ”. Pas les trucs de batteur d'estrade pour liste de best-sellers, mais populaire parce que ça parle de l'histoire des peuples avec cette précision et cette simplicité qu'il y a dans la tête et dans l'œil du vrai peuple, qui ne songe pas à être " populaire ". [...] ... La marque du vrai écrivain (eh oui, gens de lettres, baissez le nez : Simone l'actrice, la comédienne, la *Star,* l'amateur vous fait souvent la nique. Elle est souvent bien plus et meilleur écrivain que la plupart de vous), c'est à chaque page l'observation qui fait tzing ! Par exemple, quand Alex se met à regarder dans le métro avec un œil de costumier et de psychologue la façon dont les gens sont (mal) habillés, en sortant de son atelier de couture où les mannequins, eux, sont trop bien habillés. Ça, c'est la griffe du romancier.

Je n'ai jamais eu à dire à Simone, comme Diaghilev à Cocteau : " Étonne-moi. " Elle m'a toujours étonné avec le plus grand naturel. »

Claude Roy, *le Nouvel Observateur.*

LE SOUFFLE DES GRANDS ROMANCIERS

« Avec cette saga de deux familles qui n'en font qu'une, cette grande histoire de petites gens " qui ne s'étaient jamais rencontrés puisqu'ils s'étaient toujours connus ", la Signoret, comédienne aux si beaux rôles, vient de prouver qu'elle avait aussi, au bout de sa plume, le souffle des grands romanciers. *Adieu Volodia,* c'est d'emblée un foisonnement de noms, de bruits et d'odeurs, de situations simples, cocasses ou émouvantes dans un monde qui n'a rien de drôle. Ces fameuses " choses de la vie " racontées un peu comme au cinéma, mais mieux qu'au cinéma.

[...] Six cents pages d'une telle densité, ça ne se raconte pas, mais ça se lit et ça se vit, avec émotion et respect devant le travail accompli. »

Sylvie Genevoix, *Madame Figaro.*

UN SUPERBE ROMAN

« La grande comédienne Simone Signoret publie un roman-fleuve. Une histoire directement liée à l'Histoire, une fresque mouvante dont les fragments, des détails à l'infini, couvrent la période de 1925 à 1941. On entre de plain-pied dans le récit, l'envoûtement est immédiat, on a soudain l'impression d'avoir le temps devant soi... Imaginez que vous êtes invité chez une voisine de palier qui vous offre un café et des souvenirs... Et vous n'avez plus le courage de repartir, vous écoutez, vous l'écoutez...

Grâce au leitmotiv, l'histoire en filigrane mais symbolique de Volodia, nous ne perdons jamais de vue la mère-patrie des habitants de la rue de la Mare. L'humour et le drame s'enchevêtrent, l'horrible et le cocasse se côtoient. Un charme extrême opère. Oui, un superbe roman qui vous tiendra longtemps au cœur. »

Christine Arnothy, *le Parisien.*

AMPLEUR, ABONDANCE, GÉNÉROSITÉ

« Souvent, la drôlerie succède à l'émotion dans ce premier roman dont l'auteur ne semble rien ignorer des trucs et des ficelles du métier. Drôlerie, émotion, intrusion des événements politiques, rebondissements dus au testament d'une vieille dame, Simone Signoret fait feu de tout bois.

[...] La voilà qui, avec *Adieu Volodia,* se révèle comme une romancière aux remarquables qualités d'ampleur, d'abondance, de générosité, et de cette chaleur humaine dont tant de romans actuels sont complètement dépourvus. »

Jean Chalon, *le Figaro.*

UN ROMAN GAI ET PÉTILLANT

« *Volodia* est un roman gai et pétillant, tendre, drôle et plein d'amour pour tous les Guttman et tous les Roginski de France. L'atmosphère y est : on habite 58, rue de la Mare, et on reconnaît à chaque étage, par l'odeur de cuisine ou les cris qui s'échappent, les locataires de chaque palier. Il y a de la fraîcheur, de la spontanéité, de la vérité, disons le mot, dans le tableau du quartier, des familles, des jeux et des complots des enfants, et il y a de l'ironie, une ironie canaille et rigolarde, dans la peinture des mauvais tours que l'Histoire de France s'apprête à jouer aux cousins de Volodia.

[...] On devine, on sent que l'auteur s'est donné tout entier à la joie de raconter. *Volodia* est un livre qui donne du bonheur. »

Dominique Bona, *le Quotidien de Paris.*

Un couple célèbre dans l'intimité.

LA PASSION D'INVENTER

« Avec un mélange salutaire de naïveté et d'acuité, Simone Signoret a su ressusciter ces années de l'entre-deux-guerres sans jamais sacrifier l'œuvre de pure imagination aux souvenirs personnels : approche-t-on, d'ailleurs, un studio de cinéma (Paramount-France) où l'autobiographie aurait pu incidemment prendre le dessus, que la romancière s'applique à ne décrire que les techniciens, maquilleuses, ensembliers, visages obscurs sur lesquels elle branche, soudain, les projecteurs. On sent ici, à chaque ligne, la passion d'inventer, habilement mariée au souci de rester dans la vérité historique : des échos de l'affaire Sacco et Vanzetti jusqu'à la mort d'un conseiller de l'ambassade d'Allemagne, en passant par le procès Schwartzbard, tout est authentique. Même l'heure de l'accident ferroviaire de Châteauroux est exacte. Simone Signoret est romancière comme on se faisait un point d'honneur à l'être, au siècle dernier : avec la méticulosité de l'ébéniste qui aime le travail bien fait, brillant. »

Jérôme Garcin, *l'Événement du Jeudi.*

UN COUP DE MAÎTRE

« Simone Signoret qui sait ce que c'est que le théâtre et le cinéma, la mise en scène, et les dialogues, a tout naturellement le sens du mot juste, des plans, l'art de glisser une touche d'émotion dans la drôlerie, le clin d'œil dans la peine qui amènent la larme à l'œil.

Adieu Volodia, pour un premier roman, est un coup de maître. Cette saga du petit monde cosmopolite des immigrés de l'entre-deux-guerres est à placer dans sa bibliothèque à côté de celle des *Thibault.* »

Pierre Démeron, *Marie-Claire.*

L'impression de ce livre
a été réalisée sur les presses
des Imprimeries Aubin
à Poitiers/Ligugé

pour France Loisirs

Achevé d'imprimer en juillet 1985
N° d'édition, 10469 — N° d'impression, L 20152
Dépôt légal, juillet 1985

Imprimé en France